LESERSTIMMEN

Vergiss nicht zu atmen

„Bestes Buch in 2013 - Wundervoll, atemraubend, emotionsgeladen und einfach nur perfekt" – Booksaweek.blogspot.de

„Eine wunder... wunder... wunderschöne und gefühlvolle Liebesgeschichte die wirklich unter die Haut geht" – Rezension auf Amazon.de

„Ich hatte beim Lesen das Gefühl, als säße oder stehe ich neben Alex und Dylan und sie erzählten mir ihre geheimsten Gedanken und öffneten mir ihre Seele." – Leserempfehlung auf Ebookmeter.info

„Das ist die berührendste und schönste Liebesgeschichte die ich seit langen gelesen habe. Einfach atemberaubend." – Rezension auf Amazon.de

„Ich habe sehr, sehr viele Bücher bereits gelesen, nur selten aber ein solches Meisterwerk in den Händen halten dürfen." – Rezension auf Amazon.de

„Es ist ein Buch, bei dem man die Zeit vergisst. Es macht nachdenklich, traurig, glücklich, lässt einen lächeln und weinen. Und viel zu schnell ist es vorbei." – Buchzeiten.blogspot.de

„Ein wunderschöner und eingängiger Roman, der noch lange nachwirkt. Romantisch, dramatisch und uneingeschränkt authentisch. Unbedingt lesen." – Buecherwuermchenswelt.blogspot.de

„100% Gefühl die tief berühren ohne kitschig zu sein Außergewöhnliche Lovestory die mir sehr ans Herz ging." – Rezension auf Lovelybooks.de

DIE
LETZTE
STUNDE

Bücher von Charles Sheehan-Miles

The Thompson Sisters
A Song for Julia
Falling Stars
Vergiss nicht zu atmen (mit Dimitra Fleissner)
Die letzte Stunde (mit Dimitra Fleissner)

Rachel's Peril
Girl of Lies
Girl of Rage (Frühling 2014)
Girl of Vengeance (Sommer 2014)

America's Future
Republic
Insurgent

Nocturne (mit Andrea Randall)
Prayer at Rumayla
A Novel of the Gulf War

NON-FICTION

Saving the World on $30 a Day:
An Activist's Guide to Starting, Organizing and Running
A Non-Profit Organization

DIE LETZTE STUNDE

Charles Sheehan-Miles

aus dem Amerikanischen von
Dimitra Fleissner

Cincinnatus Press

Wenn Ihnen dieses Buch gefallen hat, erzählen Sie es bitte Ihren Freunden, schreiben Sie eine Online-Rezension oder kontaktieren Sie den Autor mit Ihrem Feedback.

www.sheehanmiles.com

Published by Cincinnatus Press, Inc.
South Hadley, Massachusetts
United States of America

Cincinnatus Press, Inc.
1 Hadley Street No. 814
South Hadley, MA 01075
www.cincinnatuspress.com

DANKSAGUNG

*B*ei diesem Buch hatte ich enorm viel Hilfe.

Als Allererstes danke ich Andrea Randall, die jedes Kapitel, direkt nachdem ich es geschrieben hatte, gelesen und kommentiert hat, manchmal innerhalb von Minuten, nachdem ich es ihr geschickt hatte. Ich kann mir keine bessere Kritikpartnerin vorstellen. Während ich *Die letzte Stunde* (engl. *The Last Hour*) schrieb, schrieb sie *In The Stillness*. Falls Sie dieses Buch noch nicht gelesen haben, sollten Sie darüber nachdenken, es zu tun. Es ist eine wundervolle Geschichte, eine der besten, die ich seit Langem gelesen habe. Im Anhang finden Sie eine Leseprobe. (Anmerkung der Übersetzerin: *In The Stillness* ist bisher nur auf Englisch erhältlich.)

Ich möchte außerdem Dimitra Fleissner meinen Dank aussprechen. Dimitra hat mich im Jahr 2013 kontaktiert und angeboten *Just Remember to Breathe* (dt. *Vergiss nicht zu atmen*) ins Deutsche zu übersetzen. Sie hat ganz erstaunliche und wunderbare Arbeit an beiden Büchern geleistet. Ich bin unglaublich dankbar für Deine Freundlichkeit, Dein Talent und Dein Verständnis für die Geschichte. Danke.

Außerdem danke ich meinen Freunden in unserer Besprechungsgruppe (deren Namen ich hier aus verschiedenen Gründen nicht nennen werde): Maggi Myers, Michelle Kisner Pace, Leslie Fear, Melissa Brown und Janna Mashburn. Eure Ermutigungen und Kommentare haben mir, obwohl es schwierig war, dieses Buch zu schreiben, den Mut zum Durchhalten gegeben.

Lori Sabin und Beth Suit sind wunderbare Lektorinnen und haben geholfen, das Buch fertigzustellen. Herzlichen Dank.

Bei diesem Projekt habe ich zu einem *sehr* frühen Zeitpunkt Leser mit einbezogen. Kirsten Papi, Kirsty Lander, Stephenie Thomas und Beth

Suit: Danke. Bitte entschuldigt, dass ich Euch zum Weinen gebracht habe, weil Ihr all dies mehrmals lesen musstet.

Etliche Personen sind meiner Testlesergruppe beigetreten und haben detailliert und umfangreich Feedback zum zweiten Entwurf des Buches gegeben. Mein Dank geht an Jennifer Wolfel, Heather Elliot, Amy Burt, Shaina Abbs, Brenna Weidner, Rosie Smith, Darcie Sherrick, Bryan James, Katie Mac, Dawn Bush, Lelyana Taufik, Heather Crider und Wendy Wilken.

Und schließlich möchte ich meinen Lesern und den Buchbloggern für ihre Ermutigungen, Gedanken und freundlichen Anmerkungen danken.

Wahrscheinlich habe ich aus Versehen jemanden vergessen. Dafür entschuldige ich mich im Voraus.

WIDMUNG

Für Andrea. Für Deinen Mut und Deine Ehrlichkeit und
Deine Freundschaft.

Für Lelyana und in Erinnerung an David. Du hast mein
Herz berührt.

DIE ERSTE MINUTE

Weiß (Carrie)

„Lass mich einfach in Ruhe!", schrie Jessica ihre Zwillingsschwester auf dem Rücksitz an. Der Anfang vom Ende begann mit diesen einfachen fünf Worten.

Ich hörte quietschende Reifen zu unserer Linken, ein LKW kam auf uns zu. Ray fluchte laut, Sarah schrie und dann war der Aufprall lauter, als alle anderen Geräusche.

In Filmen passieren Schlüsselmomente manchmal in Zeitlupe, so dass man jedes Detail genau mitbekommt, sich über die Tragödie wundern oder an der Großartigkeit des Moments erfreuen kann. Im wirklichen Leben ist das völlig anders. Alles geschieht auf einmal, die Sinne liegen blank, jedes Detail passiert gleichzeitig und dein Gehirn versucht das alles zu verarbeiten, so als ob deine Haut und Kleidung von dir gerissen worden wären.

Im Radio lief dieser schreckliche Carly Rae Jepsen Song, den Ray liebte. Ray trug Blue Jeans und ein graues T-Shirt mit einem Logo darauf: ein Totenkopf mit einem Barett vor gekreuzten Gewehren, darüber prangten die Worte „US Army Infanterie". An seiner linken Hand trug er die Uhr, die ich ihm geschenkt hatte. Er hatte sich erst vor drei Tagen die Haare schneiden lassen, oben länger und kurz an den Seiten, er nannte das „hoch und schmal". Jetzt formte seine linke Hand ein Telefon an der Seite seines Gesichts, während er lauthals und ziemlich falsch den Text zu „Call Me Maybe" mitsang. Die Uhr des Armaturenbretts zeigte 11.15 Uhr.

Hinter ihm saß Sarah, herausgeputzt in einem schwarzen T-Shirt, schwarzer Hose und schwarzem Eyeliner, der zu ihrem schwarzen Haar passte. Sie war sauer und drehte sich mit entsprechendem Gesichtsausdruck von ihrer gesprächigeren Zwillingsschwester Jessica weg.

Es war ein wolkenloser Tag im August, draußen waren es 39 Grad, aber in unserem Auto war die Luft kühl und angenehm. Wir fuhren die Connecticut Avenue entlang, waren gerade an der Kreuzung nach Tilden, auf dem Weg zum National Zoo.

Ich sah ihn in der letzten Sekunde: einen grünen Jeep mit Nummernschildern aus Virginia, mit verchromtem, glänzendem Kühlergrill, der die rote Ampel überfuhr und direkt auf uns zukam. Der Jeep hatte Spezialkennzeichen, auf denen stand: „GR8 DAD" – großartiger Vater.

Schrecken durchfuhr mich, meine Gedärme verkrampften sich, es schnürte mir die Kehle zusammen und schreckliche Angst wischte alle Gedanken fort. Ich hatte keine Zeit, etwas zu sagen oder zu schreien oder zu antworten, bevor er in die Seite unseres Autos knallte.

Rays Kopf krachte gegen das Glas und gegen die Front des Jeeps, der anscheinend direkt durch die Scheibe auf der Fahrerseite schoss. Glas flog durch das Auto und prasselte auf mich nieder. Die Wucht des Aufpralls riss mich hart nach rechts, und dann war alles weiß, während wir in das andere Auto krachten.

Weiß.

Formlose Bilder, Gedanken und Erinnerungen zogen an mir vorbei.

Ray in seiner blauen Ausgehuniform, mit glänzenden Medaillen. Er lächelte über unser kleines Geheimnis und schaute zu mir rüber, als Dylan und Alexandra sich in der Kapelle der Universität küssten.

Die Zwillinge, Jessica und Sarah, beide trugen das gleiche Kleid, während sie in den oberen Stockwerken unseres Hauses in San Francisco Verstecken spielten. Kichernde, kleine Mädchen, die noch nicht damit beschäftigt waren, sich ständig zu bekämpfen.

Wieder Ray, sein rechter Arm erhoben, die Stirn voller Schweißperlen und mit dunklen Ringen unter den Augen, als er einen Eid schwor, die Wahrheit zu sagen.

Wie ich mit meiner Schwester Alexandra letzten November durch den Park der Columbia Universität lief und Ray zum ersten Mal sah. Es war ein schöner Herbsttag und er war zusammen mit ihrem Freund Dylan gekommen. Ray war ein großer Kerl mit kurz geschnittenem Haar und einem leichten Grinsen. Seine blauen Augen zogen die Aufmerksamkeit auf sich und ich konnte nicht aufhören, ihn anzuschauen. Wir waren beide sprachlos und es war peinlich, aber er hatte ein so ungezwungenes Lachen.

Monate später, seine Arme um mich geschlungen, warm und sicher, ich lehnte meine Stirn gegen seine Schulter und er flüsterte: „Wir überstehen das. Egal, was passiert."

Ich öffnete meine Augen und schaute auf die zwei Ringe an meinem Ringfinger, der Diamantring und der schmale Ehering, der mit Saphiren verziert war. Mein ganzer Körper verkrampfte sich vor Schmerz, und ich konnte meinen Kopf nicht bewegen. Auf meinem Schoß und meinen Händen war ein gesprenkeltes Muster aus Blut und Glas.

„Bewegen Sie sich nicht, Miss", sagte eine Stimme, und ich wollte schreien: „Ich kann mich nicht bewegen!", aber mir versagte die Stimme.

Wieder durchfuhr mich die Angst und ich versuchte mich zu drehen, um nach Ray und Sarah zu sehen, aber jemand hielt meinen Kopf fest und jemand anderes schnallte etwas um meinen Hals fest. Sie hoben mich aus dem Auto und legten mich auf eine Trage. Ein stechender Schmerz schoss meinen Rücken hinauf und dann wurde ich von unserem Auto weggerollt.

„Ray...meine Schwestern...geht es ihnen gut?" Ich versuchte die Worte zu schreien, brachte aber nur ein Flüstern heraus.

„Wir schauen gerade nach den anderen, Ma'am. Bleiben Sie ruhig."

Bleiben Sie ruhig. Wie? Ich keuchte. Wo war Ray? Und die Zwillinge? Ich fühlte und hörte einen dumpfen Schlag und dann starrte ich an die Decke des Krankenwagens. Zwei Sanitäter untersuchten mich, einer schnallte etwas an meinem Handgelenk fest, während der andere sich näher über mich beugte und fragte: „Wissen Sie, wo Sie sind, Ma'am?"

Ich kämpfte darum, zu antworten, meine Gedanken waren wie im Nebel. Ich wollte meine Hände auf meinen Bauch legen, aber sie waren festgeschnallt. Meine Kehle war rau und ich fühlte, dass mein Gehirn nur langsam arbeitete. Ich musste mich sehr konzentrieren, um seine Worte zu verstehen.

„Washington", sagte ich. „Wir waren auf dem Weg zum Zoo. Wo ist mein Mann? Meine Schwestern?"

Schon während ich das fragte, hasste ich das Wimmern in meiner Stimme, aber ich musste wissen, dass mit Ray und den Zwillingen alles in Ordnung war. Niemand beantwortete meine Frage, und das machte mir nur noch mehr Angst. Der Jeep hatte unser Auto auf der Fahrerseite gerammt. Sarah hatte hinter Ray gesessen. Ging es ihr gut? Und Ray... in Gedanken sah ich immer wieder, wie sein Kopf gegen die Vorderfront des Jeeps prallte. Ich wollte schreien. Ich konnte nicht mehr denken. Ich konnte nicht atmen.

„Wir sind gerade dabei, die anderen aus dem Auto zu holen. Sie müssen ruhig bleiben, Ma'am."

Ich krächzte: „Wo *sind sie?*"

„Es wird alles gut werden, Ma'am, bleiben Sie ruhig, damit wir uns um alle kümmern können."

Ich hörte, wie die Türen geschlossen wurden, und es wurde dunkler im Krankenwagen. Dann rollten wir los und ich hörte die Sirene heulen. Von meiner Position aus, flach auf dem Rücken liegend und mit festgeschnalltem Kopf und Händen, konnte ich nicht viel sehen, nur ein Gestell mit Equipment und Überwachungsgeräten. Einer der Sanitäter starrte auf einen Monitor und las dem anderen Ziffern vor, die dieser notierte. Der Krankenwagen fuhr über ein Schlagloch, und ich fühlte, wie ich auf der Trage hin und her rutschte, danach wurden wir langsamer, während das Martinshorn immer noch heulte. Es war so laut, mein Kopf tat weh und mir war schlecht.

„Ma'am, ich werde Ihnen jetzt ein paar Fragen stellen, das spart uns Zeit, wenn wir im Krankenhaus angekommen sind."

„Ja", krächzte ich. Ich schaute umher, bis ich den Sanitäter sehen konnte. Er war dunkelhäutig, hatte einen geschorenen Kopf und trug eine dunkelgrüne Uniform. Er sah vertrauenserweckend aus.

„Lassen Sie uns mit Ihrem Namen beginnen?"

„Carrie." Meine Stimme war sehr unsicher. „Carrie...hmm...Thompson-Sherman." Ich schloss meine Augen. Anscheinend hatte ich meinen Kopf härter angeschlagen, als ich gedacht hatte. Wieder durchfuhr mich die Angst. Ging es Ray gut? Sarah und Jessica?

„Okay, Carrie. Ich bin Jared", sagte der Sanitäter in einem beruhigenden Ton. „Soweit ich das erkennen kann, geht es Ihnen ganz gut. Vermutlich haben Sie eine Gehirnerschütterung, aber keine gebrochenen Knochen und auch keine Blutungen. Wir haben Ihren Hals festgeschnallt und stabilisiert, um einer Schädigung der Wirbelsäule vorzubeugen, aber ich bin mir sicher, dass mit Ihnen alles in Ordnung ist. Ich möchte, dass Sie sich entspannen."

Ich versuchte zu nicken und krächzte: „Entspannen."

Ich musste die Tränen unterdrücken. Wie zur Hölle konnten sie erwarten, dass ich mich entspannte? In Gedanken sah ich immer noch das Auto vor mir, ein großer, grüner Jeep, der direkt auf uns zukam. Rays Kopf, wie er gegen das Glas knallte. Das splitternde Glas, das mir ins Gesicht flog.

„Gut, Carrie. Können Sie mir nun noch Ihr Alter sagen?"

Darüber musste ich wieder nachdenken. „Siebenundzwanzig. Nein. Achtundzwanzig."

„Nehmen Sie irgendwelche Medikamente? Gibt es irgendwelche medizinischen Befunde, über die wir uns Gedanken machen müssten?"

„Nein", flüsterte ich.

„Können Sie uns sagen, wer noch mit Ihnen im Auto war?"

Ich unterdrückte ein Schluchzen. „Ray. Und meine Schwestern. Sarah und Jessica. Sie sind zu Besuch." Meine Stimme wurde immer leiser und ich machte eine Pause, bevor ich weitersprach. „Sie sind gestern Abend hier angekommen. Aus San Francisco. Ist...geht...geht es ihnen gut?"

„Alles wird gut werden, Carrie."

Ich versuchte zu schlucken. Meine Kehle war trocken und angeschwollen. Wir fuhren über eine weitere Bodenwelle, und mein Mageninhalt war auf einmal in meinem Hals. „Mein Gott", murmelte ich, als mir die Galle hochkam.

Die Sanitäter kamen sofort näher und Jared ordnete „absaugen" an. Säure füllte meinen Mund und ich erbrach mich, dann noch einmal, alles, was ich an diesem Tag gegessen und getrunken hatte, kam in einem großen Schwall aus meinem Mund, als einer der beiden einen Schlauch in meinen Mund steckte, um es abzusaugen. Ich konnte nur noch würgen und die Tränen liefen mir über das Gesicht.

Ich wollte mich zusammenrollen und weinen. Ich wollte Ray und meine Schwestern finden. Und ich konnte nichts anderes tun, als hier zu liegen und zu würgen und mein eigenes Erbrochenes zu riechen. Ich verdrehte meine Augen unwillkürlich, der widerliche Geruch brachte mich erneut zum Erbrechen, obwohl überhaupt nichts mehr zum Herauswürgen da war. Schließlich flüsterte ich: „Ich glaube, ich bin fertig."

Sie ignorierten mich einfach und derjenige mit dem Absauger fuhr noch ein paar Sekunden fort. Meine Kehle brannte.

Jared wischte mir mit einem Tuch die Galle vom Gesicht, während der andere Sanitäter den Absauger wegpackte. „Gibt es jemanden, den wir anrufen können? Familie?"

Ich schloss meine Augen und versuchte, nicht zu stöhnen.

Ich beantwortete die Frage. „Bitte…rufen Sie meine Schwester Alexandra an." Alexandra war geografisch gesehen meine nächste Verwandte, sie lebte nur ein paar Stunden entfernt, in New York. Ich gab ihm die Nummer und er schrieb sie auf. Der Krankenwagen schaukelte und dann gab es erneut einen dumpfen Schlag, als wir über ein weiteres Schlagloch fuhren. Ich schloss meine Augen und versuchte, die Übelkeit zu ignorieren. Ich musste wirkliche eine Gehirnerschütterung haben.

Ich hoffte, dass sie Alexandra gleich anrufen würden. Lieber Gott, bitte lass nicht Dylan ans Telefon gehen. Er würde wissen, wie man am besten Rays Eltern erreichte, aber er würde eine ganze Weile brauchen, um sich zu beruhigen. Dylan und Ray waren zusammen für die Army in Afghanistan gewesen und sie standen sich so nahe wie Brüder. Näher.

Ich hatte solche Angst.

Sie sind dabei, die anderen aus dem Auto zu befreien.

Was bedeutete das? Wie schwer waren sie verwundet?

Ich hatte keinerlei Antworten, fühlte, wie Dunkelheit über mich kam, und ich war so schläfrig.

„Ma'am...Sie müssen wach bleiben. Sie könnten eine Gehirnerschütterung haben. Öffnen Sie die Augen."

Ich kämpfte darum, sie zu öffnen, und versuchte zu sprechen. Mein Hals war so trocken, dass ich nur krächzen konnte. „Werden Sie meine Schwester anrufen?", fragte ich. „Bitte?"

Jared legte seine Hand auf meine Schulter. „Das werden wir. Ich verspreche es."

„Danke", flüsterte ich.

Das war die längste Fahrt meines Lebens.

DIE ERSTE STUNDE

Sind Sie die Ehefrau? (Carrie)

„*Ma'am,* ich bin eine der Notfallkrankenschwestern. Wir werden Sie jetzt ganz schnell kurz durchchecken, okay?" Die Krankenschwester war jünger als ich, aber sie strahlte Ruhe aus. Die Notaufnahme war ziemlich voll, und die Trage, auf der ich lag, war im Flur an eine Wand geschoben worden. Die cremefarbenen Wände und die abstrakte Kunst an der Wand waren dazu gedacht, die Leute zu beruhigen, aber die ganzen Geräte um einen herum, das ganze Gepiepe, das ich hören konnte, und die effizienten und schnellen Bewegungen der Krankenschwestern und Ärzte machten das zunichte.

„Ich muss wissen, wo Ray und meine Schwestern sind."

„Ich verspreche Ihnen, es herauszufinden. Für den Augenblick bleiben Sie bitte ruhig, während ich Ihren Blutdruck messe und ihre Werte kontrolliere, okay?"

Ich nickte und sie schlang die Manschette des Blutdruckgeräts um meinen Arm und zog den Klettverschluss fest.

„Ich muss Ihnen ein paar Fragen stellen." Sie drückte einen Knopf an einem Monitor und die Blutdruckmanschette blähte sich auf und drückte auf meinen Oberarm. „Wissen Sie, was passiert ist?"

„Autounfall."

„Okay, können Sie mir sagen, welches Jahr wir haben?"

Ich blinzelte und sagte dann: „2013."

„Okay, gut. Wissen Sie, wer unser Präsident ist?" Sie schaute mir in die Augen, als sie das fragte.

Ich wurde langsam ungeduldig. „Barack Obama."

„Haben Sie sich den Kopf angeschlagen oder das Bewusstsein verloren?"

„Ich weiß es nicht."

„Sie haben einen leichten Bluterguss auf einer Seite Ihres Gesichts, aber das ist nicht weiter schlimm", sagte sie. „Übelkeit?"

Ich zog eine Grimasse. Ich hatte im Krankenwagen erbrochen, aber das war heute nicht das erste Mal gewesen. „Ja."

„Okay, wir müssen Sie wahrscheinlich für eine CT nach oben schicken, der Arzt, der Sie untersuchen wird, wird das entscheiden. Lassen Sie mich nach Ihren Augen schauen."

Mein Magen verkrampfte sich, als sie die CT erwähnte.

Sie leuchtete mit einer Taschenlampe in mein linkes Auge, dann in mein rechtes. „Es sieht so aus, als ob mit Ihnen alles in Ordnung ist."

Danach hörte sie meine Brust mit einem Stethoskop ab, prüfte, ob ich meine Arme und Beine bewegen konnte und ob mein Hals und mein Rücken wund waren. Alles schien in Ordnung zu sein.

„Können Sie sich aufsetzen?"

Langsam setzte ich mich auf und bereitete mich dabei auf Schmerzen vor. Aber ich hatte keine.

„In Ordnung, ein Arzt wird Sie untersuchen, aber das kann eine Weile dauern, denn man wird sich erst um die dringenderen Fälle kümmern wollen. Können Sie mir den Namen Ihres Ehemanns und Ihrer Schwestern sagen? Und in der Zwischenzeit müssen wir die Aufnahmeformalitäten erledigen."

Ich gab ihr alle Informationen. Mein Magen war völlig verkrampft und mir war schwindelig. Wenn ich nicht bald etwas über Ray und die Mädchen erfuhr, würde ich anfangen zu schreien. Ich wusste noch nicht einmal, ob sie ins gleiche Krankenhaus gebracht worden waren. Überhaupt… ich wusste noch nicht einmal, wo ich war. Welches Krankenhaus war das hier eigentlich?

Diese Frage wurde schon einen Moment später beantwortet, als jemand mit einem Clipboard voll mit Papieren zum Ausfüllen zu mir rüberkam. Während ich mit dem Papierkram begann, wanderten meine Augen immer wieder zu einem Pärchen, das nicht weit von mir entfernt war. Sie saßen zusammen auf einer Trage, lehnten sich aneinander, und die Frau hatte Blut auf ihrer Stirn. Sie sprachen mit einer Krankenschwester. Beide sahen panisch und erschöpft aus. Am Boden zerstört.

Ich schaute wieder auf meine Papiere, aber ich konnte Worte aufschnappen, bei denen es mir eiskalt über den Rücken lief.

Unfall.

Daniel hatte keinen Gurt getragen.

Acht Jahre alt.

Wurde aus dem Auto geschleudert.

Ich schauderte.

Ich hatte kaum mit dem Ausfüllen der Papiere angefangen, als ich abrupt stoppte, denn die Türen der Notaufnahme flogen auf und mein Herz begann wie wild zu schlagen.

Eine kleine Traube aus Ärzten, Krankenschwestern und Sanitätern kam durch die Tür, alle umringten eine Trage und sie rannten durch den Flur zu einem Notfallraum. Ich brauchte nur einen Blick und war sofort aufgestanden, auf einmal war mir schwindelig. Ray. Ich folgte ihnen, rannte durch den Flur hinter ihnen her.

An der Tür zu dem Notfallraum hielt mich eine Krankenschwester auf. „Sie können hier nicht rein."

„Das ist mein *Ehemann!*" Sie gab nach und drückte mich an die Wand. „Sie müssen hier stehen bleiben, damit Sie nicht im Weg sind." Sie drehte sich wieder zu ihrer Arbeit um.

Sie bewegten sich schnell, zuerst hoben sie Ray auf den Untersuchungstisch und schlossen ihn danach an eine verwirrende Auswahl von Maschinen und Schläuchen an. Geräte, um seine Herzfrequenz, den Blutdruck und noch hundert andere Dinge zu checken, alles hing an einem rollenden Geräteturm.

„Er braucht einen Zentralvenenkatheter", sagte einer der Ärzte. Eine Krankenschwester schnitt sein Shirt auf und sprühte Desinfektionsmittel an seinen Halsansatz in der Nähe des Schlüsselbeins. Sekunden später hatten zwei der Ärzte einen langen weißen Katheter in seinen Hals geschoben.

Einer der Ärzte begann schnelle Anweisungen an eine Krankenschwester zu geben, und ich verstand nicht ein Wort davon. Aber es war klar, als einer der Ärzte sagte: „Rufen Sie Dr. Peterson von der Neurochirurgie an."

Eines der Geräte gab Alarm und eine Krankenschwester sagte mit lauter, aber ruhiger Stimme: „Herzstillstand!"

Es schnürte mir vor Angst die Kehle zu, als sie begannen Ray wiederzubeleben. Ich war völlig gelähmt, konnte nicht hinschauen, aber auch nicht wegsehen. Schreckliche Angst erfüllte mich, und ich musste den Brechreiz unterdrücken.

„Adrenalin", sagte einer der Ärzte, auch er war ruhig dabei, sogar während alle anderen um ihn herum schwirrten.

Ich zuckte zusammen und sah weg, verschränke meine Arme über meinem Bauch, zitterte. *Bitte. Lass mit Ray alles gut werden.*

Ich hielt den Atem an, versuchte, nicht hinzuschauen, aber ich konnte nicht anders. Meine Augen wanderten zu seinem übel zugerichteten Körper, überall war Blut. Sein Gesicht war blutverkrustet, geschwollen und fast schwarz, und sein Haar war ganz voll mit geronnenem Blut. Seine gesamte linke Körperseite, von seinem Bein bis zu seinem Arm, sah irgendwie verschoben aus, so als ob die Knochen zerschmettert waren.

Bitte lass ihn nicht sterben. Nicht jetzt. Nicht so. Ich schaute zu und wartete und wollte ihn mit jeder Faser meines Seins umarmen.

Das Gerät piepte, dann noch mal. Die Ärzte und Krankenschwestern hielten inne, man konnte sehen, wie sie aufatmeten. Sein Herz schlug wieder. Ich sackte gegen die Wand, mein Kopf war einfach nur leer.

Die Tür wurde geöffnet und eine Frau kam herein und stellte sich neben mich. Sie war etwa 1,65 m groß, schwarz und trug die gleiche, grüne Krankenhaustracht wie alle anderen auch.

„Mrs. Sherman?" Sie sprach leise. „Ich bin Michelle Bilmes, Sozialarbeiterin."

Ich blinzelte sie an, zitterte immer noch und konnte nicht antworten. Ich konnte meinen Blick nicht von Ray und den Ärzten abwenden.

Sie sprach erneut: „Ich bin hier in der Notaufnahme dafür zuständig, zu klären, ob Familienmitglieder bei einer Wiederbelebung dabei sein können. Möchten Sie vielleicht einen Schritt mit mir vor die Tür gehen?"

Ich schüttelte den Kopf. „Ich gehe nirgendwo hin."

Sie lächelte mich schwach an. „Ich verstehe das und es ist okay. Sie müssen aber verstehen, dass Sie hier bei der Tür und vor allem aus dem Weg bleiben müssen. Der Zustand Ihres Ehemanns ist sehr ernst und sie tun für ihn alles, was möglich ist."

„Ich werde nicht im Weg stehen. Haben Sie etwas über meine Schwestern gehört?"

„Ihre Schwester Jessica ist gleich nebenan, bei Sarah." Sie runzelte die Stirn und sagte dann: „Sarah ist auch schwer verletzt."

Ich schloss meine Augen. „Wie schwer?"

„Es ist zu früh, um etwas zu sagen. Aber sie tun alles, was sie können."

Ich nickte. „Und Jessica ist bei ihr?"

„Ja, Ma'am. Es geht ihr gut...ein paar Blutergüsse, nichts Schlimmes. Ein Arzt wird auch sie bald untersuchen, aber sie ist im Krankenwagen bei Sarah mitgefahren."

Ich sah wieder zu Ray. Sie waren immer noch damit beschäftigt, seinen Zustand zu stabilisieren. „Ich...ich habe mein Telefon verloren", sagte ich. „Ich muss...meine Familie anrufen."

„Ich habe mit Ihrer Schwester Alexandra telefoniert und ihr gesagt, was passiert ist. Sie sagte mir, dass sie den Rest der Familie informieren wird. Und sie bat mich, Ihnen zu sagen, dass sie und Dylan, sobald sie einen Flug bekommen, herkommen werden."

Ich schloss meine Augen, Erleichterung durchflutete mich. Alexandra und Dylan kamen her. Oh, lieber Gott. Ich war immer diejenige gewesen, die ihren Schwestern geholfen hatte. Ich hatte niemals realisiert, wie sehr auch ich sie brauchen könnte.

Und ich fühlte mich durcheinander, hin- und hergerissen, denn meine Schwester war nebenan und in genauso großer Gefahr wie Ray hier vor mir. Ich wusste nicht, was ich tun sollte. Ich wusste nicht, wo ich hingehen sollte.

Ich konnte Jessica in dieser Situation nicht allein lassen.

Also drehte ich mich zu der Sozialarbeiterin um. „Es tut mir leid...Ich habe Ihren Namen vergessen."

Sie lächelte mich verständnisvoll an. „Michelle. Das ist völlig nachvoll-
ziehbar."

„Wäre es okay, wenn ich nach Sarah und Jessica sehen würde?"

„Natürlich…kommen Sie mit."

In diesem Moment wurde die Tür geöffnet und ein Mann betrat den
Raum. Er trug die Kleidung eines Chirurgen und hatte einen arroganten
Blick, ich hatte gelernt, diesen Blick mit den Chefs von akademischen Ab-
teilungen in Verbindung zu bringen. Er marschierte zum Untersuchungstisch und schob die anderen dabei förmlich weg, starrte auf Rays Füße und
arbeitete sich dann bis zu seinem Kopf vor. Es war klar, dass er Autorität
hatte. Die Ärzte und Krankenschwestern wurden ruhig, als er den Raum
betrat, machten einfach mit ihrer Arbeit weiter. Er lehnte sich über Ray,
leuchtete mit einer Lampe auf Rays Kopf, schaute ganz genau hin.

„CT Scan", ordnete er an. „Und dann bereiten Sie ihn sofort für die OP
vor. Kopf, rechter Arm und sein Bein."

Ich schluckte. Der Mann richtete sich auf und entfernte sich von Ray
in Richtung Tür. Seine Untersuchung hatte gerade mal sechzig Sekunden
gedauert.

Er hielt an, als ich näher an die Tür trat, meine Arme waren vor meiner
Brust verschränkt.

„Sind Sie die Ehefrau?", fragte er tonlos.

Ich blinzelte. Sein Ton war gebieterisch, völlig selbstsicher, und seine
Wortwahl war barsch. Zu jeder anderen Zeit hätte es mich gestört, aber in
diesem Moment wollte ich nur, dass er Ray half. Er konnte so unhöflich
sein wie er wollte.

„Ja. Ich bin Carrie Sherman."

Er schaute über seine Schulter und dann zurück zu mir. „Der Zustand
Ihres Ehemanns ist sehr kritisch. Wenn wir ihn nicht sofort operieren,
wird er sterben. Verstehen Sie das?"

Es war so, als sei er hergekommen und hätte mir einen Schlag in den
Bauch versetzt. Ich konnte nicht atmen, ich konnte nicht einmal denken,
also nickte ich einfach und versuchte, nicht zu weinen.

„In Ordnung…Ich möchte, dass Sie nicht im Weg sind, lassen Sie die
Ärzte ihn für die OP vorbereiten. Miss Bilmes wird Sie zum weiteren Vor-

gehen informieren und Sie müssen ein paar Einverständniserklärungen unterschreiben. Wir haben den Zustand Ihres Ehemanns stabilisiert, aber er
ist nicht außer Gefahr und wir wissen nicht, ob er Hirnblutungen hat. Verstehen Sie, was ich sage?"

„Ja."

„Gut. Halten Sie durch. Wir werden unser Bestes für Ihren Ehemann
tun."

Ich nickte, versuchte nicht verrückt zu werden und flüsterte: „Danke."

Ein Traum? (Ray)

Ich sah zu, wie Carrie mit dem Chirurgen sprach, wie die anderen Ärzte
an meinem zerstörten Körper arbeiteten, und ich hatte mich noch niemals
zuvor in meinem Leben so hilflos gefühlt.

Das ist nicht wahr. Ich hatte mich schon ein paar Mal so gefühlt.

Ich hatte mich genauso hilflos gefühlt an dem Tag, an dem Carrie aus
dem National Institute of Health gekommen war, eine Mischung aus Wut,
Schock und Kummer im Gesicht wegen der Anschuldigungen gegen sie,
Anschuldigungen, die alles, wofür sie gearbeitet hatte, in Frage stellten. Die
Wut hatte gesiegt, ihre Fingerknöchel waren ganz weiß gewesen, als sie das
Lenkrad auf dem Weg nach Hause umklammert hatte, ihr ganzer Körper
hatte gezittert.

Ich hatte mich vor eineinhalb Jahren, im Februar 2012,
auch so gefühlt. Wir waren die ganze Nacht auf Patrouille gewesen, einer
Albtraumpatrouille. Nicht, weil die Aufständischen auf uns geschossen hatten, sondern weil sie es nicht getan hatten. Ist das nicht verrückt? Ja, das
ist verrückt. Aber es war auch wirklich beängstigend. Denn die Regel in
unserer kleinen Ecke der Hölle besagte, dass man, wenn man aus der Um-
zäunung des Camps trat, von den bösen Jungs beschossen wurde. Und zwar
jedes Mal. Manchmal war es nur ein einzelner Heckenschütze oder eine
Straßenbombe. Manchmal war es abscheulich, so wie die Granate, die Kowalski getötet hatte. Aber ich konnte mich an keine einzige Nacht erinnern,
in der wir auf Patrouille nicht beschossen worden waren. Nicht eine einzige.

Aber in dieser Nacht wurden wir nicht bemerkt und nicht behelligt. Wir waren auf dem Rückweg zur vorgeschobenen Operationsbasis, als es passierte. Die Ironie ist, dass wir nur noch einen Kilometer von der Basis entfernt waren, und das bedeutete, dass dort jemand nicht aufgepasst hatte, denn die Hadschis hatten es geschafft, ohne gestört oder beobachtet zu werden, eine riesige Bombe im Schmutz der Straße zu verbuddeln. Wir hatten die Bombe auch nicht bemerkt, denn die ersten drei Jeeps fuhren einfach darüber hinweg. Dann kam der vierte Jeep, mit Dylan und Roberts darin…Das war der Jeep, der getroffen wurde.

Die Bombe ging unter der Fahrerseite hoch. Wir waren direkt hinter ihnen und ich sah, wie das Fahrzeug ein Stück in die Luft gehoben wurde. Der Funk erwachte abrupt zum Leben, der Feindkontakt wurde gemeldet und dann hörte ich ein lautes Knacken, dann noch eines. Kugeln schlugen in die Seite unseres Jeeps ein, auf der Fahrerseite.

Das war alles Routine. Wir verließen die Jeeps, übernahmen die Führung und schossen zurück. Sobald unsere Maschinengewehre auf die bösen Jungs gerichtet waren, wurde das Feuer eingestellt, die bösen Jungs versuchten zu fliehen und unsere Luftverstärkung verfolgte sie. Ich habe keine Ahnung, was danach mit den Aufständischen geschah, denn in diesem Moment sah ich Dylan, er lag neben dem, was von Roberts' Körper übrig war, und sein Bein war…zerstört, überall war Blut. Ich schrie nach einem Sanitäter und begann sein Bein zu verbinden, aber die Bandagen waren dafür völlig ungeeignet, also nahm ich die Aderpresse und zog sie um sein Bein fest. Dylan schrie nicht, aber er war wach und starrte in den Himmel.

„Es wird alles gut werden", sagte ich immer und immer wieder. Er antwortete nicht. Und dann saßen wir fest, warteten auf die medizinische Evakuierung, es dauerte ewig. Es gab nichts, was ich tun konnte, um ihm zu helfen, außer ihm Morphium zu spritzen und zu hoffen, dass der Hubschrauber bald kam.

Es dauerte Wochen, bis ich wieder von ihm hörte. Wir wurden darüber informiert, dass er die ersten Tage überlebt hatte, aber das war es dann auch…Wir alle wussten, dass er vermutlich sein Bein verlieren würde, wenn er überhaupt durchkam. Also war es ein kleines Wunder, als ich später im Frühjahr auf einmal eine Mail von Dylan erhielt.

Dylan wusste es nicht, aber seine Mails waren eine Art Rettungsanker für mich gewesen. Ich vermute, niemand wusste davon. Ich hatte mich bewusst von den anderen zurückgezogen, nachdem ich Freunde aufgrund von Verwundungen und Tod verloren hatte, und dann verlor ich noch mehr Freunde wegen purer Grausamkeit. Zu diesem Zeitpunkt hatte ich schon begonnen, mir Notizen und Fotos zur Dokumentation zu machen. Nur für den Fall der Fälle.

Ich war dankbar, dass er da rausgekommen war, bevor die Dinge begannen, richtig übel zu werden.

Vor dieser Sache hatte ich mich niemals so hilflos gefühlt, aber seitdem passierte es mir immer wieder. Als ich zurück in die Army beordert wurde, während der Verhandlung und ganz besonders jetzt, ich hasste es, nichts für Carrie tun zu können.

Ich wollte meine Arme ausstrecken und sie umarmen, sie beschützen. Ich wollte ihr sagen, dass alles gut werden würde, sogar, wenn es eine Lüge war. Aber es war offensichtlich, dass ich gar nichts tun konnte. Niemand antwortete, als ich etwas sagte, und mein Körper lag dort auf dem Tisch, an Geräte und Schläuche angeschlossen. Die Krankenschwestern bereiteten sich gerade darauf vor, meinen Kopf zu rasieren. Hirn-OP? Gott, bitte nicht.

Der Unfall war so schnell passiert, dass ich immer noch nicht fassen konnte, was genau geschehen war. Warum hatte er nicht angehalten? Anscheinend war er mit weit mehr als hundert Sachen unterwegs gewesen, als er die rote Ampel überfahren hatte. Hatte er gerade einen Streit per Telefon gehabt? War er betrunken gewesen? Hatte er einfach nur nicht aufgepasst? Saßen seine Kinder gerade zu Hause und wunderten sich, wo ihr GR8 DAD, ihr großartiger Vater, blieb?

Ich ging zu Carrie und sah ihr in die Augen. Sie sah…verloren aus… so, als ob ihr jemand den Boden unter den Füßen weggezogen hatte. Ich streckte meine linke Hand aus und berührte sanft ihren Arm.

Sie zuckte ein wenig zurück und suchte den Raum mit ihren Augen ab. „Quäl dich nicht selbst."

Als ich die Stimme hörte, zuckte ich zusammen und drehte mich um.

Meine Schwägerin Sarah stand neben der Tür. Komischerweise war sie nicht, wie üblich, in Schwarz gekleidet. Stattdessen hatte sie ein rotes Kleid mit weißen Punkten und einem Gürtel aus Kettengliedern an. Der Gürtel hatte eine glitzernde Schnalle in Herzform. Das sah so gar nicht nach Sarah aus. Üblicherweise trug sie fast nur Schwarz, Leder und Nieten.

„Sarah? Ich habe die Tür nicht gehört."

„Natürlich nicht. Ich bin einfach durch sie hindurch gelaufen."

Irgendwie fand ich das besorgniserregend.

„Ich vermute mal, es wäre dumm, dich zu fragen, wie es dir geht?"

Sie zuckte mit den Schultern. „Sie bereiten auch mich gerade für eine OP vor. Ich habe versucht, Jessica zu trösten, obwohl das aussichtslos ist, sogar wenn das kein Traum wäre. Aber sie konnte mich nicht hören."

„Ein Traum?"

Sie hob eine Augenbraue. „Was kann es sonst sein?"

Das war ein Argument. Aber es fühlte sich völlig anders an als jeder Traum, den ich je gehabt hatte. Dies hatte alle Ecken und Kanten der Realität. „Ja, wahrscheinlich. Es kommt mir aber sehr real vor. Ich wünschte, ich könnte etwas für Carrie tun."

Sie kam zu mir herüber, stellte sich neben mich und sah Carrie ganz genau an. „Das wünschte ich auch. Sie sieht schrecklich aus. Ich habe sie noch nie so gesehen."

Einer der Ärzte ging zu Carrie. „Mrs. Sherman…wir werden ihn jetzt hoch in den OP-Saal bringen."

Sarah sagte: „Er sollte sie mit Dr. Sherman ansprechen und nicht mit Mrs."

Ich verzog die Augenbrauen in Sarahs Richtung. Auf der einen Seite gab ich ihr Recht. Auf der anderen Seite war das jetzt nicht der richtige Zeitpunkt, um wegen Titeln kleinlich zu sein.

Die Sozialarbeiterin, wie auch immer ihr Name war, sagte mit ruhiger Stimme: „Carrie, wir müssen in den Warteraum gehen. Wir werden uns um die Papiere kümmern und dann bringe ich Sie und Jessica in den Wartebereich der OP-Säle. Okay?"

Carrie sah aus, als ob sie in ihrer eigenen Welt gefangen war, so als ob sie nicht einmal hören konnte, was um sie herum geschah. So als wäre sie ein Geist wie ich einer war. Nach einer langen Pause sagte sie: „Okay."

Ich wollte sie in meine Arme nehmen und sie trösten. Alles nur Mögliche für sie tun.

Einen Augenblick später sah ich dabei zu, wie sie meinen Körper rausrollten. Ich würde später wieder danach schauen. Im Moment würde ich bei Carrie bleiben.

DIE **ZWEITE** STUNDE

Nicht zu spaßen (Carrie)

Jessica war dabei, zusammenzubrechen.

Ich konnte es in ihren Augen sehen. Sie saß neben mir, als ich damit beschäftigt war, die Versicherungspapiere fertig zu machen. Sie hatte glasige Augen und bewegte ihre Hände unruhig auf ihrem Schoß hin und her. Die Notfallkrankenschwester sprach mit einer Frau, die am Schreibtisch saß und unsere Papiere entgegennahm, dann sah sie zu uns herüber.

„Wir müssen Sie beide auch komplett durchchecken."

Ich erstarrte und blickte zu Jessica hinüber.

„Kann das nicht warten? Unsere Schwester und mein Mann, sie werden gerade in den OP gebracht."

Die Krankenschwester seufzte. *„Sie* können warten, obwohl ich es Ihnen nicht raten würde. Aber Ihre Schwester hier ist noch nicht achtzehn Jahre alt und, solange Ihre Eltern nicht auf etwas Anderem bestehen, muss sie jetzt untersucht werden. Ich verstehe Ihre Sorge. Aber keiner der beiden wird vor Ablauf…von ein paar Stunden, aus dem OP-Saal kommen. Sie müssen sich auch um sich selbst kümmern."

Ich holte Luft und nickte. „In Ordnung."

„Dann kommen Sie bitte mit."

Ich stand auf, nahm Jessicas Arm und führte sie in Richtung Untersuchungsraum. Sie ging widerstrebend mit. Ich denke, sie begann gerade zu realisieren, was wirklich geschehen war.

Komischerweise erinnerte mich das an einen Vorfall, der vor einer Ewigkeit passiert war. Dad hatte gerade sein Jahr als Botschafter in Russland beendet, und die gesamte Familie war in das Stadthaus in San Francisco umgezogen. Alle außer Julia, die nach Boston aufs College gegangen war. Wir hatten über die Jahre hinweg nur sehr wenig Zeit in dem Haus in San Francisco verbracht, vorwiegend während der Ferien, und das Haus musste renoviert werden. Über Wochen hinweg waren Handwerker im Haus, sie reparierten, installierten, strichen die Wände und kümmerten sich um wer-weiß-was-sonst-noch-alles. Zusätzlich zu den Störungen, die die ein- und ausgehenden Handwerker in unserem Leben verursachten, stresste das vor allem unsere Mutter. Und niemand von uns wollte in ihrer Nähe sein, wenn sie gestresst war.

Ich war siebzehn, bereitete mich gerade auf mein letztes Jahr an der High School vor, und das machte mich manchmal zur Beschützerin meiner kleinen Schwestern... und manchmal zur Anführerin. An jenem Tag wollte ich dem ständigen Hämmern und Geklopfe entkommen, also nahm ich Alexandra und die Zwillinge und fuhr mit ihnen zum Kinderspielplatz im Golden Gate Park. Es war August, aber ziemlich kalt, und der Morgen war sehr neblig gewesen, deshalb waren wir alle in warme Pullover eingepackt. Die Zwillinge trugen gleiche pflaumenblaue Jacken, die echt süß waren. Damals waren sie unzertrennlich und hielten sich, egal wo sie hingingen, immer an den Händen.

Ich parkte am Bowling Green Drive und wir verbrachten die nächste Stunde herumblödelnd im Park, wir fuhren Karussell und genossen ein wohlverdientes Eis. Auf dem Weg zurück zum Auto passierte es. Sarah stolperte und fiel, die Hände nach vorne ausgestreckt, hin. Direkt auf eine zerbrochene Flasche.

Sie stieß einen spitzen Schrei aus und ich rannte zurück zu ihr, legte meine Arme um sie, hob sie hoch und erschrak. Eine übel aussehende, gebogene Scherbe hatte sich in ihre rechte Handfläche gebohrt. Ihr Gesicht war blasser als sonst, ihre hellblauen Augen waren geweitet und sie starrte auf ihre Hand. Dann beruhigte sie sich sofort, schaute einfach nur hin.

Ich sah ihr in die Augen. „Es wird alles gut werden, Bienchen."

Sarah hob ihre Hand näher an ihre Augen und studierte sie. „Carrie, kannst du das rausziehen?"

„Kein Problem. Das wird bluten, okay? Vermutlich sogar sehr. Bist du soweit?"

Sie nickte. Ich hielt ihre Hand mit meiner rechten fest und streckte dann meine linke Hand danach aus. Etwas von uns entfernt hielt Alexandra Jessicas Hand fest. Jessica war blass, sie hatte feuchte Augen und sie zitterte. Fast so, als ob sie diejenige war, die den Schmerz fühlte.

Ich sah zurück zu Sarah und sagte: „Okay, willst du deine Augen schließen?"

Sie schüttelte den Kopf. „Ich will zusehen."

„In Ordnung." Also griff ich, ohne weiteres Zögern, mit meiner linken Hand nach der Scherbe und zog daran. Jessica zuckte zusammen. Die Scherbe kam sauber heraus und dann kam das Blut, viel Blut, das sich auf ihrer Handfläche sammelte.

„Das wäre erledigt. Lasst uns nach Hause fahren, okay? Hierfür wirst du ein riesiges Pflaster brauchen."

„Und Wasserstoffperoxid?", fragte sie hoffnungsvoll.

„Ja, Wasserstoffperoxid auch."

„Au", sagte Jessica.

Sarah drehte sich zu ihrer Schwester um und sagte: „Ist schon okay. Es tut nicht weh."

Ich griff nach meiner Handtasche, fand ein paar Servietten, die vom Mittagessen übrig geblieben waren, und gab sie ihr. „Drück sie fest auf die Schnittwunde."

Sie nickte, nahm die zusammengeknüllten Servietten in ihre Hand und ballte sie zur Faust, so wurden die Servietten fest gegen die Wunde gedrückt. Dann streckte sie die unverletzte Hand aus und griff nach Jessica, die sofort ruhiger wurde.

Ich bekam eine fiese Standpauke von meiner Mutter, schaffte es aber, Alexandra und die Zwillinge vor dem gleichen Schicksal zu bewahren. Ich war verantwortlich, ich hatte meine Schwestern unnötiger Gefahr ausgesetzt und man konnte mir nicht trauen. Ich hatte das alles schon früher gehört und ich ließ es an mir abprallen, denn ich wusste, das Wichtigste war, sie davon abzuhalten, auch auf meine Schwestern loszugehen.

Das was nicht das erste Mal und es würde auch nicht das letzte Mal sein, dass es so aussah, als ob Jessica diejenige war, die den Schmerz fühlte, wenn Sarah verletzt wurde. Und genau deshalb war ich jetzt besorgt. Denn ich wusste nicht, wie Jessica darauf reagieren würde, dass Sarah operiert werden musste. Oder…nein. Schon der Gedanke war unaussprechlich. Ich würde heute niemanden verlieren. Ray und Sarah würden operiert werden und dann würde es ihnen besser gehen.

Bis ich Jessica in den Untersuchungsraum geführt hatte, zitterte sie schon und war ganz blass. Sie setzte sich auf den Rand der Untersuchungsliege. Ich sah ihr in die Augen und legte meine Hände auf ihre Schultern.

„Es wird Sarah bald besser gehen, Jessica. Okay? Sie wird gesund werden. Atme einfach ruhig weiter, ja?"

Sie schloss die Augen und schien sich ein wenig zu beruhigen.

Die Krankenschwester lächelte und sagte: „Mrs. Sherman? Wenn Sie mit mir nach nebenan kommen, wird der Doktor Sie beide in ein paar Minuten untersuchen."

„Jessica? Ich bin gleich nebenan, sag mir einfach Bescheid, wenn du etwas brauchst, okay? Mit Sarah wird alles gut werden."

Ich sagte das mit einiger Zuversicht. So, als ob ich sicher war, dass sie wieder gesund werden würde. Dass Ray wieder gesund werden würde. Dass einfach alles wieder gut werden würde. Ich war aber gar nicht so zuversichtlich. Ich musste das sagen, ich würde Jessica direkt in die Augen schauen und ihr sagen, dass sie sich keine Sorgen machen sollte, aber in Wahrheit war ich vor Sorge ganz krank.

Ich folgte der Krankenschwester in einen kleinen Untersuchungsraum.

„Setzen Sie sich, das wird nicht länger als ein paar Minuten dauern."

Also wartete ich. Und machte mir noch mehr Sorgen. Irgendwo, nicht weit entfernt, wurden Sarah und Ray notoperiert. Ich sollte dort sein und nicht auf dieser Untersuchungsliege sitzen und Däumchen drehen. Ich war noch nie der Typ zum Rumsitzen und Nichtstun gewesen. Ich musste immer etwas zu tun haben, lesen, lernen, schreiben, irgendeine Aktivität, irgendetwas. Und nun, wenn jemand meine Hilfe brauchte? Nicht in der Lage zu sein, etwas zu tun, machte mich verrückt.

Ich zuckte zusammen, als die Tür geöffnet wurde. Ein junger Arzt kam herein und hatte ein Klemmbrett dabei. „Carrie? Ich bin Doktor Chavez. Wie geht es Ihnen?"

Ich verzog das Gesicht. „So gut es einem in dieser Situation gehen kann. Ich muss nur so bald wie möglich in den Wartebereich der Chirurgie gelangen."

Er nickte. „Ihr Mann und Ihre Schwester sind in guten Händen, Carrie. In der Zwischenzeit müssen wir sicherstellen, dass mit Ihnen alles in Ordnung ist. Das wird nicht lange dauern."

Ich nickte. „Okay."

Er rollte einen hohen Hocker heran und setzte sich darauf, dann lehnte er sich näher zu mir hinüber. „Lassen Sie mich nach Ihrem Kopf sehen."

Er streckte die Hand aus und brachte meinen Kopf in Position.

„Es sieht so aus, als hätten Sie hier eine unangenehme Beule. Sind Sie gegen die Scheibe geprallt?"

„Ja. Aber nicht sehr schlimm."

„Haben Sie das Bewusstsein verloren?"

Ich schluckte. Und log ihm ins Gesicht: „Nein. Ich war nur ein bisschen benommen."

„Sind Sie sicher?"

„Ja."

Er fuhr mit der Untersuchung fort, hörte meine Brust ab und schaute nach Blutergüssen. Davon hatte ich viele. „Haben Sie Kopfschmerzen? Übelkeit?"

„Ein bisschen." In Wahrheit konnte ich vor Kopfschmerzen kaum geradeaus sehen.

„Haben Sie Schmerzen, wenn Sie Ihren Kopf oder Hals bewegen?" Er streckte seine Hand aus und bewegte meinen Kopf sanft vor und zurück und nach links und rechts.

„Ich bin ein bisschen steif, das ist alles."

Der Arzt sah mich zweifelnd an. „Ich bin besorgt, dass Sie weitere Kopfverletzungen haben könnten. Ich werde eine CT anordnen."

Mein Magen verkrampfte sich und ich sagte: „Ich möchte jetzt hoch in den Wartebereich der Chirurgie gehen. Können wir die CT später machen?"

Er runzelte die Stirn. „In Ordnung. Aber wenn Ihnen wieder schlecht werden sollte oder die Kopfschmerzen schlimmer werden, müssen Sie uns sofort informieren. Mit Kopfverletzungen ist nicht zu spaßen."

Tausendmal schlimmer (Ray)

Sarah und ich setzten uns etwas entfernt von den Untersuchungsräumen, in denen Jessica und Carrie waren, nebeneinander auf Plastikstühle. Sarah sah genervt und müde aus, und sie spielte mit einer Locke ihres Haares herum.

„Wie hast du Carrie eigentlich kennen gelernt?", fragte Sarah.

Ich wollte mich nicht unterhalten, schon gar nicht über die Vergangenheit. Aber dann dachte ich über Sarah nach…Sie war siebzehn Jahre alt. Sie hatte genauso wenig Ahnung, was hier vorging, wie ich. Und vielleicht würde eine Unterhaltung, egal über was, besser sein als nur hier zu sitzen, zu brüten und sich Sorgen zu machen.

Also beschloss ich zu reden. Sie abzulenken und nicht darüber nachzudenken, was wir gerade durchmachten. Sie war in San Francisco gewesen, als ich Carrie kennen gelernt hatte, und außer zu einem Konzert an Neujahr und ein paar Minuten hier und da auf Dylans und Alex' Hochzeit hatte ich so gut wie gar keine Zeit mit Sarah verbracht. Trotzdem war ich überrascht, dass die Schwestern nicht darüber gesprochen hatten. Ich war mir nicht sicher, ob ich darüber reden wollte, also wechselte ich das Thema.

„Was hat das Kleid zu bedeuten?", frage ich. „Ich habe dich bisher nur in Schwarz gesehen."

Sie zuckte mit den Schultern. „Ich habe zuerst gefragt."

„Ich bin älter als du."

Sie verdrehte die Augen und schüttelte den Kopf. „Das meinst du nicht ernst, oder? Ich bin fast achtzehn."

Ich grinste. „Wann, in elf Monaten?"

„Fast."

„Und was machen wir jetzt?"

Sie schüttelte ihren Kopf. „Ich weiß es nicht. Ich trage solche Sachen nicht mehr." Sie schaute auf ihr Kleid herunter. „Überhaupt, ich erkenne dieses Kleid…und es ergibt keinen Sinn, denn es sollte mir gar nicht passen."

Ich hob eine Augenbraue. Sie verzog das Gesicht. „Mutter hatte die Angewohnheit, uns gleich anzuziehen. Immer. Wir sind keine eineiigen Zwillinge. Es machte mich verrückt, denn sie bestand darauf, sogar noch, als wir schon in der Mittelstufe waren. Sie hat diese Kleider zu Weihnachten für uns gekauft, als wir in der 8. Klasse waren."

„Und…ich verstehe das nicht."

„Ich auch nicht. Denn ich nahm es mit nach unten in die Garage und überschüttete es mit Bleichmittel."

„Was?"

Sie sah mich reumütig an. „Mutter ist ausgerastet."

„Ja, das kann ich mir vorstellen. War's schlimm?"

„Versuch du mal, ohne eigene Identität aufzuwachsen."

Ich sah sie genau an. Vor diesem Besuch hatte ich Sarah nur zweimal getroffen. Sie war frech und selbstbewusst und ein bisschen zynisch. Sie erinnerte mich sehr an ein paar Gothic Girls, die ich in der Schule gekannt hatte. Sie war ganz anders als ihre Zwillingsschwester, die viel zurückhaltender war.

„Versteh mich nicht falsch, aber du hast ganz sicher eine eigene Identität."

Sie schüttelte ihren Kopf und verdrehte die Augen. „Nur weil ich sie selbst herausgearbeitet habe. Jetzt bin ich in diesem Traum gefangen, oder was zur Hölle das hier ist, und sehe aus wie Jessica."

„Mach dir nichts draus, Sarah. Das hier wird bald vorbei sein, so oder so."

Erst war sie ruhig, dann sagte sie: „Du denkst nicht, dass wir tot sind, oder?"

Über diese Frage musste ich nachdenken. Dies alles war weit entfernt von allem, was ich je erlebt hatte, ich wusste nicht, was ich davon halten sollte. Schließlich sagte ich: „Ich habe keine Ahnung, was hier vorgeht. Aber ich weiß, wenn wir tot wären, würden sie uns nicht so schnell operieren wollen."

„Ja, aber...Ich meine, was zur Hölle? Sollten wir nicht bewusstlos oder so was sein?"

Ich schüttelte meinen Kopf. „Sagt man nicht immer, wenn man stirbt, sieht man ein weißes Licht in einem Tunnel oder so was?"

Sie zuckte mit den Schultern. „Vermutlich. Ich habe mir darüber nie viele Gedanken gemacht."

Ich dagegen hatte mir darüber viel zu viele Gedanken gemacht. Ich konnte nicht anders. Kowalski: in die Luft geflogen, weil er sich selbst auf eine Granate geworfen hatte. Dylan: mit in Fetzen gerissenem Bein aus dem Kriegsgebiet evakuiert. Roberts: von ihm war nicht mal genug übrig, um einen Leichensack zu füllen. Weber: beim Pinkeln von einem Heckenschützen getötet. Als Weber starb, hatte ich bereits aufgehört, mich mit den neuen Soldaten anzufreunden. Und dann verlor Sergeant Colton den Verstand. Martin erschoss sich, wegen dem, was ich gemeldet hatte. Ich hatte den Tod schon oft gesehen. Ich hatte nichts gesehen, das mich davon überzeugt hätte, dass sich Gott auch nur einen Deut für seine Schöpfung interessierte. Für mich sah es so aus, als ob der Tod nicht mehr als eine andere Form des Vergessens war.

Aber hier war ich nun. Hier war Sarah. Falls sie nicht doch recht hatte und das nur ein Traum war.

„Ich frage mich, was als Nächstes passiert", sagte ich laut.

„Ich vermute, wir sollten die OP-Säle checken. Schauen, was los ist."

„Meinst du nicht, wir sollten bei Carrie und Jessica bleiben?", fragte ich.

Sie schaute mich an, so wie eine junge Mutter ihr verwirrtes Kleinkind anschauen würde. „Sie wissen nicht, dass wir hier sind, Ray."

Ich seufzte. „Ja, in Ordnung, egal. Wir gehen bald, sobald Carrie und Jessica auch nach oben gehen. Ich möchte sie nicht allein lassen. Und während wir hier rumsitzen und warten, habe ich ein paar Fragen an dich."

„Du zuerst. Das haben wir doch schon geklärt."

Richtig. Die Nacht, in der Carrie und ich uns kennen gelernt hatten. „Ich war gerade aus Afghanistan nach Hause gekommen und für ein paar Tage bei Dylan zu Besuch. Carrie war übers Wochenende in der Stadt, um Alex zu besuchen, also haben sie uns einander vorgestellt."

Ich erzählte Sarah eine abgewandelte Version unseres ersten Treffens. Aber ich selbst erinnerte mich an alle klitzekleinen Details. Es war einfach, mich an den Moment zu erinnern, als ich Carrie zum ersten Mal sah, denn diese Erinnerung hatte sich in mir eingebrannt. Dylan und ich liefen durch den Park auf dem Columbiacampus und ich erkannte die Mädchen sofort. Ich hatte schon erwartet, eine ziemlich attraktive Frau zu treffen – ich hatte Fotos von Alex gesehen – , aber ich hatte nicht mit der 1,90 m großen Amazonengöttin gerechnet, die neben ihr stand.

Carrie hatte schulterlanges, braunes Haar, das ihr Gesicht umrahmte, eine freche Nase und blaugrüne Augen. Sie trug ein perfekt sitzendes geblümtes Kleid, das direkt über ihren Knien endete und gerade genug von ihren Brüsten zeigte, um mich zu animieren, genauer hinzuschauen. Schwarze, knöchelhohe Lederstiefel mit mehr als sieben Zentimeter hohen Absätzen betonten ihre perfekten Waden und brachten sie fast auf Augenhöhe mit mir, was sehr ungewöhnlich und gleichzeitig total toll war.

Ich war erst vor ein paar Tagen aus Afghanistan nach Hause gekommen und immer noch überwältigt, wenn ich Frauen sah, die keine Army-Uniformen trugen. Aber Carrie war viel mehr als das. Sie wäre mir auch in einer großen Menschenmenge aufgefallen, mit ihren anmutigen und natürlichen Bewegungen, ihrem langen, gertenschlanken Körper, den Bögen ihrer Augenbrauen und diesen blassen Augen – ich war sofort voller Begierde.

Ihre Augen weiteten sich ein wenig, als wir näher kamen, und sie sagte etwas zu ihrer Schwester, das ich nicht hören konnte.

„Du meine Güte, Dylan. Du hast mir nicht gesagt, dass Alex' Schwester ein verdammtes Model ist."

Er grinste. „Ich denke, sie ist Wissenschaftlerin oder so was, Unkraut. Schlauer als wir alle." Ich bin ungefähr einen Kopf größer als Dylan... und als die meisten anderen Menschen...Also nannten die Kerle in unserer Einheit mich Unkraut.

Wir erreichten die Mädchen einen Moment später und Alex stellte uns vor. Carrie sah mich mit einem halben Lächeln im Gesicht an, die Hände hatte sie an ihre Hüften gelegt. „Also, ähm...Du warst mit Dylan in der Army?"

Ich wollte ihr *genau dort* das Kleid vom Leib reißen, konnte meine Augen nicht von ihr abwenden. Ich lächelte sie an und sah ihr in die Augen. „Ja…Ich musste 2009 das College abbrechen und schließlich meldete ich mich für die Army."

„Oh? An welchem College warst du?"

Sie drehte sich um, um neben mir herzulaufen. Nur etwa fünfzehn Zentimeter trennten uns. „Stony Brook. Das ist gar nicht so weit weg von hier, auf Long Island."

„Wie kam es, dass du dich für die Army gemeldet hast?"

„Ähm…meine Eltern arbeiteten beide für den gleichen Arbeitgeber und wurden beide Ende 2008 entlassen. Sie mussten schließlich ihr Haus verkaufen und es war kein Geld mehr da fürs College, das Arbeitsamt sah das allerdings anders. Also…meldete ich mich für die Army."

„Von wo kommst du?"

Ich fühlte, wie ich langsam unsicher wurde bei all den Fragen. Aber ich wollte ihr auch Fragen stellen. Viele sogar. Das war keine Liebe auf den ersten Blick. Das war pure, ungetrübte Lust. Alles an ihr, begonnen mit ihrem Haar, wie es ihr Gesicht umrahmte, und dem leichten Glanz auf ihren Lippen bis zu diesen Beinen machte mich wahnsinnig.

„Einem Vorort von Glen Cove", antwortete ich. „Und du?"

„Von überall, wirklich, aber meine Familie lebt jetzt in San Francisco."

Ah. Ich erinnerte mich daran, dass Dylan gesagt hatte, sie käme aus einer Diplomatenfamilie. „Dein Vater war im Auswärtigen Dienst, richtig? Dylan sagte du und deine Schwestern kommen aus einer…Art guten Familie."

Sie nickte. „Ja…ich war auf drei verschiedenen High Schools."

„Das muss ätzend gewesen sein."

Sie zuckte mit den Schultern. „Man nimmt die Dinge, wie sie kommen, so gut man kann. Es war gar nicht so schlecht. Seit wann bist du raus aus der Army?"

„Seit einer Woche. Mein Dienst wurde sowieso schon über das eigentliche Entlassungsdatum hinaus verlängert, weil wir in Afghanistan waren. Ich bin vor zwei Wochen von dort zurückgekehrt und habe mich sofort um meine Entlassung gekümmert."

„Und, was hast du jetzt für Pläne?"

Inzwischen hatten wir die Straße erreicht. Ich sah sie an und grinste. „Mich betrinken."

Sie lachte. „Ich meinte nicht jetzt sofort."

„Ich schon. Wir *gehen* doch auf eine Party, oder?"

Carrie schüttelte ihren Kopf, aber ich konnte sehen, dass sie mich witzig fand. Ich musste so weiter machen, denn ich wollte ihr unbedingt näher kommen. In diesem Moment bemerkte ich, dass wir Dylan und Alex hinter uns gelassen hatten. Ich nickte in ihre Richtung. Sie standen etwa fünfundvierzig Meter hinter uns, die Arme umeinander geschlungen. Völlig ahnungslos, dass sie zurückgeblieben waren.

„Wir sollten sie einfach stehen lassen", sagte ich.

Carrie biss sich auf die Lippe. „Sie werden sich in den nächsten fünf Minuten gegenseitig die Kleider vom Leib reißen, wenn wir jetzt nicht eingreifen."

Ich zuckte mit den Schultern und versuchte normal zu klingen. „Ich kann daran nichts Schlimmes erkennen."

Sie kicherte. „Ich denke nicht, dass die Campus-Security das auch so sieht."

Ich konnte nicht anders. Ich sah sie an und grinste dabei leicht anzüglich. „Lass es uns herausfinden."

Sie lachte und schlug mir leicht auf die Schulter. „Nicht so schnell, Soldat. Wir haben uns gerade erst kennen gelernt."

„Die Hoffnung stirbt zuletzt", antwortete ich. Und dann sagte ich in meiner besten Harrison-Ford-Imitation: „Was meinst du? Eine Prinzessin und ein Typ wie ich…"

„Oh nein. Das hast du jetzt nicht gerade getan, oder?"

Ich versuchte, unschuldig zu gucken. „Was getan?"

„Han Solo zitiert! Ich bin nicht so weltfremd."

„Ich schon. Lass uns die Turteltäubchen holen. Und ich habe natürlich *nicht* Star Wars zitiert. Wenn ich das machen würde, würde ich viel unauffälliger vorgehen." Ich zwinkerte ihr zu, begann, zurück zu Dylan und Alex zu laufen und sagte: „Auf, Prinzessin."

Sie murmelte, in perfekter Prinzessin-Leia-Imitation: „Ein Wunder, dass Sie noch leben."

Daraufhin musste ich laut lachen.

Mit etwas Mühe schafften wir es, Dylan und Alex solange voneinander zu trennen, um zum Straßenrand zu gelangen und ein Taxi heranzuwinken, das uns zu der Party brachte. Das Taxi hatte eine dieser Glaswände hinter den Vordersitzen, die man eigentlich in einem Polizeiauto erwartete, also mussten wir uns alle vier auf die Rückbank quetschen. Carrie und ich saßen sehr dicht beieinander, eine Tatsache, die mir dabei sehr bewusst war.

Die Sache ist die, ich hatte mich im Sommer 2009 für die Army gemeldet. Dort hatte ich Dylan bei der Grundausbildung kennen gelernt, in Fort Benning, Georgia. Gott allein weiß, warum ich mich für die Infanterie gemeldet habe, außer, dass man dafür eine riesige Menge Extrageld bekam und dieses Geld zusammen mit der Tatsache, dass mich die Army auch nach meinem Dienst finanziell unterstützen würde, locker für mein letztes Jahr am College reichen würde. Wie auch immer, wir verbrachten unseren Sommer in der Provinz von Georgia, dann ein Jahr in Fort Drum, New York, was für mich gar nicht so weit von zu Hause weg war, und dann ging es nach Afghanistan, in dieser Zeit wurde mein Dienst dann unfreiwillig verlängert. Das war alles okay für mich. Außer einer Sache. Hier war ich nun, es war Herbst 2012 und ich hatte seit ca. 2010 keine Frau mehr angefasst. Und jetzt saß diese...diese Göttin...Hüfte an Hüfte neben mir...Und das machte mich rasend.

Ich wollte mich wirklich nicht blamieren oder sie verunsichern, aber ich hatte überhaupt keine Kontrolle darüber. Es war nicht so, dass ich da saß und sagte: „Oh, ich bekomme gerade eine riesige Erektion und vielleicht kann ich sie dazu bewegen, dass – " Egal. Am besten vervollständigte ich den Gedanken gar nicht erst. Ich versuchte, an Baseballergebnisse zu denken, aber die Wahrheit ist, dass das bei mir noch nie funktioniert hat. Es führte nur dazu, dass ich sie vor mir sah, mit mir ganz allein auf einem Baseballfeld, wie wir zusammen die dritte Base „checken". Okay, es wurde Zeit, die großen Kanonen rauszuholen. Ich erinnerte mich ganz bewusst an den Tag, an dem wir in Fort Benning durch die Gaskammern gehen mussten, wo wir am Ende Tränengas einatmen mussten und dann den ganzen Weg zurück zu den Unterkünften erbrochen und geheult hatten.

Immer noch kein Treffer. Mein Ständer war größer als je zuvor. Und sichtbar. Ich bewegte mich auf dem Sitz, hoffte es zumindest etwas...unauffälliger zu machen, aber das verursachte natürlich Reibung zwischen Carrie und mir. Schlechte Idee. Ihr Rock war beim Einsteigen in das Taxi nach oben gerutscht und diese Frau hatte fantastische Beine. Es fiel mir wirklich sehr schwer, sie nicht zu berühren. Es fiel mir auch sehr schwer, mich nicht total zu blamieren. Ich fühlte mich wahnsinnig unsicher.

Sie sah mich neugierig an, eine Augenbraue war etwas höher erhoben als die andere. „Du bist schrecklich ruhig."

Ich sah ihr in die Augen. Schöne Augen. „Ich versuche dich zu verführen. Wenn Star Wars nicht funktioniert, muss ich zur nächsten Strategie übergehen. Und diese ist groß, dunkel und mysteriös."

Sie biss sich auf ihre Unterlippe und grinste. „Vielleicht solltest du mir einfach mehr von dir erzählen?"

„Da gibt es nicht viel zu erzählen. Ich bin einfach ein normaler Typ aus der Mittelschicht, dem das Geld ausgegangen ist."

„Wie war es in Afghanistan?"

Ich musste eine Grimasse unterdrücken. Die eine Sache, über die ich *nicht* sprechen würde, mit niemandem, war der Krieg. „Frag mich etwas anderes. Darüber rede ich nicht. Du solltest mir stattdessen von dir erzählen."

„Da gibt es nicht viel zu erzählen", sagte sie und gab mir dann eine bissige Antwort, die meine eigene widerspiegelte. „Ich bin nur ein normales Mädchen aus der Mittelschicht, dem das Geld nicht ausgegangen ist."

„Das glaube ich dir nicht."

„Tja, dann lass uns mal sehen. Ich beende gerade meine Doktorarbeit an der Rice-Universität, ich unterrichte Ökologie für Studenten – bin ein Wissenschaftsfreak. Das war ich schon immer."

Alex stimmte mit ein: „In ihrem Abschlussjahr an der High School hat sie Staphylokokkenkulturen unter dem Waschbecken in unserem gemeinsamen Badezimmer gezüchtet. In Petrischalen." Sie schauderte.

Ich lachte. „Und dir gefällt Star Wars?"

„Gefallen ist nicht das richtige Wort." Ihre Lippen verzogen sich zu einem Grinsen, aber sie wurde auch ein bisschen rot.

„Sogar die neuen Filme?"

Dabei verzog sich ihre Nase vor Abscheu. „Na ja, nicht so sehr."

„Worüber schreibst du deine Doktorarbeit?"

„Verhaltensökologie."

Ich blinzelte. „Was bedeutet das?"

„Hauptsächlich geht es um das Verhalten von Tieren aufgrund von ökologischen Belastungen. Ich habe letztes Jahr eine geraume Zeit damit verbracht, Feldforschung zu betreiben. Ich studiere die Paarungsgewohnheiten und Wanderungsmuster von Berglöwen und wie das die Verbreitung von bestimmten Mikroorganismen beeinflusst."

Das war einschüchternd. Aber diese Tatsache wurde von ihrem geschwungenen Kinn, das faszinierend und mir so nah war, noch in den Schatten gestellt. Ich wollte meine Arme ausstrecken und ihr Gesicht in beide Hände nehmen. Aber ich grinste und sagte: „Paarungsgewohnheiten von Berglöwen?"

Sie wurde rot. „Nicht *solche* Berglöwen. Pumas."

„Das fasziniert mich. Weißt du, dass ich den größten Teil des letzten Jahres in den Bergen verbracht habe?"

„Das macht dich noch nicht zu einem Löwen."

Ich zwinkerte. „Du wärst überrascht."

Wenn ich an diese Nacht zurückdenke, die Nacht, in der ich Carrie kennen gelernt hatte, kann ich nicht anders, als mich zu fragen, ob es Schicksal war. Ich war nicht abergläubisch oder religiös. Ich meine, meine Eltern waren Angehörige der Kirche. Während ich aufwuchs, gingen wir jeden Sonntag in die Kirche. Aber, wie so viele Menschen hatte ich mich nicht wirklich eingehend mit religiösen Fragen beschäftigt, bis mein eigenes Leben in Afghanistan in Gefahr war. Und nach den abscheulichen, brutalen Dingen, die ich dort gesehen hatte? Ich will nicht lügen. Mein Glaube war nicht erschüttert. Er war ausgelöscht. Ich wusste nicht, ob ich an einen Gott glauben wollte, der erlaubte, dass solche Dinge passierten. Schon gar nicht, wenn sie Kindern passierten. Und selbst wenn ich vorher an Gott geglaubt hätte, wie konnte ich das nach diesen Ereignissen noch? Na ja, wir waren auf jeden Fall nicht mehr per du.

Egal, wir gingen zu dieser Party und, obwohl diese Nacht für Dylan ein Desaster war, bei Carrie und mir...klickte es einfach. Trotz der chaotischen Situation, in die Alex und Dylan geraten waren, trafen Carrie und ich uns später in der Nacht wieder, und wir haben nicht gerade geschlafen.

Als ich damit fertig war Sarah die Geschichte zu erzählen, allerdings ohne meine Beobachtung über Carries Körper, fragte Sarah: „Wo seid ihr hingegangen?"

Ich grinste: „Brooklyn Bridge."

„Hmm...warum?"

Ich zuckte mit den Schultern. „Glaub es oder nicht, keiner von uns beiden war vorher wirklich jemals dort gewesen. Ich meine, ich bin auf Long Island aufgewachsen, es ist also nicht so, als hätte ich sie nicht gekannt. Und sie hatte sechs Jahre an der Columbia-Universität studiert. Also nahmen wir ein Taxi dorthin, fanden eine Bank, verbrachten Zeit miteinander und redeten."

Sarah sah skeptisch aus. „Worüber?"

„Wir lernten uns einfach besser kennen, verstehst du?"

Sie lächelte und lehnte sich auf ihrem Stuhl zurück. Ich war beeindruckt gewesen, wie Carrie sich, nachdem Dylan den Typen auf der Party zusammengeschlagen hatte, im Griff gehabt hatte. Beeindruckt, wie sie sich instinktiv um ihre Schwester gekümmert und sie beschützt hatte. Ich wollte sie viel besser kennen lernen. Also verbrachten wir Zeit miteinander, redeten einfach, fast die ganz Nacht lang. Über alberne Sachen: Lieblingsfilme und Musik. Ich war Einzelkind. Sie hatte eine ganze Horde Schwestern. Wir beide liebten Science Fiction und ich lachte, als sich herausstellte, dass sie ein großer Doctor Who-Fan war. Wir verbrachten eine halbe Stunde damit, zu diskutieren, welcher Doktor der beste war: Ich bestand darauf, dass es Tom Baker, der 5. Doktor war, aber sie war ein großer Fan des neuesten Doktors und der ganzen Amy Pond-Geschichte.

„Ach, komm schon", hatte ich gesagt, „das ist nicht mal mehr wirklich Doctor Who. Das ist nur noch seichtes ‚die Liebe wird alles retten'-Zeug."

Sie lächelte, sie schaute mir durch einen Vorhang aus Haar, der ihr im Gesicht hing, in die Augen. Das war so sexy, dass ich beinahe aufkeuchte. „Genau das mag ich daran."

Am Ende des Wochenendes tauschten wir unsere Kontaktinformationen aus und sie kehrte nach Texas zurück. Ich blieb die nächsten Wochen in New York, hauptsächlich um mich um Dylan und Alex zu kümmern, die völlig fertig waren, eigentlich wie üblich. Am liebsten hätte ich Dylan eine Kopfnuss verpasst. Er ist ein toller Typ und mein bester Freund. Aber er ist stur wie die Hölle und hat ein riesiges Märtyrer-Gen. Ein echter Drama-tiker, und Alex ist genauso. Zwischen den beiden wurde ich fast verrückt.

Mein einziger Ausweg war, mit Carrie über Facebook zu chatten oder mit ihr zu telefonieren. Und das taten wir ausgiebig. Es begann recht kurz und einfach...ein Kommentar hier, eine kurze SMS dort. Aber in der drit-ten Nacht, nachdem sie die Stadt verlassen hatte, chatteten wir fast zwei Stunden auf Facebook, und den Abend darauf rief ich sie an und wir unter-hielten uns bis spät in die Nacht hinein. Am Ende der Woche hatten sich unsere Telefonate in Gute-Nacht-Gespräche verwandelt, ich lag im Bett und sprach mit Carrie, bis wir beide bereit zum Schlafen waren. Und morgens schickte ich ihr eine SMS und, wenn sie ein paar Stunden später wach wur-de, schrieb sie gleich zurück.

Ich weiß nicht, ob es daran lag, dass das Ganze online und per Telefon passierte, aber ich stellte fest, dass ich mich Carrie gegenüber schneller und mehr öffnen konnte als gegenüber jedem anderen, den ich kannte. Wir spra-chen über unsere Familien, unser Leben und unsere Ambitionen. Wir spra-chen über unsere ehemaligen Partner, unsere Marotten und Unsicherheiten. Ich erzählte ihr Dinge, die ich niemals zuvor jemandem erzählt hatte. Und so verrückt es auch klingen mag, ich wusste, dass ich mich in sie verliebte, und das ausgerechnet übers Telefon, Wochen bevor wir uns wiedersahen.

Als ich die Geschichte beendete, sagte Sarah: „Also...du siehst nur wie ein Soldat aus. Innen drin bist du genauso ein Freak wie meine Schwester." Ich lachte. „So ziemlich."

Sie sah mich ernst an. „Ihr beiden hattet ein schweres Jahr."

„Das ist eine Untertreibung", antwortete ich mit leiser Stimme. Sie hatte keine Ahnung. Was auch immer die Nachrichten gezeigt hatten, die Realität war tausendmal schlimmer gewesen. In den Nachrichten mochte von der Gerichtsverhandlung berichtet worden sein, aber sie hatten nicht von dem Verrat, dem Verlust der Hoffnung und dem Schulterschluss aus Personen, die ich geliebt hatte, berichtet. Und natürlich hatten die Nachrichten auch nicht über die Zweifel, mit denen ich gelebt hatte, die Fragen und die Momente berichtet, in denen ich mir gewünscht hatte, die Informationen verbrannt zu haben, anstatt sie einzureichen.

Sarah sah zu Carrie hinüber, die gerade dabei war, die letzten Papiere auszufüllen. Sie hatte einen ernsten und erschöpften Gesichtsausdruck.

„Carrie war immer diejenige, die sich um uns alle gekümmert hat."

„Ja", sagte ich. „Das kann sie gut."

Sarah biss sich auf die Lippe. „Jemand muss sich jetzt um sie kümmern."

Ich seufzte. Ich spürte, wie sich ein Kloß in meinem Hals bildete. Ich sollte derjenige sein, der sich um sie kümmerte, aber das war unmöglich.

DIE **DRITTE** STUNDE

Das Leben ist nicht viel wert (Ray)

arah und ich mussten uns zwischen die Leute in dem überfüllten Fahrstuhl quetschen, um hinter Jessica und Carrie noch hineinzupassen. Es ist außerordentlich nervenaufreibend, Menschen zu berühren, die nicht mal bemerken, dass man da ist. Das erfüllte mich mit Brechreiz. Wenn ich in diesem Zustand überhaupt erbrechen konnte. Und Carrie zu beobachten, wie sie Jessicas Hand mit todernstem Gesicht festhielt…Ich hätte einfach alles dafür gegeben, in der Lage zu sein, sie zu berühren. Um ihr zu zeigen, dass ich immer noch hier war. Ihr zu sagen, dass alles gut werden würde.

Aber irgendwie glaubte ich nicht daran, dass das wahr war.

In dem Moment, als sich die Türen des Aufzugs schlossen, sah ich etwas völlig Verrücktes. Da war ein kleiner Junge, am anderen Ende des Flures der Notaufnahme. Er war jung, vielleicht acht oder elf Jahre alt, und er trug ein Spider-Man-T-Shirt und eine Kappe, die schräg auf seinem Kopf saß. Er sah sich um, verloren, durcheinander, und dann lief eine Krankenschwester direkt durch ihn hindurch. Ich wäre fast aus dem Aufzug herausgesprungen, aber die Türen schlossen sich und er war weg.

Es war beängstigend.

Im Gegensatz dazu war Sarah mehr als albern. Vor ihr im Aufzug stand ein durchtrainiert aussehender Sanitäter Anfang zwanzig. Er war größer als 1,80 m und verdeckte sie mit ihren knapp 1,60 m fast, so dass ich sie hinter seinen breiten Schultern kaum noch sehen konnte. Und sein Hals sah aus wie ein Baumstamm. Dieser Typ trainierte ganz offensichtlich regelmäßig. Er sah aus, als ob er sich nicht rasiert hätte und als ob er schon sehr lange wach war. Seine Augenlider waren schlaff, er hatte dunkle Augenränder und er lehnte sich an die Wand des Aufzugs, so als ob er gleich einschlafen würde.

„Hey Ray, sieh mal her", sagte Sarah. Und dann blieb mir der Mund offen stehen, denn sie streckte ihre Arme nach ihm aus und legte ihre Hände auf seine üppigen Brustmuskeln.

„Sarah, lass den Scheiß", sagte ich.

Sie nahm das als Herausforderung und presste sich komplett gegen ihn. Obwohl ich um einiges älter bin als sie und verheiratet mit ihrer Schwester, wäre es unmenschlich, nicht zuzugeben, dass sie ein sehr attraktives Mädchen war. Und in diesem roten Kleid noch mehr als in ihrem üblichen Pseudo-Punkoutfit. Sie grinste mich an, stellte sich auf ihre Zehenspitzen, öffnete ihren Mund und leckte mit ihrer Zunge an seinem Hals.

„Oh, um Himmels Willen, Sarah!"

Der Typ zuckte zusammen und öffnete seine Augen. Es war unmöglich, dass er etwas fühlte. Aber er schien trotzdem zu reagieren.

Sie begann loszukichern und zog sich von ihm zurück. „Hab mal ein bisschen Humor." Sie wackelte mit ihren Augenbrauen und sagte: „Es gibt eindeutig Vorteile bei diesem Fast-Tot-Sein."

Ich atmete erleichtert aus, als sich die Aufzugtüren öffneten und wir hinter Carrie und Jessica ausstiegen.

„Sarah, du kannst so etwas nicht machen. Nur weil wir...was auch immer wir sind...ich meine..."

Sie drehte sich zu mir um, so abrupt, dass ich stehen blieb.

„Sag mir nicht, was ich tun oder lassen soll. Wie es aussieht, sind wir beide *tot*. Was zur Hölle passiert nach dieser Sache? Ich weiß es nicht. Du weißt es nicht. Also lass mich einfach in Ruhe!" Ihre Stimme erhob sich am Ende zu einem Schreien.

Ich verzog das Gesicht. „Sarah...wir werden wieder gesund werden. Wir beide."

Sie schüttelte ihren Kopf. „Das weißt du nicht. Du weißt *gar nichts*. Was ich weiß, ist, dass ich verdammt sauer bin. Ich bin noch nicht einmal achtzehn Jahre alt. Und es wäre schön gewesen, die Chance auf ein Leben zu haben."

Ärger durchfuhr mich wie ein Blitz. Ärger über Weber und Roberts und Kowalski und all die anderen, die wir verloren hatten. Ärger über dieses verwöhnte reiche Mädchen, das dachte, ihr Leben wäre besser oder mehr wert als deren Leben. Das war völlig unpassend und falsch, aber das Gefühl war trotzdem da.

„Manchmal bekommen wir diese Chance nicht", sagte ich. „Du möchtest die Wahrheit wissen? Tja, hier ist sie: Du hast Recht. Ich habe keine verdammte Ahnung. Ich weiß, dass ich gesehen habe, wie enge Freunde in die Luft gejagt wurden. Ich habe gesehen, wie das Leben von Menschen, die mir wichtig waren, durch Kugeln und Bomben zerfetzt wurde. Und wie die Überlebenden aufeinander losgegangen sind wie Hunde auf Kaninchen. Das Leben ist nicht viel wert, Sarah. Also ist es vielleicht vorbei. Wir haben unsere Chance gehabt."

Sie zuckte vor mir zurück, als ich sprach, und sie vermied es, mir in die Augen zu schauen. Schließlich drehte sie sich einfach um und lief weg, hinter Jessica und Carrie her.

Scheiße.

„Sarah!", rief ich.

Sie ignorierte mich, also rief ich lauter: „Sarah, es tut mir leid."

Sie stoppte, drehte sich endlich zu mir um und sah mich an. Ihre Augen waren kalt. „Nur weil du im Krieg gewesen bist, hast du kein Monopol auf Scheißsituationen. Und das hier ist eine Scheißsituation. Also zurück zu dem, was ich vorhin gesagt habe – sag mir nicht, was ich tun soll."

Damit drehte sie sich wieder um, der Rock ihres Kleides schwang dabei um sie herum, und ging davon.

Der Ärger war so schnell vergangen, wie er gekommen war, jetzt fühlte ich mich wie ein Idiot. Nicht, dass mir das zum ersten Mal passiert wäre, und vermutlich würde es auch nicht das letzte Mal sein.

Andererseits, es könnte wirklich das letzte Mal sein. Ich ging ihr hinterher, aber langsam. Ein Teil von mir dachte, ich sollte die OP-Säle finden. Nachsehen, wie es wirklich stand. Dann wieder dachte ich, dass das keine gute Idee wäre. Ganz abgesehen davon, dass ich ja nicht einfach anhalten und jemanden nach dem Weg fragen konnte. Würde mein Geist die Elektronik beeinflussen? Es war unmöglich, das zu wissen. Ganz zu schweigen

davon, dass die Vorstellung, dabei zuzusehen, wie mein eigener Körper aufgeschnitten und operiert wurde...das ließ mich wirklich völlig durchdrehen. Ich hatte natürlich schon die Eingeweide anderer Menschen gesehen,
aber meine eigenen? Dazu war eine besondere Form von Mut nötig, Mut,
von dem ich nicht dachte, dass ich ihn besaß.

Als ich sie endlich eingeholt hatte, saß Sarah in der äußersten Ecke des
Raumes, die Arme vor der Brust verschränkt, und starrte auf den Boden.
Der Warteraum war recht groß, mit vielen Stühlen, und er war voll. Am
Stützpunkt der Krankenschwestern stand der Sanitäter, den sie belästigt
hatte, einer Krankenschwester gegenüber. Carrie und Jessica waren direkt
hinter ihm.

Ich entschied mich, Sarah warten zu lassen. Ich würde in ein paar
Minuten zu ihr zurückkehren. Also stellte ich mich neben Carrie und
wünschte mir, ich könnte ihre Hand in meine nehmen.

Der Sanitäter sagte zur Krankenschwester am Schreibtisch: „Ich wollte
mich nur kurz nach einer Patientin erkundigen, die wir vorhin in die Notaufnahme gebracht haben. Ihr Name ist... ähm...Sarah Thompson."

Ich fühlte, wie Carrie sich neben mir anspannte, als die Krankenschwester bei Sarahs Namen den Kopf hob. „Ich habe keine Infos, sie wird
gerade notoperiert."

Der Sanitäter nickte und sah ein wenig deprimiert aus.

Carrie streckte ihre Hand aus und berührte ihn am Arm. „Sie haben
Sarah hergebracht? Ich bin ihre Schwester."

Das Gesicht des Mannes versteifte sich ein bisschen und er sagte. „Das
mit dem Unfall tut mir leid. Ich bin Eddie Vasquez. Ich...manchmal möchte ich wissen, was aus den Unfallopfern wird. Sie ist so schrecklich jung."

Jessica stand einfach da, wie betäubt, und Carrie sagte: „Das ist sie."

Ich holte tief Luft. Ich denke, es war Luft holen. Wenn ich tatsächlich
physisch anwesend gewesen wäre, wäre es Luft holen gewesen, aber ich war
nicht physisch anwesend, also hatte ich keine Ahnung, was zur Hölle es
war.

Der Sanitäter – Eddie – nahm Carries Hand. Wer nennt sein Kind
Eddie? Er sagte: „Bitte entschuldigen Sie, wenn ich aufdringlich bin. Ich

versuche gewöhnlich, diese Sachen nicht zu sehr an mich ranzulassen. Es ist nur…Sie ist so jung. Das war ein schlimmer Unfall."

Carrie nickte mit angespanntem Gesicht, dann sagte sie: „Ich weiß es zu schätzen, dass Sie nach ihr fragen. Wenn…wenn Sie mir Ihre Telefonnummer geben, werde ich Sie anrufen, sobald wir etwas wissen."

Eddie starrte sie an und sagte dann: „Sicher." Er griff nach einem Stift und einem Stück Papier auf dem Schreibtisch und schrieb seine Nummer auf. „Ich verstehe es, wenn…wenn Sie nicht anrufen. Ich spioniere niemandem hinterher. Ich bin am College und bereite mich auf das Hauptstudium in Medizin vor. Dies hilft, die Rechnungen zu zahlen."

Carrie nahm das Papier und sah ein wenig verloren aus. Sie hatte ihre Handtasche nicht bei sich und schien das erst jetzt zu bemerken.

Jessica nahm ihr das Stück Papier ab. „Ich kümmere mich darum, Carrie."

Sie hatte einen besorgten Gesichtsausdruck, als sie ihre ältere Schwester ansah. Kein Wunder. Carrie war immer diejenige, die alles im Griff hatte. Immer. Im Moment war es, als ob ein Blinder die Blinden führte, zwei in den Grundfesten erschütterte Schwestern, die sich aneinander klammerten. Ihre erschöpften und abwesenden Gesichtsausdrücke erinnerten mich schrecklich an die Kerle aus meinem Team an dem Nachmittag, an dem Kowalski sich auf die Granate geworfen hatte. Dylan, Weber, Roberts…sie hatten…leer ausgesehen. So, als ob in ihnen einfach nichts mehr da war.

Innerhalb von vierundzwanzig Stunden danach war Roberts tot und Dylan verkrüppelt gewesen. Weber hielt noch etwa einen Monat durch, bevor ein Heckenschütze ihn erwischte. Ich erinnere mich an Webers Tod. Hicks' Feuerteam hatte an diesem Tag die Führung übernommen, denn ich war immer noch dabei, die frisch eingetroffenen Ersatzmänner zu babysitten. Hicks und ich mochten uns nicht besonders, aber das mussten wir auch nicht. Man konnte sich auf ihn verlassen und er hatte ein gutes Team.

Und zudem waren alle seine Leute noch am Leben.

Wir stoppten an einem bestimmten Punkt, verteilten uns auf dem Pfad, jeweils mit fünf Metern Abstand. Ich war gerade nach unten in Deckung gegangen und versuchte, nicht völlig durchnässt mit Matsch zu enden, was ein nutzloses Unterfangen war, als ich sah, wie Weber sich vom Pfad entfernte, um pinkeln zu gehen. Er blödelte herum wie immer, mit einem breiten Grinsen im Gesicht, und er hatte gerade einen Scherz gemacht. Dann hörten wir einen leichten Schlag, so als ob ein Messer auf ein Stück Fleisch schlägt, etwa zehn Sekunden später folgte das Knacken eines leistungsstarken Gewehrs. Es war ein weiter Schuss, er traf ihn direkt in die Stirn, er brach zusammen und fiel genau in die Pfütze seines Urins.

Wir haben den Heckenschützen niemals gefunden. Ich zuckte zusammen bei der Erinnerung daran, wie Hicks und Sergeant Colton Webers bestes Stück zurück in seine Hose schoben, bevor sie ihn in den Leichensack packten. Auf gar keinen Fall hätten wir zugelassen, dass irgendein Scheißkerl unterwegs über Weber lachen würde. Wir waren alle grimmig und ruhig, als wir ihn in den Sack packten. Colton zitterte so vor Ärger, dass er drei Anläufe nehmen musste, bevor er den Reißverschluss schließen konnte.

Es ist nicht so, dass ich allzu viel über diese Scheiße nachdenke. Es ist nur...der Krieg wurde so schlimm, nachdem Kowalski getötet wurde. Ich weiß nicht, ob ich jemals in der Lage sein werde, darüber nachzudenken, ohne von der Wut überwältigt zu werden. Der Schatten des Monats zwischen Kowalskis und Webers Tod verdunkelte alles, sogar die kurze Zeit, die ich mit Carrie zusammen gewesen bin.

Es ist einfach, sich davon einfangen zu lassen. Sogar jetzt, zu einem Zeitpunkt, an dem ich vermutlich wesentlich wichtigere Sorgen hatte. Aber mal ernsthaft, wichtiger für wen? Hatte ich ein größeres Recht zu leben, als der Junge in Dega Payan? Er war vielleicht zwölf Jahre alt gewesen. Er starb genauso wie Weber, durch eine Kugel in die Stirn, und ich hatte nicht einen einzigen verdammten Finger gekrümmt, um es zu verhindern.

Ich musste mich zusammenreißen und mich konzentrieren. Carrie war hier und sie brauchte Hilfe.

Ich wünschte, ich wüsste, was ich für sie tun könnte. Es sah aber zunehmend danach aus, dass die Antwort darauf ‚nichts' war.

Carrie und Jessica waren fertig mit dem Papierkram. Halb liefen und halb stolperten sie zu einem Stuhlpaar an der Wand. Ich ging in die Hocke und lehnte mich neben Carrie an die Mauer.

„Sie merkt nicht, dass du da bist", sagte Sarah. „Du könntest genauso gut eine Millionen Kilometer entfernt sein."

„Halt die Klappe, Sarah."

„Du könntest genauso gut tot sein."

Ich seufzte und sah zu ihr hoch. „Es tut mir leid, dass ich sauer geworden bin."

„Egal, Ray. Ich verstehe schon, okay. Du hast Freunde verloren. Die Dinge, die dort passiert sind, waren schlimm. Aber das ändert nichts daran, dass das hier auch total schlimm ist, in Ordnung? Ich hatte Pläne für mein Leben."

Ich sah auf den Boden und sagte: „Es ist noch nicht vorbei, Kind."

„Woher weißt du das?"

„Weil die Chirurgen noch nicht wieder hier sind, um ihnen zu sagen, dass wir tot sind, okay? Wir haben immer noch eine Chance."

„Wie auch immer." Sie verdrehte die Augen in Richtung Decke.

Du meine Güte. Das war auf eine Art sogar lustig. Dylan war immer der König der Dramatiker gewesen. Ich meine, wer zur Hölle verschießt ein ganzes Magazin auf seinen Laptop? Aber Sarah machte ihm fast Konkurrenz.

Andererseits, vielleicht hatte sie Recht.

„Was für Pläne?", frage ich.

Sie rümpfte die Nase mit einem skeptischen Blick.

„Ernsthaft?", fragte sie.

„Ja."

„Musikerin."

„Oh? Wie Crank?"

Sie lächelte. „Besser."

„Super. Darum hast du an Neujahr vor Crank so mit der Bassgitarre angegeben."

Unser Schwager Crank war der Sänger und Gitarrist der sehr erfolgreichen Rockband Morbid Obesity. Ich hatte an Neujahr zum ersten Mal die Gelegenheit gehabt, sie während eines Konzerts zu sehen, direkt, bevor die Hölle über uns hereinbrach. Carrie hatte Backstagekarten gehabt.

Ich sah zu ihr hinüber. „Deine Eltern wissen nichts davon, oder?"

Sie grinste. „Bist du verrückt? Sie würden einen Herzanfall bekommen. Es war schon schlimm genug, als ich die Bassgitarre gekauft habe, mein Vater wurde total blass und verließ dann den Raum, um in sein Büro zu gehen, und Mom hatte eine Panikattacke. Sie ist nicht mehr ganz so schlimm drauf wie früher, nur...bevormundend. Aber weißt du, ich habe Bratsche gespielt, seit ich ein kleines Kind war. Es wurde Zeit für was Neues."

„Bratsche?"

Sie nickte. „Wir hatten alle Unterricht. Mom meint, das gehört dazu, um ein ausgewogener Mensch zu sein." Sarah zeichnete mit ihren Fingern Anführungszeichen in die Luft, als sie die Worte *ausgewogener Mensch* sagte. Sie fuhr fort. „Jessica spielt Geige."

„Und Carrie?", fragte ich. Ich hatte sie niemals ein Instrument auch nur anrühren sehen.

„Sie hasste es. Sie liebt Musik, mag es aber nicht, selbst Musik zu machen. Trotzdem lernte sie Cello, bis sie in der High School war."

Ich schaute zu Carrie hinüber. Sie hatte ihren Arm um Jessica gelegt, die sich an sie lehnte. Beide hatten die Augen geschlossen. „Ich wünschte, ich hätte sie damals schon gekannt."

Sarah sagte, so leise, dass es fast nur ein Flüstern war: „Sie ist die allerbeste große Schwester. Sie hat sich immer um uns gekümmert und etwas mit uns unternommen. Sie hat uns umarmt, Pflaster verteilt, und selbst nachdem sie ausgezogen war, telefonierten wir fast jeden Tag. Sie ist so, wie ich mir eine Mutter vorstelle, wenn meine Mutter nicht verrückt wäre."

Ich seufzte, als sie die Worte sagte. Wir hatten uns darüber unterhalten, wenn auch nur einmal. Die meiste Zeit hatten wir nicht über die Zukunft gesprochen. Die meiste Zeit hatten wir nur das Ziel gehabt, die Gegenwart zu überstehen. Aber wir hatten über Kinder gesprochen, wenn auch nur einmal.

Und zwar während eines Telefongesprächs. Carrie war nach Texas zurückgekehrt, ich war noch in New York, half Dylan und versuchte herauszufinden, was ich nun, nachdem ich die Army verlassen hatte, mit meinem Leben anfangen sollte. An dem Abend hatte ich auf dem Dach von Dylans Wohngebäude gesessen und über die Dächer und auf den Morningside Park geschaut. Es war ungewöhnlich warm für die Jahreszeit, ein paar Tage vor Thanksgiving im letzten Herbst, und wir führten eines unserer vielen, sehr, sehr langen Telefongespräche.

„Was machst du so?", hatte sie gefragt.

„An dich denken", sagte ich.

„Lass das", antwortete sie. Ich konnte fast hören, wie sie rot wurde.

„Was lassen? Ich habe außerdem an meinen Bewerbungen gearbeitet. Und Dylan babygesittet."

„Bewerbungen? An welche Uni denkst du?"

Ich seufzte. Bei dieser Frage wurde mir unbehaglich, denn ich hatte mir eine Menge Gedanken über ein paar wenige Orte gemacht. „American University. Georgetown. Columbia…Berkeley…Rice."

„Oh? Warum Rice?"

„In Texas ist es um einiges wärmer als in Long Island."

Sie lachte. „Wie schätzt du deine Chancen ein?"

„Gut. Ich weiß, ich sehe wie ein Schwachkopf aus, aber ich habe einen guten Notendurchschnitt und ein Vollstipendium als Veteran, zumindest fast."

Sie kicherte. „Du weißt, ich unterrichte Studenten. Mit dir zusammen sein…wenn man es so nennen kann…das hat ein bisschen was von ‚Verführung Minderjähriger'."

„Lady, du hast keine Ahnung, wovon du sprichst. Ich mag ja viel sein, aber…Ich fühle mich nicht jung. Nicht mehr."

Sie war ruhig. Ich hatte mich einen Schritt vorgewagt. Üblicherweise machte ich nicht einmal indirekte Anspielungen auf meine Zeit bei der Army oder in Afghanistan. Ich sprach nicht gerne darüber, und sie wusste das.

„Tut mir leid", sagte ich.

„Du musst dich nicht entschuldigen", antwortete sie. „Von mir aus können wir jederzeit darüber reden. Du bist derjenige, der nicht möchte."

„Es gibt viele gute Gründe dafür", sagte ich.

„Alexandra sagte…"

Sie verstummte und ich wartete ab. Schließlich, nach einer gefühlten Ewigkeit, sagte ich: „Alex sagte…was?"

„Sie sagte, Dylan hat ein bisschen über Afghanistan gesprochen."

Ich antwortete nicht gleich. Ich schaute einfach zum Park hinüber. Die Sonne ging gerade unter und auf beiden Seiten des Morningside Parks waren Scheinwerfer zu sehen. Also, warum konnte Dylan darüber reden und ich nicht? Warum konnte eine 60-Watt-Glühbirne einen Raum erleuchten, aber gleichzeitig von der Dunkelheit des Parks unter mir verschlungen werden? Da konnte man auch gleich den Ozean fragen, warum es Strömungen gab. Oder den Himmel warum es Wind gab. Die Frage war einfach zu gewaltig. Zu gewaltig für meinen Verstand, zu groß, um auch nur darüber nachzudenken. Ganz abgesehen davon, dass jetzt jeden Tag ein Militärstaatsanwalt einen bestimmten Umschlag öffnen und einen Brief und einen USB-Stick darin finden würde. Und wenn das passierte, würde das meine komplette Zukunft in Frage stellen, sogar mein ganzes Leben.

Oder vielleicht auch nicht. Vielleicht würde der Staatsanwalt den Inhalt anschauen und entscheiden, dass man das alles besser auf sich beruhen ließ. Ein einfacher Formatierungsbefehl und alles auf dem USB-Stick wäre vernichtet.

Vielleicht hätte ich ihn nicht einreichen sollen.

Vielleicht hätte ich ihn persönlich abgeben sollen.

Nein. Ich konnte nicht dort bleiben. Ich konnte nicht in der Army bleiben. Zumindest würde es jetzt, wenn alles rauskam, nach meinen Bedingungen ablaufen.

Schließlich sagte ich: „Ich denke, Dylan beginnt langsam eine Zukunft für sich zu sehen."

Der Ton ihrer Stimme veränderte sich abrupt, wurde kurz und abgehackt. „Wahrscheinlich ist es das. Ich muss jetzt los, wir reden später weiter."

Ich setzte mich gerade auf, als mir klar wurde, dass ich gerade etwas sehr Falsches gesagt hatte.

„Warte", sagte ich, aber es war zu spät. Sie hatte schon aufgelegt.

Ich verstehe schon. Ich mag ja nicht der Hellste sein, aber sogar ich verstand, dass ich etwas total Dummes gesagt hatte. Ich hatte dieses schreckliche Gefühl im Magen. Denn, wenn sie das Gleiche für mich empfand wie ich für sie…Ich wäre verletzt gewesen, wenn sie mir so etwas gesagt hätte. Also rief ich sie wieder an.

Es klingelte dreimal und ich war schon sicher, dass sie die Mailbox drangehen lassen würde, als sie endlich doch abnahm. Ich saß aufrecht auf meinem Sitz und mein Puls hämmerte in meinen Schläfen.

„Hallo?"

„Schau", sagte ich ohne weitere Einleitung. „Es ist nicht so, dass ich keine Zukunft sehe. Genau genommen…ich werde es ganz unverblümt sagen, Carrie. Ich mag dich unheimlich gerne. Ich habe die für mich möglichen Colleges nach den Orten ausgesucht, an denen du aller Voraussicht nach am ehesten sein wirst. Ich bin ehrlich gesagt…ein bisschen überwältigt davon, wie schnell sich meine Gefühle für dich…für uns entwickelt haben. Aber ich muss mich erst darauf einstellen, okay? Es ist noch nicht mal einen Monat her, dass das Einzige, worüber ich mich freuen konnte, war, den Tag überstanden zu haben, ohne beschossen zu werden."

Sie war ruhig, aber ich konnte sie atmen hören. Schließlich sagte sie: „Hast du das wirklich gemacht?"

„Was?"

„Die Colleges danach ausgesucht, wo ich vermutlich sein werde?"

Ich hustete: „Ja. Ja, das habe ich."

„Dann denk auch an Georgetown oder American University. Ich habe zwar einen Platz in Rice…aber ich habe Interesse an einer Mitarbeit beim National Institut of Health in Bethesda. In ein paar Wochen weiß ich mehr."

Ich schluckte. „Bedeutet das, dass du mir vergibst?"

„Da gibt es nichts zu vergeben", antwortete sie. „Und…es ist einfach nur verrückt, ein College danach auszusuchen, wo ich vermutlich leben werde."

„Im Moment ist es für mich sogar verrückt, auch nur darüber nachzudenken, wo ich nächste Woche sein werde. Geschweige denn darüber, wo ich nächstes Jahr sein werde. Aber ich muss irgendwo anfangen. Warum nicht irgendwo, wo es ein freundliches Gesicht gibt."

„Was, wenn sich herausstellt, dass du ein verrückter Stalker bist?"

Ich seufzte. „Dann erzählst du es Alex, und Alex wird es Dylan erzählen, und Dylan wird Jagd auf mich machen, wir werden einen legendären Kampf austragen, Gebäude zerstören, Busse umher schmeißen und ein großes Durcheinander verursachen. Sie werden die Air Force um Hilfe bitten, aber diese Weicheier werden davonrennen, deshalb werden sie dann die 82. Luftbrigade schicken."

Sie kicherte, aber ich war nicht fertig damit, mich komplett zum Affen zu machen. „Wie auch immer, wenn die 82. Luftbrigade gnadenlos scheitert, und das werden sie zweifelsohne, werden sie die Marine auf uns hetzen und wir werden sie schwimmen schicken."

Sie schnaubte und ich dachte, dass Carrie die einzige Person auf der Welt ist, bei der ein schnaubendes Lachen sexy klingt. „Was passiert dann?"

„Tja, dann schicken sie Chuck Norris."

„Du bist total albern."

„Ich habe bis jetzt überlebt, oder? Ich weiß, wovon ich spreche. Chuck wird merken, was für knallharte Typen wir sind, und wir werden gemeinsam einen Trinken gehen. Dann werden Dylan und ich ihn ausschalten und unseren Kampf wieder aufnehmen. Und letztendlich wird der Präsident seine ultimative Waffe gegen uns einsetzen, die uns schließlich bezwingen wird."

„Wen? Den Secret Service?"

Ich spottete: „Willst du mich verarschen? Nein, er wird die Finanzbehörde auf uns ansetzen."

„Das war's dann, Du bist verloren."

„Ja...egal. Tut mir leid."

„Mach dir nichts draus", antwortete sie. „Es ist nur..."

Ich lauschte, wartete ab, ob sie weiter sprechen würde.

Schließlich sagte sie. „Es ist nur...Ich bin fast dreißig. Ich erwarte keine Versprechen Ray...Dafür ist es zu früh. Aber ich denke schon an meine Zukunft. Ich meine...ich möchte irgendwann Mutter werden. Wenn es dir nur darum geht, mich ins Bett zu kriegen, möchte ich meine Zeit nicht verschwenden."

Ein Teil von mir wollte ihr eine schnippische Antwort geben. Ein Teil von mir wollte sagen: „Entschuldigung, da bist du an den falschen Typen geraten." Aber das war nur ein kleiner Teil in mir. Stattdessen dachte ich an Weber. Er hätte gesagt: Schnapp dir soviel Glück wie du kriegen kannst, solange du kannst.

Also sagte ich stattdessen: „Carrie, sieh mal…Ich mag dich sehr, okay? Wir sind immer noch dabei, uns näher kennen zu lernen. Gib uns eine Chance."

„Okay", antwortete sie.

„Gut. Du verteidigst deine Doktorarbeit in der Woche nach Thanksgiving, richtig? Was machst du danach?"

„Endlich wieder fest schlafen."

„Nein", sagte ich.

„Was?"

„Du wirst mich vom Flughafen abholen."

„Ray…"

„Keine Widerworte. Ich werde dich am Freitag schick zum Essen ausführen. Und zum Tanzen. Und ins Kino, in jeden Film, den du sehen möchtest. Oder auf einen Drink einladen. Oder was auch immer du gerne mit mir unternehmen möchtest. Okay?"

„Okay." Ihre Stimme war sehr leise.

„Ich würde schon früher kommen, aber ich habe meiner Mutter versprochen, an Thanksgiving zu Hause zu sein."

„Ist schon gut. Ich werde an dem Wochenende sowieso in San Francisco sein."

„Gibt es ein komplettes Familientreffen?"

„Fast…alle meine Schwestern außer Andrea werden kommen. Sie ist in Spanien bei meiner Großmutter und ich denke nicht, dass sie dieses Jahr nach Hause kommt."

„Also sehen wir uns bald."

Ich konnte fast hören, wie sie lächelte. „Ich freue mich darauf."

Und dann legten wir auf. Ich blieb noch eine Weile auf dem Dach, rauchte ein paar Zigaretten und dachte nach. Die Sache war die, ich wusste, dass ich nur begrenzt Zeit hatte. Irgendwann, ich wusste nicht wann, würde die Geschichte publik werden, und ich wusste nicht, was dann passieren würde. Es gab unheimlich viele Möglichkeiten, und fast alle waren übel. War es Carrie gegenüber fair, etwas mit ihr anzufangen, während diese Sache wie ein Damoklesschwert über mir hing? Wenn sie, wie sie es ausdrückte, ihre Zeit nicht verschwenden wollte?

Darauf wusste ich wirklich keine Antwort. Wenn man bedachte, dass die Geschichte genauso gut einfach begraben werden konnte, konnte ich da mein Leben in der Schwebe halten?

Damals wusste ich nicht, welches die richtige Entscheidung war, und um ehrlich zu sein, ich wusste es immer noch nicht. Sie jetzt so zu sehen – an Jessica geschmiegt, voller Schmerz, Sorge und Angst – ich konnte nicht anders, als mich zu fragen, ob ich einen Fehler begangen hatte, ob ich ihr nicht besser gesagt hätte, dass mein Leben einfach zu kompliziert war und sie sich besser von mir fern halten sollte.

Als Jessicas Telefon klingelte, änderte sie ihre Position. Jessica sah das Telefon an, registrierte, wer anrief, und gab das Telefon an Carrie weiter. Dann rollte sie sich einfach wieder zusammen. Oh Gott.

Carrie nahm das Telefon ab.

„Hallo? Alexandra?"

Ich lehnte mich näher heran, damit ich mithören konnte.

„Carrie? Oh mein Gott, ich bin so froh, dass ich dich erreiche. Geht es dir gut?"

„Mir geht's gut", antwortete Carrie. „Jessica und ich warten. Ray und Sarah…Sie werden beide gerade notoperiert."

„Oh Gott. Hör mir zu, Dylan und ich sind am JFK-Flughafen, unser Flug geht in zehn Minuten. Wir werden bald da sein, okay?"

Carrie schluckte, ihre Augen wurden feucht. „Hast du mit Mom und Dad gesprochen?"

„Ja. Sie haben mir versprechen müssen, nicht anzurufen. Sie versuchen einen Flug zu bekommen, werden aber vermutlich nicht vor morgen früh dort sein."

„Danke. Ähm…wie geht es Dylan? Was ist mit Rays Eltern?"

Alex antwortete in einem sachlichen Ton. „Mach dir darüber keine Sorgen. Ich habe mit Rays Eltern gesprochen, sie sind auf dem Weg. Ich habe mich um alles gekümmert. Halte einfach durch, wir werden bald da sein."

Carrie hielt Jessicas Hand fest in ihrer und flüsterte ins Telefon: „Bitte beeilt euch."

Dann legte sie auf und gab Jessica das Telefon zurück.

Ich lehnte mich zurück und atmete aus. Ich hätte einfach alles getan, um in der Lage zu sein, sie zu trösten und zu beruhigen. Aber da es so aussah, als ob ich nichts tun konnte, war es wenigstens gut, dass Alex bald kommen würde.

Jessica rührte sich ein wenig und sagte: „Ich bin gleich wieder da." Sie stand auf und ich hörte, wie sie ruhig nach dem Weg zu den Toiletten fragte. Ohne die Möglichkeit, Jessica trösten zu können, sah Carrie völlig verloren aus. Ihre Augen wanderten im Raum umher, so als würde sie etwas suchen, etwas, worauf sie sich konzentrieren konnte. Sie seufzte, schlug ihre Beine übereinander, nur um sie gleich wieder nebeneinander abzustellen.

Ich hatte sie früher schon so gesehen. So war Carrie, wenn sie etwas zu tun brauchte, sich auf etwas konzentrieren musste. Sie war noch nie in der Lage gewesen, lange in Gefühlen zu schwelgen, sie musste immer etwas zu tun haben...sogar, wenn es nichts zu tun gab.

Schließlich stand sie auf. Ich schaute zur Uhr hinüber. Es hatte ungefähr drei Minuten gedauert, bis sie mit ihrer Geduld am Ende war. Sie ging zum Krankenschwesternstützpunkt hinüber. Ich folgte ihr.

Mit einem Blick zurück über meine Schulter sah ich Sarah, die immer noch mit übereinander geschlagenen Beinen auf ihrem Stuhl in der Ecke saß. Sie starrte ins Leere, ihre Augen waren unmöglich blau im Kontrast zu ihren schwarzen Haaren. Sie war hierfür einfach zu jung. Zu jung, um sich darüber Sorgen zu machen, ob sie leben oder sterben würde. Zu jung, um sich darüber Sorgen zu machen, ob sie sich von ihrer Zwillingsschwester verabschieden musste.

Ich hatte falsch gelegen. Das Leben war doch etwas wert. Vielleicht ließen wir es zu einfach gehen. Vielleicht setzten wir es einfach als selbstverständlich voraus. Aber hier war ein Leben, das gerade erst begonnen hatte, sie hatte alles noch vor sich. Und ich wollte für sie einen Weg finden, zu überleben.

„Entschuldigung", sagte Carrie zu der Krankenschwester.

„Ja, Ma'am?", fragte die Frau hinter dem Schreibtisch, eine nüchtern aussehende Frau Ende vierzig.

„Haben Sie eine Ahnung, wann wir etwas Neues über meinen Mann oder meine Schwester erfahren werden?"

Die Frau sagte: „Es sollte jetzt nicht mehr lange dauern." Sie sah Carrie mitfühlend an, aber etwas in ihren Augen bereitete mir Sorgen. Sie wusste etwas, und es war nichts Gutes, was es auch war. Ich bin sicher, Carrie sah es auch, denn ihr Gesichtsausdruck änderte sich, sie war nicht verärgert, aber ihr Kinn schob sich nach vorne, so wie ich es schon früher bei ihr gesehen hatte. Wenn sie dabei war, anderen zu sagen, sie sollten sie nicht für dumm verkaufen. Ihre Kiefermuskeln verkrampften sich und sie ballte ihre Hände zu Fäusten. Ich denke, sie war kurz davor, etwas zu sagen, aber genau in diesem Augenblick betrat ein erschöpft aussehender Arzt den Raum, lief direkt auf den Schreibtisch zu und sagte: „Mrs. Sherman?"

Carrie keuchte fast auf. „Ja", antwortete sie.

„Ich bin Dr. Peterson, Mitglied des Chirurgenteams."

„Wie geht es ihnen?"

„Setzen wir uns doch", sagte der Arzt.

„Ich möchte mich nicht hinsetzen. Sagen Sie mir einfach, was los ist, bitte."

Der Arzt runzelte die Stirn. Ich denke nicht, dass er daran gewöhnt war, Anweisungen zu befolgen, und sie hatte ihre Aussage wie eine klingen lassen.

„Okay. Zuerst einmal…Ihr Ehemann…ich muss mich klar ausdrücken, ich möchte keine falschen Hoffnungen wecken. Sein Zustand ist sehr ernst."

Ihr Mund verkrampfte sich und sie nickte.

„Ray hat…bei dem Unfall sehr schwere Verletzungen erlitten. Mehrere komplizierte Frakturen in seinem linken Bein und linken Arm, mehrere gebrochene Rippen und eine punktierte Lunge. Aber die Kopfverletzungen sind wesentlich schlimmer."

Carrie schluckte und flüsterte dann: „Sprechen Sie weiter."

„Leider hat Ihr Mann schwere Schädelfrakturen erlitten und ein Teil des Schädels wurde in sein Gehirn gedrückt. Das Chirurgenteam entfernt die Teile, aber es steht außer Frage, dass er schwere Hirnverletzungen davongetragen hat. Im Moment können wir nicht wissen, wann…oder ob… er wieder zu Bewusstsein kommen wird. Ich erwarte, dass die OP weitere zehn bis zwölf Stunden dauern wird. Und danach müssen wir warten. Seine Aussichten sind sehr schlecht."

Carrie begann zu zittern, sie öffnete ihren Mund, um etwas zu sagen, und schloss ihn dann wieder. Tränen rannen ihr über das Gesicht. „Wird er überleben?"

„Das wissen wir noch nicht. Er kann nicht alleine atmen und wir mussten ihn mehrere Male wiederbeleben. Es steht auf Messers Schneide."

Heilige Scheiße. *Sehr schlechte Aussichten.* Was zur Hölle? Ich brauchte keine weiteren Erklärungen. Der Arzt hatte gerade Carrie – meiner Frau – gesagt, dass ich sterben würde oder, falls das Wunder geschah und ich überlebte, ich nur noch eine leere Hülle sein würde.

Carrie kämpfte darum, die Fassung zu bewahren. Ich wollte den Arzt schütteln, ihn anschreien und ihm sagen, dass er die Klappe halten sollte, bis Alex und Dylan ankamen und jemand da sein würde, der stark genug war, ihr zu helfen.

Aber es war noch nicht vorbei.

„Was ist mit Sarah?"

In diesem Moment drehte Sarah, die immer noch in der Ecke saß, ihren Kopf und starrte den Arzt direkt an. Sie hatte die ganze Zeit zugehört.

„Ihre Aussichten sind besser", sagte der Arzt, „aber auch sie ist noch nicht außer Lebensgefahr. Wissen Sie, was ein Kompartmentsyndrom ist?"

Carrie schüttelte ihren Kopf. „Was?"

„Es tritt häufig bei schweren Quetschungen auf. Die Muskeln in den Extremitäten sind in sogenannte Logen zusammengefasst, die durch Faszien begrenzt sind. Die Faszien sind nicht elastisch und eine Schwellung innerhalb einer Loge ist sehr gefährlich. Das linke Bein ihrer Schwester wurde gequetscht, wir mussten sofort eine Fasziotomie vornehmen."

Carrie schüttelte ihren Kopf. „Ich weiß nicht, was das ist."

„Im Grunde genommen bedeutet es, dass wir ihr Bein aufschneiden mussten, um den Druck zu reduzieren. Sie wird mindestens ein paar Hauttransplantationen benötigen."

Sarah stand auf und kam auf uns zu, ihr standen die Gefühle ins Gesicht geschrieben.

„Sie ist leider noch nicht über den Berg. Wir werden sie genau beobachten. Ich muss Sie bitten, noch ein paar Formalitäten zu erledigen. Es kann sein, dass wir amputieren müssen."

Carrie zuckte zusammen und Sarah murmelte: „Verdammte Scheiße, wehe, sie amputieren."

„Wie groß ist die Wahrscheinlichkeit, dass Sie das machen müssen?"

„Ich halte es für nicht sehr wahrscheinlich, aber es ist möglich. Und wenn es nötig wird, um ihr Leben zu retten, kann es sein, dass wir keine Zeit mehr haben, Sie vorher um ihre Einwilligung zu bitten."

„Verstehe", antwortete Carrie.

„Tu das nicht", sagte Sarah, ihre Stimme war ein leises Grollen.

Carrie schüttelte ihren Kopf. „Es wird noch lange dauern, bis unsere Eltern hier eintreffen. Tun Sie, was sie tun müssen...aber bitte...tun Sie Ihr Bestes, um sie zu retten."

„Nein", schrie Sarah. „Du verdammte Hexe, sag ihm, dass er das nicht machen darf!"

Sie rannte nach vorne und schlug mit ihrer Faust auf Carrie ein. Sie fuhr durch sie hindurch aber ich *sah*, wie Carrie zurückzuckte. Ich streckte sofort meinen Arm aus, griff nach Sarahs Handgelenk und zog sie weg. „Nein", stöhnte Sarah. „Es ist mir egal, ob ich sterbe. Lass sie mir nicht mein Bein abschneiden."

„Halt die Klappe, Sarah."

Sie versuchte meine Hände zu verdrehen und sich aus meinem Griff heraus zu winden, und ich konnte nichts anderes tun, als sie festzuhalten. „Sarah, *hör auf!*"

Schließlich sackte sie in meinen Armen zusammen. Ich drehte sie um und umarmte sie.

„Du wirst gesund werden, Sarah. Hörst du mich? Du wirst gesund werden."

Ich sagte die Worte, aber sie erinnerten mich zu sehr daran, wie hilflos ich in der Nacht, als Dylan verletzt wurde, gewesen war. Als ich ihm immer wieder gesagt hatte, dass alles gut werden würde, obwohl ich wusste, dass es eine Lüge war.

Ist bei Ihnen alles okay? (Ray)

Ich war immer noch ganz benebelt von dem Traum, den ich im Flugzeug hatte.

Der Flug war mit zwei Stunden Verspätung gestartet, und als wir endlich in der Luft waren, nickte ich langsam ein. Dabei tauchten immer wieder Bilder von Carrie vor meinem inneren Auge auf. Bilder, die ich mir eingeprägt hatte. Ich musste nicht mehr auf Facebook nachschauen, denn jedes dieser Bilder war mir in ganz frischer Erinnerung. Aber wie so oft driftete mein Unterbewusstsein beim Schlafen in andere Richtungen ab, Richtungen, über die ich im wachen Zustand nur sehr selten nachdenken wollte.

In dem Traum war ich in einem Tal, das von einer zerklüfteten Hügellandschaft umrahmt war und viele Erhebungen und Krater aufwies, aber auch Büsche und Gras wuchsen dort. Eine felsige Gebirgskette, die schneebedeckt war, zeichnete sich dahinter ab. Irgendwie wusste ich schon Bescheid darüber, was passieren würde. Irgendwie wusste ich schon, dass es innerhalb von vierundzwanzig Stunden mein Feuerteam nicht mehr geben würde. Kowalski und Roberts würden tot sein, Dylan notevakuiert und ich, ich würde der einzige Überlebende sein. Derjenige, der dafür zuständig war, sie zu führen und dafür zu sorgen, dass sie am Leben blieben. Die schlimmste Verletzung, die ich davongetragen hatte, war eine lange Furche in meiner Seite, die ein Zufallstreffer verursacht hatte. Vermutlich genug, um ein Purple Heart, die Verwundetenauszeichnung der Army, zu erhalten, aber nicht genug, um mich aus der Hölle zu evakuieren.

Die Zeit spielte in meinem Traum keine Rolle. Es war einen Monat später und wir waren zurück in der Nähe des Dorfes. Obwohl sie tot waren, hielten sich Kowalski und Roberts bei mir auf. Dylan befand sich irgendwo im Hintergrund und die verfluchten neuen Kerle waren nicht zu sehen. Sergeant Colton hatte am Straßenrand angehalten und schrie einen elf- oder zwölfjährigen Jungen an, der seine Schafe weiß Gott wohin führte. Es war im Grunde auch egal, denn die Spucke flog nur so aus Coltons Mund. Oberfeldwebel Martin, unser Gruppenführer, sagte: „Colton, beruhigen Sie sich, er ist nur ein Kind", aber Colton schrie nur noch lauter. Denn an diesem Morgen war Weber von einem Heckenschützen erwischt worden und wir hatten ihn in einen Leichensack gepackt. Sein Körper wurde ausgeflogen, während wir unsere Mission weiterführten.

„Du hast die verdammte Granate geworfen, nicht wahr?", schrie er. „Du bist derjenige, der Kowalski getötet hat, oder? *Oder?"*

Er zielte mit seinem Gewehr auf den Jungen, und dann kamen die anderen Kerle aus Hicks' Feuerteam hinzu, zwei oder drei von ihnen begannen herumzubrüllen und ich sagte: *„Was zur Hölle soll das, ein Kind?"*. Oberfeldwebel Martin stellte sich direkt vor Colton und schrie ihm „Sergeant, hör auf!" ins Gesicht und das Nächste, an das ich mich erinnere, ist, dass Colton sein Gewehr auf Martin richtete und, verdammt noch mal, völlig die Beherrschung verlor. Ich kreischte: „Sergeant, tun Sie das nicht!"

„Woah, Soldat. Das ist ein schlimmer Traum, mein Junge. Zeit aufzuwachen."

Ich öffnete meine Augen und ich war nirgendwo in Afghanistan. Ich war in einem Flugzeug. Der alte Mann, der neben mir saß, hatte seine Hand auf meinen Arm gelegt und mich geschüttelt, aber als ich meine Augen öffnete, zog er sie schnell zurück. „Entschuldigung, mein Sohn…Sie hatten einen schlimmen Traum, ich musste Sie aufwecken."

„Danke", murmelte ich. Der alte Mann hatte versucht, mit mir darüber zu reden, aber ich war dafür noch nicht bereit. Stattdessen schlug ich das In-Flight-Magazin auf und blätterte darin herum, während das Flugzeug langsam seinen Landeanflug auf Texas begann.

Als ich durch die Sicherheitsschleuse im Bush International Airport in Houston ging, fanden meine Augen Carrie sofort. Sie stand etwas abseits von den anderen Wartenden außerhalb des Gates, fast so, als ob sich dieser Abstand automatisch wegen ihrer Größe, ihrer Schönheit oder einfach, weil sie ein starker Typ war, um sie gebildet hatte. Schließlich war das die Lady, die mit Berglöwen umgehen konnte.

Es war kalt und sie trug einen pflaumenfarbigen Strickpullover über schwarzen Leggings mit kniehohen Stiefeln, die hohe Absätze hatten. Ein Schal war um ihren Hals gebunden und sie trug einen flippigen, grauen Hut. Alles an ihrem Outfit betonte ihren langen, schlanken Körper, ihre kurvigen Hüften, Beine und Brüste. Als sie mich entdeckte, begann sie zaghaft zu lächeln, ich grinste zurück und ging auf sie zu. Es war ein seltsames Gefühl. Persönlich kannten wir uns nur von einem gemeinsam verbrachten Wochenende. Aber wir hatten seitdem so viele Stunden miteinander telefoniert, so viele Stunden am Computer gechattet, dass es mir so vorkam, als ob wir uns schon sehr lange kannten.

Im nächsten Moment war ich peinlich berührt, wir standen uns gegenüber und ich sah ihr in die Augen, Augen mit unmöglich langen Wimpern, die mich förmlich einsaugten. So dicht hatten wir uns noch nie gegenübergestanden und ich konnte sie so klar sehen, die blau-grüne Iris ihrer Augen. Sie hatte nur einen Hauch Make-up aufgelegt. Dann blinzelte sie, nur einmal. Kannten wir uns gut genug für eine Umarmung? Einen Kuss? Ich wollte sie unbedingt berühren, so sehr, dass mein ganzer Körper unter Strom stand. Aber ich wusste nicht, ob es zu früh dafür war. Ihr Lächeln verschwand für einen ganz kurzen Moment und ich konnte sehen, dass sie sich die gleiche Frage stellte.

Also dann, scheiß drauf. Ich streckte meine Hände nach ihr aus und zog sie an mich heran, legte meine Arme um sie und atmete ihren Geruch ein. Sie wurde sofort schwach in meinen Armen. Mit diesen Absätzen war sie fast so groß wie ich, und ich konnte den leichten Duft ihres Parfüms riechen. Sie legte ihre Arme, die muskulös und winzig zugleich waren, um meine Schultern und ich lächelte, dann lehnte ich mich leicht zurück und sah ihr in die Augen. „Also, wirst du ausrasten, wenn ich dich küsse?", fragte ich in einem ruhigen, ausgeglichenen Ton.

Ihre Augen weiteten sich unmerklich.

„Ich...". Sie stoppte.

Erlaubnis genug.

Ich lehnte mich an sie heran und meine Lippen berührten sie nur ganz leicht. Gott, ich hatte das schon seit Wochen machen wollen. Sie bewegte sich, kam näher zu mir heran, presste ihre Lippen gegen meine und öffnete ihren Mund leicht, mein Mund war bereits geöffnet. Ich gab mich völlig dem Gefühl hin, ihre Lippen auf meinen zu spüren, so sanft und feucht. Sie schloss ihre Augen dabei, aber ich wollte meine nicht schließen. Ich wollte sie dabei ansehen.

Ihr Körper passte perfekt zu meinem und ich fühlte, wie sie in meinen Armen leicht bebte. Nachdem wir uns eine Weile geküsst hatten, berührte ihre Zunge ganz zaghaft die meine und sie stieß ein sanftes Stöhnen aus, das fast nicht zu hören war. Während ich mit den Fingerspitzen meiner linken Hand an ihrer Wirbelsäule entlang über ihren Rücken bis zu ihrer Hüfte fuhr, durchflutete mich Wärme, ein Gefühl, das ich wirklich nicht beschreiben kann. Mit der anderen Hand berührte ich zärtlich die Seite ihres Gesichts. Mein Daumen fuhr ihr Kinn nach und ihre Augen schlossen sich noch fester. Meine Zunge streifte ihre Zähne und sie krallte ihre Finger auf meinem Rücken in mein Shirt und zog mich dabei so nah an sich heran, dass ich jeden Zentimeter von ihr fühlen konnte.

Es kam mir vor, als ob wir uns mindestens eine Stunde lang küssten, unser erster Kuss, aber ich bin sicher, dass er nicht mehr als dreißig Sekunden gedauert haben konnte. Wir holten beide lange und tief Luft und sie kicherte, ließ aber die Arme um mich geschlungen. Ich grinste und sagte: „Das war den ganzen Aufwand des Fluges wert."

Sie wurde rot. „Wenn es nicht so wäre, würdest du dich dann umdrehen und zurückfliegen?"

„Keine Chance", sagte ich. „Ich versuche immer alles zweimal. Lass es uns noch mal versuchen und sehen, ob es immer noch funktioniert."

Sie wurde noch röter, bis zum Hals, und ihre Augen, beschattet von diesen wahnsinnigen Wimpern, sahen auf meine Brust hinunter.

„Bist du hungrig?", fragte sie und schaute mir wieder in die Augen, dann wieder herunter zu meiner Brust, ihr Lächeln blieb jedoch am Platz.

„Am Verhungern", sagte ich.

„Leider haben wir unsere Reservierung bei Michelangelo's verpasst. So spät lassen sie uns nicht mehr rein."

„Ich gehe überall mit dir hin", antwortete ich.

„Ich kenne eine ziemlich gute Pizzeria."

„Zeig mir den Weg", erwiderte ich.

Sie begann die Umarmung zu lösen und ich holte tief Luft, um wieder einen klaren Kopf zu bekommen. Ich wollte sie nicht gehen lassen. Sie lächelte noch breiter, als ob das überhaupt möglich gewesen wäre, dann legte sie ihren Kopf wieder zurück in den Nacken und schloss ihre Augen, bevor unsere Lippen sich wieder berührten. Dieses Mal schloss auch ich meine Augen und gab mich völlig dem Gefühl hin. Ihr Gesicht auf meinem zu spüren, ihre Brüste an mich gedrückt, eine überwältigende, berauschende Euphorie, die intensiver war als alles, was ich bisher erlebt hatte. Wir trennten unsere Lippen und holten beide stoßweise Luft.

„Musst du noch Gepäck holen?", fragte sie mich mit unsicherer Stimme.

Ich schüttelte meinen Kopf und ließ sie zögernd los. Alles, was ich brauchte, war in dem Army Rucksack, den ich als Handgepäck dabei hatte. Also folgte ich ihr in peinlicher Stille in Richtung Parkdeck. Ich fühlte mich fast so, als ob ich zwei oder drei Drinks getrunken hätte. Endlich erreichten wir ihr Auto, ein langer, wunderschön erhaltener Mercedes 280S. Er sah aus wie ein Modell von 1977 oder 1978, aber er war immer noch makellos.

„Schönes Auto", sagte ich.

„Ein Geschenk von meiner Schwester Julia", antwortete sie. Das nenne ich mal ein Geschenk. Julia war vermutlich die, die mit Crank Wilson verheiratet war. Ich vermute mal, wenn man der Leadsänger von *Morbid Obesity* ist, kann man es sich leisten, solche Geschenke zu machen.

„Es kostet bestimmt ein Vermögen, es zu unterhalten."

„Nicht wirklich…ein alter Freund von uns hat es letztes Jahr aufgearbeitet. Es ist so gut wie neu."

Sie öffnete die Tür und sagte: „Steig ein."

Ich warf meinen Rucksack auf die Rückbank und stieg ein. Es reizte mich total, dieses Auto zu fahren. Sie klemmte sich hinters Steuer und sagte: „Küsst du immer so?"

Ich grinste. „Ich mache eine Umfrage und komme dann später darauf zurück, okay?"

Sie sah mich schief an. „Tut mir leid, dass ich gefragt habe."

Ich kicherte und sah mir das Auto genauer an. Ledersitze, neue Teppiche. Das Armaturenbrett bestand aus auf Hochglanz poliertem Holz. Es war ein Oldtimer, aber wer auch immer ihn aufbereitet hatte, war der Epoche nicht treu geblieben. Er hatte eine supermoderne Stereoanlage und ein in das Armaturenbrett eingearbeitetes Navi. Als sie den Motor startete, konnte ich ihn kaum hören und dann fuhren wir in wunderbarer Stille vom Parkdeck und auf den Highway.

„Ich gebe es zu", sagte ich. „Ich bin so was von neidisch auf dein Auto, dass ich losheulen könnte. Du *musst* mich damit fahren lassen, solange ich in der Stadt bin."

Sie sah für eine kurze Sekunde zu mir herüber und sagte dann: „Lass mich nicht zwischen dir und meinem Auto wählen. Du würdest die Antwort nicht mögen."

Ich wollte gar nicht wissen, ob sie das ernst meinte.

„Nun sag schon", sagte ich. „Wie ist's gelaufen?"

Ihre Fäuste, die das Steuer festhielten, verkrampften sich etwas. Ich weiß nicht, ob sie sich dessen bewusst war, aber irgendetwas hatte sie wütend gemacht. „Es lief ganz gut. Ich habe meine Sache gut gemacht. Aber... mein Doktorvater hat einen Annäherungsversuch gestartet. Zumindest denke ich, dass es einer war."

„Meinst du das ernst?"

Sie nickte. „Er war immer so ein netter Kerl. Es traf mich völlig unvorbereitet und ich bin mir nicht sicher, ob er mich einfach nur zum Essen einladen wollte oder ob es mehr war."

„Inwieweit mehr?"

„Wie...wie er es sagte, klang es, als ob das Abstimmungsergebnis zu meinen Gunsten ausfallen würde, wenn ich mit ihm schlafen würde."

Ich verzog das Gesicht. „Glaubst du, er hat das ernst gemeint?"

Sie zuckte mit den Schultern. „Ich weiß es nicht. Wirklich nicht."

„Nur um das klarzustellen, ich würde zu deinen Gunsten stimmen, wenn du mit mir schläfst."

Sie kicherte. „Du bist nicht abstimmungsberechtigt."

„Ich werde es trotzdem versuchen. Möchtest du, dass ich den Typen verprügele?"

„Nein! Es war eigentlich total traurig, wirklich. Er ist verheiratet, aber ich denke, sie sind schon lange nicht mehr glücklich miteinander. Jetzt, wo ich ein bisschen Abstand dazu habe und klarer sehe, tut er mir vor allem leid. Ich meine nur, er ist auf seine Art ein toller Kerl."

„Ich weiß, wir kennen uns noch nicht lange, aber du machst mich super eifersüchtig, wenn du das sagst."

„Nicht so", antwortete sie. „Mehr wie ein großer Bruder. Er war ein wahrer Mentor."

Ich wusste, wie es sich anfühlte, einen Mentor, ja sogar Freund, zu haben, der einen enttäuscht. Das wusste ich viel zu gut.

Ich sah zu ihr herüber und sagte: „Das verstehe ich. Du fühlst dich, als ob jemand, zu dem du aufgeschaut hast, dein Vertrauen missbraucht hat."

„Ja", erwiderte sie. „Genau das ist es. Ich kenne Bill seit Jahren. Wir waren immer mal wieder zusammen in den Bergen. Da muss man sich vertrauen. Und ich…Das Ganze enttäuscht mich wirklich. Und ich weiß noch nicht mal, ob er es wirklich so gemeint hat."

„Na ja, was hat er denn gesagt?"

„Es war nach meiner Präsentation. Ich fragte ihn, wie's für mich gelaufen ist, und er sagte: ‚Ich sag Ihnen was. Warum kommen Sie nicht mit zu mir zum Abendessen und auf einen Drink, um zu feiern, und dann können wir darüber reden.' Und ich habe ihm einen Korb gegeben, hab ihm gesagt, dass ich schon was vorhabe, aber er war echt hartnäckig. Also habe ich ihm schließlich gesagt, dass ich meinen Freund abhole, der gerade aus Afghanistan zurückgekehrt ist."

Ich sah sie an und antwortete langsam.

„Manchmal denke ich…Menschen, die wir auf ein Podest stellen…Sie fallen umso tiefer, wenn wir feststellen, dass sie auch nur Menschen sind."

„Vermutlich hast du recht", sagte sie. „Normalerweise habe ich keine unrealistischen Erwartungen an Menschen. Ich meine…jeder baut mal Mist. Aber das fühlte sich so…falsch an. Ich meine, woher hätte ich wissen sollen, was er wirklich wollte? Unter anderen Umständen hätte ich gedacht, dass das wirklich nur eine Einladung zum Abendessen und auf einen Drink von einem Menschen ist, den ich respektiere. Aber kombiniert mit der Tatsache, dass er eine der Personen ist, die über meine Zukunft abstimmen? Pfui."

Während sie sprach, beobachtete ich sie, meine Augen konzentrierten sich dabei auf die Dunkelheit an ihrem Kinn und die vorbeiziehenden Lichter auf ihrem Gesicht und ihrem Hals. Ich dachte über ihre Frage nach. Wie *konnte* man das wissen? Ich hatte dutzende Fotos auf ihrer Facebook-Seite gesehen, von Carrie, wie sie in den Bergen wandern war, auf vielen war Bill Ayers, ihr Doktorvater, zu sehen. Ein gelehrter Kerl mit Bart, fit, knapp 1,80 m groß, wenn man ihre knapp 1,90 m daneben zu Grunde legte. Bilder, auf denen sie zusammen lachen. Sie sah nicht, was ich auf den Bildern gesehen hatte, auf den meisten waren Bill Ayers' Augen auf sie gerichtet. Er war in sie verknallt. Ich fragte mich, ob ihr das überhaupt bewusst war.

„Habt ihr jemals…?" Ich verstummte allmählich, beendete die Frage nicht.

„Nein. Ich meine…Wenn man viel Zeit allein mit jemandem verbringt, entsteht eine Art gegenseitige Anziehung und Verbindung. Aber er ist mein Doktorvater, verstehst du? Und er ist verheiratet."

„Trotzdem, ich wette, du warst ausgezeichnet bei deiner Präsentation."

Sie grinste. „Das war ich!", sagte sie und ihre Stimme klang enthusiastisch.

Ich freute mich für sie. Dabei war ich auch ein bisschen neidisch auf sie. Sie wusste, welchen Weg sie im Leben gehen würde. Selbst wenn es mit der Mitarbeit am National Institute of Health nicht klappen würde, klang es so, als ob sie bereits einen Platz an der Ökologischen Fakultät hier in Rice sicher hatte. Ich dagegen hatte kaum eine Ahnung, wohin mich das Leben führen würde. Zurück an die Uni, das war sicher. Ich hatte ein paar vage Ideen, was ich machen könnte, aber keine davon war vollständig zu Ende gedacht. Bevor ich zur Army gegangen war, wusste ich genau, was ich tun würde – einen Abschluss in BWL machen, danach an die Wall Street gehen oder eventuell irgendwo eine eigene Firma gründen. So ziemlich das Gleiche, was meine Eltern auch gemacht hatten. Aber nach Afghanistan? Irgendwie kam es mir nicht mehr so vor, als ob ich damit zufrieden sein würde. Ich wusste nicht, was mich überhaupt zufriedenstellen würde. Ich spürte, dass ich etwas tun musste, das wirklich wichtig war.

Schließlich bog sie auf den fast leeren Parkplatz eines kleinen Einkaufszentrums ab und parkte vor einem schwach beleuchteten Restaurant mit dem Namen Al's Pizza.

„Tja", sagte sie. „Das ist nicht Michelangelo's. Aber du wirst in Houston keine bessere Pizza finden. Und es geht schnell, und das ist wichtig heute Nacht. Auf geht's."

Ich folgte ihr und war plötzlich ziemlich neugierig. Warum wollte sie, dass es schnell ging? Ich hoffte, es bedeutete, dass sie keine Minute länger warten konnte, bis wir bei ihr zu Hause waren und sie mich besteigen konnte. Aber ehrlich gesagt war es wohl etwas zu früh dafür. Ich würde, ohne mit der Wimper zu zucken, mitmachen. Aber mit dem Kuss hatte ich mich schon sehr weit vorgewagt.

Allein über den Kuss nachzudenken machte mich schon schwindelig. Wir mussten das erneut probieren, und zwar bald.

In dem Restaurant war die Dekoration wie in jedem typisch italienischen Mittelklasserestaurant bis hin zu den rot-weiß karierten Tischdecken, den Buntglaslampen und bauchigen Parmesanshakern auf jedem Tisch. Die Wahrheit ist, zu diesem Zeitpunkt war ich schon so von ihr fasziniert, dass sie mich auch zu einem total billigen Abendessen in einem dreckigen Lokal hätte einladen können, und ich wäre trotzdem glücklich gewesen. Wir setzten uns und eine junge vollbusige Kellnerin tauchte wie von Geisterhand auf und nahm unsere Bestellung entgegen. Für die Ewigkeit von Sekunden saßen wir einfach nur da und sahen uns an. Sie setzte den Hut ab, ihre Haare kräuselten sich dabei ein bisschen, und es gefiel mir, dass sie einfach mit ihren Fingern hindurch fuhr, um sie zu ordnen. Meine letzte Freundin Laura hätte den Hut erst gar nicht abgesetzt, und falls doch, wäre sie für eine halbe Stunde auf die Toilette verschwunden, um ihre Haare zu frisieren.

Sie sah mir in die Augen und grinste ein wenig. Ihre waren von blasser blaugrüner Farbe, die an den Rändern dunkler wurde, und das bisschen Make-up, das sie trug, betonte sie so, dass sie wunderbar aussahen.

„Woran denkst du?", fragte ich.

„Ich habe noch nie einen Mann geküsst, der größer ist als ich", sagte sie, ohne zu zögern.

Ich kicherte. „Mein Dad spielte früher Basketball für Duke. Babe, ich bin eine verrückte Laune der Natur."

Sie lächelte. „Ich wohl auch."

„Du weißt, dass du mich geradezu danach anbettelst, dir zu sagen, lass uns was total Verrücktes machen, oder?"

Sie lachte wieder. „Du wirst immer besser."

„Ich war nur außer Übung. Also...Warum haben wir es eilig?"

„Wir gehen ins Theater."

„Film?"

„Broadway."

Ich hob meine Augenbrauen und grinste. „Okay", sagte ich. „Das wird mir gefallen."

Die Wahrheit war, das würde es wirklich. Einer der Vorteile, in Glen Cove zu leben, war, dass es nicht weit bis New York war. Ich hatte etliche Broadwayshows mit meinen Freundinnen aus der High School angesehen.

Sie lächelte. „Du hast den Test bestanden."

Ich lachte. „Was, testest du mich jetzt?"

Sie nickte, das Lachen war in ihren Augen zu sehen. „Du bist zu perfekt, Ray. Weißt du, wie schwer es ist, einen Typen zu finden, der dich nicht nur als Sexobjekt ansieht?"

Ich sah ihr in die Augen. „Ich sehe dich definitiv als Sexobjekt."

Sie wurde rot, ein tiefes Rot, das bis zu ihren Ohren reichte. Das gefiel mir. „Ja. Aber du tust zumindest so, als ob du am Rest von mir auch interessiert bist."

Ich lehnte mich vor: „Carrie, jede Frau, die mit Berglöwen kämpft, gehört zu meiner engeren Auswahl an bewundernswerten Menschen."

Das führte dazu, dass sie noch röter wurde. „Glaub mir, ich kämpfe nicht mit ihnen. Obwohl ich es einmal aus Versehen tun musste."

Ich wedelte mit der Hand durch die Luft, um ihren Kommentar abzuweisen. „Ernsthaft. Ich weiß, wir kennen uns noch nicht lange. Ich weiß, das ist alles neu. Aber – ich könnte mich so was von verdammt schnell in dich verlieben. Nur dass du Bescheid weißt."

Ihr stockte der Atem und ihre Augen wurden groß. Natürlich kam unsere Kellnerin in *diesem* Moment wieder an unseren Tisch. „Ist bei Ihnen alles okay?", fragte sie mit aufgesetzt fröhlicher Stimme, als sie eine Platte mit Pizza auf den Tisch stellte.

Ich lächelte zurück. „Ja, alles okay!"

Wirklich, die Pizza sah fantastisch aus und ich war die letzten acht Stunden in einer Aluminiumröhre eingepfercht gewesen und hatte Erdnüsse gegessen. Mir ging es besser als okay. Mir ging es fantastisch. Ich hatte ein gutes Bier, eine gute Pizza und eine tolle Frau, alles an einem Tisch. Das war der Stoff, aus dem die Träume sind.

Als die Kellnerin wegging, beobachtete Carrie mich und sagte: „Woran denkst *du* gerade?"

Ich biss gerade ein großes Stück meiner Pizza ab, also schluckte ich schnell und sagte dann: „Pizza. Bier. Frau. Ich bin gestorben und in den Himmel gekommen."

Sie warf ihren Kopf zurück und lachte aus vollem Hals. So ein Lachen, bei dem man mitlachen will.

„Ich wusste nicht, dass du so ein Wilder bist, Ray."

Ich zwinkerte ihr zu. „Ich weiß, ich erwecke den Anschein, zuvorkommend und kultiviert zu sein, aber in Wirklichkeit bin ich ein echter Kerl."

„Daran hatte ich niemals Zweifel."

Ich sah ihr wieder in die Augen, und ihre Lippen formten ein Grinsen und ich dachte schon wieder daran, wie sehr ich ihre Lippen und ihren Körper auf meinem spüren wollte.

Schick (Carrie)

Es war ein komischer und auch peinlicher Moment, als wir vor dem Theater im Bereich des Parkservice aus dem Auto stiegen. Ich sah zu Ray hinüber und lächelte. Ich verstand es nicht…Es fühlte sich nicht so an, als ob wir uns erst vor ein paar Wochen kennengelernt und unser weiteres Werben umeinander online vollzogen hatten. Komischer Ausdruck, umeinander Werben. Aber es passte. Er streckte seinen Arm aus und griff nach meiner Hand. Ich legte meine Finger versuchsweise um seine und wir betraten Händchen haltend das Theater. Die Spannung, die das erzeugte, war fast elektrisch.

Ich war hin- und hergerissen. Meine Gedanken kehrten immer wieder zu der Szene mit Bill in dem Flur zurück, und ehrlich gesagt wollte ich darüber nicht nachdenken. Ich wollte ganz hier sein, zusammen mit Ray. Aber ich konnte nicht damit aufhören, mich zu fragen, ob ich Bill Unrecht tat. War es einfach nur eine freundliche Einladung zum Essen gewesen? Wir hatten so lange so eng zusammen gearbeitet, ich wusste wirklich nicht, was ich denken sollte.

Und die Ironie an dem Ganzen war, dass das nicht das erste Mal war, dass so etwas vermutet wurde. Ich teilte mir das Büro mit Nikki Reynolds, einer anderen postgraduierten Studentin, die mehr als einmal angedeutet hatte, ich hätte etwas Hinterhältiges getan, um Bill Ayers' *Favoritin* zu werden. Nikkis Problem war simpel. Sie dachte, sie wäre gut, aber das war sie nicht. Wenn die Dinge also schlecht liefen, suchte sie jemand anderen, den sie beschuldigen konnte.

Ich hatte Nikki an meinem zweiten Tag in Rice getroffen. Sie war eine kleine, recht kompakte Frau, übertrieben höflich, so übertrieben, dass es mir unangenehm war.

Auf eine komische Weise erinnerte sie mich an meinen Vater. Manchmal, wenn mein Vater ein bisschen zu viel getrunken hatte, erzählte er davon, wie er während des Kalten Krieges mit anderen Staaten verhandelt hatte.

„Das Verrückte war", hatte er einmal gesagt, „dass man am Tisch Leuten gegenüber saß, die man niemals zu sich nach Hause lassen würde... Schlägertypen und Kriegsverbrecher, Diktatoren, die ihre Machtposition durch Mord und Totschlag erreicht hatten. Und trotzdem, am Diplomatentisch waren alle entsetzlich höflich und hatten die besten Manieren."

Ich war schon immer viel zu direkt gewesen, um eine Laufbahn im Auswärtigen Dienst einzuschlagen. Aber auf eine bestimmte Art und Weise erinnerte mich Nikki daran. Immer geschniegelt und gestriegelt, mit einem Lächeln im Gesicht, aber ihre Worte waren oft fast verachtend, und wenn sie versuchen würde, mich zu umarmen, wäre ich geneigt, vorher zu prüfen, ob sie hinter meinem Rücken ein Messer in den Händen hielt.

Als wir das Theater betraten, drückte ich Rays Hand ein wenig fester und versuchte einen klaren Kopf zu bekommen. Nachdem ich Bill und Nikki aus meinen Gedanken verbannt hatte, blickte ich mit einem Lächeln zu Ray hinüber. Nach einem ganzen Tag auf Reisen war sein Gesicht von Bartstoppeln übersät, die auf der Haut meines Gesichts gekratzt hatten. Ich wollte mit meinen Fingerspitzen an diesem Kinn entlangfahren.

Ray hatte mich mit diesem Kuss überrascht. Unser erster Kuss. Für ein paar Sekunden war es seltsam und auch irgendwie peinlich gewesen. Es war das erste Mal, dass ich meinen Kopf zum Küssen nach hinten legen musste. Ich mochte das. Ich mochte es, dass er nicht zögerte. Er war nicht im Geringsten eingeschüchtert. Und dann wurde der Kuss ganz von selbst länger, war plötzlich völlig außer Kontrolle, meine Knie wurden weich, meine Hände krallten sich in sein Shirt, hielten es mit Fäusten fest. Als unsere Körper so nah aneinander gepresst waren, konnte ich nicht umhin, zu fühlen, wie erregt er war, und ich mochte, dass er nicht versuchte es zu verstecken.

Schon beim Gedanken daran fiel mir das Atmen schwer.

Dank meines Vaters, der mir, gleich nachdem ich nach Houston gezogen war, ein Theaterabo geschenkt hatte, mussten wir nicht um unsere Plätze kämpfen. Üblicherweise schaffte ich es, ein halbes dutzend Mal im Jahr ins Theater, aber das Stück *Once* hatte ich noch nicht gesehen. Es war eine Broadway-Adaption des Films aus dem Jahr 2007, den ich sehr mochte. Das Musical hatte sehr gute Kritiken erhalten.

Es würde interessant werden, zu sehen, was Ray darüber dachte. Broadway-Musicals, insbesondere Liebesgeschichten, waren eine Notwendigkeit in meinem Leben. Die meisten Typen, mit denen ich ausgegangen war, hatten das gerade so tolerieren können, wenn überhaupt.

Ray nahm meinen Mantel und hängte ihn im hinteren Teil unserer Loge an den Garderobenständer, dann hängte er seinen Mantel daneben und setzte sich auf den Platz neben mich. „Eigene Loge?", fragte er. „Schick."

„Mein Vater", sagte ich. „Meine Eltern haben schon vor langer Zeit gelernt, dass sie mich nicht kontrollieren können, also versucht er, mich stattdessen zu bestechen."

Er nickte. „Meine machen es mit den guten, alten Schuldgefühlen."

Ich grinste.

„Also…Ich kenne die aktuellen Stücke nicht, dafür war ich zu lange weg. Worum geht es in diesem?"

Ich holte Luft und sagte: „Es ist eine Art Liebesgeschichte. Sie spielt in Irland, es geht um einen Straßenmusiker und eine tschechische Immigrantin, die sich verlieben."

Er zog die Augenbrauen zusammen und schaute nach unten auf das Programmheft. Das war der Punkt, an dem er ein großes Trara daraus machen würde, was für ein Entgegenkommen es war, dass er die Show mit mir ansah, anstatt ein Basketballspiel zu schauen oder in einer Bar zu sitzen oder Sex zu haben. Das war immer so. Ich vermute, es wäre anders, wenn ich noch in New York wohnen würde, wo Männer, die Broadway-Shows mögen, nicht so rar sind. In Texas waren sie eine sehr seltene Spezies, die man, wenn überhaupt, nur ganz kurz zur sehen bekam, bevor sie entschwanden.

Er drehte das Programm um, legte die Stirn in Falten und sagte: „Warte mal. War das nicht ein Film? Ein recht unbekannter Liebesfilm. Ich erinnere mich daran, dass die Musik wunderschön war. Ich habe ihn gesehen, bevor ich zur Army ging."

Ich schluckte: „Du hast den Film gesehen?"

„Na ja, ja. Ich mochte ihn sehr."

Ich konnte fühlen, wie sich ein dummes Lächeln auf meinem Gesicht ausbreitete, aber ich wollte mich nicht so einfach geschlagen geben, also gab ich eine seichte Antwort: „Ich glaube, wir werden uns gut verstehen."

Er hob eine Augenbraue an und sah mir in die Augen: „Das hätte ich dir gleich sagen können."

Und dann lehnte er sich nah an mich heran und sagte: „Lass es mich beweisen." Das Nächste, an das ich mich erinnere, ist, dass sich unsere Lippen erneut berührten, seine waren auf meine gepresst, fest, aber nicht aggressiv oder fordernd, aber er wusste ganz sicher genau, was er wollte. Ich schloss meine Augen, sog das Gefühl in mich auf, fühlte seine Bartstoppeln, roch den leichten Hauch seines Schweißes; das überwältigende Gefühl, seine Hände auf meinen Oberarmen zu fühlen.

Dann gingen die Lichter aus und das Stimmengewirr verstummte. Wir trennten uns, ganz langsam und zögerlich, und wandten uns der Show zu.

Ich war sofort gebannt. Es war eine wundervolle Show, die ganz ohne Pyrotechnik, zuviel Choreografie und ohrwurmhafte Popmusik auskam, die zu den meisten Broadway-Shows, die ich gesehen hatte, dazugehörten. Stattdessen war sie dezent, fesselnd und erzählte sanft die Geschichte. Kein Wunder, dass sie so viele Preise gewonnen hatte.

Fünf Minuten, nachdem die Show begonnen hatte, ergriff ich Rays Hand und ich ließ sie bis zur Pause nicht mehr los. Ich verlor mich niemals so sehr in der Handlung, dass ich ihn nicht neben mir spürte. Ich war mir genau darüber bewusst, dass er immer mal wieder von der Bühne weg und zu mir hinüber sah. Wenn er das tat, stockte mir der Atem. Ich verstand nicht, warum ich so auf ihn reagierte. Mir war schwindelig, fast so, als ob ich betrunken war.

Zu Beginn der Pause drehte er sich zu mir um und sagte: „Komm her."

„Was?", sagte ich, aber ich konnte spüren, wie mein Lächeln breiter wurde, unmöglich breit.

Anscheinend hatte er keine Geduld mehr, um es mir zu erklären, denn er legte seine Hände auf meine Hüften und hob mich einfach auf seinen Schoß. Ich bin keine kleine Frau. Ja, ich bin dünn. Aber ich bin fast 1,90 m groß und ich habe keine Probleme damit, mehr als dreißig Kilometer bergauf zu wandern. Aber er hob mich einfach hoch, so als wäre ich ein kleines Mädchen. Ich kreischte kurz auf und warf meine Arme um seinen Hals, und dann gab es nichts anderes mehr auf der Welt als seine Berührung, der Atem zwischen uns und das Drängen unserer Lippen. Er hatte eine Hand an meiner Taille und die andere in meinem Haar, meine Arme lagen um seine Schultern. Ich fühlte eine Gänsehaut auf meinen Armen, mein ganzer Körper war voller Erwartung.

Es war übermächtig. Überwältigend. Ich war siebenundzwanzig Jahre alt. Ich war schon mit anderen Männern zusammen gewesen. Ich hatte Beziehungen gehabt, davon mindestens zwei ernsthafte. Aber so etwas hatte ich noch nie erlebt. Genau in diesem Moment war es, als ob jede Mauer, jeder Wall, den ich zu meinem Schutz errichtet hatte, einfach verschwand und die Tore zu wer-weiß-was öffneten. Wenn wir nicht im Theater gewesen wären, hätte ich ihm, ohne zu zögern, die Kleider vom Leib gerissen. So wie es war, war ich dankbar für die halbwegs private Loge, die ich in der Vergangenheit nicht gemocht hatte.

Er lehnte sich zurück und sagte mit leiser, rauer Stimme: „Ist das zu schnell für dich?"

Ich sah ihm in die Augen. „Es geht nicht schnell genug."

Rays Augen wurden weiter. „Ich mag das. Du weißt, dass ich seit…zwei Jahren nicht mehr mit einer Frau zusammen war? Mindestens."

Ich lehnte mich vor und biss ihm ins Ohr, dann sagte ich: „Ich war auch schon seit zwei Jahren nicht mehr mit einer Frau zusammen."

„Oh mein Gott, das macht mich so was von an."

„Lass uns gehen", flüsterte ich.

„Und die Show?", sagte er.

„Sie ist toll. Ich habe eine eigene Loge, wir können morgen wiederkommen."

Ray alberte nicht weiter herum. So schnell, dass ich noch nicht einmal Luft holen konnte, hatte er mich auf die Füße gestellt und unsere Mäntel geschnappt. Wir erwähnten das Hotel, in dem er eigentlich übernachten sollte, gar nicht. Ich fuhr, so schnell ich konnte, zurück zu meiner Wohnung.

Sei still. Küss mich (Ray)

In meinem Traum sind die Lichter nicht aus, sondern nur gedämmt, und ich kann Carries blasse Haut, die fast durchsichtig wirkt, sehen. Ihre Beine umschlingen meine Hüfte und sie streift das Jerseykleid nach oben, zieht es mit beiden Armen über ihren Kopf. Ich keuche auf, während ich auf ihren perfekten, wunderschönen Körper starre. Sie trägt einen schwarzen Spitzen-BH, der nichts der Vorstellungskraft überlässt. Dann lehnt sie sich nach vorne und fährt mit ihren Fingerspitzen auf meiner Brust entlang. Ihre Nägel tun nicht weh, trotzdem ist das Gefühl sehr intensiv, so als ob die Linie mich brandmarkt.

Meine Hand berührt die Narbe auf ihrer Seite, vier parallele Linien, und ich sage: „Das war keine Hauskatze."

Sie grinst, ein wilder, hungriger Blick, und sagt: „Im Moment bin ich eine hungrige Katze." Ihre Mundwinkel wandern nach oben, als sie die Worte spricht.

Ich mag es. Meine Hände berühren ihre Lippen, ihre Taille, ihre Brüste, und obwohl ich die nebelhafte Realität des Traumes spüre, fühlt es sich doch echt an.

Ich lege meinen Kopf in den Nacken, als sie mit ihren Lippen meine Brust berührt und zubeißt. Das Gefühl ist so überwältigend, dass ich nicht mehr denken kann. Dann greife ich nach ihren Schultern und rolle sie auf den Rücken. Ich liege auf ihr und mit einer Bewegung ziehe ich ihr die Unterhose aus und werfe sie auf den Boden.

Sie schreit auf, als ich in sie eindringe, und ich flüstere Worte ohne Bedeutung, Worte mit zu viel Bedeutung. Ihre Beine schlingen sich um mich, ihre Finger fahren meinen Rücken entlang und sie keucht in mein Ohr.

Aber dann ist mir kalt. Ich zittere. Ich stehe auf einem Pfad am Rand einer Gebirgskette, das Gewehr über meine Schulter geschlungen, und ich will „Wo ist Carrie?" rufen, denn um mich herum stehen nur Männer, meine Männer. Dylan mit einem blutüberströmten Bein, aus dem Knochenfragmente herausschauen. Kowalski steht ein Stück entfernt vor ihm auf dem Pfad, und als er sich zu mir umdreht, ist sein Gesicht nichts weiter als ein Trümmerhaufen, ich kann seine Zähne sehen, weil er keine Lippen mehr hat. Er schwingt sein M249-Maschinengewehr über seine Schulter und sagt: „Auf Sergeant, sie sind direkt vor uns." Er dreht sich um, Dylan folgt ihm und auch Roberts, dessen Beine eiern, denn er hat kaum Haut oder Muskeln auf seinen Knochen. Ich will weinen, denn ich sollte nicht hier sein, sondern im Bett mit Carrie, in ihrer Wohnung in Houston, aber stattdessen bin ich in einer verrückten Horrorshow in Afghanistan gefangen, zusammen mit Menschen, von denen ich *weiß*, dass sie tot sind. Zu meiner Rechten, ein kleines Stückchen entfernt, steht Hicks' Feuerteam: Hicks, Weber, Reynolds und Gruber.

Und dann sehe ich Sergeant Colton. Den Vater unserer Einheit, unser Vorgesetzter, unser Held, und er ruft ein Stückchen vor uns: „Ich sehe sie! Schließt auf!" Wir rennen hinter ihm her und gleichzeitig aber auch zurück zu dem Dorf, und vor Colton steht plötzlich eine zerlumpte, dreckige Carrie. Ihr Haar hängt lose herab, ist dreckig und ungekämmt, auf ihrem schmutzigen Gesicht steht die Angst geschrieben, ihre Augen sind weit geöffnet.

Colton kreischt sie an, dann noch einmal und noch einmal, mit vorwurfsvoller Stimme beschuldigt er sie, für Kowalskis, Roberts' und Webers Tod verantwortlich zu sein. Es ist klar, dass er völlig verrückt ist, seine Augen stehen weit hervor, der Zorn in seinem Gesicht wird von der Angst auf ihrem Gesicht widergespiegelt, als er sein Gewehr anhebt.

Oberfeldwebel Martin schreit: „Colton, nein!", rennt zu ihm hinüber und dann zeigt das Gewehr auf *ihn* und ich rufe: „Sergeant Colton, tun Sie's nicht!" Auf einmal greift eine Hand nach meinem Arm und schüttelt mich hart. Mein Verstand ist wie benebelt, ich denke, die Hand will mir mein Gewehr wegnehmen, und ich schreie und *trete*, und dann höre ich Carrie schreien.

Ich öffnete abrupt meine Augen, als ihr Schreien von einem lauten Knacken gefolgt wurde. Desorientiert sah ich mich im Raum um, der immer noch in Dämmerlicht getaucht war. Die Lichter waren nicht ganz gelöscht. Im Bruchteil einer Sekunde wurde mein Blick klar und fand Carrie.

Sie war nackt, saß mit dem Rücken zur Wand wo...ich sie hingeworfen hatte? Ihre Augen waren vor Schreck weit geöffnet und sie starrte mich an. Sie war total benommen.

Das brachte mich sofort zurück in die Wirklichkeit, meine Sinne waren auf einmal geschärft. Ich rief: „Carrie? Oh *Scheiße!*", sprang aus dem Bett und rannte zu ihr. Sie hob ihre Arme – so, als ob sie mich abwehren wollte, – und ich sagte: „Oh Gott, Babe. Es tut mir so leid!"

Sie war anscheinend zu geschockt, um zu reagieren. Mit einer Mühelosigkeit, die durch Adrenalin, Angst und diesen schrecklichen Traum geboren war, hob ich sie in meine Arme und legte sie sanft auf das Bett. „Carrie...Ich habe dir nicht wehgetan, oder? Oh Scheiße, Scheiße, Scheiße."

Sie schüttelte ihren Kopf, sagte aber immer noch nichts, so als ob sie nicht genug Luft dafür hatte. Ich berührte mit meinen Fingern ihren Hinterkopf, suchte nach Beulen, Blut oder irgendwelchen Kopfverletzungen.

„Mir geht's gut", flüsterte sie. „Ich bin nicht verletzt."

Oh Gott. Auf einmal war meine Angst weggeblasen und ich wäre am liebsten einfach zusammengebrochen. *Was zur Hölle war da gerade passiert?*

Sie schauderte, auf ihren Armen und ihren Brüsten war eine Gänsehaut zu sehen und mir wurde klar, wie kalt es hier drin war. Ich lehnte mich nach unten, griff nach der Decke, die auf dem Boden lag, und warf sie über uns. „Es tut mir so leid, Carrie. Ich habe geschlafen...Ich habe das nicht gewollt. Du lieber Himmel."

Ich zitterte, und sie auch. Ich rückte unter der Decke näher zu ihr, zog sie sanft in meine Arme und flüsterte: „Geht es dir wirklich gut?"

Sie nickte langsam und drehte sich dann zu mir um. „Mir geht's gut... Und dir? Das muss ja ein Traum gewesen sein."

„Carrie...Ich würde dir niemals wehtun. Niemals."

Allmächtiger, was hatte ich nur getan?

Sie berührte meine Wange und sah mir in die Augen. Es war dunkel, aber ich konnte die Sorge und die Angst in ihren Augen sehen. „Ich weiß das, Ray. Ich weiß."

„Vielleicht ist das alles keine gute Idee", sagte ich, meine Stimme war rau.

Ihr Gesicht verzog sich und Angst leuchtete in ihren Augen auf. Dann wurde daraus Ärger. „Ray, ich bin schon groß. Ich kann auf mich selbst aufpassen."

„Aber…was, wenn ich dich ernsthaft verletze?"

„Sei still. Küss mich."

Ich schluckte und zog sie zu mir. Kein Kuss. Eine Umarmung, ich versuchte mit aller Macht, sie zu beruhigen, die Angst wegzuwischen, unsere Seelen zusammenzubringen, mir das Gefühl ihres Körpers einzuprägen, ihre Haare, den Geruch ihrer Haut. Ich zitterte immer noch. Dann bewegten wir uns, Carrie lehnte sich an meine Seite, ihr Kopf lag halb auf dem Kissen und halb auf meiner Schulter.

Es dauerte sehr, sehr lange, bis sie wieder einschlief.

Das war okay. Ich wartete geduldig, bis ihr Atem ruhiger und langsamer wurde. Als ich sicher war, dass sie schlief, wartete ich weiter. Ich sah sie an, studierte ihr Gesicht, den Schwung ihrer Wangen. Sie hatte eine leichte Stupsnase, und schlafend sah sie mehr wie eine Siebzehnjährige und nicht wie eine Siebenundzwanzigjährige aus. Ich wusste aus unseren langen Unterhaltungen, dass sie eine reife, nüchterne und erfahrene Frau war. Aber ich wusste auch, dass sie niemals etwas Vergleichbares wie den großen Schmerz und die Qual, die ein Krieg verursachte, erlebt hatte.

Ein Teil von mir dachte, ich sollte einfach gehen, bevor unsere Beziehung zu ernst wurde. Aber ich wusste, dass das keine Antwort war.

Als sie endlich tief schlief, kroch ich aus dem Bett, zog meine Jeans und mein T-Shirt an und ging raus auf den Balkon. Sie hatte zwei Metallstühle und einen schmalen Tisch auf dem Balkon stehen. Es war bitterkalt draußen, aber mir war das recht. Ich war nicht in der Lage, einfach wieder schlafen zu gehen. Stattdessen zündete ich mir eine Zigarette an und sah dem Verkehr zu, der sich tief unter mir durch die Straßen von Houston zog. Von ihrem Balkon im 14. Stock konnte ich das Park Plaza-Krankenhaus gegenüber und den Campus der Rice Universität zu meiner Linken sehen. Es war ein schöner Anblick, sogar bei der Eiseskälte.

Wie viele Wochen war es her, dass ich Dylan Paris gesagt hatte, er wäre ein verdammter Idiot, weil er sich von Alex zurückzog? Wegen der Sorgen und Nöte, die er aufgrund des Krieges hatte? Weil *er Angst hatte, sie zu verletzen?* Nicht sehr viele.

In Ordnung...Ich würde das nicht machen. Aber ich würde es auch nicht verstecken. Denn ich machte Witze und gab meinen Freunden gute Ratschläge. Aber ich selbst? Ich hatte mit niemandem darüber gesprochen, was passiert war. Ich hatte es niemandem gesagt. Und nach heute Nacht zu urteilen, forderte die Stille nun ihr Opfer.

Ich würde mit ihr reden. Und sie selbst entscheiden lassen. Wenn sie gehen wollte, hätte sie zumindest die Entscheidung selbst getroffen.

Das Problem war...Ich war noch nicht wirklich bereit, darüber zu reden. Ich war noch nicht einmal bereit, darüber nachzudenken. Ich löschte meine Zigarette vorsichtig, indem ich sie gegen meine Schuhsohle drückte, und zündete mir eine neue an. In letzter Zeit rauchte ich zu viel. Bevor ich zur Army gegangen war, hatte ich überhaupt nicht geraucht, aber wenn andere Menschen regelmäßig versuchen einen umzubringen, spielt das Krebsrisiko nicht mehr wirklich eine Rolle.

Ich musste auch mit Dylan darüber sprechen. Ich wusste das, seitdem ich wieder zu Hause war. Aber er war so durcheinander gewesen – wegen seiner Verletzungen, wegen Alex – ich wollte ihn nicht noch mehr durcheinander bringen, als er ohnehin schon war. Er hatte mehr als einmal gesagt, dass Sergeant Colton eine Vaterfigur für ihn gewesen war. Und es gibt wenige Dinge, die schlimmer sind, als zu sehen, wie dein Vater alles zerstört. Dylan hatte ein Recht darauf, es zu erfahren. Er würde vermutlich sowieso in die Sache hineingezogen werden. Obwohl er die eigentlichen Geschehnisse nicht miterlebt hatte, kannte er alle beteiligten Personen. Es war schwer zu sagen.

Vielleicht sollte ich ihn anrufen.

Nein. Diese Unterhaltung mussten wir höchstpersönlich führen. Ich würde am Mittwoch zurück nach New York fliegen. Es konnte bis dahin warten.

Du meine Güte. Egal. Okay, ich würde versuchen etwas zu schlafen. Ich löschte meine Zigarette und ging leise zurück in die Wohnung. Meine Tasche lag immer noch neben der Eingangstür, wo ich sie, nachdem wir angekommen waren, fallen gelassen hatte. Zu diesem Zeitpunkt waren wir beide zu aufgeregt gewesen, um uns um solche Details zu kümmern. Eine Spur aus fallengelassenen Klamotten zog sich von der Eingangstür zum Schlafzimmer. Ich holte meine Zahnbürste aus der Tasche, ging ins Bad, putzte meine Zähne und lief dann zurück ins Schlafzimmer.

Sie schlief immer noch friedlich.

Wie hoch war die Wahrscheinlichkeit, dass ich erneut einen Albtraum haben würde?

Ziemlich hoch. *Scheiße.*

Ich lehnte mich über sie und küsste sie zärtlich auf die Stirn. Sie lächelte im Schlaf und der Anblick brach mir fast das Herz. Also nahm ich mir eines der Kissen aus dem Bett, warf es auf den Boden neben sie und legte mich hin. Der Teppich war kratzig, aber ich hatte schon an schlimmeren Plätzen geschlafen.

Ähm...Blaubeere (Carrie)

Die Sonne schien durch das Fenster, als ich Samstagmorgen erwachte. Die Wärme durchflutete mich und ich streckte mich. Mir tat alles weh. Okay, es war lang her, dass mir das passiert war. Die Muskeln auf der Rückseite meiner Beine, meine Oberschenkel und meine Pomuskeln schmerzten ebenfalls. Ehrlich gesagt taten mir Stellen weh, von denen ich nicht mal wusste, dass sie wehtun konnten. Meine früheren sexuellen Erfahrungen hatte ich mit anderen Studenten gesammelt und einmal als ungeschickte und unerfahrene Achtzehnjährige auf einer Reise quer durch das Land mit einem anderen ungeschickten und unerfahrenen Achtzehnjährigen. Und dabei mussten wir auch noch sehr leise sein, denn Julia und Crank waren im Nebenzimmer und es gibt Dinge, die eine große Schwester nicht wissen musste.

Das hier war etwas völlig anderes. Ray war schon an der High School und am College ein Athlet gewesen und erst kürzlich war er in den afghanischen Bergen mit mehr als zwanzig Kilo Ausrüstung herumgewandert. Er war *in Form*. Ich bin kein Schlappschwanz. Ich gehe dreimal die Woche ins Fitnessstudio. Und wenn ich draußen Feldversuche mache, wandere ich sehr weite Strecken, manchmal zwanzig bis dreißig Kilometer. Aber er hatte mich echt erschöpft.

Ich fühlte, wie ich lächelte, wenn ich nur daran dachte.

Ich rollte zur Seite, streckte meine Arme nach Ray aus, aber er war nicht da. Huch. Ich war auf einmal sehr enttäuscht. Ich setzte mich auf und dann sah ich ihn.

Er lag zusammengerollt auf dem Fußboden neben dem Bett. Ich seufzte, sah ihn an und mir stockte der Atem ein wenig. Ich meine, mir war klar, warum. Er hatte Angst gehabt, einen weiteren Albtraum zu bekommen. Er hatte auf dem Boden geschlafen, um mich zu beschützen. Eine Welle von unbekannten Emotionen durchflutete mich. Ich fühlte, wie meine Augen feucht wurden. Denn er hatte mehrere Alternativen gehabt. Er hätte in das Hotel fahren können, das er reserviert hatte. Oder auf der Couch schlafen können. Oder er hätte riskieren können, einen weiteren Albtraum zu bekommen.

Stattdessen war er an meiner Seite geblieben. *Auf dem Boden.*

Ach, scheiß drauf. Ich griff nach meinem Kissen, warf es auf den Boden neben ihm und kuschelte mich an ihn, dabei zog ich die Bettdecke über uns beide. Er roch ein bisschen nach Zigaretten und sehr nach Sex und Schweiß.

Meine Bewegungen störten ihn und er öffnete langsam seine Augen.

„Guten Morgen, Schlafmütze", sagte ich.

„Guten Morgen, Schöne", antwortete er. Seine Stimme war rau.

„Du hättest nicht auf dem Boden schlafen müssen."

Er versuchte schelmisch zu schauen. „Tja, na ja. Es kam mir heute Nacht wie eine gute Idee vor. Aber jetzt tut mir alles weh."

Ich versuchte ein Kichern zu unterdrücken. „Mir auch."

Sofort war Sorge auf seinem Gesicht zu erkennen. „Du bist nicht verletzt, oder?"

Ich schloss meine Augen, nur für eine Sekunde, und versuchte geduldig zu bleiben. „Ray...Ich war eine Klugscheißerin. Mir tut alles weh, wegen dem *Sex*, nicht wegen der anderen Sache."

„Oh…“, sagte er. Dann gewann er seine Fassung zurück. „Tja, wenn das so ist, muss ich dir wohl helfen dich zu lockern. Diese Muskeln noch ein bisschen mehr strecken.“

Jetzt lachte ich, nahm mein Kissen und schlug ihm damit auf den Kopf. Er griff nach mir und zog mich auf ihn, und da wir beide nichts anhatten, war klar, was er vorhatte.

Ich legte meinen Zeigefinger auf seine Lippen und sagte: „Ich brauche dreißig Sekunden. Morgenatem.“

Dann sprang ich auf und rannte in Richtung meiner Zahnbürste davon.

Zwei Stunden später saßen wir endlich am Frühstückstisch im Park Grill und ich hatte beschlossen, dass es an der Zeit war, ihn ein wenig zu bedrängen.

„Erzähl mir von deinem Albtraum“, sagte ich.

Ray verzog das Gesicht. „Ich vermute, das bin ich dir schuldig.“

Ich hob meine Hand. „Du schuldest mir noch gar nichts, Ray. Aber… vielleicht schuldest du es dir selbst – um zu heilen. Du musst nicht mit mir darüber sprechen, Ray. Aber rede mit jemandem. Vielleicht mit Dylan. Oder einem Arzt.“

Er nickte, seufzte und sagte dann: „Es ist nicht so einfach.“

Ich lehnte mich nach vorne, griff nach seiner Hand und dann riskierte ich alles.

„Ray, hör mir zu.“

„Okay“, sagte er langsam.

„Ich werde das nur einmal sagen, und wenn du dafür nicht bereit bist, dann…na ja…das wäre echt übel.“

Sein Mund verzog sich auf einer Seite leicht nach oben.

„Ich meine es ernst“, sagte ich. Dann holte ich tief Luft, schloss meine Augen und sagte, vermutlich viel zu schnell, als dass er mich verstehen konnte: „Ich denke, ich verliebe mich gerade in dich.“

Ich wartete…zehn, vielleicht fünfzehn Sekunden. Dann öffnete ich meine Augen.

Er hatte ein breites Grinsen im Gesicht. Fast verschmitzt.

„Was?", sagte ich und meine Stimme hob sich dabei zu einem Kreischen, das vermutlich wirklich unattraktiv war. Sein Grinsen wurde noch breiter, wurde zu einem echten Lachen, also zerknüllte ich meine Serviette, die noch voller Krümel eines Blaubeermuffins war, und warf sie nach ihm. Sie traf ihn direkt im Gesicht und fiel auf den Tisch.

Ray lachte laut los und sagte dann: „Babe. Ich fühle das Gleiche. Tatsache ist..." Bei diesen Worten lehnte er sich nach vorne und flüsterte mit leiser, leidenschaftlicher Stimme: „Ich verliebe mich auch in dich, Carrie Thompson."

Es wäre perfekt gewesen, ein absolut romantischer Moment. Außer dass ein Krümel des Blaubeermuffins an seiner Nase hing.

„Ähm...", sagte ich.

„Was?"

Ich schüttelte meinen Kopf, streckte die Hand aus und griff nach dem Krümel. „Blaubeere", sagte ich.

Und dann lachten wir beide. Er zog mich zu sich hin und wir küssten uns heftig. Er sagte: „Lass uns spazieren gehen. Und...Ich werde dir ein bisschen davon erzählen."

Also gingen wir spazieren. Er ließ meine Hand los und legte seinen Arm um meine Taille, zog mich näher zu sich hin. Ich lehnte meinen Kopf an ihn und Ray begann zu erzählen.

„Also, lass mich dich zuerst fragen.... Wie viel weißt du über den Krieg?"

„Im Grunde gar nichts."

„Hast du irgendwelche Bücher über...Kriege im Allgemeinen gelesen? Belletristik? Kriegsfilme?"

Ich schüttelte meinen Kopf. „Lach nicht. Ich lese meistens zeitgenössische Liebesgeschichten. Und es muss immer ein Happy End geben."

Er nickte ernsthaft und sagte: „Ich würde niemals darüber lachen. Das wahre Leben sollte so sein."

Ich lächelte und drückte seine Hand. Vielleicht könnte *unser* Leben so sein. Aber ich sprach es nicht laut aus.

„Egal", sagte er. „Was ist mit...hast du Gruppendynamiken studiert? Das Verhalten einer Meute, solche Dinge?"

„Ähm, hallo, das ist meine Aufgabe. Mehr oder weniger."

„Richtig. Tschuldigung. Ich vermute, ich versuche drum herum zu reden." Er seufzte und sagte dann: „Sieh mal...die Dinge wurden...grausam dort drüben. Wir hatten sehr schnell hintereinander eine Menge Verluste. Mein ganzes Feuerteam wurde dezimiert...Zwei Kerle wurden getötet und Dylan wurde verletzt. Und es wurde...schlimmer und schlimmer."

Ich hielt einfach seine Hand fest, während wir weiterliefen. Ich wusste, dass es nicht einfach sein konnte, darüber zu sprechen. Alles, was ich tun konnte, war vermutlich zuzuhören und für ihn da zu sein.

„Egal...die Sache ist die. Ich habe etwas gesehen. Ein..."

Er hielt wieder inne. Er kämpfte darum, zu sprechen, sein Adamsapfel hüpfte auf und ab, sein Kinn war vor Ärger so angespannt, dass ich schockiert war. Er blieb stehen, sah mich an und sagte: „Ich habe...ein Kriegsverbrechen gesehen."

Er sah mir in die Augen und atmete aus, als er die Worte sagte. Ich nahm seine andere Hand in meine. Wie meinte er das? Was für ein Kriegsverbrechen? *Was hatte er gesehen?*

Er sah mich an und sagte: „Carrie. Du musst Bescheid wissen...Ich verliebe mich in dich. Sehr schnell und sehr heftig. Aber es besteht die Möglichkeit..."

Sein Gesicht verzog sich und er hörte wieder auf zu sprechen. Ich verlor die Geduld und sagte: „Was? Was ist es?"

Er drückte meine Hände, schloss seine Augen und flüsterte: „Bevor ich aus der Army entlassen wurde...sammelte ich Beweise. Bilder. Notizen. Und ich schrieb einen Bericht über das, was passiert ist. Und ich warf alles in einen Briefkasten, adressiert an das Büro des Generalinspekteurs in Washington."

„Ich verstehe nicht."

„Carrie...Was ich dir sage, ist...irgendwann wird jemand die Sache untersuchen. Und ich weiß nicht, was dann passieren wird."

„Aber...du hast das Richtige getan. Du hast es gemeldet."

„Ich habe es nicht verhindert."

„Hättest du es denn gekonnt?"

Er sah von mir weg, sein Kinn war angespannt, sein Gesichtsausdruck sah fast gequält aus, und er sagte: „Ich weiß es nicht. Ich...ich weiß es einfach nicht. Ich wünschte, ich hätte es versucht."

Und dann schüttelte es ihn. Nur einmal. Wie...eine Eruption. Das Gefühl, das ihn durchfuhr, war unterdrückt, rau und bitter. Also tat ich das Einzige, das ich tun konnte. Ich legte meine Arme um ihn und flüsterte in sein Ohr: „Wir stehen das gemeinsam durch."

Keinerlei Respekt (Ray)

Es war ruhig im Wartezimmer, gelegentlich hörte man leises Gerede am Schwesternstützpunkt und das Hallen der Füße auf dem Gang. Aber hier drinnen? Stille.

Sara saß in der Ecke. Sie hatte ihre Knie angezogen, die Füße auf dem Sitz abgestellt, die Arme um ihre Beine geschlungen und das Kinn auf die Knie gelegt. Sie starrte ins Leere und bewegte sich nicht. Sie hatte kein Wort gesagt, seit der Arzt vor fünfundvierzig Minuten gegangen war. Hin und wieder sah sie sich im Raum um, dann zu mir hinüber und starrte dann wieder ins Nichts.

Ich konnte nicht anders, als mir zu überlegen, was sie wohl dachte und fühlte. Ich versuchte mir vorzustellen, wie es wäre, wieder siebzehn Jahre alt zu sein und zu wissen, dass man mir, damit ich überlebte, vielleicht das Bein amputieren würde.

An ihrer Stelle wäre ich auch völlig fertig.

In der Zwischenzeit setzte ich mich neben Carrie. Auf der anderen Seite saß Jessica neben ihr und lehnte sich an sie. Jessica hatte ihr Telefon in der Hand. Sie war online und sendete, soweit ich erkennen konnte, Nachrichten über den Unfall an einige ihrer Freunde. Carrie war in ihrem Sitz zusammengesunken, ihr Kopf lehnte an der Wand hinter ihr, ihr Mund war leicht geöffnet und ihre Augen geschlossen. Sie schlief aber nicht. Ich wusste das, denn jedes Mal, wenn sich Schritte näherten, öffnete sie ihre Augen und versuchte das Geräusch zu lokalisieren. Sie wartete auf weitere Informationen von den Ärzten.

Ich legte meine Hand auf ihre. Tatsächlich lag sie *in* ihrer, wenn ich nicht aufpasste. Ich weiß nicht, ob es half. Ich weiß nicht, ob es überhaupt einen Unterschied machte, ob sie überhaupt den Hauch einer Ahnung hatte, dass ich an sie dachte, mich nach ihr verzehrte und für sie betete. Das Einzige, das ich tun konnte, war es zu versuchen. Das Einzige, das ich tun konnte, war hier an ihrer Seite zu sein. Das Einzige, was ich ihr im Moment geben konnte, war meine Liebe, auch wenn sie es vielleicht niemals erfahren würde.

Ich vermute, es gab noch etwas anderes, das ich tun konnte. Ich konnte kämpfen. Ich konnte darum kämpfen zu überleben. Ich wusste nur nicht, wie. Ich konnte nichts berühren. Wie zur Hölle kämpft man ums Überleben, wenn man nicht mehr als ein Geist ist?

Sie sah so müde aus. Wir hatten…keine leichte Zeit gehabt. War es erst zwei Wochen her, dass sie in die Wohnung gekommen war, sich auf die Couch hatte fallen lassen und gesagt hatte: „Warum fliehen wir nicht einfach?"

Ich hatte sie umarmt und gesagt: „Okay. Wie wär's, wenn wir zum Zirkus gehen?"

Sie nickte mit ernstem Gesicht. „Okay. Aber warum zum Zirkus?"

Ich zuckte mit den Schultern. „Du wirst Löwenbändigerin. Ich werde dein sexy Assistent. Sie werden uns niemals finden."

Sie hatte laut gelacht. Es war das erste Mal seit einer Woche oder sogar länger, dass sie gelacht hatte. Ich wollte dieses Lachen auskosten, es am liebsten irgendwie gut wegschließen, damit wir es einfach wieder herausholen und es zu jeder beliebigen Zeit wieder hören könnten. Aber ihr Lachen war nicht von Dauer. Genau genommen, begann sie wenige Augenblicke später zu weinen. Ich hatte sie in meine Arme gezogen, sie ganz fest umarmt und ihr die gleichen Worte zugeflüstert, die sie mir damals gesagt hatte: „Wir stehen das gemeinsam durch, Babe. Ich verspreche es. Ich bin für dich da. Für immer."

Was, wenn ich dieses Versprechen nicht würde halten können?

Ich musste hier raus, vielleicht ein Stück gehen, mich bewegen. Hier zu sitzen und mich selbst zu bemitleiden war keine Hilfe. Ich stand auf und es war komisch und zugleich befremdlich, dass ich, nachdem ich so lange gekrümmt dagesessen hatte, noch nicht mal das Bedürfnis verspürte, mich zu strecken. Das machte mir meinen derzeitigen Zustand viel deutlicher klar als alles andere.

Mein Zustand: Ich hatte keinen Zustand. Ich existierte gar nicht.

Ich schaute wieder zu Carrie auf ihrem Stuhl herunter, sie sah erschöpfter aus, als ich sie je gesehen hatte. Ich konnte sie nicht allein lassen. Ich ging zurück zu ihr und kniete vor ihr nieder. Ich legte meine Hände in ihren Schoß, lehnte mich so nah wie nur möglich an sie heran und flüsterte: „Ich liebe dich, Carrie."

Dann küsste ich sie.

Ihr Körper schauderte unwillkürlich und Tränen liefen ihr über das Gesicht. Lautlose Tränen. Sie hob ihre Hand an ihren Mund und biss sich in einen der Fingerknöchel, versuchte verzweifelt ihren Kummer zu unterdrücken. Ihre Augen waren sehr gerötet und sie sah aus als ob...

.... als ob sie gerade alles verloren hätte.

Ich zuckte zurück. *Das* war nicht, was ich beabsichtigt hatte. Oh, Allmächtiger. Carrie beugte sich auf ihrem Stuhl nach vorne, drehte ihren Kopf von Jessica weg und erstickte ein lautes Schluchzen. Jessica legte ihr Telefon beiseite, lehnte sich zu Carrie nach vorn und flüsterte etwas, das ich nicht hören konnte.

Carrie schüttelte heftig ihren Kopf. Dann antwortete sie Jessica: „Ich bin...Was soll ich nur tun?"

„Ich weiß", sagte Jessica mit trauriger Stimme.

„Nein. Nein, du weißt es nicht. Ich habe mein ganzes Leben damit verbracht, mich um andere zu kümmern. Und für eine Sekunde war es... es war, als ob er hier wäre. So als ob ich ihn spüren könnte." Ihr Kinn begann zu zittern und ihr ganzer Körper bebte. „Ich hatte endlich jemanden gefunden, der sich um mich kümmerte. Und ich habe solche Angst, ihn zu verlieren." Und dann brach sie völlig zusammen, weinte schrecklich, es war fast ein lautes Wehklagen, und vergrub ihr Gesicht in ihrem Schoß.

Ich keuchte auf und sah zu. Hilflos.

Hoffnungslos.

Jessica legte ihre Arme um Carrie. Und genau dort sollte eigentlich ich sein. Sie beschützen. Und ich konnte es nicht. *Gott verdammt!*

„Zeit zu gehen, Einstein", hörte ich jemanden hinter mir murmeln.

Ich drehte mich sofort um und zum ersten Mal verspürte ich einen grässlichen Zorn gegen Sarah. „Sarah, halt einfach die Klappe."

Sie seufzte und sah mich mit einem Blick an, der, wenn ich physisch anwesend gewesen wäre, mein bestes Stück zu einem Eiszapfen hätte erstarren lassen.

Ich schloss die Augen und versuchte tief Luft zu holen, um mich zu beruhigen. Schließlich sagte ich: „Tut mir leid. Ich weiß einfach nicht, was ich tun soll."

Sie nickte. „Ich weiß. Ich habe es bei Jessica auch probiert."

Ich starrte die Wand an. „Ich hasse es, hilflos zu sein."

Sie sah mich an und sagte: „Wir können ein paar Dinge beeinflussen. Das hast du gesehen. Ich denke, ich habe es verstanden. Es sind...tiefe Gefühle. Das ist alles, was durchdringt."

„Ich weiß nicht, wozu das gut sein soll", sagte ich.

„Ich auch nicht. Lass uns stattdessen herausfinden, was sonst gerade passiert."

„Was?"

„Die OP-Säle."

Ich spürte, wie ich schauderte. Allein der Gedanke, dabei zuzusehen, wie sie an meinem Körper herumschnitten – in meinem Gehirn herumoperierten – damit kam ich nicht klar. Ich schüttelte langsam meinen Kopf.

„Auf geht's, Ray. Wir können hier nichts tun. Wenn überhaupt, machen wir die Dinge nur schlimmer."

„Ich muss bei Carrie bleiben."

Sie verschränkte ihre Arme vor ihrer Brust und sah mich skeptisch an. „Für dich mag das gut sein, aber für sie? Sieh sie dir an! Berühr sie weiterhin und sie wird total verrückt werden. Du hast gehört, was sie gesagt haben! Wir sind beide so gut wie tot. Wie zur Hölle soll sie diese Sache durchstehen, wenn du sie weiterhin *berührst*?"

Ich hatte noch niemals eine Frau geschlagen. Hatte niemals auch nur den Wunsch verspürt. Aber ich musste mich sehr zusammennehmen, um sie nicht laut anzubrüllen. Ich ballte meine Hände zu Fäusten und brüllte laut: „Sie braucht mich, Sarah!"

„Sie *muss* das durchstehen, Ray."

Ich wollte brüllen. Ich wollte sie durchschütteln. Ich wollte hier rausrennen und die Ärzte und den idiotischen Autofahrer, der uns gerammt hatte, anschreien. Ich wollte all die Leute in der Army und am National Institute of Health finden, die unser kurzes gemeinsames Leben zu so einem elendigen Kampf gemacht hatten, und ich wollte *jemanden verletzen*. Aber ich konnte nichts davon tun. Selbst wenn ich tatsächlich physisch dort gewesen wäre, selbst, wenn ich die Möglichkeit gehabt hätte,…ich hätte es nicht gekonnt. Ich hätte es nicht getan.

Ich sah zur Decke empor und kämpfte darum, meinen Zorn unter Kontrolle zu bekommen. Ich versuchte zu atmen, mich zu beruhigen und die Emotionen aus mir herausströmen zu lassen. Sie waren fast greifbar, fast real.

Aber nicht ganz.

Ich ließ meine Schultern fallen und sagte: „Sieh mal, warum gehst du nicht einfach ohne mich, okay?"

Und dann tat Sarah etwas völlig Unerwartetes. Sie sah von mir weg, wischte mit ihrem rechten Arm über ihre Augen und sagte: „Weil ich Angst habe, allein zu gehen."

Ich schloss meine Augen. In Ordnung. Ich würde das irgendwie hinkriegen.

„Okay", flüsterte ich. „Lass uns gehen."

Ich griff nach ihrer Hand und zusammen verließen wir das Wartezimmer, gingen direkt durch die elektrisch gesteuerten Schiebetüren, für die man eine Codekarte brauchte, um sie zu öffnen.

Hinter den Türen war es recht kühl und hell erleuchtet.

„Wie finden wir…uns?", fragte sie.

Ich schüttelte meinen Kopf. „Ich weiß es nicht."

„Ich fühl mich verarscht. Sollten wir nicht von einem Geist oder so was geführt werden?"

Ich unterdrückte ein Lachen. „Wahrscheinlich sind derzeit alle ausgebucht. Wir werden es schon finden."

Und das taten wir. Wir gingen den Flur entlang und schauten durch die kleinen Fenster in den Türen. Die erste Tür führte zu einem Büro, aber die zweite führte in einen Vorraum, der mit Equipment, das auf Tischen herumlag, gefüllt war und Waschbecken hatte. Diese sahen etwa genauso aus wie die Waschbecken, die man immer im Fernsehen sieht, wenn Chirurgen sich ihre Hände auf dem Weg in den OP-Saal waschen.

„Hier", sagte ich. Wir schlüpften durch die Türen. Dahinter war wieder eine Schiebetür. Wir gingen auch durch diese hindurch und spähten durch das Glas.

Bingo. Ein Ärzteteam stand um einen schmalen Körper herum, der mit Tüchern bedeckt war. Ich sah genauer hin und konnte zwischen den Chirurgen und unter der Atemmaske Sarahs blasses Gesicht erkennen, welches dicke Blutergüsse auf der linken Seite hatte.

„Bist du sicher, dass du das tun willst?", fragte ich. „Das bist du."

Ich sah sie an, als ich ihr die Frage stellte. Ihre Augen weiteten sich vor Angst und sie kaute auf ihrer Unterlippe herum.

„Hey", sagte ich.

Ihre Augen fanden meine sofort.

„Es wird alles gut werden", sagte ich.

Sie nickte rasch und sagte. „Los."

Also gingen wir durch die Tür. Ich war sofort total überrascht, denn es lief leise Musik. Es war nicht die Lautstärke, die mich verblüffte, sondern die Tatsache, dass überhaupt Musik zu hören war.

Sarah stand die Fassungslosigkeit ins Gesicht geschrieben. „Haben die sie noch alle? *New Kids on the Block?* Haben diese Leute denn keinerlei Respekt?"

„Da hat bestimmt jemand beim Münzen werfen verloren", murmelte ich und versuchte dabei sehr, nicht zu lachen.

„Diese Musik zerstört vermutlich mein Immunsystem allein schon dadurch, dass sie gespielt wird. Versuchen die mich umzubringen?"

Trotz ihrer Fassungslosigkeit lief die Musik natürlich weiter. In diesem Moment sang die Boy Band im Radio so etwas wie „Oh...oh...oh...oh..." und sie verzog ihren Mund zu einem spöttischen Lächeln und sang leise: „Oh...oh...nein, das tun Sie nicht. Würden Sie das bitte abstellen?"

Sie entzog mir ihre Hand, ging zum OP-Tisch und hatte einen faszinierten Ausdruck im Gesicht. Ich folgte.

Ihr linker Arm war wahrscheinlich gebrochen und reponiert worden. Er war jetzt mit einem aufblasbaren Gipsverband ruhig gestellt, aber ich konnte anhand einer langen Naht sehen, wo man sie operiert hatte.

Ihr Bein...Ich musste wegschauen. Es war von der Wade bis zur Mitte des Oberschenkels auf die zwei-, wenn nicht sogar dreifache Dicke angeschwollen. Ihre Haut war ganz rot und prall. Die Ärzte hatten das Bein auf seiner ganzen Länge aufgeschnitten und dabei einen Schlitz von ca. 7,5 cm geöffnet, durch den man nun Muskeln, Knochen und Blut sehen konnte.

Sarah blickte gebannt darauf und erstarrte. Es sah so aus, als ob ihre Augen ins Nichts schauten.

„Geht's dir gut?", fragte ich.

Sie murmelte: „Es würde mir gut gehen, wenn sie gescheite Musik spielen würden."

Ich legte meine Hand auf ihre Schulter. „Ich weiß, dass das hier gruselig ist. Aber es bewahrt dich davor, dein Bein zu verlieren..."

„Ja ja, ich verstehe das schon, Ray. Ich wünschte mir nur irgendwie, ich könnte jetzt kotzen."

Einer der Ärzte sprach und gab einer Krankenschwester eine Anweisung. Ich verstand nicht mal die Hälfte von dem, was er sagte, aber der Teil, den ich verstand, war beruhigend. Sie hatten sie stabilisiert und sie waren fast so weit, die OP zu beenden und sie auf die Intensivstation zu bringen. Sie würden die Fasziotomie für einige Tage offen lassen und sie überwachen, insbesondere wegen der Infektionsgefahr und Beeinträchtigungen an den Muskeln. Er sprach über Urinproben und Leberschäden und überhöhte Enzyme und etwas, das sie Rhabdomyolyse nannten. Soweit ich verstand, hatte es mit dem eventuellen Absterben der Beinmuskeln zu tun. Die Krankenschwester machte Notizen, die sie in eine Akte schrieb.

Während wir zusahen, hatten die Chirurgen damit begonnen, die Wunden zu verbinden. Die offene Wunde an Sarahs Bein wurde lose mit etwas bandagiert, das fast wie Schaumstoff aussah.

„Ich denke, ich bin fertig", sagte sie, ihre Stimme war beträchtlich höher als normal.

Ich nickte und folgte ihr, als sie schnell in Richtung Ausgang ging.

Draußen im Flur fragte ich: „Bist du sicher, dass es dir gut geht?"

Sie stand für eine Minute einfach da und antwortete nicht. Die eine Seite ihrer Unterlippe war nach innen gerollt und sie kaute darauf herum. „Ja. Es geht mir gut. Auf eine bestimmte Art hat es sogar sehr geholfen…Ich meine…es sah so aus, als ob ich stabilisiert wäre."

„Also denkst du jetzt, dass du überleben wirst?"

Sie grinste. „Ja. Es könnte sein. Obwohl ich jede Wette eingehe, dass mein Bein sehr lange höllisch wehtun wird. Hast du das gesehen? Sie haben es aufgeschnitten, als ob es eine verdammte Wurst wäre."

Ich blinzelte und sagte dann: „Nette Darstellung, Sarah."

Ich denke nicht, dass sie meinen Sarkasmus verstand, denn sie lief einfach weiter und sprach immer noch viel zu schnell und mit zu hoher Stimme. „Ich meine…Ja, es wird übel werden. Ich wette, ich muss eine Menge Physiotherapie machen. Aber ich kann vielleicht mein Bein behalten. Das ist doch was."

„Das ist sehr viel", sagte ich.

„Du bist dran."

Ich seufzte. „Ich bin mir nicht sicher, ob ich auch mit solch positiven Gefühlen herauskomme, Sarah. Du hast gehört, was der Arzt im Wartebereich gesagt hat."

Sie sah mich mit ernstem Gesichtsausdruck an. „Denkst du nicht, dass…Bescheid zu wissen…vielleicht ein bisschen helfen wird?"

Ich verzog das Gesicht, zuckte dann mit den Schultern, war total hilflos. „Ja, in Ordnung. Lass uns schauen, ob wir den OP finden."

Im nächsten OP-Saal war ich nicht. Dort lag ein älterer Mann um die sechzig mit offener Brust auf dem Tisch. „Hier nicht", sagte ich, als ich durch das Fenster sah.

Der OP-Saal danach war meiner. Es war offensichtlich, denn alle Aufmerksamkeit war auf den Kopf gerichtet. Ich wollte wirklich nicht hineingehen, aber gleichzeitig wollte ich es doch. Was passiert, wenn man sich selbst sterben sieht? Was passiert überhaupt, wenn man stirbt? Ich wusste darauf keine Antwort. Irgendwie kam mir die Vorstellung von Himmelspforten und Wolken und Engeln, die auf ihren Harfen spielen, wie kompletter Schwachsinn vor, und ein Teil von mir hatte schreckliche Angst, dass genau *das hier* passierte, wenn man starb. Entweder völliges Vergessen oder schlimmer noch, für immer hier draußen gefangen zu sein.

Ich wollte nicht darüber nachdenken.

Trotzdem betrat ich den OP-Saal. Ich verspürte den völlig irrationalen Drang, auf Zehenspitzen hineinzuschleichen, so als ob meine Anwesenheit die Chirurgen stören könnte. Aber ich wusste, dass das nicht der Fall war.

Drinnen war ein schweres, dahinfließendes klassisches Musikstück zu hören. Ein Chirurg, der eine spezielle Vergrößerungsbrille trug, saß auf einem Hocker neben meinem Kopf und eine Krankenschwester hielt etwas über seine Schulter. Der Chirurg hatte etwas, das aussah wie eine winzige Pinzette, und die Krankenschwester hatte eine Absaugvorrichtung in der Hand.

Sarah sprach. „Gott sei Dank haben sie einen besseren Musikgeschmack. Ich hatte schon fast befürchtet, sie würden hier drinnen Justin Bieber hören."

Ich ignorierte sie. Stattdessen ging ich langsam um den Tisch herum. Mein linker Arm und mein linkes Bein waren genauso behandelt worden wie Sarahs Bein, beide hatten bei dem Unfall Quetschungen erlitten. Ich konnte noch nicht einmal mein Gesicht unter der Thoraxdrainage und den Tüchern, die es bedeckten, erkennen.

Ich erschrak, als ich die andere Seite des Tisches erreichte und gut erkennen konnte, was passierte. Die Chirurgen hatten den oberen Teil meines Schädels ab der Stirn geöffnet. Während die Krankenschwester ständig Blut absaugte, zog der Chirurg mit der winzig kleinen Pinzette ein Knochenfragment aus der grauen, gewundenen Masse darunter.

Dann sagte der Chirurg mit sachlicher Stimme: „Es sind diese Momente, in denen ich denke, die Familien wären besser dran, wenn wir einfach aufhören und den Patienten gehen lassen würden. Selbst wenn er überlebt, wird hier drinnen nicht mehr viel vorgehen."

Einer der anderen Chirurgen, der an meinem linken Arm arbeitete, sagte: „Das wissen wir nicht."

„Nein", antwortete der erste. „Aber bei dem hier würde ich auf nichts wetten."

Ich zuckte zusammen.

Sarah legte ihre Hand auf meinen Arm. „Vielleicht sollten wir gehen."

„Ja." Es fühlte sich merkwürdig an, das zu sagen. Meine Lippen waren taub, so als wäre ich beim Zahnarzt gewesen. Ich spürte scheußliche Kopfschmerzen heraufziehen, bohrende Kopfschmerzen. Und dabei drängte sich mir die Frage auf: Wie zur Hölle kann ein Geist Kopfschmerzen bekommen? Es war wie ein übler Scherz und ich war der Dumme dabei.

Als wir den OP-Saal verließen, sah mich Sarah besorgt an. „Wenn es dir hilft, dich besser zu fühlen, können wir gerne noch mal zurückgehen und zuschauen, wie der Glibber aus meinem Bein trieft."

Ich hustete und sagte: „Äh, nein danke. Darauf kann ich verzichten."

Also gingen wir zurück in den Warteraum und ich war so durcheinander, dass ich den kleinen Jungen zunächst gar nicht bemerkte. Aber ich hörte ihn laut und deutlich, als er sagte: „Entschuldigen Sie bitte, Mister? Können Sie mir helfen meine, Mom zu finden?"

Es war das Kind, das ich aus dem Aufzug heraus gesehen hatte. Etwa 1,20 m groß, dünn wie eine Bohnenstange und mit einer Jogginghose und einem Spider-Man-T-Shirt bekleidet. Er hatte eine Baseballkappe der Mets auf, die zur Seite gedreht war, der Schirm zeigte zu seiner rechten Schulter.

Irrsinnigerweise sagte ich: „Du kannst uns sehen?"

Das Kind schaute mich an, als ob ich verrückt wäre. Und dann sagte er: „Na ja. Ja." Er war für eine Minute ruhig und sagte dann: „Sie sind die erste Person, die mir antwortet. Warum konnte mir sonst niemand antworten?"

Mist.

„Wie heißt du?", sagte ich.

„Ich heiße Daniel."

„Und wie alt bist du…Zehn?"

„Acht. Fast neun."

Ich sah in Richtung Warteraum. Ich musste zurück zu Carrie. Aber ich konnte dieses Kind nicht alleine lassen. Als ich zögerte, sagte Sarah: „Lass uns schauen, ob wir deine Mutter finden."

Wir gingen alle zurück in Richtung Wartebereich und Hauptflur.

Als wir im Flur standen, sagte ich: „Also, ähm…Wie lange bist du schon hier?"

Er schüttelte seinen Kopf. „Ich weiß nicht. Ich denke...wir fuhren in den Zoo. Und dann war ich hier."

Scheiße. In den Zoo? „Warst du zusammen mit deiner Mom unterwegs?"

„Und meinem Dad", sagte er.

„Wie wäre es, wenn wir nach unten in die Notaufnahme gehen? Ich kenne den Weg."

Das Kind nickte.

Sarah sagte: „Hey...hat dir deine Mom nicht beigebracht, dass man nicht mit Fremden mitgehen soll?"

Er nickte. „Sie sagte, ich darf mit Polizisten sprechen, und er ist Soldat, also dachte ich mir, das ist fast das Gleiche."

Ich blinzelte. Wie...und dann verstand ich. Zum ersten Mal seit dem Unfall wurde mir bewusst, was ich anhatte. Eine Uniform. Ich weiß nicht, warum es mich beunruhigte. Ich meine, in letzter Zeit hatte ich fast nur Uniform getragen. Aber...sagte unser Aussehen in dieser Situation etwas darüber aus, wie wir uns selbst sahen? Ich wusste es nicht. Vielleicht. Aber andererseits, wenn das der Fall war, warum trug Sarah dann ein Kleid?

Wer weiß? Sarah war nur schwer zu verstehen. Auf jeden Fall mussten wir diesem Kind helfen, seine Mutter zu finden.

„Also gut, dann mal los. Ich heiße Ray und das ist Sarah. Und was soll diese Kappe?"

Der Junge zuckte mit den Schultern. „Vielleicht mag ich Baseball?"

„Die Mets? Willst du mich verarschen? Ich komme aus New York und das ist kein Baseball."

Er sah mich schräg an und ging dann weiter. Wir sprachen auf dem Weg zu den Aufzügen über Baseball. Sarah verdrehte die ganze Zeit die Augen. Dann fuhren wir zusammen mit einer Krankenschwester, die uns natürlich nicht bemerkte, nach unten. Ich denke nicht, dass der Junge mitbekam, dass die Schwester uns nicht sehen konnte.

Wenn er mich sehen und hören konnte, bedeutete das, dass er selbst genug Schwierigkeiten hatte.

Eines musste ich jedoch sagen. „Weißt du, wenn wir deine Mom finden, wird sie dich vermutlich nicht sehen können, okay?"

„Ich verstehe nicht", sagte er.

Nachdem wir den Aufzug verlassen hatten, hielt ich an und kniete mich vor ihn, sodass wir auf Augenhöhe waren, und sagte: „Es ist so. Ähm, du weißt doch, dass man in Träumen einfach überall sein kann, oder?"

Er nickte und sagte: „Einmal hab ich geträumt, ich wäre auf dem Mars."

Sarah fiel mit ein. „Ich hab mal geträumt, ich wäre eine Ballerina. *Gott sei Dank* bin ich dann aufgewacht."

Ich grinste. „Egal…als du geträumt hast, du wärst auf dem Mars, war dein Körper dabei auch weg?"

Er schüttelte seinen Kopf.

„Genau. Tja…die Menschen, die wach sind, können nur deinen Körper sehen. Aber im Moment sind wir alle drei sehr krank. Und das ist fast so, als ob wir träumen, und wir hängen hier so rum und reden über Baseball, während die Ärzte sich darum kümmern, dass es uns bald besser geht."

„Meine Mom hat mir gesagt, so war es auch, als mein Opa in den Himmel kam."

Ich zuckte zusammen. „Tja, Kind, dies ist nicht der Himmel. Ich weiß nicht genau, was das hier ist, aber der Himmel ist es nicht. Und außerdem wirst du in deinem Körper aufwachen."

Daniel sah verängstigt aus und er sagte: „Bist du sicher?"

Ich legte eine Hand auf seine Schulter und sagte: „Ja. Ich bin sicher. Vielleicht können wir hier irgendwo einen Ball finden und ein wenig damit spielen. Was meinst du?"

Er grinste und sagte: „Ich kann einen ziemlich fiesen Fastball werfen."

„Echt?" Ich stand auf und begann in Richtung Notaufnahme zu gehen. „Hast du schon mal daran gedacht, das profimäßig zu machen?"

„Ähm…mit acht?"

Ich lachte. Ich mochte diesen Jungen.

In der Notaufnahme ging es chaotisch zu, also gingen wir langsam von einem Ende zum anderen und suchten nach seiner Mutter und seinem Vater. Aber wir konnten sie nirgends finden.

„Du bleibst erst mal bei uns", sagte Sarah und versuchte ihn aufzumuntern. Ich sah nervös zu dem Jungen. Wir hatten genug eigene Probleme und Menschen, um die wir uns Sorgen machten, und ich wollte Carrie keine

Minute länger als nötig allein lassen. Aber dieses Kind war kurz davor, vor Angst den Verstand zu verlieren, und er hatte keine Ahnung, wo seine Eltern waren, und ich auch nicht.

Routine (Carrie)

Die Uhr an der Wand des Wartezimmers zeigte 15.15 Uhr. Wenn alles so gelaufen wäre wie geplant, hätten wir inzwischen vermutlich unseren Zoobesuch beendet. Vier Stunden Erholung. Vier Stunden um Rays Gesellschaft zu genießen, von der ich in letzter Zeit viel zu wenig gehabt hatte. Vier Stunden, die ein Leben völlig auf den Kopf stellen konnten.

Erst vor ein paar Wochen hatte ich gedacht, dass unser Leben dabei war zu zerbrechen. Aber ich hatte ja keine Ahnung gehabt, was das wirklich bedeutete, oder?

Außer mit Alexandra, den Ärzten und den Krankenschwestern hatte ich mit niemandem gesprochen. Ich hatte mir ganz sicher keinerlei Gedanken darüber gemacht, die Army über den Unfall zu informieren. Also war ich geschockt...nein, völlig fassungslos, als Major Janice Smalls den Warteraum betrat.

Eine große Frau, mit so dunkler Haut, dass sie fast blau wirkte. Major Smalls war eine freundliche, nachdenkliche Frau, die ich absolut verabscheute. Sie trug ihren Army-Kampfanzug und Stiefel, hatte aber einen Aktenkoffer dabei. In dem Moment, in dem sie den Raum betrat, fühlte ich, wie sich meine Rückenmuskeln anspannten, und ich setzte mich gerade auf. Auf eine irrationale Weise war ich mir sicher, dass sie hier war, um ihn direkt aus dem OP-Saal zu holen und zurück in die Fänge der Army zu bringen.

Jessica bemerkte meine plötzliche Anspannung und richtete sich neben mir auf.

Ich stand auf und versuchte meinen Zorn im Zaun zu halten, aber es war schwer. Ich zitterte heftig und meine Hände ballten sich zu Fäusten an meiner Seite. Ich bin eigentlich keine Person, die sofort auf Konfrontation geht. Aber sie wäre unter Umständen sogar in der Lage, mich dazu zu bringen, meine Fäuste zu benutzen.

Sie kam direkt auf mich zugelaufen, stellte ihren Aktenkoffer auf den Boden, streckte beide Hände aus und berührte meine Arme vorsichtig, in einer Geste falscher Besorgnis. „Carrie. Dieser Unfall tut mir so leid. Warum haben Sie mich nicht angerufen?"

Ihr Ton verursachte Brechreiz in mir. Ich starrte sie an und schluckte, versuchte ein Zähneknirschen zu unterdrücken. Schließlich sagte ich: „Ich hatte andere Dinge im Kopf."

Sie blinzelte und sagte dann: „Wie geht es ihm? Ich weiß nur, dass es einen Unfall gab...Das Krankenhaus hat uns routinemäßig informiert."

Routine. Ja, ich verstand, dass das Routine war. Aber es machte mich trotzdem ärgerlich. Es machte mich zornig, dass die Army soweit in unser Leben eingedrungen war, dass sogar dies, ein Unfall, routinemäßig vermerkt und in ihren Systemen ordentlich gespeichert wurde. Ich wollte nur noch schreien. Stattdessen sagte ich: „Sein Zustand ist sehr ernst."

Sie nickte und schaute mitfühlend drein. Ich wusste, dass es unlogisch war, sie zu hassen. Sie hatte nur ihre Pflicht getan. Aber ich konnte mir nicht helfen. Vielleicht war das egoistisch von mir. Aber die ganze Sache hätte auch anders ablaufen können.

Sie fragte: „Hat die Polizei Sie schon befragt?"

Die Polizei? Ich sah sie verwirrt an. „Nein...Gibt es einen Grund, warum die Polizei mich befragen sollte?"

Ihr Gesichtsausdruck erstarrte. „Ich hatte das nur angenommen, nach so einem schweren Unfall."

Ich schüttelte den Kopf. „Nein. Vielleicht haben Sie recht."

„Können Sie mir sagen, was passiert ist?"

„Wir waren auf dem Weg zum Zoo, und ein Jeep überfuhr die rote Ampel und prallte auf der Fahrerseite frontal mit uns zusammen. Es ist alles sehr schnell gegangen."

„Ich verstehe. Und ich bin froh zu sehen, dass es Ihnen gut geht. Wann kann ich mit ihm sprechen?"

Ich versuchte zu antworten. Ich versuchte es wirklich. Ich sagte: „Im Moment weiß ich nicht...ich weiß nicht wann...ob...", und dann begann ich wieder zu weinen. Es machte mich wütend, dass ich meine Fassung vor dieser Frau verlor, dass ich irgendeine Form von Schwäche vor ihr zeigte.

Ich unterdrückte die Tränen und sagte: „Er wird gerade notoperiert. Später wissen wir mehr. Wenn Sie mich jetzt bitte entschuldigen, ich muss zurück zu meiner Schwester."

Ich drehte mich um und stolperte mehr, als ich lief, zurück zu meinem Stuhl, setzte mich dann neben Jessica und nahm ihre Hand in meine.

Major Smalls stand noch ein paar Sekunden da und entschied dann anscheinend, dass sie erst mal genug gehört hatte. Sie drehte sich um und verließ den Warteraum.

Als Einziger übrig (Carrie)

„*Entschuldigung...* Mrs. Sherman?"

Ich brauchte eine Sekunde, um zu bemerken, dass der Arzt mit mir sprach. Erstens, weil ich begonnen hatte auf meinem Stuhl einzunicken und zweitens, weil mich niemand so nannte. Etwa drei bis vier Sekunden, nachdem er das gesagt hatte, wurde mir klar, dass ich *Mrs. Sherman* war. Ich öffnete meine Augen abrupt und stand auf.

„Ja?", sagte ich.

„Dr. Peterson...Wir haben uns vorhin kennengelernt."

„Ja. Wie geht es Sarah? Und Ray?"

„Ich wollte sie darüber informieren, dass Sarahs OP beendet ist. Sie wird gerade auf die Intensivstation gebracht. Aber ihr Zustand ist stabil."

Ich fühlte mich, als ob ich plötzlich unter Drogen stand. Eine Welle der Erleichterung, die so groß war, dass sie mich direkt aus dem Krankenhaus hätte tragen können, durchflutete mich. „Und... ihr Bein?"

Er nickte. „Im Moment denken wir, dass wir die Sache mit der Fasziotomie unter Kontrolle haben. Ihre Chancen, das Bein zu behalten, sind groß. Aber ihre Genesung wird sehr lange dauern."

„Wann kann ich sie sehen?"

„Sobald sie auf der Intensivstation ist. Sie müssen verstehen...Die Wunden an ihrem Bein, durch die Fasziotomie...Sie müssen offen bleiben, wahrscheinlich drei bis vier Tage lang. Sie können sie später besuchen, aber es wird noch eine Weile auf Messers Schneide stehen...Es besteht ein hohes Risiko, dass es zu Leberversagen, Infektionen oder anderen Problemen kommt."

„Ist sie wach?"

„Nein. Es ist sehr unwahrscheinlich, dass sie vor morgen früh aufwachen wird, und wir können nicht einmal sagen, ob überhaupt."

Inzwischen stand Jessica neben mir. Ich nahm ihre Hand und drückte sie. Und dann sagte Jessica: „Wenn sie irgendetwas braucht…egal was…ich bin ihre Zwillingsschwester."

Der Arzt lächelte sie müde an, streckte dann seinen Arm aus und drückte kurz ihre Schulter. „Zweieiig? Na ja, im Moment benötigt sie nichts. Aber ich kann Ihnen versichern, junge Dame, Ihre Zwillingsschwester ist in den besten Händen. Ein paar der besten Chirurgen des Landes haben sie operiert."

Mein Magen machte einen Satz, als ich die nächsten Worte sagte: „Und…Ray? Irgendwelche Neuigkeiten?"

Dr. Peterson seufzte. „Wir hatten ein paar Komplikationen. Er wird noch eine ganze Weile im OP sein. Wir tun im Moment alles, was wir können. So, haben Sie zwei sich ausgeruht und etwas gegessen? Das Beste, dass Sie im Moment tun können, ist, dass Sie sich um sich selbst kümmern."

„Mir geht's gut", sagte ich. „Ich bin noch nicht soweit, irgendwohin zu gehen. Trotzdem danke."

„Tja dann", sagte Dr. Peterson unbehaglich. „Versuchen Sie sich auszuruhen. Ich denke, die OP wird noch ein paar weitere Stunden dauern."

Ich nickte. Es war zu viel. Ich fühlte mich…taub. Leer. Und wütend. Wütend, dass das alles überhaupt passierte. Wütend, dass Ray und meine Schwester in Gefahr schwebten. Wütend, dass er überhaupt zurück in die Army berufen worden war. Wütend, dass unser Leben einen völlig anderen Verlauf genommen hatte, als wir es erwartet hatten.

Und dann hörte ich eine Stimme im Flur, eine bekannte Stimme. Verärgert, seine dunkle Stimme war voller Zorn. „Was zur Hölle machen Sie hier? Sie belästigen Carrie besser nicht, Major."

Oh mein Gott. Das war Dylan. Ihre ruhige Antwort konnte ich kaum hören, aber dann sagte er - und es war fast ein Schreien: „Denken Sie nicht, dass Sie schon genug angerichtet haben?"

Ich ging zur Tür, gerade, als ich meine Schwester sagen hörte: „Dylan, beruhige dich. Wir ignorieren sie einfach, okay?"

„Nein", sagte er, „nicht, bevor sie von hier verschwindet. Ich werde nicht zulassen, dass sie hier vor der Tür herumlungert."

Bis dahin hatte ich die Tür erreicht und sah sie. Alexandra bemerkte mich sofort und ließ Dylan schnell stehen, um mich zu umarmen.

Ich war entsetzt von dem, was als nächstes passierte. Ich bin keine weinerliche Person. Ich breche nicht einfach zusammen. Aber in diesem Moment, als ich die Arme meiner Schwester um mich spürte...ließ ich mich gehen und meine Knie gaben nach. Ich fühlte, wie sie unter mir schwankte, dann richtete sie mich auf und wir wankten zurück in Richtung Warteraum. Einen Moment später hielten Dylan und Alexandra mich fest und führten mich in das Wartezimmer.

Dies führte dazu, dass ich erneut zu weinen begann. Oh Gott, ich konnte mich nicht zurückhalten. Alexandra hielt meine Hände und ließ mich weinen. Währenddessen ging Dylan rüber zu Jessica, zog sie aus ihrem Stuhl und umarmte sie heftig. Nach ein paar Minuten hatte ich mein Weinen wieder im Griff und Alexandra setzte sich neben mich, dabei hielt sie immer noch meine Hand.

„Tut mir leid", sagte ich.

„Es muss dir nicht leid tun", antwortete sie. „Das ist völlig okay."

Ich schniefte und Alexandra gab mir ein Taschentuch. Ich holte tief und zitternd Luft, versuchte, meine Fassung wiederzuerlangen.

„Möchtest du darüber reden, was passiert ist?", fragte Alexandra.

Ich nickte und erzählte ihnen von dem Unfall und was wir bisher wussten. Dylan, der jetzt neben Jessica saß, zuckte zusammen, als er Rays Prognose hörte. Sie waren schon sehr lange Freunde und sie hatten die Grundausbildung zusammen absolviert, direkt bevor sie beide in Afghanistan stationiert worden waren. Er streckte seinen Arm aus, griff nach meiner Hand und drückte sie leicht.

„Wie schlägst du dich so?", fragte er.

„Ich...ich weiß es nicht. Nichts von alledem erscheint mir real."

Ich rieb mein Gesicht und sagte dann. „Ich vermute, Mom und Dad kommen auch her?"

Alexandra sagte: „Sie werden bald hier sein. Und Julia und Andrea auch."

Ich sah auf und schaute in ihre grünen Augen. „Andrea? Sie war seit fast zwei Jahren nicht mehr in den Staaten."

Alexandra nickte. „Ja, ich weiß. Julia und Crank haben anscheinend einen Flug gechartert und in Spanien einen Zwischenstopp eingelegt, um sie einzusammeln."

„Haben sie gerade keine Konzerte?"

„Die Konzerte der nächsten Woche wurden abgesagt."

Dylan lehnte sich nach vorne und sagte: „Ich habe Andrea immer noch nicht getroffen. Warum wohnt sie nicht zu Hause?"

Meine Augen wanderten zu Alexandras. Ich denke, wir dachten beide das Gleiche. Andrea hatte die letzten drei Schuljahre in Spanien bei unserer Oma verbracht und keiner von uns wusste, warum. So sehr ich auch versucht hatte, meine Schwestern zu beschützen und mich um sie zu kümmern, bei ihr war ich gescheitert. Und es brachte mich fast um, nicht zu wissen, warum.

Alexandra schüttelte ihren Kopf. „Ich weiß es wirklich nicht, Dylan. Es ist…kompliziert."

Ich verschränkte meine Arme vor meiner Brust. „Ich bin…ehrlich gesagt geschockt, dass sie jetzt kommt. Und dass Julia und Crank ihre Konzerte abgesagt haben. Das hätten sie nicht machen müssen."

Alexandra sah mich verwirrt an. „Natürlich mussten sie das. Wir sind deine Familie."

Ich holte tief Luft und sagte: „Ich denke, ich brauche etwas zu essen. Ich beginne, mich ein wenig zittrig zu fühlen. Ich habe nur…Ich habe Angst zu gehen."

Jessica lehnte sich nach vorne und sagte: „Du gehst und ich rufe Alexandra an, sobald es etwas Neues gibt." Sie sah Dylan und Alexandra an. „Geht beide mit ihr. Ich komme hier schon klar."

„Bist du sicher?", fragte ich.

Jessica sah mich ungeduldig an. „Ehrlich gesagt, ich brauche etwas Zeit allein."

„In Ordnung", sagte Dylan. „Ruf uns an, sobald du etwas erfährst, egal was." Sein Gesicht war angespannt, als er sprach, und ich konnte die Spannung, die von ihm ausging, spüren. Das letzte Mal, dass ich ihn so angespannt erlebt hatte, war am Tag, an dem Ray zurück in den aktiven Dienst berufen worden war.

Ich stand auf und fühlte mich sofort schwindlig. Dylan ging hinüber zum Krankenschwersternstützpunkt, vermutlich um ihnen zu sagen, dass wir etwas essen gingen, und dann verließen wir drei den Warteraum. Dabei liefen wir Major Smalls, die im Flur stand und mit ihrem Handy telefonierte, genau in die Arme. Dylan runzelte die Stirn in ihre Richtung und ging weiter. Achtzehn Monate nach Afghanistan war sein Hinken kaum noch zu sehen. Er hatte sich, seitdem ich ihn im Sommer nach Alexandras erstem High-Schooljahr zum ersten Mal getroffen hatte, sehr verändert. In dem Sommer war er mit einem Greyhound-Bus quer durch die Vereinigten Staaten gefahren, um sie zu sehen. Damals erschien er mir wie ein kleiner Junge, ernst, ruhig und auch ein wenig gehetzt.

Bis zum Herbst letzten Jahres hatten wir uns nicht wieder getroffen. Zu diesem Zeitpunkt hatte er bereits in der Army gedient, hatte Freunde sterben sehen und war selbst schwer verwundet worden. Er war erwachsen geworden, soviel stand fest. Aber dabei hatte er auch eine ganz neue Welt aus Problemen hinzugewonnen. Zorn und Schmerz und Ernüchterung. Ich dachte zunächst...dass Ray davon verschont geblieben wäre. Es stellte sich jedoch heraus, dass er alles nur tiefer verdrängt hatte.

Wie sie so neben mir lief, erschien mir auch Alexandra älter, erfahrener und selbstbewusster. Sie war dabei, sich auf ihr drittes Jahr als Jurastudentin vorzubereiten, und es schien ihr gut zu bekommen. Vermutlich half dabei auch die Tatsache, dass sie dem Dunstkreis unserer Eltern entkommen war.

Als wir den Aufzug betraten, blickte ich zurück in den Flur. Major Smalls war immer noch da und telefonierte, während sie vor der Tür des Warteraums auf und ab ging.

Als sich die Aufzugstüren geschlossen hatten, fragte Dylan: „Wann ist Smalls hier aufgetaucht?"

„Etwa zwanzig Minuten vor euch? Ich nehme an, dass das Krankenhaus die Army angerufen hat. Ich war es auf jeden Fall nicht."

Er schüttelte seinen Kopf. „Sie hätte dich in Ruhe lassen sollen."

„Ach, wirklich?" Ich wusste nicht, was ich sonst hätte sagen sollen. Aber auf dem ganzen Weg nach unten und während wir in der Cafeteria in der Schlange standen, schwirrte es mir im Kopf herum, nagte es an mir.

Als wir uns an einen Tisch setzten, sah ich Dylan an und platzte heraus: „Wann hast du es erfahren?"

Er hob seine Augenbrauen. „Was erfahren?"

Ich wedelte mit meiner Hand in der Luft herum, so, als ob das die Sache klarer machen würde. „Major Smalls…die Army…der *Prozess*." Ich konnte nicht anders, als das letzte Wort zu betonen.

Dylan verzog das Gesicht und schaute auf den Tisch herunter. Vermied er es, mir in die Augen zu schauen? Wollte er der Verantwortung aus dem Weg gehen? Oder dachte er nur nach? Ich wusste es nicht. Schließlich sagte er: „Nachdem Ray von seinem ersten Besuch in Texas zurückgekehrt war. Er hatte mir vom Flughafen aus eine SMS geschickt und mich sozusagen beordert, alle anderen Pläne beiseite zu schieben und ihn in Haakon's Hall zu treffen."

„Haakon's Hall?" Der Name kam mir irgendwie bekannt vor, aber ich konnte ihn nicht zuordnen.

Alexandra bemerkte: „Das ist ein Restaurant in Morningside Heights. Ich bin mir sicher, dass du es kennst. Es ist direkt beim Campus. Eine Menge Veteranen treffen sich dort."

„Ich gehe nicht oft dort hin", sagte Dylan. „Das Essen ist gut, aber ihr wisst, dass ich nichts trinke. Ich passe nicht zum Rest der Besucher."

„Also, warum wollte er sich dort mit dir treffen?"

Dylan sagte: „Weil Ray gern einen trinken wollte, oder auch zwei oder drei. Du musst verstehen…Alex und ich waren an diesem Abend verabredet, aber in der SMS schrieb Ray, er würde sämtliche Gefallen, die ich ihm schuldete, einfordern, und er bat mich, ihn dort zu treffen. Und wenn Ray mich um einen Gefallen bittet, dann springe ich, okay? Ich verdanke ihm mehr, als du dir vorstellen kannst."

Ich starrte Dylan einfach nur an und rutschte dabei unruhig hin und her. Ich wusste, wie viel sie einander verdankten, wahrscheinlich besser als jeder andere außer Alexandra.

„Okay...du hast recht", sagte er, obwohl ich gar nichts gesagt hatte. „Egal...Bis ich dort war, war Ray schon bei seinem dritten oder vierten Drink. Er war noch nicht völlig betrunken, aber schon ziemlich angetrunken."

Er schluckte und zögerte fortzufahren, dann sagte er: „Damals hat er mir davon erzählt."

„Von der Erschießung?"

Er nickte. „Carrie...Ich hatte ihn noch niemals so gesehen. Er war... nervös, zappelte herum, stand einfach völlig neben sich. Es war so untypisch für ihn, dass ich nicht wusste, was ich denken sollte. Er begann mir zu erzählen, wie es gewesen war, nachdem man mich in die Luft gejagt hatte, dass sie direkt danach wieder ins Feld mussten, weil eine andere Einheit getroffen worden war. Und da war Sherman nun und hatte überhaupt kein Feuerteam mehr. Er war ganz allein, denn ich war weg und Kowalski und Roberts waren tot. Er war ganz allein und als Einziger übrig. Sie ordneten ihn Hicks' Feuerteam zu, ein zusätzlicher Schütze, der völlig außerhalb der...der..."

Dylan begann zu stottern und ich konnte die Anstrengung in seinem Gesicht sehen. Alexandra griff nach seiner Hand, sagte aber nichts. Schließlich platzte er heraus: „Befehls...Befehlskette. Egal...Ray sagte, sie wären weitere sieben Tage draußen gewesen und am fünften Tag kam ein Hubschrauber vorbei und brachte drei neue Typen mit. Und sie gaben sie in Shermans Obhut. ‚Hier ist ihr neues Feuerteam, Sergeant.' Dieser Schwachsinn ist echt unglaublich."

Ich schüttelte meinen Kopf. Ich verstand nicht wirklich viel davon, aber zum gegenwärtigen Zeitpunkt musste Dylan seinen Gedanken freien Lauf lassen und die Geschichte auf seine Art erzählen.

„Also, jedenfalls...Sherman erzählte mir die Geschichte. Und er wurde immer betrunkener und lauter, während ich dasaß und Kaffee trank. Und dann platzte er plötzlich heraus: ‚Sie haben ihn umgebracht, Dylan'. Und ich könnte schwören, dass das ganze Restaurant auf einmal still war. Also hab ich Sherman hochgezogen und die verfluchte Rechnung bezahlt. Wir sind über die Straße in den Park gegangen, und er begann wieder ein wenig nüchtern zu werden, denn es war verdammt kalt draußen. Und dann hat er mir die ganze Geschichte erzählt. Es gibt nichts, was Sherman hätte tun können, Carrie. Außer vielleicht, selbst umgebracht zu werden."

Ich starrte auf den Tisch. Er erzählte nichts, das ich nicht schon wusste. Ich war bei einigen der Verhandlungen dabei gewesen und Ray hatte mir letztendlich auch viele Details erzählt.

Alexandra sagte: „Ich erinnere mich an diese Nacht…Ihr zwei seid erst mitten in der Nacht zur Wohnung zurückgekommen. Warum hast du mir nichts davon erzählt?"

Dylan starrte sie für eine Sekunde an und sagte: „Es stand mir nicht zu, diese Geschichte zu erzählen, Alex."

Es stand ihm nicht zu, diese Geschichte zu erzählen. Ja, das war so typisch. Sie hatten einen Ehrenkodex, hinter dem alles andere zurückstand. Aber Ray hatte diesen Kodex gebrochen.

Immer, wenn ich sauer auf die Army war, sagte Ray, er könne das verstehen, aber die Army hätte in diesem Fall das Richtige getan. Es ginge darum, Gerechtigkeit für einen zwölfjährigen Jungen zu erlangen, der sonst keine Chance auf Gerechtigkeit hätte. Wenn ich daran dachte, fühlte ich mich so egoistisch. Egoistisch, weil ich meinen Ehemann für mich allein haben wollte, egoistisch, weil ich ein normales Leben führen wollte, ein Leben ohne Medienspektakel, Kriegsgerichtsverhandlungen und Skandale bei der Arbeit.

Ray hatte nur gesagt: „Das Schicksal hat etwas anderes mit uns vor, Babe. Aber wir werden uns dem gemeinsam stellen."

Er hatte recht. Wir konnten das gemeinsam durchstehen. Aber ich dachte nicht, dass ich stark genug war, es allein zu schaffen.

Du musst mich jetzt Doktor Babe nennen (Ray)

Nachdem wir Daniels Eltern nicht gefunden hatten, ging Sarah mit ihm zur Kinderintensivstation, um dort zu schauen. Währenddessen folgte ich Carrie nach unten in die Cafeteria. Ich konnte nicht aufhören, darüber nachzudenken, *warum* Daniel im Krankenhaus war. Er war mit seinen Eltern auf dem Weg zum Zoo gewesen. Bestimmt waren sie in den gleichen Unfall verwickelt worden wie wir. Lebten seine Eltern überhaupt noch? Ich war abgelenkt und angespannt, als Carrie, Alex und Dylan in der Cafeteria miteinander sprachen.

Und ich hätte darauf verzichten können, dass Dylan Carrie diese Geschichte erzählte. Erstens war ich nicht so betrunken gewesen, wie er gedacht hatte. Allerdings war ich in dieser Nacht sehr durcheinander gewesen. Mit Carrie darüber zu reden, selbst so wenig detailliert, wie ich es getan hatte, hatte eine Art Schneeballeffekt ausgelöst. Ich war nicht mehr in der Lage gewesen, an etwas anderes zu denken, hatte die Szene während meines Rückflugs nach New York immer und immer wieder in Gedanken vor mir gesehen. Als ich in New York ankam, musste ich einfach mit Dylan sprechen, also schrieb ich ihm vom Flughafen aus eine SMS und fuhr direkt in die Stadt.

Wir saßen also da draußen im Park und es kam mir vor, als wären es vierzig Grad unter null, ich fror mir den Arsch ab, während ich Dylan die Geschichte erzählte. Und die ganze Zeit über konnte ich sehen, wie sehr ich ihn damit fertig machte. Als ich zu dem Part über Colton kam, stand er auf und begann hin- und herzulaufen, dann drehte er sich plötzlich zu mir um.

„Du meinst das wirklich ernst. Sergeant Colton?" Dylan klang verzweifelt, als er das sagte.

Ich nickte. „Ja. Es tut mir leid."

Dylan schüttelte den Kopf. Ich konnte seinen Schock und die Enttäuschung in seinem Gesicht sehen. Er ging ein Stück von mir weg, atmete schwer dabei. Kleine Wolken aus Eiskristallen umwogten seinen Mund, als er atmete.

„Warum hast du mir das nicht schon früher erzählt?", rief er.

„Was zum Teufel, Dylan? Wann hätte ich dir davon erzählen sollen? Als du im Krankenhaus warst, per E-Mail, damit es auch jeder lesen konnte? Oder, lass mich raten, als du dich hast ins Gefängnis werfen lassen? Oder hätte ich dir davon erzählen sollen, als du dabei warst, deine und Alex' Gefühle zu verletzen?"

Er machte ein Gesicht, als ob ich ihn geschlagen hätte. Und dann fühlte ich mich scheiße, denn ich *hatte* ein bisschen zuviel getrunken und das hatte meine normale Zurückhaltung außer Kraft gesetzt.

„Gott Dylan, tut mir leid. Es hatte einfach…keine Gelegenheit dazu gegeben. Und ehrlich gesagt wollte ich dir das auch gar nicht erzählen. Wir alle haben in Colton so etwas wie einen Vater gesehen. Es war schrecklich. Du hattest schon genug Mist zu verkraften."

Dylan trampelte mit den Füßen auf der Stelle, versuchte warm zu bleiben und sagte dann: „Okay. Ja, das verstehe ich. Ich war diesen Herbst nicht gerade in Bestform, oder?"

Ich zuckte mit den Schultern und er sagte: „Wo wir gerade davon sprechen, so langsam bringt mich mein Bein um. Lass uns irgendwohin gehen, wo es warm ist."

Also liefen wir in Richtung seines Apartments. „Was geschieht jetzt?", fragte er.

„Ich weiß es nicht. Das kommt auf die Army an".

„Warum das?", fragte er mit verwirrtem Gesicht.

Ich schluckte und sagte dann: „Bevor ich entlassen wurde…Und ich meine wirklich direkt, bevor ich entlassen wurde…habe ich es gemeldet."

„Du willst mich wohl verarschen. Und sie haben dich gehen lassen?"

Ich biss mir auf die Lippe und sah für eine Weile von ihm weg. „Ich hab wie ein Feigling den Weg des geringsten Widerstands gewählt, Paris. Ich habe alles aufgeschrieben und per Post geschickt."

Er nickte. „Das kann ich dir nicht verdenken."

Wir gingen ein Stück weiter und dann sprach er erneut: „Sherman… Du hast das Richtige getan. Die Meldung meine ich."

„Ich weiß nicht."

„Das hast du."

„Vielleicht. Aber ich habe nichts getan, um zu verhindern, dass es überhaupt geschehen ist."

Darauf konnte Dylan nicht viel antworten. Ein paar Minuten später erreichten wir sein Apartment. Alex war da und lernte, aber sie legte eine Pause ein, um uns Gesellschaft zu leisten, und wir spielten Karten und blödelten herum. Hin und wieder sah sie Dylan und mich neugierig an, aber sie fragte nicht, war los war. Und ich war dankbar dafür.

Am nächsten Morgen nahm ich den Long-Island-Zug zurück nach Glen Cove, wo meine Eltern wohnten.

Glen Cove ist ein hübscher Vorort von New York City, eine kurze Zug-fahrt entfernt auf Long Island. Ein echter Mittelklasseort, es gab dort weder den Dreck noch die Menschenmassen von Queens und Brooklyn noch die hohen Ansprüche der Hamptons. Meine Eltern waren auf der Welle des sogenannten „Neuen Marktes" mitgeschwommen, sie hatten in ihren guten Jobs viel Geld verdient. Sie hatten sich ein Million-Dollar-Haus gekauft, aber falls Sie jetzt an ein Million-Dollar-Haus in North Carolina oder Texas oder sonst wo denken: Mit einer Million Dollar kommt man auf Long Is-land nicht weit. Es war ein schönes, gemütliches Haus mit vier Schlafzim-mern und einer Doppelgarage. Es war der amerikanische Traum. Ich war dort aufgewachsen, hatte mit den Nachbarskindern gespielt und ein schönes und gutes Leben gehabt.

Leider war das alles gegen Ende 2008 schlagartig vorbei gewesen. Als die Wirtschaft den Bach runter ging, musste die Firma meiner Eltern schließen. Zu dieser Zeit war ich schon am College, deshalb erlebte ich die schlimmste Zeit für meine Eltern nicht direkt mit. Aber ich erinnere mich lebhaft an ein Telefongespräch, das ich in meinem ersten Jahr am College mit meinem Vater geführt hatte. Damals sagte er mir, dass das Haus verkauft werden würde und dass sie die Studiengebühren für mein nächstes Jahr am College nicht bezahlen konnten.

Ich denke, es brach ihm das Herz, mir das sagen zu müssen. Er ist der Typ, den man immer im Garten grillen sieht oder der mit seinen Kumpels samstagsabends ein Bier trinkt und Sport anschaut. Er war sehr stolz auf das Leben, das er uns bieten konnte, und es traf ihn schwer, als das alles ein-fach verdampfte. Meine Eltern zogen in ein beschissenes kleines Apartment, zwar immer noch in Glen Cove, aber um einiges schlechter als vorher. Es dauerte achtzehn Monate, bis er wieder Arbeit fand.

Bis dahin war ich schon der Army beigetreten. Ich war nicht bereit, meinen Eltern noch mehr aufzubürden, und die Army war eine Möglich-keit, um für das College bezahlen zu können. Und außerdem würde es mir vielleicht helfen, herauszufinden, was für ein Mensch ich war.

Am Tag nach meinem Gespräch mit Dylan kam ich um ca. 13 Uhr in Glen Cove an. Es war unnatürlich warm, also schulterte ich meinen Ruck-sack und meine Jacke und lief vom Bahnhof zur Wohnung meiner Eltern.

Beide würden um diese Uhrzeit noch bei der Arbeit sein. Mein Vater hatte einen Job als Manager eines Restaurants an der Küste gefunden, und meine Mutter war Assistentin der Geschäftsleitung in einer Rechtsanwaltskanzlei. Zusammen verdienten sie ungefähr die Hälfte dessen, was sie 2007 verdient hatten.

Während ich lief, summte mein Handy, und ich sah, dass Carrie mir eine SMS geschickt hatte: **ICH HABE NEUIGKEITEN!!!! :)**

Ich rief sie sofort an.

„Hey Babe", sagte ich. „Was für Neuigkeiten?"

„Bist du sicher, dass du bereit dafür bist?", fragte sie.

„Warum sollte ich nicht bereit sein?"

„Weil du mich nicht mehr Babe nennen kannst. Du musst mich jetzt Doktor Babe nennen."

Auf meinem Gesicht formte sich ein breites Grinsen. Und ich antwortete sofort. „Lass uns das nächste Mal, wenn ich dich sehe, Doktorspielchen machen."

Sie kicherte am anderen Ende der Leitung und sagte: „Das ist noch nicht alles."

Jetzt hob ich meine Augenbrauen. „Ach ja? Spuck's aus, Doktor Babe."

„Das hört sich gut an", sagte sie.

„Oh, glaub mir, in echt wird es dir noch viel besser gefallen."

„Also, hier die Info. Ich habe die Stelle."

„Am NIH, dem National Institute of Health?"

„Ja!" Ihre Stimme klang gedämpft und ehrfürchtig, aber ich konnte auch ihren Stolz heraushören.

„Du bist einfach klasse", sagte ich.

„Ich gebe zu, das bin ich", antwortete sie. „Aber lass dich nicht davon abhalten, es mir immer wieder zu sagen."

„Nichts könnte mich davon abhalten. Du bist klasse. Wundervoll. Fantastisch. Schlau. Lustig. Doktor Babe, du bist alles, was ich mir je im Leben gewünscht habe."

Sie schnurrte fast ins Telefon, als sie sagte: „Du bist auch nicht so schlecht. Genau genommen, wenn du so weiter machst, könnte ich mich daran gewöhnen, dich immer um mich zu haben."

Ich grinste. „Bist du sicher?"

Ihre Stimme wurde so leise, dass sie flüsterte: „Soldat, wenn ich nach New York komme, plane ich, dich mit in mein Hotelzimmer zu nehmen, um mit dir zu machen, was auch immer ich möchte."

„Ich kann's gar nicht erwarten", sagte ich.

Wir verabschiedeten uns, und den Rest des Weges zur Wohnung meiner Eltern hatte ich ein breites Grinsen im Gesicht.

Zurückblickend kann man sich kaum vorstellen, wie übel die Dinge sich am NIH entwickeln würden, als sie erst mal dort war. Wir hatten ja keine Ahnung. Keine Ahnung, was sich da zusammenbraute. Keine Ahnung, dass die Army und das FBI bereits die Order erhalten hatten, unsere Telefone abzuhören. Keine Ahnung, dass eine eifersüchtige Mitstudentin aus Texas Intrigen schmiedete, um Carries Karriere zu beenden.

Nein. Zu dem Zeitpunkt, als ich vom Bahnhof zur Wohnung meiner Eltern lief, war ich voller Hoffnung.

Meine Eltern wohnen in einem großen Apartmenthaus mit drei Teilen. Es ist bescheiden, aber auch nicht schlecht. Ich ging glücklich darauf zu. Ich würde Carrie erst ein paar Tage nach Weihnachten wieder sehen, aber ich wusste, wir würden jeden Tag miteinander reden, und ich wusste, bald würde die Zeit kommen, in der wir zusammen sein konnten.

Als ich an einem der Autos, die vor dem Gebäude geparkt waren, vorbei ging, öffneten sich beide Türen und ein Mann und eine Frau stiegen aus. Sie waren vielleicht drei Meter hinter mir, aber ich konnte ihre Fußstapfen deutlich hören, denn sie wurden schneller, um mich einzuholen. Ich drehte mich genau in dem Moment um, in dem die Frau sagte: „Sergeant Raymond Sherman?"

Das Herz rutschte mir in die Hose.

Die Frau war eine große Afroamerikanerin, attraktiv, sie trug ein einfaches blaues Kostüm. Sie war nicht so groß wie Carrie und ich, aber immer noch groß, vielleicht knapp 1,80 m. Der Mann, ein jüngerer Typ, blond und selbstgefällig, sah aus, als ob seine ganze Farbe von der Sonne ausgeblichen worden war.

„Ich bin Ray Sherman."

Sie hielt einen Ausweis in die Luft. Ich musste kein Genie sein, um ihn als Militärausweis zu erkennen. „Ich bin Major Janice Smalls. Army Strafverfolgungsbehörde. Das ist Jared Coombs, vom FBI."

Ich holte tief Luft. Mein Herz war wirklich in meine Hose gerutscht und ich spürte, wie sich mein Magen verkrampfte. Ich sagte: „Ich denke mal, ich muss Sie nicht fragen, warum Sie hier sind."

„Wir möchten mit Ihnen reden", sagte Major Smalls.

„In Ordnung. Warum kommen Sie nicht mit nach oben. Meine Eltern sollten noch auf der Arbeit sein."

„Das sind sie", sagte Coombs, der ausgewaschene FBI-Agent. Klugscheißer. Auf den ersten Blick wirkte Major Smalls ganz okay. Aber dieser Typ hatte erst drei Worte gesagt und mich schon verärgert.

Ich öffnete die Tür zum Gebäude und führte meine neuen Begleiter in Richtung Aufzug. Die Fahrt nach oben war vermutlich die unangenehmste Aufzugfahrt meines Lebens. Kennen Sie das Gefühl, wenn alle im Aufzug ganz still werden, weil man sich nicht kennt? So in etwa war es. Nur, dass die beiden mir das Gefühl vermittelten, aus der Haut fahren zu müssen. Endlich kamen wir oben an und ich führte sie durch den Flur und schloss die Wohnungstür auf.

Ich ließ meinen Rucksack und meine Jacke auf den Boden in der Nähe der Couch fallen. „Bitte setzen Sie sich. Kann ich Ihnen etwas zu trinken anbieten? Kaffee?"

„Wasser bitte", sagte Major Smalls.

„Nichts", antwortete Coombs.

Also brachte ich Smalls ein Glas Wasser und setzte Kaffee für mich auf, denn den würde ich ganz sicher brauchen. Dann setzte ich mich in den Sessel, der gegenüber der Couch stand, auf die sich Smalls gesetzt hatte. Coombs stand in der Nähe des Bücherregals und schaute sich unsere Familienbilder an.

Smalls sah in Richtung Coombs und dann zurück zu mir. „Ich möchte damit beginnen, Ihnen mitzuteilen, dass dies eine Voruntersuchung ist. Ihre Meldung hat die richtigen Personen erreicht. Ich möchte Ihnen dafür danken, dass Sie den Report geschickt haben."

Ich wusste wirklich nicht, was ich darauf antworten sollte, also sagte ich nichts.

„Wir haben zunächst ein paar Eingangsfragen an Sie, Sergeant.“

„Ich höre“, antwortete ich. „Aber es heißt nicht mehr Sergeant, einfach nur Ray oder Sherman, wenn Ihnen das lieber ist.“

„Soweit ich weiß, sind Sie noch für weitere fünf Jahre Reservist, Sergeant. Nur um das klarzustellen.“

Allmächtiger. Da hatten sie mich aber zurechtgewiesen. Ich sagte: „Inaktiver Reservist, aber ja, Major.“

„Gut. Ich wollte nur sicherstellen, dass es keine Missverständnisse gibt.“

„Wollen Sie damit sagen, dass ich vielleicht reaktiviert werde?“

„Ich will damit gar nichts sagen, Sergeant. Aber ich würde Ihnen vorschlagen, bei dieser Untersuchung so kooperativ wie nur möglich zu sein.“

Ich schnaubte. „Natürlich werde ich kooperieren. Ich habe es schließlich gemeldet, oder?“

Bei dieser Aussage drehte sich Coombs zu mir um und sagte in einem barschen Ton: „Sie haben es Monate, nachdem es passiert ist, gemeldet. Per Post.“

Ich sah in sein selbstgefälliges Gesicht. Ich konnte nichts dagegen einwenden, denn es war die Wahrheit.

„Im Übrigen“, sagte Smalls, „wo waren Sie letzte Nacht? Sie sind bereits gestern Abend hier gelandet.“

„Ich war bei einem Freund in der Stadt.“

„Dylan Paris“, sagte sie. „Er war ein Mitglied Ihrer Einheit.“

Ich spürte, wie ich vor Ärger rot wurde. „Wenn Sie das bereits wissen, warum fragen Sie dann?“

„Um herauszufinden, ob Sie mir die Wahrheit sagen“, antwortete sie.

Ich zog die Augenbrauen nach oben. „Lassen Sie mich etwas klarstellen. Ich werde Ihre Untersuchung unterstützen und kooperieren. Ich werde natürlich die Wahrheit sagen. Unter Eid, wenn Sie es wünschen. Ich werde darüber nicht glücklich sein, aber ich werde es tun. Also hören Sie mit dem Quatsch auf.“

Sie ignorierte einfach, was ich gesagt hatte. „Was weiß der Gefreite Paris über die Ereignisse? Soweit ich informiert bin, wurde er vor dem Vorfall aus dem Kriegsgebiet evakuiert."

„Er weiß nur das, was ich ihm erzählt habe. Wir haben gestern Nacht darüber gesprochen."

„Und seine Freundin?" Sie schaute in ihre Notizen. „Ms. Thompson. Weiß sie davon?"

Ich hob die Augenbrauen. Sie hatte ihre Hausaufgaben gemacht. „Nein, sie weiß nichts."

„Was ist mit ihrer Schwester, Carrie Thompson?"

Ich seufzte. „Wir haben keine Details besprochen. Aber ja, sie weiß, dass etwas passiert ist und dass ich es gemeldet habe."

„Ist das zwischen Ihnen und Carrie etwas Ernstes?"

„Ich kann nicht erkennen, was das mit Ihrer Untersuchung zu tun haben soll."

„Wir haben den Umfang der Untersuchung noch nicht festgelegt. Derzeit benötigen wir sämtliche Informationen, die wir bekommen können. Und da der Vater Ihrer Freundin Diplomat mit einem hohen Sicherheitslevel ist, müssen wir wissen, inwieweit seine Familie involviert ist."

Ich seufzte. Scheiße. Das hatte ich mir wohl selbst eingebrockt. Aber ich hatte niemals geplant, Carrie in die Sache mit hineinzuziehen. „Ich hol mir einen Kaffee. Und ja, es ist ernst zwischen uns."

Ich stand auf und ging in die Küche. Ich brauchte eine Minute zum Durchatmen und Nachdenken. So hatte ich mir das nicht vorgestellt... Dass die Militärstrafverfolgungsbehörde und das FBI mich im Wohnzimmer meiner Eltern befragen würden. Ich hatte das eigentlich überhaupt nicht durchdacht, oder? Ich holte einen Kaffeebecher aus dem Schrank und schenkte mir ein und sprang dann fast zur Seite vor Schreck, als ich Coombs, der hinter mir im Türrahmen lehnte, entdeckte.

„Möchten Sie auch eine Tasse?", fragte ich.

„Ja", sagte er. „Schwarz."

Also schenkte ich noch eine weitere Tasse ein und gab sie ihm. Danach ging ich zurück ins Wohnzimmer.

„Besser?", fragte Major Smalls.

„Ja", sagte ich.

„Warum fangen wir dann nicht ganz von vorne an. Wenn es für Sie in Ordnung ist, werde ich das aufzeichnen."

Ich nickte. Sie nahm ein portables Aufnahmegerät aus ihrer Tasche, stellte es auf den Tisch und drückte auf „Rec". Dann hob sie ihren Finger und zeigte mir damit, dass ich noch warten sollte. „Hier spricht Major Janice Smalls, US-Army Militärstrafverfolgungsbehörde. Außerdem ist Jared Coombs vom FBI anwesend. Wir befragen Sergeant Raymond Sherman in der Wohnung seiner Eltern in Glen Cove, New York. Sergeant Sherman, würden Sie sich bitte mit Ihrem Dienstgrad und Ihrer Einheit für die Aufnahme identifizieren."

Ich räusperte mich und sagte dann. „Raymond C. Sherman. Sergeant des Dienstgrades E-5 der US-Army, inaktiver Reservist."

„Sergeant Sherman, sind Sie damit einverstanden, dass ich dieses Gespräch aufzeichne?"

„Ja."

„Sergeant Sherman, am 15. November erhielt das Büro des Generalinspekteurs der US-Army ein Päckchen mit einer Absenderadresse in Glen Cove, New York. Ich habe leider keine Kopie des Umschlags vorliegen, um ihn Ihnen zur Identifizierung zu zeigen. Trotzdem die Frage, haben Sie ein solches Päckchen verschickt?"

„Ja", sagte ich.

„Können Sie uns sagen, was das Päckchen beinhaltete?"

„Einen Brief. Und einen USB-Stick."

„Ich verstehe. Und was war auf dem USB-Stick gespeichert?" "Fotos. Von...von einem toten Jungen. Dokumente. E-Mails."

„Sergeant Sherman, bitte geben Sie für die Aufzeichnung in Ihren eigenen Worten wieder, worum es in dieser Meldung genau ging."

Ich schaute auf und sah Major Smalls in die Augen. Ich wusste nicht, ob ich ihr trauen konnte. Ich wusste nicht, wie es weitergehen würde. Aber ich wusste, es war an der Zeit zu reden.

Der war gut, Mann (Ray)

"Kowalski, was hat denn die Schleife zu bedeuten?" Roberts grinste, als er die Frage stellte.

Kowalski verzog das Gesicht zu einem boshaften Grinsen. Die Art Grinsen, die mich dazu veranlasste, meine Hoden zu bedecken und zu checken, ob ich auch meine kugelsichere Weste trug. Er stand auf, seine Statur schien dabei den ganzen Raum zu füllen, und sagte: „Leg dich nicht mit mir an, Roberts."

Der Effekt wurde allerdings ruiniert durch eine rosafarbene Schleife mit kleinen weißen Herzen darauf, die Kowalski an sein Koppeltragesystem gebunden hatte. Ich musste zugeben, dass das ziemlich seltsam aussah.

Roberts breitete seine Arme aus. „Ich war nur neugierig, Mann."

„Meine Tochter hat mich darum gebeten, sie zu tragen. Also trage ich sie. Und wenn du mich damit aufziehst, verprügle ich dich. Nur dass das klar ist."

Roberts nickte. „Wenn's für dich in Ordnung ist. Ich verstehe schon."

Du meine Güte, na, meinetwegen. Nach fünf Monaten in dieser Provinz hatten wir alle unsere Marotten entwickelt.

„Okay Jungs, rauft euch zusammen, in drei Minuten müssen wir draußen sein. Dylan, sag deinem Schätzchen Auf Wiedersehen, du kannst sie später wieder anrufen."

Ich zog mir meine kugelsichere Weste an, schloss mein Koppeltragesystem und warf mir meinen Rucksack über die Schulter, gerade als Dylan sagte: „Ich muss los, Alex, in ein paar Tagen sind wir zurück."

Ich hörte ihre Stimme „Ich liebe dich" aus den kleinen Lautsprechern tönen.

Er lehnte sich nach vorn, küsste den Monitor und flüsterte: „Ich liebe dich auch", dann schloss er den Laptop. Ich schüttelte meinen Kopf und kicherte.

„Das Schlimmste, was sie tun konnten, war uns hier draußen Internetzugang zu geben", sagte Kowalski. „Als ich das erste Mal im Irak war, mussten wir sechs Wochen warten, bis wir zum ersten Mal nach Hause telefonieren durften. Jetzt kann man jeden Tag mit seiner Freundin sprechen."

Dylan schnallte seinen Helm fest. „Das ist nicht oft genug", sagte er.

„Los geht's, Gentlemen", sagte ich. Die drei folgten mir aus diesem beschissenen kleinen Raum nach draußen, in die eisige Kälte. Der Rest der Einheit sammelte sich und ein paar Minuten später standen wir in einem losen Halbkreis um Sergeant Colton und Leutnant Eggers herum. Sergeant Hicks stand mir im Halbkreis gegenüber, sein Feuerteam umringte ihn. Hicks war vielleicht zehn Jahre älter als ich. Er war blond, blass und hatte eine irische Nase. Hicks kam ursprünglich aus der Küstengegend von Virginia und war schon etliche Male für die Army im Kampfeinsatz gewesen. Er machte keinen Hehl daraus, dass er die Nase darüber rümpfte, dass ein Collegejunge, der noch nicht mal zwei Jahre in der Army war, ein Feuerteam leitete. Ich ließ mich nicht unterkriegen. Meine Leute vertrauten mir, das war das Einzige, was zählte.

Die vorgeschobene Operationsbasis schmiegte sich an den Fuß eines Berges, etwa zwei Stunden nördlich von Fayzabad in der Provinz Badakhshan, die wiederum am absoluten Ende der Welt, an der nördlichen Grenze von Afghanistan liegt. Es waren zwei Infanteriebataillone dort stationiert, fast 1200 Männer und ein paar Frauen, die auf ein halbes Dutzend vorgeschobener Operationsbasen rund um Fayzabad, der Hauptstadt der Provinz, verteilt waren. Wir hatten länger als eine Woche in der Basis festgesessen. Dichter Schneefall hatte ein Durchkommen unmöglich gemacht. Sogar unsere Militärjeeps versagten. Jetzt war es im Tal so weiß, dass man geblendet war. Ein eiskalter Wind blies einem direkt durch die Ausrüstung bis auf die Haut.

Der Leutnant rief: „Alle mal herhören! Heute ist Dega Payan unser Ziel. Sie alle kennen das Dorf. Wir fahren heute auf Bitten der Provinzverwaltung dorthin, weil eine Lawine anscheinend das halbe Dorf unter sich begraben hat. Unsere Mission ist, den Menschen dort zu helfen und alle, die ärztliche Versorgung benötigen, an die Air Force zu übergeben – sie werden per Hubschrauber abgeholt."

Während er sprach, legte er eine Landkarte auf den Boden, sodass wir alle sehen konnten, wo die Landezone für die Air Force vorgesehen war und wo die Lawine vermutlich die Häuser verschüttet hatte.

‚Häuser' war in dem Fall relativ. Dega Payan war ein winzig kleines Dorf am Ende einer langen Straße, die erst letztes Jahr passierbar wurde. Es gab keine Elektrizität, aber eine Schule mit einem Klassenzimmer und keinerlei medizinische Versorgung. Seit wir in Afghanistan waren, fuhren wir etwa ein- bis zweimal im Monat dorthin. Meistens hatten wir ein oder zwei zusätzliche Sanitäter dabei. Die Leute dort waren freundlich und eher prowestlich eingestellt. Es gab viele Kinder. Als ich hörte, dass eine Lawine das Dorf zum Teil verschüttet hatte, lief es mir kalt den Rücken runter.

Nachdem der Lieutenant mit seinen Instruktionen fertig war, sagte Sergeant Colton: „Männer, Sie wissen, dass das eine humanitäre Mission ist. Aber Sie werden trotzdem nur in voller Ausrüstung, mit geladenen Waffen und bereit zum Kampf rausgehen. Beschützen Sie sich gegenseitig. Riskieren Sie nichts. Klar?"

Die meisten Männer riefen: „Hurra!"

„Einsteigen", sagte Colton.

Als wir in Richtung der Jeeps gingen, kam Oberfeldwebel Martin, unser Gruppenführer, auf uns zu. Der Chef unserer Einheit, Colton, war direkt hinter ihm. Er rief: „Sherman."

Martin war ein rotgesichtiger Mann, der ständig mit Übergewicht zu kämpfen hatte. Er war zunächst unser Mentor gewesen und inzwischen sahen wir ihn auch als Freund. Er und Colton waren vor dieser Stationierung bereits zweimal zusammen im Irak und einmal in Afghanistan eingesetzt gewesen.

Ich stoppte und drehte mich zu ihnen um.

„Tun Sie mir einen Gefallen", sagte Colton. „Behalten Sie Roberts im Auge, okay? Er hat schlechte Nachrichten von zu Hause erhalten."

„Was ist los, Sarge?"

Martin sah sich um, um sicher zu gehen, dass niemand mithörte, dann sagte er: „Krankes Kind. Sein Sohn ist im Krankenhaus."

Ich verzog das Gesicht. Roberts war bereits zusammen mit Paris in einen der Jeeps gestiegen.

„Er hat nichts erwähnt", sagte ich.

„Ja, rechnen Sie auch nicht damit", antwortete Martin.

Colton fügte hinzu: „Das Rote Kreuz hat uns heute Morgen kontaktiert. Wir sind in Alarmbereitschaft. Wenn es schlimmer wird, kann es sein, dass wir ihn für eine Weile nach Hause schicken. Ich möchte nur sichergehen, dass mit ihm alles in Ordnung ist. Sie müssen ihm nichts sagen…Halten Sie nur ihre Augen offen und stellen Sie sicher, dass er nicht abgelenkt wird."

Ich nickte.

„In Ordnung, los geht's. Und Sherman? Sie machen Ihre Sache großartig. Weiter so."

„Danke, Sarge."

Wir trennten uns, und ich stieg in den Jeep bei Kowalski ein. Ich wusste die Anerkennung wirklich zu schätzen. Ich war erst vor ein paar Wochen zum Sergeant befördert und gleichzeitig zum Feuerteamleiter ernannt worden. Ich war noch nicht sehr lange in der Army und manchmal fühlte ich mich der Verantwortung nicht gewachsen.

Normalerweise waren wir zu viert in einem Fahrzeug, aber seit die 2. Einheit in einem Feuergefecht drei Jeeps verloren hatte und aufgrund dessen gestrandet war, hatten wir immer ein zusätzliches Fahrzeug auf Patrouillen mit dabei.

Deshalb wurde mein Feuerteam für diese Patrouille auf zwei Fahrzeuge aufgeteilt, Roberts und Dylan saßen in einem, Kowalski und ich im anderen.

Ein paar Minuten später waren wir schon auf dem Weg, die übergroßen Reifen knirschten dabei im Schnee. Die Fahrt nach Dega Payan dauerte unter normalen Bedingungen etwa drei Stunden. Unter diesen Umständen würden wir den ganzen Tag unterwegs sein.

„Hey, Sarge?"

„Ja", sagte ich. Es hatte mich immer genervt, wenn Kowalski mich Sergeant oder Sarge nannte. Als wir uns kennengelernt hatten, war ich ein

Gefreiter erster Klasse gewesen und er ein angegrauter Feldwebel mit zehn Jahren Erfahrung auf dem Buckel. Nachdem er wegen Trunkenheit am Steuer erwischt worden war, hatten sie ihn zum Gefreiten degradiert.

„Tu mir einen Gefallen", sagte er. „Die anderen kann ich nicht fragen, denn sie sind eine Horde verdammter Idioten. Ich muss für meine kleine Tochter ein Foto nach Hause schicken, auf dem ich diese Schleife trage. Kannst du mich knipsen?"

„Ja, klar", antwortete ich. Er griff in seine Tasche und gab mir eine kleine Digitalkamera. Ich lehnte mich, soweit es ging, gegen die Tür zurück und versuchte, einen guten Schnappschuss hinzubekommen. Kowalski konnte ein echtes Arschloch sein. Aber er liebte seine kleine Tochter.

Ich machte ein halbes Dutzend Fotos, nur für den Fall der Fälle.

„Hier, bitte schön, Mann."

„Danke."

„Wie geht es ihr?", fragte ich.

„Alicia? Super. Meine Mutter hat mir gestern Fotos von ihrer Geburtstagsfeier geschickt."

„Hat sie alle Geschenke bekommen, die sie sich gewünscht hatte?"

Kowalski grinste. „Ja, du hättest die Fotos sehen sollen, Mann. Das war die allerbeste Geburtstagsfeier überhaupt."

„Ja", sagte ich und schaute durchs Fenster auf die schneebedeckten Berge in der Ferne. Man kann über Afghanistan sagen, was man will, es ist ein atemberaubendes Land. Aber es war nicht New York.

„Hast du irgendwelche Fortschritte bei ihrer Mutter gemacht?"

„Verdammtes Weibsstück", murmelte er. Ich denke mal, das war Antwort genug. Üble Scheidung. Warum auch immer – ich hatte keine Ahnung – Kowalski hatte das Sorgerecht für seine Tochter erhalten.

Den Rest der Fahrt schwiegen wir. Kowalski war sowieso nicht sehr gesprächig und ich sah einfach nach draußen, etwas, das gleich zweifachen Nutzen hatte: Es war einfach nur wunderschön dort draußen, und ich musste die Gegend für den Fall, dass dort Aufständische lauerten, im Auge behalten.

Wir brauchten fast sieben Stunden, um das Dorf zu erreichen. Sieben kalte und einsame Stunden. Wir wechselten uns beim Fahren ab und nach dem zweiten Wechsel, etwa in der vierten Stunde, begann Kowalski mit einem Monolog über das Leben in der Army, seine drei vergangenen Einsätze (zweimal in Afghanistan, einmal im Irak) und seine Exfrau, die er mal geliebt hatte, jetzt aber hasste. Und er teilte mir seine Beobachtungen über die Soldaten unserer Kompanie mit, die vom Rassismus bis zur Heldenverherrlichung reichten, je nachdem, um wen es ging. Ich hörte mit halbem Ohr hin, aber Kowalski sprach gar nicht wirklich zu mir...Er redete nur, um etwas zu tun zu haben.

Es war 15 Uhr, als wir endlich in Dega Payan ankamen. Es ist ein beschissenes kleines Dorf in den Bergen und bis vor Kurzem war es vom Rest der Provinz völlig abgeschnitten gewesen. Keine Elektrizität, keine Arbeit, nichts. Die größten Arbeitgeber der Region waren die Opiumschmuggler und die Mohnanbauer.

Das Erste, das wir sahen, als wir in das Dorf fuhren, war die ausgebrannte Mädchenschule: Eines der zwei Gebäude war letztes Jahr bei einem Brandbombenanschlag niedergebrannt. Das Gebäude sah trist und verlassen aus. Neben der Straße standen Bäume, nicht genug, um es einen Wald zu nennen, aber genug, um einem Heckenschützen Deckung zu geben. Das Dorf bestand aus einer Reihe von tristen Gebäuden, die sich über ein Gebiet von etwa einem Kilometer erstreckten. Aus einigen stieg Rauch auf, aber das östliche Ende des Dorfes sah verheerend aus, ein Dutzend oder mehr Häuser waren fast vollständig von Schnee, Geröll und Eis bedeckt.

Ich schluckte, als ich das sah, und mein Magen verkrampfte sich. Die anderen zwei Teams, insgesamt achtzehn Männer, waren bereits ausgestiegen und verteilten sich im Dorf, um für unsere Sicherheit zu sorgen. Das Team von Oberfeldwebel Martin, zu dem auch mein Feuerteam gehörte, fuhr bis zur Mitte des Dorfes, wo wir ausstiegen. In dem Moment, in dem ich aus dem Jeep stieg, fühlte ich, wie der Schnee meine Hose oberhalb der Stiefel durchnässte.

Leutnant Eggers und Oberfeldwebel Martin standen bereits zusammen mit Jamshed, unserem Übersetzer, neben dem ersten Fahrzeug. „Bleibt hier", sagte ich zu den anderen und dann marschierte ich durch den tiefen Schnee zur Gruppe der Teamführer. Ich erreichte sie gleichzeitig mit Sergeant Hicks.

Ein älterer Mann stand zitternd in der Kälte und sprach mit Jamshed. Jamshed (ich wusste seinen Nachnamen nicht) trug die Uniform der afghanischen Polizei und er gestikulierte wild herum, während er mit einem älteren Mann redete. Schließlich drehte er sich zu Eggers um und sagte: „Leutnant, er sagt, dass nur die Schwerstverletzten das Dorf verlassen werden. Aber es könnte sein, dass es Überlebende in den Häusern gibt, vor einer Stunde ist eine Familie lebend geborgen worden."

Eggers schaute zu den Häusern, die unter dem Schnee begraben waren. „In Ordnung. Martin, setzen Sie Ihre Teams in Bewegung. Wir arbeiten uns von Westen nach Osten vor. Halten Sie sich an die Hauswände und schaufeln Sie die ersten erreichbaren Fenster frei. Wir müssen versuchen, die Leute dort rauszubekommen."

„Roger", sagte Martin. Dann drehte er sich um und rief: „Team 3, formieren Sie sich! Nehmen Sie Ihre Schaufeln mit!"

Die Männer kamen angerannt und hielten dabei ihre zusammenklappbaren Schaufeln in der Hand. Nach einer kurzen Diskussion gingen wir zum ersten Haus hinüber. Eggers verließ uns, um die Positionen der restlichen Einheit zu checken. Sergeant Colton schloss sich uns bald an.

Unser Ziel bestand nicht darin, das ganze Haus auszugraben, stattdessen versuchten wir, eine Tür, ein Fenster oder sonst eine Öffnung freizulegen, durch die man ins Innere gelangen konnte. Niemand musste erst dazu aufgefordert werden, zu graben, wir wussten alle, wie eilig es war. Außerdem war es so kalt, dass sogar die Hölle zugefroren wäre, und die Bewegung half dagegen. Zwischendurch hielt ich immer wieder inne, zog die Handschuhe und meinen Schal aus, um damit meine Nase und meine Ohren etwas zu wärmen.

Niemand kletterte in der Army auf der Karriereleiter nach oben, ohne eine Menge Schaufelarbeit zu leisten. Es kam lediglich darauf an, in was für einer Gegend man sich befand. Sandsäcke. Splittergräben. Schützenlöcher. Graben gehörte zum Leben beim Militär. Aber hier war es anders. Ich konnte die Anspannung fühlen und auch auf den eingefrorenen Gesichtern der Männer sehen. Wir hatten gesehen, wie die Kinder dieses Dorfes herumrannten und auch ihre Familien kennengelernt. Wir hatten keine

Ahnung, wie viele von ihnen überlebt hatten, oder ob es überhaupt Überlebende gab. Und das spornte uns an, so schnell wie möglich zu graben.

„Hier ist eine Tür", rief Paris nur ein paar Minuten, nachdem wir mit dem ersten Haus begonnen hatten. Ich schaute zu ihm hinüber. Er hatte beim Graben einen Türrahmen gefunden. Ich wusste nicht, ob in dem Rahmen überhaupt jemals eine Tür gewesen war oder ob der Schnee sie eingedrückt hatte, aber jetzt war dort nichts weiter als eine kleine Öffnung im Schnee.

„Kowalski, Roberts", rief ich und zeigte zu Paris. Wir gingen alle zu ihm, schaufelten wie verrückt und vergrößerten das Loch. Paris war der kleinste und dünnste von uns vieren. In dem Moment, in dem das Loch groß genug war, dass er hindurchpasste, sagte ich: „Paris…los. Sieh nach."

Er nickte, legte sein Grabungswerkzeug beiseite, zog das Koppeltragesystem aus, legte sein Gewehr ab und gab es mir. Dann schlängelte er sich, mit den Füßen voran und nur eine Taschenlampe in der Hand haltend, durch die Öffnung.

Wir waren still, bewegten uns nicht und gruben auch nicht weiter. Ich konnte hören, wie sich das andere Feuerteam am nächsten Haus durch den Schnee grub. Von Osten blies ein schwacher Wind. Paris rutschte über den Schneehügel in das Haus.

Ich dachte, dass er besser sein Gewehr mitgenommen hätte. Ich spürte die Anspannung in meinen Gedärmen. Die Ruhe war nervenaufreibend. Dann hörte ich Fußstapfen, ein Keuchen und einen gemurmelten Fluch. Ich schluckte. Was zur Hölle passierte nur dort drinnen? Warum dauerte das so lange?

Ich sah, wie Sergeant Colton zu mir rüber schaute. Ich winkte ihn herbei und er watete durch den Schnee auf mich zu.

„Was ist los?", fragte er leise. Irgendwie meinten wir alle, flüstern zu müssen.

Ich zeigte zur Öffnung. „Paris sieht gerade nach."

Wir sahen hinein und dann rief ich: „Paris? Geht's dir gut?"

Er hustete. Und als er dann endlich etwas sagte, brach seine Stimme in der Mitte des Satzes. „Ich bin auf dem Weg nach draußen."

Dreißig Sekunden später hörten wir ein Krabbeln und Stiefel durch den Schnee schleifen, als Paris nach draußen kroch. Dann sah ich eine Hand aus der Öffnung schauen. Colton und ich griffen danach und zogen Dylan durch das Loch. Er benötigte ein paar Sekunden zum Durchatmen, dann stand er auf.

Den Ausdruck, den er in seinen Augen hatte, als er aufstand und uns ansah, werde ich niemals vergessen. Er öffnete den Mund, um etwas zu sagen, und schloss ihn dann wieder. Sein Kinn bewegte sich und er schluckte. Seine Augen sahen leer aus, ruhelos. Und dann sagte er: „Kinder. Eine Familie. Sechs Personen."

Danach ging er von uns weg, erst ca. drei Meter, dann sechs und stand einfach nur da. Er hatte uns den Rücken zugedreht und seine Schultern bebten.

Man hatte mir immer beigebracht, dass man in so einer Situation, wenn jemand auf diese Art reagiert, denjenigen in Ruhe lassen soll. Ihm Raum und Zeit geben, sich zu sammeln, bevor er wieder zur Tagesordnung übergehen muss. Aber Colton…Er war anders. Er war wie ein guter Vater. Er ging zu Paris hinüber und legte die Hand auf seine Schulter. Ich konnte nicht hören, was er ihm sagte. Roberts und Kowalski sahen zu, so wie ich auch. Schließlich sagte ich zu ihnen: „Los, lasst uns beim nächsten Haus weitermachen."

Also gingen wir weiter und nach ein paar Minuten war Paris wieder bei uns. Ich wollte nicht daran denken, was er in diesem Haus gesehen hatte. Eine ganze Familie, die erfroren war. Kinder, hatte er gesagt.

Beim nächsten Haus war alles genauso, nur dass das Schaufeln diesmal schneller ging, denn inzwischen hatten wir unseren Rhythmus gefunden. Aber als die Öffnung zumindest für Paris groß genug war, um durch ein Fenster einzusteigen, sagte ich ihnen nicht, dass sie stoppen sollten. Ich würde in dieses Haus hineingehen, oder Kowalski. Ich wollte diesen Blick nicht noch einmal in Paris' Augen sehen.

Aber er sagte: „Halt. Es ist groß genug, ich komme durch."

Scheiße. Ich nickte und wir hörten auf zu graben. Und dann kletterte er auf den Schneehügel und schlängelte sich durch das Fenster. Sobald er drinnen war, begannen wir weiter Schnee zu schaufeln. Ich wollte, dass er in der Lage war, schnell wieder herauszukommen, wenn es nötig wurde.

Dann hörte ich seine Stimme. „Ah. Mist!" Ich konnte die Verzweiflung in seiner Stimme hören. Weitere Fußstapfen. Plötzlich rief er: „Sherman! Ich brauche Hilfe. Ich habe eine Überlebende, ein kleines Mädchen!"

Und dann schaufelten wir wie besessen, bis die Öffnung groß genug war, um Roberts, mich und Kowalski zu fassen und auf den Boden des Hauses zu springen.

Und ich verstand. Ich verstand den leeren Blick in Dylans Gesicht. Denn das Erste, das ich innerhalb des Hauses sah, war eine vom hellen Sonnenlicht erleuchtete tote Frau, die ihr totes Baby noch an sich gepresst an der Brust hielt. Sie saß zusammengekauert bei zwei weiteren Kindern und einem Mann.

Dylan aber hatte seinen Fund in einem Schrank gemacht. Ein kleines Mädchen, das heftig zitterte und blass war, seine Nasenspitze war ganz schwarz gefroren. Sie war vielleicht neun Jahre alt. Vielleicht hatte sie sich, nachdem ihre Eltern gestorben waren oder auch schon davor, dort mit einer Menge schwerer Decken verkrochen. Innerhalb des abgeschlossenen Raumes hatte sie irgendwie überlebt.

„Ach du Scheiße", murmelte Kowalski. „Wir müssen sie hier rausholen."

„Vorsichtig", sagte Paris. „Ich verstehe nicht mal, warum sie noch am Leben ist, wo doch…"

Kowalski kniete sich vor das Mädchen. Sie kauerte immer noch in der äußersten Ecke des Schrankes, ihre Augen waren groß und starr.

„Komm her, Mädchen", sagte er. Er schenkte ihr ein trauriges Lächeln, das war vielleicht das erste Lächeln, das ich jemals auf Kowalskis Gesicht gesehen hatte. „Lass uns dafür sorgen, dass dir wieder warm wird, okay?"

Ich denke nicht, dass sie verstand, was er sagte. Aber sie verstand seinen Tonfall. Er zeigte ihr mit Gesten, dass sie zu ihm kommen sollte, und sie rannte auf ihn zu und warf ihre kleinen Arme um seinen Hals.

Ich blinzelte heftig und räusperte mich dann. „Kowalski…Bring sie zu einem der Jeeps, lass den Motor an und versuche sie aufzuwärmen. Roberts, sieh zu, dass du die Sanitäter findest."

Wir drei halfen also Kowalski, mit der Kleinen durch das Loch zu klettern. Als nächstes folgte Roberts direkt hinter ihnen. Ich sah Paris an und sagte: „Gute Arbeit, Mann. Du hast das kleine Mädchen gerettet."

Seine Augen wanderten zum Rest der Familie, sie waren alle tot, dann sagte er: „Danke."

Wir fanden keine weiteren Überlebenden in den Häusern. Insgesamt waren vierunddreißig Dorfbewohner, davon neunzehn Kinder, erfroren.

Eine Stunde später machte ich genau in dem Moment, in dem die Hubschrauber ankamen, eine Pause, um eine zu rauchen. Hicks' Feuerteam war mit den ihnen zugeteilten Häusern fertig und er kam zu mir rüber und stellte sich neben mich. Wir waren beide still, standen einfach im Schnee herum. Ich wollte ihn nicht fragen, was er dachte, denn sein Team hatte das Gleiche vorgefunden wie meines. Hicks war ein scharfsinniger Soldat und eine gute Führungskraft. Aber er war auch ein Mensch, und in diesem Moment sah sein Gesicht finster aus.

Ein Sanitäter hob das kleine Mädchen aus dem Jeep und begann sie in Richtung einer kleinen Menge aus Dorfbewohnern zu tragen. Ihre Verletzungen waren nicht schwer genug, um ausgeflogen zu werden. Sie trug ein geblümtes blaues Kleid mit langen Ärmeln, ihr langes braunes Haar war zu Zöpfen gebunden und sie hatte große runde Augen. Als der Sanitäter sie zu den Dorfbewohnern trug, suchten und fanden ihre Augen Kowalski. Er rief: „Warten Sie", und rannte zu ihr hinüber.

Kowalski sagte etwas zu ihr und sie nickte. Ich konnte nicht verstehen, was er gesagt hat. Ich bin mir sicher, sie auch nicht. Aber was auch immer es war…Vielleicht war es etwas, das ich sowieso nicht verstand, denn ich war kein Vater, der eine kleine Tochter hatte…Sie begriff, was er meinte.

Er nahm die kleine pinkweiße Schleife von seinem Koppeltragesystem und band sie ihr ins Haar. Sie winkte und umarmte ihn dann. Ich musste mir auf die Lippe beißen.

Kowalski drehte sich um und kam zurück zu uns. Er sah, dass ich ihn beobachtet hatte, und warf mir einen bösen Blick zu. „Was gibt es da zu schauen, Sarge?"

Ich lächelte, zog an meiner Zigarette und sagte: „Nichts, Kowalski. Einfach gar nichts."

Komet (Ray)

Als die Helikopter wieder von Dega Payan wegflogen, wurde es bereits dunkel und sehr kalt. Eine Kälte, wie ich sie weder zuvor noch danach je erlebt habe. Ich habe keine Ahnung, wie die Temperaturen wirklich waren. Aber wenn man tausende von Kilometern vom Nichts entfernt war, es keinen Strom gab und man den Wind hört, wie er die Berge hinunter pfeift, dann ist die Kälte klirrend. Die Sorte Kälte, die einen sogar wünschen lässt, man könnte einfach sterben und alles wäre vorbei. Die Sorte Kälte, die dazu führt, dass man stechende Schmerzen in den Gliedmaßen bekommt, bevor sie einfach taub werden.

Die Sorte Kälte, die ganze Familien in ihren Häusern erfrieren ließ.

Sergeant Colton zog eines der Teams ab und ließ nur ein Team zum Absichern der Umgebung zurück. Der Rest von uns verkroch sich in einer leeren Hütte oder in den Jeeps, die wir zwischendurch immer mal wieder anließen, um die Heizung anzuschalten. Wir wechselten uns mit der Wache ab, jedes Team war nur für zwei Stunden draußen, damit es nicht erfror. Das bedeutete aber auch, dass in dieser Nacht niemand wirklich zum Schlafen kam.

Einige von uns würden aber ohnehin nicht schlafen können. Tote Soldaten der Gegenseite waren das eine. Sie waren die Bösen. Und selbst das war nicht leicht zu verkraften. Aber heute hatten wir vierunddreißig tote Körper aus verschütteten und zugefrorenen Häusern geborgen. Die meisten davon waren Kinder gewesen.

Ich wusste nicht, ob ich überhaupt jemals wieder würde schlafen können.

Wir blieben fast eine ganze Woche in dem Dorf. Es war ein Fehler, aber so lauteten unsere Befehle. Anscheinend hatten sie in Kabul das Geld, das die USA für solche Katastrophen zur Verfügung stellte, nicht an die Badakhshan-Provinz weitergeleitet. Und irgendjemand in der Provinzverwaltung hatte das wenige Geld, das zur Verfügung stand, für andere Dinge verwendet. Das Ergebnis war, dass wegen der vierunddreißig unschuldigen Toten ein großer Aufschrei durch das Land ging. Also hatte jemand im Weißen Haus oder in Kabul oder wo auch immer beschlossen, dass die USA ein großes Spektakel an humanitärer Hilfe in dem Dorf veranstalten sollten.

Sie benötigten diese humanitäre Hilfe. Das stand außer Frage. Wir gruben die Häuser aus. Wir halfen dabei, die Toten zu begraben. Wir sorgten für medizinische Versorgung und Verpflegung, organisierten Stromgeneratoren und sogar kleine Öfen, in denen man Kuhmist verheizen konnte. Wir säuberten die ausgebrannte Mädchenschule, und Kowalski, von dem wir alle wussten, dass er ein absolutes Arschloch war, verwandelte sich vor unseren Augen zu einer anderen Person, als er für die Kinder auf dem schneebedeckten Feld neben der Schule ein Fußballspiel organisierte. Natürlich hatten sie keinen Fußball, aber irgendwie hatte er einen der Hubschrauberpiloten dazu überredet, einen Basketball mitzubringen.

Leutnant Eggers war so beeindruckt davon, dass er Kowalski für die Dauer unseres Aufenthaltes im Dorf von seinen anderen Pflichten befreite. Der Rest von uns war am Löcher graben oder Wände ausbessern oder sonst etwas in der Art und zwischendurch rannte Kowalski wie ein Komet mit einem Schweif aus zwanzig oder mehr Kindern an uns vorbei. Das kleine Mädchen mit der pinkweißen Schleife im Haar war fast immer ganz an der Spitze mit dabei.

Man muss verstehen…Ganz Badakhshan, und unser Distrikt im Besonderen, war sehr prowestlich eingestellt. Sie hatten sehr unter den Sowjets zu leiden gehabt und dann noch mehr unter den Taliban. Jahrzehnte der Vernachlässigung hatten dazu geführt, dass sie nicht mal das Notwendigste hatten…Bis vor einem Jahr gab es nicht mal eine befestigte Straße in das Dorf.

Das einzige Problem war, dass unsere Anwesenheit Aufmerksamkeit auf das Dorf lenkte. Am fünften Tag lockte es die Aufständischen der Taliban an. Die ersten Zeichen erkannten wir am Nachmittag des fünften Tages. Da mein Feuerteam um einen Mann reduziert war, wurden unsere Pflichten auch gelockert. Wir waren gerade auf dem Dach eines Hauses zugange und versuchten herauszufinden, wie wir es mit unseren begrenzten Mitteln flicken konnten. Von hier aus konnte ich außerdem ein Auge auf Kowalski und die Kinder haben. Und in diesem Moment war ein Schuss zu hören.

Die Kinder verstreuten sich sofort, einige ließen sich einfach auf den Boden in den Schnee fallen, andere rannten zwischen die Häuser, um Deckung zwischen den hohen Mauern zu suchen. Eine Sekunde später sah ich, wie Kowalski über das Feld lief und drei Nachzügler verfolgte, um sie aus der Schusslinie zu bringen.

Mein Funkgerät erwachte zum Leben. Das zweite Team wurde beschossen.

„Bereit halten!", rief ich und ahnte damit schon den nächsten Befehl des Leutnants voraus. Die Aufständischen mussten irgendwo in den umgebenden Baumgruppen sein. Ein Team würde den Befehl erhalten, sie aufzuspüren.

Dylan und Roberts setzten schnell ihre Helme auf und wir stiegen vom Dach und schlossen uns Kowalski am Boden an.

„Von wo kamen die Schüsse?", fragte ich.

Kowalski schüttelte den Kopf. „Ich bin mir nicht sicher. Aus den Bäumen, denke ich."

Eine Sekunde später funkte mich der Leutnant an und befahl: „Versammeln Sie sich mit den Kindern im Schulhaus und beschützen Sie sie dort."

„Scheiße", sagte Kowalski. „Sie sind überall verstreut."

Er begann ihre Namen zu rufen, einen nach dem anderen. Ein paar Sekunden später konnten wir Köpfe erkennen. Mit einer Mischung aus Grunzlauten und Gesten sagte er ihnen, was wir vorhatten, und dann führten wir vier die kleine Horde ins Schulhaus und in Deckung.

Sobald sie in Deckung waren, nahmen wir unsere Positionen ein: Kowalski und Paris innerhalb des Gebäudes, um die Tür zu verteidigen, und Roberts und ich an den Gebäudeecken, um im Bedarfsfall Kreuzfeuer geben zu können.

Ich funkte zur Basis: „Wir sind in Position. Alle Kinder sind in Deckung."

Ich hörte Gewehrschüsse und direkt darauf folgten die tiefen Töne eines Maschinengewehrs. Das musste das 3. Team sein, irgendwo draußen auf der Straße. Die Kälte fuhr mir ins Mark, der Schnee durchnässte mein rechtes Hosenbein, trotz der dicken Uniform und der Knieschoner.

Wieder waren Schüsse zu hören, diesmal näher. Es klang, als ob sie direkt von der anderen Seite der Baumgrenze kamen.

„Roberts", rief ich und deutete erst auf meine Augen und danach zu dem Pfad, der zu den Bäumen führte. Der Pfad begann direkt an der Mädchenschule.

Einen Atemzug später brach die Hölle los. Ein weiterer Schuss, dann noch einer, und dann wurde die Decke neben mir getroffen. Ich legte mich flach auf den Boden, brachte mein Gewehr vor mir in Position und zielte auf die Bäume. Ich konnte die Kälte nicht mehr spüren, denn mein Herz pochte wie verrückt und Adrenalin schoss mir durch den Körper. Ein weiterer Schuss traf den Schnee neben mir, verursachte eine Furche im Schnee und krachte dann in die Mauer zu meiner Rechten.

Ich zielte auf die Baumgrenze, betätigte den Abzug und feuerte drei Schüsse ab. Das Geräusch verursachte ein Klingeln in meinem Ohr, während der Rückstoß gegen meine Schulter prallte.

„Scheißkerle!", schrie Kowalski direkt in Richtung der Straße vor mir. Er stand auf, stellte sich in die Türöffnung, hatte sein M249-Maschinengewehr an die Schulter erhoben, was verrückt war, und er begann, wie wild über meinen Kopf hinweg zu feuern. Ich zuckte zusammen und legte die Hände über meinen Helm, was vermutlich das Sinnloseste war, das ich je getan hatte. Ich rollte zur Seite und sah im nächsten Moment, wie ein Aufständischer, der von Kowalskis Maschinengewehrfeuer durchlöchert worden war, zu Boden fiel.

Alles war still. War es nur dieser eine Aufständische gewesen? Das konnten wir nicht wissen.

„Leutnant, Lagebericht", sagte ich ins Funkgerät und war dabei viel zu durcheinander, um einen korrekten Funkspruch abzusetzen. „Ein toter Aufständischer an der Mädchenschule."

„Roger, Nummer 11. Denken Sie daran, korrekt zu funken. Nummer 6, Ende."

Allmächtiger. Eggers war echt so kalt wie ein Fisch. Aber zumindest machte er seine Arbeit ordentlich.

Eine halbe Stunde später waren die Baumgruppen und das Dorf abgesucht. Man hatte keine weiteren Aufständischen gefunden.

Ich komme ja schon, verdammt (Ray)

„Ladet alles ein, Jungs. Ich will in fünf Minuten abfahrbereit sein."

„Ja. Ich komme ja schon, verdammt", sagte Kowalski. „Mach dir nicht ins Hemd." Er war heute Morgen wieder ganz der Alte, mürrisch und mit einem grimmigen Ausdruck im Gesicht. Dennoch warf er die letzten Ausrüstungsgegenstände in den Jeep und zog die Befestigungsriemen an, um sicherzustellen, dass alles zur Abfahrt bereit war.

Eine kleine Menschenmenge hatte sich vor dem Gebäude in Dega Payan versammelt, das als eine Art Rathaus fungiert. Allerdings konnte man praktisch keinen Unterschied zwischen dieser und den anderen Hütten des Dorfes erkennen. Die Kinder waren auch in der Menge, Kowalski ging zu ihnen hinüber und kniete sich vor sie. Er machte eine lustige Grimasse in Richtung des kleinen Mädchens mit der Schleife und sie kicherte.

Anführer der Menschenmenge war der graue, alte Mann, den wir bei unserer Ankunft als erstes gesehen hatten. Jamshed, unser Dolmetscher, hörte ihm ein paar Minuten zu und drehte sich dann zu Lieutenant Eggers um.

„Er fragt, warum wir jetzt gehen, wo doch Taliban in der Gegend sind?"

Eggers verzog das Gesicht. „Sagen Sie ihm, die Taliban sind hier, weil wir hier sind. Sie werden uns folgen. Wir haben den Befehl zu gehen, ich habe keine andere Wahl."

Jamshed runzelte die Stirn und sagte dann wieder etwas in Tajik zu dem alten Mann. Der Alte ließ ihn gar nicht ausreden, sondern begann wild zu gestikulieren während die Worte nur so aus ihm heraussprudelten.

Jamshed schüttelte seinen Kopf, antwortete etwas und ließ dann einen weiteren Wortschwall über sich ergehen.

Ich rief meine Männer zusammen, hob meine Faust auf Schulterhöhe und machte dann mit der Faust eine Bewegung von links nach rechts, das war das Handsignal um anzuzeigen, dass sie in die Fahrzeuge einsteigen sollten. Paris und Roberts drehten sich um, um zu ihrem Jeep zu gehen, ich schulterte mein Gewehr und war gerade dabei, zu meinem Fahrzeug zu gehen, als ich ein bezeichnendes Geräusch hörte, ein dumpfer Schlag, als ob ein Stein in den Schnee gefallen war.

Alles erstarrte und sämtliche Augen, die der Soldaten und Zivilisten gleichermaßen, fielen auf den kleinen Metallgegenstand, der direkt vor den Füßen des kleinen Mädchens mit der Schleife im Haar gelandet war. Ich fühlte mich wie gelähmt, war nicht in der Lage, mich schnell zu bewegen, als ich der Menge zurief, in Deckung zu gehen. Hicks rief: „Granate!"

Kowalski drehte sich abrupt um, schubste das kleine Mädchen kräftig, so dass es nach hinten, weg von der Granate, fiel. Dann warf er sich selbst auf die Granate. Er war noch nicht mal am Boden angekommen, als sie mit einem unerträglich lauten Krachen losging und sein Körper etwa 1,5 m in die Luft geschleudert wurde, bevor er zerfetzt wieder herunterfiel.

Die Kinder kreischten, die Mütter auch, sie ergriffen ihre Kinder und rannten, so schnell sie konnten, davon. Die Geräuschkulisse wurde noch lauter, als die Teamführer Anweisungen schrien und die gesamte Einheit sich mit schussbereiten Waffen formierte. Die Hälfte von ihnen zielte mit den Gewehren auf männliche Dorfbewohner.

Sergeant Colton schrie Jamshed zu: „Wer zur Hölle hat diese Granate geworfen?" Er griff nach dem Shirt des Dolmetschers und brüllte ihm direkt ins Gesicht. „Wer hat sie verdammt noch mal geworfen?". Dabei flog der Speichel aus seinem Mund direkt ins Gesicht des afghanischen Übersetzers.

Die Männer des Dorfes waren zu Salzsäulen erstarrt, ein Dutzend Gewehre zeigte auf sie, unsere Einheit hatte sich auf einmal vom Beschützer zum Eroberer verwandelt.

Ich schrie nach einem Sanitäter und rannte los. Kowalski lag mit dem Gesicht nach unten im Schnee und sein Blut schoss, schneller als man es für möglich halten konnte, aus seinen Wunden heraus. Paris fiel neben mir auf die Knie und gemeinsam drehten wir Kowalski um.

„Oh Gott", rief Paris aus, in seiner Stimme war schreckliche Qual zu hören.

Ich musste gegen den Brechreiz ankämpfen. Kowalski war nicht mehr zu retten. Die Granate war direkt unter ihm hochgegangen und hatte seine schusssichere Weste zerfetzt, so als ob sie gar nicht vorhanden gewesen wäre. Seine Brust war aufgerissen, man konnte die Rippen und seine

Brusthöhle sehen. Seine Augen waren glasig und weit geöffnet. Eines war sicher, er war sofort tot gewesen.

Ich fiel auf meinen Po zurück und sah zum Himmel empor. Ich wollte laut schreien, aber es gab nichts, was ich tun konnte.

Während wir die Überreste von Kowalski zusammentrugen und in den Leichensack packten, sah ich das kleine Mädchen in einer Tür stehen. Sie hatte immer noch die Schleife im Haar und die Tränen liefen ihr über das Gesicht.

Ich habe nie erfahren, wie sie hieß.

DIE **SIEBTE** STUNDE

Sie kann den Gürtel behalten (Carrie)

Ich war immer noch weit davon entfernt, hundertprozentig fit zu sein, aber die Gelegenheit, mit Alexandra und Dylan zu sprechen, und das Essen hatten schon sehr geholfen. Als wir vom Tisch aufstanden, sagte Dylan: „Ich gehe nach draußen vor den Eingang, um eine zu rauchen. Wir treffen uns dann oben wieder, okay?"

Alexandra küsste Dylan, und während wir uns in Richtung der Aufzüge bewegten, ging er davon.

Als Alexandra ihren Arm ausstreckte, um den Knopf zu drücken, der den Aufzug rief, sagte ich: „Weißt du, dass ich Angst habe, wieder nach oben zu gehen? Es kommt mir so vor, als ob sie jeden Moment vorbei kommen würden, um mir zu sagen, dass Ray nicht mehr lebt."

Ich schloss meine Augen und schauderte. Ich hatte darüber nicht mal nachdenken und es schon gar nicht aussprechen wollen.

„Das ist völlig normal. Ich hätte an deiner Stelle auch schreckliche Angst."

„Ich weiß nicht, wie du damals, als Dylan verletzt wurde, damit klar gekommen bist."

Sie zuckte mit den Schultern. „Ich…ich wusste nicht, dass er wirklich getroffen worden war. Ich wusste gar nichts. Es war dieser verrückte Schwebezustand, in dem man sich befindet, wenn der Mann, den man liebt, einfach verschwindet."

Die Aufzugtüren öffneten sich und wir gingen hinein. Ich drückte den Knopf für den dritten Stock und sagte: „Ist er darüber hinweg…über seinen, wie nennt man es genau? Minderwertigkeitskomplex?"

Alexandra lächelte. „Dylan ist schon sehr weit gekommen. Aber er hat immer noch einen langen Weg vor sich. Ein solches Trauma verschwindet nicht einfach über Nacht."

Ich lächelte sie bitter an. Das wusste ich nur zu gut. Und Dylan sprach wenigstens darüber. Wenn es um den Krieg ging, war Ray so zugeknöpft, dass ich manchmal dachte, die leiseste Bewegung könnte ihn zum Explodieren bringen. Ich seufzte und sagte: „Sieh zu, dass er weiterhin darüber redet. Manchmal ist Ray so verschlossen, dass ich keine Ahnung habe, was in ihm vorgeht."

„Ist es eine Vertrauenssache?"

Ich schüttelte meinen Kopf. „Nein. Ja. Ich weiß es nicht. Du weißt, was mit Martin passiert ist. Ray telefonierte gerade mit ihm, als es geschah. Ich denke nicht, dass irgendjemand aus ihrer Einheit davongekommen ist, ohne großen Schaden erlitten zu haben."

„Was ist mir dir?", fragte sie. „Ich weiß, du musstest mit der Verhandlung und all dem klarkommen, aber was ist mit deinem Job?"

Ich sah sie an und sagte: „Es war eine…eine Herausforderung. Das NIH ist nicht so, wie ich es mir vorgestellt hatte. Ich habe dir ja von den verrückten Anschuldigungen gegen mich erzählt. Ich war seit fast drei Monaten nicht mehr bei der Arbeit. In zwei Wochen werde ich wieder anfangen, aber…Ich weiß nicht, was passieren wird. Es ist…Ich habe gewonnen… Aber ich fühle mich, als hätte ich verloren."

Sie keuchte auf und sagte: „Was?"

„Alexandra…es ist kompliziert."

Kompliziert war es wirklich und ich war mir nicht sicher, ob ich die gesamte Geschichte wirklich verstand. Aber es hatte mit all den Ausflügen in die Rocky Mountains begonnen, die ich mit Bill Ayers unternommen hatte, um Berglöwen zu beobachten, und es hatte an dem Tag geendet, an dem ich am NIH in Doktor Moores Büro zitiert worden war.

Sie werden die komplette akademische Hexenjagd betreiben. Meine gesamte Forschung wird durch Bundesgelder finanziert, Carrie.

Das hatte Bill mir an dem Tag gesagt, an dem er mich anrief und gefragt hatte, ob ich ihn wegen sexueller Belästigung angezeigt hatte. Das hatte ich nicht. Ich hatte die Sache auf sich beruhen lassen und verdrängt.

Die Ironie an der Sache war, dass die Anschuldigung am Ende gegen mich verwendet wurde.

Wir waren wieder im Warteraum angelangt und ich sagte: „Ich erzähl dir später mehr. Es war alles so verwirrend, ich habe bisher noch mit niemandem außer Ray darüber gesprochen."

Sie legte ihren Arm in einer Art zwangloser Umarmung um mich und sagte: „Wann immer du willst, Carrie. Du bist immer für mich da gewesen."

Im Warteraum lag Jessica immer noch zusammengerollt da. Ich setzte mich neben sie und fragte: „Keine Neuigkeiten?"

Sie schüttelte den Kopf. „Noch nichts. Mom hat angerufen. Aus dem Flugzeug. Sie hat mir gesagt, ich soll dir ausrichten, dass sie dich liebt. Ihr Flugzeug landet um zweiundzwanzig Uhr."

„Dann wird es nach Mitternacht werden, bis sie hier sind."

Sie nickte.

„Geht's dir gut?", fragte ich.

Sie nickte. „Der Akku von meinem Handy ist fast leer." Ihre Antwort war ausdruckslos. Ich begann, mir wirklich Sorgen um Jessica zu machen. Während der ersten Stunden, die wir hier gewesen waren, hatte ich ihr Schweigen dem Schock zugeschrieben. Aber wir waren nun schon *Stunden* hier und sie sprach immer noch in diesem geschockten, monotonen Tonfall. Es war so völlig untypisch und begann, mich zu beängstigen. Ich fragte mich, ob Alexandra vielleicht mehr aus ihr herausbekommen würde… Sie waren sich vom Alter her viel näher.

Ich hatte keine Gelegenheit, der Sache weiter auf den Grund zu gehen, denn ein paar Minuten später kam eine erschöpft aussehende Ärztin in den Warteraum. Sie war Ende vierzig und ihr dunkles Haar war im Nacken zu einem Dutt zusammengesteckt.

„Carrie Sherman? Ich bin Doktor Schmidt. Ich bin gekommen, um nach Ihnen zu sehen und Ihnen mitzuteilen, dass Sarahs OP beendet ist und sie sich gut erholt."

Jessica lehnte sich vor und sagte in einem dringlichen Ton: „Ist sie wach?"

Die Ärztin schüttelte den Kopf. „Noch nicht. Aber wir sind zuversichtlich, dass ihre Genesung gute Fortschritte machen wird. Sie wird aber zumindest noch für einige Tage auf der Intensivstation bleiben müssen."

Ich nahm Jessicas Hand in meine. Wenn Sarah verletzt worden war, hatte sie schon immer fast körperlich darauf reagiert, und die Info, dass Sarah nicht nur im Krankenhaus war, sondern auch noch für mehrere Tage auf der Intensivstation würde bleiben müssen, würde Jessica völlig durcheinander bringen. Ich drückte leicht ihre Hand.

Alexandra sagte: „Wann können wir sie sehen?"

„Sobald Sie soweit sind, ich werde Sie alle jetzt zur Intensivstation bringen. Aber ich muss Sie warnen. Es besteht immer noch eine große Infektionsgefahr. Es darf sie immer nur eine Person für maximal fünfzehn Minuten besuchen. Ich möchte Sie bitten, sich, bevor Sie hineingehen, die Hände zu desinfizieren und einen Mundschutz zu tragen."

„Das ist völlig in Ordnung. Wir werden natürlich tun, was das Beste für sie ist."

Ich spürte Angst in der Magengrube. Ray war immer noch im OP. „Was passiert…Ich meine…werden Sie wissen, wo Sie mich finden können? Wenn Ray aus dem OP kommt?" Oder falls sonst etwas passiert? Ich konnte es nicht aussprechen.

„Ich werde ihnen sagen, dass sie mich sofort anpiepsen sollen, wenn es irgendeine Veränderung gibt. Soweit ich weiß, wird er aber wohl noch mindestens zwei bis drei Stunden im OP sein."

Weitere zwei bis drei Stunden. Warum dauerte das so lange? Was machten sie genau, welche Prozedur dauerte zehn oder mehr Stunden? Ich dachte an den Arzt, Dr. Peterson, und was er gesagt hatte. *Ein Teil seines Schädels war in sein Gehirn gedrückt worden.*

Wo zur Hölle hatte er gelernt, Familienmitglieder zu informieren? Natürlich wollte ich die Details wissen. Ich wollte alles wissen. Aber desto länger ich darüber nachdachte, desto mehr hätte ich eine etwas weniger grobe Art der Information zu schätzen gewusst. Es war egal. Ob sie mir nun sagten, was passierte oder nicht, ob sie mir die Details ganz direkt mitteilten oder mit blumigen Worten, Tatsache war, dass Rays Verletzungen nicht schwerer oder bedrohender hätten sein können. Aber es hätte ihm gar nichts gebracht, wenn ich, statt mit meinen Schwestern nach Sarah zu sehen, dort sitzen geblieben wäre.

Dr. Schmidt hob ihre Augenbrauen und fragte: „Sind Sie soweit?"

Alexandra sagte: „Lassen Sie mich nur meinem Mann eine SMS schicken, um ihm zu sagen, wo wir hingehen."

Sie schickte die SMS und dann folgten wir drei Doktor Schmidt durch eine verwirrende Anzahl von Korridoren, bis wir die Intensivstation erreichten. An der Tür, gerade als Dr. Schmidt dabei war, ihre Codekarte durch den Schlitz zu ziehen, sagte Jessica: „Ich denke nicht, dass ich bereit dafür bin."

Wir blieben alle vier stehen und ich sagte zu Dr. Schmidt: „Würden Sie uns bitte einen Moment allein lassen. Es tut mir leid."

Sie nickte, ich nahm Alexandra und Jessica bei den Händen und wir gingen ein Stück weiter den Flur entlang. Wir bildeten ein Dreieck, wie wir so dastanden, und ich sagte: „Jessica, ich verspreche dir, egal was auch passiert, wir werden für dich da sein. Komme, was wolle."

Ihre Augen wurden feucht und sie antwortete: „Carrie…Ich habe Angst. Was ist, wenn…was ist, wenn sie nicht überlebt? Das letzte, das wir gemacht haben, war, uns um einen blöden Gürtel zu streiten. Der Gürtel ist mir egal – sie kann ihn behalten. Ich will meine Schwester zurück. Es ist nur…Ich verstehe nicht, warum sie mich so hasst."

„Sie hasst dich nicht", sagte Alexandra. „Das hat sie noch nie."

„Aber warum…warum zieht sie sich dann so zurück?"

Alexandra ließ ihre Hand über Jessicas Schulter gleiten und sagte: „Sarah hatte immer das Bedürfnis…ein bisschen anders zu sein. Ich denke, der größte Fehler unserer Mutter war, euch immer gleich anzuziehen. Sie zieht sich zurück, weil sie sich nicht wie eine eigenständige Person fühlt, Jessica. Nicht, weil sie dich hasst."

„Der Unfall wäre vielleicht gar nicht passiert, wenn wir uns nicht gestritten hätten."

Ich schüttelte heftig meinen Kopf. „Nein. Dieser Typ hat die rote Ampel überfahren. Wir hatten gar keine Chance, Jessica. Verstehst du mich? Es war *nicht* deine Schuld. Es war niemands Schuld, nur die des Typen, der uns getroffen hat."

Alexandra schenkte ihr ein sanftes Lächeln. „Lasst uns gehen. Es wird alles gut werden."

Ich zog meine Schwestern in eine Umarmung und hielt sie ganz fest. Ich wünschte nur, Alexandras Worte wären wahr.

„Okay. Sind wir soweit?"

Sie nickten beide und wir trennten uns. Ich nickte Dr. Schmidt zu und sagte leise: „Danke."

Sie zog die Codekarte durch den Schlitz und die Tür ging auf.

Zwei Minuten später konnten wir Sarah sehen.

Ich versuchte nicht zu stöhnen, als ich sie sah. Man konnte sie kaum erkennen. Die linke Seite ihres Gesichts war geschwollen und voller Blutergüsse, ganz rot und blau. Schläuche führten in ihre Nase und ihren Mund. Sogar ihre Augenlider schienen blutunterlaufen zu sein. Die Haut, die nicht mit Blutergüssen bedeckt war, sah dadurch noch totenblasser aus.

Ihr linker Arm war geschient und etwas höher gelagert, die Fingerspitzen schauten aus der Schiene heraus, waren geschwollen und rot. Ihr linkes Bein war riesig, aufgedunsen und geschwollen, voluminöse Verbände waren darum geschlungen und Schläuche schauten aus dem Laken hervor. Ich hatte Angst, mir auch nur vorzustellen, wie ihr Bein wohl aussah. Der Chirurg hatte mir zuvor gesagt, dass die Wunde für zwei bis drei Tage offen gehalten werden musste.

Eine Krankenschwester kam auf uns zu und sagte: „Sie können hinein gehen, aber immer nur eine."

Alexandra und ich sahen Jessica an und ich sagte: „Geh du zuerst, Jessica."

Jessica zitterte. Sie schluckte, flüsterte „Danke" und schlüpfte durch die Tür. Von draußen konnte ich zusehen, wie sie sich auf einen Stuhl neben dem Bett fallen ließ. Ihre Augen waren groß, rund und blinzelten nicht, während sie ihre verletzte und bewusstlose Zwillingsschwester anstarrte.

Alexandra griff nach meiner Hand, als Jessica zu reden begann. Ich weiß nicht, was sie sagte, wir konnten sie nicht hören. Aber als sie sprach, liefen ihr Tränen über das Gesicht.

„Geht's dir gut?", fragte Alexandra mich flüsternd.

„Im Moment schon", antwortete ich.

„Es tut mir so leid, dass das passiert ist. Das alles."

Ich nickte, war auf einmal dankbar, dass meine Schwester hier war und wünschte trotzdem gleichzeitig verzweifelt, ich könnte mich in eine dunkle Ecke zurückziehen, mich zusammenrollen und laut schreien.

Army-Frau (Ray)

Haben Sie sich schon mal gefragt, ob ein Geist einen schrecklichen Drang nach einer Zigarette verspüren kann?

Genau, ich mich auch nicht.

Zumindest nicht bis zu diesem Moment. Denn in der Minute, in der Dylan verkündet hatte, er würde rausgehen, um eine zu rauchen, hatte ich einen unglaublichen Drang danach. Wer hätte gedacht, dass einem die verdammte Sucht sogar ins Grab folgen würde.

Nein. Scheiße. Ich würde diesen Gedanken nicht zulassen. Irgendwie würde ich hier rauskommen. Vielleicht würden sie mir irgend so seine Stammzelleninjektion geben, die die Teile meines Gehirns, die zu Brei verarbeitet worden waren, wieder nachwachsen ließ. Oder irgendetwas anderes. Aber ich musste einfach überleben. Ich musste für Carrie da sein. Das war das Einzige, was zählte.

Wie auch immer, ich dachte mir, eine zu rauchen, und wenn es nur aus zweiter Hand war, konnte mir in diesem Zustand nicht schaden. Also folgte ich Dylan nach draußen, vor das Krankenhaus.

Das George Washington Universitätsklinikum war irgendwo im Zentrum von DC, in einer Gegend, die ich kaum kannte. Carrie kannte sich hier aus wie in ihrer Westentasche, sie hatte einige Jahre hier gelebt, als sie zur High School ging, und danach war sie immer mal wieder für Konferenzen, Besprechungen und solche Dinge hier gewesen. Während der wenigen Monate, die wir hier zusammen gelebt hatten, hatte sie sich als Fremdenführerin betätigt und mich überall in der Stadt herumgeführt.

Dylan hievte sich auf eine etwa 1,20m hohe Backsteinmauer, was für einen so kleinen Mann wie ihn schon eine Leistung war, und dann piepte sein Telefon. Er sah kurz auf das Display, ich vermute, er las eine SMS, und dann packte er es wieder weg. Ich setzte mich neben ihn, als er in seiner Tasche nach Zigaretten und einem Feuerzeug suchte.

Ich wollte eine Zigarette von ihm schnorren, hatte aber natürlich kein Glück damit.

Stattdessen fragte ihn eine Frau um die Vierzig einen Moment später danach. Sie trug Jeans und ein T-Shirt und sie hatte einen müden und gestressten Gesichtsausdruck.

„Kein Problem", sagte Dylan und gab ihr eine Zigarette.

Sie zündete sie an und blies eine Rauchwolke in die Luft. „Besuchen Sie hier jemanden?"

Er nickte. „Ja", sagte er zögernd.

„Meine Tochter ist hier, auf der Entbindungsstation. Die dumme Gans hat sich wieder schwängern lassen."

Dylan schreckte zurück, zuckte bei ihren harten Worten und ihrem Tonfall zusammen. „Sie scheinen nicht besonders glücklich darüber zu sein."

„Sehe ich etwa so aus, als ob ich glücklich darüber wäre?", sagte die Frau. „Nein, ich bin nicht glücklich. Ich kann es mir nicht leisten, ein weiteres Kind großziehen zu müssen, und Gott weiß, dass sie sich nicht darum kümmern wird."

Dylan sah total entgeistert aus. Sein Mund stand offen und schließlich sah er weg, zog an seiner Zigarette und antwortete nicht.

Ich holte tief Luft und versuchte dabei, wenigstens ein bisschen Rauch einzuatmen. Nichts. Ich denke nicht, dass ich überhaupt atmete. Das war nicht fair.

„Also, was werden Sie jetzt machen?", fragte Dylan.

Ich war überrascht. Überrascht darüber, dass er die Frage gestellt hatte und noch mehr, dass es ihn anscheinend wirklich interessierte. Aber er sah sie an, als ob er sie kennen würde.

Die Frau zuckte mit den Schultern. „Ich werde schon damit fertig werden. Und ich werde beten."

Er grunzte. „Mein bester Freund ist da drinnen und, so wie es aussieht, wird er sterben."

Ich schreckte zusammen, als er das sagte. Doch er hörte nicht auf damit. „Wir waren zu viert. Zwei starben in Afghanistan. Ray...er war mein

Sergeant und jetzt ist er mein Schwager. Ich liebe den Kerl. Was zur Hölle? Ist uns denn gar keine Pause vergönnt?"

Die Frau schüttelte ihren Kopf. „Der Herr geht nicht um und verteilt Pausen."

Dylan schnaubte. „Vermutlich nicht", sagte er. Er rutschte von der Mauer und drückte seine Zigarette auf dem Boden aus. „Alles Gute für Sie und Ihre Tochter."

„Ich werde für Ihren Freund beten."

Er drehte sich um und begann in Richtung des Krankenhauseingangs zu gehen, dann hielt er mit einem verwirrten Gesichtsausdruck inne. Er starrte auf ein geparktes Auto, einen Ford Taurus aus der Zeit um die Jahrtausendwende. Zwischen seinen Augenbrauen formte sich eine Furche. Was zur Hölle sollte das jetzt? Er zündete sich eine weitere Zigarette an, was mich völlig wahnsinnig machte, und ging einmal komplett um das Auto herum.

Das Auto hatte Nummernschilder aus Virginia. Spezialkennzeichen, auf denen ARMY-FRAU stand. Parkausweise des Militärs für Fort Stewart und Fort Drum waren an der Heckscheibe angebracht. Und die Sache war die, es kam mir bekannt vor. Aber ich konnte es nicht zuordnen. Ich hatte dieses Auto auch schon mal gesehen. Aber wo? Sicherlich nicht in Fort Drum, oder? Vermutlich hatte ich es irgendwo in Washington, DC gesehen, aber ich war erst seit ein paar Monaten hier und, um ehrlich zu sein, war ich mit anderen Dingen beschäftigt gewesen.

Dylan schien es einigermaßen gelassen hinzunehmen und ich hatte wirklich wichtigere Dinge, um die ich mich kümmern musste. Zum Beispiel weiterleben, damit wir das alles hinter uns lassen konnten. Ich folgte ihm zurück ins Krankenhaus und zehn Minuten später waren wir auf der Intensivstation. Als er die Eingangstür zur Station erreichte, schickte er Alex eine SMS und wartete. Einen Augenblick später kam sie, öffnete die Tür und ließ ihn ein. Sie ließ uns ein. Nur, dass es für mich kein Problem gewesen wäre, hineinzukommen, allerdings wollte ich mir über die Bedeutung dessen lieber keine Gedanken machen.

Als er eintrat, sagte Alex: „Du musst wirklich mit dem Rauchen aufhören."

Dylan sah sie mit einem mürrischen Gesichtsausdruck an und sagte: „Heute ist wirklich nicht der richtige Tag dafür, okay?"

In dem Moment hörte ich Sarah einen lauten, spitzen Schrei ausstoßen. Ich zuckte zusammen und versuchte zu erkennen, wo sie war, dann rannte ich, so schnell ich konnte, den Gang entlang. Carrie stand außerhalb eines Raums mit einer Glastür und einem Fenster. Sarah war drinnen…Beide Sarahs, wie es aussah. Und Jessica auch, sie saß auf einem Stuhl und hatte ihr Gesicht in den Händen vergraben.

Ich ging direkt durch die Tür und sofort hörte ich Jessicas leise, halb geschluchzten Worte: „Es tut mir so leid. Ich weiß, dass das meine Schuld ist. Ich wünschte…ich wünschte, nichts davon wäre passiert." Nachdem sie das gesagt hatte, legte sie das Kinn auf ihre Arme, saß einfach da und starrte ihre Zwillingsschwester an.

Sarah…nicht die Sarah in dem Bett. Oder…Wie auch immer. Sie stand da, neben dem Bett, und war ganz rot im Gesicht. Daniel war immer noch bei ihr…Entweder hatten sie seine Eltern nicht gefunden oder…Über die andere Alternative wollte ich lieber gar nicht nachdenken.

Als ich den Raum betrat, sah Sarah zu mir auf und rief: „Hast du gewusst, dass meine Schwester lesbisch ist? Meine *Zwillingsschwester?*"

Daniel fuhr bei ihrem Geschrei zusammen.

Ich hielt sofort an. „Ähm…nein…"

„Ich auch nicht. Was zur Hölle, Ray? Es ist ja nicht so, dass ich sie verurteilt hätte oder es mich überhaupt gekümmert hätte. Aber warum konnte sie mir das erst sagen, als sie dachte, ich würde sterben oder nicht bei Bewusstsein sein oder was auch immer? Kannst du das *glauben?* Ich nicht. Ich kann nicht glauben, dass meine eigene Zwillingsschwester mir so etwas Wichtiges nicht sagen würde."

Ich war sprachlos, aber Sarah war das genaue Gegenteil davon. „Und", schrie sie, „sie denkt, der Unfall war ihre Schuld. Weil wir uns gestritten haben. Wenn ich sterbe, wird niemand sie je vom Gegenteil überzeugen können. Und das alles wegen einem dummen Gürtels."

„Den, den du gerade anhast?", fragte ich. Es war ein hübscher Gürtel, der aus vergoldeten Kettengliedern bestand, allerdings war die pinkfarbene Schnalle in Form eines Herzens absolut untypisch für Sarah.

„Ja, dieser Gürtel. Schaust du uns eigentlich gar nicht an? Ich trug ihn, als wir das Apartment heute Morgen verlassen haben. Deshalb war sie so sauer, eigentlich ist es ihrer."

Ich schüttelte meinen Kopf. „Du hast keinen solchen Gürtel getragen. Die Schnalle wäre mir aufgefallen. Eine Axt oder etwas in der Art, okay, aber ein Herz?"

„Ich habe das Herz durch ein Vorhängeschloss ersetzt."

Ich blinzelte. „Okay", sagte ich. „Das glaub ich dir schon eher."

„Ja, wenn ich überlebe, wird sie nicht zulassen, dass ich das je vergesse. Aber das ist es nicht. *Sie* ist keine Jungfrau mehr. Und das vor mir. Ich meine, es war mit einem anderen Mädchen, aber, was zur Hölle? Warum redet sie nicht mehr mit mir?"

Zu diesem Zeitpunkt wurden Daniels Augen ganz groß und er starrte Sarah mit einer Mischung aus Ehrfurcht und Schock an. Irgendwie hatte ich das Gefühl, dass er noch niemals eine derartige Unterhaltung mit angehört hatte, eine Unterhaltung über lesbische Teenager, die ihre Unschuld verloren hatten. Andererseits, ich auch nicht.

Ich schüttelte den Kopf. „Ich will nichts mehr davon hören. Außerdem bist du sowieso noch zu jung, um Sex zu haben."

Sie lächelte mich spöttelnd an.

„Wenn ich sterbe", erklärte sie mir, „dann sterbe ich als Jungfrau. Das ist so verdammt unfair."

„Dazu kann ich nichts mehr sagen."

„Du bist echt keine Hilfe, Ray."

Sie drehte sich um, sah Jessica an, legte ihre Hände auf Jessicas Wangen und sagte dann: „Es ist nicht deine Schuld. Nicht der Unfall und auch sonst nichts."

Jessica antwortete natürlich nicht.

Sarahs Augenbrauen zogen sich zusammen und sie lehnte sich näher an Jessica heran. So nah, dass sie sich fast berührten. Sie rief: „Hallo?"

Allmächtiger. „Sie kann dich nicht hören", flüsterte ich.

„Hallo!", kreischte Sarah. Sie drehte sich abrupt zu mir um und sagte: „Ich bin es so *leid*, dass mich niemand hört!" Und dann stampfte sie aus dem Zimmer.

Ich schluckte. Warum beunruhigte mich das? Mit einer Handbewegung zeigte ich dem Kind, dass es mitkommen sollte, und dann folgte ich ihr nach draußen. Mein Magen verkrampfte sich vor Angst. Im Flur lehnten sich Dylan und Alex an die Wand, während Carrie in Richtung Sarah und Jessica schaute.

Alles wäre völlig normal gewesen, wenn sich nicht Sarah an Alex gelehnt, die Hände zu Trichtern um eines von Alex' Ohren geformt und hineingebrüllt hätte: „Kannst du mich hören? Kann irgendjemand mich hören?"

Ich war mir ziemlich sicher, dass wir das schon geklärt hatten. Ich beobachtete sie und versuchte herauszufinden, was in ihrem Kopf vorging. Sie drehte sich zu mir um und sagte: „Ich ertrage das nicht, Ray. Ich werde noch verrückt. Ich wäre fast noch lieber dort drin!" Dabei zeigte sie auf den Raum mit ihrem verstümmelten Körper.

Dann wurden ihre Augen groß. „Weißt du was?"

Oh, oh.

„Niemand kann mich sehen", sagte sie. „Niemand kann mich hören. Also kann ich tun und lassen was immer. Ich. Will."

Sie begann, davon zu stolzieren, und während sie von mir weg in Richtung Ausgang lief, begann sie mit ihrer Hand den Reißverschluss ihres Kleides zu öffnen.

„Ray!", schrie sie. „Wolltest du noch nie auf einer viel befahrenen Straße durch die Autos flitzen?"

„Sarah! Bist du verrückt? Halt an!"

Ich rannte hinter ihr her, aber sie war bereits durch die Türen geschlüpft. Als ich durch sie hindurchbrach, fand ich ihr rotes Kleid auf dem Boden liegend vor. Daniel kam neben mir durch die Tür. Ohne nachzudenken, griff ich nach ihm und legte meinen Arm um seinen Kopf und bedeckte seine Augen mit meiner Hand.

„Komm schon, Ray!", rief sie.

Ich wandte meine Augen ab, sogar, als Daniel begann, sich aus meinem Griff zu winden. Sie war meine Schwägerin. Ich sollte das wirklich nicht sehen.

„Oh, um Gottes Willen", sagte ich. „Zieh dich wieder an!"

„Egal", rief sie aus und dann hörte ich ihre Schuhe klacken, als sie den Gang entlang rannte. Dabei begann sie zu singen, es hörte sich wie ein albernes Kinderlied an. Ihre Stimme verhallte, als sie davon rannte.

Ich ließ meinen Arm fallen und ließ Daniel damit frei. „Ist sie *immer* so?", fragte er mit großen Augen.

Ich seufzte. Okay. Ich konnte bei Carrie bleiben. Ich konnte mich zurück in die Nähe meines Körpers begeben. Ich konnte Sarah verfolgen.

Ich wollte Sarah wirklich nicht verfolgen. Sie würde schon zurückkommen, hoffentlich wieder normal und komplett angezogen. Und ich wollte *wirklich* nicht mal in die Nähe des Ortes gehen, wo mein Körper gerade operiert wurde. Also ging ich zu Carrie zurück. Leise. Denn sie konnte mich sowieso nicht hören.

Ich lehnte mich an die Wand und sah zu, wie meine Frau den Platz mit Jessica tauschte. Ich holte Luft, nur dass ich nicht wirklich atmete und seufzte, aber es war kein Seufzen, und vielleicht verstand ich doch ein bisschen, warum Sarah das Bedürfnis gehabt hatte, zu schreien, sich ihre Kleider vom Leib zu reißen und loszurennen.

ACHT MONATE ZUVOR

Nicht jeder bekommt eine zweite Chance (Carrie)

Als ich in meinem Abschlussjahr an der Highschool war, kam ich mir zuerst völlig verloren vor. Ich hatte zwei Jahre an der High School in Bethesda, Maryland, verbracht, ein weiteres in einer kleinen englischsprachigen Privatschule in Moskau und mein Abschlussjahr dann in San Francisco. Mein ganzes Leben lang war ich eine Art Nomadin gewesen. Alle drei Jahre lebte ich woanders, zumindest bis ich an die High School kam. Dank einiger schmutziger politischer Schachzüge war die Berufung meines Vaters als Botschafter in Moskau um zwei Jahre verschoben worden.

In der Regel kam ich gut damit klar. Ich fand schnell Freunde und hatte keine solchen traumatischen Erfahrungen wie meine Schwester Julia in China gemacht. Als ich also für mein Abschlussjahr nach San Francisco kam und mal wieder von Neuem beginnen musste, war das nicht unbedingt eine neue Erfahrung für mich.

Bis auf eine Sache. Warum auch immer, bis zu diesem Zeitpunkt hatte ich noch niemals Ärger mit einer der Anführerinnen der Grüppchen, also den Mädchen, die einem das Leben schwermachen konnten, gehabt. Das war nie ein Problem gewesen. Aber an meinem ersten Tag an der Abraham Lincoln High School tat ich etwas Unverzeihliches.

Als erstes rempelte ich Michelle Weatherford aus Versehen auf der Treppe an und bemerkte dabei nicht, dass sie immer einen Mindestabstand von einem knappen Meter um sich herum brauchte. Und zweitens bezeichnete ich sie, als sie etwas Gemeines zu mir sagte, als Hexe und sagte ihr genau, wo sie hingehen möge.

Ab diesem Zeitpunkt befanden wir uns im Krieg miteinander, aber insgesamt schaffte ich es unbeschadet durch das Jahr.

Der einzige Grund, warum ich das erwähne, ist, dass ich niemals wirklich mit viel Neid und Machtkämpfen an der High School oder im Studium zu kämpfen gehabt hatte. Und ich vermute, ich hatte erwartet, dies alles mit meinem Eintritt als Doktorandin in Rice hinter mir gelassen zu haben. Ich hatte vorausgesetzt, dass ich es ab sofort mit vernünftig denkenden Erwachsenen zu tun hätte.

Es ist immer gefährlich, Dinge einfach vorauszusetzen.

Es war gegen Ende Dezember, fast schon Weihnachten, als ich den Schreibtisch in dem kleinen Büro, das ich mit zwei weiteren Studenten geteilt hatte, ausräumte. Ich würde meine neue Stelle am NIH nach Neujahr antreten und fast alle meine Habseligkeiten waren bereits eingepackt und nach Bethesda geschickt worden. Ich hatte noch ein paar Andenken im Büro und wollte noch einigen Leuten auf Wiedersehen sagen.

Als Letztes ging ich zu Professor Ayers Büro.

Aufgrund unserer letzten Begegnung war ich angespannt, als ich das Büro erreichte. Ich wusste immer noch nicht, ob ich ihm Unrecht getan hatte, obwohl, die Bedeutung seiner Worte war eigentlich unmissverständlich gewesen. Und ich wollte auch gar nicht darüber nachdenken. Wir waren zwei Jahre lang Freunde gewesen. Wir hatten im wahrsten Sinne des Wortes Monate gemeinsam in den Bergen verbracht, um Feldforschung zu betreiben. Es war unvermeidbar gewesen, dass ich mich mehr als einmal zu ihm hingezogen gefühlt hatte, und er sich auch zu mir. Aber keiner von uns hatte in diesen Momenten die Initiative ergriffen, keiner hatte je ein Wort gesagt, keiner hatte es jemals auch nur angedeutet. Ich war seine Studentin. Er war verheiratet. Es gab gar keine Möglichkeit, eine Beziehung zu beginnen, und ich wollte es auch gar nicht.

Abgesehen davon: Ich vertraute ihm. Man muss sich vertrauen, wenn man allein mit einer Person in die Berge geht. Wir hatten im selbem Zelt geschlafen. Wenn einer der Pumas nicht richtig betäubt war und ihn angriff, griff ich ein, um ihn zu beschützen, und ich habe Narben, die das beweisen. Und er hatte mich aus den Klauen des Pumas befreit, der mich angegriffen hatte, und mich dann acht Kilometer lang den Bergpfad ins Tal hinunter nicht nur gestützt, sondern halb getragen.

Zu behaupten, ich wäre nach dem, was am Tag meiner Dissertation geschehen war, am Boden zerstört gewesen, wäre eine große Untertreibung. Und das war etwas, mit dem ich klar kommen musste, um es hinter mir zu lassen.

Als ich an die Tür seines Büros klopfte, sah er von dem Papier auf, das er gerade las, und bemerkte mich. Ein nicht ganz klarer Ausdruck blitzte auf seinem Gesicht auf - war es vielleicht Schuld? Es war schwer zu deuten, aber er stand auf und sagte: „Carrie, kommen Sie herein."

Ich betrat das Büro. Es sah genauso aus wie immer: Überfüllt, überall lagen Papiere und stapelweise Bücher herum.

„Hey", sagte ich und hasste die Peinlichkeit dabei. Ich hatte mich sonst in Bills Gegenwart niemals merkwürdig gefühlt. „Ich wollte nur kurz vorbeikommen. Ich fliege heute Abend nach San Francisco und komme nicht mehr zurück...Ich beginne direkt nach Neujahr am NIH."

„Ich bin froh, dass Sie vorbeigekommen sind", sagte er.

Es folgte peinliche Stille. Dann sagte ich „Ich..." im gleichen Moment als er „Carrie..." sagte.

Wir stoppten beide. Dann sagte er: „Ich hatte gehofft, mit Ihnen reden zu können, bevor Sie gehen. Ich muss mich bei Ihnen entschuldigen."

Ich runzelte die Stirn und hörte zu.

„Schauen Sie...Sie wissen wahrscheinlich, dass meine Ehe schon seit ein paar Jahren nicht mehr die Beste ist. Es war...impulsiv. Dumm. Ich hatte mich schon immer zu Ihnen hingezogen gefühlt, wie konnte ich das auch nicht sein? Aber ich hätte nichts sagen dürfen...Schon gar nicht in diesem Moment. Bis Sie reagierten, hatte ich noch nicht mal realisiert, in was für eine schwierige Lage ich Sie damit versetzt hatte."

Er begann umherzuwandern.

„Carrie, Sie sind brillant und schön und, als Sie damit fertig waren, Ihre Doktorarbeit zu verteidigen, habe ich mich vermutlich gefühlt wie...Ich dachte, wenn ich je eine Chance bekomme, dann jetzt. Aber das war Ihnen gegenüber nicht fair. Ich hoffe, Sie können mir verzeihen."

Ich schloss meine Augen. Erleichterung durchflutete mich, und zwar völlig unerwartet. Erleichterung, weil ich ihm vergeben wollte und weil ich plötzlich und zum ersten Mal einen flüchtigen Blick auf sein Gefühlsleben erhascht hatte. Und erst in diesem Moment wurde mir klar, wie einsam dieser Mann war.

„Ich verzeihe Ihnen", sagte ich. „Natürlich tue ich das."

Er sank zurück auf seinen Stuhl und die ganze Spannung verließ ihn mit einem Mal. „Sie haben ja keine Ahnung, wie erleichtert ich bin."

„Bill...Wir sind schon viel zu lange Freunde, als dass so etwas diese Freundschaft gefährden könnte. Nur...falls Sie sich jemals wieder in so einer Situation wieder finden...Tun Sie's nicht. Okay?"

Er nickte „Ich denke, ich habe meine Lektion gelernt."

„Gut", antwortete ich.

„Sie sind also bereit zum Weiterziehen."

„Ich habe meine ganzen Sachen schon Anfang der Woche verschickt, sie werden in Bethesda auf mich warten."

„Brauchen Sie Hilfe bei der Wohnungssuche? Ich habe Freunde am NIH, ich könnte ein gutes Wort für Sie einlegen, falls Sie einen WG-Partner suchen..."

Ich schüttelte meinen Kopf. „Meine Eltern haben eine Wohnung in Bethesda. Dort werde ich einziehen."

„Ah", sagte er. „Tja dann, das macht die Sache natürlich einfacher. Übrigens...Ich dachte, Sie sollten wissen...Es passiert nicht sehr oft, aber Nikki hat die Verteidigung ihrer Doktorarbeit nicht bestanden."

Mir blieb der Mund offen stehen. „Meinen Sie das ernst? Warum nicht?"

Nikki Reynolds war nicht unbedingt meine Freundin. Aber ich war trotzdem ziemlich geschockt. Selten hatte ich jemanden getroffen, der so ungeeignet für eine wissenschaftliche Karriere war. Es war auch nicht so, dass sie faul war oder böse Absichten gehabt hatte...Es war nur so, dass sie einfach nicht gewissenhaft oder sorgfältig genug war. Und wenn sich ihre Forschung als falsch herausstellte, dann beschuldigte sie andere Leute. Meistens mich. Mehr als einmal hatte sie frech behauptet, dass mein Erfolg in Rice weniger an meinen wissenschaftlichen Fähigkeiten, sondern mehr an meinem Aussehen gelegen hatte.

Ich habe mehr als einmal versucht, die Situation zu entschärfen. Ich habe sie bei der Arbeit unterstützt. Ich habe ihr Karten zu Weihnachten und zum Geburtstag geschickt. Ich habe wirklich alles getan, was ich konnte, aber trotzdem fühlte ich mich zwei Jahre lang, als ob ich von jemandem verfolgt wurde, der seine eigenen Schwächen nicht erkannte. Etwa ein Jahr bevor ich Ray kennengelernt hatte, hatte sie das Fass zum Überlaufen gebracht. Ich war kurz mit Jonas Boras, einem anderen postgraduierten Studenten, zusammen gewesen. Und ich hatte nicht bemerkt, dass Nikki ein Auge auf Jonas geworfen hatte, aber am Montagmorgen nach unserem Date hatte ich in unserem gemeinsamen Büro eine ausgedruckte Version meiner Doktorarbeit und mehrere USB-Sticks vermisst. Natürlich hatte ich keinerlei Beweise, dass Nikki es gewesen war, und konnte deshalb auch niemandem davon berichten oder mich beschweren. Und zum Glück hatte ich die Originaldatei auf meinem Laptop gespeichert. Aber danach achtete ich sehr sorgfältig darauf, nichts Wichtiges im Büro zu lassen.

Er seufzte. „Sie war einfach noch nicht soweit. Ich habe es schon so oft im Leben gesehen: Viele Menschen, die ihre Fähigkeiten überschätzen. Das ist einer der Gründe, warum sie Sie nie gemocht hat. Sie sind brillant und Sie werden eine brillante Karriere als Wissenschaftlerin hinlegen. Sie versteht nicht, warum sie immer nur die hinteren Plätze belegt, und statt den Fehler bei sich zu suchen, schiebt sie die Schuld anderen zu. Mir. Ihnen. Ich habe versucht, sie zu warnen und ihr zu sagen, dass ihre Doktorarbeit noch sehr verbesserungswürdig war. Mehr als einmal sogar."

„Sie war bestimmt am Boden zerstört."

„Es überrascht mich, dass Sie so besorgt um sie sind", sagte er. „Sie zwei haben sich doch nie wirklich gemocht."

Ich zuckte mit den Schultern. „Nikki ist eine falsche Schlange und ist das auch schon immer gewesen. Aber ich wünsche niemandem etwas Böses."

Er seufzte. „Sie sind ein guter Mensch, Carrie, das wissen Sie, oder? Eines Tages werden Sie einen Mann sehr glücklich machen."

„Ich hoffe, dass es Ray sein wird."

„Ihr Soldat?"

Ich nickte mit einem halben Lächeln im Gesicht.

„Lieben Sie ihn?"

„Ja." Mein Lächeln wurde breiter und ich sagte: „Ja, ich liebe ihn."

„Das freut mich", antwortete er. „Genießen Sie das Glück in vollen Zügen und solange es geht."

„Ich hoffe, dass Sie und Ihre Frau Ihre Ehe retten können", sagte ich.

„Vielleicht haben Sie recht. Vielleicht sollte ich nach London fliegen, um sie zu treffen. Und dann können wir versuchen, ein paar Dinge zu klären."

„Sie sollten es auf jeden Fall versuchen", sagte ich. „Nicht jeder bekommt eine zweite Chance."

Er lächelte und ich stand auf und sagte: „Ich sollte jetzt gehen. Ich habe immer noch ein paar Dinge zu erledigen, bevor ich zum Flughafen muss."

Er stand auch auf und begleitete mich zur Tür.

„Passen Sie auf sich auf, Bill. Sie waren ein wunderbarer Mentor und ich werde immer dankbar dafür sein, Sie als Doktorvater gehabt zu haben."

„Ich auch", sagte er leise.

Wir standen für eine Sekunde verlegen in der Tür, unsicher, ob wir uns nun die Hand geben sollten oder sonst etwas. Schließlich streckte ich meine Arme aus und umarmte ihn lange und fest. „Nochmals ganz herzlichen Dank", flüsterte ich.

Er drückte mich noch fester, nur eine Sekunde lang, und dann küsste er mich auf die Wange, danach ließ er mich los. Und ich drehte mich um und ging davon.

Als ich den Flur entlanglief, traf ich auf halber Strecke Nikki. Sie kramte in ihrer Handtasche herum und sah mich mit mörderischem Blick an. Ich lächelte sie an und ging weiter, legte die ganze Sache im Kopf zu den Akten.

Hätte es einen Unterschied gemacht, wenn ich sie gestoppt hätte? Etwas gesagt hätte? Wenn ich ihr das Handy abgenommen und es zerstört hätte? Die Bilder von Bill und mir, wie er mich zum Abschied auf die Wange geküsst hatte, zerstört hätte? Es war ein kurzer Moment, eine vergeudete Gelegenheit, eines der kleinen Dinge, auf die man nicht achtet und die im

Nachhinein eine wesentlich größere Bedeutung für unser Leben haben, als man in dem Moment denkt.

Sie ist tiefsinnig (Carrie)

Vier Tage später wurde ich im Stadthaus meiner Eltern in San Francisco durch eine zuknallende Tür geweckt. Dem Geräusch folgte der Klang von Kampfstiefeln auf der Treppe zum 4. Stock.

Ich stöhnte leicht, drehte mich um und öffnete meine Augen. Es war Weihnachten und ich hatte gehofft, dass die Zwillinge uns wenigstens heute mit ihrem Gezanke verschonen würden. Aber es klang so, als wäre alles wie immer. Ich rieb mir den Schlaf aus den Augen, vielleicht sollte ich versuchen, mit ihnen zu reden und einen Waffenstillstand aushandeln. Es lag sowieso schon genug Spannung in der Luft.

Für eine kurze Sekunde wanderten meine Gedanken zu der merkwürdigen und beunruhigenden Nachricht, die ich am Abend zuvor auf meiner Facebook-Seite vorgefunden hatte. Nikki, deren Freundschaftsanfrage ich in einem Moment der Nächstenliebe bestätigt hatte, hatte gepostet: „Ich weiß, was du gemacht hast, um einen Doktortitel zu erhalten. Denke nicht, dass ich dich nicht einholen werde." Darunter war ein Foto von Bill und mir, auf dem zu sehen war, wie wir uns umarmten und seine Lippen meine Wange berührten.

Ich war zurückgeschreckt, als ich die Nachricht auf meinem Handy sah, und sobald ich an meinen Computer kam, löschte ich die Nachricht und blockierte Nikki auf Facebook. Zwei Jahre lang hatte ich ihre kindischen und manchmal haarsträubenden Anschuldigungen ertragen. Ich hatte genug davon.

Es würde ein ungewöhnlich ruhiges Weihnachten im Hause der Thompsons werden. Julia und ihr Ehemann hatten gerade eine anstrengende Südasientour hinter sich, das letzte Konzert hatte an Heiligabend in Melbourne stattgefunden. Sie hatten sich dazu entschieden, ein paar Tage frei zu machen, bevor sie nach New York flogen. Das allein war aber noch nicht so außergewöhnlich, denn sie hatten die letzten zehn Jahre Weihnachten abwechselnd in San Francisco oder Boston verbracht. Was ungewöhnlich war, war, dass weder Alexandra noch Andrea nach Hause kommen würden. Alexandra würde Dylan in ein paar Monaten heiraten und hatte seine Mutter noch niemals getroffen. Also waren beide nach Atlanta geflogen, um Weihnachten dort bei seiner Mutter zu verbringen. Eine Entscheidung, die bei meiner Mutter fast zu einem Nervenzusammenbruch geführt hätte. Und Andrea? Tja, sie lebte schon seit ein paar Jahren nicht mehr zu Hause. Das war herzzerreißend, denn ich liebte sie und ich hatte keine Ahnung, warum sie uns verlassen hatte. Alexandra und die Zwillinge wussten vielleicht mehr - sie standen ihr viel näher als ich. Aber, falls sie es wussten, sprachen sie nicht darüber.

Im Ergebnis würde es dieses Jahr im Gegensatz zu sonst, wenn das Haus voller Menschen war, sehr ruhig werden. Meine Eltern, die Zwillinge und ich.

Wenn man bedachte, dass die Zwillinge sich bekriegten, würde es vielleicht doch nicht so ruhig werden.

Mein Telefon, das auf dem Nachttisch neben mir lag, summte. Ich lächelte und griff danach. Es musste Ray sein…Ich konnte mir nicht vorstellen, wer mich sonst an Weihnachten so früh morgens anrufen würde.

„Guten Morgen, Schlafmütze", sagte er.

„Guten Morgen, Schöner", antwortete ich.

Er kicherte leise. „Wie war Heiligabend?", fragte er.

„Angespannt", antwortete ich. „Wir haben die Mitternachtsmesse besucht, was nicht schlecht war, aber davor haben sich Jessica und Sarah den ganzen Abend gestritten." Ich erwähnte die Nachricht von Nikki auf meiner Facebook-Seite nicht. Sie hatte mich so aufgewühlt. Ich denke nicht, dass ich das schon verarbeitet hatte.

„Schon wieder? Das muss echt anstrengend sein."

„Du hast ja keine Ahnung." Ich sagte für ein paar Sekunden nichts. „Ich wünschte, ich könnte bei dir sein."

„Gott, Babe, das wünschte ich auch. Nur noch ein paar Tage."

„Also, was hast du so gemacht?"

Er gab ein angewidertes Schnauben von sich. „Vor allem die Fragen meines Vaters, der wissen wollte, warum das FBI und die Army mich befragt haben, an mir abprallen lassen."

Ich schloss meine Augen. „War es schlimm?"

Er stöhnte. „Ich kann nicht sagen, dass es toll gewesen ist. Sie waren ein paar Mal da. Es ist...Es ist so, als ob ich alles noch einmal erleben muss. Um ehrlich zu sein, es macht mich völlig fertig. Und meine Mutter und mein Vater sind verletzt, weil ich nicht darüber rede...Um Gottes Willen, man kann einfach nicht ständig darüber reden, und auch nur mit einer begrenzten Anzahl Menschen."

Für ein paar Augenblicke sagte keiner von uns beiden etwas. Dann fragte ich: „Ray, was glaubst du wird passieren?"

„Ich weiß es nicht, Babe. Ich vermute, sie werden Anzeige erstatten. Und ich werde vor Gericht aussagen müssen. Es wird auf jeden Fall nicht schön werden, egal, was passiert. Ich wünschte nur...Ich wünschte, es wäre alles schon vorbei. Ich möchte mir dir zusammen sein."

„Na ja, das kannst du. Hast du schon von Georgetown gehört? Oder der America University?"

„Nee, ich denke, das wird noch eine Weile dauern."

„Komm trotzdem zu mir nach Washington."

Er kicherte. „Das werde ich vielleicht wirklich tun, bis ich zurück an die Uni kann. Ich fühle mich irgendwie träge. Ich bin nicht dafür gemacht, einfach in den Tag hineinzuleben und keine Aufgabe zu haben."

„Ich meine es ernst, Ray. Ich weiß, wir kennen uns noch nicht lange. Aber...ich weiß, was ich will."

Seine Stimme wurde eine Oktave tiefer und er flüsterte: „Kannst du es mir sagen?"

„Wie wäre es, wenn ich es dir persönlich sage, wenn ich nach New York komme?"

„Abgemacht."

Ich reckte mich und stöhnte. „Ich sollte mich jetzt wohl dem Morgen stellen. Ich habe Angst vor der Katastrophe, die ich vorfinden werde, sobald ich mein Zimmer verlasse. Sarah und Jessica haben mich damit geweckt, dass sie Türen zugeschmissen haben und dann die Treppen runtergetrampelt sind."

Er kicherte. „Ich habe immer gedacht, dass Zwillinge ganz gleich sind und handeln. Telepathisch."

„Ich kenne keine anderen Zwillinge, aber diese sind definitiv *nicht* gleich."

„Viel Glück."

„Danke. Ich liebe dich."

„Ich dich auch, Doktor Babe."

Wir legten mit einem Lachen auf und ich begann, mich fertigzumachen. Irgendwie hatte ich das Gefühl, es würde ein langer und stressiger Tag werden.

Nachdem ich mich geduscht und von der ruhelosen Nacht so gut es ging erholt hatte, ging ich nach unten. Im Wohnzimmer lief leise Weihnachtsmusik. Der Baum war entzündet, aber es war niemand zu sehen. Es war erst sieben Uhr und so, wie sich die Zwillinge in letzter Zeit aufführten, würden wir sie noch eine Weile nicht zu sehen bekommen. Ich konnte Kaffee riechen, also ging ich durch das Esszimmer in die Küche.

Meine Mutter saß am Küchentisch mit einer Tasse Kaffee vor sich. Sie sah deprimiert aus und ihr Haar war zerzaust, was für meine Mutter völlig untypisch war.

„Guten Morgen", sagte ich und ging direkt in Richtung Kaffeekanne. „Fröhliche Weihnachten."

Meine Mutter sah zu mir auf, als ich mir den Kaffee einschenkte, und ich war entsetzt, als ich sah, dass ihre Augen verquollen waren. Hatte sie hier gesessen und geweint?

„Fröhliche Weihnachten", sagte sie. Ihre Stimme war rau.

Ich nahm meine Kaffeetasse und setzte mich auf den Stuhl ihr gegenüber. „Was ist los?"

Es brach aus ihr heraus: „War ich für euch Mädchen eine so schlechte Mutter? Ich wollte doch nur, dass ihr ein gutes Leben habt."

Ich holte Luft. Ich wollte darauf wirklich keine Antwort geben. Ja, sie liebte uns. Ja, sie tat alles, was sie konnte, um uns ein gutes Leben zu ermöglichen. Aber sie war auch so...gehässig gewesen. Zornig. Verfolgt von Angst und Sorgen, die nichts mit uns zu tun hatten, die aber unsere Kindheit auf eine Art und Weise beschattet hatten, die ich nicht mal in Worte fassen konnte.

Ich sah auf den Tisch hinunter und sagte: „Deine Anspannung ist im Laufe der Jahre sehr viel milder geworden." Das war nicht die Antwort, auf die sie gehofft hatte, und es schien sie nur noch mehr zu stressen.

„Warum kommt Julia dann an Weihnachten nicht nach Hause? Oder Alexandra?"

„Mutter, du weißt, dass Crank letzte Nacht noch ein Konzert gegeben hat. Und...Alexandra wird in ein paar Monaten heiraten. Manchmal...Wir werden einfach älter."

Warum, fragte ich mich, erwähnte sie nur Julia und Alexandra? Andrea war auch nicht hier, aber das erwähnte sie nicht. Was hatte ich nicht mitbekommen? Ich starrte sie an und dachte darüber nach, aber mir fiel keine Antwort ein. Schließlich sagte ich einfach: „Mutter, warum fragst du nicht nach Andrea?"

Sie schloss ihre Augen und antwortete in einem eisigen Ton: „Andrea will nicht nach Hause kommen."

„Warum nicht?", flüsterte ich.

Sie schüttelte den Kopf. „Versuche nicht, der Sache auf den Grund zu gehen, Carrie. Ich weiß, dass du dich immer um deine Schwestern gekümmert hast, du hast immer versucht, alles in Ordnung zu bringen. Und ich bin dankbar dafür...Besonders...für die Zeiten, in denen ich keine gute Mutter sein konnte. Du warst wie eine Mutter für sie."

Sie lehnte sich vor und ergriff meine Hand. „Ich meine es ernst, Carrie. Denke nicht, dass ich nicht dankbar dafür bin, dass meine Töchter jemanden hatten, der sich um sie gekümmert hat. Aber in diese Sache willst du nicht hineingezogen werden."

Ich saß da und konnte fühlen, wie ich rot wurde. Ich wusste, dass sie Schlimmes durchgemacht hatte. Die Medikamente gegen Angstzustände, die Antidepressiva...all das zeigte eindeutig, dass meine Mutter mit schweren psychischen Problemen zu kämpfen hatte. Aber ich hatte keine Ahnung, was für Probleme das waren. Und ich hatte auf jeden Fall nicht gewusst, dass sie bemerkt hatte, dass ich die Rolle der Beschützerin meiner Schwestern in der Familie eingenommen hatte. Es machte mich...verlegen. Als ob ich beim Lügen erwischt worden war oder hinter ihrem Rücken etwas Geheimes getan hatte. Was natürlich stimmte. Ich hatte mich so sehr um meine Schwestern gekümmert, dass es mir in Fleisch und Blut übergegangen war. Ich hatte mich an ihrer Stelle bestrafen lassen. Ich war ihre Vertraute und Zuhörerin in der Not gewesen, sogar noch, nachdem ich von zu Hause ausgezogen war.

Jetzt sah sie einfach nur müde aus. Sie hatte verquollene Augen und in den zehn Jahren, seit ich von zu Hause ausgezogen war, waren sie eingefallen und es hatten sich tiefe Furchen um ihren Mund gebildet. Meine Mutter war eine ernste Frau. Unglücklich. Aber ich hatte sie niemals als *alt* bezeichnet.

„Ich weiß nicht, wie ich das auf sich beruhen lassen soll", sagte ich.

„Deine Schwester wird glücklicher sein, wenn du die Sache ruhen lässt. Es würde zu nichts außer Kummer führen."

Ich wusste nicht, was ich darauf antworten sollte. „Na gut", sagte ich. „Für den Moment jedenfalls."

Sie ließ meine Hände los. „Ich denke mal, das muss ich akzeptieren. Für den Moment jedenfalls."

Es kam mir vor, als ob sie mich verhöhnen wollte.

Ich trank einen großen Schluck Kaffee und sagte: „Wo ist Dad?"

„Er ist in sein Büro geflüchtet, als die Zwillinge angefangen haben zu streiten."

Ich schloss meine Augen. Typisch, wie immer. Es ist nicht so, dass unser Vater ein Feigling ist, aber vielleicht versuchte er, der Konfrontation aus dem Weg zu gehen? Das war sein Stil. „Warum versuche ich nicht, die Mädchen dazu zu bewegen, friedlich mit nach unten zu kommen, und du versuchst Dad zu bearbeiten? Schließlich ist Weihnachten."

„Ja. Okay", sagte sie, als ich aufstand. Ich war noch nicht bereit zu gehen. Ich wollte noch ein oder zwei Tassen Kaffee trinken, bevor ich überhaupt daran denken konnte, mich meinen Schwestern zu stellen. Aber die Unterhaltung mit meiner Mutter hatte dazu geführt, dass ich mich so unwohl fühlte, dass ich nur hier raus wollte.

„Carrie?", sagte sie, als ich mich vom Tisch entfernte.

„Ja, Mutter?"

„Obwohl ich es nie gut zeigen konnte, ganz besonders euch älteren gegenüber...Du weißt, dass ich dich liebe, oder?"

Ich fühlte, wie ich den Mund verzog, und ich wusste nicht, was ich sagen sollte. Ich sollte lügen und sagen ‚Natürlich weiß ich das'. Ich sollte ihr sagen, dass ihre *Phasen*, als ich ein Teenager war, nicht schlimm gewesen waren. Ich sollte ihr sagen, dass die abscheuliche Weise, wie sie mit Julia umgegangen war, nichts ausmachte. Ich sollte versuchen, eine Brücke zu schlagen. Ich war nicht sicher, ob ich überhaupt wusste, wie. Ich wurde bald dreißig und ich konnte nicht mal mit meiner Mutter reden, ohne zu lügen.

„Natürlich, weiß ich das", sagte ich und fühlte mich schlecht dabei. Die Lüge stach in mein Herz, es fühlte sich an wie eine Wunde, die niemals heilen würde.

Ich drehte mich um, bevor sie die Lüge spüren würde, und ging die vier Treppen bis zum obersten Stockwerk hinauf, wo Julias altes Zimmer war, das jetzt Sarah gehörte. Ich fragte mich zum tausendsten Mal, wie Julia es geschafft hatte, mit der ganzen Sache klarzukommen, ja sogar Frieden mit unserer Mutter schließen konnte. War es so wie bei mir - nur ein Vorwand, um den Frieden zu wahren? Es lebten immer noch zwei Schwestern zu Hause...drei, wenn man Andrea mitzählte, obwohl es sehr unwahrscheinlich war, dass sie jemals wieder in diesem Haus leben würde. Etwas zu tun, dass bei meiner Mutter wieder zu einer depressiven Phase führen würde, würde meinen Schwestern auf gar keinem Fall helfen.

Als ich schließlich den vierten Stock erreicht hatte, klopfte ich an Sarahs Tür. An der Tür hing ein handgeschriebenes Schild, auf dem stand: „Draußen bleiben."

„Was willst du?"

„Warum beginnen wir nicht mit Höflichkeit?", antwortete ich.

Eine Sekunde lang dachte ich, sie würde mich einfach ignorieren. Aber nach einer Weile hörte ich etwas, das sich anhörte, als würde ein Holzriegel zur Seite geschoben werden, und dann öffnete sich die Tür. „Komm rein", sagte sie.

Mir blieb der Mund offen stehen, als ich den Raum betrat. Sie hatte eine Führung für einen Holzriegel an den Türrahmen genagelt, so konnte sie die Tür von innen verriegeln, etwas, das ich in unserem Haus niemals für nötig gehalten hätte. Meine Mutter mochte ja manchmal ausrasten, aber ich denke nicht, dass mein Vater auch nur einmal in seinem Leben die Stimme gegen uns erhoben hatte. Er war das Stereotyp eines weißen Amerikaners mit angelsächsischer Abstammung und ich denke, er hätte, selbst wenn es in unserem Wohnzimmer zu einer Zombieapokalypse gekommen wäre, nicht geschrien.

Aber das war noch nicht alles. Dieser Raum war, so lange ich denken konnte, völlig leblos gewesen. Rein theoretisch war es Julias Zimmer. Aber als mein Vater pensioniert wurde und wir zurück in das Haus nach San Francisco gezogen waren, besuchte Julia bereits das College. Sie hatte niemals wirklich hier gelebt, trotzdem hatte sie ein paar Mal in dem Zimmer übernachtet. Ohne jegliche Dekoration oder persönliche Gegenstände war der Raum eher ein Gästezimmer gewesen.

Sarah hatte die Wände und die Decke schwarz gestrichen. Poster von Bands wie Disturbed oder Morbid Obesity hingen an den Wänden. Und in einer Ecke stand etwas, das ich noch nie gesehen hatte: Eine schimmernde und auf Hochglanz polierte, schwarze Bassgitarre. Sie hatte Perlmuttintarsien auf dem Griffbrett. Drei der vier Stimmwirbel waren von der Zeit vergilbt. Der vierte war durch etwas ersetzt worden, das aussah wie ein Holzdübel aus einem Baukasten.

Als ich mir die Wände genauer anschaute, konnte ich erkennen, dass mit dunkelroter Farbe etwas auf die schwarzen Wände geschrieben worden war. Sarah stand einfach nur da und beobachtete mich, wie ich die Augenbrauen zusammenzog und auf die Wand gegenüber von ihrem Bett zuging und versuchte, die Worte zu lesen. Es war dunkel hier drinnen und sie waren kaum zu erkennen, denn das einzige Licht kam von einer Lichterkette, die oben an der Wand hing.

Es war ein Gedicht.

Ich blinzelte, dann drehte ich mich um und sah sie an.

„Das…hatte ich nicht erwartet.”

Sie grinste: „Und was hast du erwartet? Blumen?”

Ich lächelte sie an. „Ich weiß auch nicht, was ich erwartet habe. Aber es gefällt mir. Das bist…ganz eindeutig du.”

Das verursachte das breiteste Lächeln, das ich seit meiner Ankunft bei ihr gesehen hatte.

„Denkst du das wirklich?”, sagte sie.

Ich nickte. „Darf ich dich fragen...wann das Ganze begonnen hat?"

Sie zuckte mit den Schultern. „Als ich drei war?"

Ich lachte. „Wenn du das sagst. Warum kommt es mir so vor, als ob Mutter und Dad Crank für das hier verantwortlich machen?"

Sie verdrehte die Augen. „Crank gehört zur alten Schule. Und ist ziemlich lahm."

Das kaufte ich ihr nicht ab. Sarah war schon, seit sie alt genug war, um Jungen zu bemerken, in Crank verschossen gewesen.

„Was kommt als nächstes? Piercings?"

Jetzt grinste sie wirklich, eine Art liebenswertes Grinsen, und dann zog sie ihr Shirt hoch und zeigte mir den Ring, den unsere Mutter „Selbstverstümmelung" genannt hätte. Es sah gar nicht schlecht aus. Wirklich dezent, einfach nur ein kleiner Stift in ihrem Bauchnabel.

„Schön", sagte ich. „Also, können wir uns mal kurz unterhalten?"

„Hat Mutter dich rauf geschickt?"

„Nicht hierfür. Das bin ganz allein ich. Deine große Schwester."

„Tut mir leid", flüsterte sie. Dabei schaute sie betreten auf den Boden.

Sie setzte sich auf den Rand ihres Bettes und ich setzte mich neben sie.

„Ich mache mir Sorgen um dich", sagte ich.

Sie runzelte die Stirn. „Wegen dem hier?", fragte sie und ihre Augen suchten dabei den Raum ab.

Ich schüttelte meinen Kopf. „Nein. Ich weiß nicht warum, aber das passt alles gut zusammen. Ich mache mir Sorgen wegen dem, was zwischen dir und Jessica vorgeht. Ich mache mir Sorgen, weil das Wichtigste, das Julia und ich versucht haben, war...euch alle zu beschützen. Vor allem in Zeiten, in denen wir niemand anderen hatten. Ich mache mir Sorgen, dass du deine Schwester ausschließen könntest. Und um ehrlich zu sein, mache ich mir auch um Andrea Sorgen. Ich weiß, sie verbringt viel Zeit mit unserer Oma, aber...warum kommt sie nicht nach Hause?"

Sie sah von mir weg und schluckte. „Ich weiß, dass wir uns alle gegenseitig beschützen. Du.. du warst wie eine Mutter für uns, Carrie. Aber wir sind nicht mehr sieben Jahre alt."

Ich legte meine Hand auf ihre Schulter und sagte: „Das weiß ich, Sarah. Genau deshalb ist es so wichtig! Wenn du nicht mal mit deiner Zwillingsschwester sprechen kannst, mit wem dann? Oder was ist, wenn sie nicht zu dir kommen kann?"

Sarah schüttelte ihren Kopf und sagte: „Das trifft den Nagel auf den Kopf. Sie *kann* nicht zu mir kommen. Oder zumindest denkt sie das."

„Das verstehe ich nicht."

Sie lehnte sich näher zu mir rüber und sagte: „Carrie, sie...Ich weiß, sie sieht gut aus und kleidet sich wie unsere Mutter...Aber sie ist tiefsinnig. Sie hat Geheimnisse. Ich habe keine Ahnung, was mit ihr los ist. Absolut keine Ahnung."

Sie sah hoch zur Wand, weg von mir, und sagte: „Es tut weh, weißt du? Jessica hat ihr ganzes Leben von mir abgeschottet. Und sie hat niemals auch nur ein Wort gesagt. Es ist alles so schnell gegangen. Als wir unser erstes Jahr an der High School begannen? Sie hat nichts gesagt, nicht zu mir oder zu unserer Mutter oder zu sonst jemandem. Sie ist einfach hingegangen und hat ruhig darum gebeten, ihren Stundenplan so zu ändern, dass sie keine einzige Stunde gemeinsam mit mir hatte."

Verwirrung machte sich in mir breit. Das war nicht, was ich erwartet hatte. „Ich verstehe das nicht", sagte ich.

„Ich auch nicht. Ich meine...ich mag ja ein bisschen unausstehlich sein. Unangenehm und direkt. Aber...Ich habe ihr niemals mit Absicht wehgetan."

Oh, wow. Sarahs Gesicht war zerknittert, die kleinen Muskeln um ihre Augen zitterten. Sie kämpfte mit den Tränen. Und sie war nicht sehr gut darin. Und die Sache war die, jetzt konnte ich es auch erkennen. Ich wohnte schon lange nicht mehr hier, aber ich verbrachte meine Ferien oft hier, im Sommer manchmal sogar mehrere Wochen. Und Jessica *war* immer unheimlich höflich gewesen. Geschliffen. Überkorrekt. Aber so wie Sarahs schwarzer Eyeliner und ihre Kampfstiefel war auch das nur eine Fassade gewesen. Es war so, als ob sie sich voneinander zurückzogen, versuchten, anders als die jeweils andere zu sein, und zwar auf völlig unterschiedliche Weise.

Bei Sarah hatten wir es alle bemerkt. Ihr Verhalten war so ausgefallen für unsere verklemmte und schwierige Familie. Aber das bedeutete nicht, dass Jessica nicht genauso litt. Ich fragte mich, ob sie sich unsichtbar vor-kam. Wie fühlte sich das wohl an?

Zum ersten Mal seit langer Zeit war ich unglücklich darüber, dass ich nicht mehr zu Hause wohnte. Auch, wenn es schon zehn Jahre waren. Auch, wenn ich mein eigenes Leben hatte und meine eigene Karriere. In diesem Moment wollte ich nichts anderes, als für meine Schwestern da zu sein.

Aber das ging natürlich nicht. Inzwischen lebten wir überall verstreut: Julia bereiste die Welt mit den Tourneen der Band und lebte dazwischen in Boston; Alexandra war verlobt und liebte New York City; ich würde nach Bethesda, Maryland, gleich außerhalb von Washington, ziehen. In ein paar Tagen würden drei von uns sechs an der Ostküste wohnen. Allen Anzeichen nach würde Andrea nicht nach Hause kommen, bevor sie die Schule abge-schlossen hatte.

Das war es, dachte ich. Nächsten Sommer würde ich, sofern nichts Schlimmes dazwischenkam, nach Spanien reisen. Vielleicht würde Ray mit-kommen, aber falls nicht, würde ich trotzdem fliegen. Ich musste Andrea sehen, ich musste sie wissen lassen, dass ich immer noch ihre große Schwes-ter war, und dass ich immer für sie da sein würde, wenn sie mich brauchte.

Der Rest des Weihnachtsfestes verlief ruhig. Sarah und Jessica rauften sich zusammen und kamen nach unten, um ihre Geschenke zu öffnen. Un-sere Mutter hatte ihnen Kleider im gleichen Schnitt gekauft, aber in absolut ironischer Weise Jessica das schwarze und Sarah das weiße geschenkt. Ich fragte mich, ob sie sie vielleicht heimlich austauschen würden. Oder ob Sa-rah ihres vielleicht mit einem Edding bearbeiten würde. Was eine Schande wäre, denn es war ein schönes Kleid und sah aus, als ob es mehr als acht-hundert Dollar gekostet hätte.

Wir riefen gemeinsam Julia, Alexandra und Andrea an und gaben das Telefon weiter, sodass jeder mit ihnen sprechen konnte. Dann brachen wir mit der Tradition und verließen das Haus, um chinesisch essen zu gehen. Vielleicht war das auch eine Chance, neue Traditionen zu beginnen. Ich würde meiner Mutter eines zugestehen: Sie versuchte es zumindest. Sie nahm ihre Medikamente und ich hatte sie schon lange nichts Gehässiges mehr sagen hören. Mein Vater war wie immer - distanziert und ein bisschen überfordert. Und so verging ein weiteres Weihnachtsfest, und zwei Tage später bestieg ich das Flugzeug nach New York.

ACHT MONATE ZUVOR
NEW YORK

Sag der Army einen schönen Gruß von mir (Carrie)

*D*as Flugzeug landete mit einem Ruck und quietschenden Reifen, und ich spürte das plötzliche Abbremsen, als die Turbinen auf Schubumkehr umschalteten. Ich schloss mein Buch, während wir über das Vorfeld rollten. Zum ersten Mal, seit ich das Haus meiner Eltern heute Morgen verlassen hatte, fühlte ich Anspannung, ein leichtes Drücken in der Magengegend. Ich war sehr aufgeregt, weil ich Ray sehen würde, aber auch nervös. Er hatte gestern Abend am Telefon so gestresst geklungen. Gestresst und erschöpft. Er war einen weiteren Tag von der Army befragt worden. Es war mehr als übertrieben. Wie viele Male sollte er dieselbe Geschichte noch erzählen?

Am Ende des Telefonats hatte ich das dringende Bedürfnis gehabt, ihn ganz fest zu umarmen und damit seine Anspannung zu lösen. Und genau das würde ich tun, sobald ich ihn außerhalb des Sicherheitsbereichs treffen würde.

Ich verkrampfte mich auf meinem Sitz und sah durch das Fenster, als das Flugzeug in Richtung Gate rollte. Jetzt bewegten wir uns langsam, ich zog meine Tasche unter dem Sitz vor mir hervor, packte mein Buch weg und nahm mein Telefon in die Hand. Der Flug war ruhig gewesen, ich hatte mich entspannt und ein Buch gelesen, seit wir um 8 Uhr in San Francisco losgeflogen waren. Ich war müde, aber nicht so müde, dass ich es nicht durch den Tag und den Abend schaffen würde.

Endlich. Das Flugzeug verstummte, die Maschinen stoppten und ich hörte das Klicken und Rumpeln, als der Flugsteig an die Tür gefahren wurde. Zumindest würde ich das Flugzeug schnell verlassen können. Meine

Frequent-Flyer-Meilen hatten mir ein Upgrade in die Businessclass ermöglicht. Ich war also in der zweiten Reihe zum Aussteigen.

Mein Telefon summte und zeigte eine ankommende SMS an, dann begann das Display zu leuchten.

Verdammt. Die Vorschau zeigte: „Es tut mir so leid."

Ich entsperrte das Handy und scrollte durch die Nachrichten.

Die Army und das FBI sind NOCHMAL mit Fragen aufgetaucht. Ich habe keine Ahnung, wie lange es dauern wird.

In der nächsten Nachricht stand: *Es dauert schon zwei Stunden. Ich halte dich auf dem Laufenden.*

Und zwei weitere Nachrichten. Die erste besagte: *Scheiße. Ich schaffe es auf keinen Fall rechtzeitig zum Flughafen. Nimm dir ein Taxi nach Glen Cove und ich zahl das dann.*

Schließlich: *Es tut mir so leid.*

Ich stöhnte. Armer Ray. Sie nahmen ihn sprichwörtlich in die Mangel. Die Sache war die, sie bestellten ihn nicht ein, sie riefen nicht an und sagten: „Wir kommen morgen um elf Uhr." Stattdessen kamen sie einfach unangekündigt vorbei. Es war so, als ob sie dachten, er würde lügen, und sie versuchten, irgendwelche Unstimmigkeiten zu entdecken. Ich konnte mir noch nicht mal vorstellen, unter wie viel Anspannung er stand.

Sobald ich außerhalb des Gates war, rief ich Ray an.

Es klingelte vier Mal, dann ging er ran.

„Hey", sagte er. „Carrie, es tut mir so leid. Ich fühle mich schrecklich."

„Hör auf damit", antwortete ich. „Du musst dich für nichts entschuldigen, du kannst nichts dafür. Ich werde mir ein Auto mieten. Kannst du mir eine SMS mit deiner Adresse schicken?"

„Bist du sicher? Wäre es nicht günstiger, ein Taxi zu nehmen?"

„Ja, aber auf diese Weise haben wir für die gesamte Dauer meines Besuches ein Auto. Du hast doch gesagt, dass du kein Auto hast, richtig?"

„Richtig. Wie wäre es, wenn wir uns die Kosten teilen?"

Ich verdrehte die Augen. „Ray, ich bekomme dieses unheimlich hohe ‚Taschengeld' von meinem Vater. Lass es mich ausnutzen. Außerdem hast du die Karten für die Show heute Abend bezahlt, und ich weiß, die waren nicht billig."

„Aber...in Ordnung, okay."

„Schick mir die SMS und ich komme, so schnell ich kann. Sag der Army einen schönen Gruß von mir!" Ich hatte keine Ahnung, was mich geritten hatte, das zu sagen.

Er kicherte. „Nett. Bei der Geschwindigkeit, mit der sie mich befragen, hast du vielleicht die Chance, ihnen das selber zu sagen."

Also holte ich mein Gepäck, ging dann an den Schalter von Hertz und hielt ihnen meine Kundenkarte unter die Nase, wie üblich hatte ich damit die volle Aufmerksamkeit der Mitarbeiter, zehn Minuten später programmierte ich auch schon Rays Adresse in das Navi.

Eine Stunde später hielt ich vor einem ziemlich groß aussehenden Wohnblock in Glen Cove an. Ich lehnte mich aus dem Fenster und sah am Gebäude entlang nach oben. Es war alt, in einem leichten Blauton gestrichen und der Putz bröckelte hier und da. Es war ein hübsches Gebäude und es sah recht stabil gebaut aus, aber es war nicht im besten Zustand. Der Rasen war schneebedeckt und derjenige, der Räumdienst hatte, hatte den Weg nicht richtig freigeschaufelt. Ich stieg aus dem Auto, nahm meine Tasche aus dem Kofferraum und ging vorsichtig den Weg entlang zur Tür und studierte dann die Klingeln. Als ich „Sherman" fand, klingelte ich.

Einen Moment später hörte ich den Türsummer und trat ein.

Rays Wohnung – oder eher die seiner Eltern – war im achten Stock. Das Innere des Gebäudes bestätigte meinen ersten Eindruck. Es war ein schönes Gebäude, aber es waren Renovierungsarbeiten nötig. Ray hatte mir die Geschichte seiner Eltern erzählt – sie waren nicht reich gewesen, hatten aber zur besseren Mittelschicht gehört. Sie hatten gut bezahlte Jobs gehabt und auch eine Menge Schulden, und als sie ihre Jobs verloren, verloren sie auch ihr gutes Leben. Manchmal, wenn ich solche Geschichten hörte, fühle ich mich schuldig. Ich hatte den Reichtum meiner Eltern immer als selbstverständlich angesehen. Mein Vater hatte sein Vermögen geerbt und es ermöglichte uns, Dinge zu tun beziehungsweise zu kaufen, die sich nur wenige Leute leisten konnten. Nicht zuletzt gab es uns die Sicherheit, dass wir unser Haus nicht würden verkaufen müssen, wenn meine Eltern ihren Job verloren oder jemand ernsthaft krank werden würde.

Ray erwartete mich an der Tür, als ich ihn sah, holte ich unwillkürlich Luft. Es war erst drei Wochen her, dass wir uns gesehen hatten, aber ich war trotzdem wieder überwältigt von ihm, als wir uns in die Augen sahen und umarmten. Dann berührte sein Mund den meinen, und ich vergaß die Zeit, vergaß die Distanz, vergaß die Army und alles andere, es gab nur diesen Moment. Ich drückte ihn ganz fest und versuchte zu tun, was ich geplant hatte...den Stress zu lindern, unter dem er stand. Ich konnte es an seinen Schultermuskeln fühlen, sie waren zusammengezogen, angespannt und hart wie Stein. Er küsste mich und es fühlte sich genauso leidenschaftlich und hungrig an wie bei unserem ersten Kuss.

„Ich habe dich vermisst", flüsterte ich.

„Ich habe dich auch vermisst", antwortete er. „Komm rein. Sie sind immer noch hier."

Meine Arme und Schultern verspannten sich und meine Nackenmuskeln wurden hart. Ich betrat die Wohnung. Es war erst 16 Uhr, aber in dem Moment kam es mir vor, als wäre es mitten in der Nacht.

Die Frau war eine attraktive, professionell aussehende schwarze Frau, die aufstand, als ich hineinkam. Sie kam auf mich zu, streckte ihre Hand aus und sagte: „Ich bin Janice Smalls. Es freut mich, Sie kennen zu lernen, Ms. Thompson."

Ich nahm ihre Hand und schüttelte sie. „Ganz meinerseits", sagte ich.

Der Mann, der faul auf einem Sessel herumhing, hatte ein Notizbuch auf dem Schoß und nickte mir lediglich ohne aufzustehen zu.

„Jared Coombs", sagte er. „FBI." Dann wandte er sich wieder seinen Notizen zu.

Meine Mutter mochte ja nicht gerade ein Paradebeispiel für Vernunft sein, aber sie hatte mir beigebracht, auf gute Manieren zu achten. Ich erwiderte seine Unhöflichkeit mit eisiger Höflichkeit.

„Es ist mir eine Freude, Sie kennenzulernen, Mr. Coombs", sagte ich.

Er sah nicht mal von seinen Notizen auf. Ich presste meine Zähne aufeinander und spürte, wie sich meine Muskeln noch mehr verkrampften. Seit ein paar Wochen waren diese beiden immer wieder hier aufgetaucht und hatten Ray in die Mangel genommen. Sie kamen, ohne vorher anzurufen, ohne sich anzukündigen. Sie hatten außerdem Bereiche seines Lebens ausspioniert, die nichts mit dem Krieg zu tun hatten. Sie behandelten ihn wie einen Kriminellen und ich hatte genug davon.

„Entschuldigen Sie bitte, Mr. Coombs. Ich hätte eine Frage. An Sie beide."

„Ähm…Carrie…", sagte Ray, während Major Smalls zurück zu ihrem Stuhl ging.

„Nur eine Sekunde, Ray. Mal im Ernst. Was soll das Ganze? Ray war derjenige, der den Vorfall gemeldet hat. Warum behandeln Sie ihn wie einen Kriminellen? Ist das Ihre ganz besondere Art, ihm dafür zu danken, dass er das Richtige getan hat? Was zur Hölle versuchen Sie damit zu erreichen?"

Coombs schenkte mir einen kalten Blick und sagte: „Zum Ersten, das geht Sie nichts an, Miss Thompson. Zum Zweiten, wir wissen noch nicht, wer in dieser Sache der Kriminelle ist."

Smalls sah für eine Sekunde zu Boden und dann zu mir hoch, bevor sie sagte: „Wir müssen unsere Untersuchung korrekt durchführen, Miss Thompson. Ihr Freund hier hat einige sehr schwere Anschuldigungen gemacht."

Ray berührte meinen Arm. „Carrie, bitte…"

Ich sah ihm in die Augen. „In Ordnung. Ich halte mich da raus. Aber ich möchte, dass du weißt, dass dir jemand zur Seite steht. Warum zeigst du mir nicht, wo das Bad ist, und ich gehe mich frischmachen und duschen, bis sie fertig sind."

Er lächelte und ignorierte die beiden einfach, dann nahm er mein Gesicht in seine Hände und küsste mich heftig auf die Lippen. „Ich liebe dich, Babe. Komm mit."

Bis ich fertig geduscht hatte, hatte ich mich wieder beruhigt. Als ich mich abtrocknete, hörte ich ein leises Klopfen an der Tür. Schnell wickelte ich mir das Handtuch um den Körper und verknotete es vorne.

„Carrie?", sagte Ray.

Ich öffnete die Tür und zog ihn herein. Ein verschmitztes Grinsen breitete sich auf seinem Gesicht aus und er legte seine Arme um meine Taille.

„Du hast ja keine Ahnung, was du gerade mit mir anstellst", murmelte er und berührte mit seinen Lippen meinen Hals.

Ich bekam eine Gänsehaut. „Sind sie weg?"

„Ja", sagte er und bewegte seine Lippen an meinem Hals in Richtung meines Ohrs. „Aber...meine Eltern sind hier."

Ich zuckte zusammen, legte dann meine Hände auf seine Schultern und schob ihn sanft zurück. „Tja, dann muss das hier wohl warten."

Er atmete aus und sagte: „Ja."

„Husch, husch", sagte ich. „Gib mir einen Moment, um mich fertig abzutrocknen und mich anzuziehen. Ich bin in etwa fünf Minuten da."

Es dauerte ein paar Minuten länger. Ich war ein wenig nervös, weil ich Rays Eltern zum ersten Mal treffen würde, und ich wollte einen guten Eindruck hinterlassen. Es war schon schlimm genug, dass ich gerade unter der Dusche stand, als sie eintrafen.

Schließlich war ich fertig und ging den Flur entlang, zurück zum Wohnzimmer.

Ray stand auf und kam auf mich zu, dann nahm er meine Hand und drehte sich zu seinen Eltern um. Ich sah ihn an und war ein wenig überrascht. Ich denke, es war das erste Mal, dass ich ihn nervös erlebte.

„Mom, Dad, das ist Carrie Thompson."

Seine Eltern standen beide auf. Es war auf den ersten Blick zu erkennen, von wem Ray seine Größe geerbt hatte. Ray hatte mir erzählt, dass sein Vater früher für die Duke-Universität Basketball gespielt hatte.

„Michael Sherman", sagte er und ergriff meine Hand.

„Kate", sagte seine Mutter. Sie war gute fünfundzwanzig Zentimeter kleiner als ihr Mann, eine müde aussehende, blonde Frau.

„Ich freue mich sehr, dass Sie zu Besuch kommen konnten", sagte Michael mit einem ehrlichen Lächeln. „Ray hat schon so viel über Sie erzählt."

Kate schien deutlich weniger glücklich darüber zu sein, mich zu sehen. Aber wenn das alles war, damit konnte ich leben. Wir nahmen zu viert im Wohnzimmer Platz und begannen eine recht unangenehme Unterhaltung, vorwiegend stellte Kate mir Fragen. Ich beantwortete alles. Fragen über meine Kindheit, wo ich aufgewachsen war, meine Zukunftspläne...

Als ich erwähnte, dass ich eine Stelle am NIH hatte, sagte Kate: „Ich verstehe. Das erklärt, warum Ray sich an der Georgetown-Uni beworben hat."

Michael verdrehte fast die Augen. „Kate, Georgetown ist eine viele bessere Uni als Stony Brook. Ich wünschte, du würdest endlich Ruhe geben."

„Es ist sehr weit weg von hier und Ray ist gerade erst nach Hause gekommen, nachdem er traumatische Dinge erlebt hat."

Rays Lippen verzogen sich, er lehnte sich vor und sagte: „Mom, das hatten wir doch schon alles. Meine Entscheidung steht."

Sie sah ihn traurig an. „Ich möchte nur das Beste für dich, mein Lieber."

„Ich weiß", antwortete er.

Michael versuchte das Thema zu wechseln und sagte: „Also, bleibt ihr zum Abendessen?"

Ray schüttelte den Kopf. „Ich habe Karten für eine Show heute Abend. Wir müssen bald los, wenn wir rechtzeitig da sein wollen."

Michael sah enttäuscht aus und Kate…pikiert. Verärgert. Ich nahm mir vor, mir keine weiteren Sorgen darüber zu machen. Es würde schon unangenehm genug werden, hier vier Nächte zu bleiben. Ray würde auf der Couch schlafen und ich in seinem Zimmer. Das ärgerte mich jetzt schon. Aber es war ihr Zuhause und Gott weiß, meine Mutter hätte uns auch nicht im selben Zimmer schlafen lassen.

Es war eine Erleichterung, als wir schließlich die Wohnung verließen. Ray führte mich an diesem Abend zum Essen aus, und danach sahen wir uns am Broadway eine Vorstellung an. Am nächsten Morgen weckte er mich früh und wir fuhren in die Hamptons am Ostende von Long Island, wo wir in einem kleinen Dorf frühstückten und dann in eisiger Kälte am Strand spazieren gingen, dabei drängten wir uns dicht aneinander, um uns gegenseitig zu wärmen.

Ich war natürlich schon in New York gewesen. Sechs Jahre hatte ich an der Columbia-Uni studiert. Aber Ray zeigte mir sein New York. Die Clubs und anderen Orte, an denen er sich in der High School und am College herumgetrieben hatte. Wir gingen eislaufen und sahen uns Klassiker am The-Film-Forum an. Und Ray führte mich zu einem wundervollen Geburtstagsdinner aus, auch wenn es eigentlich eine Woche zu früh dafür war.

Ich ging mit ihm zu meinen Lieblingsplätzen aus meiner Zeit an der Uni. Die meisten waren in der Umgebung von Morningside Heights, die

Coffeeshops und Buchhandlungen und Bars, in denen ich vom Teenager zur Erwachsenen geworden war.

Es war eine Zeit der Glückseligkeit. Meistens unterhielten wir uns einfach – in Coffeeshops, Restaurants und in Buchhandlungen - oder wir bummelten einfach durch die Stadt. Ray war mutig, sexy und lustig und, was noch viel wichtiger war, er gehörte immer mehr zu mir.

Nur ein Typ aus Southie (Ray)

„Okay", sagte ich. „Ich gebe zu, du hattest recht mit dem Auto."

Carrie lächelte, ein Anblick, von dem ich nicht genug bekam. Sie hatte eine lila Mütze auf und trug einen dazu passenden lila Mantel. Samt? Ich wusste es nicht…Eine Art flauschig aussehender Stoff. Ich kenne mich mit so was nicht wirklich aus. Sie saß am Steuer und fuhr, aber sie blickte kurz zu mir herüber, sah mich mit diesem Lächeln im Gesicht an und berührte kurz ihre Wange mit einem in Handschuhen steckenden Finger. Ich kicherte ein wenig, lehnte mich dann zu ihr rüber auf die Fahrerseite und küsste sie dort, wo sie hingezeigt hatte.

„Du kannst mir jederzeit sagen, dass ich recht habe", sagte sie.

„Ich werde dich darüber informieren, wenn es wieder vorkommt", antwortete ich grinsend. „Also hilf mir mal auf die Sprünge, ich will mich nicht blamieren und ich habe deine Familie immer noch nicht genau durchschaut. Wen treffen wir heute Abend genau?"

Sie grinste. „Tja, da ist dieser Typ namens Dylan. Er war in der Army…"

„Oh, jetzt komm schon. Mal ernsthaft, kannst du mir Durchblick verschaffen?"

Carrie lachte. „In Ordnung. Tschuldigung, ich konnte nicht widerstehen. Okay. Julia ist meine ältere Schwester. Das letzte Mal, als ich sie sah, hatte sie blonde Haare, aber das soll nichts heißen. Sie hat einen Nasenring und du wirst sie an ihrem Ehemann erkennen."

„Das ist Crank Wilson. Der Typ von Morbid Obesity."

„Richtig. Und dann kommt noch eine meiner jüngeren Schwestern, Sarah. Julia hat sie heute vom Flughafen abgeholt. Du wirst sie an ihrer sehr konservativen Kleidung erkennen."

„Okay. Und Alex kenne ich."

„Genau."

„Du hast…noch wieviele weitere Schwestern?"

„Zwei weitere. Jessica ist Sarahs Zwillingsschwester, sie ist in San Francisco geblieben, und Andrea ist die Jüngste. Sie ist im Moment in Spanien."

„Okay. Ich denke, ich hab's verstanden. Sarah, konservativ, Julia nicht. Crank, ich weiß, wie er aussieht. Nun, ich habe noch eine halb ernsthafte Frage an dich. Wie zur Hölle ist deine Schwester an einen Rocker geraten?"

Sie zuckte mit den Schultern. „Sie haben sich kennengelernt, als sie in Harvard studiert hat, er kommt aus Boston."

„Verrückte Welt."

Sie hob eine Augenbraue. „Es ist nicht ungewöhnlicher als die Tatsache, dass ich mit einem Soldaten zusammen bin."

„Ex-Soldat, Doktor Babe. Damit bin ich fertig."

Inzwischen waren wir fast da. Ich hatte ein Zimmer in einem schönen Hotel in der Nähe des Madison Square reserviert, der Plan war, zunächst das Auto dort abzustellen und dann zu Fuß zur Ecke 7th Avenue und 18. Straße zu Mustang Sally's zu gehen, wo wir die anderen zum Abendessen treffen würden und danach weiter in den Garden. Morbid Obesity würden dort ein Silvesterkonzert geben.

Also checkten wir erst im Hotel ein, übergaben das Auto an den Parkservice und stellten unsere Taschen ab. Dann gingen wir Hand in Hand die zwei Blocks zu Mustang Sally's. Ich liebte das Gefühl, ihre Hand in meiner zu spüren, sogar durch meine Handschuhe hindurch. Es war nur drei Wochen her, seit wir uns in Texas gesehen hatten, aber es fühlte sich an wie eine Ewigkeit.

Ich bin nicht blöd. Ich wusste, dass das alles viel zu schnell ging. Man macht keine Versprechungen fürs Leben, wenn man jemanden nur ein paar Tage hier und ein paar Tage dort persönlich kennengelernt und dazwischen nur eine Menge Telefonate geführt und E-Mails ausgetauscht hat. Aber die Sache ist die, in Afghanistan hatte ich vor allem eines gelernt. Das Leben ist zerbrechlich. Man sollte den ganzen Quatsch über Zurückhaltung vergessen. Wir würden einfach weitermachen.

Bei diesem Gedanken griff ich ihre Hand fester und zog sie zur mir hin. Ihre Wangen wurden rot und ich sagte: „Ich konnte keinen weiteren Schritt gehen, ohne dich zu küssen."

Dann lehnte ich mich zu ihr hin und unsere Lippen berührten sich. Wir waren umgeben von Menschen, die uns anrempelten, während der Verkehr zu unserer Rechten an uns vorbeirauschte. Aber in diesem Moment nahm ich nichts anderes wahr als Carrie. Der Kuss war intensiv, aber in ihre Augen zu schauen war noch intensiver. Ihre blassen Augen, blaugrün, mit einem dunklen Rand, ich fühlte mich, als ob ich langsam von einer Klippe fiel. Sie schloss die Augen, als der Kuss noch leidenschaftlicher wurde, und öffnete ihren Mund langsam, unsere Lippen erkundeten sich gegenseitig und unsere Zungen berührten sich ganz leicht.

Mein ganzer Körper erwachte bei dieser Berührung, ein drängendes Hochgefühl, und ich zog sie zu mir und flüsterte: „Ich liebe dich, Carrie Thompson."

Sie holte einmal kurz Luft und sagte: „Ich liebe dich, Ray Sherman."

Wie lange wir dort standen, kann ich nicht sagen, vielleicht waren es fünf Minuten, vielleicht auch eine Ewigkeit. Aber als wir uns trennten, fühlte ich, dass sich etwas verändert hatte. Ich konnte meine Augen nicht von ihr abwenden. Und ich fühlte, dass ich alles, einfach alles auf der Welt für sie tun würde. Es war überwältigend und wundervoll.

Wir trennten uns nur langsam und begannen dann weiterzugehen, aber in einer Geschwindigkeit, die vermutlich die New Yorker um uns herum in den Wahnsinn trieb. Ich hatte meinen Arm um ihre Taille gelegt und ich würde sie nicht loslassen, egal, was passierte.

„Ich möchte dir etwas erzählen", sagte ich mit leiser Stimme.

Sie zog einfach nur eine Augenbraue nach oben. Ich liebte es, dass ihre Wangen immer noch gerötet waren.

„Als ich achtzehn wurde, fragten mich meine Eltern, was ich mir zum Geburtstag wünschen würde, und ich sagte ihnen, dass ich Fallschirmspringen wollte. Ich glaube, meine Mutter bekam einen leichten Herzinfarkt. Aber mein Vater und ich gingen wirklich Fallschirmspringen. Wir nahmen an den ganzen Sicherheitsanweisungen und all dem teil, und dann ging es in die Luft.

„Fallschirmspringen? Aus Flugzeugen hüpfen?" Für eine Frau, die sich an Berglöwen herangepirscht hatte, war in ihrer Stimme ein verdächtig angstvolles Quietschen zu hören, als sie 'Fallschirmspringen' sagte. Ich nahm mir vor, sie einmal mitzunehmen. Sie würde es lieben.

Ich nickte. „Egal, das erste Mal…Es ist schwer, das Gefühl zu beschreiben. Zunächst einmal hat man Angst, wenn man durch die offene Tür des Flugzeugs sieht und weiß, dass man sich tausende Fuß über dem Boden befindet. Und dann ist man draußen und der Wind wirbelt einen herum, das ist der Moment, in dem man unvorstellbar große Angst verspürt. Wird sich der Fallschirm öffnen? Werde ich schreiend aufschlagen und sterben? War es das? Aber dann…war es für ein paar Sekunden völlig ruhig. Der Wind war heftig. Aber ich hatte dieses Gefühl der absoluten Freiheit. Keine Schwerkraft…Einfach fliegen. Ein absolutes Hochgefühl. Ich konnte hunderte von Kilometern Land unter uns sehen. Ich konnte den Himmel berühren. Es war wirklich der fantastischste Moment meines Lebens."

„Hat sich dein Fallschirm geöffnet?" Sie hatte ein verschmitztes Lächeln im Gesicht, als sie das fragte.

Ich grinste sie an. „Ja, er öffnete sich. Aber die Sache ist die…das Gefühl, als könnte ich den Himmel berühren? Du verursachst genau dieses Gefühl in mir."

Ihr Lachen wurde breiter, ihre weißen Zähne strahlten, ihre Augen waren auffallend und schön, und sie sagte: „Das ist das Kitschigste, was ich je in meinem Leben gehört habe." Dann kicherte sie, hielt an und küsste mich erneut. Und das war genau das, was ich mir in dem Moment wünschte.

Wir trennten unsere Lippen und ich sagte: „Wärst du verärgert, wenn ich sage, dass ich das Abendessen und das Konzert ausfallen lassen möchte und sofort mit dir zum Hotel zurückgehen möchte?"

„Nein", sagte sie. „Aber das können wir nicht machen. Ich sehe meine Schwestern sowieso schon viel zu selten."

„Und ich kann es gar nicht erwarten, sie kennenzulernen."

„Du musst auch gar nicht mehr warten. Wir sind da."

Ich sah hoch und sie hatte recht. Das Schild von Mustang Sally's war drei Türen von unserem Standort entfernt.

„Tja, dann…bekomme ich vorher einen Kuss? Um mir darüber hinwegzuhelfen?"

Sie biss sich auf die Lippe und lächelte dann wieder, wir küssten uns und ich fühlte mich wieder wie im freien Fall.

Dann hörte ich, obwohl ich fast nicht mehr bei Bewusstsein war, die Worte, die laut und deutlich mit New Yorker Akzent gesprochen wurden: „Ist das nicht Cranks Schwägerin?"

Das Nächste, an das ich mich erinnere, sind die Blitzlichter, gleich mehrere, und ich zuckte zurück. Wir drehten beide unsere Köpfe nach rechts und da stand eine Horde Fotografen, die Kameras auf uns gerichtet. Was zur Hölle?

„Oh Scheiße", sagte sie. „Komm schon, lass uns reingehen." Sie lächelte die Fotografen tatsächlich noch freundlich an, was weit mehr war, als ich zustande brachte, denn ich wollte lieber einen von ihnen verprügeln. Das Blitzlicht hatte mich völlig durcheinander gebracht, mein Herz raste und ich nahm meine Umgebung von einem Moment auf den anderen sehr deutlich wahr. Den Müll auf dem Bürgersteig, der eine Bombe enthalten könnte, jeden Mantel, unter dem eine Waffe versteckt sein konnte. Ich begann schneller zu atmen und ich sagte: „Lass uns jetzt reingehen."

Während wir uns durch die Menge zur Tür des Restaurants schoben, ließ ich ihre Hand für keinen Moment los. An der Tür stand ein Türsteher, was für ein Restaurant sehr ungewöhnlich war. Carrie sagte etwas zu ihm. Ich weiß nicht was, denn meine Gedanken drehten sich immer noch um die Fotografen, und er ließ uns eintreten.

„Allmächtiger, was sollte das denn?", sagte ich.

Sie zuckte mit den Schultern. „Das gehört dazu, wenn man eine Berühmtheit in der Familie hat. Du wirst dich daran gewöhnen."

Du wirst dich daran gewöhnen. Ich wollte Carrie so sehr, dass ich mich an alles gewöhnen würde. Aber es würde nicht einfach werden. Ich hatte gar nicht bemerkt, dass ich zitterte, bis Carrie sich zu mir umdrehte und eine Hand auf meine Schulter legte.

„Geht es dir gut?", fragte sie mit besorgtem Gesicht.

„Ja", sagte ich und wusste, dass es nicht so klang. „Das Blitzlicht hat mich erschreckt."

Ich konnte sehen, wie es sofort bei ihr dämmerte und sie plötzlich verstand. Sie legte ihre Hände auf meine und sagte: „Komm. Lass uns die Vorstellungsrunde hinter uns bringen und dann können wir uns den Rest des Abends entspannen, okay?"

Ich nickte: „Tut mir leid. Ich werde versuchen, nicht so ein Spielverderber zu sein."

„Entspann dich", sagte sie. „Ich verstehe schon. Ich verstehe das wirklich, okay? Es wird eine Weile dauern, bis du…ganz zu Hause angekommen sein wirst. Und das ist völlig normal und es ist okay und ich bin bei dir. Hörst du mich?"

Okay. Ich gehöre nicht zu den Typen, die so mir nichts, dir nichts in Tränen ausbrechen. Ich bin nicht sehr sentimental. Traurige Filme rufen bei mir nichts außer einer weiteren Bestellung Popcorn hervor. Aber ihre unverblümte und offene Erklärung, dass sie bei mir war und zu mir stand? Ich muss zugeben, dass sie ein ungewohntes, stechendes Gefühl in meinen Augen verursachte, die auf einmal ganz verschleiert waren.

„Ich liebe dich, Doktor Babe", sagte ich.

Sie grinste. „Los."

Also drehten wir uns um und eine Hostess brachte uns zu einem großen Tisch ganz hinten im Restaurant.

„Unkraut!", rief Dylan und dann stand er auch schon und kam auf mich zu.

„Hey, Mann", sagte ich grinsend und dann stießen wir mit unseren Brustkörben aneinander und knurrten uns an. Manche Dinge kann man einfach nicht erklären. Alex beendete ihre Umarmung mit Carrie und kam zu mir und umarmte mich heftig. Alex ist eine schöne Frau, mit bemerkenswert grünen Augen, und es war immer schon offensichtlich gewesen, warum sich Dylan so sehr in sie verliebt hatte. Und während ich noch rührselig war wegen Carries Erklärung, dass sie zu mir stand, musste ich zugeben, dass ich auch stolz auf Alex war, darauf, wie sie vor einigen Wochen zu Dylan gestanden hatte, obwohl er sich wie ein völliger Schwachkopf aufgeführt hatte. Sie hatten es durchgestanden und sahen glücklicher aus, als ich sie je gesehen hatte.

Ein Paar, das vielleicht Ende zwanzig oder Anfang dreißig war, kam auf uns zu. Natürlich erkannte ich den Mann, jeder, der auch nur die leiseste Ahnung von Popkultur hatte, hätte ihn erkannt. Crank Wilson war der Sänger von Morbid Obesity, einer der populärsten Alternative-Rock-Bands des letzten Jahrzehnts. Er war recht groß, aber nur im Vergleich zu normal großen Menschen, nicht aber so groß wie ich, noch nicht mal so groß wie Carrie. Sein Haar war zu einem echten Weiß gebleicht worden und zu Stacheln gestylt, er trug schwarze Jeans und ein T-Shirt, auf dem stand: „Hier reinbeißen" Seine Frau war etwa so groß wie Alex, vielleicht gute 1,60 m, hatte langes, opulentes, braunes Haar und sehr blasse, blaugrüne Augen, die fast genau wie Carries aussahen.

Mit einem schiefen Grinsen streckte mir Crank seine Hand entgegen und sagte: „Ich bin Crank Wilson. Du musst Carries Soldat sein."

„Ray Sherman", sagte ich und wir schüttelten uns die Hände. Dann kam die Frau auf mich zu und umarmte mich. „Ich bin Julia. Und ich freue mich so sehr, dich endlich kennenzulernen. Carrie hat mir viel von dir erzählt."

„Hoffentlich nur Gutes?"

Sie lächelte: „Tut mir leid. Was ich von meinen Schwestern erfahre, nehme ich mit ins Grab."

Ich kicherte. Dann sah ich den kleinen Kobold. Etwa 1,57 m groß, tiefschwarzes Haar mit einer blonden Strähne. Sie hatte einen türkisfarbenen Nasenring, trug zerrissene, schwarze Jeans und einen Gürtel, der aus einer glänzenden Fahrradkette bestand. Das schwarze Top ließ gerade genug erkennen, um aufreizend zu sein, und sie hatte eisblaue Augen.

„Du bist bestimmt Sarah", sagte ich. „Du siehst genauso aus, wie Carrie dich beschrieben hat." Ich hob dabei meine Augenbraue in Carries Richtung. Sie grinste nur, die kleine Hexe.

„Hi", antwortete Sarah.

„Seid ihr bereit zum Essen?", fragte Crank. „Julia und ich müssen recht früh wieder gehen, um uns für die Show fertigzumachen."

Also nahmen wir unsere Plätze ein und sofort begannen Julia, Alex und Carrie miteinander zu reden. Ein paar Minuten später kam eine Kellnerin und nahm unsere Bestellung entgegen.

Dylan lehnte sich zu mir rüber und sagte: „Geht es dir gut, Unkraut? Ich habe seit ein paar Tagen nichts mehr von dir gehört."

Ich zuckte mit den Schultern. „Ich bekomme immer noch Besuch von unseren Freunden."

Er verzog das Gesicht und sagte dann: „Sag mir Bescheid, wenn ich irgendetwas tun kann."

Ich nickte: „Das werde ich."

Alex hatte wohl mit einem Ohr zugehört, denn sie streckte ihre Hand fast unbewusst aus und griff nach Dylans Hand. Das war so süß und es erinnerte mich daran, wie glücklich ich mich schätzen konnte, Carrie zu haben.

Crank hatte wohl die Grüppchenbildung bemerkt...Er und Julia, Alex und Dylan, Carrie und ich, das bedeutete, Sarah war so eine Art fünftes Rad am Wagen. Er lehnte sich nach vorne und sagte: „Was treibst du so, Sarah? Bist du immer noch dabei, die Bassgitarre aufzuarbeiten?"

Sarah grinste breit und nickte stolz.

„Ich möchte die Bassgitarre auf jeden Fall sehen. Julia meinte, sie wäre recht alt?"

Sarah bekam einen gerissenen Gesichtsausdruck und sagte: „Sie stammt aus dem Jahr 1969 und wurde in der Werkstatt von Les Paul angefertigt."

Crank hob seine Augenbrauen: „Wo hast du die denn ergattert? Und wo hattest du so viel Geld her?"

„Glaub es oder nicht, ich habe sie in einem Antiquitätengeschäft gefunden. Der Hals war gebrochen, deshalb konnte ich sie für zwei Tausender kaufen. Und dann musste ich sechs weitere Monate sparen, um sie reparieren lassen zu können."

„Das war es wert", sagte Crank. „Aber wo hast du zwei Tausender herbekommen?"

„Oh Gott", sagte Alex.

Crank runzelte die Stirn, also lehnte sich Alex in seine Richtung. „Sarah hat ihre alte Bratsche verkauft. Und die Hälfte ihrer Kleider. Und ihren Schmuck. Und ihr Laptop."

Julia platzte heraus: „Mom ist bestimmt ausgerastet."

„Ein bisschen", sagte Sarah. „Aber ich schaffe das sowieso immer bei ihr."

„Glaub mir, das kann ich gut verstehen", sagte Julia.

Alle vier Schwestern tauschten unbehagliche Blicke aus. Carrie hatte mir ein bisschen von ihrer Mutter erzählt, aber nicht viel. Ich fiel, vorwiegend um das Thema zu wechseln, mit ein, drehte mich zu Julia und fragte: „Wo habt ihr beiden euch kennengelernt?"

Sie grinste und sagte: „Ich weiß nicht, ob ich das mit zwei Soldaten am Tisch sagen soll."

Ich runzelte die Stirn und Crank sagte: „Wir haben uns bei einer Antikriegsdemo im Jahr 2002 getroffen."

Ich zuckte mit den Schultern. „Damit habe ich kein Problem. Auch wenn wir in politischer Hinsicht nicht einer Meinung sind, habt ihr zumindest eure Meinung geäußert. Die meisten Menschen wissen noch nicht mal, dass es einen Krieg gibt."

Dylan sah mir in die Augen und es war ein unangenehmer Moment. Und dann tat er etwas, mit dem ich niemals gerechnet hätte. Er hob sein Glas in meine Richtung und sagte: „Auf gefallene Kameraden."

Ich zuckte zusammen und stieß mit meinem Glas an. „Auf gefallene Kameraden", murmelte ich.

Die anderen Personen am Tisch waren vollkommen still. Aber Carrie legte ihren Arm um mich und auf einmal war alles besser.

Dylan und ich waren gerade durch ein Minenfeld gegangen, deshalb wechselte ich schnell das Thema. „Also, ich muss schon sagen, ich sitze gerade vier brillanten und schönen Frauen gegenüber. Eure Eltern müssen schon was Besonderes sein."

Sarah kicherte und Julia sagte: „Na ja, sie sind, ähm…"

Crank sagte „Kontrollfreaks" zur gleichen Zeit, als Dylan „Einschüchternd" sagte.

„Oh", antwortete ich.

Alle vier Frauen brachen in lautes Lachen aus.

„Auf der anderen Seite", sagte Crank, als das Lachen langsam verstummte, „Botschafter Thompson scheint mich im Laufe der Jahre ein wenig ins Herz geschlossen zu haben. Ein bisschen. Obwohl ich die ersten fünf Jahre gedacht habe, dass er den Secret Service auf mich ansetzen und mich wie einen Hund erschießen lassen würde."

„Mom ist um einiges sanfter geworden", sagte Julia. „Wir haben Frieden geschlossen."

Sie sahen sich mit einem warmen Lächeln an und Julia lehnte sich nach vorn und sagte: „Als sie Crank zum ersten Mal getroffen haben, dachte ich, sie würden jeden Moment einen Herzanfall bekommen. Ganz besonders Mutter."

„Daran kann ich mich erinnern", sagte Sarah.

Crank runzelte die Stirn. „Wirklich?", sagte er. „Du warst noch ziemlich jung."

„Ich hab dich angeknurrt."

Crank kicherte. „Das stimmt."

„Muss ich mir Sorgen machen?", fragte ich.

Carrie schüttelte ihren Kopf. „Sei einfach du selbst. Ich denke sowieso nicht, dass du sie vor Alex' und Dylans Hochzeit kennenlernen wirst. Und so gern ich ihre Zustimmung auch hätte, ich brauche sie nicht unbedingt."

Julia sah sie an und sagte: „Das ist wahr, aber ich würde Dad nicht soweit reizen, dass er damit droht, dir den Geldhahn abzudrehen, nur weil er nicht glücklich darüber ist."

„Wir werden sehen, wie wichtig mir das ist. Ich habe einen Job, ich kann ohne sein Geld leben, wenn ich muss."

„Dad hat es getan", antwortete Julia. Ich hatte Schwierigkeiten, ihrer Unterhaltung zu folgen. Außer - hatte Carrie ihren Schwestern gerade gesagt, dass sie für mich auch einen finanziellen Ruin riskieren würde? Heilige Scheiße.

„Was hat Dad getan?", fragte Alex.

„Er hat mir vor Jahren mal erzählt, dass Großvater ihn enterbt hat, nachdem sie geheiratet haben. Großvater hat seine Meinung erst geändert, als wir Kinder geboren wurden."

„Davon hatte ich keine Ahnung", sagte Alex. „Das erklärt aber, warum er mir nicht damit gedroht hat."

Sarah verdrehte ihre Augen. „Warum hätte er das tun sollen? Du bist perfekt! Studierst Jura…Du bist genauso, wie er es immer wollte."

Alex sah Sarah wehmütig an und Dylan sagte: „Ähm…Sagen wir einfach, sie sind nicht sehr begeistert von unserer Hochzeit. Oder von mir."

Jetzt wird es zu viel, dachte ich. Ich sagte: „Ich denke, meine Eltern sind einfach nur glücklich, dass ich noch lebe. Alles Weitere ist zusätzlicher Luxus."

Carrie drückte meine Hand und sagte ruhig: „Du machst mich glücklich. Das ist alles, was zählt, Ray."

Julia sah auf ihre Uhr und sagte: „Dreißig Minuten, Crank."

„Ich hoffe, das Essen kommt bald", antwortete er.

Ich sah ihn an und sagte: „Ich muss zugeben, ich hätte mir nicht mal in meinem wildesten Traum vorstellen können, dass ich mal mit Crank Wilson zu Abend esse."

Crank lehnte sich vor und sagte: „Ich bin nur ein Typ aus Southie, sprich dem Stadtteil South Boston. Und wenn Carrie dich mag, dann gehörst du zur Familie. Das ist für mich das Entscheidende."

„Andererseits", sagte Julia mit einem süß aussehenden, freundlichen Lächeln: „Wenn du meiner Schwester wehtust, werde ich dich persönlich fangen und umbringen."

Carrie keuchte auf. „Julia!"

Julias Augen wanderten zu Carrie, dann streckte sie ihren Arm aus und griff nach Carries Hand. „Entspann dich, Schwesterherz. Ich weiß, dass das sehr unwahrscheinlich ist. Ich weiß, dass wir uns nicht mehr oft genug persönlich sehen können. Aber du musst wissen…Du bedeutest mir alles. Also versuche ich, dich zu beschützen. Ich würde sogar Crank in die Eier treten, wenn er etwas tun würde, das dich traurig macht."

Crank zwinkerte mir zu und rückte dann ein paar Zentimeter von seiner Frau weg. Das führte dazu, dass der Rest von uns in lautes Lachen ausbrach, was wiederum dazu führte, dass sich eine etwas beleidigte Julia in Richtung Crank drehte. Crank schenkte ihr einfach ein unschuldiges Lächeln.

„In Ordnung, Dougal", sagte Julia. Crank zuckte zusammen, als er den Namen hörte, mit dem er geboren wurde.

Durch ihr Lachen hindurch fragte Carrie: „Wie geht es Sean überhaupt?"

„Es geht ihm gut", sagte Crank. „Er ist jetzt verheiratet und lebt in Quincy."

Carrie keuchte. Ich hörte zu. Ich wusste nicht, wer Sean war, aber anscheinend war er ihr wichtig. Sie begannen, sich über Sean und Cranks Familie zu unterhalten, und ich sagte: „Bitte entschuldigt mich für einen Moment, ich bin gleich zurück." Ich küsste Carrie auf die Wange und verließ dann den Tisch, um nach der Hintertür zu suchen.

Als ich sie gefunden hatte, schlüpfte ich hinaus in die Gasse und zündete mir eine Zigarette an. Es war nicht so, dass ich nicht bei ihnen sein wollte. Aber ich war ein bisschen überfordert. Okay, streichen wir das. Ich war total überfordert. Früher war ich eine gesellige Person gewesen, sehr gesellig sogar. Aber irgendwo zwischen Long Island und Dega Payan hatte ich ein wenig Platzangst entwickelt, vor allem, wenn ich mit anderen Menschen zusammen war. Ich brauchte einfach ein oder zwei Minuten für mich.

Kurz nachdem ich mir die Zigarette angezündet hatte, öffnete sich die Hintertür erneut und Dylan kam zum Vorschein. Er lehnte sich an die Wand, steckte sich auch eine Zigarette an und sagte dann: „Geht's dir gut?"

„Ja", sagte ich. „Ich mag sie. Es ist nur ein bisschen zu viel."

Dylan nickte. „Für mich auch. Sogar Crank. Er ist 'ne große Nummer, aber er ist gar nicht so anders als wir."

„Nur, dass uns keine Paparazzi verfolgen."

„Das stimmt", antwortete er.

Ich sah Dylan an und grinste: „Ich habe mich noch gar nicht dafür bedankt, dass du mich mit Carrie bekannt gemacht hast."

Er nickte. „Ihr zwei seht aus, als ob es ernst zwischen euch wird."

Ich schnaubte. Dann sah ich ihn wieder an und sagte: „Erinnerst du dich daran, wie wir dich immer damit aufgezogen haben, weil du so viel über Alex gesprochen hast? Und all die Spitznamen, mit denen wir dich bedacht haben?"

„Was?", sagte er. „Du meinst so was wie…. 'unter ihrem Pantoffel stehend'? 'Frauenheld'? Was noch? Sonst fällt mir nichts ein."

Ich kicherte. „Ich nehme alles zurück. Ich verstehe es jetzt."

„Oh Scheiße, es ist euch wirklich ernst."

Ich nickte. „Ja. Es hat mich voll erwischt."

Dylan begann zu grinsen. „Tja dann, vermassele es nicht. Das Leben ist zu kurz dafür."

Ich warf die Zigarette auf den Boden und trat sie mit meinem Schuh aus, dann klopfte ich ihm auf die Schulter. „Damit hast du recht. Lass uns wieder reingehen."

Und in dem Moment klingelte mein Telefon. Ich sah auf das Display herunter und murmelte einen Fluch. Die Rufnummernübermittlung zeigte: US ARMY. Mein Herz begann, wie wild zu schlagen, und ich antwortete mit einem unhöflichen: „Was?"

Major Smalls Stimme kam ruhig aus dem Telefon. „Es ist nicht angemessen für einen Sergeant, seine Anrufe mit ‚Was' entgegen zu nehmen, Sergeant Sherman."

„Tja, dann kritisieren Sie mich eben, Major. Es ist Silvester und ich bin mit meiner Freundin und ihrer Familie ausgegangen. Was wollen Sie?"

Dylan hielt an und warf mir einen besorgten Blick zu. Ich wedelte mit der Hand, um ihn zu besänftigen.

„Ich wollte nur sichergehen, dass wir wissen, wo Sie sich aufhalten. Ich hatte Ihnen doch klargemacht, dass Sie Kontakt mit uns halten sollen."

Ich zündete mir eine weitere Zigarette an, nahm einen kräftigen Zug und sagte: „Wissen Sie was, Carrie hatte neulich ganz recht. Ich weiß nicht, warum Sie mich so behandeln. Ich habe es gemeldet, verdammt noch mal."

Major Smalls seufzte am anderen Ende der Leitung. „Glauben Sie mir, Sergeant. Ich verstehe das wirklich. Sie haben recht, es ist Silvester und ich würde auch gerne zurück zu meiner Familie gehen. Also, würden Sie mir einfach mitteilen, wo Sie die Nacht verbringen werden, und dann lasse ich Sie in Ruhe. Okay?"

„Also gut", sagte ich und spie die Worte dabei nur so aus. „Ich werde im Madison Square Garden sein und mir das Morbit Obesity Konzert anhören. Danach werde ich die Nacht mit meiner Freundin verbringen. Im Hilton, gleich um die Ecke. In Ordnung? Brauchen Sie auch noch die verdammte Zimmernummer, Major?"

Dylan starrte mich an, als ich sprach, sein Gesicht war nach unten gerichtet, unglücklich.

„Nein, danke, Sergeant. Wir bleiben in Kontakt. Frohes Neues Jahr."

Für immer (Carrie)

Einen professionellen Künstler oder Musiker oder Autoren in der Familie zu haben, ist echt nervtötend.

Okay. Vielleicht ist das übertrieben. Aber die Sache ist die, ich hatte mich immer etwas komisch dabei gefühlt, denn obwohl ich als Achtzehnjährige ein paar von Cranks Konzerten gesehen hatte, war ich noch nie ein großer Fan seiner Musik gewesen. Sie ist gut, aber nicht ganz mein Geschmack. Ich stehe mehr auf Pop. Ich mag rührselige Songs, die mir ein gutes Gefühl vermitteln oder mich zum Weinen bringen. Ich kann jeden Tag Kelly Clarkson oder Christina Aguilera hören. *Morbid Obesity?* Nicht mein Fall.

Julia denkt natürlich, ich wäre verrückt. Aber sie war schon immer ein Snob, wenn es um Musik geht. Ich glaube ja, sie hört sich manche Sachen nur deshalb an, weil sie ganz besonders merkwürdig sind. Ich meine, also wirklich. Wenn man einen Musiker aus der Dritten Welt ausgraben würde, der mit dem Knochen einer Hyäne auf einem ausgehöhlten Baumstamm trommelt, wäre sie sofort Feuer und Flamme. Aber *sie* sagt, meine Musik wäre zu sehr „bearbeitet".

Das ist okay. Sogar mit diesem Gedanken im Hinterkopf klang es nach einer Menge Spaß, zusammen mit Ray und Dylan und drei meiner Schwestern ein Livekonzert zu besuchen. Alex und ich hatten schon vor Monaten geplant, gemeinsam zu diesem Konzert zu gehen, sogar noch, bevor es überhaupt öffentlich angekündigt worden war. Sarah versuchte, cool zu bleiben, denn, na ja, sie ist fast siebzehn, aber man konnte sehen, dass sie vor Aufregung ganz aufgedreht war.

Wir hatten einen kleinen abgesperrten Bereich auf der rechten Seite der Bühne, ganz für uns allein. Dylan und Ray sahen beide völlig verstört aus, als die laute Musik begann, und ich muss zugeben, dass es wirklich laut war. Julia blieb fast die ganze Zeit bei uns, aber hin und wieder erhielt sie eine SMS oder einen Anruf und verließ uns dann, um sich um die großen und kleinen Katastrophen zu kümmern, die während so einer Show auftreten.

Und dann verschwand Sarah.

Na ja, nicht ganz. Sie tauchte unter der Absperrung hindurch und warf sich in die Menge der Zuschauer.

Alex keuchte, als wir sahen, wie sie wieder auftauchte, sie hatte ein breites Grinsen im Gesicht. Sie hüpfte vor Freude in der Menge herum und stieß dabei gegen die anderen Teenager. Sie alle konnten sich glücklich schätzen, dass sie sich nicht gegenseitig Risswunden mit den ganzen Metallstiften und Ketten, die sie trugen, zufügten. Aber ich hatte niemals ein breiteres Lachen auf ihrem Gesicht gesehen oder einen Blick größerer Freude.

Julia lehnte sich zu mir hin und musste schreien, damit ich sie hören konnte: „Kannst du dir vorstellen, nochmal so jung zu sein?"

Ich lachte. Vermutlich nicht. Außerdem war ich sowieso noch nie der Typ Mädchen gewesen, der sich in großen Zuschauermengen wohlfühlte. Das überließ ich lieber meiner sechzehn Jahre alten Schwester.

Crank war natürlich ganz in seinem Element. Er stolzierte auf der Bühne herum, schwang seine Gitarre durch die Luft und grölte wie ein Verrückter. Von dort, wo ich stand, sah es aus, als hätte er einen Riesenspaß. Julia wiegte sich zur Musik, ihre Augen waren fast nur auf Crank gerichtet und man konnte sehen, dass sie sogar nach zehn Jahren noch total ineinander verliebt waren. Ganz besonders, als er das Lied sang, das immer noch der größte Hit der Band war: *A Song for Julia*. Wenn man sie so ansah, könnte man meinen, in ihrem Leben gäbe es nur Liebe, Harmonie, Sonne und Licht. Aber ich kann sagen, ich habe noch niemals in meinem Leben soviel Geschrei und Nörgelei erlebt wie in dem Sommer, den ich zusammen mit ihnen zusammengepfercht in einem Auto quer durchs Land gefahren war.

Nachdem das Konzert vorbei war, sammelten wir eine ramponierte und mit blauen Flecken übersäte, aber ekstatische Sarah ein und gingen rüber zu Julias und Cranks Hotel. Diese Party war nur für Familienmitglieder und das war eine Erleichterung für mich. Ich war ein paar Mal auf den Aftershowpartys der Band gewesen, und sie waren wirklich nicht mein Ding. Ich bin eher der Typ, der sich mit einem guten Buch auf der Couch zusammenrollt oder in den Bergen wandern geht. Auf gesellschaftlichen Partys komme ich gut klar, aber die betrunkene Menschenmenge nach einem Rockkonzert? Nein, danke.

Dieser Abend war sehr nett und wir hatten eine Menge Spaß. Kurz nachdem wir dort eintrafen, holte Julia einen Satz Spielkarten heraus, und wir Mädchen ließen uns häuslich nieder, um Karten zu spielen, während Crank, Dylan und Ray sich Drinks holten und dann nach draußen auf den Balkon gingen. Alle drei rauchten immer noch, also saßen sie vermutlich aneinander gekauert da draußen in der Kälte und froren. Geschah ihnen recht.

In dem Moment, in dem die Jungs außer Sichtweite waren, begann Julia die Karten auszugeben. Sie saß zusammen mit Sarah auf der anderen Seite des Tisches und sie bildeten ein Team. Sobald die Balkontüren geschlossen waren, sagte sie zu Alex: „Also, habt ihr schon einen Termin festgesetzt?"

Alex wurde ein bisschen rot, sie nickte und biss sich dabei auf die Lippe. „22. Juni."

„Woah", sagte ich. „Das ist aber bald."

„Ich weiß."

Julia lächelte und sagte: „Ich freue mich wirklich für dich. Aber.. wäre es nicht vernünftiger, wenn ihr erst mal das Studium abschließt? Seid ihr nicht noch ein bisschen zu jung?"

Sie war mit dem Verteilen der Karten fertig und wir nahmen unser Spiel auf.

Alex sagte: „Ja, ich weiß. Glaub mir, das haben Dad und Mutter auch schon oft genug gesagt. Aber…Wenn man sicher ist, ist man sicher. Dylan möchte nicht warten und ich auch nicht."

Ich beobachtete sie, während sie das sagte. Sie hatte ein Lächeln im Gesicht und sah selbstsicher und glücklich dabei aus. „Und wie läuft's im Studium?", fragte ich.

Sie grinste. „Gut. Ich denke, ich werde meinen Studienschwerpunkt etwas verlegen. Immer noch Jura, aber fokussiert auf gemeinnützige Gesellschaften und nicht auf Internationales Recht."

Julia grinste. „Und auf welches Thema möchtest du dich genau spezialisieren?"

„Na ja, nächsten Sommer mache ich ein Praktikum bei der American Civil Liberties Union, auch ACLU genannt, also der amerikanischen Bürgerrechtsvereinigung."

„Oh, das ist ja fantastisch", sagte ich. „Das wird bestimmt toll."

„Wahrscheinlich werde ich vor allem eine Menge Kopien machen und Kaffee kochen", antwortete Alex.

„Man weiß nie, wofür das gut ist", sagte Julia. „Ich habe ein Praktikum bei einer Plattenfirma in Boston gemacht. Ja, ich hatte dort eine Menge Kopierarbeiten zu erledigen und auch Kaffee zu kochen, aber ich hatte auch die Gelegenheit, eine Menge zu lernen. Dinge, die ich später gut gebrauchen konnte. Was ist mit dir, Sarah? Hast du dich schon für ein College entschieden?"

Sarah verzog das Gesicht und schüttelte den Kopf. Ihre Augen wanderten zu den Schiebetüren des Balkons, wo die Männer immer noch zusammengekauert in der Kälte saßen, und sie sagte: „Sag es nicht Crank. Oder Mom und Dad. Aber ich denke darüber nach, eine Band zu gründen. Vielleicht verschiebe ich das College für ein oder zwei Jahre."

Julia runzelte nur ganz leicht die Stirn und es sah aus, als ob sie sich innen auf die Wange biss. Sie sah Sarah in die Augen und sagte: „Du weißt, dass ich dich bei allem unterstützen werde. Aber...schränke deine Möglichkeiten nicht ein. Du kannst auch gleichzeitig studieren und eine Band gründen."

Sarah nickte: „Ich weiß nicht. Ich habe immer noch ein paar Monate Zeit, bevor ich die Bewerbungen verschicken muss. Ich bin mir nicht sicher. Ich weiß, was ich mit meinem Leben anfangen möchte. Und es scheint einfach verschenkte Zeit und Geld zu sein, etwas völlig anderes zu lernen."

„Was ist mit einem Musikstudium?", sagte Alex gerade, als ich sich die Schiebetüren öffneten und die Männer wieder hereinkamen. „Auf diese Weise könntest du das studieren, was du gerne machen möchtest."

„Denkst du wirklich, das ist eine Möglichkeit? Irgendwie glaube ich nicht, dass Dad dafür die Studiengebühren zahlen würde. Und die Voraussetzungen für finanzielle Unterstützung vom Staat erfülle ich ja wohl nicht."

„Was war das gerade für ein Gerede über ein Musikstudium?", fragte Crank. Er ging um den Tisch und kauerte sich neben Julia. „Ich kannte, ähm, eine Menge Mädchen, die in Berklee studierten." Dabei wackelte er mit den Augenbrauen.

Julia verdrehte ihre Augen und schlug ihm auf die Schulter. „Du bist ein ganz, ganz böser Mensch, Crank Wilson."

Er kicherte. „Ja, das bin ich." Er küsste sie auf die Wange. In dem Moment legte Ray seine Hände auf meine Schultern, lehnte sich zu mir hinunter und küsste mich. Ich holte schnell Luft. Für eine Sekunde konnte ich einen Hauch von Ewigkeit spüren.

Es war etwa zwei Uhr morgens, als wir uns trennten, um schlafen zu gehen. Crank, Julia und Sarah waren eindeutig erschöpft nach der Reise und der Show, also planten wir, uns am nächsten Tag erst zum Abendessen zu treffen. Sie würden drei Tage in New York bleiben und ich wurde nicht vor Donnerstag am NIH erwartet, wir konnten also noch ein paar Tage gemeinsam verbringen. Ich sah meine Schwestern nicht oft genug, also plante ich, die Zeit zu nutzen.

Genau einen Herzschlag, nachdem die Tür des Hotelzimmers hinter uns zufiel, drückte Ray mich gegen die Wand. Seine Hände wanderten zu meinen Wangenknochen und er sah mich mit geöffneten Augen hungrig an.

„Ich will dich hier und jetzt", sagte er, mit einem leisen Knurren.

Ich holte schnell Luft, griff dann nach seiner Hüfte und zog ihn ganz fest zu mir. Mit zur Seite gelegtem Kopf drückte er seine Lippen auf meinen Hals. Eine Welle der Ekstase durchflutete mich, als er mit seiner linken Hand nach meiner rechten griff, seine Bartstoppeln kitzelten auf meinem Schlüsselbein, mit seiner rechten Hand fuhr er durch mein Haar und drückte dabei meinen Kopf gegen die Wand. Ich stieß ein leises, verzweifeltes Stöhnen aus, war auf einmal frustriert wegen der vielen Kleidung, die uns noch trennte.

Ich griff drängend nach seiner Jacke, meine Hände rutschen über das Leder, dann fand ich den Reißverschluss, zog ihn nach unten und schob ihm die Jacke von den Schultern. Meine Finger gruben sich in seine Muskeln und er stieß ein leises, kehliges Stöhnen aus, während seine Lippen sich zu meinem Ohrläppchen bewegten und mich veranlassten, meinen Kopf nach hinten zu lehnen und meinen Hals freizulegen.

Einen schnellen Moment später lagen unsere Mäntel, Schals, Mützen und Handschuhe als kleiner Berg auf dem Boden, gefolgt von einer Spur aus Klamotten, beginnend mit meiner Mütze und endend mit meinem BH neben dem Bett. Dann lag ich auch schon auf dem Bett und seine Hände und sein Mund waren *überall*.

Ich streckte die Arme aus und griff nach seinen Schultern, um ihn noch näher an mich heranzuziehen. Er sah mir in die Augen und seine Lippen verzogen sich zu einem leichten Grinsen, und dann *zwinkerte* dieser Mistkerl doch tatsächlich. Er kam noch näher, legte seinen Mund an mein Ohr und flüsterte: „Nicht so schnell." Er fuhr mit seinen Zähnen auf meiner Haut bis zu meiner Schulter entlang und mein ganzer Körper hob sich ihm vor Genuss entgegen. Mit seiner linken Hand glitt er vorsichtig von unten nach oben an meinem Körper entlang und ich konnte nicht mehr unterscheiden, wo er mich berührte und wo einfach nur Luft war, jeder Zentimeter war einfach nur pures Vergnügen.

Sein Mund bewegte sich langsam zu meinem Kinn, dabei saugte er immer wieder leicht an mir und er sah mir während der ganzen Zeit in die Augen. Ich verlor die Geduld und griff mit meinen Händen nach seinem Gesicht, und dann berührte sein Mund den meinen, öffnete sich, unsere Zungen berührten sich, feucht, forschend, verlangend.

Wir pressten uns aneinander, seine starken, angespannten Muskeln drückten auf mich und ich wimmerte, als er begann, mit seiner linken Hand meinen Körper entlangzufahren.

Er bewegte seinen Körper, war bereit, in mich einzudringen. Ich schob ihn hart zur Seite, rollte ihn auf den Rücken und spreizte seine Beine. Ich lehnte mich ganz nah über ihn und flüsterte mit einem Grinsen: „Nicht so schnell."

Er stöhnte vor Frust, als ich meinen Kopf so über ihn lehnte, dass meine Haare wie ein Vorhang auf ihn fielen, dann bewegte ich mich langsam über seinen Hals und seine Brust nach unten. Er stieß ein leises Grunzen aus, als meine Hände an seinen Rippen entlangfuhren, meine Haare schleiften über seine Brust, und wo sie ihn berührten, hob sich sein Körper mir hungrig entgegen.

Dann biss ich ihn leicht in das untere Ende seiner Rippen. Ich bewegte mich wieder nach oben, biss ihn dabei immer wieder und berührte ihn dazwischen lediglich mit meiner Zunge, bis ich seine Brustwarze erreichte.

Damit endete seine Geduld. Ray griff mit beiden Händen nach mir, drehte mich auf den Rücken, rollte sich auf mich und sah mir für einen Moment mit solcher Gefühlstiefe in die Augen, dass ich fast zu weinen begann. Dann spürte ich Genuss und so intensives Verlangen, dass es weh tat, als er in mich eindrang, wir schrien beide auf, keuchten in einem Chor aus Ekstase nach Luft.

Meine Beine legten sich um ihn, unsere Finger waren neben meinem Kopf ineinander verschlungen, unsere Körper waren glitschig vor Schweiß, unsere Münder und Zungen bewegten sich im Gleichschritt und ich wollte für immer so bleiben, ich *brauchte* das für immer. Wir bewegten uns im gleichen Rhythmus, unser Atmen ging im Einklang und schließlich schrie ich auf, immer und immer wieder, zitterte am ganzen Körper, krallte meine Zehen in das Laken, als ich gegen das Bett gedrückt wurde. Und dann ließen wir uns vor Erschöpfung fallen.

Wir keuchten beide nach Luft und er fiel auf mich, achtete dabei aber darauf, mich nicht zu zerquetschen. Langsam, ganz langsam rollte er von mir herunter und zog mich dabei mit. Ich kuschelte meinen Kopf an ihn, legte mich auf die Seite, mein Kopf lag auf seiner Schulter und sein Arm war um mich geschlungen.

„Ich liebe dich, Carrie", flüsterte er zwischen zittrigen Atemzügen.

„Für immer", flüsterte ich.

Wie blieben in dieser Position, bis wir eingeschlafen waren, und dieses Mal gab es keine Alpträume.

Sorgen Sie für seine Sicherheit (Carrie)

Als ich Neujahr 2013 aufwachte, hatte ich immer noch ein Lächeln auf den Lippen. Durch einen Spalt in den dichten Gardinen des Hotelzimmers schien helles Licht und formte eine diagonale Linie quer durch das Zimmer. Im Spiegel konnte ich sehen, wie Ray im Badezimmer stand, die Tür war geöffnet und er putzte sich die Zähne.

Er hatte einen nackten Oberkörper und es fiel mir schwer, nicht einfach nur dazuliegen und die kräftigen Muskeln seiner Arme und seiner Brust, ja sogar die verblassende Narbe an seinem Arm, wo eine Kugel ihn gestreift, aber nicht ernsthaft verletzt hatte, zu bewundern. Auf seiner rechten Schulter war eine Tätowierung, gekreuzte Gewehre, mit dem Wort 'Infanterie' darunter.

Zu meinem Bedauern war er fertig mit dem Zähneputzen und zog sich ein Shirt über. Nicht, dass das T-Shirt viel verdeckte. Ich hasste es nur, wenn mir der Blick auf so etwas Schönes verdeckt wurde.

Ich schlüpfte aus dem Bett und durchsuchte den Raum. Meine Unterhose lag auf einem der Nachttische. Ich hatte keine Ahnung, wie sie dort hingekommen war, aber ich zog sie an und ging auf Zehenspitzen ins Bad.

Dann bekam ich Zweifel. Ich liebte Ray...Alles an ihm. Alles. Aber das bedeutete nicht, dass es eine gute Idee war, ihn im Dunkeln zu überraschen. Also stieß ich mit Absicht gegen eine Kommode, damit er hören konnte, dass ich mich näherte, und betrat dann mit normalen Schritten das Bad.

Er trug nur seine Boxershorts und das T-Shirt und innerhalb von etwa drei Sekunden war klar, dass er sich sehr darüber freute, mich zu sehen. Er zog mich in seine Arme, fuhr mit den Händen meinen Rücken bis zu meinem Po entlang und flüsterte: „Jetzt hab ich dich ganz für mich."

Ich flüsterte zurück: „Sobald ich hier fertig bin."

Er kicherte und sagte: „Ich warte." Dann verließ er das Bad.

Anders als Ray hatte ich Bedürfnisse, bei denen ich keine Zuschauer gebrauchen konnte. Ich schloss die Tür. Ein paar Minuten später, gerade als ich die Badezimmertür öffnete, hörten wir ein lautes Klopfen. Es kam von der Tür des Hotelzimmers.

Ich antwortete sofort und rief durch die Tür: „Wir brauchen heute keinen Zimmerservice, vielen Dank!", und dann entfernte ich mich wieder.

Ray lächelte mich an und sagte: „Wir hätten das ‚Bitte nicht stören'-Schild raushängen sollen. Ich denke, wir sollten heute einfach gar nicht rausgehen."

Ich begann zu antworten. Aber dann rief eine Stimme durch die Tür: „Sergeant Sherman, Miss Thompson...öffnen Sie die Tür!"

Ich blieb wie angewurzelt stehen. Das war nicht das Zimmermädchen.

„Zur Hölle?", sagte Ray.

„Einen kleinen Moment bitte", rief ich mit zitternder Stimme.

Leise und eilig zogen wir beide die Klamotten vom Tag zuvor wieder an. Ray ging zu Tür und sah durch den Spion, dann stieß er einen Fluch aus und öffnete.

Draußen standen die Menschen, die wir zurzeit am liebsten mochten. Major Smalls...diesmal in Uniform und Jared Coombs.

"Was zur Hölle wollen Sie?", sagte Ray, seine Stimme war hoch, aufgebracht und klang angespannt. „Es ist Neujahr, falls Sie es noch nicht bemerkt haben."

„Können wir reinkommen?", fragte Major Smalls.

„Zur Hölle, nein! Warum können Sie nicht anrufen und einen Termin vereinbaren?"

Coombs sagte mit drohender Stimme: „Sie können es sich wesentlich leichter machen, Sergeant. Lassen Sie uns rein."

Ray war so sauer, dass er bebte, seine Schultermuskeln und sein Bizeps zitterten im wahrsten Sinne des Wortes und ich streckte meine Hand aus und griff nach seinem Arm. Ich hatte Angst. Ich hatte Angst, er würde irgendetwas Dummes machen, etwas, das ihn in große Schwierigkeiten bringen würde. Mit so ruhiger Stimme wie möglich sagte ich: „Ray...bleib ruhig, okay? Ich bin mir sicher, es gibt eine Erklärung hierfür."

Er hatte die Stirn gerunzelt und starrte auf unsere zwei Besucher. Schließlich ließ er die Schultern sinken, die Anspannung verließ ihn plötzlich und er sagte: „Also gut. Sagen Sie, was Sie zu sagen haben. Aber ich möchte, dass Sie in fünf Minuten wieder weg sind."

Er wandte sich von mir ab und ging auf die andere Seite des Raumes, zog die Gardinen auf und ließ das Tageslicht hinein. Meine Augen wanderten zur Uhr. Es war 12.30 Uhr mittags.

Ich ging zur Seite und folgte den beiden Beamten ins Zimmer, dann bemerkte ich meinen Fehler. Ich wollte nicht, dass sie zwischen mir und Ray standen, also lief ich an Major Smalls vorbei an Rays Seite und griff nach seiner Hand.

Major Smalls schüttelte ihren Kopf und sagte dann: „Es tut mir leid, dies tun zu müssen, Sergeant. Aber mir wurde keine Wahl gelassen." Sie legte ihre Aktentasche auf das Bett, öffnete sie und händigte Ray einen braunen Briefumschlag aus.

Er murmelte etwas und öffnete ihn. Drinnen befand sich nur ein Blatt. Als er las, was darauf stand, runzelte er die Stirn und dann war wieder Zorn auf seinem Gesicht zu sehen. Er gab das Blatt an mich weiter und sagte zu Smalls: „Ich stehe also unter Arrest?"

Ich starrte auf das Papier hinunter. Es war anscheinend eine Faxnachricht, die um fünf Uhr heute Morgen geschickt worden war. Sie war voller Militärjargon, aber die Bedeutung war klar: „Hiermit werden Sie aufgefordert, aufgrund Ihrer Reaktivierung Ihren Dienst anzutreten. Der Zeitraum der Reaktivierung wird von der Regierung noch näher bekannt gegeben werden. Sie haben sich ab 01. Januar 2013 innerhalb von vierundzwanzig Stunden beim Hauptquartier der US-Army Militärstrafverfolgungsbehörde, in der gemeinsamen Basis Myer-Henderson Hall, zum Dienst zu melden."

Er war in den aktiven Dienst zurückbeordert worden. Mit sofortiger Wirkung.

„Nein", sagte Major Smalls, „Sie stehen nicht unter Arrest. Aber ich nehme Sie unter mein Kommando und wir fahren noch heute zum Fort Myer."

„Warum machen Sie das, Major? Ich verstehe nicht, warum ich wie ein Krimineller behandelt werde."

Sie runzelte die Stirn. „Sergeant, das ist zu Ihrer eigenen Sicherheit. Einige Mitglieder Ihrer früheren Einheit werden über diese Anklagen sehr erbost sein. Meine größte Sorge gilt Ihrer Sicherheit."

„Und meiner Fähigkeit, alles zu bezeugen."

Sie schenkte ihm ein schiefes Lächeln. „Das auch."

Ray zitterte immer noch. Er sagte: „Wie weit wird das Alles noch gehen?"

Sie hob ihre Augenbrauen. „Soweit, wie es sein muss, Sergeant."

Er drehte sich von ihr und auch von mir weg und sah in Richtung Wand. Er atmete immer noch schwer und seine Schultern bebten leicht, sein Zorn war fast greifbar. Schließlich drehte er sich wieder um und sagte: „Dann werden wir wohl gehen. Lassen Sie mich nur kurz meine Sachen zusammenpacken."

Ich konnte nicht anders. Ich keuchte auf. Ich wusste, wir hatten keine Wahl. Ich wusste, dass er mitgehen musste und sie ihn, falls er den Befehlen nicht folgte, wirklich einfach verhaften *würden*. Aber zur gleichen Zeit fühlte es ich an, als ob sich unter meinen Füßen ein schwarzes Loch auftat und das bisschen Sternenlicht, das ich sehen konnte, einfach verschlang.

Ray drehte sich zu mir um und zog mich in eine leidenschaftliche Umarmung, seine Arme lagen um meine Hüften und er flüsterte: „Ich verspreche es dir. Es wird nichts passieren. Ich werde für dich da sein", sagte er.

„Für immer", flüsterte ich und versuchte, dabei nicht in Tränen auszubrechen.

„Für immer", flüsterte er zurück.

„Ich werde einen Anwalt finden. Ich werde noch heute mit meinem Dad sprechen. Er kennt viele Leute, okay? Und ich werde in ein oder zwei Tagen auch dort sein." Ich sprach über sachliche Dinge, aber eigentlich wollte ich nur einfach zusammenbrechen. Gleichzeitig hasste ich es, dass meine Stimme brach und dass die Tränen aus meinen Augen quollen. Ich flüsterte: „Ich liebe dich."

„Ich liebe dich, Carrie."

Und dann trennte er sich von mir, nahm seine Tasche auf und warf sie über seine Schulter. Eskortiert von Coombs und Smalls ging er durch die Tür.

Als sie durch die Tür traten, rief ich ihnen hinterher: „Major Smalls!"

Sie drehte sich um, sah zu mir zurück und mit so unerschütterlicher Stimme wie möglich sagte ich: „Sorgen Sie für seine Sicherheit."

Sie nickte, und dann schloss sich die Tür hinter ihr.

DIE **ACHTE** STUNDE

Unvorbereitet (Ray)

Irgendein Mitarbeiter des Krankenhauses muss bemerkt haben, dass Carrie, Jessica und Alex immer wieder zwischen den Warteräumen der Intensivstation und der OP-Säle hin- und herpendelten, denn die Sozialarbeiterin, Blimes, ging zu Carrie und schlug ihr vor, im Wartebereich der Intensivstation zu bleiben. Sie versicherte ihr, dass die Ärzte aus dem Chirurgenteam sie dort suchen würden, sobald es Neuigkeiten gab.

Also fand ich mich auf einem Stuhl neben Daniel sitzend, gegenüber von Carrie und ihren Schwestern, wieder. Bevor sie davongerannt war, hatte Sarah zusammen mit Daniel versucht, seine Familie zu finden. Aber da ihn niemand sehen und auch sonst niemand mit ihm reden konnte, hatte sie ihn mit hierher gebracht, bevor sie dann ihren großen Zusammenbruch bekommen hatte und davongelaufen war.

Er redete pausenlos und ohne nachzudenken. „Also egal, wir stiegen aus dem Bus, Tyler rempelte mich an und ich fiel hin. Er begann auf mir herumzuhüpfen, aber ich konnte entkommen."

„Und was passierte danach?", fragte ich.

Er zuckte mit den Schultern. „Er ließ mich für eine Weile in Ruhe. Aber manchmal belästigt er die anderen Jungen in dem Bus."

Ich zog eine Grimasse und sagte: „Solche Bullys sind echt zum Kotzen."

„Ich wette, du bist niemals schikaniert worden. Du bist ein Riese."

Ich warf den Kopf nach hinten und begann zu lachen. „Das war ich nicht immer. Als ich in deinem Alter war, gab es ein paar Typen in unserer Straße, die die ganze Nachbarschaft schikanierten."

„Mom sagt mir immer, ich soll petzen. Aber das würde es nur noch schlimmer machen."

Ich nickte langsam. „Ja. Manchmal verstehen Eltern das einfach nicht. Wir haben uns zusammengeschlossen, die meisten Kinder der Nachbarschaft. Wir gingen nur in Gruppen raus. Es war irgendwie traurig, wirklich, aber ich habe dadurch zumindest ein paar gute Freunde kennengelernt. Und ja, als ich dann etwa zwölf oder dreizehn Jahre alt war, war ich so viel größer als die Typen, dass sie sich nicht mehr in meine Nähe trauten, also wurde ich…ich weiß auch nicht genau, zum Beschützer, denke ich. Für die anderen Kinder in der Gegend."

„Ich will später mal so groß werden wie du", sagte Daniel.

Ich zuckte mit den Schultern. „Es kommt nicht auf deine Körpergröße an. Was zählt, ist die Größe deines Herzens."

Ich seufzte und sah hinüber zu meiner Familie, die im ganzen Raum verteilt saß.

Dylan war ganz in unserer Nähe, lehnte an der Wand und die Anspannung war an seiner Haltung zu erkennen: Seine Schultern waren nach vorne gezogen, seine Hände zu Fäusten geballt. Alle paar Minuten wanderten seine Augen zur Uhr, so als ob er sie dadurch dazu bewegen wollte, schneller zu gehen.

Carrie saß auf einem Stuhl mit Alex auf der einen Seite und Jessica auf der anderen. Die beiden jüngeren Schwestern lehnten sich leicht in ihre Richtung.

Ich zeigte zu ihr und sagte: „Das ist meine Frau Carrie. Und schau sie dir jetzt an…Sie ist kurz davor, einfach zusammenzubrechen, aber sie kümmert sich trotzdem noch um ihre Schwestern. Hält ihre Hände. Beruhigt *sie*. Das liebe ich an ihr."

„Sie ist fast zwei Meter groß", antwortete er.

„Knapp 1,90 m", sagte ich kichernd. „Und ja, sie ist eine harte Nuss."

Er sah mich skeptisch an und ich sagte: „Ich weiß, wovon ich rede. Diese Frau jagt Berglöwen für wissenschaftliche Zwecke."

Seine Augen wurden groß und rund. „Meinst du das ernst?"

„Ja, ich meine das ernst."

„Tötet sie sie?"

„Nein. Sie betäubt sie und verfolgt dann ihre Bewegungen per Funk und anderen solchen Dingen. Ich sollte dir das nicht sagen, aber wenn du ihre Seite unter dem Shirt sehen könntest..." Ich zeigte auf meine eigene Seite, um das zu demonstrieren. „Hier hat sie Narben von dem Angriff eines Berglöwen."

„Das ist echt krank", sagte er grinsend. Krank bedeutete in diesem Zusammenhang so viel wie cool oder geil. Denke ich. Die Sprache eines Achtjährigen zu übersetzen, ist nicht gerade meine Stärke.

Ich hörte draußen auf dem Gang Absätze klacken und dann kam Sarah zur Tür hinein. Sie war angezogen, Gott sei Dank.

„Geht's dir gut?", fragte ich.

Sie sah mich abweisend an und sagte: „Natürlich geht's mir gut. Warum sollte es mir nicht gut gehen?"

Ich spürte, wie sich mein Mund auf der rechten Seite zu einem Grinsen verzog. „Es gibt überhaupt keinen Grund."

Sie schnaubte und sagte dann: „Sieh dir das an", und nickte in Richtung Carrie und ihrer Schwestern. „Es ist so, als ob wir alle Schauspieler wären. Jedes Mal verfallen wir in die gleiche Rolle. Sogar jetzt, Carrie ist diejenige, die eigentlich zusammenbrechen müsste, aber sie sitzt dort und hält die Hände ihrer Schwestern."

Ich nickte. „Vielleicht gibt ihr das Kraft. Indem sie sich um sie kümmert."

Sie runzelte die Stirn. „Du bist nicht so dumm, wie du aussiehst", antwortete sie. Sie schaute zu ihren Schwestern hinüber, erst zu Alexandra, dann zu Carrie und Jessica und wieder zurück, dann sagte sie: „Ich frage mich, was *uns* Kraft gibt."

„Wie meinst du das?", fragte ich.

„Was ich meine, ist, auch wenn ich ein bisschen verrückt bin...Ich will überleben Ray. Ich will mein Leben zurück. Ich will Gitarre spielen, in der Menschenmenge baden, einen Jungen küssen und meine Schwestern umarmen."

Ich stand auf, ging zu ihr rüber und umarmte sie. Dann sagte ich: „Mir kommt es so vor, als ob ihr euch, zumindest bis zu einem gewissen Punkt, gegenseitig Kraft gebt."

„Manchmal", sagte sie und schniefte.

„Dann sollten wir uns zu ihnen setzen. Auch wenn sie es nicht bemerken werden."

Sie nickte gegen meine Schulter, schniefte erneut und sagte: „Vielleicht hast du recht." Wir beendeten die Umarmung und sie setzte sich auf den Stuhl neben Alex. Ich holte Luft und sah sie an: vier Schwestern in einer Reihe, die sich gegenseitig stützten, sich liebten.

Was Sarah gesagt hatte, war wahr. Selbst als Carries Leben zu zerbrechen drohte und alles, wofür sie ihr Leben lang gearbeitet hatte, in Frage gestellt worden war, hatte sie mir Kraft gegeben. Und jetzt, wo sie mich am meisten brauchte, konnte ich nicht für sie da sein.

Aber dann fühlte ich plötzlich scharfe, stechende Angst. Denn für einen kurzen Moment sah Sarah aus…als ob sie gar nicht da wäre. Fast so, als ob sie unscharf werden würde. Es war irreal und beängstigend und ich fragte mich, ob sich etwas veränderte. Aber was auch immer es war, es war schnell vorbei und ich schluckte. Ich würde alles dafür tun, um ihre Vision, wieder mit ihren Schwestern vereint zu sein, wahr werden zu lassen.

Ich hörte Stimmen außerhalb des Warteraums und reckte meinen Hals.

Nicht schon wieder. Major Smalls war dort draußen, zusammen mit einem Army Sergeant. Sie sahen einen älteren Mann an, der einen billig aussehenden, grauen Anzug trug. Ich schaute wieder in den Warteraum. Daniel sah beklommen aus und ich sagte: „Bleib hier bei Sarah."

Seine Augen drehten sich zu ihr, er sah beunruhigt aus.

Draußen im Flur hatte der Mann in dem Anzug eine stark gerunzelte Stirn. „Ich verstehe das nicht. Warum sind sie überhaupt hier?"

Smalls sagte: „Detective, das ist eine Angelegenheit der Army."

„Warum das?", fragte der Typ in dem Anzug. „Weil beide in der Army waren? Das spielt für mich keine Rolle. Wenn ein Verbrechen in meinem Distrikt geschieht, bin ich zuständig. Und Sie zwei behindern die Ermittlungen."

Smalls sagte mit leiser Stimme: „Eines der Opfer ist Zeuge in einem noch nicht abgeschlossenen Verfahren vor dem Kriegsgericht."

„Ja? Das ist schön und gut. Soweit ich das verstanden habe, wird er als Zeuge nichts mehr taugen, und ich muss eine Ermittlung durchführen, also wenn Sie bitte…"

Er wurde von Dylan unterbrochen, der anscheinend die Unterhaltung mit angehört und daraufhin den Warteraum verlassen und die Tür hinter sich geschlossen hatte.

„Nein", sagte Dylan. „Lassen Sie Carrie in Ruhe."

Der Detective drehte sich zu Dylan um. „Wer zur Hölle sind Sie?"

Major Smalls sagte: „Mr. Paris, wir müssen Dr. Thompson-Sherman zu dem Unfall befragen."

„Das kann warten", sagte Dylan und ignorierte dabei den Detective.

„Nein, das kann nicht warten", sagte der Detective. „Und ich würde vorschlagen, dass Sie, wer auch immer Sie sind, sich um Ihre eigenen Angelegenheiten kümmern."

Inzwischen hatte die Unterhaltung die Aufmerksamkeit einer Krankenschwester auf sich gezogen, die vom Schwesternstützpunkt aus schnell hinzukam.

„Ich weiß nicht, was hier vorgeht", sagte sie, „aber sie müssen leiser sprechen, wir sind hier auf der Intensivstation."

Der Detective drehte sich zu der Krankenschwester um und sagte: „Ich bin Detective Johnson, von der Columbia Distrikt Mordkommission. Ich muss ein paar Befragungen zu dem Unfall, der heute Morgen passiert ist, durchführen."

Mordkommission? Was zur Hölle?

„Sie werden im Moment überhaupt niemanden befragen", sagte Dylan, seine Stimme klang feindselig.

Der Detective wandte sich Dylan zu und sagte: „Und Sie halten sich da raus."

Smalls schloss ihre Augen. Ich konnte sehen, dass sie mit ihrer Geduld fast am Ende war. „Detective, können wir uns bitte fünf Minuten unterhalten?"

„Ich habe meine Arbeit zu erledigen", sagte er und begann, sich an Dylan vorbei in Richtung Tür zu bewegen.

„Schwachsinn", murmelte Dylan, schob sich wieder vor den Detective und blockierte damit die Tür.

Niemand war auf die schnelle Reaktion gefasst. Der Detective ergriff Dylan am Arm, schob ihn brutal gegen die Wand und drehte Dylan den Arm dann auf den Rücken.

„Mistkerl!", rief Dylan aus.

„Ich sag Ihnen was, Junge", sagte der Detective mit knirschenden Zähnen. „Wie wäre es, wenn ich Sie ins Gefängnis werfe und dann zurückkomme und befrage, wen auch immer ich möchte?"

„Detective", sagte Major Smalls. „Bitte...ich bitte Sie nur um fünf Minuten. Wir können das friedlich regeln und dabei beide die Antworten erhalten, die wir benötigen. Mr. Paris hier reagiert sehr emotional, es ist sein bester Freund und Schwager, der da gerade operiert wird."

Der Detective sah zwischen Smalls und Dylan hin und her und sagte schließlich: „Na gut." Dann ließ er Dylan mit einem kleinen Schubs los. Dylan stolperte. In dem Moment bemerkten sie Alex, die in der Tür stand. Sie rannte zu Dylan und sagte: „Geht's dir gut?"

„Ja", sagte er.

„Warum hast du immer Ärger mit den Cops?", murmelte sie.

Smalls sah zu den beiden und sagte: „Schauen Sie. Ich weiß, dass das für Sie alle unangenehm ist. Aber die Polizei muss Carrie ein paar Fragen stellen. Und ich auch. Wir können das ganz formal durchziehen, mit entsprechenden Beschlüssen oder Sie mit zur Polizeistation nehmen oder Sie können einfach kooperieren."

„Ich verstehe nicht, warum Sie die Sache nicht einfach ruhen lassen können", sagte Dylan. „Es war ein..." Er wurde rot im Gesicht, als er um die Worte rang. „Ein...Unfall. Können Sie sie nicht einfach morgen oder übermorgen befragen? Oder Unfallspuren vermessen oder was zur Hölle Sie sonst so machen?"

Smalls holte tief Luft und sagte: „Es war vielleicht kein Unfall."

Dylan und Alex erstarrten. Und, um ehrlich zu sein, ich auch.

„Was haben Sie gesagt?", fragte Dylan.

„Sie sagte, dass es vielleicht kein Unfall war", wiederholte der Detective. „Ich bin bei der Mordkommission und kein verdammter Verkehrspolizist."

„Es ist mir egal, wo Sie arbeiten", sagte die Krankenschwester, „Sie haben dreißig Sekunden, um diese Diskussion woandershin zu verlegen oder ich rufe den Sicherheitsdienst."

„Oh, um Himmels Willen", sagte der Cop. „Gut. Haben Sie ein Büro oder so was, wo wir reden können?"

„Ja", sagte die Krankenschwester. „Kommen Sie mit."

Die Krankenschwester führte sie weiter den Gang hinunter und öffnete eine Tür. Es war ein kahler Raum mit ein paar Stühlen und einem kleinen Tisch darin. „Sie können diesen Raum benutzen. Aber wenn ich laute Stimmen höre, schmeiße ich Sie raus."

Smalls sagte: „In Ordnung. Also, wir haben Grund zu der Annahme, dass es kein Unfall war."

„Was für einen Grund?"

„Darüber darf ich nicht sprechen. Aber ich muss einige Fragen stellen und versuchen, mehr herauszufinden. Und Detective Johnson auch. Ich schlage vor, dass wir das jetzt so schmerzlos wie möglich hinter uns bringen. Detective, Sie können beginnen und alle Ihre Fragen stellen. Und Sie lassen mich zuhören. In Ordnung?"

„In Ordnung", sagte Johnson. „Warum beginnen wir nicht mit den beiden hier?"

Dylan sagte: „Sie werden Carrie nicht allein befragen, jemand wird die ganze Zeit bei ihr bleiben. Ansonsten müssen Sie sich um einen entsprechenden Gerichtsbeschluss kümmern. Ihr Ehemann wird gerade am Gehirn operiert, okay? Haben Sie wenigstens ein bisschen Mitgefühl, um Gottes Willen."

Alex legte ihre Hand auf Dylans Schulter, während er sprach. Dann sagte sie: „Ich kann bei ihr bleiben."

Johnson zuckte mit den Schultern. „Okay. Wie auch immer. Aber wir beginnen mit diesem Witzbold", sagte er und zeigte auf Dylan. Er sah Alex spitz an. „Ihn werden wir allein befragen."

Alex sah Johnson mit einem vernichtenden Blick an, drehte sich dann zu Dylan und flüsterte: „Sei freundlich. Bring dich nicht noch mehr in Schwierigkeiten."

„In Ordnung", sagte er zu ihr. „Ich werde ruhig bleiben."

Alex küsste ihn. „Ich bin bei Carrie." Dann stand sie auf und verließ den Raum.

Die Stimmung entspannte sich. Dylan sah von Smalls zu Johnson und zurück und sagte: „Also dann. Schießen Sie los."

Johnson holte ein Notizbuch hervor, lehnte sich nach vorn und sagte dann: „Warum beginnen wir nicht mit Ihrem Namen und Ihrer Beziehung zu den Opfern."

Dylan zuckte beim Begriff Opfer zusammen. „Dylan Paris. Ray und ich haben die Grundausbildung zusammen absolviert. Wir gehörten zur gleichen Einheit in Fort Drum, New York, und wurden dann in Afghanistan stationiert. Nachdem er zum Sergeant befördert worden war, wurde er Leiter meines Feuerteams. Er heiratete die Schwester meiner Frau, also gehören wir jetzt zur selben Familie."

„Stehen Sie sich nahe?"

Dylan blinzelte und sagte dann: „Sehr sogar. Ich hatte niemals einen Bruder, aber…Ray ist wie ein Bruder für mich. Ich vertraue ihm mehr als jedem anderen auf der Welt." Seine Stimme war rau, als er die letzten Worte sagte. Es war schwer, das mit anzuhören. Denn ich fühlte ganz genauso und es war offensichtlich, dass dieser Unfall, wenn es denn einer war, ihn sehr aufwühlte. Man konnte es an seinen angespannten Schultern, seinem verbissenen Kinn und seinen zitternden Händen erkennen. Ich ging zum Fenster hinüber und sah hinaus, während die Befragung weiterging. Wir waren im vierten Stock und ich konnte auf die Straße hinunter schauen. Dort war viel Verkehr. Es war Sommer und Samstagnacht in DC. Die Menschen waren unterwegs zu Bars und Clubs, Partys und Theaterstücken und hundert anderen Aktivitäten. Sie lebten ihr ganz normales Leben, taten die Dinge, die man eben so macht. Es fiel mir schwer, das alles mit unserer Situation hier im Krankenhaus in Einklang zu bringen, abwartend und nicht wissend, ob ich überleben oder sterben würde und ob und wann Sarah aufwachen würde.

„In Ordnung, Mr. Paris. Nach dem, was Sie mir erzählt haben, sehe ich davon ab, Sie wegen Beamtenbeleidigung zu belangen. Aber, wenn so was nochmal vorkommt, bringe ich Sie ins Gefängnis. Verstehen Sie mich?"

„Natürlich", sagte Dylan, seine Stimme war immer noch rau. Dieser Cop war ein echtes Arschloch.

„Wann haben Sie von dem Unfall erfahren?"

„Etwa um zwölf Uhr mittags. Die Sozialarbeiterin der Notaufnahme hat Alex angerufen."

„Ihre Frau?"

„Ja. Wir riefen sofort ein Taxi und fuhren direkt zum Flughafen. Während der Fahrt versuchte sie einen Flug zu buchen. Wir konnten den ersten Flug vom JFK-Flughafen nach Washington nehmen."

„Was machen Sie beruflich, Mr. Paris?"

„Wir sind beide Studenten an der Columbia Universität."

Ich drehte mich um. Ich stand hinter Smalls, in der Nähe des Fensters, und sah ihr über die Schulter, während sie sich ihre eigenen Notizen machte.

„Mr. Paris, ich möchte, dass Sie genau nachdenken. Können Sie sich vorstellen, dass jemand Ihren Schwager absichtlich verletzten wollte? Und wenn ja, wer?"

Dylan saß da und starrte ihn an. Dann sagte er ruhig: „Einige der Überlebenden aus unserer Einheit waren sehr sauer auf ihn. Aber ich kann mir nicht vorstellen, dass jemand so weit gehen würde. Warum denken Sie, dass es Absicht war? Wer war der Fahrer des anderen Fahrzeugs?"

Johnson runzelte die Stirn und sagte: „Mr. Paris, im Moment stelle ich die Fragen."

Dylan verzog das Gesicht und antwortete: „Detective, Sie erzählen mir gerade, dass jemand vielleicht versucht hat, meinen Schwager zu *ermorden*, und das, wo wir alle dachten, es wäre ein Unfall gewesen. Ich denke, ich verdiene ein paar...ein paar..."

Dylan ballte seine Hände zu Fäusten und sein Gesicht wurde ganz rot. Oh, Gott. Seine Wortfindungsstörung machte sich immer dann bemerkbar, wenn er gestresst oder verärgert war, und das machte es nur noch schlimmer. Schließlich stieß er das Wort aus: „Erklärungen."

Smalls sagte: „Sobald wir Genaueres wissen, werden wir Sie informieren, Paris. Es ist noch zu früh und ich bin mir sicher, dass Sie nicht möchten, dass wir voreilige Schlüsse ziehen."

Dylan sah sie bitter an und sagte: „Ja. Damit haben Sie recht."

Johnson fragte: „Warum sprechen Sie von Überlebenden?"

Dylan schüttelte seinen Kopf und begann, an seinen Fingern abzuzählen, während er sagte: „Lee wurde während unserer ersten Woche in dem Land angeschossen und evakuiert. Eine Granate tötete Kowalski. Eine Straßenbombe tötete Roberts und ruinierte mein Bein. Ein Heckenschütze tötete Weber. Oberfeldwebel Martin wurde erschossen. Sechs von siebzehn Männern wurden während der ersten vier Monate unserer Stationierung getötet oder verwundet. Ich war zu diesem Zeitpunkt schon nicht mehr dort und kannte sie daher nicht, aber zwei der Austauschsoldaten wurden später auch noch getötet."

„Und warum waren die *Überlebenden* sauer auf Ihren Schwager?"

„Haben Sie auf dem Mond gelebt, Detective?" Dylan sah zu Smalls, sein Gesicht sah ungläubig aus.

„Beantworten Sie einfach die Frage, Mr. Paris."

Dylan schüttelte seinen Kopf und sagte: „Weil Sergeant Colton einen Monat, nachdem ich evakuiert worden war, einen Zivilisten erschossen hat. Und Ray hat das gemeldet. Die Untersuchung dauert jetzt schon seit Anfang des Jahres an."

Johnson lehnte sich zurück, sein Gesicht war ausdruckslos. Schließlich sagte er: „Ich denke, das ist fürs Erste alles, Mr. Paris. Sie können gehen. Ich komme in ein paar Minuten, um Ihre Schwägerin zu holen."

„In Ordnung", sagte Dylan und stand auf. Er ging zur Tür und sein Humpeln war deutlicher als sonst zu erkennen. Er wurde müde.

In dem Moment, in dem die Tür wieder geschlossen war, stand Johnson auch schon. Er ging zum Fenster und hatte einen verärgerten Ausdruck im Gesicht, dann drehte er sich zu Smalls um.

„Also gut, Major. Möchten Sie mir erklären, warum Sie mir nichts über diese Verhandlung vor dem Kriegsgericht gesagt haben?"

Smalls verschränkte ihre Arme vor dem Gesicht und hob eine Augenbraue. „Detective, Sie sind hier unvorbereitet hereingestürmt, haben uns aufgefordert zu gehen und haben dann noch ein Handgemenge mit einem Zeugen begonnen. An welchem Punkt haben Sie angehalten und uns gefragt?"

„Unser Opfer ist also Ihr Hauptzeuge? An dem Auto war ein GPS-Peil-sender, der vom Fahrer des anderen Wagens gekauft worden ist, Major. Und die Kinder, die verletzt wurden...sie sind...was, nur unschuldige Dritte? Hatten einfach nur Pech, weil sie auch verletzt wurden?"

Ich hielt den Atem an, als er das sagte. Wer zur Hölle hatte den Jeep ge-fahren? Warum hatte ich nicht hingeschaut? Am liebsten hätte ich geschrien bei dem Gedanken, dass der Horror von Afghanistan irgendwie bis hierher gelangt war und Sarah und Daniel verletzt hatte und sie vielleicht sogar töten würde. Was mich betraf, schien das irgendwie unausweichlich, aber allein die Vorstellung, dass Sarah wegen des Krieges verletzt worden war? Oder Carrie oder Alex oder irgendeiner von ihnen? Das war undenkbar und skrupellos. Ich wollte unbedingt, mehr als alles andere, herausfinden, *wer* das andere Auto gefahren hatte. Ich konnte nicht nach ihren Notizbüchern greifen oder in ihnen blättern. Aber ich konnte verdammt noch mal ihre Unterhaltungen belauschen. Und dabei vielleicht herausfinden, wer Sarah verletzt hatte...und Daniel. Herausfinden, wer versucht hatte, mich umzu-bringen. Und es gab etwas, das ich wusste. Ich wusste, dass tiefe Gefühle manchmal auf die andere Seite durchdrangen.

Ich wusste, dass, sollte noch einer derjenigen, der sie verletzt hatte, hier sein, dafür würde bezahlen müssen.

Ich werde mit ihm in die Hölle gehen (Carrie)

„Carrie", sagte Dylan. „Ähm...die Polizei möchte mit dir reden."

Ich drückte Alexandras Hand und sagte: „Alexandra hat mir erklärt, was los ist. Ich bin soweit."

Er nickte. Etwas an seinem Gesichtsausdruck wirkte verloren, so als wäre er zwischen Kummer und Zorn gefangen. Ich war total verwirrt und verloren, aber trotzdem hatte ich das Bedürfnis, meine Arme nach ihm aus-zustrecken und ihn zu umarmen, um diesen Ausdruck von seinem Gesicht zu wischen.

Alexandra fragte mit leiser Stimme: „Geht es dir gut?"

„Ja", sagte er. „Ich geh` ne Runde spazieren. Geh du mit Carrie, mir geht's gut." Sein Kinn bewegte sich, er knirschte mit den Zähnen. Ich wollte ihm sagen, dass er damit aufhören sollte, dass er sich nicht so fühlen musste, dass alles gut werden würde. Aber ich wusste, dass das eine Lüge war.

Er war genauso wie an dem Tag, als Major Smalls Ray mitgenommen hatte. Ich hatte die beiden an dem Morgen total geschockt angerufen, weil ich nicht wusste, was ich sonst hätte tun sollen. Ich erinnere mich, wie ich das Telefon in die Hand genommen hatte, ohne auch nur darüber nachzudenken, Alexandras Nummer gewählt hatte. Sie antwortete sofort, klang groggy, aber als ich ihr gesagt hatte, was passiert war, zögerte sie nicht.

„Wir sind gleich da", hatte sie gesagt und aufgelegt. Sie hielt ihr Versprechen. Dylan und Alexandra standen zwanzig Minuten später vor meinem Hotelzimmer. Bis dahin hatte ich geduscht, mich umgezogen und meine Tasche gepackt. Ich würde nicht hier bleiben.

Dylan bestand darauf, alle Details zu erfahren. Was hatte Major Smalls gesagt? Was war mit dem FBI? Wie hatte Ray reagiert? Hatten sie uns irgendeinen Anhaltspunkt gegeben oder wann würden wir mehr erfahren?

Alles, was ich tun konnte, war, ihm die Kopie des Befehls, den Ray mir weitergereicht hatte, zu geben. In der Aufregung hatte ich vergessen, ihn ihm zurückzugeben.

Dylan las ihn und hatte dabei einen ungläubigen Gesichtsausdruck. Dann murmelte er einen Fluch und ging an mir vorbei. „Ich habe noch niemals so einen Befehl gesehen. Am gleichen Tag, ohne jegliche Vorwarnung, einberufen zu werden? Ich vermute, sie haben das am 11. September bei ein paar Einheiten gemacht, aber bei einem inaktiven Reservisten? So was gibt's einfach nicht."

Ich hatte ihn nicht wirklich verstanden. „Warum haben sie das gemacht?"

Er seufzte. „Na ja, im Grunde gibt es drei Möglichkeiten. Entweder haben sie Angst, dass er flüchtet und nicht aussagen wird. Oder sie denken, er war Mittäter und wird selbst angeklagt. Oder sie denken, er ist in Gefahr."

„Warum sollten sie denken, dass er in Gefahr ist?", fragte ich.

Dylan sah mich an, sein Gesicht sah verstört aus. „Ich werde dich nicht anlügen. Rays Meldung wird ein paar Leben ruinieren. Menschen werden dafür ins Gefängnis wandern. Menschen, die wir beide kennen und lieben." Er hatte seine Augen geschlossen und war sich mit den Fingern durchs Haar gefahren, fast so, als wolle er sich heftig den Kopf aufkratzen. „Du kannst dir nicht mal vorstellen, wie viel Mut es ihn gekostet haben muss, diese Meldung abzuschicken."

Seine Worte mochten die Bedeutung dessen nicht ausdrücken können, aber seine Haltung, sein ganzes Auftreten konnten es. Ganz besonders, als er sagte: „Ich wünschte mir fast…er hätte nichts gesagt. Hör mir zu, Carrie. Ich sage das jetzt nur, weil er nicht da ist, um es selber zu sagen. Ich weiß, dass er es tun würde, denn er liebt dich und er will nur das Beste für dich."

„Was?", hatte ich gefragt.

Er hatte mir in die Augen gesehen und gesagt: „Das wird von jetzt an nur noch schlimmer…so richtig übel…werden. Es ist noch nicht zu spät zu gehen."

Alexandra keuchte bei den Worten auf und mir blieb der Mund offen stehen. Mich machten diese Worte sehr zornig und angriffslustig. Für was für eine Sorte Mensch hielt er mich? Dachte Dylan wirklich, ich würde nicht zu den Menschen stehen, die ich liebte?

Mit knirschenden Zähnen fragte ich: „Ist es das, was du tun wirst? Deinen Freund im Stich lassen?"

„Ich schulde Ray mein Leben", antwortete er. „Ich werde, wenn nötig, mit ihm in die Hölle gehen."

Ich schniefte und hatte auf einmal Tränen in den Augen. „Dann gehen wir wohl alle zusammen dorthin."

Es war schwer, gerade jetzt an seine Worte zu denken, an die Warnung in seinen Augen. Würde ich, jetzt, wo ich wusste, was wir alles durchmachen würden, die gleiche Entscheidung treffen? Ja. Ohne zu zögern. Nur eines könnte mich zum Zögern bringen. Diese Entscheidung, meine Treue zu ihm, hatte meine Schwester Sarah in Lebensgefahr gebracht. Im Moment konnte ich für keinen von ihnen etwas tun. Sie lagen in ihren Betten, Ray im OP und Sarah auf der Intensivstation. Ich konnte ihre Genesungsaussichten nicht beeinflussen oder sie heilen oder sonst etwas tun. Aber ich konnte mich verdammt noch mal dafür einsetzen, dass sie Gerechtigkeit erfuhren.

„Komm", sagte ich mit fester Stimme zu Alexandra. Zum ersten Mal, seit ich im Krankenhaus angekommen war, fühlte ich mich, als ob sich der Nebel um meinen Kopf gelichtet hätte und als ob ich nun eine Aufgabe hatte. So wenig es auch war, ich konnte etwas *tun*. „Lass uns mit der Polizei sprechen."

Und dann stand ich auch schon und bewegte mich schneller, als Alexandra mithalten konnte, ich musste anhalten und auf sie warten. Dann gingen wir nebeneinander her, den Flur entlang zu dem Konferenzraum, in dem die Polizei und die Army auf uns warteten.

Der Raum war klein und hatte nur einen kleinen Konferenztisch. Auf der linken Seite waren Major Smalls und ein Army Sergeant. Ihnen gegenüber saß ein älterer Mann mit dünner werdendem Haar, der einen ausgefransten grauen Anzug trug. Ich setzte mich und Alexandra nahm neben mir Platz.

„Ich bin Carrie Thompson-Sherman. Soweit ich weiß, haben Sie einige Fragen."

„Ich bin Detective Johnson. Von der Mordkommission des Columbia Distrikts."

Ich versuchte, nicht zusammenzuzucken. Polizist der Mordkommission. Jemand ging jetzt schon davon aus, dass Ray nicht durchkommen würde.

„Was kann ich für Sie tun, Detective Johnson?"

„Als Erstes möchte ich, dass Sie mir mit Ihren eigenen Worten von dem Unfall berichten. An was erinnern Sie sich?"

„Wir waren auf dem Weg zum Zoo – Ray und ich, zusammen mit meinen jüngeren Zwillingsschwestern, Sarah und Jessica. Auf der Connecticut Avenue war ziemlich viel Verkehr, wir waren auf der langen Strecke, gleich nördlich des Zoos, dann mussten wir abbremsen, weil das Auto vor uns anhielt. Dadurch kamen wir genau in der Mitte der Kreuzung zum Stehen. Ich blickte zu Ray hinüber und dann sah ich einen grünen Jeep auf uns zukommen. Und dann prallte er auf uns."

„Fuhr der Jeep schnell?"

Ich nickte. „Mein Auto ist ein Mercedes Benz aus den späten Siebzigern, Detective, ein solideres Fahrzeug bekommt man nicht. Das andere Auto muss sehr schnell gefahren sein."

Es war merkwürdig. Ich fühle mich ruhig...fast gefühlskalt. Zornig und nicht bereit, vor Major Smalls oder diesem Detective Emotionen zu zeigen.

„Mrs. Sherman..."

Alexandra unterbrach ihn. „Sie heißt *Dr.* Thompson-Sherman."

Ich wedelte mit der Hand in Alexandras Richtung. „Das ist mir im Moment herzlich egal. Detective, nennen Sie mich Carrie, und dann lassen Sie uns weitermachen."

Johnson sah zwischen uns hin und her. „In Ordnung, Carrie. Könnte es einen Grund geben, warum jemand versuchen würde, Sie oder Ihren Mann zu verletzen?"

Hatte der Typ seine Hausaufgaben nicht gemacht? Eine Welle der Verärgerung durchflutete mich. „Während der letzten vier Monate haben wir immer wieder Anzeige wegen diverser Drohungen gegen uns bei der Polizei des Montgomery County erstattet. Ich bin mir sicher, wenn Sie dort in den Unterlagen nachsehen, werden Sie die Anzeigen finden. Soweit ich weiß, ist diesbezüglich nichts unternommen worden."

Smalls lehnte sich nach vorne, sie sah verdutzt aus. „Carrie, warum weiß ich nichts davon?"

Ich runzelte die Stirn. „Was hätten Sie tun können, Major? Die Verhandlung stoppen? Die Medien irgendwie dazu bewegen, uns in Ruhe zu lassen? Wir hatten Drohungen von Rechtsgerichteten, die dachten, Ray sei ein Verräter, und von Linksgerichteten, die dachten, Ray wäre ein Kriegsverbrecher. Einige klangen so entschlossen, dass wir die Polizei riefen, aber es ist nichts passiert."

Alexandra ergriff meine Hand. Ich hatte ihr von den Anrufen und den anonymen E-Mails nichts erzählt. Ich hatte es niemandem außer der Polizei gesagt.

Johnson fuhr sich mit der Hand durch das dünner werdende Haar und sagte: „Gab es auch Drohungen von Personen, die Sie kannten?"

Ich seufzte. Dann nickte ich. „Ray sagte, einer der Männer aus seiner Einheit hat während Alexandras Hochzeit etwas gesagt. Er wusste nicht, was er davon halten sollte."

„Wer genau?"

Ich schüttelte meinen Kopf. „Ich weiß es nicht. Sie waren eine verschworene Gemeinschaft. Und sie hatten alle geschworen, die Ereignisse geheim zu halten. Ray hat dieses Versprechen gebrochen."

Detective Johnson runzelte die Stirn, ich lehnte mich nach vorn und sagte in einem scharfen Ton: „Verurteilen Sie ihn nicht dafür, Detective. Ray hat das Richtige getan. Auch wenn es ihn vielleicht alles gekostet hat. Selbst, wenn es *uns* alles gekostet hat."

Scheiße. Meine Augen wurden feucht. Ich musste die Gefühle unterdrücken. Ich würde vor ihnen keine Schwäche zeigen, egal, was passierte.

„Es tut mir leid, Carrie. Bitte verstehen Sie mich nicht falsch. Wenn das, was sie mir sagen, wahr ist, dann nein, ich würde ihn nicht verurteilen, ich würde ihn bewundern." Er drehte sich zu Major Smalls um. „Also Major, hätten *Sie* gedacht, dass er in Gefahr schwebt?"

Smalls runzelte die Stirn. „Wir hatten es entfernt in Betracht gezogen."

Ich unterbrach sie. „Ich habe eine Frage an Sie. Sie sagen mir gar nichts. Wer hat das andere Auto gefahren?"

Johnson sah Smalls an und sagte dann: „Das dürfen wir Ihnen noch nicht sagen."

„Warum nicht, zur Hölle noch mal? Ich will wissen, wer versucht hat, meinen Mann und meine Schwester umzubringen!"

Smalls sagte: „Wir dürfen während einer noch andauernden Untersuchung keine Angaben machen."

Abscheu durchflutete mich. „Natürlich können Sie das. Der Präsident persönlich hat zu *Ihrer* Untersuchung Angaben gemacht. Es gab so viele falsch informierte, undichte Stellen und unbekannte Quellen, dass mir ganz schwindlig wurde. Monatelang konnten wir nicht mal unsere Wohnung betreten oder verlassen, ohne dass Reporter uns an der Türschwelle erwarteten. Dank Ihnen."

Smalls seufzte und sagte: „Das tut mir wirklich leid, Carrie. Es stand außerhalb meiner Macht."

„Tja, das hier nicht. Ich kann nicht beeinflussen, ob Sarah durchkommt oder nicht. Ich kann nicht beeinflussen, ob Ray überleben wird. Aber ich will verdammt noch mal wissen, wer das getan hat."

„Es tut mir leid, wir dürfen hierzu noch keine Angaben machen."

Ich schlug mit der Hand auf den Tisch und sagte. „Dann sind wir hier fertig."

Dann stand ich auf und sagte: „Komm, Alexandra."

Ich verließ den Raum und rannte dann zur nächsten Toilette, ging so schnell ich konnte in eine der Kabinen, fiel auf die Knie und übergab mich erneut. Der beißende Säuregeruch stach mir in die Nase.

„Verdammt", murmelte ich und kniff die Augen zu.

„Carrie?", fragte Alexandra mit zurückhaltender Stimme.

„Es geht mir gut", sagte ich mit brechender Stimme. „Gib mir nur eine Minute."

DIE NEUNTE STUNDE

Du kannst Ray sowieso nicht helfen (Carrie)

"*Hallo?*", sagte Alexandra in ihr Telefon. Sie hörte für eine kurze Zeit zu und sagte: „Wir sind im 4. Stock, im Wartebereich der Intensivstation. Rufen Sie mich, wenn Sie oben sind, dann lasse ich Sie rein."

Sie war für einen Moment still, hörte wieder zu und sagte dann: „In Ordnung. Wir sehen uns in ein paar Minuten."

Sie legte auf und steckte das Telefon zurück in ihre Tasche. „Das waren Rays Eltern. Sie sind fast da, sie sind mit dem Auto von New York hergefahren."

Ich nickte. „Okay."

Dann war sie eine Weile still, bevor sie meinte: „Ich weiß nicht, warum sie nicht einfach mit uns geflogen sind. Ich habe es ihnen angeboten."

Ich sah zu ihr hinüber. „Ich bin mir nicht sicher…" Ich hielt inne und setzte mich anders hin, dann sagte ich: „Ich bin ziemlich sicher, dass sie erst mal Bargeld zusammenkratzen mussten. Rays Eltern sind stolz und ich denke, es wäre ihnen unangenehm gewesen, Geld von uns für den Flug anzunehmen. Sogar in dieser dringenden Situation."

Sie nickte.

Aus Gründen, die ich nie verstanden hatte, waren Rays Eltern niemals richtig warm mit mir geworden. Vielleicht lag es daran, dass ich ein bisschen älter als er war, obwohl das nicht wirklich einen Sinn ergab. Oder vielleicht lag es daran, dass er beabsichtigte, das College in Washington, DC zu beenden und nicht in New York, wo er näher bei ihnen gewesen wäre. Oder vielleicht lag es auch daran, dass ihr Sohn gerade erst aus einem

Krieg zurückgekehrt war und es sich für sie anfühlte, als ob ich ihn ihnen wieder wegnahm.

Ich wusste die Antwort nicht. Ich wollte gern ein gutes Verhältnis zu ihnen haben, aber seine Mutter hatte schon von Anfang an einen feindseligen und sein Vater einen gleichgültigen Eindruck auf mich gemacht.

Deshalb war es mir am Neujahrstag, nachdem Ray in den aktiven Dienst zurückbeordert worden war, besonders schwer gefallen, sie zu besuchen und zu informieren.

Nachdem Major Smalls mit ihm gegangen war, hatte ich ihm etliche SMS geschickt, aber keine Antwort erhalten. Ich hatte versucht ihn anzurufen, aber es ging sofort die Mailbox ran. Entweder war sein Akku leer oder das Telefon abgeschaltet. Jemand musste seine Eltern informieren. Dylan war in dem Hotelzimmer auf und abgelaufen, wie ein Leopard in einem Käfig, und Alexandra hatte einfach mit bestürztem Gesicht dagesessen, als ich gesagt hatte: „Ich fahre raus nach Glen Cove, um seine Eltern zu informieren. Würdest du mitkommen, Dylan?“

Er nickte ohne zu zögern.

„Ich komme mit euch“, sagte Alexandra.

Dylan schüttelte seinen Kopf. „Ich wäre froh, wenn du mitkommen würdest, Liebes, aber ich denke, es ist besser, wenn wir zwei allein gehen. Sie werden auch so schon geschockt genug sein.“

Alexandra sah nicht glücklich aus. Aber sie verstand, dass das, was er sagte, Sinn ergab, also stimmte sie zu. „Okay. Essen wir trotzdem heute Abend zusammen mit Julia?“

Er nickte und ich sagte: „Ich setze ihn auf dem Rückweg hier ab und fahre dann nach Washington.“

Daraufhin wurden beide still. Dylan sah beunruhigt aus und sagte: „Es gibt nichts, was du tun könntest.“

Ich zuckte mit den Schultern. „Ich kann für ihn da sein. Ich muss sowieso übermorgen runterfahren, ich verschiebe es nur ein paar Tage nach vorn.“

Ich hatte immer noch den Mietwagen, also checkte ich aus dem Hotel aus. Wir setzten Alexandra an ihrem Wohnheim ab und fuhren raus nach Glen Cove. Es war immer noch früh und Neujahr, also gab es nicht viel

Verkehr. Sobald Alexandra das Auto verlassen hatte, sagte ich zu Dylan: „Ich habe Fragen."

„Dann schieß los", antwortete er.

Ich holte Luft und versuchte, meine Gedanken zu ordnen, als wir an einer Ampel erneut halten mussten. Dann sagte ich: „Zuerst, meint es Major Smalls ernst, dass Ray eventuell in Gefahr schwebt?"

Dylan grunzte. „Ich weiß es nicht. Vor einem Jahr hätte ich gesagt, es ist ausgeschlossen, dass Colton jemals auf einen Zivilisten schießen würde. Das ist...unvorstellbar für mich. Aber er hat es getan. Der Krieg stellt merkwürdige Dinge in den Köpfen der Menschen an."

Ich holte tief Luft. „Was ist mit Ray? Kann es sein, dass er auch in irgendeiner Form angeklagt wird? Ich meine, er hat es schließlich gemeldet."

Dylan zuckte mit den Schultern. „Keine Ahnung. Soviel ich weiß, war die Erschießung im März, aber er hat es nicht vor November gemeldet."

„Verdammt, warum nicht?"

Ich konnte seinen Gesichtsausdruck nicht sehen, denn die Ampel wurde grün und ich musste Gas geben, um ein Taxi zu überholen, weil ich noch die Spur wechseln musste, um die Brückenauffahrt nehmen zu können. Aber seine Stimme brach ein wenig, als er sagte: „Du weißt nicht, wie es da draußen ist."

„Dann *sag mir*, wie es da draußen ist. Ich kann Ray nicht helfen, wenn ich nicht genug weiß."

„Du kannst Ray sowieso nicht helfen. Hierbei nicht."

„Das werde ich nicht akzeptieren."

Er seufzte. Dann sagte er: „Jeden Moment...jede Sekunde...hängt dein Leben von den anderen Mitgliedern deiner Truppe ab. Man muss sie nicht alle mögen. Genau genommen hasst man manche von ihnen sogar. Aber man liebt sie trotzdem. Nehmen wir zum Beispiel Kowalski. Er war ein absolutes Arschloch. Aber er hat sich auch um uns gekümmert. Er hat Ray auch den Rücken freigehalten. Er hat uns Arschlöcher, Scheißkerle und wer-weiß-noch-was-alles genannt, aber er hat sich auch Zeit genommen, um zu kontrollieren, dass mit uns alles in Ordnung war, dass wir genug zu essen hatten, dass wir niemals unvorbereitet rausgingen."

„Ray hat niemals wirklich etwas über ihn erzählt."

„Er hat sich auf eine Granate geworfen, um ein kleines Mädchen in Dega Payan zu retten", sagte Dylan. „Das war ein verdammtes Durcheinander. Ray und ich mussten seine Überreste einsammeln."

Ich hatte einen Kloß im Hals und konnte nicht mehr atmen. Ich konnte im wahrsten Sinne des Wortes nicht mehr atmen. Ich versuchte, mir das vorzustellen. Was war dabei in Rays Kopf vorgegangen, was hatte er dabei gefühlt? Auf einmal kam es mir vor, als ob ich ihn gar nicht kannte. Schließlich keuchte ich nach Luft und sagte: „Haben sie dafür…nicht… Personal?"

Er schnaubte. „Ja. Das haben sie. Man nennt diese Leute die Infanterie."

„Es tut mir leid, dass ihr das alles durchmachen musstet."

Er wedelte abwehrend mit der Hand. „Vergiss es. Wir sind jetzt hier und wir müssen Ray helfen. Also stell deine Fragen."

„In Ordnung. Was passiert als nächstes? Sie führen eine Untersuchung durch und es klingt so, als würden sie Leute verhaften."

Er zuckte mit den Schultern. „Ich habe keine Ahnung. Meine einzige Erfahrung mit der Militärgerichtsbarkeit war ein sogenannter Artikel-15. Das ist eine außergerichtliche Strafe. Im Prinzip verhängt der Kommandeur der Kompanie zusätzliche Dienste oder degradiert dich oder etwas in der Art. Untersuchungen und Verhandlungen vor dem Kriegsgericht? Das liegt weit außerhalb meiner Erfahrungen. Ich werde mich schlaumachen und dir alles berichten, was ich gelernt habe. Aber ich vermute mal, sie werden Leute befragen müssen, ihre Untersuchung durchführen. Bei Rays Reaktivierung ging es nicht wirklich darum, ihn zu beschützen, es war vor allem bequem, und da er immer noch eine Verpflichtung als Reservist hatte, konnten sie es auch einfach machen."

„Also, was ist das Schlimmste, das passieren kann?"

„Das absolut Schlimmste? Wenn sie zu dem Ergebnis kommen, dass Ray ein Komplize war, und ihn bestrafen, dann kommt er für ein paar Jahre hinter Gitter. Ich vermute, rein rechtlich könnten sie die Todesstrafe vorschlagen, aber ich denke nicht, dass die Army das in den letzten Jahrzehnten jemals gemacht hat."

Ich schluckte. Das war das Worst-Case-Szenario. Es war nicht sehr wahrscheinlich.

„Mal im Ernst", sagte Dylan. „Ich denke nicht, dass das sehr wahrscheinlich ist. Sie müssen verstehen, dass er das Richtige getan hat, auch wenn es verspätet war. Das hier ist nicht wie im Zivilrecht. Das ist eine völlig andere Welt."

„Also, wenn wir uns nach einem Anwalt umschauen, dann muss es jemand sein, der sich auf Militärrecht spezialisiert hat."

„Richtig."

„Ich habe keine Ahnung, womit ich beginnen soll", sagte ich.

„Google, denke ich mal", antwortete Dylan.

Ich schnaubte. „Du meine Güte, Dylan. Das war echt hilfreich."

Er schüttelte als Antwort auf meinen Sarkasmus nur den Kopf. „Ich habe auch keine Ahnung, womit ich anfangen soll, Carrie. Wir halten zu ihm. Wir lassen ihn wissen, dass wir hinter ihm stehen. Hör mir gut zu. Ich bezweifle, dass wir, was die rechtliche Seite angeht, etwas tun können. Aber eines kann ich dir sagen. Ray wird in dieser Sache einsamer sein, als jemals in seinem Leben. Ich würde lieber drei weitere verdammte Afghanistans durchleben wollen, als das durchmachen zu müssen, was ihm bevorsteht. Also halten wir zu ihm. Wir kümmern uns darum, dass er weiß, dass jemand zu ihm hält, egal was auch passieren wird."

Ich fuhr weiter und ging seine Worte in Gedanken immer und immer wieder durch. Er hatte recht. Ich hatte absolut keine Ahnung über die Militärgerichtsbarkeit, obwohl ich annehmen musste, dass sie sehr politisch gefärbt war und vermutlich bei Weitem nicht so gerecht wie zivile Gerichte. Mit Politik kannte ich mich natürlich aus. Und vielleicht würde ich von meinem Vater Hilfe auf diesem Sektor erhalten. Aber Ray wissen zu lassen, dass ich, egal, was auch passierte, zu ihm stand? Das konnte ich auf jeden Fall tun.

Ich dachte daran, was Dylan zuvor im Hotel gesagt hatte. *Das wird von jetzt an nur noch schlimmer...so richtig übel...werden. Es ist noch nicht zu spät zu gehen.* Ich konnte mir nicht helfen. Ich verstand noch nicht mal, warum er das überhaupt gesagt hatte, aber je mehr ich darüber nachdachte, umso verärgerter wurde ich. Also sagte ich, als ich die Rampe zum Long Island Expressway entlangfuhr: „Weißt du, ich gehöre nicht zu den Leuten, die sich von jemandem abwenden, den sie lieben. Es stört mich, dass du das vorhin gesagt hast. Sehr sogar."

Zuerst sagte Dylan gar nichts. Stattdessen saß er einfach nur da, sah aus dem Fenster und drehte mit den Fingern seiner rechten Hand an einer noch nicht angezündeten Zigarette herum. Schließlich sagte er: „Schau, ich wollte dich damit nicht verärgern. Aber ich schulde es ihm, mich um ihn zu kümmern."

„Wie ist das bitte sich um ihm kümmern?"

„Ihr kennt euch wie lange...zehn Tage?"

„Ungefähr", sagte ich. „Obwohl es mir viel länger vorkommt. Meine Telefonrechnung besagt außerdem, dass wir mindestens zehn weitere Tage miteinander telefoniert haben."

„Tja, na ja, das ist eine wirklich kurze Zeit. Versteh mich nicht falsch, ich freue mich riesig für euch. Und nach allem, was mir Alexandra von dir erzählt hat, bist du die Richtige für ihn. Du bist ein großartiger Mensch. Unter normalen Umständen stünde ich 100 % hinter dir, okay? Ich denke nur...falls du ihn sitzen lässt, wäre es besser, es passiert jetzt. Ich sage nicht, dass du...unbeständig oder so was bist. Ich sage nur, dass diese Sache schlimmer werden wird, als du dir vorstellen kannst. Vielleicht wird Ray den Medien geopfert. Es könnte auch sein, dass die Army ihn zum Sündenbock macht. Er wird eine sehr schwere Zeit durchmachen. Ich verstehe einfach nicht, wie du nach so kurzer Zeit ein so großes Versprechen machen kannst."

Mit jedem Wort, das er sagte, spürte ich, wie sich in meinem Magen ein schwerer Klumpen bildete und ich ertappte mich dabei, wie ich mich an das Lenkrad klammerte, meine Schultern und Rückenmuskeln verspannten sich. Ich öffnete den Mund, um zu antworten, aber er sagte: „Warte noch einen Moment."

Er holte tief Luft und sagte dann: „Was ich sagen will, ist das: Wenn du jetzt nicht gehst, dann musst du bis zum Ende zu ihm halten. Bitte lass Sherman nicht glauben, dass er sich auf dich verlassen kann, nur um dann zu verschwinden, wenn es wirklich übel wird."

Ich sah zu Dylan hinüber. Seine Kiefermuskeln waren angespannt und er hatte die Zigarette in seiner Hand zerdrückt. Er war dazu übergegangen,

Ray nicht mehr Ray, sondern Sherman zu nennen. Und ich denke, ich verstand. Er dachte über ihn als Ray, wenn er über ihn als Freund sprach. Aber wenn er ihn bei seinem Nachnamen nannte, hatte es eine tiefere Bedeutung. Sherman war sein Kumpel während der Grundausbildung gewesen und in der Army insgesamt. Sherman war sein Sergeant gewesen, sein Teamleiter. Sherman war derjenige, dem er einfach alles schuldete.

Ich nickte, meine Augen füllten sich auf einmal mit Tränen und ich sagte: „Das werde ich nicht tun. Ich verspreche es. Ich weiß, du denkst, es ist eine kurze Zeit, aber ich werde jetzt Alexandras Worte von gestern Abend wiederholen. Wenn man sicher ist, ist man sicher. Was ich weiß, ist, dass Ray der erste Mann ist, der mich wie eine Partnerin behandelt hat. Er ist der erste Mann, mit dem ich zusammen war, mit dem ich mir vorstellen kann, mein Leben zu verbringen. Dafür würde ich einfach alles riskieren."

„Sogar den größten Kummer? Denn darauf läuft es hinaus."

Ich nickte: „Ja. Das werde ich riskieren."

„Okay. Genug gesagt."

Fast eine Stunde, nachdem wir Alexandra abgesetzt hatten, erreichten wir Glen Cove und ich fuhr zum Wohnblock von Rays Eltern. Ich werde nicht lügen. Ich hatte schreckliche Angst. Ich hatte schreckliche Angst, auf das Gebäude zuzugehen, zu klingeln, nach oben zu gehen und Rays Eltern zu sagen, dass die Army ihn reaktiviert hatte.

Die Kälte traf uns beide, nachdem ich den Motor abgeschaltet hatte und wir ausgestiegen waren. Es fühlte sich an, als ob sich die Entfernung von der Straße zum Gebäude in den paar Tagen, seit ich hier angekommen war, verdreifacht hatte. Aber wir gingen an die Tür und klingelten. Ein paar Sekunden später hörten wir Kate Shermans Stimme aus der Sprechanlage.

„Hallo?"

„Mrs. Sherman?", sagte Dylan. „Hier ist Dylan Paris. Und Carrie."

Es gab eine kurze Pause und dann hörten wir den Türöffner und Dylan öffnete die Tür. Wir gingen zum Aufzug, ich drückte den Knopf und wir warteten. Dylan ging hin und her, seine Bewegungen waren fast gezwungen, angespannt, so als ob er versuchte, nicht zu explodieren. Sein Hinken war schlimm an diesem Morgen. Ich stand da, meine eigene Unruhe und

Nervosität fand nur innerlich statt, wie üblich. Wir fuhren nach oben und gingen dann zusammen den Gang entlang.

Rays Mutter stand vor ihrer Haustür, noch bevor wir sie erreicht hatten, sie hatte einen ängstlichen Gesichtsausdruck. Sie sah zwischen uns hin und her, als wir näher kamen. Wie ihr Mann und ihr Sohn war auch sie eine große Person, allerdings hatte sie nicht mal annähernd meine Größe. Jedes Mal, wenn ich sie gesehen hatte, hatte sie elegante und teure Kleidung getragen, allerdings immer mindestens drei Saisons zu altmodisch.

„Geht es Ray gut? Was ist los?"

Wir hielten vor ihr an und Dylan sagte: „Können wir uns für ein paar Minuten unterhalten, Mrs. Sherman? Ist Rays Dad da?"

„Sagen Sie mir einfach, was los ist."

Er holte Luft, so als ob er sich für einen Kampf bereitmachte, und sagte: „Die Army hat Ray heute Morgen abgeholt. Sie haben ihn in den aktiven Dienst zurückbeordert."

Sie wurde bleich.

„Vielleicht sollten wir uns hinsetzen", sagte Dylan.

Er nahm sie beim Arm und dann gingen wir zu dritt in die Wohnung. Mrs. Sherman stolperte und ließ sich auf einen der Küchenstühle fallen, ich sagte: „Kann ich Ihnen ein Glas Wasser bringen?"

Sie nickte. „Danke, Carrie."

Ich holte schnell ein Glas Wasser für sie und setzte mich dann.

„Wie kann die Army ihn in den aktiven Dienst zurückbeordern? Sagen Sie mir, was hier gerade geschieht. Warum hat er nicht angerufen?"

Dylan schloss seine Augen und fragte dann: „Hat Ray Ihnen erzählt, warum die Army und das FBI ihn befragt haben?"

Sie schüttelte ihren Kopf. „Fast nichts. Er sagte, er habe ein Verbrechen, das in Afghanistan geschehen ist, gemeldet, aber er hat uns keine Einzelheiten genannt."

Dylan runzelte die Stirn, sah mir in die Augen und drehte sich dann zurück zu ihr. „Mrs. Sherman, Ray war Zeuge eines Kriegsverbrechens. Es sieht so aus, als ob sie ihn in den aktiven Dienst zurückbeordert haben, um sicherzustellen, dass er, wenn und falls es zu einer Verhandlung vor dem Kriegsgericht kommt, als Zeuge aussagen kann."

Sie sackte in ihrem Stuhl zusammen und flüsterte dann: „Michael ist heute Morgen im Restaurant. Soll ich ihn anrufen?"

Dylan schüttelte den Kopf. „Im Moment gibt es nichts, das wir tun können. Das kann sich noch Monate hinziehen."

Ich sagte: „Ich bin mir sicher, dass der Akku in seinem Handy leer ist, sonst hätte er angerufen."

Sie sah mich abweisend an und drehte sich dann zu Dylan. Ich sagte nichts und legte meine Hände in den Schoß, dorthin, wo der Tisch ihr den Blick auf meine geballten Fäuste versperren würde. Es war nicht das erste Mal, dass sie unhöflich zu mir war, sie war schon ein paar Mal unverzeihlich grob zu mir gewesen. Aber in diesem Moment, unter diesen Umständen, würde ich es auf sich beruhen lassen.

Bis sie ein paar Minuten später sagte: „Ich vermute, ich sollte Laura anrufen und ihr Bescheid geben."

Dylan blinzelte. „Rays Ex? Sie haben sich schon vor Jahren getrennt."

Die Anspannung, die ich in diesem Moment in der Wirbelsäule verspürte, war so stark, dass ich kurz davor war, einen Krampfanfall zu bekommen. Vielleicht wollte sie nur ihren kleinen Jungen beschützen. Vielleicht spielte sie ein böses Spiel und versuchte, mich auf meinen Platz zu verweisen. Aber ich hatte keine Zweifel mehr, dass sie beabsichtigte, mir wehzutun, als sie mir kurz ihre Augen zuwandte, dann zu Dylan zurücksah und sagte: „Ja, aber sie sind schon seit der Mittelstufe enge Freunde."

Dylan sah verwirrt aus und sagte: „Ich denke nicht, dass Ray Ihnen dafür danken wird."

Ich stand auf. „Bitte entschuldigen Sie mich, ich brauche frische Luft. Dylan, ich treffe dich am Auto."

Kate Sherman stand auf, ihre Augen waren kalt und sie sagte: „Sind Sie sicher, dass Sie nicht bleiben können?"

„Ziemlich sicher."

„Vielleicht sollten wir unsere Telefonnummern austauschen."

So zuwider es mir auch war, damit hatte sie recht. Also taten wir es und dann ging ich, so schnell ich konnte. Weniger als fünf Minuten später kam Dylan zu mir ins Auto und ich fuhr davon, und zwar schneller, als sicher und erlaubt war.

„Was sollte das alles?", fragte Dylan.

Ich schüttelte meinen Kopf. „Ich habe keine Ahnung. Aber ich konnte nicht länger dableiben und mir das anhören."

„Ich kann mir wirklich nicht vorstellen, was sie sich dabei gedacht hat. Ray hat seit zwei Jahren oder länger nicht mehr von Laura gesprochen."

Ich schüttelte erneut meinen Kopf. „Es ging gar nicht um sie. Rays Mom mag mich nicht, warum auch immer, sie war wie ferngesteuert."

„Lass es nicht an dich heran."

„Ich habe wichtigere Dinge, um die ich mir Sorgen machen muss."

Eine Stunde später setzte ich Dylan ab und fuhr sofort weiter, raus aus der Stadt in Richtung Washington, DC. Vor der Anhörung war das das letzte Mal gewesen, dass ich mit Rays Eltern gesprochen hatte.

Deshalb war ich jetzt angespannt. Ich machte mir Sorgen um Sarah auf der Intensivstation und ich hatte schreckliche Angst um Ray, der immer noch operiert wurde. Ich dachte nicht, dass ich zusätzlich in der Lage sein würde, mit einer bösen Schwiegermutter klarzukommen.

Es sah nicht so aus, als ob ich eine Wahl hätte. Und natürlich würde ich niemals etwas tun, um sie von Ray fernzuhalten. Ich wünschte mir nur, sie würde mich einfach in Ruhe lassen. Irgendwie hatte sie die Botschaft nicht verstanden, dass Ray und ich verheiratet waren und Ray ihr damit diese Entscheidung abgenommen hatte.

Und vielleicht war genau das ihr Problem. Vielleicht hatte es gar nichts mit mir zu tun. Vielleicht war es einfach die Tatsache, dass Ray, indem er zuerst der Army beigetreten war und dann mich geheiratet hatte, sein Leben selbst in die Hand genommen hatte und sie keinen Einfluss mehr nehmen konnte.

„Du bist entsetzlich ruhig", sagte Alexandra.

Ich zuckte mit den Schultern. „Ich komme mir egoistisch vor. Aber ich fürchte ihre Ankunft."

„Manchmal denke ich, mit den Schwiegereltern auszukommen, ist eines der schwierigsten Dinge überhaupt."

Ich verzog die Stirn. „Wie ist Dylans Mutter so?" Dylan saß im Moment ein paar Stühle von uns entfernt, er hatte sich zurück an die Wand gelehnt, seine Augen waren geschlossen und sein Mund geöffnet.

Sie sah mich mit einem reumütigen Lächeln an. „Abgesehen davon, dass sie mir vorwirft, an seinen Verletzungen schuld zu sein? Sie ist echt schwierig. Ich meine, ich bewundere sie auf eine Art. Sie ist durch die Hölle und zurück gegangen und hat ihr Leben geändert. Aber sie ist auch dafür verantwortlich, dass Dylan durch die gleiche Hölle gehen musste, bevor sie endlich ihr Leben in den Griff bekommen hat. Seine Kindheit war ein einziger Albtraum."

Ich zog eine Grimasse. „Er ist da recht gut durchgekommen."

„Aber nur durch pure Willenskraft."

Alexandras Telefon klingelte. Sie holte es aus ihrer Tasche und ging ran, dann nickte sie und stand auf. Das war's dann wohl. Rays Eltern waren da. Ich stand auch auf und gemeinsam gingen wir zum Eingang der Intensivstation und sie drückte den Metallknopf an der Wand, der die Tür öffnete.

Michael und Kate Sherman gingen durch die Tür. Michael, Rays Dad, war etwa zwei Meter groß. Er hatte einen gehetzten Blick in seinem Gesicht, als er und seine Frau durch die Tür kamen, er ging direkt auf mich zu und zog mich in eine Umarmung.

„Ich bin so froh, dass es dir gut geht, Carrie", sagte er. In meiner Kehle entstand ein Kloß, ich bemerkte, dass er sehr wie Ray roch.

Erleichterung durchflutete mich. Zumindest Michael würde mir das Leben nicht schwer machen. Aber Kate sah mich trotzdem mit kaltem Blick an. Ich beendete die Umarmung und statt auf sie zuzugehen führte ich die beiden zu den Stühlen an der Wand und wir setzten uns.

„Sag mir, was sie gerade machen", sagte sie. „Ich möchte außerdem auch mit den Ärzten sprechen."

„Im Moment wird er notoperiert", sagte ich.

Sie keuchte. „Immer noch? Der Unfall war…vor wie vielen Stunden?"

„Heute Morgen um elf Uhr. Mrs. Sherman, Ray ist sehr schwer verletzt worden." Ich wollte es gar nicht aussprechen. Ich wollte ihr nicht sagen, wie schwer. Ich wollte nicht wiederholen müssen, was die Ärzte mir über seinen Zustand und seine Genesungsaussichten gesagt hatten.

Sie versteifte sich, drehte sich zu Michael um und sagte: „Ich wusste, wir hätten lieber fliegen sollen. Wie unfähig sind die Ärzte hier? Er wird seit acht Stunden operiert?"

„Kate", sagte Michael. „Lass uns bitte erst herausfinden, was los ist, bevor wir voreilige – "

Sie unterbrach ihn: „Nein. Es ist klar, dass sie die ganze Situation falsch gehandhabt hat. Wenn ich hier gewesen wäre, würde sich mein Sohn nicht mehr im OP befinden, er würde sich bereits erholen. Er wäre *ohne sie* gar nicht erst in den Unfall verwickelt worden."

Ich dachte nicht nach. Ich reagierte einfach nur, es war nur ein kurzer Moment, aber bevor sie die Worte vollständig gesagt hatte, hob ich meine Hand und ohrfeigte sie. Alle Köpfe im Raum drehten sich zu mir um, als ich ausrief: „Wie können Sie es wagen?"

Sie keuchte auf, ihr Gesicht war voller Wut. Michael ergriff sie am Arm und sagte: „Kate, bitte hör auf. Das hilft niemandem. Ich weiß, dass du völlig durcheinander bist, aber Carrie ist seine *Frau*."

„Hören Sie mir zu, Sie Hexe", sagte ich, meine Stimme war ein leises Zischen. „Ich weiß, dass Sie ihn lieben, und ich weiß, dass er Ihr Sohn ist, aber er ist mein Ehemann und ich werde nicht zulassen, dass Sie hier hereinspazieren und so mit mir reden. Verstehen Sie mich?"

Sie erstarrte schockiert, starrte mich mit großen Augen an. Ich zitterte vor Zorn. Zorn, von dem ich nicht mal gewusst hatte, dass er in mir war.

DIE **ZEHNTE** STUNDE

Halt die Klappe. Ja, das musste ich tun (Ray)

"Oh mein Gott, sie hat das gerade nicht wirklich getan, oder?" In Sarahs Gesicht stand eine Mischung aus Entsetzen und Begeisterung geschrieben.

Ich stand rechts neben Carrie, zwischen ihr und meiner Mutter, und in diesem Moment hätte ich einfach alles dafür gegeben, um wirklich anwesend zu sein und etwas tun zu können. Ich weiß, dass meine Mutter völlig durcheinander war. Sie war wahrscheinlich total verrückt vor Angst und Kummer. Aber dachte sie etwa, Carrie wäre das nicht? Dachte sie, sie könne einfach hier hereinspazieren und das alles auf Carrie abladen?

Ich bedeutete Sarah ruhig zu sein.

Meine Mutter schluckte, starrte Carrie an, drehte ihr dann den Rücken zu und ging in die entgegengesetzte Ecke des Raumes. Dad stand immer noch da und sah Carrie an. Er sah aus, als ob er am liebsten im Boden versunken oder unsichtbar geworden wäre.

Er kämpfte für eine Sekunde darum, etwas zu sagen, dann schüttelte er den Kopf und murmelte lediglich: „Tut mir leid, Carrie", und ging rüber und stellte sich neben meine Mom. Er lehnte sich nah an sie heran und flüsterte etwas. Nach ihrem Gesichtsausdruck zu urteilen, war sie nicht glücklich über das, was sie hörte.

Carrie atmete schwer, so als ob sie plötzlich unter Strom stand. Alex und Jessica sahen sie an, in ihren Gesichtern war Besorgnis und Schock zu sehen. Dylan kam näher, legte eine Hand auf ihre Schulter und murmelte: „Lass es an dir abprallen, Carrie. Sie wird sich schon beruhigen, okay?"

Carrie nickte und setzte sich dann wieder hin, meiner Mutter gegen-über. Sie sahen aus wie zwei Boxer, jeder in der entgegengesetzten Ecke, und das gefiel mir gar nicht. Ich liebte Carrie und ich liebte meine Eltern. Und manchmal sind die Dinge, die Menschen tun, wenn sie Angst haben oder unter Stress stehen, nicht so nett, klug oder freundlich, wie wir das gerne hätten. Und meine Mutter und Carrie hatten beide Angst und waren gestresst.

Natürlich hatte meine Mutter schon zu Beginn gesagt, dass sie Carrie nicht mochte. Ich denke, ich verstand sogar in etwa, warum. Meine Mom und mein Dad waren sehr lange zusammen gewesen, bevor sie sich ent-schieden hatten zu heiraten. Es verursachte ihr schreckliche Angst, dass ich mich nur ein paar Wochen, nachdem ich aus Afghanistan nach Hause gekommen war, so schnell in jemanden verliebt hatte. Und dass ich beim Weihnachtsessen verkündet hatte, dass ich Carrie nicht nur liebte, sondern beabsichtigte, sie so schnell wie möglich zu heiraten, hatte die Sache nicht besser gemacht.

„Das ist zu schnell“, hatte meine Mutter gesagt. „Du kennst diese Frau doch kaum.“

„Ich kenne sie gut genug“, hatte ich geantwortet.

„Du bist zu jung, um solche lebenswichtigen Entscheidungen zu treffen. Vor allem so schnell nach deiner Rückkehr aus dem…“ Sie brachte es nicht fertig, das Wort *Krieg* auszusprechen.

Dad hatte sie unterbrochen: „Er ist älter, als wir bei unserer Hochzeit waren, Kate. Lass den Jungen in Ruhe.“

Obwohl ich es nicht mochte, als Junge bezeichnet zu werden, war ich dankbar für Dads Unterstützung. Wirklich, es war völlig untragbar, dass ich diese Unterhaltung überhaupt führen musste. Da war ich nun, sechs-undzwanzig Jahre alt, zurück aus einem Krieg und konnte nirgendwo anders hin, als zurück in die Wohnung meiner Eltern zu ziehen. Aber mal ehrlich, was hätte ich sonst machen sollen? Es hätte nicht viel Sinn ergeben, diesbe-züglich Entscheidungen zu treffen, bis ich wusste, wo ich ab dem nächsten Herbst studieren würde. In meiner Vorstellung hatte ich keine Zweifel, dass es in Washington DC sein würde, entweder an der American University oder Georgetown. Aber was, wenn ich dort keinen Studienplatz bekommen würde? Ich konnte mir nicht vorstellen, weit von Carrie fortzuziehen. Und ich würde ganz sicher nicht nach Berkeley oder zurück nach Stony Brook gehen. Diese Tatsache hatte ganz sicher auch dazu beigetragen, dass meine Mutter wütend auf Carrie war.

Ich sank auf einen Stuhl in Carries Nähe, aber nicht nah genug, um sie zu beunruhigen. Ich hatte aus der Erfahrung gelernt. Sarah hatte recht, meine Anwesenheit, vor allem so nah, brachte ihr nur Kummer und Verlust. Sarah setzte sich neben mich und sagte: „Ist deine Mom immer so?"

Ich schüttelte meinen Kopf. „Nein. Das ist ja auch keine normale Situation."

„Nein, Scheiße. Ich kann es gar nicht abwarten, bis sich meine und deine Mutter treffen. Ich frage mich, ob wir für alle anderen Rüstungen besorgen sollen."

„Solange sie Carrie in Ruhe lassen."

„Ich habe noch nie erlebt, dass sie so abgeht."

Ich hob eine Augenbraue. „Echt?"

Sie nickte. „Carrie ist ein Tiger, wenn es darum geht, uns zu verteidigen oder zu beschützen. Aber für sich selbst? So war sie nie."

„Vielleicht war es einfach nie nötig gewesen. Denn ich habe sie schon ein paar Mal ausrasten sehen." Ich hatte sie auf alle Fälle schon so erlebt. Aber nur, weil ich hin und wieder ein kompletter Idiot bin. Man merkt es nicht, nach außen hin gibt sie sich sehr ruhig, aber diese Frau hat wirklich Temperament.

„Das glaube ich nicht", sagte Sarah. Sie sah mich mit wilden Augen an.

„Glaub mir", sagte ich und begann zu grinsen. „Frag sie das nächste Mal, wenn du in der Wohnung bist, warum wir neue Schiebetüren haben."

„Nein!"

Ich nickte.

„Na, das muss ja eine Auseinandersetzung gewesen sein", sagte sie. „Was hat sie gemacht?"

„Du kennst doch den Kupferkopf, der auf dem Kaminsims steht?"

„Der *Kopf!* Natürlich erinnere ich mich an ihn!" Als sie das sagte, hatte sie ein nostalgisches Grinsen im Gesicht. Ich sah sie mit gerunzelter Stirn an und hoffte, sie würde sich den Rest selber zusammenreimen.

„Ich weiß nicht mehr genau, wie alt wir waren…Vielleicht vier? Julia war schon am College, also musste es etwa zu der Zeit gewesen sein. Carrie hat sich den Kopf geschnappt, sich dann nachts in unser Zimmer geschlichen und mir, Jessica und Alexandra diese schaurigen Geschichten erzählt. Dinge über Geister aus Jakarta, die dem Kopf gefolgt waren, als Dad ihn mit in die Vereinigten Staaten gebracht hatte, und die nun blutige Rache suchten. Es war so gruselig. Ich habe keine Ahnung, wie sie darauf kam. Jessica hatte schreckliche Angst vor dem Kopf. Und Mom rastete aus, als sie uns fand, denn der Kopf war schließlich eine Art Antiquität."

Ich warf einen Blick auf Carrie. Sie saß da, die Arme vor der Brust verschränkt, und sah demonstrativ nicht zu meiner Mutter hinüber. Ich versuchte, sie mir als schadenfrohen Teenager vorzustellen, der nachts in das Schlafzimmer seiner Zwillingsschwestern schlich und Geistergeschichten erzählte. Ich konnte es fast bildlich vor mir sehen. Ich kannte diese Seite von ihr nicht, aber je mehr mir Sarah über ihre Kindheit erzählte und wie sie sich um ihre Schwestern gekümmert und sie beschützt hatte, desto liebenswerter wurde sie für mich.

Ich hatte einen Kloß im Hals, als ich sagte: „Sarah, ich will hier lebend rauskommen. Ich kenne Carrie einfach noch nicht lange genug."

Sie nickte. „Sie ist die beste große Schwester, die man sich nur wünschen kann."

Ich kniff für eine Sekunde meine Augen zu und rieb mit den Fingern gegen die Lider.

„Also, warum hat sie den Kopf geworfen? Was hast du mit ihr *angestellt?*"

Ich lachte. „Manche Dinge sind Privatsache, Sarah."

Was ich getan hatte, war, mich wie ein absoluter Idiot zu benehmen, und das wollte ich Sarah in dem Moment wirklich nicht erzählen. Ich meine, niemand ist perfekt. Ich am allerwenigsten. Aber in dieser Nacht hatte ich ihr sehr wehgetan und Carrie hatte das nicht verdient. Sie hatte das absolut nicht verdient.

Die Wahrheit ist, ab dem Moment, in dem Major Smalls und Jared Coombs an Neujahr in unserem Hotelzimmer in New York aufgetaucht waren, hatte ich unterstellt, dass Carrie mich sitzenlassen würde. Sie hatten mich an diesem Tag nach draußen zu einer hässlich aussehenden Regierungslimousine geführt, wo ich auf der Rückbank Platz nahm. Coombs war gefahren, er hatte die Stadt schnell hinter sich gelassen. Und ich konnte in dieser Situation nur daran denken, dass das alles zu nichts Gutem führen würde. Sogar wenn ich siegte, würde ich gleichzeitig verlieren. Und ich hätte ihr keine Vorwürfe gemacht. Ich hätte ihr auch keine Vorwürfe gemacht, wenn sie einfach meine Telefonnummer aus ihren Kontakten gelöscht und ihr Leben weitergelebt hätte.

Weil mein Telefon in der ganzen Zeit nicht einen einzigen Mucks von sich gegeben hatte, war ich, als wir New Jersey zur Hälfte durchquert hatten, wirklich soweit, es zu glauben. Keine neue SMS, nichts. Ich holte es aus meiner Tasche und bemerkte, was für ein vollständiger Idiot ich doch war. Das Telefon war tot, weil ich es nicht geladen hatte. Ich hatte Wichtigeres im Kopf gehabt.

„Also, wie sieht der Plan aus, Major?", hatte ich sie gefragt.

Sie blickte über ihre Schulter zu mir nach hinten. „Sie gehören ab sofort zum Fort Myer und einstweilen werden Sie dem Hauptquartier der Militärstrafverfolgungsbehörde zugeteilt. Sie werden sich dort eingewöhnen und dann sehen wir weiter."

„Wir improvisieren also?"

„Stört Sie das, Sergeant?"

„Es erschwert es ungemein, Pläne für mein weiteres Leben zu machen. Ich habe für nächsten Herbst ein paar Collegebewerbungen laufen."

„Wo?"

„American University. Georgetown."

„Tja, das ist doch praktisch. Dann werden wir nicht weit weg sein, falls das Ganze länger als bis zum Herbst dauern wird."

Ach du meine Güte. „Denken Sie, dass sich das so lange hinziehen wird?"

Sie nickte. „Sehr wahrscheinlich schon. Der Hauptermittlungsbeamte ist letzte Woche bestellt worden. Er wird zunächst mal einige Zeit damit verbringen, alle Informationen zusammenzutragen, bevor er überhaupt mit den Anhörungen beginnen wird."

„Ich habe keine Ahnung, wie das alles abläuft", sagte ich. „Und warum überhaupt Washington? Ich bin überrascht, dass die Sache nicht in Fort Drum stattfindet."

„Normalerweise würde es das auch", sagte sie, „aber Sergeant Colton ist derzeit Patient im Walter Reed Militärkrankenhaus."

Ich verzog das Gesicht. „Wirklich? Was ist passiert?" Colton und ich hatten, seitdem ich die Army verlassen hatte, nicht wirklich Kontakt gehalten.

„Er hatte einen Schlaganfall. Und es hat ein paar Komplikationen gegeben. Er ist letzte Woche ins Walter Reed verlegt worden, also hat man sich dazu entschieden, die Untersuchung von hier aus durchzuführen. Sind Sie nicht glücklich darüber? Wird Ihre Freundin nicht am NIH anfangen?"

Ich nickte, obwohl es mich beunruhigte, dass sie über Carries neue Stelle Bescheid wussten. Ich hatte Smalls mit Sicherheit nichts darüber gesagt. Aber sie hatten uns schon mehr als einmal gezeigt, dass sie weit mehr über unsere Leben wussten, als mir lieb war.

„Wie begrenzt wird mein Aktionsradius sein? Wird er auf die Basis beschränkt werden? Werde ich Carrie besuchen können?"

Smalls runzelte die Stirn. „Ich wüsste nicht, warum es überhaupt Einschränkungen geben sollte, Sergeant. Sie werden wie jeder andere Soldat im aktiven Dienst behandelt werden. Sie werden Aufgaben zugeteilt bekommen und ihren Job machen und sie werden, wie jeder andere Soldat auch, Freizeit haben. Es sei denn, sie geben uns einen Grund, anders zu denken."

„Was für einen Job?"

„Ich weiß nicht. Können Sie tippen?"

Oh Gott, dachte ich. „Ja, ich kann tippen."

„Dann bin ich mir sicher, dass wir einen Job für Sie finden werden."

„Oh, na ja, das klingt ja vielversprechend."

Coombs antwortete in einem scharfen Ton. „Seien Sie nicht unverschämt zu einer höherrangigen Offizierin."

„Wissen Sie was Coombs? Sie beide haben gerade viel Zeit damit verbracht, mir zu erklären, dass ich nicht unter Arrest stehe. Hören Sie auf, mich wie einen Kriminellen zu behandeln."

Ich bekam keine Antwort. Ich hatte auch nicht wirklich eine erwartet. Aber ich würde auch nicht einfach dasitzen und ruhig sein. Aber genauso verlief der Rest der Fahrt: Stillschweigend. Ich lehnte mich zurück und sah aus dem Fenster. Dachte nach. Erinnerte mich. Ich war die gesamte Fahrt über nur eine Haaresbreite von Dega Payan entfernt, so als ob ich die Gefühle, die Gerüche und die Stille von Afghanistan mit nach Hause genommen hätte. Und dann wanderten meine Gedanken zu Carrie. Sie wäre viel besser dran, wenn sie zu der Entscheidung käme, dass das alles für eine neue Beziehung viel zu viel Ärger war und sich nicht lohnte. Ich wünschte mir so sehr, sie würde bei mir bleiben, obwohl ich wusste, dass sie besser gehen sollte.

Coombs hielt an einer Tankstelle in Delaware und ich machte mich auf die Suche nach einer Telefonzelle und rief Carrie an.

Sie antwortete sofort. „Hallo?"

„Carrie, ich bin's."

„Wo bist du?"

„An einer Raststätte irgendwo in Delaware. Der Akku von meinem Telefon ist leer. Sie bringen mich zum Fort Myer, in Virginia."

„Tja, ich bin auf dem Weg."

„Was?", fragte ich blöd.

Sie seufzte. „Ich habe Dylan mitgenommen und wir haben deinen Eltern erzählt, was los ist, und dann habe ich ihn einfach wieder abgesetzt. Ich bin auf der New Jersey-Schnellstraße."

„Das hättest du nicht tun müssen", sagte ich.

„Ray", sagte sie.

„Ja?"

„Halt die Klappe. Ja, das musste ich tun."

Wie hätte ich etwas anderes tun können als lächeln? „In Ordnung. Ich versuche, heute Abend noch ein Ladekabel für mein Telefon zu bekommen, soll ich dich dann anrufen?"

„Okay. Gib mir Bescheid, wo du landest. Und Ray?"

„Ja?"

„Mach dir keine Sorgen. Wir stehen das zusammen durch."

Ich schloss meine Augen und holte tief Luft. Sie konnte auf gar keinen Fall wissen, wie viel mir das bedeutete. Sie konnte nicht wissen, dass sie zu meinem Rettungsanker wurde, dass meine friedlichsten Momente die waren, in denen es nur uns beide gab und die Welt um uns verschwand.

Ich wünschte mir nur, dass ich diesen Frieden jetzt spüren könnte. Uns einfach in eine Blase zurückziehen, in der es keine Kriegsgerichtsverhandlung, keinen Skandal am NIH, keine Reporter oder Polizei, keinen Druck, keine Öffentlichkeit und keinen *Unfall* gab. Eine Blase, in der wir einfach zusammen sein konnten, in einer Welt, die wir erschaffen hatten. Ich starrte sie an, wie sie in dem Warteraum saß, mit betrübtem Gesichtsausdruck, und ich konnte ihre Schönheit und das Wunder des Lebens unterhalb der Oberfläche erkennen. Ich hätte alles, einfach alles auf der Welt dafür getan, um zu ihr zurückzukommen.

Ich warte auf dich (Carrie)

Kate Sherman ignorierte mich ganz bewusst, ihre Augen sahen alles im Warteraum an, nur nicht mich. Ihre Arme waren vor ihrer Brust verschränkt, ihr Zorn brodelte gerade unterhalb der Oberfläche. Aber je länger ich sie anschaute, desto mehr verebbte mein eigener Zorn. Was sie gesagt hatte, war unverzeihlich und sie hatte diese Ohrfeige verdient. Aber nichtsdestotrotz, es war ihr Kind, das da gerade operiert wurde. Ich konnte nicht anders, als mich zu fragen, ob ich, wenn unsere Positionen vertauscht wären, nicht genauso gehandelt hätte. Ich mag die Vorstellung, dass ich nicht so handeln würde. Ich mag die Vorstellung, dass ich trotz Stress und Sorge in der Lage wäre, mich zusammenzureißen. Aber ich wusste es besser, oder? Ray und ich hatten sehr viel Stress durchleben müssen und wir hatten beide Dinge getan und gesagt, die wir später bereut haben.

Deshalb stand ich nicht nur auf, als ich Doktor Peterson sah, sondern winkte auch Rays Eltern herbei. Und dann hielt ich den Atem an, mein Magen verkrampfte sich zu einem einzigen Knoten und plötzlich traf mich die Angst wie ein Hammer. Und als Kate in meiner Nähe war, ergriff ich ihre Hand. Ihre Augen weiteten sich vor Schreck.

„Doktor Peterson, das sind Kate und Mike Sherman. Rays Eltern."

Peterson zitterte und schwankte ein wenig.

„Mr. und Mrs. Sherman, ich gehöre zum Chirurgenteam Ihres Sohnes. Ich bin hergekommen, um Ihnen mitzuteilen, dass die OP beendet ist."

Ich keuchte nach Luft und meine Knie fühlten sich plötzlich weich an. Dylan, der in der Nähe stand, kam sofort an meine Seite und legte seinen Arm um meine Hüfte.

„Wie geht es ihm?", fragte ich.

Peterson sah nach unten auf den Boden. Und dann sagte er mit leiser Stimme: „Er liegt im Koma. Er kann nicht alleine atmen und…es gibt nur sehr wenig Gehirnaktivität."

Kate stieß ein Stöhnen aus.

„Wie lange wird seine Genesung dauern?"

Peterson schüttelte seinen Kopf. „Carrie, es ist sehr unwahrscheinlich, dass er überhaupt genesen wird. Wir werden ihn weiterhin sehr genau beobachten und morgen früh weitersehen. Aber im Moment empfehle ich Ihnen, sich auszuruhen. Ich sage Ihnen noch nicht, dass Sie die Hoffnung aufgeben sollen. Aber…Sie müssen sich auf das Schlimmste gefasst machen."

Vielleicht litt ich an einer Art von verzögerter Reaktion oder vielleicht war es auch einfach nur der Schock, aber selbst als Kate total hysterisch wurde, stand ich einfach nur da, fühlte mich wie eine dumme Kuh und seine Worte gingen mir durch den Kopf und ergaben keinerlei Sinn. Mein ganzer Körper fühlte sich taub an, ich versuchte, einen klaren Gedanken zu fassen, konnte es aber nicht. Ich flüsterte: „Das ist…nicht möglich."

Es war nicht möglich. Ray war viel zu lebendig, zu vital, zu viel von allem. Alles an ihm war echt und stark. Er konnte nicht in dem Zustand sein, den der Arzt beschrieben hatte. Nicht selbstständig atmend. Keine Gehirnaktivität. Nicht Ray.

„Ich will ihn sehen", sagte ich.

„Das würde ich Ihnen vor Morgen früh nicht empfehlen", sagte Peterson. „Sie müssen nach Hause gehen, sich ausruhen und schlafen."

„Ohne ihn habe ich kein Zuhause", sagte ich und meine Stimme brach dabei. Ich wusste, dass das, was ich sagte, keinerlei Sinn ergab. Meine Arme waren vor der Brust verschränkt, als ich die Worte sagte, und ich wollte, dass er seine Worte einfach zurücknahm. Und dann, einfach so, schlug meine Taubheit in Zorn um. Ich wollte Doktor Peterson, dafür dass er es gewagt hatte, diese Worte auszusprechen, schlagen. Und ohne darüber nachzudenken, ohne irgendeinen Übergang oder Hemmungen, sagte ich: „Ich werde ihn nicht aufgeben. Hören Sie mich Doktor? Geben *Sie* ihn auch nicht auf!"

Doktor Peterson schluckte. Ich bin mir sicher, dass er so etwas immer wieder erlebte, wenn er Familienmitgliedern schlechte Nachrichten überbringen musste. Mir waren seine Gefühle in diesem Moment egal. Ich wollte keinen Realismus. Ich wollte nicht, dass Rays Arzt pragmatisch war. Ich wollte, dass er ein Held war.

„Ich verspreche, dass wir unser Bestes für ihn tun werden."

„Ich will ihn sehen", wiederholte ich. Ich zitterte, es war eine Mischung aus Erschöpfung und Verzweiflung. „Auch wenn es nur für eine Minute ist. Bitte."

Peterson seufzte und sagte: „In Ordnung, folgen Sie mir."

Michael und Kate begannen, neben mir herzugehen, und Peterson stoppte sofort. „Im Moment nur Carrie."

Kates Blick fiel auf mich und ich war sicher, ich konnte darin eine Mischung aus Feindseligkeit und purem Hass erkennen. Ich wandte meine Augen ab, so, als ob sie gar nicht da wäre. Einen Augenblick später folgte ich Peterson durch eine verwirrende Anzahl von Gängen und dann waren wir in einem Teil des Krankenhauses, in dem ich bisher noch nicht gewesen war.

„Das ist der Aufwachraum. Sobald Rays Narkose nachlässt, wird er auf die Intensivstation verlegt werden. Wahrscheinlich irgendwo in die Nähe Ihrer Schwester. Wir werden versuchen, ihn in derselben Sektion unterzubringen."

„Danke", flüsterte ich.

Peterson hielt in der Nähe einiger Türen an, ein Spender mit Desinfektionsmittel hing an der Wand. „Bitte desinfizieren Sie Ihre Hände. Es gibt immer noch ein sehr hohes Infektionsrisiko."

Ich tat, was er sagte, und dann führte er mich durch zwei Türen und öffnete eine weitere.

Sofort hörte ich das laute Schaben des Beatmungsgeräts. Das Licht war natürlich gedämmt, aber es war nicht ganz dunkel. Mehrere Monitore standen in einer Reihe und zeigten Rays Puls und andere Vitalitätssignale. In der Mitte lag mein Ehemann. Sein Kopf war rasiert worden und in Verbände gewickelt, genauso wie sein linker Arm und sein linkes Bein, die beide ruhig gestellt worden waren. Seine Augen waren geschlossen und ein dicker Plastikschlauch war in seinen Mund geklemmt worden. Andere Schläuche und Kabel führten einfach überall hin.

Ich stand an der Tür, sah in den Raum, meine Arme hatte ich gegen meinen Magen gedrückt und mein Herz klopfte wie verrückt. Rays Haut war bleich, fast weiß. Ich schluckte, meine Kehle war auf einmal trocken und kratzig. Stundenlang hatte ich mir nichts anderes gewünscht, als Ray zu sehen. Aber jetzt, als ich mit ihm in einem Raum war, hatte ich… schreckliche Angst. Mit kleinen, vorsichtigen Schritten näherte ich mich ihm. Und als ich näher kam, begann ich unkontrollierbar zu weinen, die Tränen rannen mir einfach über das Gesicht und ich konnte nicht aufhören. Denn ich hatte noch niemals jemanden gesehen, der so beschädigt ausgesehen hatte. Es sah überhaupt nicht wie Ray aus: Stattdessen war es ein…ein dünneres, blasses Wachsabbild, so als ob jemand eine Form von Rays Kopf und Körper erstellt hatte und dann ein bisschen darauf herumgedrückt und die Form zum Schmelzen gebracht hatte. So, als ob sie eine Karikatur aus seinem Gesicht gemacht hatten, die Art, die man bei Faschingsumzügen oder in schlechten Fernsehshows sieht. Niemals jedoch würde man so etwas mit dem Gesicht und den Augen des eigenen Ehemanns machen. Sein Gesicht war so geschwollen, dass man es fast nicht erkennen konnte, und an den Stellen, an denen man zwischen den ganzen Schläuchen und Kabeln nackte Haut sehen konnte, waren überall Blutflecken.

Aber irgendwo da drinnen war Ray. Irgendwo da drinnen kämpfte der Mann, den ich liebte und mit dem ich eine Zukunft haben würde, um sein Leben. Er war da drinnen und kämpfte ums Überleben. Ich wusste es. Ich konnte es fühlen. Manchmal fühlte es sich so an, als ob er direkt neben mir stand und mir etwas zuflüsterte. Und ich würde alles nur Erdenkliche tun, um ihm zu helfen zurückzukommen. Alles.

Ich streckte meinen Arm aus, meine Hand zitterte dabei, und berührte seine Schulter. Und ich flüsterte: „Ray...Ich weiß nicht, ob du mich hören kannst. Ich weiß nicht, ob du da drin bist. Aber du musst wissen...dass ich dich liebe. Ich liebe dich und möchte, dass du mit mir nach Hause kommst. Bitte komm zurück, Ray. Bitte wach auf."

Ich holte tief Luft und lauschte und irgendetwas in mir wusste auf einmal Bescheid. Ich wusste, dass er mich hören konnte. Ich wusste, dass er es versuchte. Ich kämpfte darum, die Tränen zurückzudrängen und ein mutiges Gesicht zu machen, denn ich war mir sicher, dass Ray das gerne gewollt hätte. Und ich lehnte mich nach vorne und küsste ihn sanft auf die Stirn.

„Ich warte auf dich, Soldat", flüsterte ich in sein Ohr. Und dann richtete ich mich auf und verließ den Raum.

Lassen Sie meine Schwester in Ruhe (Ray)

Ich spürte, wie es mir eiskalt den Rücken runterlief. Es tat weh. Denn ich stand auf der einen Seite meines Körpers und Carrie auf der anderen und sie berührte meine Schulter und flüsterte: „Ray...Ich weiß nicht, ob du mich hören kannst. Ich weiß nicht, ob du da drin bist. Aber du musst wissen...dass ich dich liebe. Ich liebe dich und möchte, dass du mit mir nach Hause kommst. Bitte komm zurück, Ray. Bitte wach auf."

Ich hätte am liebsten laut geschrien. Ich wollte sie umarmen, für immer festhalten, keiner von uns würde je wieder loslassen. Und dann lehnte sie sich nach vorne, sah mein Gesicht ganz genau an und flüsterte kaum hörbar in mein Ohr: „Ich warte auf dich, Soldat."

Ich konnte nicht anders. Ich erstickte fast an einem Schluchzen. In diesem Moment hätte ich alles, einfach alles auf der Welt dafür gegeben, in der Lage zu sein, in meinen Körper zurückzukehren und aufzuwachen.

Aber ich konnte es nicht. Sie drehte sich um und ging aus dem Raum. Wie betäubt folgte ich ihr. Doktor Peterson ging mit ihr zurück zur Intensivstation, keiner der beiden sagte etwas. Sie gingen schnell und geschäftsmäßig nebeneinander her, aber ich konnte an Carries angespanntem Rücken erkennen, dass sie alles in ihrer Macht stehende tat, um nicht auszurasten, mit etwas um sich zu werfen oder etwas kaputt zu machen. Bei der Intensivstation angekommen sagte Doktor Peterson: „Ich schlage Ihnen allen vor, dass Sie etwas schlafen. Die Besuchszeiten sind schon lange vorbei. Ruhen Sie sich aus. Sie können nach sieben Uhr zurückkommen."

Carrie nickte, ihre Augen waren leer. Peterson schob seine Codekarte durch den Schlitz und die Türen öffneten sich. Carrie ging hinein, gerade als ein Mann schnell den Gang entlang kam und ihr nach drinnen folgte. Doktor Peterson drehte sich um, ich folgte dem Mann und kniff meine Augen zusammen.

„Dr. Thompson-Sherman?", sagte der Mann und ich fühlte, wie ungezügelte Wut mich durchfuhr. Carrie konnte es auch fühlen: Ich konnte es sehen, ihre Schultern wurden plötzlich steif und sie blieb stehen. Dann drehte sie sich um, ihr Gesicht sah ungläubig aus.

Hinter ihr saßen Dylan und Alex an der Wand neben Jessica. Meine Eltern hatten sich etwas näher zu ihnen gesetzt. Sie saßen nicht mehr am anderen Ende des Raumes, aber auch nicht direkt neben ihnen. Sarah war auf der anderen Seite des Raumes, weit weg von ihnen, und hing in der Nähe des Schwesternstützpunkts rum. Niemand bemerkte sie.

Ich kannte den Mann. Es war Ronald Lafferty. Ein Reporter der New York Daily News.

Das erste Mal traf ich Lafferty ein paar Tage, nachdem die Army beschlossen hatte, dass sie mich nun doch anklagen würden. Ich war mit der Metro vom Walter Reed Krankenhaus nach Bethesda gefahren und dann die zwei Blöcke zu unserer Wohnung gelaufen. Er hatte am Eingang gestanden und als ich den Arm ausgestreckt hatte, um die Tür zu öffnen, war er sehr offensiv auf mich zugekommen und hatte Fragen abgefeuert. Ich hatte immer wieder „Kein Kommentar" geantwortet und am nächsten Tag war mein Bild auf der Titelseite der Daily New zu sehen. Die Überschrift lautete: „Lebt der Kriegsverbrecher in Saus und Braus?"

Das war nur der erste von mehreren Artikeln gewesen, die Carrie und mich durch den Schmutz gezogen hatten. Lafferty hatte es sich zur Aufgabe gemacht, unser Leben zu zerstören.

„Lassen Sie mich in Ruhe, zur Hölle nochmal", sagte Carrie, die Wut stand ihr ins Gesicht geschrieben. Dylan stand auf, er sah besorgt aus.

„Carrie", sagte Lafferty, „Möchten Sie etwas zu dem Unfall sagen? Kannten Sie den anderen Fahrer?"

„Ich sage gar nichts. Verschwinden Sie, aber schnell."

Lafferty ließ sich davon nicht beirren. „Kommen Sie schon, Carrie. Wir werden die Story ohnehin drucken. Erzählen Sie mir Ihre Sicht der Dinge. Waren Sie überrascht, herauszufinden, dass der andere Fahrer auch ein Angehöriger der Army war?"

„Was?", sagte Carrie, ihr Gesicht verriet, dass sie geschockt war. „Lassen Sie mich *in Ruhe*. Sie haben kein Recht, hier zu sein."

Dylans Gesicht war rot und er ging sehr schnell auf den Reporter zu. Von der anderen Seite des Raumes kam Sarah hinzu, der Zorn stand ihr ins Gesicht geschrieben.

Dylan sagte: „Sie haben die Lady gehört. Verschwinden Sie jetzt."

Eine Krankenschwester sah den Aufruhr und sah besorgt aus. Sie sagte: „Bitte entschuldigen Sie, Sir. Sind Sie hier, um einen engen Familienangehörigen zu besuchen?"

„Carrie, ein Informant aus der Army sagt, dass der andere Fahrer irgendetwas mit der Untersuchung zu tun hat. Sagen Sie mir, was Sie wissen, so können Sie uns endlich Ihre Seite der Geschichte erzählen."

Horror gemischt mit Schock blitzte auf ihrem Gesicht auf. Sie hielt sich mit den Händen die Ohren zu und schrie: „Raus hier!"

Bei Carries Schrei wurde Dylan gewalttätig, rannte nach vorn und ergriff Lafferty am Kragen. Er schlug seinen Kopf mit einem dumpfen Krachen gegen die Wand und sagte: „Verschwinden Sie, zur Hölle nochmal, *sofort!*"

Aber dann passierte es. Sarah schrie auf, es ging einem durch Mark und Bein. „Lassen Sie meine Schwester in Ruhe!" Sie rannte nach vorn, *direkt durch Dylan hindurch.* Sie legte ihre Hände auf beide Seiten von Laffertys Kopf, nein, sie legte sie *in* seinen Kopf und dann stieß sie einen Schrei aus, aus dem die ganze aufgestaute Wut, der Zorn und die Verwirrung eines Teenagers sprachen, der mit Horror und Tod konfrontiert wurde. Auf einmal zuckten alle im Raum zusammen und ich musste mir die Ohren zuhalten.

Dylan wich zurück und murmelte mit rauer Stimme: „Verschwinden Sie."

Aber Sarah war noch nicht fertig. Nicht mal annähernd. Ihre ganze Gestalt zitterte, flimmerte sogar und für einen kurzen Moment konnte ich Lafferty durch sie hindurch erkennen. Aber ich konnte auch die Wut in ihr sehen, fast so wie schwarze Nebelschwaden, die sich von ihren Händen direkt in ihn hineinbewegten, und dann wurden sogar die Lichter ein bisschen dunkler, als sie ihren ganzen Zorn in den Reporter ergoss.

Ich wusste nicht, was sie da tat. Aber ich wusste, dass ich blanken Horror spürte, ich hatte Schmerzen in meinen Schläfen und auf einmal verspürte ich Brechreiz. Ich hielt mir die Ohren zu, um den Schrei nicht zu hören, aber er war innerhalb meines Kopfes, als ich mich nach vorn beugte, hatte ich Schmerzen im ganzen Körper.

Was auch immer sie tat, es beeinflusste jeden. Lafferty wurde ganz weiß und Dylan wich zurück, seine Augen wanderten aufmerksam umher, so als wäre er wieder auf dem Schlachtfeld. Daniel rollte sich auf seinem Stuhl zusammen, hielt sich die Ohren zu und kniff vor Angst die Augen zu. Und Jessica begann zu hyperventilieren, zitterte auf ihrem Stuhl, ihre Augen verdrehten sich nach oben, als sie murmelte: „Aufhören, lassen Sie sie in Ruhe…"

Lafferty keuchte, er hatte ganz große Augen und stolperte davon, weg von Dylan, weg von Sarah. Er konnte sie natürlich nicht sehen. Er *konnte* nicht wissen, was hier genau passierte. Er zeigte auf Dylan und sagte: „Dafür werden Sie büßen, Sie Arschloch", und rannte dann zur Tür. In dem Moment bemerkte ich, dass seine Hose vor Urin und Schweiß ganz nass war.

Die Tür ging auf und Lafferty rannte aus dem Raum.

Alle waren für einen Moment ruhig, aber dann schrillten auf einmal am Schwesternstützpunkt mehrere Alarmsignale los. Eine der Krankenschwestern stellte den Alarm schnell ab…und rannte dann in Sarahs Raum. Eine Sekunde später rief sie: „Holen Sie Doktor Wilson! Und einen Notfallwagen! Kammerflimmern!"

Noch nicht vorbei (Carrie)

Ich keuchte nach Luft, als dieser Bastard Lafferty durch die Tür rausrannte. Dylan sah verwirrt aus, Zorn stand ihm ins Gesicht geschrieben und Alex starrte Dylan an, als ob sie ihn gar nicht kannte. Der plötzliche Gewaltausbruch hatte alle geschockt, am meisten Dylan selbst. Er war blass und sah schockiert aus, während er dem Mann, der sich vor Angst in die Hose gemacht hatte, hinterher starrte.

Für einen kurzen Moment war es völlig still und dann hörte ich vom Schwesternstützpunkt lautes Piepen.

Sekunden später rief eine Krankenschwester aus Sarahs Raum: „Holen Sie Doktor Wilson! Und einen Notfallwagen! Kammerflimmern!"

Pure Angst durchfuhr mich. Hatte ich mich inzwischen mit dem Gedanken vertraut gemacht, Ray zu verlieren? Ich denke nicht, aber zur gleichen Zeit löste dies in mir eine neue Welle der Angst aus. Mein Herz begann wie wild in meiner Brust zu schlagen, als ich zusah, wie eine weitere Krankenschwester und ein Arzt in Sarahs Zimmer rannten. Die Sirenen von den Überwachungsgeräten verursachten ein Stechen in meinem Kopf und in meinem Herzen.

Ich stand da, keuchte, wusste nicht, was ich tun sollte, und dann spürte ich Arme um mich herum. Alexandra auf der einen Seite und Jessica auf der anderen.

Wie Schiffbrüchige, die überlebt hatten, standen wir drei da und sahen zu unserer Schwester, beteten, dass sie nicht sterben würde. Innerhalb des

Zimmers hielt der Arzt zwei Paddles aus Plastik in die Luft, während sie mit einem heulenden Geräusch aufgeladen wurden, eine Krankenschwester zog Sarahs Hemd nach unten, aus dem Weg, und eine weitere Schwester schmierte Gel auf ihre Brust.

Der Arzt rief: „Zurück!" und presste die Paddles auf ihre Brust. Man hörte ein lautes Pochen und ihr Körper verkrampfte sich. Jessica schwankte neben mir und ich drehte mich zu ihr um und hielt sie aufrecht.

„Dylan, hilf uns!", rief ich aus. Er rannte zu mir und hob Jessica in seine Arme. Sie war aschfahl geworden und ein leises, totenklageähnliches Jammern kam aus ihrem Mund. Ihre Augen waren weit geöffnet, traten hervor, die Pupillen waren geweitet. Dylan sagte: „Komm, du musst das nicht mit ansehen."

„Nein!" schrie sie. Sie begann sich gegen ihn zu wehren, hysterische Tränen rannen über ihr Gesicht, als sie versuchte, ihm zu entkommen. Er hielt sie stärker fest, man konnte sehen, wie er bei dem Versuch, sie festzuhalten, seinen Bizeps anspannte. Er sagte zu ihr in einem rauen Flüstern: „Es wird alles gut, Jessica. Es wird alles gut werden."

Ich schluchzte, als die Überwachungsgeräte über Sarah weiterhin Alarm gaben. Der Arzt rief nochmals: „Zurück!" Die Schwestern traten zurück, er legte die Paddles erneut auf und Sarahs Körper zuckte wieder.

Der Arzt und die Schwestern traten zurück, sahen auf den Monitor und nichts passierte. Jessica begann erneut zu stöhnen und Dylan murmelte: „Es ist noch nicht vorbei. Bleib ruhig. Bleib ruhig." Er ließ sie nicht los. Zwei weitere Ärzte betraten den Raum im gleichen Moment.

„Beatmen Sie sie", sagte der Arzt mit ruhiger Stimme. „Druckmassage."

Ich sah zu, wie eine Krankenschwester eine Beatmungsmaske auf Sarahs Gesicht befestigte, einer der Ärzte begann mit der Herzdruckmassage, während eine Schwester die Gardinen zuzog und uns damit den Blick versperrte.

„Zurück!", rief der erste Arzt. Ein Pochen und der Alarm tönte weiter.

„Druckmassage!", rief der Arzt.

Sarah war verschwunden (Ray)

„Was hast du verdammt noch mal getan?", schrie ich.

Sarah schüttelte ihren Kopf. „Ich...ich weiß es nicht...", sagte sie. Ihre Augen waren geweitet und sahen schockiert aus. Und das Furchteinflößende war, dass sie...immer noch ein bisschen...durchsichtig war. Sie stand da, atemlos, ihre Brust hob und senkte sich bei jedem schweren Atemzug. Ich versuchte sie nicht anzustarren, aber es war beängstigend. Schwaden von etwas, das wie schwarzer Rauch aussah, kamen immer noch aus ihrem Mund.

„Sarah...", sagte ich.

„Was?"

„Du bist am Verblassen."

Sie schluckte. „Wovon redest du?"

Ich griff nach ihrer Hand. Sie fühlte sich immer noch fest an. Aber ich konnte meine eigene Hand unter ihrer erkennen. Durch sie hindurch.

„Was zur Hölle?", rief sie und starrte geschockt herunter. Keiner von uns beiden beachtete die Geschehnisse, die nur ein paar Meter entfernt passierten, wo ein Arzt „Zurück!", rief.

Aber dann hörten wir einen dumpfen Schlag aus ihrem Zimmer und sie schrie vor Qual auf.

„Allmächtiger!", dachte ich, als ich nach ihr griff.

Ihre Augen waren sehr groß und sie schrie auf: „Oh, Scheiße, das tut weh!"

Daniel rief: „Geht es dir gut? Ich habe Angst."

Und dann begriff ich. Von einer Sekunde auf die andere.

Wir konnten Menschen berühren. Mit starken Gefühlen.

Sie hatte den Rettungssanitäter in dem Aufzug berührt. Obwohl wir gar nicht wirklich anwesend waren, hatte er unbewusst reagiert.

Ich hatte Carrie berührt, als ich diese schreckliche Sehnsucht verspürt hatte und sie war vor Sehnsucht und Verzweiflung völlig zusammen gebrochen.

Sarah hatte Lafferty mit den ganzen verdammten Emotionen *übergossen*. Mit Zorn, Angst, und einem überwältigenden Beschützerinstinkt Carrie gegenüber. Genug, dass er sich in die Hose gemacht hatte und vor Angst davongerannt war. Aber...Wir hatten immer noch eine Verbindung zu unseren Körpern. Es musste so sein. Denn in der Minute, in der sie das getan hatte, in der Minute, in der sie diese ganze Energie in jemanden ergossen hatte, hatte ihr Herz in der realen Welt, wenn das die reale Welt war, aufgehört zu schlagen.

Wir waren immer noch, wenn auch nur durch einem seidenen Faden, mit der realen Welt verbunden. Und ihr wahrer Körper starb wegen dem, was sie hier getan hatte.

Sie gaben erneut einen Elektroschock auf sie ab und ihr Körper, der nicht fleischliche Körper, der hier bei mir war, zuckte zusammen, und auch ich konnte es fühlen, ein schmerzhafter, weißer Blitz zerriss mich förmlich. Ich stieß einen Fluch aus und dann, ohne weiter darüber nachzudenken, hob ich sie in meine Arme und rannte in das Zimmer, in dem ihr echter Körper lag.

„Was zur Hölle machst du, Ray?", schrie sie.

„Sei ruhig und komm", antwortete ich, während ich sie in den Raum trug. Gerade als sich der Arzt über sie lehnte, um eine Druckmassage vorzunehmen, warf ich sie auf den Tisch.

„Ray, hör auf!"

„Nein", rief ich in meinem besten Army-Sergeant-Ton. „Du stirbst hier gerade und ziehst die Energie aus deinem eigenen Körper! Geh da rein!"

Sie starrte mich an und der Horror stand ihr ins Gesicht geschrieben. Und dann rief der Arzt „Zurück!" und sie zuckte vor Angst zusammen. Bevor sie von dem Tisch runterspringen konnte, beugte ich mich nach vorn und drückte sie nach unten, *in ihren eigenen Körper.*

„Du musst zurückgehen!", schrie ich. „Du stirbst sonst!"

„Nein!", rief sie aus. „Ich habe Angst!"

„Das ist mir scheißegal!" Und jetzt weinte ich auch. „Carrie kann nicht uns beide verlieren, gottverdammt nochmal!"

Dann lehnte sich der Arzt nach vorne, presste die Paddles auf ihre Brust und wir schrien beide vor Schmerz auf. Ihr Körper...ihr Geistkörper...verkrampfte sich und sie kreischte: „Ray, verdammt, lass mich gehen!"

Ich ergriff ihr Gesicht auf beiden Seiten und flüsterte dringlich: „Du musst zurückgehen."

Ihre Augen waren riesig und Tränen liefen ihr über das Gesicht. Ihre Haut war ganz blass geworden, ihre Augen blutunterlaufen. Sie war immer noch nur leicht durchsichtig und das erschreckte mich zu Tode. Wir ignorierten beide den Arzt, der wieder mit der Herzdruckmassage begann.

„Ich habe Angst", sagte sie. „Was ist, wenn ich sterbe? Was, wenn es das war? Was ist mit dir?"

Ich schluckte und sagte: „Du wirst gesund werden, Sarah. Ich verspreche es. Ich denke, das ist der einzige Weg. Du musst ohne mich weitermachen und…ich werde mir etwas einfallen lassen."

Sie schüttelte ihren Kopf, kämpfte erneut gegen mich an und sagte: „Ich kann nicht!"

„Tu es!", sagte ich und meine Stimme brach dabei. „Du musst dich für mich um Carrie kümmern. *Tu es!*"

Ihr ganzer Körper zitterte, sie schloss die Augen und sagte: „Okay. Wie?"

„Ich weiß es nicht", sagte ich. „Stell…es dir einfach vor. Tu so, als ob du wieder dort drinnen wärst. *Glaub* es."

Sie schloss ihre Augen, ihr Gesicht war schlaff. Ich konnte immer noch furchtbare Angst darin erkennen, aber sie kämpfte dagegen an. Auch ich hatte Angst. Angst, dass sie nicht zurückgehen würde und dass die lange Trennung von ihrem Körper die seidene Verbindung, die sie immer noch mit der realen Welt hatte, kappen könnte. Dass sie davondriften könnte, dass ihr Körper sterben würde und sie dazu verurteilt sein würde, dort draußen herum zu wandern, nicht tot und auch nicht lebendig, *gar nichts*. Ich musste alles in meiner Macht stehende tun, um ihr nach Hause zu helfen.

Koste es, was es wolle.

Ich hielt ihr Gesicht immer noch in meinen Händen und ich sagte: „Versprich mir, dass du dich um sie kümmern wirst."

„*Was?*", kreischte sie.

„Versprich es mir, verdammt nochmal", sagte ich und meine Stimme brach erneut. „Versprich mir, dass du auf Carrie achtgeben wirst!"

Ihre Stimme war nicht mehr ängstlich. Sie war voller Kummer, als die Tränen begannen, aus ihren Augen zu quellen. Meine eigenen Tränen fielen auf ihr Gesicht, vermischten sich mit ihren Tränen und sie sagte, mit zitternder, leiser Stimme: „Ich verspreche es."

Und dann schloss ich meine Augen und schickte sie mit meiner ganzen Willenskraft zurück in ihren Körper. Ich stellte mir vor, wie sie bei dem Morbid Obesity-Konzert ausgesehen hatte, mit einem breiten Grinsen im Gesicht, wie sie mit den Punk-Rockern in der Menge zusammengestoßen war, jeder Zentimeter an ihr lebendig und schön. Ich stellte sie mir vor, wie Carrie sie beschrieben hatte, ein kleines Mädchen mit einer großen Persönlichkeit, die einen ganzen Raum allein ausfüllen konnte. Ich stellte mir vor, wie sie Carries Hand hielt.

Und in dem Moment passierte etwas Verrücktes, als wenn das alles nicht schon verrückt genug war. Ich hörte auf, mir absichtlich etwas vorzustellen, aber in meinem Geist waren immer noch Bilder. Bilder aus ihrer Erinnerung. Ich sah sie, wie sie als Fünfjährige in den Spiegel schaute, wie sie und Jessica Ballettstunden genommen hatten, zwei kleine Zwillingsschwestern, eine hell und eine dunkel. Ich sah sie in einem Park, wie sie auf ihre Handfläche starrte, auf der sich Blut sammelte, und ihre viel ältere Schwester Carrie, die sie beruhigte, während sie eine Scherbe aus ihrer Handfläche zog.

Ich sah sie an einem vollen Tisch in einem Restaurant sitzen, alle ihre Schwestern saßen um sie herum und sie schnitt Grimassen in Richtung eines blonden, wesentlich jüngeren Crank Wilson mit Igelfrisur.

Sarah fiel zu Boden, als ein junger, rotgesichtiger Randy Brewer ihr ein Bein stellte, dann kicherte und lachte er, als sie mit dreckigem Kleid davonrannte.

Die Visionen gingen immer weiter, wurden immer lebendiger, immer bunter, als sie älter wurde. Nun war sie in der Mittelstufe, ging Hand in Hand mit Jessica einen Flur entlang, ein Junge schob sich zwischen sie und sagte: „Freaks." Sechs Monate später starrte sie in den Spiegel, es war das erste Mal, dass sie sich komplett schwarz gekleidet hatte. Am nächsten Morgen verprügelte sie den Jungen, der Jessica tyrannisiert hatte.

Ich sah sie auf einer Bowlingbahn, obwohl das sehr unwahrscheinlich war. Ich konnte das Gewicht ihrer Kampfstiefel spüren, das enge T-Shirt, die Hand eines Jungen an ihrer Seite, der Junge, der ihr den ersten – und letzten – Kuss gegeben hatte.

Ich sah sie in einem Raum Jessica gegenüber stehen, Bücher werfend und schreiend.

Ich sah ihre Schwester Andrea, die weinte. Sie packte. Sie weigerte sich zu sagen, was los war, warum sie die anderen verließ.

Ich sah sie auf dem Rücksitz von Carries Mercedes hinter mir sitzend: Sie hatte ihre Arme vor der Brust verschränkt, starrte aus dem Fenster und dann sah sie den herankommenden Jeep und geriet in Panik.

Ich schluckte, spürte, wie sich ein Kloß in meinem Hals bildete, als ich realisierte, dass, falls sie nicht durchkommen würde, falls ich es nicht schaffen würde, sie jetzt zurück in ihren Körper zu schicken, sie niemals wieder geküsst werden würde. Sie würde niemals wieder ein Konzert besuchen. Sie würde Andrea nie wieder sehen und niemals herausfinden, was los war. Genau wie der kleine Junge in Dega Payan, der Junge, dessen Leben viel zu früh endete, den ich nicht hatte retten können, egal, wie oft ich in meinen Träumen dorthin zurückkehrte, egal, wie oft ich mir wünschte, es wäre nicht geschehen, egal, wie oft ich Gott um Vergebung dafür gebetet hatte, dass ich sein Leben nicht gerettet hatte.

Ich konnte nicht zurück und das Leben des Jungen retten. Aber hier und jetzt konnte ich alles in meiner Macht stehende tun. Vielleicht war das auch eine Chance für mich und nicht nur für Sarah. Vielleicht war das eine Chance, das Richtige zu tun.

Ihre Augen flogen auf und sie flüsterte: „Ich falle. Lass mich nicht los."

Ich ließ meine ganze Liebe, jedes noch so kleine Fitzelchen, in sie hineinströmen. Sämtliches Mitgefühl, das ich hatte. Jeden Moment, den ich ihr wünschte. Ich schloss meine Augen und *wünschte* es mir. Und dann rutschten meine Hände ab, sie berührten ihren Geist nicht mehr, stattdessen fuhren sie durch den nicht festen, aber allzu realen Körper unter mir. Alle Luft verließ mich, als ich ausatmete, ich öffnete meine Augen und fühlte mich auf einmal völlig allein.

Sarah war verschwunden.

Ich stolperte zurück, spürte, wie ich schwankte, so als ob ich unter Schock stand. Ich starrte auf meine Hände und zuckte zusammen, denn ich konnte durch sie hindurch sehen. Ich konnte den Fußboden durch sie hindurch erkennen. Sie zitterten und durch meine substanzlosen Finger konnte ich direkt auf Sarah schauen, ein Arzt drückte auf ihre Brust.

Und dann rief die Krankenschwester: „Wir haben einen Puls."

Ich sank neben ihrem Bett zu Boden. Und dann sah ich Daniel, der in der Tür stand. Seine Augen waren vor Angst geweitet.

Kleine Teilchen (Carrie)

„*D*r. Thompson? Ich bin Richard Moore."

Ich lächelte und schüttelte ihm die Hand. „Ich freue mich sehr, Sie kennenzulernen, Dr. Moore. Bitte…nennen Sie mich Carrie."

„Dann müssen Sie mich Richard nennen."

Ich stand im Hauptfoyer des National Institute of Allergy and Infectious Diseases, eines der vielen Gebäude, die sich auf dem Campus des NIH verteilten. Dr. Moore, der mein Vorgesetzter werden würde, war eine der Koryphäen der Abteilung Infektionskrankheiten. Er war groß, fast so groß wie ich, hatte hagere, eckige Züge und eingesunkene Wangen.

„Später am Vormittag werde ich Sie nach unten begleiten, um den Papierkram zu erledigen. Hatten Sie Probleme, uns zu finden?"

„Nein, es war ziemlich leicht", antwortete ich. Eigentlich hatte ich einen recht frustrierenden Morgen gehabt. Nach einem kurzen Telefonat mit Ray, der immer noch dabei war, sich mit seiner plötzlichen Einberufung nach Fort Myer zu arrangieren, war ich mit dem Aufzug in die Garage gefahren, wo mein Auto, seitdem es von Texas hierher überführt worden war, geparkt stand. Und es startete nicht. Keine Ahnung warum, aber der Motor wollte einfach nicht anspringen.

Zum Glück war ich zwanghaft früh dran gewesen, also war es kein Problem, den Concierge der Wohnanlage zu bitten, das Auto abschleppen zu lassen, und dann zur Bethesda Metro zu gehen, mit dem Zug zum NIH zu fahren und dort den Schildern zu folgen. Ich war immer noch fünfzehn Minuten zu früh eingetroffen.

„Ja, dann kommen Sie mal mit. Ich möchte Sie dem Team vorstellen."

Ich folgte Dr. Moore zu den Aufzügen. Ich war neu hier und wie immer in neuen Situationen nahm ich meine Umgebung sehr genau wahr, die Nuancen in den Gesichtern der Menschen, den Tonfall. Und ich konnte nicht anders als wahrzunehmen, dass Dr. Moore, der einen Ehering trug, mir immer wieder Blicke zuwarf, seine Augen sahen meinen Körper auf unmissverständliche Weise an. Es war unheimlich, und als wir den Aufzug betraten, sagte ich: „Was können Sie mir von sich erzählen, Richard? Sind Sie verheiratet? Haben Sie Kinder?"

Als sich die Aufzugtür schloss, wanderten seine Augen zurück zur Tür und er sagte: „Ja. Meine Frau arbeitet auch am NIH und wir haben zwei Kinder im Teenageralter."

„Oh, das ist schön", antwortete ich.

Er kicherte. „Soweit würde ich nicht gehen. Teenager können ziemlich schwierig sein."

„Gehen sie in Bethesda zur Schule?"

„Ja, an die BCC."

„Oh! Dort habe ich die ersten zwei Jahre meiner Highschoolzeit verbracht."

„Wirklich? Ich wusste nicht, dass Sie aus unserer Gegend stammen."

Ich schüttelte den Kopf. „Ich bin nicht von hier. Ich komme aus einer Botschafterfamilie. Mein Vater hat drei Jahre in der Hauptstadt gearbeitet, also bin ich hier zu Schule gegangen."

„Und dann waren sie an der Columbia-Universität und in Rice. Sie haben sehr gute Empfehlungen. Professor Ayers hat nur Gutes über Sie gesagt."

Die Aufzugtüren öffneten sich und wir stiegen aus.

„Unsere Büros sind alle hier im 7. Stock."

Wir gingen den Gang entlang und er zeigte mir den Pausenraum und die Labors, dann mein Büro. Es war klein, aber es hatte ein Fenster, was eine Verbesserung zu dem winzigen Büro war, das ich in Rice hatte teilen müssen.

„Sie werden drei Studenten als Assistenten bekommen, aber die Studenten beginnen erst nächste Woche mit ihrer Arbeit. Die Studenten werden am Ende des Ganges im Großraumbüro sitzen." Er sah auf seine Armbanduhr und sagte: „Argh, wir sind spät dran. Ich zeige Ihnen jetzt das Besprechungszimmer, wir haben heute Morgen eine Teambesprechung. Sie findet nur einmal pro Woche statt, aber sie kann zur Qual werden."

„Ach ja?"

Er lächelte mich schwach an. „Manchmal werden in den Besprechungen die Messer gewetzt. Ich würde Ihnen ja gerne erzählen, dass wir alle eine große glückliche Familie sind. Aber ich bin sicher, dass Sie das verstehen. Akademische Eifersucht. Machtkämpfe. Ich bin mir sicher, das haben Sie woanders auch schon erlebt."

Ich verzog das Gesicht. „Leider ja. Ist das hier üblich?"

Er grunzte und nickte. „Ja. Seien Sie vorbereitet…Sie sind ein bisschen jung und unerfahren für Ihre Position. Das wird einigen Personen nicht gefallen."

„Ich denke, dann muss ich mich wohl beweisen", sagte ich.

„Tja, Ihrer Doktorarbeit nach zu urteilen, dürfte das kein Problem werden. Soweit ich weiß, sind Sie auch die Hauptautorin zweier Fachartikel, die demnächst veröffentlicht werden, richtig?"

„Ja…beide werden im ‚Journal of Infectious Diseases' erscheinen."

„Das ist wirklich eine großartige Leistung, wenn man bedenkt, dass Sie Ihre Laufbahn gerade erst begonnen haben."

Wir hielten vor einem großen Besprechungszimmer. Durch die Glasfront konnte ich ein halbes Dutzend Männer und Frauen sehen, die entspannt um den Tisch herum saßen. Es hätte eine akademische oder geschäftsmäßige Zusammenkunft überall auf der Welt sein können, aber man kleidete sich formeller, als ich es von Rice gewohnt war, dort waren Jeans üblich gewesen. Ich war froh, dass ich meinem Instinkt vertraut und heute Morgen ein konservatives, graues Kostüm mit einem hellen, blauen Top angezogen hatte. Vielleicht lag es an der Nähe zu Washington, DC und an der Tatsache, dass dies hier wirklich eine staatliche Einrichtung war. Die Männer trugen alle Anzug und Krawatte, allerdings hatte einer von ihnen, ein kahl werdender, rotgesichtiger Mann am hinteren Ende des Tisches, seine Krawatte etwas gelockert.

Dr. Moore führte mich in den Raum.

„Team", sagte er, „Ich möchte Ihnen Dr. Carrie Thompson vorstellen, die von der Ökologischen Fakultät der Rice-Universität zu uns gekommen ist. Für alle, die meine Mail nicht gelesen haben..."

„Das sind dann wohl wir alle", unterbrach der kahl werdende Mann.

Moore verzog das Gesicht und fuhr verlegen fort: „Also, für alle, die meine Mail nicht gelesen haben, Dr. Thompson ist Verhaltensökologin und die Wissenschaftlerin, die den Überträger des MRSA (Methicillin-resistenter Staphylococcus aureus) identifiziert hat, der in der Viehzucht im mittleren Westen auftritt. Die Erkenntnisse ihrer Forschung werden nächsten Monat im Journal of Infectious Diseases veröffentlicht."

Zu meiner Nächsten, an der rechten Seite des Tisches, saß eine Frau, die ein paar Jahre älter war als ich, vielleicht Mitte bis Ende dreißig. Sie hatte braune Haare, war blass und hatte Falten um ihren Mund herum. Sie sah mich seltsam an und sagte: „Man stelle sich vor. Eine Verhaltensökologin?" In ihrer Stimme lag ein leichter Hauch von Geringschätzung.

Ich wusste nicht, wie ich damit umgehen sollte. Also griff ich auf Bewährtes zurück und tat so, als ob gar nichts vorgefallen war. Ich streckte ihr meine Hand entgegen und sagte: „Nennen Sie mich Carrie."

Nun musste sie meine Hand schütteln. „Ich bin Lori Beckley. Mikrobiologin."

Ich kannte ihren Namen, außerdem wollte ich ihre Feindseligkeit so schnell wie möglich beseitigen und sie zu einer Verbündeten machen, also sagte ich: „Doch nicht die Dr. Beckley, die sich mit den Mutationen der MRSA in New York beschäftigt hat?"

Ihre Augen wurden groß. „Die bin ich. Allerdings war ich nicht die Hauptautorin dieser Artikel. Ich bin überrascht, dass Sie meinen Namen erkannt haben."

„Um ehrlich zu sein", sagte ich, „Ihre Genombestimmungen waren für unsere Forschung unentbehrlich."

Sie lächelte. „Vielleicht mag ich Sie doch, Carrie. Nennen Sie mich Lori und nehmen Sie Platz."

Sie zog den Stuhl zwischen sich und dem kahl werdenden Mann vor. Als ich in Richtung des Stuhls ging, sah er zu mir auf und sagte: „Meine Güte, Sie sind ja fast zwei Meter groß."

Eine der zwei Frauen, die ihm auf der anderen Seite des Tisches gegenüber saß, eine Rothaarige mit einer unnatürlichen Stupsnase, sagte in scharfem Ton zu dem Mann: „Pass auf, Renfield, wir wollen doch keine Anzeige wegen sexueller Belästigung riskieren."

Er wedelte spöttisch mit der Hand und sagte: „Das wäre ja wohl ziemlich übertrieben." Dann drehte er sich zu mir um und hielt mir seine Hand hin. „Dr. Warren Renfield. Ich bin auch Mikrobiologe."

Ich ergriff seine Hand und lächelte. Er hielt sie länger, als angemessen war, fest und ich bekam eine Gänsehaut.

Die Rothaarige sagte: „Ich bin Lila Renfield. Ich bin Epidemiologin und die Frau dieser gefallenen Seele, allerdings nicht mehr lange, wenn er Ihre Hand noch einmal so lange festhält."

Lori zu meiner Rechten sagte: „Hören Sie nicht auf sie, Carrie. Sie streiten ständig über alles Mögliche. Es ist echt anstrengend."

Die beiden verbleibenden Personen am Tisch wurden mir vorgestellt. Zu Lila Renfields Rechten saß Han Zheng, ein Epidemiologe, und zu ihrer Linken war Karina Harre, eine weitere Mikrobiologin. Ich kannte zumindest einige der Arbeiten aller Personen hier am Tisch: Alle hatten Artikel zur immer größer werdenden Bedrohung durch MRSA veröffentlicht und alle hatten Wesentliches zur Forschung beigetragen.

„Ich denke, wir sollten anfangen", sagte Dr. Moore. „Sie haben jetzt lange genug geplaudert."

Lori sagte: „Richard, ein neues Teammitglied willkommen zu heißen, kann man wohl kaum Plaudern nennen. Vor allem, wenn es um jemanden geht, der sich auf etwas so Ungewöhnliches spezialisiert hat."

Richard sah in die Runde: „Kennen Sie alle Dr. Thompsons Arbeit?"

Alle am Tisch nickten. Und ich muss zugeben, ich war ein wenig eingeschüchtert. Das war keine Gruppe Studenten, die in einem Labor in Texas herumspielten. Das war ein angesehenes Spezialistenteam, das an MRSA forschte, und zwar in einem der führenden medizinischen Labors im ganzen Land.

Zheng, einer der beiden Epidemiologen am Tisch, sagte: „Ich kenne Ihre Schlussfolgerungen, Dr. Thompson, aber ich muss zugeben, dass ich Zweifel habe."

„Bitte nennen Sie mich Carrie", sagte ich. „Und...warum?"

„Zunächst einmal bin ich neugierig, warum Sie glauben, dass die Wildkatzen die Erreger überhaupt übertragen."

Ich lehnte mich auf meinem Stuhl zurück. „Zu Beginn war es nur eine Vermutung. Wir beobachteten die Verlagerung der Lebensräume der Berglöwen in der Sierra Nevada, versuchten, ihre Bewegungen nachzuvollziehen und festzustellen, wo sie sich ansiedelten. Es stellte sich heraus, dass sie sich nicht weit entfernt von den großen Highways, die nach Osten führen, bewegten, und das bedeutete, dass sie in einigen Fällen auch Kontakt zu den großen Bevölkerungszentren hatten."

„Sind Berglöwen nicht Einzelgänger?"

„Das sind sie. Dies war eine Studie über die gesamte Population."

„Ich verstehe. Also ist es eine...Wechselbeziehung. Sie haben also festgestellt, dass die Ausbrüche der MRSA am Anfangs- und am Endpunkt der Wanderungen der Berglöwen lagen?"

Ich schüttelte meinen Kopf. „Nein. Die Beweise sind ziemlich eindeutig. Dr. Beckleys Arbeit machte das möglich, in der Tat...Der Bakterienstamm, den sie bei dem zurückgerufenen Fleisch aus New York letztes Jahr untersuchte, enthielt dieselben Mutationen wie der Stamm aus Sierra Nevada, den wir untersuchten. Also jagten wir letzten Sommer einige der Tiere, die wir bereits mit Funksendern markiert hatten, und fanden denselben Bakterienstamm in ihrem Fell. Einer der Löwen war gerade an der Infektion erkrankt und lag im Sterben, als wir ihn fanden. Die gesamten Forschungsergebnisse werden nächsten Monat veröffentlicht."

„Oh, ich verstehe", sagte Zheng. „Das ist faszinierend. Und Sie sind eine der Autorinnen?"

Moore fiel ein: „Sie ist die Hauptautorin."

Zheng hob die Augenbrauen. „Ich bin beeindruckt."

Danach wandte sich die Unterhaltung Themen zu, die nichts mit meiner Forschung zu tun hatten. Die Renfields, Lila und Warren, zankten dreißig Minuten lang über die Bedeutsamkeit der Variationen des MRSA, die man in Krankenhäusern in Atlanta und Chicago gefunden hatte. Meine Augen wurden müde, bis Moore die Unterhaltung auf etwas anderes lenkte. Schließlich, nach fast drei Stunden, beendete Moore die Besprechung. Inzwischen war es nach 14 Uhr und ich war so hungrig, dass mir etwas schummrig wurde.

Als ich mich vom Tisch entfernte, sagte Lori Beckley zu mir: „Wenn Sie heute Abend noch nichts vorhaben, würden Sie sich dann auf einen Drink mit mir treffen? Es ist immer gut, eine Verbündete in dieser Meute zu haben." Ihre Augen wanderten zu den anderen Mitgliedern des Teams, als sie das sagte.

Ray hatte mir bereits mitgeteilt, dass er damit rechnete, die ganze Nacht im Dienst zu sein, also war es einfach zu antworten: „Sicher, ich freue mich."

Vier Stunden später saßen wir im Rock Bottom in Bethesda und sie sagte: „Ich werde ehrlich zu Ihnen sein. Als Sie reinkamen…Mitte zwanzig, groß, schön…habe ich Sie falsch eingeschätzt."

„Wirklich?", fragte ich halb sarkastisch.

Sie grinste. „Moore hat eine bedauerliche Vergangenheit von…unsittlichen Berührungen. Aber soweit ich weiß, ist es lange Zeit nicht mehr vorgekommen. Aber er sieht sich als der schneidige Star der Welt der Epidemiologie."

„Gibt es das überhaupt?", fragte ich skeptisch.

Sie kicherte, ihr Lachen war tief, wie das Schnurren einer Katze.

„Touché", antwortete sie. „Auf jeden Fall hatte ich Bedenken, dass Sie nur in unser Team aufgenommen wurden, um als Augenschmaus zu dienen. Ich entschuldige mich dafür."

Ich lächelte bitter. „Das ist mir früher schon vorgeworfen worden."

„Na ja, Sie konnten uns auf jeden Fall vom Gegenteil überzeugen. Ich habe Ihr Intermezzo mit Zheng sehr genossen."

„Ich hätte nicht gedacht, dass die Atmosphäre so…streitlustig ist."

„Das ist die Kultur, die Moore fördert. Er glaubt, dass wir durch den Konkurrenzkampf dazu gebracht werden, unser Bestes zu geben."

„Manchmal führt es auch dazu, dass das Schlechteste im Menschen hervorkommt", antwortete ich. In diesem Moment kam die Kellnerin und wir bestellten unsere Getränke, einen Gin-Tonic für mich und etwas ekelhaft Süßes für sie.

Sie erzählte mir ein bisschen von ihrer eigenen Vergangenheit in diesem Team. Sie war seit neun Jahren am NIH und hatte die gesamte Zeit an antibiotikaresistenten Bakterienstämmen geforscht.

„Mögen Sie Ihre Arbeit?", fragte ich.

„Ja. Allerdings besteht sie mehr denn je aus Papierkram. Ich kümmere mich um Fördergelder von einem halben Dutzend Institutionen und habe nicht mehr viel Zeit, wirklich zu forschen. Ich beneide Sie darum, dass Sie hinausgehen und mit Berglöwen arbeiten konnten."

„Und, sind Sie verheiratet? Haben Sie Kinder?"

Sie schüttelte den Kopf und lächelte mich schwach an. „Nein. Ich habe meinen Ehemann in kleine Stücke zerteilt und in den Rock Creek geworfen." Dann schlug sie sich auf die Stirn und grinste: „Nein. Entschuldigung. Das war nur das, was ich gerne getan *hätte*. In Wirklichkeit geht es meinem Ex gut, er ist am Leben und mit einer Blondine, die nicht mehr Hirn als ein Briefbeschwerer hat, verheiratet."

Ich lachte laut und sie sagte: „Was ist mit Ihnen? Ich sehe keinen Ring."

„Ich…bin mit jemand zusammen und es ist mir sehr ernst mit ihm. Ich denke, wir sind kurz davor, uns zu verloben."

„Oh? Was macht er so?"

Ich sah auf den Tisch und für eine Sekunde dachte ich, was *tat* Ray eigentlich? Er war Soldat gewesen. Und ich vermutete mal, jetzt war er es wieder. „Er ist Soldat. Er ist vor ein paar Monaten von einem Einsatz in Afghanistan zurückgekehrt."

„Wow", sagte Lori. Dann trank sie einen großen Schluck. „Das wird die übereifrigen Wissenschaftler am NIH auf Trab bringen, wenn sie versuchen, Sie zu erobern. Was macht er genau? Army? Marines?"

„Er gehört zur Army Infanterie. Aber er plant, nächstes Jahr in Georgetown seinen Bachelor fertigzumachen."

„Ein Soldat und *schlau*. Das gefällt mir", sagte sie. „Sie sollten mir seine Freunde vorstellen." Sie hatte einen schalkhaften Gesichtsausdruck, als sie das sagte.

„Ich glaube, wir werden uns gut verstehen", sagte ich.

Ich dachte, ich wäre hiermit fertig (Ray)

Es war gerade mal meine dritte Nacht, seit ich wieder in der Army war, aber irgendwie hatte ich es geschafft, die A-Karte zu ziehen und zum CQ eingeteilt zu werden. CQ bedeutet Charge of Quarters. Army Hauptquartiere werden nicht einfach über Nacht geschlossen, nicht mal die Militärstrafverfolgungsbehörde. Wenn also alle anderen nachts nach Hause gehen, bleiben ein Sergeant und ein Unteroffizier zurück und machen Telefondienst, patrouillieren durch die Gänge, um nach Feuern Ausschau zu halten oder zu kontrollieren, ob auch alle Türen korrekt verschlossen sind und um für den nächsten Krieg bereit zu sein.

Ich hatte als Gefreiter schon mal CQ-Dienst verrichtet, aber dies war mein erstes Mal als Verantwortlicher, und meine beschissene Einstellung machte es nicht leichter. Meine Eltern hatten mir mein Laptop und ein paar andere Dinge per Eilboten geschickt, so konnte ich mich wenigstens beschäftigen. Aber die Wahrheit war, ich wollte gar nicht hier sein. Bis Neujahr war ich sicher gewesen, dass ich mit der Army fertig war. Es war ein paar Monate her, seit ich die Army verlassen hatte und es beunruhigte mich, wie normal sich die Uniform anfühlte.

Obwohl ich unfreiwillig wieder in der Army war, vermutete ich, dass ich mich besser gefühlt hätte, wenn ich eine wirkliche *Aufgabe* gehabt hätte. Einen Verantwortungsbereich. Irgendwas. Einen Tag hatte ich mit dem Prozedere des Wiedereintretens in die Army verbracht, ich hatte neue Uniformen bekommen und mir war ein Platz in der Kaserne zugeordnet worden. Der zweite, dritte und vierte Tag? Ich hatte sie auf einem Stuhl sitzend im Hauptquartier der Kompanie verbracht. Ich hatte in dieser Einheit keine Aufgabe, sie beherbergten und fütterten mich nur durch, bis...wann auch immer. Am Ende des zweiten Tages war ich vom Nichtstun ganz angespannt, ich konnte nichts mit mir anfangen. Am dritten Tag nahm ich mein Laptop mit ins Hauptquartier und vertrieb mir den ganzen Tag die Zeit damit. Niemand sagte etwas zu mir. Ich war einfach unsichtbar, man brauchte mich nicht, ich war völlig überflüssig für eine Strafermittlungseinheit.

Fünf Minuten nach 23 Uhr ging die Eingangstür des Hauptquartiers auf und der Gefreite erster Klasse Bowers kam mit einer Pizza im Arm herein. Er war ein dürrer Soldat, etwa 1,62 m groß und sah aus, als ob ein starker Wind ihn umblasen könnte. Ich versuchte ihn mir auf einem 30-Kilometermarsch mit Rucksack und Gewehr draußen im Gelände vorzustellen, aber es ging nicht.

„Die Pizza ist da, Sarge", sagte er.

„Haben Sie einen Starbucks gefunden?"

„Nee", antwortete er.

Verdammt. Ich saß die ganze Nacht hier fest und der Kaffee aus der hiesigen Maschine schmeckte so, als ob er vor vierzehn Jahren gebraut worden wäre. Erstaunlich, wie schnell man sich an Luxus gewöhnt. Ich machte mir Sorgen, wo ich einen gescheiten Kaffee herbekommen konnte. Vor drei Monaten hatte ich mich noch darum gesorgt, dass ich nicht von den Taliban oder einem der eigenen Kameraden erschossen wurde.

Scheiß drauf. Ich loggte mich auf Facebook ein und schrieb Carrie eine Nachricht. **Bist du wach?**

Ihre Antwort kam schnell: **Ja. Ruf mich an.**

Das musste sie mir nicht zweimal sagen. Ich griff nach einem Stück Pizza und rief sie dann von meinem Handy aus an.

„Hallo Soldat", sagte sie mit verschlafener Stimme.

„Du klingst nicht sehr wach", sagte ich.

„Wenn du es genau wissen willst, ich bin ein bisschen betrunken."

„Scheiße. Ohne mich?"

„Gehen wir morgen immer noch zusammen weg?", fragte sie.

„Ja, natürlich."

„Gut."

„Also, erzähl mir von deinem ersten Tag."

Wir unterhielten uns und sie erzählte die Geschichte. „Du wirst Lori mögen", sagte sie. „Sie ist eine lustige Lady."

„Du findest es lustig, dass sie ihren Ehemann zerstückelt hat?", fragte ich. Bei dieser Bemerkung sah der Gefreite Bowers, der mir gegenüber auf der anderen Seite des Raums saß, alarmiert auf.

Carrie lachte. „Ich hab doch gesagt, dass sie Spaß gemacht hat. Außerdem musst du dir darüber keine Sorgen machen."

„Du meinst also, ich könnte dich gar nicht so sehr verärgern, dass du auf solche Ideen kommst?"

„Oh, ich bin sicher, dass du das könntest. Aber erinnere dich, ich weiß, wie man mit Berglöwen umgehen muss."

Ich lachte laut los. „In Ordnung. Dann werde ich sehr vorsichtig sein. Wir sehen uns dann morgen Abend."

„Ich liebe dich, Ray", sagte sie. Ich wurde niemals müde, das zu hören.

„Ich liebe dich", antwortete ich und legte auf.

Scheiße. Wir mussten noch weitere sieben Stunden und fünfundvierzig Minuten totschlagen. Das würde eine sehr, sehr lange Nacht werden.

„Also, ähm, Sarge", sagte Bowers. „Ich habe Sie hier noch nie gesehen. Sind Sie neu in der Einheit?"

„Ja", sagte ich.

„Wo kommen Sie her?"

„Von draußen", sagte ich. Draußen bedeutete dort, wo ich gerne wäre: Nicht beim Militär.

„Das verstehe ich nicht", sagte Bowers.

Ich schüttelte den Kopf. „Ich hatte meinen Dienst in der Army vor ein paar Monaten beendet. Sie haben mich wieder in den aktiven Dienst beordert und hier eingeteilt."

„Das ist übel. Oder wollten Sie zurück?"

Ich schüttelte erneut meinen Kopf. „Ich dachte, ich wäre hiermit fertig. Ich bin Zeuge in einer Ermittlung und anscheinend haben sie gedacht, es wäre praktisch, wenn ich in der Nähe wäre."

„Oh, das ist echt übel. Was für eine Ermittlung?"

„Darüber darf ich nicht sprechen. Wie ist Ihre Geschichte? Was machen Sie hier so?"

„Personalsachbearbeiter des Bataillons."

Bürohengst. Davon hatte die Army viele und sie brauchte sie vermutlich auch, um die Dinge am Laufen zu halten.

Durch meine Rückkehr in die Army kamen viele Emotionen und Erinnerungen hoch, mit denen ich mich nicht auseinandersetzen wollte. Sie waren viel zu nah an der Oberfläche, viel näher, als sie seit dem Tag meiner Entlassung gewesen waren. Ich musste nur meine Augen schließen und ich war wieder dort und atmete die Luft von Afghanistan ein.

Die Sache war die, es war von jetzt auf gleich so schlimm geworden. Weniger als vierundzwanzig Stunden, nachdem Kowalski getötet worden war, gingen wir wieder auf Patrouille. Roberts flog in die Luft und Dylan wurde verwundet. Ich erinnere mich, wie Colton mit hektischer Stimme über Funk rief: ‚Sherman, bringen Sie Ihr Feuerteam in Position!' und ich zurückgefunkt hatte: ‚Ich habe kein Feuerteam!'

Am nächsten Tag trafen wir uns in dem Schuppen, den Colton sein Büro nannte. Leutnant Eggers, Colton, Martin, die Führungsriege unserer Einheit, Hicks und ich.

„Nächste Woche kommen drei SNKs", sagte Colton. SNK bedeutet „*Scheiß neue Kerle*".

„Ich will sie nicht", sagte Hicks. „Mein Feuerteam steht."

Martin verzog das Gesicht. „Es würde zu einem ziemlichen Ungleichgewicht führen, wenn Sherman alle drei nimmt. Was wissen wir über die Typen?"

Eggers sagte: „Sie kommen alle direkt von der Grundausbildung in Benning."

„Verdammt", murmelte Colton.

Am Ende wurde beschlossen, dass ich doch alle Neuankömmlinge nehmen würde. Und um ehrlich zu sein, ich war viel zu erschöpft gewesen, als dass es mir etwas ausgemacht hätte. Ich hatte zugesehen, wie die Kerle, auf die ich angewiesen, für die ich verantwortlich war, innerhalb von zwei Tagen dezimiert worden waren.

Ich war nicht der Einzige, der in schlechter Verfassung war. Zwei Wochen später ging ich am Zimmer von Hicks' Feuerteam vorbei und die Tür war verschlossen. Der unverkennbare Geruch von Marihuana stieg mir in die Nase. Ich ging einfach weiter. Ich hätte es eigentlich melden müssen. In der Army waren sämtliche Drogen streng verboten. Auf der anderen Seite, was hätten sie schon mit den Typen machen sollen? Sie nach Afghanistan schicken? Unser Trupp war in so schlechter Verfassung und die neuen Kerle waren solch unbeholfene Idioten, wenn die erfahrenen Soldaten des Trupps ein bisschen Dampf ablassen mussten, warum, zur Hölle, hätte ich etwas sagen sollen?

Ich habe es Hicks gegenüber erwähnt. Mehr würde ich nicht unternehmen. Seine Mannschaft verrichtete an diesem Tag Arbeiten draußen am Zaun. Ich fand ihn in einem der Wachtürme, er lehnte sich an die Wand und hielt sein Gewehr in den Armen. Er starrte ins Leere, seine blauen Augen waren auf die Landschaft gerichtet, sie nahmen jedoch nicht wirklich etwas wahr.

„Sherman", sagte er, als ich oben ankam.

„Hicks", antwortete ich. „Haben Sie ‚ne Minute Zeit für mich?"

„Was bringt Sie hier rauf?", fragte er.

Ich lehnte mich gegen die Mauer und sah hinaus in die Ferne. Es sah nicht so aus, als ob im Umkreis von 1,5 Kilometern eine Menschenseele war.

„Ich wollte Sie nur vorwarnen. Es geht mich eigentlich nichts an, vermute ich. Ihre Männer rauchen Dope in ihrem Raum."

Er zuckte mit den Schultern und runzelte die Stirn. „Ja, ich weiß."

Ich sagte nichts und nach einer Minute erwiderte er: „Man muss etwas tun, um nicht verrückt zu werden. Wenn das das Schlimmste ist, was sie machen, bin ich dafür."

„So was in der Art hatte ich mir schon gedacht", antwortete ich.

„Sie wissen, was sie mit ansehen mussten", sagte er.

Das wusste ich. Dylans blasses Gesicht, als er im Schnee lag und zu verbluten drohte, mich, während ich betete, dass der Hubschrauber rechtzeitig eintreffen würde. Roberts, dessen Überreste wir vorsichtig einsammelten, um sie in einen Leichensack zu packen. Kowalski und sein verrückter Schweif aus Kindern.

„Ja", sagte ich. „Ich weiß. Ich verurteile sie nicht. Ich dachte mir nur, dass Sie Bescheid wissen sollten."

Ich zündete mir eine Zigarette an, dabei schützte ich mit meiner Hand die Spitze gegen den Wind.

„Sind Sie verheiratet, Sherman?"

Ich schüttelte den Kopf. „Nein. Ich habe mich am Tag, an dem ich der Army beitrat, von meiner Freundin getrennt. Das war sowieso schon lange überfällig gewesen."

Er nickte. „Schlau. Es ist schwer für die Ehefrauen. Ich schicke Stephanie Briefe. Richtige Briefe anstatt diesen E-Mail-Mist. Meistens lüge ich wie gedruckt und erzähle ihr, dass wir nur eine Reserveeinheit sind und bisher niemand verletzt wurde."

Ich kannte seine Frau ein wenig. Stephanie Hicks war eine attraktive blonde Frau mit schottisch-irischen Einschlägen, sie kam aus einer kleinen Stadt im Süden von Virginia. Zwei Tage, bevor unsere Stationierung begann, veranstaltete sie ein Grillfest für unsere Einheit in ihrem Haus, das am Rande des Forts lag. Es war eine emotionale Feier, bei der viel Alkohol geflossen war, und sie endete damit, dass Colton und Martin sich halb betrunken im Garten einen Faustkampf lieferten. Am Schluss saßen beide aneinander gelehnt da, tranken gemeinsam einen Kurzen und lachten sich kaputt. Stephanie war eine Frau aus dem Süden, die die Party mit Charme und Witz leitete. Aber ich hatte sie in dieser Nacht auch mehr als einmal dabei beobachtet, wie sie ihren Mann voller Angst anstarrte.

Ich nickte. „Es hat keinen Sinn, ihr wegen Ereignissen, die sie sowieso nicht ändern kann, Sorgen zu bereiten."

„Ja, na ja...sie verstehen es einfach nicht. Als ich von meinem letzten Einsatz im Irak nach Hause kam, dachte sie, ich wäre total verrückt geworden. Wir mussten eine Therapie beginnen. Aber unsere Therapeutin? Sie hatte überhaupt keine Ahnung. Nicht *hierüber*." Er deutete mit seiner Hand vage auf die Landschaft um uns herum, als er das sagte.

Ich fühlte mich unwohl. Hicks war nicht mein Feind, aber er war auch nie sehr freundlich zu mir gewesen. Andererseits waren wir gleichrangige Kollegen und er konnte mit den Mitgliedern seines Feuerteams schlecht über solche Dinge sprechen.

„Egal", sagte er. „Wie machen sich die SNKs?"

„Es ist noch zu früh, um ein Urteil abzugeben", antwortete ich. „Ich denke, zumindest einer der drei taugt etwas."

Er nickte. „Wir müssen in ein paar Tagen wieder da raus."

Ich nickte.

„Zehn verdammte Tage", murmelte er.

Ich hatte es auch gehört. Nach unserer Abfahrt aus Dega Payan waren die Taliban in der Gegend geblieben und hatten Transporter und Drogenschmuggler gleichermaßen aus dem Hinterhalt überfallen. Die Reparaturen, die wir an der Mädchenschule vorgenommen hatten, waren von

Aufständischen zunichte gemacht worden, sie hatten das ganze Gebäude dem Boden gleich gemacht. Also hatte unsere Einheit den Befehl erhalten, auf einem nutzlosen Hügel in der Nähe des Dorfes ein Lager aufzuschlagen und Säuberungen durchzuführen. Der Rest der Kompanie würde auf drei weitere Camps in der Nähe verteilt werden, was unzweifelhaft noch mehr Taliban anlocken würde, und dann würde der Spaß beginnen.

„Ich versuche, meine Leute einsatzbereit zu machen. Aber sie haben keinerlei Ahnung, was auf sie zukommt."

Er nickte. „Sie machen das gut, Sherman. Und wir werden ein Auge auf Sie haben."

Kurz danach war ich zurück ins Camp gegangen, froh, dass Hicks und ich miteinander gesprochen hatten, wenn auch nur für ein paar wenige Minuten. Das Gespräch hatte eine Verbindung zwischen uns hergestellt, und, so dünn sie auch sein mochte, wenn dein Leben von anderen abhängt, ist man froh für jede zarte Verbindung.

Ich hatte, seit ich die Army verlassen hatte, nichts mehr von ihm gehört, obwohl er irgendwo in der Nähe sein musste. Seine Familie lebte in Virginia, und noch bevor wir Afghanistan verlassen hatten, hatte er seine Versetzung zum Fort Myer beantragt. Ich fragte mich, ob er die gewünschte Stelle beim 3. Infanterieregiment erhalten hatte. Er hatte die Art Ausstrahlung, die sie wünschten, und er hatte sicherlich während seiner drei Kriegseinsätze genug Medaillen erhalten, um seine Brust zu schmücken. Während ich mich mit Bowers unterhielt, blätterte ich nebenbei im Telefonbuch der Basis, konnte aber Hicks' Namen nicht finden. Das bedeutete allerdings nicht, dass er nicht hier war, diese Verzeichnisse wurden nicht sehr regelmäßig gedruckt. Ich warf einen Blick auf das Cover und sah, dass diese Ausgabe im Jahr 2011 gedruckt worden war. Ich schlug das Buch zu.

Im Laufe der Nacht spielten wir Karten und alle paar Stunden lief ich die Gänge ab, kontrollierte Türen und stellte sicher, dass sich keine unerlaubten Personen im Gebäude aufhielten. Aber alles blieb still. Um 3 Uhr sagte ich Bowers, er solle sich etwas hinlegen, und blieb beim Telefon. Und schließlich und endlich wurde es 7 Uhr und meine Ablösung kam. Ich winkte Bowers zum Abschied, übergab die Schlüssel an meine Ablösung, verließ das Gebäude und ging in Richtung der Unterkünfte davon.

Es war kalt draußen, aber nicht sehr. Und wie ich so den Weg entlang lief, gelangte ich zu einer Art inneren Frieden mit meiner Situation. Bis die Dinge in Afghanistan so schlimm geworden waren, war ich eigentlich gerne in der Army gewesen. Im Moment hatte ich zwei Probleme: Ich war dazu gezwungen worden zurückzukehren und ich hatte keinerlei sinnvolle Aufgabe. Gegen das erste Problem konnte ich nichts unternehmen, aber eventuell würde ich das zweite lösen können.

Ich hielt nicht weit entfernt von den Unterkünften an. Mein Weg hatte mich zu einem Pfad geführt, der am Rande des Friedhofs lag. Vor mir erstreckte sich der Friedhof bis hinunter zum Potomac River, Reihen um Reihen mit Gräbern von Soldaten, die in Kriegen rund um den Globus gefallen waren.

Roberts war nach Alabama überführt worden, um von seinen Eltern begraben zu werden, und Kowalskis Körper lag in Minnesota. Aber Weber war hier. Irgendwo auf diesem Friedhof war sein Körper zur letzten Ruhe gebettet worden, nachdem ein Heckenschütze sein kurzes Leben auf der anderen Seite der Erde beendet hatte.

Ich zitterte und starrte hinaus auf dieses endlose Feld von Gräbern. Ich wusste nicht, warum Major Smalls mich hierher gebracht hatte. Das Hauptquartier der Militärstrafverfolgungsbehörde lag im Fort Belvoir, etwas südlich von Washington. Ich war praktisch ganz allein hier. Es ergab keinen Sinn, das Einzige, was Sinn ergab, war die Nähe zum Walter Reed Krankenhaus, wo der Hauptermittlungsbeamte angesiedelt war.

In dem Moment kam mir eine Idee. Vielleicht konnte ich mit Smalls über eine Versetzung zum Walter Reed reden. Ich war mir sicher, dass sie dort etwas Sinnvolles für mich zu tun hatten. Und ich würde näher bei Carrie sein. Ich sah auf meine Armbanduhr. Es war 7.15 Uhr und ich würde sie in elf Stunden treffen. Es wurde Zeit, ein bisschen zu schlafen.

Vollständig umgezogen? (Carrie)

Mein Büro lag direkt gegenüber dem von Lori Beckley an einem langen Gang. Alle Büros hatten Glasfenster zum Gang hin und Türen aus Glas. Am Freitagmittag, an meinem zweiten Tag am NIH, hatte ich endlich einen funktionierenden Computer und Zugang zu allen Netzwerken. Lori hatte an diesem Vormittag schon zweimal vorbeigeschaut, um zu sehen, wie es mir so erging, genau wie Dr. Moore, der steif und unbehaglich wirkte.

Es war früher Nachmittag und ich war gerade darin vertieft, meine ursprünglichen Forschungsergebnisse, mit denen ich mich auf die Stelle hier beworben hatte, zu verfeinern, als ich ein Klopfen an der Glaswand zu meinem Büro hörte. Ich sah auf und war überrascht, zwei Teenager zu sehen, die mich durch das Glas hindurch ansahen. Hinter ihnen war eine Gruppe von vielleicht zwanzig Personen, die meisten trugen kurze Hosen und T-Shirts und sie hatten sich in einem Halbkreis um eine Frau im Businesskostüm versammelt. Alle hatten NIH-Gästeausweise.

Ich schrieb schnell in das interne Chatsystem: **Lori, was ist das?**

Sie antwortete: **Touristen. Die Abteilung Öffentlichkeitsarbeit führt sie ein- oder zweimal am Tag hier durch.**

Igitt. Die beiden Teenager starrten immer noch durch die Scheibe und einer hinterließ fettige Fingerabdrücke. Der andere leckte sich die Lippen.

Ich schrieb: **Ich komme mir vor wie ein Tier im Zoo.**

Sie antwortete: **Das sind Sie auch. Machen Sie sich keine Sorgen. Sie sind harmlos. Stellen Sie sich einfach vor, es wären große, freundliche Kühe.**

Harmlos mochten sie ja sein, aber glotzende Teenager vor meinem Bürofenster waren nicht gerade das, was mir Spaß machte. Ich tat mein Bestes, um sie zu ignorieren, und widmete mich wieder meiner Arbeit. Dr. Moore hatte mir eine Woche Zeit gegeben. um meinen Vorschlag für meine Forschung am NIH zu präzisieren, aber ich wollte schneller fertig werden. Desto schneller ich damit fertig werden würde, desto schneller konnte ich mit der eigentlichen Arbeit beginnen.

In meinem ursprünglichen Vorschlag hatte ich etwa ein Jahr für das Sammeln von Vor-Ort-Informationen vorgesehen. Ich würde selbst viel Vor-Ort-Forschung betreiben, hatte aber auch vorgeschlagen, drei verschiedene Forschungsteams von verschiedenen Universitäten einzubeziehen. Eines davon gehörte zu Rice. Diese Phase der Studie würde eine Menge Geld kosten: Ausgiebige Reisen plus den Kosten für Betäubungsmittel, Ausrüstung, DNA-Sequenzierungen und pathologische Analysen. Am Ende des ersten Jahres würde es dann vor allem ums Auswerten der Daten gehen: Wir würden zwei Programmierer beauftragen, Datenbanken für uns zu erstellen, die DNA-Proben mit Querverweisen belegen und hoffentlich in der Lage sein, weitere Überträger der MRSA-Infektion zu identifizieren.

Endlich gingen die Touristen weiter und ich konnte in Ruhe weiterarbeiten. Und, je mehr ich darüber nachdachte, desto weniger machte es mir etwas aus. Immerhin lebte ich hier meinen Traum.

Es war fast 17 Uhr, als das Telefon auf meinem Schreibtisch klingelte. Es war Dr. Moore.

„Carrie, können Sie, bevor Sie heute gehen, noch kurz bei mir vorbeikommen?"

„Ich bin gleich da", antwortete ich.

Ein paar Minuten später packte ich meine Sachen zusammen, schaltete meinen PC aus, stand auf und streckte mich. Ich hatte fast vier Stunden auf diesem Stuhl gesessen. Daran würde ich mich erst mal gewöhnen müssen. Bisher war ich viel auf den Beinen gewesen, war zwischen den Klassenräumen und den Labors hin- und hergelaufen und hatte draußen in der Natur geforscht. Ich war überhaupt nicht daran gewöhnt, jeden Tag im Büro zu sitzen. Natürlich würde ich später dieses Frühjahr mehr Zeit mit Reisen und Vor-Ort-Forschung verbringen.

Zum ersten Mal fragte ich mich, wie das meine Beziehung mit Ray beeinflussen würde. Wir wussten nicht, wie die Untersuchung voranschritt, obwohl er mir gesagt hatte, dass es vielleicht Monate dauern könnte, bis sie auch nur eine erste Anhörung durchführen würden.

Als ich mein Büro abschloss, grinste ich. Ich hatte Ray seit dem schrecklichen Morgen, an dem Major Smalls ihn aus unserem Hotelzimmer abgeholt hatte, nicht gesehen. Aber wir würden uns heute Abend zum Abendessen und zum Ausgehen treffen.

Ich ging den Gang entlang, der nun überfüllt war mit Leuten, die sich ins Wochenende verabschiedeten. Dr. Moores Büro war eines der wenigen, das eine richtige Wand und Tür hatte, ich klopfte an. Einen Moment später konnte ich hören, wie er „Kommen Sie rein!" rief.

Ich öffnete die Tür. Moore hatte ein Eckbüro, von den Fenstern aus konnte man in den Hof hinunter schauen. Er lehnte sich in seinem Stuhl zurück, er hatte den oberen Knopf seines Hemdes geöffnet und die Krawatte gelockert. Etwas an Moore machte mich wachsam. Jedes Mal, wenn ich in seiner Nähe war, spürte ich, wie er mich von oben bis unten ansah, es war, als ob mich ein Radar von oben nach unten und von rechts nach links scannte. Ich mochte das gar nicht.

„Danke, dass Sie vorbeigekommen sind, Carrie. Ich wollte nur sichergehen, dass Sie sich gut einleben."

„Danke, Dr. Moore…Es geht mir gut. Im Moment arbeite ich am Budget, ich denke ich werde den überarbeiteten Plan am Montag fertigstellen können."

„Sehr gut", sagte er. „Und, gefällt es Ihnen hier?"

„Ja, sehr sogar."

„Falls Sie noch irgendetwas benötigen, lassen Sie es mich bitte wissen."

Während des Gesprächs fühlte ich mich immer unbehaglicher. Seine Augen hörten niemals auf, mich zu beobachten, und als er das sagte, sah er mir in die Augen. Ich sah weg.

„Also dann", sagte er. „Haben Sie schon Pläne fürs Wochenende? Sind Sie schon vollständig umgezogen?"

Ich nickte. „Mein Freund und ich treffen uns zum Abendessen. Er ist in der Army und hat übers Wochenende freibekommen."

Moore runzelte die Stirn, als ich Ray erwähnte. Das beunruhigte mich nur noch mehr, denn er war verheiratet und hatte Kinder.

„Wo wir gerade von ihm reden, ich sollte jetzt gehen", sagte ich.

„Ja", antwortete er. „Wir sehen uns am Montag."

Ich lächelte unbehaglich, dann nahm ich meine Handtasche und floh.

Zwei Stunden später verließ ich den Zug am DuPont Circle. Ich war nach Hause gefahren, hatte geduscht, mich umgezogen und war dann zurück zur Metro gegangen. Irgendwann im Laufe des Tages hatte die Werkstatt angerufen und mir mitgeteilt, dass mein Auto repariert war, aber mit der Abholung konnte ich bis Samstag warten.

Außerhalb der Bahnstation war eine Menschenmenge, die in alle möglichen Richtungen unterwegs war. Ich war schon seit Jahren nicht mehr am DuPont Circle gewesen. Er hatte sich nicht sehr verändert. Menschenmengen, von Teenagern über Studenten bis hin zu langsamen Großmüttern, bevölkerten die Läden und Restaurants. Wir trafen uns bei Kramer Books, einer Buchhandlung mit einer Bar, die während meiner ersten zwei Jahre an der High School eine meiner Lieblingsbars gewesen war.

Ray saß schon an einem Tisch, als ich dort ankam. Vor ihm stand ein Bier, und ein geöffnetes Buch lag auf dem Tisch. Ich sah ihn für ein paar Sekunden an, meine Augen wanderten über seine breiten Schultern und schlanke Taille, seine Bartstoppeln waren mehr als nur einen Tag alt und ich schaute zu, wie er die Hand nach dem Bier ausstreckte, ohne von dem Buch aufzuschauen. Ich trat von hinten an ihn heran, lehnte mich nach vorn und küsste ihn in den Nacken. Er lächelte und drehte seinen Kopf, um mich auf den Mund zu küssen.

„Du siehst entspannt aus", sagte ich.

„Du siehst schön aus."

Ich spürte, wie ich bei seinen Worten rot wurde. Ich liebte es, wenn er mich so ansah. Ich setzte mich auf den Stuhl ihm gegenüber und er schloss das Buch.

„Also…", sagte ich. „Hat die Army inzwischen eine Aufgabe für dich gefunden?"

Er schüttelte seinen Kopf. „Nein, aber…ich hatte eine Idee. Ich werde sie fragen, ob ich nicht im Walter Reed Krankenhaus arbeiten kann. Dann wäre ich ganz in deiner Nähe."

Ich fühlte eine Welle der Begeisterung für diese Idee. „Meinst du, dass sie sich darauf einlassen?"

Er zuckte mit den Schultern. „Keine Ahnung. Ich sehe aber wirklich keinen Grund, warum sie es nicht tun sollten. Andererseits hatte ich auch nicht wirklich damit gerechnet, dass sie mich zurück in den aktiven Dienst beordern würden."

„Das ist wahr", sagte ich. Ich lehnte mich nach vorn und, weil ich überhaupt keine Hemmungen hatte und weil ich Ray gegenüber sowieso schon alle meine Barrieren hatte fallen lassen, sagte ich: „Warum versuchst du nicht, dich versetzen zu lassen, und dann kannst du zu mir in die Wohnung ziehen. Ich wohne nur eine Bahnstation vom Walter Reed entfernt. Du würdest sozusagen auf der anderen Straßenseite von meiner Wohnung arbeiten."

Rays Augen wurden groß und sein Mund formte ein Grinsen. „Hast du mich gerade gefragt, ob ich zu dir ziehen will, Carrie?"

Ich zwinkerte ihm zu. „Was, wenn ich es getan habe?"

„Falls du es getan hast, dann muss ich sagen, ja, natürlich."

Ich streckte meine Hand zur gleichen Zeit aus wie er und wir ergriffen einander. In diesem Moment, während ich Ray in die Augen sah, war ich so glücklich wie nie zuvor in meinem Leben.

Fallen (Ray)

Zwei Wochen später erhielt ich die Versetzung zum Walter Reed Krankenhaus. Und, wie das in der Army so ist, benötigte ich den ganzen Freitag, um alle nötigen Papiere unterschreiben und abstempeln zu lassen, bevor ich den Stützpunkt verlassen konnte. Aber um 15 Uhr hatte ich alles erledigt. Ich hatte keine echten Bekanntschaften dort gemacht, also gab es auch niemanden, von dem ich mich verabschieden konnte. Ich packte einfach meine Tasche und rief ein Taxi.

Dreißig Minuten später ließ mich das Taxi an der Ecke Montgomery und Wisconsin Avenue in Bethesda, Maryland, direkt außerhalb von Washington, aussteigen. Das Wetter war ungewöhnlich warm für Januar, es waren fast 20° C. Ich hielt kurz vor dem Gebäude an, sah mich um und atmete einfach die Atmosphäre ein, den Verkehr, die Menschen auf dem Bürgersteig, die Läden und Restaurants, die in der Nähe lagen. Ich begann die Nachbarschaft jetzt schon zu mögen.

Als ich meine Tasche hochhob und die Lobby betrat, dachte ich, dass ich natürlich zugeben musste, dass weder ich noch Carrie mit unseren kleinen Gehältern eine solche Wohnlage hätten bezahlen können. Sie lebte dank ihres Vaters, der die Wohnung irgendwann in den Achtzigern gekauft hatte, mietfrei hier.

Ich würde mir darüber nicht zu viele Gedanken machen. Die Empfangsdame, eine freundliche Lady in den Vierzigern, winkte mich zu sich herüber, als ich eintrat.

„Mr. Sherman? Ms. Thompson hat einen Schlüssel für Sie hinterlassen, für den Fall, dass sie noch nicht zu Hause ist, wenn Sie eintreffen."

„Danke", sagte ich und nahm den kleinen Umschlag entgegen. Ich öffnete ihn. Darin fand ich einen elektronischen Schlüsselanhänger für den Aufzug und einen Wohnungsschlüssel.

„Ich wünsche Ihnen einen schönen Abend", sagte ich, als ich mich entfernte. Ich benutzte den Schlüsselanhänger und fuhr mit dem Aufzug ins oberste Stockwerk.

Carrie lebte in einem der zwei Apartments in der obersten Etage des Gebäudes. Es hatte sechs Schlafzimmer und eine Dachterrasse und war ganz eindeutig für reiche Leute bestimmt. Als ich die Tür erreichte, schloss ich auf, deaktivierte die Alarmanlage und trug meine Tasche ins Wohnzimmer.

Außer zu Besuchen war die Wohnung seit zehn Jahren nicht bewohnt worden. Sie war in einem merkwürdigen Mix eingerichtet, Möbel und Kunst aus einem Dutzend verschiedener Länder. Es war wirklich einmalig. Der Flur war mit Portraits von Carrie und ihren Schwestern gesäumt, aber alle Bilder waren mindestens zehn Jahre alt.

Ein großes Familienportrait hing über dem Kamin, Richard und Adelina Thompson umgeben von ihren Töchtern. Auf dem Portrait sah Julia unnahbar aus, ihre Augen blickten sehr distanziert in die Ferne. Carrie war Teenager, sie hatte ein warmes Lächeln und sie hatte ihren Arm um eine zwölfjährige Alexandra gelegt. Die Zwillinge und Andrea, alle in hübschen Kleidern und Lackschuhen, saßen nebeneinander und alle lachten.

Auf dem Kaminsims stand merkwürdiger Nippes, Einiges konnte ich überhaupt nicht zuordnen. Eine Teakschachtel mit einem kleinen Messingverschluss, die schwere Kupferskulptur eines Kopfes, etwa in der Größe eines Fußballs.

Das vergangene Wochenende hatten Carrie und ich damit verbracht, alles abzustauben, zu putzen und die Wohnung auf Vordermann zu bringen.

Ich hatte gefragt, warum ihre Eltern die Wohnung nicht verkauft oder vermietet hatten. Sie hatte geantwortet, dass ihre Eltern und manchmal auch die ganze Familie üblicherweise ein- oder zweimal im Jahr ein paar Tage in Washington verbrachten.

Ich denke ja, ein Hotel wäre um einiges billiger gewesen. Aber jetzt, wo Carrie am NIH arbeitete, hatte sie dadurch ganz in der Nähe eine schöne

Wohnung, in der sie mietfrei leben konnte. Darüber konnte man sich nicht beschweren.

Was mich betraf, war ich mir nicht so sicher. Ich kam mir zum Teil so vor, als ob ich auf Kosten ihres Vaters lebte.

Dylan hatte mir das schnell ausgeredet. „Du kannst natürlich auch einfach weiter in der Kaserne wohnen", hatte er gesagt.

Mehr Überzeugungskraft hatte er nicht benötigt.

Carrie war nicht in das Hauptschlafzimmer gezogen. Ich denke, dass sie trotz ihres Alters und obwohl sie alleine hier wohnte, der Ansicht war, dass das Zimmer ihren Eltern gehörte. Stattdessen war sie in das Zimmer gezogen, das am nächsten beim Wohnzimmer lag. Es war groß und hatte ein Doppelbett. Ich stellte meine Reisetasche dort ab und ging dann zu den Glasschiebetüren und hinaus auf den Balkon. Ich liebte diesen Ort. Unter mir war der Verkehr zu sehen. Vom Balkon aus konnte ich den Campus des NIH erkennen und auf der anderen Straßenseite das Walter Reed und das Marinekrankenhaus. Wenn ich schon in der Army sein musste, konnte ich mir zumindest diese Annehmlichkeiten gönnen. Ich zündete eine Zigarette an und sah auf mein Telefon. Es war 16.30 Uhr. Sie würde in etwa einer Stunde oder so nach Hause kommen. Und ich plante, sie zum Essen auszuführen, dann zum Tanzen und danach würden wir uns wie verrückt lieben.

Also war ich ein bisschen überrascht, als sich die Schiebetüren hinter mir öffneten. Ich drehte mich schnell herum. Carrie stand in der Tür, sie hatte ein graues Kostüm mit einem knielangen Rock an. Wie alles, was sie trug, passte auch dieses Outfit perfekt. Carrie sah mich verschmitzt an und sagte dann: „Du weißt, wie sehr ich Männer in Uniform liebe."

„Komm her und zeig es mir", antwortete ich und warf meine Zigarette in den Aschenbecher.

Sie kam zu mir und schlang ihre Arme um meine Schultern. Ich umfasste mit meinen Händen ihre Hüften und legte meine Lippen auf ihre. Ich war zu Hause; wenn Carries Arme um mich lagen, konnte ich mir keinen schöneren Ort vorstellen.

Und so begannen die glücklichsten Monate meines Lebens. Es war nicht so, als ob es keine Probleme oder Stress gegeben hätte, aber es war einfach eine wunderschöne Zeit. Am nächsten Montag meldete ich mich im Walter Reed Militärkrankenhaus und wurde der Amputationsstation zugeteilt, wo ich vor allem Putzarbeiten und Botendienste zu erledigen hatte. Ich lernte auch die Patienten dort kennen, die meisten von ihnen waren überraschend gut drauf, wenn man bedachte, wie schwer sie verletzt waren. Carrie war total begeistert von ihrem neuen Job. Sie hatte die endgültige Zusage für ihr Forschungsprojekt erhalten und begonnen, Assistenten zu engagieren, meist Master-Studenten von der University of Maryland, die bereits einen Bachelorabschluss hatten.

Wir verbrachten unsere Wochenenden damit, Washington zu erkunden. Wir besuchten die Museen der Smithsonian Institution und erlebten einen tollen Nachmittag im Internationalen Spionage Museum. Wir erkundeten Adams Morgen und P Street, den DuPont Circle und den Capitol Hill. Und wir aßen in Restaurants aus einem Dutzend Regionen der Welt. Wir machten eine Führung durch das Weiße Haus und dann, an einem kalten Nachmittag im Februar, fuhr sie mit mir zusammen raus zum Arlington Nationalfriedhof, um Webers Grab zu besuchen.

Es waren Momente wie dieser, in denen ich mich fühlte, als würde ich ein verzaubertes Leben führen. Niemand konnte so glücklich und voller Liebe sein. Aber wenn ich am nächsten Morgen aufwachte, war immer noch alles gut, wir waren immer noch zusammen und alles begann von Neuem.

Die Untersuchung war natürlich immer noch im Gange. Aber Major Smalls und Agent Coombs waren bisher nur zweimal im Walter Reed aufgetaucht und hatten weitere Fragen gestellt, ansonsten war das Ganze ziemlich in den Hintergrund gerückt. Zu diesem Zeitpunkt begann es danach auszusehen, als ob ich irgendwann als Zeuge würde aussagen müssen und die Army mich dann gehen lassen würde, um mein Leben weiterzuleben.

Ende Februar erhielt ich den Brief, auf den ich gewartet hatte. Ich hatte einen Studienplatz in Georgetown für mein Abschlussjahr erhalten. Alles passte perfekt zusammen. Ich hätte niemals gedacht, dass ich jemanden wie Carrie haben würde. Sie war schön, wild im Bett und um einiges schlauer als ich. Mutig, mitfühlend. Ich hatte niemals zuvor jemanden wie sie getroffen. Ich erinnere mich daran, wie ich die verblasste Narbe an ihrer Seite mit meinen Fingern nachzeichnete, die Narbe, die ein Berglöwe hinterlassen hatte, und ich konnte nicht anders, als diese Frau unglaublich zu bewundern.

Am 2. März weckte ich sie sehr früh und sagte ihr, dass ich eine Überraschung für sie geplant hatte. Und dann waren wir unterwegs auf der Umgehungsstraße in Richtung Süden nach Virginia, ließen Fredericksburg hinter uns und erreichten einen kleinen Ort namens Orange. Auf dem Weg unterhielten wir uns. Über unsere Zukunftsträume. Und als wir ankamen und sie erkannte, wo wir waren, bekam sie ganz große Augen.

„Fallschirmspringen?", sagte sie. „Auf keinen Fall. Ich gehe da nicht hoch."

„Ich möchte, dass du genau weißt, was ich fühle, wenn ich mit dir zusammen bin", antwortete ich mit einem Grinsen.

Sie schloss ihre Augen. Sie kniff sie zusammen und kleine Fältchen entstanden in ihren Augenwinkeln. Dann öffnete sie ein Auge, ich vermute um zu prüfen, ob ich noch da war. Danach schlug sie mir auf die Schulter.

„Okay, ich mache es."

Also sprangen wir zusammen. Für den Rest meines Lebens werde ich den Moment, in dem wir uns im freien Fall befanden, wie einen Schatz hüten. Zwei Lehrer sprangen mit uns. Sie sah mir in die Augen, ihr Haar war von einem Helm bedeckt, ihr Gesicht leuchtete auf, ein Ausdruck von Schock und Verwunderung war darin zu erkennen, als die Luft uns herumwirbelte und der Boden tausende Fuß unter uns dahin schwebte. Wir streckten die Arme aus, hielten uns bei den Händen und fielen zusammen der Erde entgegen. Wir sahen uns in die Augen und waren durch unsere Hände miteinander verbunden, so als wären wir eins.

Wenn ich diesen Moment hätte festhalten und wegschließen können, ich hätte es getan.

Aber ich denke, es war mir einfach nicht bestimmt, so ein Leben zu führen. Vielleicht wäre alles anders gekommen, wenn ich Zeit gehabt hätte einzugreifen, wenn ich etwas getan hätte, um das Leben des kleinen Jungen zu retten. Während dieser paar Wochen bekam ich eine Ahnung davon, wie dieses Leben hätte sein können. Das Leben, das ich mir für Carrie und mich gewünscht hätte.

Aber an einem Tag im März kam Major Smalls auf die Station im Walter Reed gelaufen. Und irgendetwas an ihrer Haltung oder ihrem Gesichtsausdruck...Ich wusste, jetzt war das alles vorbei.

Die schwarze Königin (Carrie)

Lori lehnte sich nach vorne und schüttelte ihren Kopf. „Sie haben am Wochenende *was* gemacht?"

Ich lächelte, spielte mit meinem Salat herum und sagte: „Ray hat mich zum Fallschirmspringen mitgenommen."

Sie schüttelte den Kopf und lachte. „Mädchen, seien Sie vorsichtig. Ich denke, *ich* verliebe mich gerade in Ihren Freund. Ich dachte, Sie hätten gesagt, Sie haben Höhenangst."

Ich zuckte mit den Schultern und sagte: „Das habe ich, aber das war... anders. Befreiend. Wunderbar."

Sie kicherte und nippte an ihrem Getränk. „Ich werde Sie nicht anlügen. Es ist fast unanständig, wie sehr ich Sie beneide. Sie beide sehen so glücklich zusammen aus. Sie sollten sobald wie möglich einen Ring an Ihren Finger bekommen."

Ich spürte, wie meine Wangen rot wurden, und sagte schnell: „Wir reden darüber."

Sie schenkte mir ein sanftes Lächeln. „Das ist gut."

Sie hob die Augenbrauen und sagte: „Hier kommt die Schwarze Königin und ihr Ehemann."

Ich antwortete nicht. So gut wie ich mich mit Lori verstand, so misstrauisch war ich Warren und Lila Renfield gegenüber. Die beiden schlossen sich uns ein- oder zweimal pro Woche zum Mittagessen an, und ich wusste nicht warum, denn sie hatten uns deutlich gezeigt, dass sie weder Lori noch mich mochten. Lori nannte Lila die schwarze Königin, denn, wie Lori es ausdrückte, war sie ‚die Ursache des ganzen Unfugs'.

Ich hatte eine Regel: Wenn ich so eine Verhaltensweise in meinem Arbeitsumfeld entdeckte, blieb ich immer freundlich und professionell. Ich halte nichts davon, alle Brücken hinter mir abzureißen, also ignorierte ich ihre kleinen Spitzen und ihre Kommentare darüber, dass ich meine Stelle hier nicht aufgrund meiner Fähigkeiten erhalten hatte.

Aber ich war nicht auf das gefasst, was dann geschah. Sobald sie sich gesetzt hatte, schaltete sie vergnügt ihr iPad an und sagte: „Sie werden nicht glauben, was ich gerade gesehen habe, Carrie. Schauen Sie sich das an, er sieht *genauso* aus wie Ihr Freund, nicht wahr?"

Ich runzelte die Stirn und sah auf den Monitor. Und dann begann ich zu hyperventilieren.

Auf dem Monitor war die Titelseite der Washington Post zu sehen. Ganz oben stand die Schlagzeile: „Army klagt sechs Soldaten wegen Mordes an." Und darunter waren Fotos – auf einem war Ray in seiner Ausgehuniform. So wie es aussah, war das ein Bild aus der Zeit seiner Grundausbildung. Ich erkannte einige der Namen und Fotos aufgrund der Gespräche, die wir geführt hatten. Colton und Martin, die Leiter seiner Einheit und seines Teams. Hicks, Gruber und Reynolds aus dem anderen Feuerteam. Und Ray.

Lila bemerkte meine Reaktion und schaute dann ihren Mann an, in ihrem Blick war ein schnelles Aufblitzen von Rachsucht zu sehen. Lori blieb der Mund vor Schreck offen stehen, aber ich war viel zu konzentriert, um sie alle zu beachten. Ich las den Artikel und bekam keine Luft. Der Verteidigungsminister hatte die Anklagen bekannt gegeben. Worte wie *zwölfjähriger Junge ermordet*, *Genfer Menschenrechtskonvention* und *Verhandlung vor dem Kriegsgericht* schwirrten in meinem Kopf herum, aber das war noch nicht das Schlimmste. Nirgendwo wurde erwähnt, dass Ray das alles gemeldet hatte. Nirgendwo wurde erwähnt, dass er an der Erschießung nicht beteiligt gewesen war. Er war nur…einer der sechs Soldaten, die angeklagt wurden.

„Bitte entschuldigen Sie mich", sagte ich und stand auf. Ich zitterte. „Ich muss gehen."

„Carrie, das ist doch sicher *nicht* Ihr Freund, oder?", sagte Lila. „Ein Kriegsverbrecher?"

Lori lehnte sich über den Tisch, ihr Gesicht war nur Zentimeter von Lilas entfernt, und sagte: „Halten Sie die Klappe, Sie Hexe." Dann stand sie auf, griff nach ihrer Handtasche, nahm meinen Arm und zusammen verließen wir das Restaurant.

„Ich muss Ray anrufen", sagte ich. „Lori, danke, dass Sie sich um mich Sorgen machen, aber ich kann im Moment nicht darüber reden."

Sie nickte. „Ist schon okay...nur...wenn Sie etwas brauchen – egal was. Rufen Sie mich an."

Ich schluckte, versuchte die Tränen zurückzudrängen und ein schreckliches Geräusch kam aus meiner Kehle. Ich konnte nicht sprechen, also nickte ich, ging dann nach draußen und griff nach meinem Telefon.

Es klingelte und klingelte und dann ging die Mailbox dran. Ich schickte ihm eine SMS: **Ruf mich an!!!!**

Es kam keine Antwort.

Sie dürfen gehen (Ray)

„Kommen Sie, Willis. Sie können das", sagte ich.

„Sie sind ein Arschloch, Sherman."

„Ja. Aber ich weiß, dass Sie es können."

Sergeant Manny Willis schaute seinen Rollstuhl an, als wäre es sein größter Feind. Schließlich streckte er die Hände danach aus und griff nach den Armlehnen, dann hob er seinen Körper vom Bett und in den Rollstuhl.

„Scheißkerl", murmelte er, als er in den Rollstuhl sank. Auf seiner Stirn hatten sich Schweißperlen gebildet. Willis hatte keine Beine mehr, deshalb war es verständlich, dass er Schwierigkeiten hatte, sich zu bewegen. Er war seit sechs Wochen hier und langsam begann die Kraft in seinen Oberkörper zurückzukehren. Und obwohl meine Arbeit hier darin bestand, Botendienste zu erledigen und den Boden zu wischen, lernte ich auch die Kerle – und zwei Mädels – auf der Amputationsstation kennen.

„Sie werden stärker", sagte ich.

„Aber nicht hübscher", antwortete er.

„Man sollte nicht um Wunder bitten", sagte ich grinsend.

Er lehnte sich vor und boxte mir in die Brust. „Ich werde das nur einmal sagen und Sie sollten es in sich aufnehmen, solange ich nett bin. Danke."

Ich nickte. Ich hatte nichts anderes getan, als ihn immer wieder zu verspotten, aber manchmal ist das das Beste, was man für einen Infanteristen machen kann.

In diesem Moment ging die Tür zur Station auf und Major Smalls und Agent Dickkopf kamen hinein.

Ich seufzte und stand auf. Irgendetwas an Smalls Gesichtsausdruck – grimmig, starr – machte mir Sorgen. Ich warf einen Blick auf die Uhr an der Wand. Es war 11.15 Uhr.

Sie hielten genau vor mir an. Agent Coombs sah mir nicht in die Augen. Das war ein schlechtes Zeichen.

„Sergeant, wir müssen uns irgendwo allein unterhalten. Gibt es hier ein Büro, das wir dafür verwenden können?"

Ich schluckte und sagte dann: „Ja." Gedankenverloren drehte ich mich zurück zu Willis. „Wir sehen uns später, Mann."

Er nickte und instinktiv sagte er: „Viel Glück."

Es kam mir so vor, als ob ich es brauchen könnte. Ich führte Major Smalls und Agent Coombs den Flur entlang zu einem kleinen Büro, das das Pflegepersonal benutzte. Meistens war es leer. Keiner von uns setzte sich.

„Was kann ich für Sie tun, Major?"

„Lassen Sie uns zuerst den offiziellen Teil über die Bühne bringen, Sergeant. Sie wissen ja, dass ich vom kommandierenden General des Militärdistrikts von Washington beauftragt wurde, eine RMC 303 Untersuchung durchzuführen."

„Entschuldigen Sie bitte…eine was?"

„Eine Voruntersuchung. Ich habe sie nun beendet und meinen Bericht letzte Woche eingereicht."

„Ich verstehe."

„Der kommandierende General hat in dieser Angelegenheit Anklage gegen Sie und fünf weitere Soldaten erhoben.

Mein Herz begann wie wild zu schlagen und mein Hals wurde ganz trocken. „Gegen mich?"

„Das ist korrekt. Ihr befehlshabender Offizier wurde informiert und jetzt werden wir Sie zu dem Offizier bringen, der als Ermittlungsbeamter der Artikel-32-Untersuchung bestellt worden ist."

„Ich verstehe nicht, was das alles zu bedeuten hat."

Coombs fiel ein: „Es bedeutet, dass Sie unter Arrest stehen."

Tja, so viel war klar. „Kann ich meine Freundin anrufen?"

„Jetzt nicht. Bitte kommen Sie mit, damit wir die Sache hinter uns bringen können."

Ich nickte.

Ich musste gar nicht weit gehen. Wir verließen das Hauptgebäude des Krankenhauses und gingen den Block entlang. Drei Häuser weiter betraten wir ein schlicht aussehendes Backsteingebäude. Drinnen war ein Büro voller geschäftiger Menschen, alle Schreibtische waren belegt, nicht alle Beschäftigen waren Mitglieder der Army. Walter Reed wird gemeinschaftlich und nicht nur von der Army geführt, also arbeiteten hier Papierhengste sämtlicher Organisationen zusammen. Ich folgte Smalls durch den Schreibtischwald. Vor einer Tür hielt sie an und klopfte.

„Treten Sie ein", hörten wir eine Stimme von drinnen rufen.

Sie öffnete die Tür und winkte mich hinein. Jetzt war nicht die Zeit, sich wie ein Besserwisser aufzuführen, also trat ich ein, stoppte vor dem Schreibtisch und salutierte, wie man es mir im Fort Benning beigebracht hatte, ich schaute dabei über den Kopf des Mannes hinweg, der am Tisch saß. Ich bellte: „Sergeant Ray Sherman, ich melde mich wie befohlen, Sir."

„Stehen Sie bequem", sagte der Mann.

Ich entspannte mich ein wenig und sah den ziemlich jung aussehenden Oberstleutnant hinter dem Schreibtisch an. Er trug das Kampfeinsatzabzeichen der 3. Infanteriedivision auf der rechten Schulter. Auf seinem Namensschild stand „Schwartz".

„Ich bin Oberstleutnant Aaron Schwartz. Ich bin vom obersten Kriegsgericht zum Ermittlungsbeamten für eine Artikel-32-Untersuchung bestellt worden. Sie sind einer der Angeklagten."

Ich räusperte mich, sagte aber nichts. Ich hatte nicht wirklich eine Antwort darauf.

„Ich werde heute davon absehen, die offizielle Anklage zu verlesen, ich werde Sie nur über Ihre Rechte aufklären. Aufgrund der Vorschriften der Militärgerichtsbarkeit können Sie nicht dazu gezwungen werden, Aussagen zu machen, die Sie selbst belasten würden. Die Army wird Ihnen ohne zusätzliche Kosten einen Militäranwalt zur Seite stellen. Falls Sie einen zivilen Anwalt bevorzugen, wird der Staat die Kosten hierfür übernehmen. Diese Untersuchung wird während der nächsten Wochen durchgeführt werden, Sie oder Ihr Anwalt haben das Recht, bei allen Verhandlungen anwesend zu sein. Verstehen Sie das?"

Ich konnte nicht atmen. *Verstand* ich? Was ich verstand, war, dass ich bis zum Hals in der Scheiße stand.

Ich nickte und brach heraus: „Ja, Sir."

„Haben Sie Fragen?"

„Wo finde ich einen Militäranwalt, Sir?"

„Ein Mitglied der Abteilung ‚Rechtsbeistand für Mitarbeiter' wird Sie kontaktieren."

„Ich verstehe. Muss ich ins Gefängnis?"

Er seufzte und starrte mich an. „Der kommandierende General hat diese Entscheidung mir überlassen. Major Smalls hat mir mitgeteilt, dass bei Ihnen kein Fluchtrisiko besteht und dass wir Sie so lange wie möglich Ihren Dienst ausführen und auch Ihre Lebensumstände so beibehalten lassen sollten. Ist das richtig, Major?"

Sie nickte. „Ja. Ich denke nicht, dass bei Sergeant Sherman Fluchtgefahr besteht."

Ich konnte nicht anders, als mich zu ihr umzudrehen. Ich war verblüfft, dass sie das vorgeschlagen hatte.

„Nun, Sergeant? Können wir uns darauf verlassen, dass Sie erscheinen, wenn wir Sie dazu auffordern? Oder müssen wir Sie inhaftieren?"

„Ich werde erscheinen, wo auch immer Sie mich hinbeordern, Sir."

„Ich möchte noch eines klarstellen. Dies ist...nicht ganz gleich, aber sehr ähnlich wie die Verhandlung vor einem großen zivilen Geschworenengericht. Wenn wir uns dazu entschließen, die Sache vor ein Kriegsgericht zu stellen, kann es sein, dass wir Ihren Status ändern werden. Verstehen Sie das? Das ist ein sehr wichtiges Verfahren. In der Zwischenzeit wird

Ihr Bewegungsrahmen auf sechzig Kilometer rund um Washington, DC beschränkt."

Ich schauderte. „Sie wollen mir damit sagen, dass mir die Todesstrafe drohen kann."

„Das ist korrekt. Das bedeutet auch, dass Sie, wenn wir die Anklagen weiter verfolgen, eventuell inhaftiert werden. Aber im Moment verlasse ich mich auf Major Smalls Rat. Enttäuschen Sie sie nicht."

Ich schluckte. „Was passiert als Nächstes, Sir?"

„Ich werde Sie darum bitten, einige Papiere zu unterzeichnen, aus denen hervorgeht, dass Sie Ihre Rechte verstanden haben."

Mein Telefon klingelte.

„Entschuldigung", sagte ich. Dann griff ich in meine Tasche und schaltete es stumm. Oberstleutnant Schwartz schob einen Stapel Papiere über seinen Schreibtisch. Ich las mir alles genau durch. Es stand exakt das Gleiche darin, was er mir erklärt hatte, nicht mehr. Ich unterschrieb.

„In Ordnung. Ich habe mit dem Kommandanten des Krankenhauses gesprochen. Sie sind für den Rest des Tages vom Dienst freigestellt. Gehen Sie nach Hause und beruhigen Sie sich. Bis siebzehn Uhr sollten Sie auch von Ihrem Anwalt gehört haben."

„Ja, Sir", sagte ich. Ich fühlte mich wie...wie ein Kind. So, als ob ich zehn Jahre alt wäre und vor meinem Dad antreten müsste, weil ich Mist gebaut hatte. Aber das hier war sehr viel schlimmer.

„Sie können gehen."

Mein Mund war trocken, als ich sagte: „Danke, Sir." Und dann begann ich zurückzutreten.

Ich hielt an, als er sagte: „Oh Sergeant. Noch eine Sache."

Ich schaute zurück. „Ja, Sir?"

Er seufzte: „Ein Schlaumeier im Pentagon hat entschieden, die Sache publik zu machen. Es kann gut sein, dass die Medien Sie behelligen werden. Darf ich Sie darum bitten, im Moment keine Aussagen gegenüber der Presse zu machen?"

„Ja, natürlich", sagte ich und korrigierte mich automatisch. „Ja, Sir, ich werde nicht mit den Reportern sprechen."

Er nickte, ich drehte mich um und verließ den Raum. Smalls folgte mir. Ich drehte mich in ihre Richtung und sagte: „Sie...Warum?"

Sie zuckte mit den Schultern. „Weil ich Ihnen glaube, Sergeant. Sie haben eine Weile gebraucht, aber Sie haben das Richtige getan."

Ich schluckte. „Danke", antwortete ich.

„Sie dürfen gehen."

Ich nickte. Meine Hände zitterten, als ich mein Telefon herausholte und Carrie anrief.

Schau nicht zurück (Carrie)

*I*ch wusste nicht, was ich tun sollte. Ray war nicht ans Telefon gegangen und hatte auch meine SMS nicht beantwortet. Ich zitterte vor Wut und Angst und meine Emotionen waren so durcheinander und verwirrend, dass ich gar nicht genau wusste, was ich fühlte. Schließlich ging ich zurück zu meinem Büro, und gerade als ich eintreten wollte, klingelte mein Telefon.

Ich kramte es aus meiner Tasche.

„Ray?"

„Hey, Doktor Babe", sagte er. Es kam mir vor, als ob er versuchte, normal zu klingen, aber es war nicht sehr überzeugend.

„Geht es dir gut?"

„Ja, ähm, kannst du den Nachmittag freibekommen? Ich stecke in der Scheiße."

„Ich hab den Artikel in der Post gesehen", antwortete ich.

Für eine Sekunde war er ruhig. Als er dann sprach, war ein Hauch von Verzweiflung in seiner Stimme zu hören. „Es steht schon in der verdammten Zeitung?"

„Ja", erwiderte ich mit leiser Stimme. „Bist du...In der Zeitung stand, dass du wegen Mordes angeklagt wurdest? Bist du...irgendwo im Gefängnis?"

„Nein. Kannst du mich an der Metro treffen?"

„Ich bin in zehn Minuten dort, lass mich nur kurz mit Dr. Moore sprechen."

Innerhalb von dreißig Sekunden hatte ich meine Sachen zusammengepackt und ging dann so schnell wie möglich den Gang zu Dr. Moores Büro entlang, klopfte an seine Tür und trat ein.

Ich wusste nicht, was er gerade tat (vielleicht schaute er einen Porno?), auf jeden Fall zuckte er mächtig zusammen und wurde rot.

„Entschuldigung", sagte ich instinktiv. „Ich wollte Ihnen nur kurz Bescheid geben. Es gibt einen Notfall in meiner Familie. Ich muss jetzt gehen."

Er runzelte die Stirn, „Sie müssen einen entsprechenden Gleitzeitzettel ausfüllen und ich werde ihn abzeichnen."

Er wollte mich wohl verarschen. Ich antwortete: „Das werde ich tun. Morgen früh, gleich als Erstes." Ich war schon halb aus der Tür, als er sagte: „Na ja, ich brauche das Formular bevor…"

Ich hörte den Rest nicht mehr, denn ich rannte fast den Gang hinunter. Ich würde mich morgen um den Papierkram kümmern. Jetzt brauchte Ray mich.

Wir betraten die Metro-Station „Medical Center" zur gleichen Zeit. Ray zog mich in eine Umarmung, die Art Umarmung, mit der man versucht, sich vor dem Ertrinken zu retten, so als ob sein Leben davon abhing. Ich hielt ihn, so fest ich konnte, legte meine Arme um seine Schultern und verbarg mein Gesicht an seinem Hals.

„Geht es dir gut?", fragte ich.

Er stieß ein zittriges Lachen aus. „Es war ein harter Morgen."

„Lass uns nach Hause gehen."

Er nickte und wir gingen zum Bahnsteig hinunter. Wir standen etwa in der Mitte des Bahnsteigs und laut der Anzeige würde der nächste Zug in vier Minuten eintreffen. Ich hatte meine Hand um Rays rechten Arm gelegt und meine Augen wanderten zu einer Frau, die auf ein iPad schaute. Sie starrte Ray mit unverhüllter Furcht an.

Ich sah zu ihm hoch. Hätte er nicht den Tarnanzug, sondern seine Ausgehuniform angehabt, er hätte nicht anders als auf dem Foto in der Washington Post ausgesehen. Ich denke, er war ahnungslos, aber die Frau war es eindeutig nicht. Sie stand auf und ging ans andere Ende des Bahnsteigs.

Scheiß auf sie. Ich zupfte an seinem Ärmel und setze mich auf den freigewordenen Sitzplatz.

Ray erzählte mir stockend und in kaum verständlichen Sätzen von seinem Morgen.

Ich konzentrierte mich auf eine Sache. „Das ist also keine Kriegsgerichtsverhandlung? Es ist mehr wie ein Prozess vor einem Geschworenengericht?"

Er nickte. „Ja. Ich soll heute noch einen Anruf von einem Anwalt erhalten."

„Ich bin mir nicht sicher, was ich von einem Anwalt aus den Reihen der Army halten soll. Wird er nicht einfach die Flinte ins Korn werfen, wenn die Army ihn dazu auffordert?"

Ray schüttelte den Kopf. „Das denke ich nicht."

„Wäre es okay für dich, wenn ich meinen Dad anrufe? Er kennt bestimmt jemanden."

„Natürlich."

Der Zug fuhr mit lautem Getöse in die Station und wir stiegen ein.

Während der Fahrt sprachen wir kein Wort. Stattdessen drängten wir uns auf unserem Sitz eng aneinander, er hatte seinen Arm um meine Schulter gelegt. Es war nur eine Station, aber es kam mir vor, als würde diese Fahrt eine Millionen Jahre dauern. Ich hatte Ray noch niemals so durcheinander gesehen. Und natürlich hatte ich ihn auch noch niemals nach einer Anklage wegen Mordes erlebt. Je mehr ich darüber nachdachte, desto verärgerter wurde ich. Wenn die Army so mit Leuten umging, die ein Verbrechen meldeten, war es kein Wunder, dass es eine Kultur des Schweigens gab. Dad würde natürlich Bescheid wissen. Er hatte sein ganzes Arbeitsleben mit Militärattachés zu tun gehabt und er wusste mehr, als nur ein wenig darüber, wie das Militär arbeitete. Auf jeden Fall wesentlich mehr als ich.

Wir verließen ohne etwas zu sagen den Zug und gingen Hand in Hand zur Wohnung. In der Lobby gab mir der Pförtner meine Autoschlüssel zurück. Das Auto war schon zum zweiten Mal in diesem Monat bei der Mercedeswerkstatt zur Reparatur gewesen. Irgendetwas an der Elektrik hatte einen Wackelkontakt und deshalb sprang das Auto immer mal wieder nicht an. Ich warf einen Blick auf die Beschreibung, die dabei lag, aber sie war unverständlich für mich. Es war mir egal, Hauptsache, das Auto funktionierte wieder. Wir fuhren mit dem Aufzug nach oben und hielten uns immer noch aneinander fest.

„Ich rufe meinen Vater an", sagte ich, sobald die Tür offen war. Er nickte verwirrt und schaltete seinen Laptop an.

Während ich die Nummer eingab, öffnete Ray die Seite der Washington Post. Er fluchte leise, als er die Schlagzeile auf der Titelseite sah. Dann griff er nach dem Laptop und ging damit durch die Glastüren nach draußen. Ich wünschte mir, er würde das Rauchen bald aufgeben. Aber jetzt war wahrlich nicht der richtige Zeitpunkt, um mir darüber Sorgen zu machen.

Dad nahm beim zweiten Klingeln ab.

„Carrie!", sagte er. „Wie geht es dir?"

„Hi Dad...Es geht mir...gut." Es stimmte nicht, aber anders konnte man mit Dad nicht reden.

Wir unterhielten uns für ein paar Minuten über belanglose Dinge. Ich liebe meinen Vater. Im Laufe der Jahre hatten wir eine Nähe entwickelt, die für ihn recht ungewöhnlich war, und ich wusste immer, dass ich ihm nicht gleichgültig war. Anders als meine Mutter versuchte er nicht, uns direkt zu bevormunden. Stattdessen versuchte er es mit Bestechung, Freundlichkeit oder manipulierenden Worten. Dad war Diplomat. Wörtlich und auch im übertragenen Sinne. Nachdem ich erwachsen wurde, wurde er fast zu einer Art Freund. Aber jetzt konnte ich es kaum abwarten, zur Sache zu kommen.

Er bemerkte es. Nach ein paar Minuten sagte er: „Belastet dich etwas, Carrie?"

Ich holte tief Luft. „Ja. Ich muss mir dir über etwas reden. Und es ist wichtig. Sehr wichtig."

„Du kannst über alles mit mir reden, Carrie."

Er hatte also offensichtlich noch keine Online-Zeitung gelesen. Dazu würde er später noch genug Gelegenheit haben, oder wenn die gedruckte Ausgabe der New York Times morgen früh bei ihm eintraf.

„Ja, na ja, das ist ein bisschen ungewöhnlich. Dad, als Ray in Afghanistan war, hat er etwas gesehen. Er...er hat einen Mord beobachtet. Ein afghanisches Kind wurde von einem Soldaten erschossen."

Ich hörte, wie mein Vater scharf Luft holte. Dann sagte er: „Das ist wirklich eine ernste Angelegenheit. Hat Ray das gemeldet?"

„Ja, das hat er."

„Und, was wurde daraus?"

Während ich antwortete, beobachtete ich Ray dabei, wie er seinen Laptop auf den Terrassentisch abstellte. Er stand auf, zündete sich eine Zigarette an und lehnte sich gegen die Brüstung, dabei starrte er in die Ferne. Sein Rücken war ganz gerade und ich konnte sehen, dass seine Hand ein wenig zitterte.

„Dad, Ray ist in den aktiven Dienst zurückbeordert worden. Wir dachten...Wir sind davon ausgegangen, dass sie das gemacht haben, weil er als Zeuge aussagen muss. Aber...heute Morgen haben sie ihn informiert, dass er wegen Mordes angeklagt wird."

Am anderen Ende der Leitung war es still.

„Dad? Ich muss wissen...Du hast lange für die Regierung gearbeitet. Kennst du irgendwelche Anwälte, die auf Militärgerichte spezialisiert sind? Oder sonst jemanden, der helfen könnte? Ray wird Hilfe brauchen."

Es war immer noch still. Schließlich sagte ich: „Dad, bist du noch dran?"

„Hat er es getan?", fragte mein Vater endlich.

„Hat er was getan?"

„Hat er dieses afghanische Kind getötet?" Die Frage fühlte sich an, als ob er etwas nach mir geworfen hätte.

„*Nein!*"

„Woher weißt du das?"

„Weil Ray so etwas nicht tun würde."

„Komm schon. Du kennst ihn doch kaum. Und im Krieg tun Menschen Dinge, die du dir noch nicht mal vorstellen kannst. Ich habe am Verhandlungstisch schon Mördern gegenüber gesessen und sie waren übertrieben höflich. Immer."

„Das ist das Beunruhigendste, das du je gesagt hast, Dad."

„Vielleicht, aber es ist auch die Wahrheit."

„Dad. Ray hat das nicht getan. Er hat es ge*meldet*, okay? Ich bitte dich nicht, ein Urteil über ihn zu fällen, ich bitte dich um Hilfe. Du hast dein ganzes Leben lang für die Regierung gearbeitet, du kennst doch bestimmt jemanden."

Er seufzte. „Lass mich darüber nachdenken und dann rufe ich dich zurück."

Die Erleichterung, die ich verspürte, war überwältigend. Ich schluckte und fragte: „Wann?"

„Morgen. Ich muss erst mal ein paar Telefonate führen."

„Danke", sagte ich. Ich kämpfte darum, die richtigen Worte zu finden, und sagte dann: „Sag Mom und den Zwillingen schöne Grüße. Ich liebe dich."

„Ich liebe dich auch, Carrie."

Wir beendeten das Gespräch und ich legte das Telefon auf der Ablage in der Küche ab, dann ging ich raus auf den Balkon. Ray bewegte sich nicht, als ich die Tür aufschob. Er stand immer noch da, verkrampft, unter Hochspannung. Ich legte meine Arme um ihn und er zuckte zusammen.

„Scheiße", sagte er. „Tut mir leid. Ich war...weit weg."

Daraufhin hielt ich ihn nur noch fester. Ich schmiegte mein Kinn auf seine Schulter und sagte: „Möchtest du darüber reden?"

„Nicht wirklich", sagte er. „Am liebsten möchte ich vergessen, dass es überhaupt passiert ist."

Ich drückte ihn ganz fest und er nahm meine rechte Hand in seine. Wir standen ein paar Minuten einfach nur da und sagten nichts, dann sagte er: „Carrie..."

„Hmmm?"

„Hör mir zu. Ich kann das nicht mehr als einmal sagen. Aber, wenn ich ins Gefängnis muss..."

Ich unterbrach ihn. „Du musst nicht ins Gefängnis."

„Hör mir einfach nur zu, bitte. Wenn... wenn ich ins Gefängnis gehe, komm ja nicht auf die Idee, etwas Nobles tun zu wollen. Wie auf mich zu warten oder so etwas. Ich könnte es nicht ertragen, dass der Krieg auch dein Leben zerstört."

Ich schauderte und Traurigkeit überkam mich wie eine Flutwelle. „Hör auf, Ray", sagte ich und hasste es, dass meine Stimme dabei zitterte.

„Ich meine es ernst. Wenn ich fort muss, dann musst du mich verges-sen. Geh einfach, geh, dreh dich niemals um und schau nicht zurück. Es ist mir sehr wichtig, dass du ein glückliches Leben führen kannst, Carrie. Ein gutes Leben. Wenn ich die Augen schließe und mir die Zukunft vorstelle, möchte ich ein Lächeln auf deinem Gesicht sehen."

Das brachte mich zum Schluchzen. „Verdammt, Ray, sei ruhig. Du wirst nirgendwo hingehen. Du *bist* mein Leben."

Plötzlich ließ er meine Hand los und drehte sich zu mir um. Er nahm mein Gesicht in seine Hände und sah mir in die Augen. „Sag das nicht. Du bedeutest mir alles, und ich weigere mich zuzulassen, dass du in den Schmutz des Krieges hineingezogen wirst. Du hast ein gutes Leben; du machst Dinge, die wichtig sind."

Ich konnte spüren, wie sich die Muskeln in meinem Kinn und um meine Augen anspannten und Tränen rollten mir über die Wangen und auf seine Hände. „Du wirst nirgendwo hingehen."

„Versprich es mir", sagte er mit drängender Stimme.

„Das kann ich nicht versprechen."

„Gott, Carrie", murmelte er. „Ich habe niemals zuvor jemanden gekannt, der so stur ist."

Ich schniefte und zog ihn noch näher an mich heran. „Deshalb liebst du mich", sagte ich.

Er zuckte mit den Schultern und ein leichtes Grinsen erschien zum ersten Mal an diesem Tag auf seinem Gesicht. „Na ja, das und der tolle Sex."

Ich lachte trotz meiner Tränen und sagte: „Ich liebe dich *wirklich*."

Er hielt immer noch mein Gesicht in seinen Händen, lehnte sich nach vorn und küsste mich auf die Lippen, dann sagte er: „Und ich liebe dich."

Es verarbeiten (Ray)

Und natürlich musste genau in diesem Moment mein Handy klingeln. Ich beendete den Kuss und sie sagte: „Geh ran, es könnte dein Anwalt sein." Ich verzog das Gesicht und holte mein Handy raus.

„Hallo?"

„Sergeant Sherman?"

„Ja."

„Hier ist Major Dick Elmore. Ich gehöre zur Abteilung ‚Rechtsbeistand für Mitarbeiter' und bin zu Ihrem Anwalt bestimmt worden."

Ich seufzte. „Was kann ich für Sie tun, Major?"

„Haben Sie Zeit, mich heute Nachmittag zu treffen? Wir müssen eine Menge bereden."

„Ja", sagte ich.

„Wo sind Sie? Ich komme zu Ihnen."

Ich gab ihm die Adresse der Wohnung und dann gingen wir hinein und Carrie rief die Pförtnerin an, um ihr mitzuteilen, dass sie Elmore sofort nach oben schicken sollte, sobald er eintraf. Und dann zappelte ich nervös herum, bis mein Telefon erneut klingelte.

Ich kannte die Nummer nicht. Die Vorwahl zeigte, dass der Anruf aus Washington, DC kam. Ich antwortete: „Hallo?"

„Hi. Ich versuche, Sergeant Ray Sherman zu erreichen." Es war eine recht jung klingende Frau.

„Ja, der bin ich."

„Hi, ich bin Sylvia Knight von Fox News und ich möchte Sie gerne…"

Ich schreckte zurück und legte dann, ohne ein weiteres Wort zu sagen, auf. Carrie sah mich neugierig an. „Fox News", sagte ich.

Sie murmelte etwas Unanständiges. „Ich koche Kaffee", sagte sie schließlich.

Einen Augenblick später klingelte mein Telefon erneut. Dieses Mal war es eine Vorwahl aus New York. Aber es war weder Dylans noch Alex' Nummer. Ich starrte auf das Telefon und sah dann hoch zu Carrie, die mich von der Küche aus anblickte. Wir schauten uns kurz in die Augen und dann schaltete ich das Telefon stumm.

Wo zur Hölle hatten die meine Handynummer her?

Das Telefon klingelte in den nächsten zehn Minuten noch drei weitere Male. Ich ignorierte die Anrufe und ließ das Handy stumm geschaltet. Jeder, mit dem ich wirklich hätte sprechen wollen, kannte Carries Nummer und hätte mich über sie erreichen können.

Es dauerte lange fünfundvierzig Minuten, bis wir ein Klopfen an der Haustür hörten. Carrie und ich sprangen auf. Sie lächelte mich sanft an, dann gingen wir gemeinsam an die Tür und ich öffnete.

Major Dick Elmore war ganz anders, als ich ihn mir vorgestellt hatte.

Ob wir es nun mögen oder nicht, der erste Eindruck ist sehr wichtig. Und für jemanden aus der Infanterie war mein Anwalt echt beeindruckend.

Er trug seine blaue Ausgehuniform und das erste, das ich sah, war das Kampfeinsatzabzeichen der 3. Infanteriedivision. Das allein bedeutete noch gar nichts, denn jeder, der mit der Division im Krieg gewesen war, egal ob als Infanterist oder einfacher Hilfsangestellter, erhielt dieses Abzeichen. Aber er trug außerdem den Ranger-Anhänger und auf seiner Brust hing das Infanteriekriegsabzeichen mit zwei Sternen. Das bedeutete, dass er irgendwann, bevor er Anwalt wurde, dreimal als einfacher Infanterist im Krieg gewesen war. Unterhalb dieses Abzeichens waren die „Jump Wings", das Symbol der Fallschirmspringer, und dann kamen seine Medaillen, darunter ein Bronze Star mit einem V darin, die Auszeichnung für besondere Heldentaten im Kampfeinsatz, und zwei Purple Hearts, die Verwundetenauszeichnung der Army. Seine Haut hatte die Farbe von starkem Kaffee, sein Haar wurde weiß und er hatte eine hässliche Brandnarbe auf der rechten Seite seines Gesichts. Sein linker Arm endete am Ellbogen mit einer Prothese, die nicht zum guten Aussehen beitrug. Sie diente lediglich praktischen Gesichtspunkten und hatte am Ende zwei hässliche Haken.

Er streckte seine rechte Hand aus. „Sergeant Sherman? Major Dick Elmore."

Ich schüttelte seine Hand und es ist mir peinlich zuzugeben, wie erleichtert ich war, dass ich einem Mann aus der Infanterie die Hand schüttelte und nicht irgendsoeinem Bürohengst.

„Es...es freut mich sehr, Sie kennenzulernen, Major. Das ist meine Verlobte, Dr. Carrie Thompson."

Sie lächelte mich an, als ich „Verlobte" sagte. Wir waren nicht offiziell verlobt, hatten aber in letzter Zeit immer wieder davon gesprochen. Aber... egal. Ich hatte es gesagt.

„Es ist mir ein Vergnügen, Dr. Thompson."

„Bitte nennen Sie mich Carrie. Kommen Sie doch rein."

Wir ließen den Major eintreten. Er trug einen uralten Army-Rucksack über der Schulter und ließ ihn auf den Boden fallen. „Zuerst mal", sagte er, „wenn Sie mich Sir oder Major oder irgendetwas in der Art nennen, gebe ich Ihnen eine Kopfnuss. Ich heiße Dick, okay? Ich bin Ihr Anwalt und wir werden uns nicht um irgendwelche Dienstränge kümmern."

„In Ordnung…Dick. Ich bin Ray." Es fiel mir sehr, sehr schwer, einen Offizier mit seinem Vornamen anzusprechen.

„Möchten Sie einen Kaffee?", fragte Carrie.

„Gerne. Schwarz."

Sie lächelte und ging in die Küche. Major Elmore setzte sich auf die Couch und ich nahm im Sessel gegenüber Platz. Seine Augen fielen auf mein Laptop, auf dem immer noch die Seite der New York Times zu sehen war.

„Ich schlage Ihnen vor, Ray, dass Sie das Laptop schließen und für die nächsten sechs Monate keine Zeitung lesen und keine Nachrichten anschauen. Es wird Sie nur verärgern."

Ich nickte. „Sie haben vermutlich recht."

„Glauben Sie mir, ich habe recht."

Carrie kam wieder herein. Sie trug ein kleines Tablett mit drei Kaffeetassen darauf. Es war nur eine kleine Geste, aber ich hätte sie am liebsten in die Arme genommen und wäre mit ihr davongelaufen. Elmore trank seinen Kaffee, schloss seine Augen und holte tief durch die Nase Luft.

„Oh, den hat der Himmel geschickt, Carrie, danke."

Sie lächelte.

„Okay. Ich weiß, dass sie im Moment wahrscheinlich kurz davor sind, verrückt zu werden. Also, als Erstes möchte ich Ihnen alle Fragen beantworten, die Sie haben. Und dann werde ich Sie darüber informieren, was Sie in den nächsten Wochen erwarten wird. Und danach werde ich Ihnen Fragen stellen, sehr viele Fragen sogar. In den nächsten paar Tagen müssen Sie nicht zum Dienst im Krankenhaus erscheinen. Ich möchte alle Details über Ihre Stationierung in Afghanistan wissen."

Carrie und ich nickten.

„Also…bevor wir beginnen, was haben Sie für Fragen?"

Carrie überraschte mich, indem sie als Erste sprach. Und sie nahm kein Blatt vor den Mund. „Ich möchte wissen, ob Sie Ray verteidigen werden, ich meine *richtig* verteidigen, oder müssen wir uns nach einem zivilen Anwalt umschauen?"

Elmore grinste. „Gute Frage. Ich erkläre Ihnen, wie das funktioniert. Ich weiß nicht, wie viel sie über die Militärgerichtsbarkeit wissen, aber ich gehöre zu einer völlig anderen Befehlskette, als der Staatanwalt und der General und all die anderen. Meine Aufgabe ist es, das Beste zu geben, damit Ray diesen Fall gewinnen kann. Und – ", er hielt inne und seine Augen wanderten zu meinen, als er den nächsten Satz sagte, „ich denke, Sie können sehen, dass ich nicht so ein hochnäsiger Junge bin, der direkt von der Uni kommt."

Das gefiel mir. „Sie waren Kämpfer."

Er nickte. „Achtzehn Jahre lang. Golfkrieg, Somalia, Kosovo, Afghanistan und Irak. Ich war Sergeant einer Einheit der 3. Infanteriedivision, als ich meinen Arm verlor, also studierte ich Jura und bin dann zurück zur Army gegangen. Was ich Ihnen sagen möchte, Ray und Carrie, ist, ich verstehe, dass im Krieg viel Scheiße passiert. Ich werde alles dafür tun, dass Sie freigesprochen werden. Wenn Sie lieber einen zivilen Anwalt möchten, ist das okay. Ich werde mit jedem, den sie aussuchen, zusammenarbeiten. Aber ich möchte, dass Sie freigesprochen werden. Diese Anklage ist kompletter Müll."

Bevor ich auch nur den Mund öffnen konnte, sagte Carrie: „Warum ist Ray überhaupt angeklagt worden? Er hat das Ganze doch gemeldet."

Elmore schüttelte den Kopf. „Weil zwei seiner früheren Kameraden ihn beschuldigt haben. Sie haben angegeben, dass er abgedrückt hat."

Als er das sagte, stand ich unwillkürlich auf. Mir stockte der Atem und ich hörte ein Sirren in meinen Ohren, während sich meine Hände zu Fäusten ballten.

„Wer war es?", flüsterte ich.

„Colton natürlich und Hicks."

„Bitte entschuldigen Sie mich für einen Moment", sagte ich. Scheiße. Ich konnte nicht mal denken. Ich verließ das Wohnzimmer, ging in Richtung Bad und Carrie rief „Ray?" mit panischer Stimme. „Ich bin gleich zurück", sagte ich und meine Stimme klang um einiges schärfer, als ich es beabsichtigt hatte.

Im Bad lehnte ich mich gegen das Waschbecken und versuchte, wieder zu Atem zu kommen. Meine Brust tat weh und ich kämpfte darum, die ganzen Gefühle, die in mir wüteten, unter Kontrolle zu bekommen. Hicks, das überraschte mich nicht. Oder vielleicht doch. Ich wusste es nicht. Wir hatten uns nie gemocht, aber ich hätte nicht gedacht, dass er ein Lügner war.

Aber Colton…Ich wusste, er versuchte, sich damit selbst zu schützen. Aber es fühlte sich trotzdem erneut wie ein großer Verrat an. Und noch bevor ich weiter darüber nachdenken und rationell handeln konnte, schlug ich mit der Faust auf den Spiegel ein, der einen großen Riss von oben nach unten bekam.

Ich sackte gegen den Waschtisch.

„Ray?", rief Carrie von draußen.

Scheiße. Ich holte Luft, dann noch mal, versuchte mich zu beruhigen, und dann öffnete ich die Tür.

Noch bevor sie etwas sagen konnte, sagte ich: „Es tut mir leid."

Sie griff nach meinen Schultern und flüsterte: „Entschuldige dich niemals bei mir. Wir stehen das zusammen durch, Ray. Ich verstehe das. In Ordnung?"

Ich schwankte und nickte, traute mir selbst aber nicht genug, um etwas zu sagen. Sie nahm meine Hand und gemeinsam gingen wir zurück ins Wohnzimmer.

Elmore sah irgendwie überhaupt nicht überrascht aus.

„Entschuldigung", murmelte ich.

„Es ist gut, wenn Sie es gleich verarbeiten", sagte er.

Ich schüttelte meinen Kopf. „Ich gehöre nicht zu den Personen, die einfach ausrasten."

„Na ja, das sind ja auch keine normalen Umstände. Und…es tut mir leid, dass ich Ihnen das sagen musste. Standen sie Ihnen nahe?"

Ich schüttelte erneut meinen Kopf. „Ich habe Hicks nie wirklich gekannt. Aber Colton…Bis er durchdrehte, war er wie ein Vater für mich. Sie wissen ja, was es bedeutet, der Sergeant einer Einheit zu sein. Und Colton war ein guter Sergeant."

Elmore verzog das Gesicht. „In Ordnung, jetzt wo wir das geklärt haben, möchte ich Ihnen sagen, womit Sie in den nächsten Wochen rechnen müssen. Ihre Akte ist völlig makellos. Haben Sie im zivilen Leben schon mal mit einem Gericht zu tun gehabt?"

Ich schüttelte den Kopf. „Nein. Alles, was ich weiß, weiß ich aus dem Fernsehen."

„Vergessen Sie, was Sie dort gelernt haben. Die Militärgerichtsbarkeit funktioniert nicht so."

„Okay", sagte ich.

„Also, im Grunde geschieht es folgendermaßen. Es wird eine Meldung gemacht oder der Kommandeur erfährt auf andere Art von einem Verbrechen. In diesem Fall war es der Brief und der USB-Stick, den Sie geschickt haben. Sobald der Kommandeur davon Kenntnis hat, liegt es in seiner Verantwortung, zu entscheiden, wie weiter verfahren wird. Eine Untersuchung einleiten. Es ignorieren. Die Militärstrafverfolgungsbehörde beauftragen, die Sache zu untersuchen. Er ist bei seiner Entscheidung völlig frei. In diesem Fall gelangte der Brief in das Büro des Generalinspekteurs. Dieser hat die Sache an das Pentagon übergeben, und von dort wurde sie an Generalmajor Buelles weitergereicht. Er ist der Kommandeur des Militärdistrikts von Washington. Buelles hat den Generalinspekteur damit beauftragt, die erste Untersuchung durchzuführen. Haben Sie das soweit verstanden?"

Ich nickte, traute mir aber nicht genug, um etwas zu sagen.

„Also, der Generalinspekteur leitet die Untersuchung und er hat das FBI um Hilfe gebeten, denn einer der potenziellen Täter ist inzwischen Zivilist."

Ich ging meine frühere Einheit im Kopf durch, aber mir fiel niemand ein, der überhaupt nicht mehr beim Militär war. Also sagte ich: „Wer?"

„Ein Kerl namens Dylan Paris. Den Untersuchungsergebnissen nach zu urteilen, kennen Sie ihn ziemlich gut."

Ich nickte. „Wie kann er ein potenzieller Täter sein? Er wurde einen Monat, bevor das alles geschah, in die Luft gejagt."

„General Buelles wusste das nicht, als man mit der Untersuchung begann. Paris steht nicht mehr unter Verdacht, aber wenn er ein guter Freund von Ihnen ist, ist es nicht unwahrscheinlich, dass wir ihn als Zeugen für Sie benennen werden."

„Verstehe", sagte ich.

„In Ordnung. Also ließ der Generalinspekteur eine Untersuchung durchführen, die sich nur um eine Frage drehte. Gibt es genug Beweise dafür, dass ein Verbrechen vorliegt? Die Antwort war ja. Also werden die Dinge an ein

Gericht weitergegeben, wir nennen das eine Artikel-32-Verhandlung. Sie können es sich so wie ein ziviles Großes Geschworenengericht vorstellen."

„An diesem Punkt sind wir gerade."

„Genau. Es ist nicht genau gleich. Bei einem Großen Geschworenengericht geschieht alles hinter verschlossenen Türen. Bei einer Artikel-32-Verhandlung nicht. Die Anhörung wird öffentlich stattfinden. Und Sie werden anwesend sein. Sie und ich werden Gelegenheit haben, alle Beweise in Augenschein zu nehmen und alle Zeugen zu befragen. Sie werden als Angeklagter besser geschützt sein, als vor einem zivilen Gericht."

Ich legte überrascht meinen Kopf zur Seite. „Okay. Also der Artikel-32-Offizier...Oberstleutnant Schwartz...Er entscheidet, ob ich wirklich vor ein Kriegsgericht gestellt werde."

Elmore schüttelte seinen Kopf. „Nein. Er wird die Untersuchung leiten und einen Bericht erstellen, in dem er Vorschläge machen wird. General Buelles trifft die Entscheidung."

„Was passiert, wenn Buelles Schwartz anruft und ihm sagt: ‚Ich will, dass dieser Typ verurteilt wird'?"

„Das wird nicht geschehen. Erstens arbeitet Schwartz nicht für Buelles. Und zweitens, selbst wenn Buelles das tun würde, würde Schwartz das mit sehr großer Sicherheit seinen Vorgesetzten melden und dann würde Buelles ziemlich in der Scheiße stecken. Man nennt das gesetzeswidrigen Einsatz der Befehlsmacht und das ist ein sehr schweres Verbrechen, welches hart geahndet wird. Sie müssen verstehen, dass die Militärgerichte zu einer völlig anderen Befehlskette gehören. Das wird sehr ernst genommen."

Was er sagte, erinnerte mich an etwas, das ich vor ein paar Jahren nur nebenbei in den Nachrichten mitbekommen hatte. Einer der Militäranwälte hatte der Militärgerichtsbarkeit bis hin zum Präsidenten die Leviten gelesen, als er einen Terroristen aus Guantanamo verteidigt hatte. Wenn man bedenkt, wie sehr sämtliche Einwohner der Vereinigten Staaten diese Terroristen hassten, hatte er sich damit, dass er sich gegen die Regierung gestellt hatte, ganz schön weit vorgewagt. Es fiel mir also nicht schwer zu glauben, dass Elmore mit dem, was er gesagt hatte, recht hatte.

„In Ordnung. Sie haben mich überzeugt. Wie lange wird das Ganze dauern? Jahre?"

„Eher Monate. Es würde mich nicht wundern, wenn Schwartz innerhalb der nächsten zwei Wochen mit der Befragung der Zeugen beginnt."

„Und, muss ich dafür anwesend sein?" Ich versuchte mir vorzustellen, im gleichen Raum mit Colton zu sitzen, ihm in die Augen zu schauen, während er log, und versuchte, mir seine Taten unterzuschieben. Sogar nachdem Elmore mir das gesagt hatte, konnte ich es mir nicht vorstellen. Schon der Gedanke daran ließ mich wünschen, ich könnte einen schweren Gegenstand gegen eine Wand werfen.

„Okay", sagte ich und es überraschte mich, dass meine Stimme dabei ein wenig brach. „Ich will, dass Sie ehrlich zu mir sind. Wie sind meine Chancen? Wird es zu einer Kriegsgerichtsverhandlung kommen? Muss ich ins Gefängnis?"

Elmore lehnte sich zurück und verzog die Stirn.

„Alles, was ich bisher weiß, ist das, was in dem Untersuchungsbericht steht. Und das ist zu wenig, um Ihnen eine ehrliche Antwort zu geben. Ich würde Ihnen gerne sagen, ‚Nein, Sie werden nicht ins Gefängnis müssen.' Aber es wird vor allem darauf ankommen, was ich im Laufe der nächsten Tage erfahren werde. Nehmen Sie morgen frei. Das ist ein Befehl. Und dann möchte ich, dass Sie am Mittwochmorgen um sieben Uhr in meinem Büro erscheinen. Ich möchte alle Details über Ihren Einsatz erfahren. Alles, was passiert ist, von dem Tag an, an dem Sie in Afghanistan eintrafen, bis zum Tag Ihrer Abreise. Und ganz besonders möchte ich wissen, was in Dega Payan genau passiert ist. Ist das klar?"

Ich zuckte zusammen. Ich war das mit Smalls alles schon oft durchgegangen, allerdings hatten sich ihre Fragen vor allem um den Tag gedreht, an dem das Verbrechen geschehen war. Es gab so viel mehr zu berichten. Zusammenhänge und Beziehungen und Fragen über Fragen.

„Okay", sagte ich. Mittwochvormittag.

Während ich das sagte, streckte Carrie ihren Arm aus und verschränkte ihre Hand mit meiner. Ich hielt sie so fest, als ob mein Leben davon abhing.

Mein Leben zerbricht (Carrie)

W̱ir schafften es, den Dienstag relativ unbeschadet zu überstehen. Ich erhielt einen Anruf von meinem Dad. Er arbeitete immer noch daran, mir ein paar Antworten zu beschaffen. Ich erzählte ihm von Dick Elmore und es kam mir vor, als ob er erleichtert war. Entgegen meiner ursprünglichen Bedenken gegen einen Anwalt aus den Reihen der Army hatte Dick mich überzeugt. Ich wusste noch nichts über seine Fähigkeiten als Anwalt, aber ich wusste, dass er sich wirklich für Ray einsetzen würde. Und das war das Wichtigste.

Ich nahm den Tag frei, und anstatt rauszugehen, machten Ray und ich es uns in unserem Schlafzimmer gemütlich und schauten Science-Fiction-Filme an. *Das Imperium schlägt zurück. Star Trek.* Wir sahen ein halbes Dutzend Doctor Who-Folgen an und machten dann mit ein paar wirklich geschmacklosen Sachen weiter. Wir schauten die Buck Rogers-Serie aus den 1980ern (die mit dem Queen-Soundtrack) und danach Starship Troopers, was dazu führte, dass wir eine halbe Stunde darüber diskutierten, ob Robert Heinlein ein Feminist oder Frauenhasser gewesen war. Ich hatte Popcorn gemacht und wir hatten Pizza bestellt. Wir hatten über die verrückten Filme gelacht, uns geliebt und uns einfach gegenseitig festgehalten. Manchmal hatten wir auch einfach nur dagelegen und uns in die Augen geschaut.

Am Mittwochmorgen ging ich wieder zur Arbeit. Ich führte eine unangenehme und immer wieder von unbehaglicher Stille unterbrochene Unterhaltung mit Dr. Moore, in der ich mich auch für mein plötzliches Verschwinden am Montag entschuldigt hatte. Mir fiel das alles recht schwer. Als Unterrichtsassistentin in Rice hatte es niemanden gekümmert, wie lange ich arbeitete, solange ich zum Unterricht erschien, wenn ich eingeteilt war. Das NIH war jedoch eine staatliche Einrichtung und deshalb musste alles ordnungsgemäß abgewickelt werden. Ich füllte das entsprechende Formular aus, Dr. Moore unterschrieb es und damit war das Thema hoffentlich beendet. Ich wollte mir gar nicht vorstellen, wie Dr. Moore erst reagieren würde, wenn ich mir für Rays Anhörung freinehmen wollte…oder für die eventuell bevorstehende Verhandlung vor dem Kriegsgericht.

Ich würde mich erst dann darum kümmern, wenn es soweit war.

Es war fast 16.30 Uhr und ich konnte es gar nicht abwarten, zu gehen und Ray zu treffen, als mein Handy klingelte. Ich runzelte die Stirn, als ich die Nummer sah. Es war Bill Ayers. Ich hatte, abgesehen von ein oder zwei Meldungen auf Facebook, nichts mehr von ihm gehört, seit ich Texas verlassen hatte. Ich ging schnell ran.

„Bill, hey! Wie geht es Ihnen?"

„Carrie, wir müssen reden."

Ich war total verblüfft. Er klang fast verzweifelt. „Was ist los?", fragte ich.

„Seien Sie ehrlich zu mir. Ich weiß, dass ich Mist gebaut habe, als ich Sie am Tag der Verteidigung Ihrer Doktorarbeit zum Dinner eingeladen habe. Aber ich habe mich dafür entschuldigt. Es war ein Fehler. Aber…damit habe ich nicht gerechnet. Warum? Ich dachte, wir hätten…Ich dachte, wir hätten das geklärt."

Wovon redete er überhaupt? „Warum? Was ist los?"

„Ich bin heute wegen einer noch ausstehenden Untersuchung vom Dienst suspendiert worden, Carrie."

„Was?"

„Sie werden die ganze verdammte, akademische Hexenjagd vollführen. Meine ganze Forschung wird vom Staat finanziert, Carrie."

„Bill…Ich habe Sie nicht angezeigt. Ich habe es überhaupt niemandem erzählt."

„Tja, irgendjemand hat es, zur Hölle noch mal, aber getan. Sie haben mich beschuldigt, Forschungsergebnisse gefälscht zu haben. Außerdem wirft man mir vor, ich hätte Ihnen gestattet, Artikel, die ich geschrieben habe, unter Ihrem Namen zu veröffentlichen."

Ich keuchte auf und fühlte mich, als ob mir jemand die Luft abdrückte. „Was haben Sie da gerade gesagt?"

„Ich habe gesagt, dass ich suspendiert wurde, weil man mir vorwirft, mit Ihnen geschlafen und die Forschungsergebnisse für Ihre Doktorarbeit gefälscht zu haben. Das BVF ist involviert."

Der BVF war das ,Büro für verantwortungsvolle Forschung' an der Rice Universität, das darauf achtete, dass die Forschung den vorgeschriebenen Regeln entsprach. Sie beschäftigten sich mit Beschwerden über Rechtschaffenheit, gefälschten Forschungsergebnissen und solchen Dingen. Es wird über staatliche Gelder finanziert und koordiniert Untersuchungen für das NIH und die National Science Foundation, und das bedeutete, wenn Bill die Wahrheit sagte, würde auch ich bald von der Sache hören.

Mir stockte der Atem. Das war ein Albtraum.

„Bill, was haben die Ihnen gesagt?"

„Nur dass eine Beschwerde eingereicht wurde und dass die Universität diese Dinge sehr ernst nimmt, blah, blah, blah und dass ich von allen Forschungen und akademischen Aufsichtspflichten suspendiert bin, bis die Untersuchung abgeschlossen ist. Natürlich nehmen sie solche Anschuldigungen sehr ernst. Sie könnten ansonsten ihre staatliche Förderung verlieren. Sie werden mich lieber den Wölfen zum Fraß vorwerfen, als ihre Gelder zu riskieren."

Diese Worte aus Bills Mund zu hören, der normalerweise sehr sanft und höflich war, war sehr beunruhigend. Ich fragte mich, ob er etwas getrunken hatte. In dem Moment klingelte mein Festnetztelefon. Dr. Moore. *Scheiße.*

„Bill, ich rufe Sie später zurück. Mein Chef ruft gerade an."

„Ja, okay", antwortete er, seine Stimme war barsch.

Ich beendete das Gespräch auf meinem Handy. Mein Herz klopfte wie verrückt, als ich die Hand nach dem Hörer des Festnetztelefons ausstreckte. „Hallo?"

„Dr. Thompson. Würden Sie bitte in mein Büro kommen?"

„Ich bin gleich da", antwortete ich.

Er legte ohne ein weiteres Wort auf.

Das muss Nikki gewesen sein. Ich dachte an meinen letzten Tag in Texas und an das Foto, das Nikki in meine Facebookchronik gepostet hatte. Hatte diese rachsüchtige Hexe meine berufliche Laufbahn in Gefahr gebracht?

Ich fühlte mich, als ob ich eine Bleikugel im Magen hätte, während ich den Gang hinunter zu Dr. Moores Büro ging. Ich klopfte und er sagte: „Kommen Sie rein."

Er war nicht allein. Ein weiterer Mann um die Fünfzig saß auf einem der Stühle vor Dr. Moores Schreibtisch. Als ich eintrat, stand er auf und Dr. Moore sagte: „Dr. Thompson, das ist Gerald Smart von der Abteilung für gesetzeskonforme Forschung im Fachbereich Gesundheit und Personal."

Meine Lippen fühlten sich an wie Gummi, als ich „Hallo" sagte und Smart die Hand gab.

„Setzen Sie sich", sagte Moore.

Das tat ich und Smart setzte sich auch wieder.

Moore verschränkte die Hände ineinander, legte sie dann vor seinen Mund und sah mich genau an. Ich bekam eine Gänsehaut. Schließlich sagte er: „Mr. Smart, können Sie bitte den Grund Ihres Besuches erläutern."

Smart lehnte sich nach vorn und sagte: „Ja, natürlich. Dr. Thompson, sind Sie mit der AGF und unserer Aufgabe vertraut?"

Ich schüttelte meinen Kopf. „Ich habe nur eine vage Vorstellung."

Er nickte. „Die AGF ist dafür verantwortlich, dass die Forschung, die über den Fachbereich Gesundheit und Personal finanziert wird, nach gesetzeskonformen Maßstäben erfolgt. Wir finanzieren alle Aktivitäten des NIH, aber auch viele andere Forschungen an privaten und staatlichen Universitäten. Ich bin mir sicher, dass Sie sich vorstellen können, dass Forschungen, die mit staatlichen Geldern finanziert werden, den höchsten Standards entsprechen müssen. Wir überwachen sämtliche akademischen Institutionen, um sicherzustellen, dass es zu keinerlei betrügerischen Handlungen kommt."

Ich nickte. „Okay…Was kann ich für Sie tun?"

Mein Herz klopfte zu diesem Zeitpunkt wie verrückt und ich konnte spüren, wie mein Hals und mein Gesicht rot wurden. Aufgrund meines Gesprächs mit Ayers kannte ich die Antwort auf diese Frage bereits. Aber ich wollte, dass er es sagte. Wie lauteten die genauen Vorwürfe?

„Dr. Thompson, es tut mir leid, Ihnen mitteilen zu müssen, dass die AGF eine Mitteilung erhalten hat, in der schwere Anschuldigungen gegen Sie erhoben werden."

Ich schluckte. „Was für Anschuldigungen?"

„Insbesondere, dass Sie Forschungsergebnisse gefälscht haben, die im Journal of Infectious Diseases veröffentlicht werden sollen. Außerdem stand in dem Bericht…ähm…" Er sah von mir weg und sagte: „Die Meldung besagte, dass ein großer Teil Ihrer Doktorarbeit gefälscht wäre und dass Ihr Doktorvater dies für sexuelle Gegenleistungen gedeckt hat. Unglücklicherweise müssen wir der Sache nachgehen. Mit der Meldung wurde uns auch ein Bild geschickt, auf dem Sie Ihren Doktorvater küssen."

Ich zuckte auf meinem Stuhl zusammen und griff unwillkürlich so fest nach den Armlehnen, dass meine Knöchel wehtaten.

Mit starrem Gesicht spie ich die nächsten Worte aus: „Nichts von dem, was Sie sagen, ist wahr. Wer hat diese Anschuldigungen gemacht?"

Er schüttelte den Kopf, hatte einen kleinlauten Gesichtsausdruck. „Ich bin mir sicher, dass Ihnen klar ist, dass ich Ihnen das nicht sagen darf. Wir müssen sicherstellen, dass es keine Rachefeldzüge gegen unsere Informanten geben wird."

„Und um Personen, die falsche Anschuldigungen machen, zu beschützen? Wenn ich mit meiner Vermutung recht habe, wurde das Bild an meinem letzten Tag in Rice aufgenommen, als ich mich von Bill verabschiedet habe. Es war nicht mehr als das, eine Verabschiedung."

Smart verzog das Gesicht. „Dr. Thompson, uns geht es darum, dass alles korrekt abläuft. Ich versichere Ihnen, dass wir nichts Nachteiliges gegen Sie unternehmen werden, ohne vorher die Sache genauestens untersucht zu haben." Er sagte das mit unbewegter Miene, aber er konnte mich damit nicht überzeugen. Er fuhr fort: „Dr. Moore wird als Ihr Vorgesetzter die Untersuchung hier am NIH leiten. Meine Aufgabe ist es, dies zu überwachen und sicherzustellen, dass die Untersuchung für alle Beteiligten fair verläuft."

Meine Augen wanderten zu Dr. Moore. Er sah vorsichtig von mir weg. Jetzt wollte ich am liebsten kotzen. Oder schreien. Oder diesem eingebildeten, selbstgefälligen Bürokraten eine in die Fresse hauen. Keine dieser Handlungen wäre eine sinnvolle Antwort gewesen.

Ich holte tief Luft. „Okay. Ich versichere Ihnen, diese...Anschuldigungen...sind völliger Nonsens. Wie können wir das aus der Welt schaffen, damit ich mit meiner Arbeit weitermachen kann?"

Moore sagte schließlich: „Im Moment werden Sie bei voller Bezahlung beurlaubt. Ihre Forschungsarbeit wird bis zum Ende der Untersuchung auf Eis gelegt. Ich habe mit dem BVF der Rice Universität gesprochen und wir haben uns darauf geeinigt, dass wir zusammenarbeiten werden, da das die beste Methode ist, um Klarheit in die Angelegenheit zu bringen."

Ich zwang mich dazu, ruhig zu bleiben. „Was werden Sie genau untersuchen?"

„Wir werden natürlich Sie und Professor Ayers befragen. Und dann werden wir sämtliche Aufzeichnungen über die Forschungsarbeiten in Zusammenhang mit Ihrer Doktorarbeit durchgehen. Solange bis die Untersuchung abgeschlossen ist und wir ein Ergebnis haben, wird das ‚Journal of Infectious Diseases' außerdem Ihren Artikel nicht veröffentlichen."

Mein Magen verkrampfte sich bei dem Gedanken, dass sie bereits die Fachzeitschrift kontaktiert hatten und meine Forschung gestoppt hatten, meinen Job, *mein Leben*.

Mein Handy klingelte. Ich griff in meine Handtasche und stellte es stumm, ohne zu schauen, wer anrief. Ich setzte mich gerade auf meinen Stuhl, kämpfte darum, meine Wut zu unterdrücken, und sagte: „Geben Sie mir Bescheid, wenn Sie irgendetwas brauchen. Ich werde vollständig kooperieren. Das ist...haarsträubend."

Moore nickte. „Ich werde Sie im Laufe dieser Woche anrufen und Sie informieren. In der Zwischenzeit ist es Ihnen nicht gestattet, sich in die Systeme des NIH oder der Rice Universität einzuloggen. Wir müssen sicherstellen, dass keine Beweise verfälscht werden."

Ich schluckte und stand auf. Beide Männer erhoben sich ebenfalls und ein Teil von mir wollte bei dem Gedanken, dass meine Fähigkeiten als Wissenschaftlerin, meine Ehrlichkeit und Rechtschaffenheit infrage gestellt wurden, einfach nur vor Wut schreien. Und dass die Frage, ob ich, um meine Ziele zu erreichen, mit jemandem geschlafen hatte, von zwei alten weißhaarigen Männern, die mich anschauten, als wäre ich ein Stück Fleisch, entschieden werden würde. Meine Wut wurde immer größer und ich wusste, ich musste hier raus, bevor ich etwas sagen oder tun würde, das ich später bereute.

„Ich erwarte Ihren Anruf", sagte ich, ging dann auch schon durch die Tür und rannte den Gang zurück zu meinem Büro. Ich warf mein Telefon und andere persönliche Gegenstände in meine Handtasche und verließ das Büro.

Lori war aufgestanden und traf mich im Gang. Sie flüsterte dringlich: „Carrie, was ist passiert?"

Ich schüttelte schnell meinen Kopf und sagte mit hoher, unkontrollierbarer Stimme: „Mein Leben zerbricht. Ich kann im Moment nicht darüber sprechen oder ich beginne zu schreien. Ich rufe Sie morgen an."

„Heute Abend", sagte sie und schaute mich besorgt an.

„Heute Abend", antwortete ich. „Ich…okay. Ich rufe Sie heute Abend an."

Und dann rannte beziehungsweise stolperte ich aus dem Gebäude.

Würde es etwas nützen, wenn ich aussteige und schiebe? (Ray)

Gibt es eine schrecklichere Beschäftigung, als den ganzen Tag dieselbe Geschichte mindestens hundertmal für seinen Anwalt zu wiederholen? Ich glaube nicht. Ich war am Morgen pünktlich in Major Elmores Büro eingetroffen und hatte ihn an einem imposanten Schreibtisch aus Stahl und Plastik, der in einem kriegschiffsgrau gestrichen war, vorgefunden. Die Rückwand von Elmores Büro hing voll mit Auszeichnungen, unter anderem der Urkunde zu seinem Bronze Star. Als ich eintrat, zog diese Wand sofort meine Aufmerksamkeit auf sich, und ich begann, die Urkunde zu lesen. Es war eine einfache und unschöne Geschichte. Ein unkonventioneller Sprengkörper hatte einen Jeep im Süden von Bagdad in die Luft gejagt, auslaufendes Benzin brannte dabei lichterloh. Elmore war in das Feuer gelaufen, um einen seiner Soldaten aus dem Jeep zu retten und hatte sich dabei selbst schwer verletzt.

„Hat er überlebt?", fragte ich.

„Wer?"

„Der Soldat, den Sie aus dem brennenden Jeep gezogen haben."

Er schüttelte den Kopf. „Nein. Er hatte zu schwere Verbrennungen. Aber er konnte mit vollständigem Gesicht nach Hause transportiert werden. Für die Beerdigung."

Ich zuckte zusammen. Dann sagte ich: „Ich brauche keinen zivilen Anwalt. Sie sind völlig okay."

Er antwortete nicht. Er wusste, wie ich das meinte, und ich wusste, wie ich das meinte. Wo gehobelt wird, fallen Späne. Man kann kein Land besetzen, ohne das Leben einiger Menschen zu zerstören. Er verstand das auf eine Art, die kein noch so guter Anwalt frisch von der Uni je kapieren würde.

Also setzte ich mich und er schob mir eine Liste über den Tisch. Ich las sie durch. Fünf weitere Mitglieder meiner Einheit, plus Sergeant Colton. Sergeant Hicks stand auch auf der Liste, wahrscheinlich weil er einer derjenigen war, die mich beschuldigten.

Ich ging die Liste durch und sah zu ihm auf. „Ich möchte alles über diese Leute wissen. Ich möchte die Größe ihrer Unterwäsche kennen. Ich möchte wissen, welche schlimmen Dinge sie in Afghanistan erlebt haben und wie oft sie so was wegstecken mussten."

Ich nickte. Dann nahm ich einen Stift von seinem Tisch und strich drei Namen durch. „Diese drei spielen keine Rolle. Das waren SNKs."

Er blinzelte. „Das war Ihr ganzes Feuerteam. Alle drei?"

„Ja. Keiner der drei war länger als eine Woche da draußen, als Weber erschossen wurde."

Ich begann, neue Namen auf die Liste zu schreiben. *Weber. Roberts. Kowalski. Paris.*

„Das sind die Männer, die hier wichtig sind", sagte ich.

„Werden Sie als Zeugen aussagen?"

„Paris ja. Für die anderen benötigen Sie ein Medium."

Er nickte. „Verstehe. Ich denke nicht, dass das ein Gericht gestatten würde. Erzählen Sie mir, warum ich mir um diese Kerle Gedanken machen muss."

Ich schluckte. „Wenn Sie es so genau wissen wollen, wird es einige Zeit dauern."

„Dann los."

Also verbrachte ich den ganzen Tag damit, die Geschichte zu erzählen. Ich begann bei der Grundausbildung zusammen mit Dylan Paris und endete mit Kowalski und seinem Schweif aus lumpigen Kindern in Dega Payan. Als es 16 Uhr war, war mein Hals ganz trocken und ich war soweit, die nächste Person, die mir eine Frage stellte, einfach zu erschießen. Über Kowalski zu sprechen, machte mich immer völlig fertig. Man sieht immer diese gelben Schleifen mit „Unterstützt unsere Truppen" und solchem Schwachsinn und Soldaten, die in den Medien als Helden dargestellt werden. Aber der einzige wahre Held, dem ich je begegnet war, war Kowalski, er hatte nicht eine verdammte Sekunde gezögert, als er zwischen seinem und dem Leben des kleinen Mädchens entscheiden musste. Ich bezweifle, dass er überhaupt Zeit gehabt hatte, darüber nachzudenken und wirklich zu realisieren, was das bedeutete, oder es abzuwägen.

Ich gehöre nicht zu den Menschen, die in der Öffentlichkeit Gefühle zeigen. Aber wenn ich über diesen Tag sprach, ja nur an ihn dachte, bekam ich Tränen in die Augen.

„Ich bin fertig für heute, Major."

„Ich habe Ihnen gesagt, dass Sie mich nicht so nennen sollen."

„Okay. Kein weiteres Wort mehr."

„In Ordnung. Wir sehen uns morgen um neun Uhr. Ruhen Sie sich aus."

Ich nickte und schob meinen Stuhl zurück.

Er sagte: „Kowalski scheint ein echter Kerl gewesen zu sein."

„Er war ein absoluter Scheißkerl. Aber er tat das Richtige, wenn es darauf ankam."

Ich ging ohne ein weiteres Wort durch die Tür nach draußen.

Ich war schon auf halbem Weg zum NIH, bis ich Carrie anrief. Ich war völlig durcheinander und meine Gedanken kreisten immer wieder um Kowalski und das Desaster, das danach folgte. Und ich hatte seine Mutter und seine kleine Tochter immer noch nicht besucht. Ich war seit Monaten zu Hause und hatte mich noch nicht dazu aufgerafft. Ich war mir nicht sicher, ob ich in der Lage wäre, ihnen gegenüber zu treten, und ich war mir sicher, dass ich es nicht fertigbringen würde, seiner Mutter in die Augen zu schauen und ihr genau zu erzählen, was passiert war.

Ich musste einen klaren Kopf bekommen und zumindest versuchen, für Carrie ein mutiges Gesicht zu machen. Ich schloss meine Augen, zählte bis zehn und wählte dann ihre Nummer. Sie ging nicht ran. *Verdammt.* Ich lief weiter. Ich war sowieso schon fast bei ihrem Auto. Sie würde bald zurückrufen.

Als ich das Auto erreichte, ging ich im Kreis um es herum. Gott, was für ein Monster. Es war schwarz und so sehr poliert, dass ich mich darin spiegeln konnte, und das, obwohl dieses Modell ursprünglich gar nicht in schwarz hergestellt worden war. Es war fünfunddreißig Jahre alt, hatte mehr als 500.000 Kilometer auf dem Tacho und der Motor lief so, als wäre das Auto gerade erst vom Fließband gefahren. Na ja, außer dass es in letzter Zeit manchmal nicht ansprang. Carrie hatte es in den letzten zwei Monaten schon zweimal in der Mercedeswerkstatt gehabt und die Mechaniker hatten geschworen, dass es keine weiteren Probleme geben würde. Wir würden es sehen und erleben.

Ich zündete mir eine Zigarette an und lehnte mich an das Auto, auf meinem Telefon hatte ich ein einigermaßen gutes Buch, das ich lesen konnte, bis sie mit der Arbeit fertig war.

Fünf Minuten später sah ich sie. Sie ging schnell über den Parkplatz und war ganz blass im Gesicht. Ich löschte die Zigarette, packte das Telefon weg und ging auf sie zu. Sie sah mich an und mir rutschte das Herz in die Hose, denn in dem Moment, in dem sie mir in die Augen sah, verzog sich ihr Gesicht vor Schmerz, größerer Schmerz als ich ihn je bei ihr gesehen hatte. Tränen begannen aus ihren Augen zu quellen und ich zog sie zu mir, legte meine Arme um sie, so als ob ich sie irgendwie vor dem, was sie zur Hölle nochmal so belastete, beschützen konnte.

„Allmächtiger. Carrie. Was ist los?"

Sie schüttelte ihren Kopf und drückte ihr Gesicht an meine Schulter. Ihr ganzer Körper zitterte und ich konnte nicht sagen, ob vor Wut oder Kummer oder etwas anderem. Sie wollte nicht darüber reden, also hielt ich sie einfach fest. Ihr Atem ging unregelmäßig und dann murmelte sie: „Ich könnte gerade jemanden umbringen. Wir müssen gehen. Sofort."

Sie holte den Schlüssel raus und ihre Hände zitterten, als sie das Auto aufschloss.

Ich sah auf ihre zitternden Hände und fragte: „Soll ich lieber fahren?"

„Nein", sagte sie. „Ich muss etwas tun, das ich kontrollieren kann."

Ich hatte keine Ahnung, was los war, aber das war etwas, das ich verstand. Was auch immer an ihr nagte, es war schlimm. Ich ging auf die andere Seite und sie drehte den Schlüssel im Zündschloss um und murmelte: „Wehe, du gehst nicht an, verdammt." Ich sah sie an. Carrie fluchte nur selten, obwohl ich wusste, dass ich, was das anging, einen schlechten Einfluss auf sie hatte.

Das Auto sprang an, der Motor summte leise, sie legte den Gang ein und wir fuhren aus der Parklücke. Erst als wir im stockenden Verkehr, der sich vom NIH zur Old Georgetown Road hinzog, steckten, begann sie, mir die Geschichte zu erzählen.

Bis sie fertig war, waren wir fast zu Hause angekommen und in meinem Kopf drehte sich alles. Allein die Vorstellung, dass Carrie, ausgerechnet Carrie, vorgeworfen wurde, sie habe ihre Forschungsergebnisse gefälscht? Das war lächerlich. Es war…haarsträubend. Und das Schlimmste war, dass die Leute es glauben würden. So wie sie glauben würden, dass ich den Abzug betätigt hatte.

„Heute Abend gehen wir einen trinken. Viel trinken."

„Abgemacht", antwortete sie mit grimmiger Stimme. „Wir ziehen uns nur schnell um und dann gehen wir. Ich bin so sauer, dass ich laut schreien könnte."

Da wir nur kurz zu Hause sein würden, fuhr sie mit dem Auto in die Einfahrt zur Vordertür des Apartmenthauses und stellte den Motor ab. Ich denke, wir atmeten beide auf. Bis ich die verdammte Schar von Reportern sah und sie uns, und dann rannten sie auch schon zu uns hinüber.

„Oh, um Himmels Willen!", schrie sie.

„Lass uns einfach fahren", sagte ich.

„Du kannst nicht in der Uniform weggehen."

„Wir können irgendwo anhalten und ich kann mir was zum Anziehen kaufen."

Sie nickte und drehte den Zündschlüssel. Und das verdammte Ding sprang nicht an. Schon wieder. Sie sank in den Sitz zurück und lehnte den Kopf gegen das Lenkrad.

„Gott", sagte ich. „Versuch's noch mal."

Sie versuchte es erneut. Es war nicht mal ein Geräusch zu hören. Ich seufzte frustriert und wütend. Aber dann sah ich uns plötzlich vor meinen inneren Augen. Wie wir gestern im Bett gelegen und Filme angeschaut, Popcorn gegessen und wie zwei geile Teenager miteinander geschlafen hatten. Ich platzte heraus: „Würde es etwas nützen, wenn ich aussteige und schiebe?"

Als ich das fragte, hatte sie immer noch ihren Kopf gegen das Lenkrad gelehnt, ihre Augen waren geschlossen. Aber dann begann sie zu kichern. Nur ein bisschen. Und ein ganz kleines Lächeln erschien auf ihrem Gesicht. Sie sah mich ungläubig an und sagte: „Vielleicht", und ich sagte: „Sieh mal, lass uns einfach losrennen."

Sie nickte, nahm ihre Handtasche und wir öffneten die Türen zur gleichen Zeit. Ich beeilte mich, um das Auto herum zu rennen und sie vorne zu treffen. Die Reporter begannen uns mit Fragen zu bombardieren, vielen Fragen. Ich nahm ihre Hand und zusammen bahnten wir uns einen Weg durch sie hindurch und in das Gebäude.

Carrie gab der Empfangsdame die Autoschlüssel und sagte: „Können Sie bitte noch mal die Mercedeswerkstatt anrufen? Und sagen Sie ihnen, wenn sie den Fehler diesmal nicht beseitigen, sollen sie das Auto von einer Klippe werfen."

Die Empfangsdame nickte und sagte: „Was soll ich mit den Reportern machen?"

Carrie schaute durch die Fenster zu ihnen hinaus. „Die Polizei rufen?", schlug sie vor. „Sie sind auf einem Privatgrundstück."

Wir gingen in den Aufzug und Carrie warf ihre Arme um mich. „Zitierst du immer Star Wars, wenn du gereizt bist?"

Ich lachte und sie lachte auch und dann lachten wir zusammen und hielten uns fest. Zwanzig Minuten später hatten wir uns umgezogen, frisch gemacht und gingen wieder nach unten. Ich trug Jeans, ein altes Sweatshirt mit Kapuze und eine Sonnenbrille. Sie hatte einen Hut auf dem Kopf und ihre Haare fielen ihr ins Gesicht. Das würde niemanden täuschen. Aber wir planten sowieso, das Gebäude über den Lieferanteneingang in der Tiefgarage zu verlassen.

Im Erdgeschoss spähte Carrie um die Ecke. Es war immer noch ein halbes Dutzend Reporter da draußen. Sie nahm meine Hand und sagte: „Hier entlang. Ich bin immer hier durch gegangen, wenn ich nicht wollte, dass die Empfangsdame meine Eltern informiert."

Ich grinste. „Was hast du angestellt, von dem du nicht wolltest, dass deine Eltern es erfahren?"

Sie schnaubte. „Nicht viel. Ich hab mich rausgeschlichen und mich dann in einer Buchhandlung rumgetrieben."

„Wildfang", sagte ich.

Das Lieferantendeck in der Tiefgarage stank nach verdorbenem Essen, aber Carrie kannte den Weg durch die Dunkelheit. Etwa einen halben Block von dem Haus entfernt gelangten wir auf die Straße, weit genug weg, um außer Sichtweite für die Reporter zu sein.

„Zeit für einen Drink", sagte sie und führte mich in eine der vielen Bars an der Bethesda Avenue.

Mein Zuhause (Carrie)

Ich lehnte mich an Ray. In meinem Kopf schwirrte es. Ich hatte noch nie viel getrunken, hatte das Gefühl, nicht mehr alles unter Kontrolle zu haben, nie wirklich gemocht. Ich mochte auch die Benommenheit und den Kater danach nicht.

Ray hatte, im Gegensatz zu mir, ein halbes Dutzend Kurze weggekippt. Er schimpfte herum. Drei- oder viermal hatte er die Unterhaltung auf seine Wut auf den Sergeant seiner Einheit, auf die Army, auf Nikki und ihre dumme Beschwerde, die meine Karriere beenden könnte, gelenkt.

Ich musste am nächsten Morgen nirgendwo erscheinen. Ray aber schon. Deshalb bezahlten wir schließlich die Rechnung, stolperten zusammen aus der Bar und nach Hause. Es war immer noch recht früh, nur etwa

19 Uhr, aber wir waren beide emotionale Wracks und der Stress hatte sein Opfer gefordert.

Als wir ankamen, waren die Reporter verschwunden und ein Streifenwagen der Montgomery County Polizei stand gut sichtbar vor dem Haus. Gott sei Dank. Das Gebäude durch den Lieferanteneingang der Tiefgarage zu verlassen, war einfach, aber ich hatte in meinem ersten Jahr an der High School gelernt, dass man auf diese Art nicht zurück in das Gebäude gelangen konnte.

Der Nachtpförtner saß an seinem Tisch, als wir eintraten. Er winkte und ich winkte zurück, dann gingen wir zum Aufzug. Ich drehte mich zu Ray hin, legte meine Hände auf seine Brust und er schlang seine Arme um mich und dann gab er mir einen ziemlich feuchten, betrunkenen Kuss.

„Wir stehen das durch", sagte er.

„Das werden wir", antwortete ich.

„Aber zuerst werden wir wilden Sex haben."

„Hmm, das klingt gut. Sag mir, wo."

„Überall", summte er in mein Ohr. „Www…wir beginnen im Wohnzimmer auf dem Fußboden. Ich will jeden Zentimeter deines Körpers berühren. Überall. Ich möchte, dass du ganz mein bist, Carrie. Für immer."

Mein Körper stand in Flammen. Als der Aufzug zum Stehen kam, ergriff ich seine Hand und wir rannten zur Wohnungstür. Ich suchte in meiner Handtasche nach dem Schlüssel, aber Ray hatte seinen bereits rausgeholt und begann die Tür zu öffnen, dann stoppte er plötzlich, seine Hand lag auf dem Türknauf.

Unsere Körper berührten sich der Länge nach und ich spürte, wie sich in ihm etwas veränderte, er war nicht mehr entspannt, leicht betrunken und erregt, sondern wachsam. Und eine Sekunde später verstand ich, warum. Die Tür war nicht abgeschlossen. Er streckte die Hand aus, drehte am Türknauf und drückte die Tür energisch auf.

„Bleib hier", sagte er. Das war keine Bitte.

Ich griff in meine Handtasche und suchte nach dem Pfefferspray, das ich dabei hatte, und blieb in der Tür stehen, während er die Wohnung betrat.

Einen Moment später hörte ich Rays Stimme, angespannt und feindselig, aber auch immer noch ein bisschen betrunken, sagen: „Wer zum Teufel sind Sie?"

Mein Herz rutschte mir in die Hose, schlug wie verrückt und dann hörte ich eine Antwort, die mich in die Wohnung stolpern ließ. Mein Vater antwortete: „Das sollte ich Sie fragen, schließlich ist das mein Zuhause."

Was tat *er* hier? Ich wusste nicht, warum mich das auf einmal schrecklich verängstigte, aber ich rannte hinein und fand meinen Dad und Ray, wie sie sich gegenseitig anstarrten, und keiner der beiden sah freundlich dabei aus. Dad machte den üblichen, halbentspannten Eindruck…Er trug eine alte, viel getragene Jacke mit Flicken auf den Ellbogen, eine Hose und ein Hemd mit offenem Kragen. Seit etwa fünf Jahren begann sein sorgsam getrimmtes Haar, grau zu werden.

„Ähm…. Ray…Ich möchte dir meinen Dad vorstellen. Dad, das ist Ray Sherman."

Auf Rays Gesicht erschien ein geschockter Ausdruck. „Mr. Thompson…Entschuldigung…ich dachte, Sie wären – "

„Ein Einbrecher? Wohl kaum. Carrie, es ist schön, dich zu sehen."

Meine Angst war greifbar, als ich zu meinem Vater ging. Er küsste mich auf die Wange.

„Ähm…Was machst du hier, Dad?"

„Nach unserer Unterhaltung neulich habe ich mir große Sorgen um dich gemacht. Und um ehrlich zu sein, ist meine Sorge gerade nur noch größer geworden."

Ich trat zurück. „Warum?"

Dads Augen wanderten zu Ray und dann zurück zu mir. „Wohnt er hier mit dir zusammen?"

„Ja. Was ist dabei?"

Er sah mich an. „Ich hätte gedacht, du hättest zumindest den Anstand, mich vorher zu informieren, bevor du einen Mann in mein Zuhause einziehen lässt."

„Dad, das ist *mein* Zuhause. Ich bin fast dreißig Jahre alt und es war mir nicht bewusst, dass an meinen Einzug hier die Bedingung geknüpft war, mich wie ein Kind behandeln zu lassen. Wenn das so ist, ziehen wir sofort aus."

„Wenn du nicht wie ein Kind behandelt werden willst, solltest du dich auch nicht wie eines benehmen."

Ray unterbrach uns. „Warten Sie 'nen verdammten Moment, so können Sie nicht mit ihr reden."

Die Augen meines Vaters zuckten, dann sah er Ray mit Verachtung an. „Das geht Sie nichts an."

„Dad, bitte hör auf."

„Aufhören, womit? Mir Sorgen um das Wohlergehen meiner Tochter zu machen? Nein, das werde ich nicht. Carrie, du lebst mit jemandem zusammen, der des *Mordes* angeklagt wurde."

Ray schwankte und sagte: „Ich denke, Sie sollten jetzt gehen."

„Das ist *mein* Zuhause", sagte mein Vater.

„Hör auf", zischte ich. „Weder Ray noch ich sind im Moment in der Lage, das zu diskutieren. Heute war so ziemlich der schlimmste Tag in meinem Erwachsenenleben und da denkst du, du kannst hier einfach so auftauchen und mir vorschreiben, wen ich lieben und wie ich mein Leben führen soll? Genug. Ich gehe jetzt ins Bett. Wenn du morgen darüber sprechen willst, okay, aber *nur*, wenn du deine verdammte, verurteilende Haltung aufgibst. Ich habe dich um *Hilfe* gebeten. Ist das deine Art zu helfen?"

Mein Mund fühlte sich an, als ob er mit Stoff gefüllt war. Ich griff nach Rays Hand, zog ihn in Richtung unseres Schlafzimmers und sagte: „Gute Nacht, Vater."

„Ich werde nicht zulassen, dass du heute Nacht unter meinem Dach mit ihm schläfst!"

„Na gut", antwortete ich mit kalter Stimme. „Wir werden heute Nacht in einem Hotel schlafen und morgen packen und ausziehen."

„*Carrie*", sagte mein Vater und klang verletzt.

Gut. Ich schüttelte den Kopf. Was er sagte, bedeutete: Ich war immer die *Vernünftige* gewesen, immer diejenige, die sich um *alle* anderen gekümmert hatte, immer diejenige, die er hatte *überreden* können. Ich war diejenige, auf die er seine Hoffnungen gesetzt hatte. Julia rannte davon, um eine Band zu managen. Alexandra hatte sich mit einem behinderten Soldaten verlobt, Sarah ließ sich gar nichts sagen, und Andrea…sie verschwand einfach nach Spanien. Ich hatte mich um sie alle gekümmert, allen bei ihrem Liebeskummer geholfen, sie beschützt, sie sich an meiner Schulter ausheulen lassen…

Tja, jetzt kümmerte ich mich mal um *mich*.

Ich wandte den Blick von meinem Vater ab und marschierte in unser Schlafzimmer und öffnete den Wandschrank. Mein Koffer lag auf dem obersten Regalboden. Ich holte ihn runter, öffnete ihn und begann, wahllos Kleidung in ihn zu werfen.

Ray verstand den Wink und öffnete den anderen Schrank.

Mein Vater erschien in der Tür und seine Augen weiteten sich.

Er sah weg und dann wieder zu uns. „In Ordnung", sagte er. „Ich.. ich werde in einem Hotel übernachten. Und morgen werden wir zusammen zu Mittag essen."

Ich packte weiter.

Er verzog das Gesicht und sagte: „Es tut mir *leid*. Du hast recht."

Meine Schultern sackten hinunter und ich schwankte erneut. Ich war immer noch betrunken und ich wusste, dass Ray es auch war und…Es war einfach zuviel. In dem Moment, in dem mein Vater die Wohnung verließ, brach ich völlig erschöpft in Rays Armen zusammen.

DIE ZWÖLFTE STUNDE

Etwas, das du wissen musst (Carrie)

„*I*n Ordnung. Ich weiß, dass Sie sich Sorgen machen. Aber Sie müssen jetzt alle die Intensivstation verlassen. Gehen Sie nach Hause und schlafen Sie ein bisschen."

Ich wollte nicht gehen. Sarah war erst vor einer Stunde stabilisiert worden.

Aber die Krankenschwester hatte mit einer Sache recht. Ich brauchte wirklich Schlaf, sehr sogar. Ich konnte kaum noch aufrecht stehen, und wenn ich es tat, schwankte ich, mir war schwindelig und ich konnte nicht mehr klar sehen.

Dylan stützte mich und Alexandra ging mit Jessica. Rays Eltern kamen hinter uns her und so verließen wir alle die Intensivstation.

Ich hatte keine Ahnung, wo wir hingehen sollten. Auf gar keinen Fall würde ich den ganzen Weg zurück zu unserer Wohnung fahren. Je nach Verkehr könnte es etwa eine Stunde von der Innenstadt bis nach Bethesda dauern. Wenn etwas passieren sollte und ich steckte im Verkehr fest, würde ich mir das niemals verzeihen können.

Mir war schon wieder schlecht. „Dylan, kannst du mit deinem Telefon schauen, ob hier in der Nähe ein Hotel ist? Ich kann nicht raus nach Bethesda fahren."

Alexandra sagte: „Es ist alles schon geregelt."

Ich runzelte die Stirn und sah sie neugierig an. Ich fühlte mich, als wäre ich betrunken.

„Julia", sagte sie. „Sie hat uns ein paar Suiten im GW Inn reserviert, es ist nur ein paar Blocks von hier entfernt. Mom und Dad sind inzwischen auch auf dem Weg vom Dulles-Flughafen hierher, sie werden uns dort treffen."

Ich seufzte vor Erleichterung. Nicht, weil meine Eltern dort sein würden, denn das verstärkte meine Angst nur noch. Sondern weil ich verzweifelt ein paar Stunden Ruhe brauchte. Und es bereitete mir schreckliche
Angst, mich zu weit vom Krankenhaus zu entfernen.

„Dylan", sagte ich, als wir den Aufzug erreichten. „Kannst du mir morgen früh einen Gefallen tun? Fahr raus zu unserer Wohnung und hol meinen Computer. Ich will nicht…Ich muss morgen ein paar Leute anrufen
und ich habe mein Telefon verloren."

„Natürlich", antwortete er. „Oder ich kann herausfinden, wohin sie das
Auto abgeschleppt haben. Ich wette, dein Telefon liegt noch dort."

Ich schniefte. „Das wäre wunderbar. Ich muss Dick Elmore über den
Unfall informieren und noch ein paar andere Leute."

„Ich bin mir ziemlich sicher, dass Smalls ihm schon alles gesagt hat",
sagte er.

Und so liefen wir die zwei Blocks bis zu dem Hotel. Ein paar Minuten
lang veranstaltete Michael Sherman Theater, weil er irgendwo ein eigenes
Zimmer für sich und seine Frau suchen und keine *Almosen* von uns annehmen wollte. Ich verstand das. Ray hatte genauso gefühlt. Aber ich griff
nach seinem Oberarm und sagte: „Wenn es dir so viel ausmacht, kannst du
Julia hinterher die Kosten erstatten. Aber im Moment müssen wir in der
Nähe von Ray bleiben und billige Hotels werden innerhalb eines Radius'
von einer Autostunde, nicht leicht zu finden sein. Bitte?"

Julia hatte mehr Geld als Gott. Wirklich, sie hatte mehr Geld als unser
Vater und der hatte eine Menge geerbt. Und, obwohl ich wusste, dass sie
im wahrsten Sinne des Wortes Millionen an Wohltätigkeitsorganisationen
spendete, wusste ich auch, dass sie immer noch mehr als genug Geld hatte.
Sie hätten es sich leisten können, das Hotel, zu dem wir gingen, einfach zu
kaufen, und sie würde das Geld, um das sich Michael sorgte, absolut nicht
vermissen.

Ich wollte mich im Moment nicht meinen Eltern stellen. Das letzte Mal hatte ich meinen Vater bei Alexandras Hochzeit gesehen und die
Stimmung zwischen uns war unangenehm und angespannt gewesen. Das
letzte Mal richtig miteinander gesprochen hatten wir im März nach dieser
schrecklichen Nacht, als er überraschend in der Wohnung aufgetaucht war.

Wir hatten uns schließlich am nächsten Tag zum Mittagessen getroffen, während Ray bei Major Elmore war. Dad hatte mich in einem Thai-Restaurant getroffen, das gleich um die Ecke lag.

Nachdem wir uns gesetzt hatten, sagte er: „Ich möchte mich für gestern Nacht entschuldigen. Ich war geschockt, als Ray in die Wohnung kam, und ich habe schlecht reagiert."

Ich lächelte meinen Vater an. „Ist schon gut."

„Abgesehen davon, Carrie. Ich mache mir wirklich große Sorgen um dich. Ich denke, du machst einen Fehler, wenn du dich trotz der Umstände so sehr mit Ray einlässt."

„Das verstehe ich. Aber das steht nicht zur Diskussion. Ich habe mich entschieden."

Er nickte. „Was sind deine Pläne für die Zukunft?"

„Es ist im Moment schwierig, Zukunftspläne zu schmieden. Aber...ich plane ihn zu heiraten."

Mein Vater schloss die Augen, dann sagte er: „Und wenn er ins Gefängnis muss?"

„Dann werde ich irgendwie damit zurechtkommen. Es ist ja nicht so, als könnte ich nicht für mich selbst sorgen."

Natürlich mauerte ich gegen ihn. Es war durchaus möglich, dass ich bald nicht mehr in der Lage sein würde, für mich selbst zu sorgen, zumindest nicht als Wissenschaftlerin. Mein Vater brauchte das aber zu diesem Zeitpunkt nicht zu wissen.

„Du musst verstehen, dass es mir nicht gefällt, dass er hier wohnt."

Unsere Unterhaltung wurde unterbrochen, weil das Essen gebracht wurde, so musste ich nicht sofort antworten. Aber sobald die Kellnerin wieder weg war, sagte ich: „Ich werde mich klar ausdrücken, Dad. Ich bin dir wirklich sehr dankbar, dass du mich in der Wohnung wohnen lässt. Mit meinem Gehalt könnte ich mir so eine Wohnung ganz offensichtlich nicht leisten. Aber es wäre mir egal, ob ich ein 800-Dollar-Studio irgendwo in einem Viertel mieten müsste, in dem sich Banden beschießen, ich lebe mit Ray zusammen. Entweder akzeptierst du das oder du gibst mir Bescheid und ich werde schon eine Wohnung finden. Ich bin kein Kind. Und ich werde mich nicht wie eines behandeln lassen. Wenn du mich in der Wohnung wohnen lassen willst, dann ohne Bedingungen."

Er zog eine Grimasse und aß erst mal etwas. Schließlich, nach einer langen und unangenehmen Pause, sagte er: „Ich werde es akzeptieren, obwohl es mir nicht gefällt. Ich werde nicht zulassen, dass meine Tochter in einer Gegend wohnt, die nicht sicher ist."

Und damit war die Unterhaltung beendet.

Meine Eltern haben mich auf eine bestimmte Art immer fasziniert. Überheblich, viel zu kontrollierend. Es stand außer Frage, dass sie uns liebten, aber bei den gesundheitlichen Problemen meiner Mutter und dem kalten Benehmen meines Vaters, war es ein Wunder, dass wir alle so gut geraten waren. Meine Mutter hat früher immer die schrecklichsten Dinge zu uns gesagt und es hat sehr lange gedauert, bis ich verstand, dass sie es nicht aus Hass tat. Oder zumindest nicht aus Hass gegen uns…Es war ihr Selbsthass, der sie zu diesen Dingen anstiftete. Aber mein Dad…Er war schwieriger zu verstehen. Zurückgezogen, isoliert, oft war es ganz unmöglich, zu wissen, was er dachte. Zum Teil hatte ich Angst davor, dass ich mir, sobald wir im Hotel ankamen, so etwas wie „Ich habe es dir doch gesagt" würde anhören müssen, und ich wusste nicht, ob ich mich gut genug im Griff hatte, ihm nicht eine runterzuhauen, wenn das passieren sollte.

Als wir das Hotel erreichten, setzte ich mich einfach in einen Stuhl in der Lobby, lehnte meinen Kopf an die Wand und schloss meine Augen. Dylan und Alexandra kümmerten sich darum, uns einzuchecken. Mir war schon wieder mulmig, mein Magen schien Rad zu schlagen und mein Kopf war ganz dick. Wenn Ray hier gewesen wäre, hätte er gesagt, mein Kopf wäre wie Doctor Whos Tardis: Größer im Inneren als außen. Bei dem Gedanken kamen mir die Tränen.

„Carrie? Komm, wir haben die Zimmer. Lass uns dich nach oben bringen." Ich öffnete meine Augen. Dylan stand vor mir. Mein Blick war verschwommen.

„Tschuldigung", sagte ich, meine Stimme war fast nur ein Flüstern. „Ich kann nicht mal mehr meine Augen offen halten."

Er streckte seine Hand aus und zog mich auf die Füße. Ich war so müde, dass ich überreagierte und stolperte. Dylan legte einen Arm um meine Hüfte und hielt mich fest. Das sah vermutlich ziemlich komisch aus. Dylan ist nicht klein, aber neben mir wirkte er so.

„Komm", sagte er. „Wir müssen dich nach oben bringen."

Wir fuhren mit dem Aufzug nach oben, ohne etwas zu sagen. Michael und Kate gingen durch eine Tür und ich folgte Dylan, Alexandra und Jessica durch eine andere. Es war eine große Suite im obersten Stockwerk, die mehrere Schlafzimmer hatte. Jessica stolperte in Richtung eines der Zimmer davon.

„Danke", sagte ich zu Dylan. „Ich bin völlig fertig."

„Ruh dich aus."

„Ich stell den Wecker auf fünf Uhr. Bitte lasst mich nicht länger schlafen. Bitte?"

„Okay", sagte er. „Ich kümmere mich darum."

Ich ließ mich auf das Bett fallen, ohne meine Klamotten auszuziehen. Ich rollte mich zur Seite und erwartete fast, Ray dort vorzufinden. Er war nicht da. Und zum ersten Mal, seit ich ein Kind gewesen bin, weinte ich mich in einen sehr unruhigen Schlaf.

Irgendwann drehte ich mich im Dunkeln um und konnte Stimmen hören, meine Eltern, Julia und Dylan, die über etwas stritten. Ich driftete wieder ab, Julias Stimme war immer noch in meinen Ohren und dann saß ich auf einmal im Gras am Ufer des Potomac Flusses. Ich erkannte den Platz, nicht weit entfernt vom Lincoln Memorial, wo Ray und ich vor ein paar Wochen gepicknickt hatten. Die Sonne strahlte und dort, wo sie meine Haut beschien, war mir warm.

Ich war allein, aber in der Ferne konnte ich Menschen in der Fußgängerzone sehen, sie waren unscharf, die Farben verschwammen. Einer von ihnen kam näher zu mir. Und dann konnte ich ihn langsam deutlicher erkennen. Es war Ray.

Ich stand auf und rannte auf ihn zu. Er lächelte, streckte seine Arme aus und umarmte mich.

„Ich dachte, ich hätte dich verloren", sagte ich.

Er flüsterte in mein Ohr. „Du wirst mich niemals völlig verlieren. Aber vielleicht für eine Weile. Ich denke du träumst gerade."

„Ich verstehe nicht."

„Ich auch nicht. Aber du musst wissen...ich liebe dich."

„Ich liebe dich", antwortete ich. „Ich werde dich niemals aufgeben."

Er seufzte, drückte mich fester an sich und dann tanzten wir, ganz langsam, am Flussufer. Er flüsterte: „Ich denke nicht, dass ich durchkommen werde, Carrie. Du musst ohne mich weiterleben."

Was für eine Art Traum war das, verdammt noch mal?

„Ich will das aber nicht", weinte ich.

„Ich weiß, Babe. Ich weiß. Aber Sarah hat versprochen, dass sie für dich da sein wird. Und du hast Julia und Alex. Es wird alles gut werden."

Ray begann zu verblassen, direkt in meinen Armen, und ich begann zu schluchzen. „Geh nicht", flüsterte ich. Ich legte meine Arme um ihn, so fest ich konnte und sie glitten einfach durch ihn hindurch.

„Ray! Warte, bitte! Es gibt etwas, das du wissen musst!"

Aber er war verschwunden. Mein Blick wurde verschwommen und ich fiel, so wie an dem Tag, als wir Fallschirmspringen waren. Ich konnte den Boden sehen, ganz weit unten, und der Wind wirbelte mich herum. Ich streckte meine Arme aus, um nach Rays Händen zu greifen, aber *sie waren nicht da*, er war nicht da und Fallschirmspringen ohne ihn war schrecklich. Ich hatte Todesangst und ich konnte meinen Fallschirm nicht finden. Die Lehrer waren verschwunden, es war dunkel und ich schluchzte, denn ich wollte nicht allein sein, ich wollte ihn nicht verlieren, ich wollte nicht weiterleben, aber ich *musste es*. Alles drehte sich, wurde schwarz und in der Ferne hörte ich meine eigene Stimme schreien.

Etwas, um zu hoffen (Ray)

Ich verlor an Stärke.

Ich verlor mich selbst.

Was hatte sie gemeint? *Es gibt etwas, das du wissen musst.* Was war es? Ich wusste es nicht. Und so sehr ich mich auch bemühte, bei ihr zu bleiben, so sehr ich mich bemühte, in ihrem Traum zu bleiben, sie zu beruhigen, ich hatte trotzdem die Kontrolle und den Kontakt verloren. Das Letzte, das ich sah, war, wie sie fiel und ich fürchtete, dass ich ihr das angetan hatte.

Ich stand von dem Bett auf und entfernte mich von Carrie.

Sarah hatte recht gehabt. Ich machte es nur noch schlimmer. Jedes Mal, wenn ich versuchte, ihr zu zeigen, wie sehr ich sie liebte, machte ich es für sie so viel schwerer.

Ich musste mich zurückziehen und sie gehen lassen. Ich musste herausfinden, was zur Hölle mit mir los war. Ich musste wissen, was ich als Nächstes tun sollte. Und ich hatte absolut keine Ahnung.

Ich verließ den dunklen Raum.

Im Wohnzimmer saß Botschafter Thompson und hielt ein Glas Scotch in der Hand. Sein Haar war zerzaust, er hatte einen erschöpften und traurigen Ausdruck im Gesicht. Er sprach leise mit Julia und Crank. Ich kannte die drei nicht gut. Crank und Julia waren immer unterwegs und wir hatten uns nur zweimal getroffen, letztes Neujahr und bei Dylans Hochzeit.

Dylan saß auf der Lehne eines Sessels und hatte seinen Arm locker um Alex' Schulter gelegt. Er sah auch nicht gut aus und es beunruhigte mich, dass seine Augen immer wieder zu dem Scotch wanderten. Dylan trank keinen Alkohol, und er hatte die Schmerzmittel nach seiner Beinverletzung schneller abgesetzt, als gut für ihn war. Aber jedes Mal, wenn Carries Dad diesen Drink an seine Lippen hob, folgten Dylans Augen ihm.

Ich seufzte. Ich hätte ihn gern aus diesem dunklen Ort, an dem er sich befand, herausgeholt. Aber ich konnte es nicht, genauso wenig wie bei Carrie. Denn obwohl der Totenschein für mich noch nicht ausgestellt und ich auch noch nicht begraben war, war ich doch so gut wie tot. Und die Menschen, die ich liebte? Sie mussten ohne mich weiterleben.

Ich winkte Daniel zu, der in der Nähe stand und sehr allein aussah.

„Komm mit, Kind. Danke, dass du mit mir hierher gelaufen bist."

Ich konnte nicht hierbleiben. Irgendwie war es, jetzt wo Sarah weg war, noch schlimmer geworden.

So verrückt sie auch war, sie hatte mir dabei geholfen, die Fassung zu bewahren, seitdem der Unfall geschehen war. Ich verließ das Hotelzimmer und ging den Flur entlang, dann war ich auf einmal auf der Straße, auf halbem Weg zwischen dem Hotel und dem Krankenhaus. Es war fast so, als ob ich zurück zu meinem Körper gezogen wurde, und ich wehrte mich nicht dagegen. Nicht nach dem, was ich bei Sarah gesehen hatte. Ich wusste nicht, ob es einen Gott gab. Ich wusste nicht, ob es ein Leben nach dem Tod gab.

Ich wusste überhaupt nichts. Aber ich hatte mit eigenen Augen gesehen, wie sie die Lebensenergie direkt aus ihrem eigenen Körper gezogen hatte.

Ich begann, mir Sorgen über mich und Daniel zu machen, und was das alles bedeutete.

Ich wusste nicht, ob es für einen von uns Hoffnung gab, aber falls es Hoffnung gab, würde ich versuchen, es für uns nicht noch schlimmer zu machen.

Ich spürte, wie sich die Anspannung in meinem Körper löste, je näher wir dem Krankenhaus kamen. Es war dunkel draußen und vermutlich schon nach Mitternacht. Der Verkehr war immer noch ziemlich dicht, die Autos fuhren mit lauter Musik an uns vorbei, viele junge Leute drängten sich vor den Bars und Restaurants auf den Bürgersteig. Ich ging in die Mitte der Straße und ignorierte den Verkehr. Ein Auto fuhr direkt durch mich hindurch und ich fühlte gar nichts dabei. Die Autos fuhren davon, ihre roten Rücklichter verschwanden in der Ferne, und am Ende der Straße vor mir sah ich eine Menschenmenge, vorwiegend Collegestudenten, die lachten und sich um die Außentische einer Bar drängten.

Ich war ganz allein da draußen. Sogar mit dem Kind an meiner Seite fühlte ich mich schrecklich allein. Früher wäre ich einfach lässig auf die Leute außerhalb der Bar zugegangen. Ich war immer der Typ gewesen, der ein Lächeln im Gesicht gehabt hatte und der immer ein Gesprächsthema fand, derjenige, der sich problemlos zu einer Traube Fremder gesellte und danach eine Menge neuer Freunde hatte. Jetzt sah ich sie an und es war, als ob eine Wand zwischen uns wäre.

Ich konnte nicht anders, als mir die Frage zu stellen. Glaubte ich daran, dass hiernach noch etwas kam?

Vierundzwanzig Stunden zuvor hätte ich nicht geglaubt, was mit mir gerade geschah. Und das warf alle möglichen Fragen auf. Ich war nie gläubig gewesen. Ich war als Kind mit meinen Eltern in die Kirche gegangen, aber für mich war es einfach nur ein Ort. Rituale, die zum Leben gehörten, aber welche Bedeutung hatten sie im wahren Leben? Ich konnte keine erkennen. Und ein Leben nach dem Tod? Lächerlich.

Und doch war ich hier. Und das war nicht wie irgendein Leben nach dem Tod, von dem ich je gehört oder über das ich mir Gedanken gemacht hätte. In Wirklichkeit war die Vorstellung, für immer so herumwandern zu müssen, unfähig jemanden zu berühren, unfähig mit jemandem zu reden... Das war eher Stoff für Albträume und Horrorfilme. Ich würde höchstens eine oder zwei Wochen durchhalten, bevor ich zu einem Verrückten werden würde, der wirres Zeug laberte. Wenn das der Tod war, war es kein Wunder, dass die Menschen so entsetzt über die Vorstellung von Geistern waren. Sie waren vermutlich alle total verrückt und verfolgten die Menschen, die sie geliebt hatten.

Und was, wenn das noch länger dauerte? Was, wenn ich in dieser schrecklichen Stille ausharren und zusehen musste, wie Carrie ohne mich alt wurde? Wenn ich zusehen musste, wie sie starb?

Ich schloss meine Augen und schüttelte den Kopf, versuchte diese grausamen und sentimentalen Gedanken, die in meinem Kopf herumschwirrten, abzuschütteln.

Eins nach dem Anderen. Im Moment musste ich mich auf heute konzentrieren und die wirklich wichtige Frage, vor der ich stand, war: Würde ich überhaupt noch einen weiteren Tag überleben?

Bei dem Gedanken fand ich mich selbst auf der Intensivstation wieder, mein Körper lag vor mir. Daniel war immer noch bei mir. Das Kind hatte sich dieser neuen Realität viel schneller angepasst als ich.

Das Schaben des Beatmungsgeräts. Einatmen. Ausatmen. Der kalte, mechanische Atem, der meinen Körper am Leben hielt. Ich sah mir die Elektronik, mit der mein Körper verbunden war, genau an, die Geräte, die meinen Puls maßen, meine Atmung, den Sauerstoffgehalt. Es fiel mir leichter, diese ganzen Zahlen anzuschauen, als meinen übel zugerichteten Körper.

Ich schüttelte den Kopf und ging dann raus auf den Flur. Mein Zimmer war nur zwei Türen von Sarahs entfernt.

Ein Gefühl der Angst machte sich in meiner Brust breit, als ich ihr Zimmer erreichte. Hatte ich das Richtige getan? Sie zu zwingen, in ihren Körper zurückzukehren? Ich wusste es nicht. Ich konnte es nicht wissen. Es war nur eine unausgegorene Vermutung gewesen, die vielleicht völlig falsch gewesen war.

Sie lag auf dem Bett, war an genauso viele Überwachungsgeräte angeschlossen wie ich, außer dass die Schläuche in ihrem Mund nicht mit einem Beatmungsgerät verbunden waren. Sie konnte allein atmen. Ich sank gegen die Wand und sah sie genau an. Sie hatten sie bis zum Hals mit einem Laken zugedeckt, aber es konnte nicht verbergen, wie stark ihr linkes Bein geschwollen war.

Daniel setzte sich auf den Stuhl neben ihrem Bett, während ich dastand und sie beobachtete. Es war ruhig auf der Station, die Besuchszeiten waren schon lange vorbei, aber für mich galten sie natürlich sowieso nicht. Sarah sah wirklich scheiße aus. Die Blutergüsse auf ihrem Gesicht waren lila, zum Teil fast schwarz und an den Rändern gelblich, eines ihrer Augen war völlig zugeschwollen.

Während ich sie beobachtete, bewegten sich ihre Lippen, nur ein klein wenig. Ihr Kopf bewegte sich um Haaresbreite und ihre Lippen bewegten sich erneut. So, als versuchte sie, etwas zu sagen. So, als würde sie träumen.

Ich schloss meine Augen vor Erleichterung. Wenn sie da drinnen träumen konnte, wenn sie versuchte, etwas zu sagen, bedeutete das vielleicht, nur vielleicht, dass sie gesund werden würde.

„Ray?", sagte Daniel.

„Ja?", sagte ich.

„Ich habe Angst."

Ich öffnete meine Augen, drehte mich zu ihm um und legte eine Hand auf seine Schulter. „Ich höre dich. Was hältst du davon, wenn wir runter zur Kinderintensivstation gehen und nach dir schauen?"

Er nickte langsam und wir verließen Sarah und begannen loszulaufen.

„Wird Sarah sterben?", fragte Daniel.

Ich schüttelte meinen Kopf. „Nein, ich denke nicht. Ich denke, sie ist zurück in ihrem Körper und erholt sich. Hast du gesehen, wie sich ihre Lippen bewegt haben?"

„Warum hat sie diesen Typen angegriffen? Das war gruselig."

Ich seufzte. „Das ist eine lange Geschichte, Kind. Aber die kurze Version ist, er ist einer der bösen Jungs und er war gemein zu Carrie. Und tja, weißt du, Carrie und ihre Schwestern halten zusammen."

„Ist das, was sie getan hat, der Grund, warum das alles passiert ist? Der Alarm?"

Ich nickte: „Ja, ich denke schon."

Inzwischen waren wir im Foyer angekommen. „Sarah war mit dir auf der Kinderintensivstation, richtig? Wo müssen wir lang?"

Er zeigte in eine Richtung und wir gingen los.

Nach einer Weile sagte ich: „Hör mir zu, ich möchte nicht, dass du Angst hast. Ich weiß, das alles ist verrückt und du vermisst deine Mom und deinen Dad. Aber ich verspreche dir, ich werde tun, was ich kann, um dir zu helfen. Wir halten zusammen, okay?"

„Du wirst nicht einfach verschwinden? So wie sie?"

Ich wollte das Kind nicht anlügen. Aber wie hätte ich darauf eine Antwort wissen sollen? Ich antwortete mit einer Halbwahrheit: „Ich plane, nirgendwo hinzugehen, bevor ich nicht weiß, dass du sicher bist. In Ordnung?"

Ich schluckte, als ich die Worte aussprach. Mein Leben war ein einziges Netz aus Versprechungen und es bedurfte nicht viel, um an einem der Fäden zu ziehen und es zu zerstören.

Du siehst aus wie der Tod (Carrie)

Ich fühlte, wie jemand ein wenig an meiner Schulter rüttelte, und ich wollte nur, dass es aufhörte, also schlug ich leicht danach, dann etwas stärker und dann sagte eine Stimme: „Carrie, wach auf."

Ich murmelte irgendetwas Unanständiges und dann fühlte ich, mehr als dass ich sah, dass Licht in das Zimmer kam. Durch meine Augenlider sah es rot aus. „Lass mich in Frieden", brummte ich.

„Oh, Schwesterchen, wenn ich das mache, bist du nachher böse auf mich."

Ich öffnete meine Augen ein ganz kleines bisschen. Meine Schwester Julia saß auf der Bettkante, es war ein mir unbekanntes Bett, und sie berührte meine Schulter. Für eine kurze Sekunde war ich völlig durcheinander. Was machte Julia hier? Wo war ich hier?

Und dann erinnerte ich mich. Der Unfall. Sarah und Ray. Und dann fühlte ich, wie sich in meinem Hals ein Kloß bildete, ich sprang auf, warf die Bettdecke von mir und rannte ins Bad. Ich schaffte es gerade so, kniete vor der Toilette nieder und griff mit beiden Händen nach der Kloschüssel, als die Flut aus Magensäure und Galle hochkam und meine Speiseröhre verätzte.

„Oh, Scheiße", sagte ich und spürte Tränen in meinen Augen. Dann war Julia wieder an meiner Schulter. „Carrie, geht es dir gut?"

Ich schüttelte den Kopf, die Tränen begannen wieder zu fließen, und dann erbrach ich erneut, ich hatte überhaupt keine Kontrolle darüber. Julia, praktisch veranlagt wie sie war, füllte ein Glas mit Wasser, gab es mir, als ich fertig war, und sagte: „Spül den Mund aus."

Ich lehnte mich gegen die Badewanne. Allmächtiger. Ich stank. Meine Kleidung war dreckig und ich hatte Erbrochenes auf dem Ärmel. Ich nahm einen Schluck Wasser, spülte meinen Mund aus und spuckte ihn dann in die Toilette. Julia betätigte die Spülung und setzte sich dann mir gegenüber auf den Boden.

Das war der Moment, in dem ich sie zum ersten Mal richtig ansah. Seit Anfang des Jahres hatte sie ihr Haar in ihrer natürlichen Farbe rauswachsen lassen und das fand meine völlige Zustimmung, denn sie hatte wunderschönes, üppiges, welliges Haar, etwas, wofür ich getötet hätte. Sie sah müde aus, aber nicht erschöpft, und sie trug Jeans und ein schwarzes T-Shirt.

„Geht es dir gut?", fragte sie. „Denkst du, dass du fertig bist?"

Ich nickte. „Ja. Ich denke schon." Ich nahm noch einen Schluck Wasser und trank ihn dieses Mal. Mein Kopf fühlte sich an, als wäre er gespalten. Ich lehnte ihn gegen meine Knie.

„Wann bist du angekommen?", fragte ich.

„So gegen ein Uhr."

Ich nickte. „Und wie spät ist es jetzt?"

„Fünf nach fünf Uhr morgens. Wir werden noch etwas frühstücken, bevor wir zurück ins Krankenhaus gehen. Und darüber werden wir nicht diskutieren. Du siehst aus wie der Tod, hat dich überhaupt ein Arzt untersucht?"

Ich schluckte. „Nur ein allererster Check."

„Und sie haben kein CT oder so was gemacht? Du musst dich untersu-chen lassen, du hast vielleicht eine Gehirnerschütterung. Wie oft hast du erbrochen?"

Ich schüttelte meinen Kopf und flüsterte: „Ich hatte keine Zeit. Ray und Sarah…"

„Carrie, du kannst ihnen nicht helfen, wenn du dich nicht um dich selbst kümmerst."

Ich streckte meine Hand aus und schüttelte weiter mit dem Kopf. „Ich brauche kein CT, Julia. Mir geht's gut."

„Genug. Hör auf, dich wie ein Kind zu benehmen, Carrie. Wenn wir zurück ins Krankenhaus gehen, lässt du dich untersuchen."

Ich fühlte, wie ich einen Schmollmund machte und ich schämte mich, als ich bemerkte, dass mir plötzlich Tränen über das Gesicht liefen, ich konnte sie nicht kontrollieren und dann schluchzte ich und sagte: „Ich kann kein CT machen lassen, Julia. Ich denke, ich bin schwanger."

Ich verbarg mein Gesicht zwischen meinen Knien und schlang die Arme um meine Beine, dann lagen ihre Arme auf einmal um mich herum. Sie sag-te nichts. Das musste sie auch nicht. Ich versuchte, seit gestern Vormittag nicht daran zu denken. Aber mir war schon seit Wochen immer mal wieder schlecht gewesen und das war keine Gehirnerschütterung. Mir wurde sonst sehr selten übel. Ich hatte geplant, es Ray Samstagnacht zu sagen und dann einen dummen Schwangerschaftstest zu kaufen. Aber dann geschah der Un-fall und es gab keine Samstagnacht, keinen Ray, kein Nichts.

Ich konnte nicht schwanger sein. Nicht jetzt. Nicht, wenn ich Ray ver-lieren würde. Bitte, dachte ich, bitte, lass mich ihn nicht verlieren. Und dann weinte ich erneut, schluchzte unkontrollierbar, mein Rotz und meine Tränen waren einfach überall. Julia hielt mich fest, summte leise in mein Ohr, als ob ich ein kleines Kind wäre, und wiegte mich hin und her.

DIE
ACHTZEHNTE
STUNDE

Ignorier sie einfach (Carrie)

Julia war so nett und verscheuchte alle anderen, bis ich mich ausgeweint hatte. Aber ich konnte ja nicht den ganzen Tag in diesem Zustand bleiben. Ich nahm ihr das Versprechen ab, niemandem etwas zu sagen. Dann stand ich schließlich auf, spülte nochmals meinen Mund aus und duschte siedend heiß in der Hoffnung, dass das den Nebel aus meinem Kopf vertreiben würde. Ich konnte nicht aufhören, an die merkwürdigen, beunruhigenden Träume zu denken, die ich gehabt hatte: Träume, in denen Ray hier gewesen war, aber dann auch wieder nicht. Mir selbst oder anderen gegenüber zuzugeben, dass ich schwanger war – das veränderte alles.

Ich hatte schreckliche Angst, zurück ins Krankenhaus zu gehen. Ich hatte schreckliche Angst, auch nur diesen Raum zu verlassen. Ich hatte schreckliche Angst, dass ich diesen Tag als Verheiratete beginnen und als Witwe beenden würde, und ich konnte nichts als Dunkelheit in der Zukunft sehen. Ich blieb länger als gewöhnlich unter der Dusche, ließ mir einfach das heiße Wasser über die Haare, mein Gesicht und meinen Körper laufen. So, als ob mein Verharren dort die Realität, die ich draußen vorfinden würde, aufschieben konnte.

Schließlich drehte ich das Wasser ab und wickelte mich in ein Handtuch, dann ging ich zurück ins Zimmer.

Ich blinzelte. Jemand, wahrscheinlich Dylan, war zu unserer Wohnung gefahren und hatte eine Tasche für mich gepackt. Meine Klamotten, die mit Glassplittern, Rotz, Blut und Erbrochenem übersät gewesen waren, waren verschwunden. Und ich wollte sie nie, nie wieder sehen müssen.

Ich zog mich an und ging hinaus in das Wohnzimmer der Suite.

Alle wurden still. Es war eine unangenehme Stille, die Art Stille, in der niemand weiß, was er sagen oder tun soll. Was gab es auch zu sagen?

Sarah und Ray befanden sich immer noch in großer Gefahr und es gab keinen Zweifel, dass alle in diesem Raum mich hatten weinen hören. Ich war niemals diejenige gewesen, die einfach zusammenbrach, die sich von ihren Gefühlen übermannen ließ.

Meine Eltern saßen zusammen auf der Couch, meine Mutter lehnte sich an meinen Vater. Sie sahen beide erschöpft aus, ausgelaugt, fertig, alt. Julia hatte mir gesagt, dass sie beide den größten Teil der Nacht damit verbracht hatten, abwechselnd bei Sarah Wache zu halten. Ihnen gegenüber sitzend tranken Dylan und Alexandra Kaffee. Crank war draußen auf dem Balkon und starrte in die Ferne. An der Bar, so weit wie möglich von meinen Eltern entfernt, saß Andrea, Julia war bei ihr.

Jessica war nicht zu sehen, wahrscheinlich war sie noch unter der Dusche.

Meine Eltern standen auf, als ich den Raum betrat, und gingen langsam auf mich zu. Mein Vater streckte die Arme aus und umarmte mich.

„Es ist gut, dich zu sehen, Carrie. Mir tut das…alles so leid", sagte er. Seine Stimme war rau.

Ich umarmte ihn und danach meine Mutter. Was hätte ich sonst tun sollen? In Wirklichkeit wollte ich einfach nur in Frieden gelassen werden, mich nicht darum kümmern müssen, sicher durch das emotionale Minenfeld meiner Eltern zu navigieren. Dies war ein guter Start. Wir trennten uns und ich ging rüber an die Bar, wo Andrea mit Julia saß.

Außer an Alexandras Hochzeit, hatte ich Andrea seit fast drei Jahren nicht mehr gesehen. Sie war jetzt sechzehn Jahre alt und sehr groß gewachsen, fast so groß wie ich. Sie trug ein knielanges, lavendelfarbenes Kleid mit breiten, schwarzen Streifen, vermutlich ein europäisches Modell, mit kniehohen, schwarzen Stiefeln. Ihr Haar war voll und wellig wie Julias, aber es hatte rötliche Untertöne, sie trug Lippenstift in Pink, er war mir zu rot, und sie sah gar nicht so aus, wie ich sie in Erinnerung hatte. Ich legte meine Hände auf ihre Schultern, sah in ihre großen, braunen Augen, und sagte: „Ich habe dich so sehr vermisst."

„Ich habe dich auch vermisst, Carrie", sagte sie. Sie tat sich ein wenig schwer beim Sprechen, so als wäre Englisch nicht mehr normal für sie, und sie hatte einen ganz leichten spanischen Akzent. Ich zog sie zu mir und sie sagte: „Ich habe dich wirklich vermisst". Und sie schniefte, als ob sie kurz davor war, zu weinen.

„Wie geht es unserer Großmutter?", fragte ich.

„Es geht ihr gut", antwortete sie. „Sie hat mich gebeten, dich einzuladen uns besuchen zu kommen. Wenn du kannst."

„Das würde mir gefallen", sagte ich. Wir traten einen Schritt zurück, aber ich nahm meine Hände nicht von ihren Armen. Ich konnte nicht glauben, wie sehr sie sich verändert hatte. „Es tut mir so leid, dass ich euch nicht schon früher besucht habe. Es waren…zu viele Jahre und an der Hochzeit hatten wir kaum Zeit zum Reden."

Ich sah in Julias Augen. Traurige Augen. Ich streckte meine Hand aus und griff nach ihrer, sagte aber nichts. Meine Schwestern bedeuteten mir alles, und es war schwer, zu glauben, dass wir uns so weit voneinander entfernt hatten, dass es einer Tragödie bedurfte, um uns alle wieder zusammenzubringen.

Julia rutschte von ihrem Stuhl herunter und legte ihre Arme um uns beide. Und ich schämte mich, denn mir war schon wieder zum Weinen zumute. Ich biss mir fest auf die Lippe und versuchte, den großen Schmerz, der mich zu übermannen drohte, zurückzudrängen.

Ich denke, Julia bemerkte, was in mir vorging, denn sie ließ uns los und sagte: „Lasst uns etwas essen. Und dann gehen wir alle rüber ins Krankenhaus."

Ich wusste, wenn ich darauf bestand, sofort ins Krankenhaus zu gehen, würde ich mich gegen alle durchsetzen müssen. Also setzte ich mich hin und begann mechanisch zu essen. Jemand hatte den Zimmerservice angerufen und ein riesiges Frühstück bestellt, das sich jetzt auf dem Couchtisch auf Tabletts stapelte. Es schmeckte nach nichts, war aber vermutlich trotzdem nahrhaft. Während ich aß, dachte ich darüber nach, dass ich mir vielleicht bald Sorgen darum machen musste, genug für zwei zu essen. Und dass Ray vielleicht niemals erfahren würde, dass er Vater wurde. Bei dem Gedanken musste ich meine Augen ganz fest zukneifen, um zu verhindern, dass sie schon wieder überliefen. Als ich mich wieder unter Kontrolle hatte, öffnete ich meine Augen. Alle starrten mich an. So, als wäre ich eine tickende Bombe, die kurz davor war zu explodieren, oder eine feine Vase, die vom Kaminsims heruntergefallen war und einen Sprung hatte, aber noch nicht völlig zerbrochen war. Ich ignorierte sie und begann wieder damit, mir mechanisch Essen in den Mund zu schieben. Vielleicht würden sie, wenn ich so tat, als wären sie gar nicht da, wirklich einfach verschwinden.

Es funktionierte nicht. Ich aß zu Ende, ohne ein Wort zu sagen. Dann kam Crank wieder rein, setzte sich neben mich und sagte: „Kommst du einigermaßen klar, Chica?"

„Ja", sagte ich. „Ich versuche, mich zusammenzureißen."

„Wir sind für dich da", sagte er. „Egal, was du brauchst. Egal, wann du es brauchst. Es ist mir egal, ob wir gerade in Afrika oder sonst irgendwo an einem entfernten Ort sind. Du brauchst nur ein Wort zu sagen und wir kommen."

Ich schluckte und versuchte zu verhindern, dass mein Kinn zitterte.

„Im Moment möchte ich nur Eines, zum Krankenhaus gehen und nachsehen, wie es Ray und Sarah geht, okay?"

„Kapiert. Ich denke, wir sind alle fertig. Du musst nur etwas sagen."

Ich stand auf. „Los geht's."

Also standen wir alle auf und holten Rays Eltern von der anderen Seite des Flurs ab. Nachdem wir sie meinen Eltern vorgestellt hatten, fuhren wir runter und gingen raus auf die Straße. Andrea und Jessica liefen nebeneinander her und unterhielten sich angeregt auf eine Art und Weise, die mich unwillkürlich an Sarah denken ließ. Hinter ihnen gingen Michael und Kate, die beide aussahen, als würden sie sich inmitten meiner Familie nicht wohlfühlen. Danach kamen Alexandra und Dylan. Er humpelte ein klein wenig und Alexandra hielt seinen Arm fest.

Ich ging mit Crank und Julia, sie hatten mich in die Mitte genommen. Wir sprachen über belanglose Dinge, Dinge, die nichts mit Kriegsgerichtsverhandlungen, Unfällen oder ethischen Untersuchungen zu tun hatten. Julia erzählte mir eine verrückte Geschichte über ein Mädchen aus Neuseeland, das sich bei einem Konzert in Wellington an der Security vorbeigemogelt und auf der Bühne an Crank rangemacht hatte. Als die Security sie erwischte, fiel die Arme von der Bühne und brach sich das Bein.

„Oh mein Gott", sagte ich. „Ich habe das in den Nachrichten gesehen."

„Wir haben sie im Krankenhaus besucht", sagte Crank.

„Ich dachte, sie würde einen Herzinfarkt bekommen", sagte Julia. „Crank hat ihren Gips unterschrieben und sie dann auf die Wange geküsst. Sie hat das Bild überall im Internet gepostet."

Ich lachte. Und das Schlimmste war, dass es sich so gut anfühlte, einfach neben ihnen herzulaufen und zu reden. Manchmal vermisste ich meine Familie schrecklich, und neben Julia zu gehen, erinnerte mich so sehr an den Sommer vor zehn Jahren, als wir zusammen quer durch das Land gefahren waren, dass ich schon fast wieder Tränen in den Augen hatte.

Sie griff nach meinem Arm und sagte: „Erinnerst du dich, wie wir uns den Grand Canyon angeschaut haben?"

„Ich dachte, du würdest Crank über den Abhang stoßen."

Sie kicherte. „Das hätte ich beinahe getan…Ich dachte nur gerade daran, dass ich dich heutzutage so selten sehe. Es tut mir leid, dass erst so was passieren musste, um uns alle wieder zusammenzubringen."

Ich schniefte und versuchte die Gefühle, die in mir außer Kontrolle zu geraten schienen, zu unterdrücken. Aber die Unterhaltung wurde sowieso einen Moment später dadurch unterbrochen, dass Crank „Ach du Scheiße" murmelte.

Vor uns, am Eingang des Krankenhauses, standen drei Nachrichten-vans und Reporter drängelten sich vor dem Haupteingang.

„Ignorier sie einfach", sagte Julia. „Dylan!"

Dylan drehte sich bei ihrem Ausruf um.

„Ich möchte, dass du, Crank und Dad Carrie ins Krankenhaus eskortieren. Haltet nicht an, redet mit keinem von ihnen. Mom, du kommst mit mir. Mr. und Mrs. Sherman, ich empfehle Ihnen, mit Carrie zu gehen. Wir wollen der Presse kein unnötiges Fressen liefern. Ich werde sie abwimmeln. Alexandra, du nimmst Jessica und Andrea mit."

Michael und Kate sahen verunsichert aus. Ich denke nicht, dass einer von den beiden jemals mit so einer Situation hatte umgehen müssen. Also übernahmen Dylan und Crank die Führung und bahnten sich einen Weg durch die Reporter und machten damit Platz für Dad und mich. Als wir durch die Tür traten, hörte ich, wie Julia mit lauter Stimme sagte: „Wir werden keinerlei Kommentar abgeben und auch keine Fragen beantworten.

Dies ist eine Familientragödie, eine persönliche Tragödie, und Sie werden uns damit in Ruhe lassen."

Einige der Reporter feuerten Fragen auf sie ab, aber sie ignorierte sie einfach und ging, mit meiner Mutter an ihrem Arm, hinter uns durch die Tür.

Die Reporter folgten uns nicht nach drinnen, denn dort stand ein Polizist. Als wir zu den Aufzügen gingen, konnte ich nicht anders, als zu denken, wie sehr Julia mich an Ray erinnerte und wie er, ohne darüber nachzudenken, einfach eine Situation in die Hand nehmen konnte. Im Aufzug schloss ich meine Augen und stellte mir seine starken Züge vor, seine Augen, seine Arme, wenn sie mich umarmten, und ich denke, mein Herz brach noch ein bisschen mehr.

Du bist wach (Ray)

Ich wünschte, ich könnte schlafen.

Nicht, weil ich müde war. Das war ich nicht, zumindest nicht physisch. Ich war psychisch und auf spiritueller Ebene müde. Ich fühlte mich, als ob meine Seele durch eine Häckselmaschine gedrückt worden war, und es half auch nicht, dass ich, wenn ich an mir hinunterschaute, sah, dass ich immer noch am Verblassen war.

Ich fühlte mich schwach. Mein Körper lag ein paar Türen weiter und ich denke nicht, dass noch sehr viel Lebenskraft in ihm war.

Aber ich hatte immer noch Hoffnung. Nicht so sehr für mich, aber für Sarah…Während der letzten Stunde hatte sie sich immer wieder bewegt. Hin und wieder hatte sie gestöhnt. Schweiß bildete sich auf ihrer Stirn und ihrer Oberlippe. Den Überwachungsgeräten nach zu urteilen, hatte sie einen hohen Puls und ihre Temperatur betrug 39,5 °C. Die Ärzte hatten die Dosis der Antibiotika und Schmerzmittel vor zwei Stunden erhöht.

Daniel und ich hatten den ersten Teil der Nacht auf der Kinderintensivstation verbracht. Seine Mutter schlief auf dem Stuhl neben seinem Bett, Daniel sah in dem Bett unheimlich klein aus, beängstigend zerbrechlich im Gegensatz zu dem Geist von Daniel, der neben mir herlief und lässig neben mir herumhing.

Mein Herz brach ein wenig, als ich seine Eltern sah. Sein Vater lag quer über drei Stühlen im Warteraum der Kinderintensivstation und schlief, denn die Krankenschwestern ließen immer nur einen Besucher in das Zimmer des Kindes. Der Gedanke an die völlige Hilflosigkeit, die Eltern fühlen mussten, wenn sie wussten, dass sich ihr Kind in Lebensgefahr befand, war etwas, das ich mir nicht mal vorstellen konnte. Sie mussten ziemlich jung gewesen sein, als sie ihn bekommen hatten: Daniels Mom sah nicht viel älter als Carrie oder ich aus, sie war vielleicht Anfang dreißig. Sogar im Schlaf hatte sie einen Gesichtsausdruck, als ob sie völlig erschöpft wäre und unter Stress stand. Es war derselbe Ausdruck, den ich in den letzten Monaten viel zu oft in Carries Gesicht gesehen hatte.

Um Mitternacht tauchte Daniels Dad an der Zimmertür auf. Sein Blick war wie Afghanistan. Verfolgt. Leer. Unrasiert. Erschöpft. Seine Kleidung war immer noch dreckig von dem Unfall, er blickte in den Raum und sah seine Frau und sein Kind mit einer Hilflosigkeit an, die mir die Kehle zuschnürte.

Sie bewegte sich und sah zu ihm auf, dann flüsterte sie: „Ist es Mitternacht?"

Er nickte stumm.

Daniels Mutter stand auf und ging zu ihrem Ehemann. Sie hielt die Hände vor sich, berührte leicht seine Brust und begann dann unkontrollierbar zu zittern. Sein Gesicht wurde grimmig und er zog sie zu sich und umarmte sie.

„Er wird wieder gesund werden", flüsterte er, seine Stimme war rau von den unterdrückten Tränen. „Wir stehen das durch. Wir alle."

Und dann hüpfte Daniel auf die Füße, sein Geist rannte zu seinen Eltern und versuchte, die Arme um ihre Beine zu legen. „Es tut mir leid!", jammerte er. „Ab jetzt werde ich mich immer anschnallen. Es tut mir leid, dass ich mich abgeschnallt habe! Ich will nach Hause!" Und dann, als er sie nicht berühren und nicht fühlen konnte, wurde sein Jammern zu einem lauten Heulen.

Die Knie seiner Mutter gaben nach. Ich realisierte, dass das was er ausstrahlte, obwohl sie und er es nicht wussten, ihr wehtat, also stand ich schnell auf und hob ihn in meine Arme. „Komm mit, Junge", sagte ich und versuchte, meine eigenen Tränen unter Kontrolle zu bekommen, während ich ihn aus dem Zimmer trug.

Daniel wehrte sich, versuchte auf meine Arme und meinen Rücken einzuprügeln, dann schlug er mit seiner kleinen Faust auf die Seite meines Kopfes ein. Ich sagte einfach immer wieder: „Es wird alles gut werden." Es war ein Echo der Lüge, die ich Dylan vor einer gefühlten Ewigkeit in einem eis- und schneebedeckten Tal erzählt hatte. In Dylans Fall hatte es sich bewahrheitet. Aber ich hatte keinerlei Grund zu glauben, dass es bei Daniel auch funktionieren würde.

Am Ende des Flurs, zwanzig Meter entfernt, dann vierzig, begann Daniel endlich, sich zu beruhigen. Seine um sich schlagenden Arme wurden zu einer Schraubzwinge um meine Schultern und meinen Rücken. Er zitterte und weinte immer noch, aber die Tränen wurden ruhiger, waren nicht länger aggressiv, und ich summte in sein Ohr, als ob er ein Baby wäre.

Er schluchzte auf und sagte: „Du kannst mich runterlassen."

„Bist du sicher?"

„Ja."

Ich ließ ihn langsam nach unten und er sah zu mir auf. „Danke, dass du bei mir geblieben bist, Ray."

„Natürlich", sagte ich.

Stunden später, in Sarahs Zimmer, sah ich zur Uhr hinauf. Es war fast 6 Uhr. Die Sonne war aufgegangen und ich stand für eine Weile auf und sah aus dem Fenster. Es war Sonntagmorgen und noch gab es nicht viel Verkehr. Seit dem Unfall waren noch nicht mal vierundzwanzig Stunden vergangen. Aber trotzdem hatte sich in dieser Zeit, in weniger als einem Tag, sogar in kürzerer Zeit, als man zum Blinzeln benötigte, alles verändert.

Ich drehte mich zu Sarah um, als sie erneut stöhnte. Allmächtiger, sie würde schreckliche Schmerzen haben, wenn sie aufwachte. Aber es war eindeutig, dass sie sich erholte. Es war klar, dass sie *da* war.

Wenn man Schmerzen spüren kann, bedeutet das, dass man am Leben ist.

Ich hatte die letzten paar Stunden dort verbracht, war immer mal wieder auf- und abgegangen oder hatte bei ihr gesessen und über sie gewacht. Mit meiner ganzen Willenskraft hatte ich versucht, ihren Überlebenswillen zu stärken. Hin und wieder hatte ich meine Hände auf ihr Gesicht gelegt und all meine Wärme und Liebe in sie hineinströmen lassen. Inzwischen wusste ich genug über meinen Zustand, um zu begreifen, dass das meinen eigenen Körper schwächen würde. Aber manchmal muss man einfach tun, was man eben tun muss.

Die Tür ging auf und eine Krankenschwester kam herein. Sie nahm die Akte, die am Fußende des Bettes hing, und machte ein paar Eintragungen, dann ging sie zu den Überwachungsgeräten und schrieb noch mehr Zahlen auf. Danach sah sie Sarah an, schenkte ihr ein Lächeln und berührte ihr Handgelenk.

Sarahs Lippen bewegten sich und ihr rechtes Auge öffnete sich, nur ein kleines bisschen. Das Linke war immer noch zu sehr geschwollen.

Ich lehnte meinen Kopf zurück und eine Welle der Erleichterung durchfuhr mich. Sie war *wach*.

„Du bist wach", sagte die Schwester. „Ja, hallo! Ich bin Nina. Wie fühlen wir uns heute Morgen?"

Sarah versuchte zu sprechen, aber der Schlauch in ihrem Hals verhinderte das. Frusttränen erschienen in ihren Augen und ihr rechter Arm bewegte sich ein bisschen.

Daniels Augen wurden groß, als Sarah begann sich zu bewegen, und er sprang mit einem Grinsen im Gesicht auf und ab. „Sie wacht auf!", rief er. Ich zuckte zusammen. Körperlos oder nicht, ich hätte dringend einen Kaffee gebraucht.

Ich nickte. „Sie wacht auf", wiederholte ich.

„Du...glaubst du, dass sie immer noch so verrückt ist?", fragte er.

Ich kicherte, sah auf Sarahs übel zugerichteten Körper hinunter, fühlte Wärme und Liebe für dieses Mädchen und sagte: „Wahrscheinlich sogar noch verrückter."

„Ist schon gut", sagte die Krankenschwester zu Sarah. „Ich hole den Doktor und dann sollten wir den Schlauch in ein paar Minuten herausgeholt haben."

Sarah nickte fast unmerklich mit dem Kopf. Ich ertappte mich dabei, wie ich nervös hin- und herlief. Sarahs offenes Auge schaute sich im Raum um und fixierte mich für eine Sekunde. Dann kniff sie es etwas zusammen. Sicherlich konnte sie mich nicht sehen. Ich ging näher an sie heran und sagte: „Sarah, ich bin so erleichtert."

Sie schaute mich weiter an. Aber dann wurde mir klar, dass sie das Fenster ansah, das Sonnenlicht draußen. Und das war...frustrierend...herzzerreißend...genau richtig. Ich war mir sicher, dass sie sich an nichts erinnern würde. Und das war das Beste, was passieren konnte, denn wer will sich schon an so eine Scheiße erinnern? Ich wünschte mir für sie, dass sie sich daran erinnerte, dass sie am Leben war. Ich wollte, dass sie sich an ihren ersten Kuss erinnerte, dass sie sich für ihre Zwillingsschwester einsetzte, dass sie sich an die Liebe und das Leben erinnerte, das volle Leben.

Diese zwielichtige Welt? Die brauchte sie nicht. Niemand brauchte sie.

Es dauerte länger als nur ein paar Minuten, bis die Krankenschwester mit dem Arzt zurückkam. Der Arzt nahm die Akte vom Ende des Bettes. „Sarah, ich bin Dr. Norris. Ich werde kurz ein paar Sachen untersuchen, bevor wir den Beatmungsschlauch herausholen. Okay?"

Sarah nickte wieder fast unmerklich. Tränen flossen langsam aus ihren beiden Augen.

Der Arzt zog Handschuhe an und sagte: „Das wird wahrscheinlich wehtun, sehr sogar, aber nur für einen kurzen Moment." Dann zog er die Decke von ihrem linken Bein und hob sehr sachte die Verbände an, um ihre Wunden zu untersuchen. Sobald er ihr Bein berührte, wurde Sarah ganz steif und ein gedämpfter Schrei kam aus ihrer Kehle.

Oh, Gott. Ich wollte den Arzt am liebsten von ihr wegschieben, aber ich wusste, dass er das machen musste. Ich schaute ihr Bein an. Es war unheimlich geschwollen. Ihre Wade sah aus, als ob jemand einen Fußball hineingeschoben hatte, und die Haut hatte um den Schnitt, der von ihrem Knöchel bis zum Knie ging, eine aggressive, rote Farbe. Breite Stiche, die fast wie Schnürsenkel aussahen, hielten das Bein zusammen, und das alles sah so aus, als sei es einem Albtraum entsprungen. Sehr vorsichtig bedeckte der Arzt die Wunde wieder und legte dann die Bettdecke wieder über ihr Bein.

Sarah kniff die Augen zusammen. Der Arzt sagte: „Du erholst Dich gut, Sarah. Sehr gut sogar." Während er das sagte, machte er Notizen in der Akte. Er sah die Überwachungsgeräte an und sagte: „Ich denke, wir können den Schlauch jetzt herausholen. Das wird unangenehm sein, aber nicht so schlimm wie bei dem Bein. Okay? Bleib einfach ruhig und ich möchte, dass du langsam ausatmest."

Sehr vorsichtig und sehr langsam entfernte er den Schlauch aus ihrem Hals. Sie hustete und ihr Körper verkrampfte sich, dann stieß sie ein Heulen aus.

„Ich weiß, Liebes", sagte die Krankenschwester. „Ist schon gut."

„Es ist verdammt noch mal nicht gut", murmelte Sarah. „Oh Gott, tut das weh."

Gedankenverloren sagte ich zu Daniel: „Benutze niemals solche Kraftausdrücke wie sie."

Die Schwester sagte: „Ich werde dir jetzt ein paar Fragen stellen, sie kommen dir vielleicht blöd vor, in Ordnung? Weißt du, wo du bist?"

Sarah sagte: „In einem Krankenhaus. Ich vermute, in Washington?"

„Ja, du bist in der Georg Washington Uniklinik. An was erinnerst du dich?"

„Autounfall", sagte Sarah.

„Weißt du, welches Jahr wir haben?"

Sarah runzelte die Stirn. Dann antwortete sie: „2013."

„Sehr gut", sagte die Krankenschwester.

Der Arzt sagte: „Nina wird dir zeigen, wie die Morphin-Pumpe funktioniert. Sie hat eine eingebaute Mengenbegrenzung, sodass du immer nur eine bestimmte Menge verwenden kannst, aber das sollte ein wenig gegen die Schmerzen helfen. Du erholst dich aber wirklich gut. Das war ein sehr schlimmer Unfall. Du hast sehr viel Glück gehabt."

Sarah nickte und sagte dann: „Wie geht es Ray?"

Oh, Scheiße.

Der Arzt und die Krankenschwester sahen sich an und dann sagte er: „Er liegt nur ein paar Türen weiter. Und deinen Schwestern geht es gut. Überhaupt, du darfst Besuch empfangen, immer eine Person, sobald du bereit dazu bist."

Der Arzt hatte ihr nicht wirklich gesagt, wie es mir ging. Das überraschte mich nicht. Aber sie hatte nicht nach Carrie und Jessica gefragt. *An wie viel erinnerte sie sich?*

Mit zurückhaltender Stimme sagte Sarah: „Ich hätte gerne Besuch. Nachdem Sie mir gezeigt haben, wie diese Pumpe funktioniert."

Ich wüsste nicht, wie (Carrie)

Rays Zustand hatte sich über Nacht nicht verändert. Die Maschinen beatmeten ihn weiterhin. Ich saß sehr lange einfach bei ihm und hatte meine Hand auf seine gelegt. Ich fühlte mich wie betäubt. Die Ärzte wollten sich um 10 Uhr mit mir treffen. Ich denke, das machte mir mehr Angst als alles andere.

Als wir die Intensivstation erreichten und ich zu Ray ging, war das Erste, das Julia tat, zum Schwesternstützpunkt zu gehen. Von Rays Zimmer aus konnte ich sehen, wie sie mit ihnen sprach, und ich wusste, dass sie ihnen sagte, dass ich mich geweigert hatte, ein CT machen zu lassen, und dass ein Arzt mich untersuchen sollte.

Ich stand auf und legte meine Arme um meinen Oberkörper. Ray würde mich dazu drängenm mich untersuchen zu lassen. Er war niemand, der vor etwas auswich, das notwendig war. Ich musste das Gleiche tun. Langsam küsste ich ihn auf die Stirn und flüsterte: „Ich bin bald zurück." Dann verließ ich den Raum.

Eine Krankenschwester ging auf meine Eltern zu. „Mr. und Mrs. Thompson? Ihre Tochter ist wach. Wenn Sie sie sehen möchten, sie darf Besuch empfangen, aber immer nur eine Person."

Meine Mutter und mein Vater sahen ergriffen aus und er sagte sanft: „Geh du zuerst, Adelina." Dad wirkte fast verloren, als die Krankenschwester meine Mutter den Flur entlang zu Sarahs Zimmer begleitete.

Julia kam zurück zu mir: „Komm mit", sagte sie. „Wir haben unten einen Termin."

Ich hatte Angst. Ich sah Julia an und zum ersten Mal, seit ich ein kleines Kind war, wollte ich mich einfach nur zusammenrollen und meine Mutter um eine Umarmung bitten. Aber das konnte ich nicht tun. Stattdessen griff ich nach Julias ausgestreckter Hand. „Okay", sagte ich mit trockenem Hals.

Irgendwie fand sie den Weg hinunter in die Notaufnahme. Ich war dabei bestimmt keine Hilfe. Ich lief, als hätte ich verbundene Augen, achtete auf gar nichts, mein Kopf war immer noch auf der Intensivstation, wo Ray war.

Als wir unten ankamen, sagte Julia etwas zu einem Mann, der hinter einem Schreibtisch in der Notaufnahme saß. Ein paar Minuten später tauchte der Arzt von gestern auf. „Carrie? Dr. Chavez, ich habe Sie gestern untersucht."

Ich nickte und murmelte etwas.

„Gut, dann lassen Sie uns mal schauen." Er führte uns in einen Untersuchungsraum und sagte dann: „Soso, Sie haben es also geschafft, gestern den Labors zu entkommen? Und auch kein CT machen lassen?"

Ich nickte und Julia sagte: „Sie denkt, dass sie schwanger sein könnte."

„Also dann. Wie geht es Ihrem Kopf? Haben Sie erneut erbrochen?"

Ich nickte. „Heute Morgen. Wie jeden Morgen in den letzten zwei Wochen."

„Das ist dann wohl keine Gehirnerschütterung. Kopfschmerzen? Probleme mit der Sicht?" Während er die Fragen stellte, leuchtete er mit einer Taschenlampe erst in eines meiner Augen, dann in das andere.

„Nein. Nichts davon", sagte ich.

„In Ordnung. Wir werden Ihnen ein wenig Blut abnehmen, warten Sie einfach hier."

In dem Moment, in dem Dr. Chavez verschwunden war, setzte sich Julia neben mich und sagte: „Mit dir wird alles gut werden, Carrie."

„Ich wüsste nicht, wie", sagte ich.

Sie seufzte und legte einen Arm um meine Schulter. Wir warteten und nach einer Weile kam eine Krankenschwester und nahm mir Blut ab.

Ich war wie betäubt. Und dann warteten wir. Die Mitarbeiter der Notaufnahme ließen uns außerhalb des Untersuchungsraums Platz nehmen und dann kam Dr. Chavez zurück. Er hielt ein Blatt Papier in der Hand. Ich verschränkte die Arme vor mir, hatte Angst vor der Antwort.

„Ihr Schwangerschaftstest war positiv."

Ich lehnte mich nach vorn, nur ein kleines Stück, und mir liefen wieder die Tränen über das Gesicht. „Oh Gott", sagte ich. „Ich brauche Ray. Ich brauche ihn. Ich kann das nicht allein. Ich will nicht allein sein."

Julias Arme umschlangen mich und sie flüsterte: „Hör mir zu, Carrie. Was auch immer mit Ray geschehen wird, du wirst nicht allein sein. Das verspreche ich dir. Egal, was auch passiert."

Ich schluchzte einfach nur mitleiderregend, hörte ihre Worte gar nicht wirklich und fühlte nichts, außer dem großen Schmerz, an der Stelle, wo Ray Sherman eigentlich sein sollte.

VIER MONATE ZUVOR
TEIL 1

Auch ich (Ray)

„Jch rufe Sie alle zur Ordnung auf", sagte Oberstleutnant Schwartz. Die Reporter, die auf einer Seite des Raumes zusammengedrängt saßen und dabei den Anschein erweckten, als ob sie nicht mal Luft zum Atmen oder irgendetwas anderes benötigten, wurden still.

Die Artikel-32-Anhörung war völlig anders, als ich sie mir vorgestellt hatte, keine der Gerichtssendungen im Fernsehen hätte mich darauf vorbereiten können.

Zunächst einmal fand sie nicht in einem Gerichtssaal statt. Vor zwei Wochen hatte Schwartz einen Konferenzsaal in der Nähe des Büros des Krankenhauskommandeurs requiriert. Etwa zwanzig Stühle mit Plastiksitzen standen auf einer Seite des Raums, das war der Ort, an dem die Reporter saßen. Mir gegenüber am Konferenztisch saß der Staatsanwalt, ein Army-Hauptmann, der aussah, als wäre er etwa zwanzig Jahre alt, mit seinen zwei Assistenten, beides Leutnants. Ein Gerichtsschreiber machte in einer Ecke Notizen und Schwartz saß am Kopfende des Tisches. Ich hatte die letzten zwei Wochen auf der anderen Seite des Tisches zwischen Dick Elmore, der anwesend sein musste, und Carrie, die nicht anwesend sein musste, es aber trotzdem war, verbracht.

Schwartz sagte: „Sehe ich es richtig, dass die Verteidigung noch einen weiteren Zeugen aufrufen möchte?"

„Ja, Sir", sagte Dick. „Oberfeldwebel William Martin."

„Ist Ihr Zeuge anwesend?"

„Ja, Sir, er wartet draußen."

Schwartz wedelte mit der Hand in Richtung Elmore, der daraufhin aufstand, zur Tür ging und sie öffnete. Er murmelte etwas und einen Moment später folgte Oberfeldwebel Martin ihm in den Raum.

Ich sah mir Martin genau an. Sein Gesicht war rot und verschwitzt. Er sah nicht sehr gesund aus, seine Uniform hing an ihm, als wäre sie ein paar Nummern zu groß oder als ob er schon sehr lange nichts mehr gegessen hätte.

„Feldwebel, bitte heben Sie Ihre rechte Hand." Martin tat wie ihm geheißen und Schwartz sagte: „Oberfeldwebel, schwören Sie, die Wahrheit zu sagen, die reine Wahrheit und nichts als die Wahrheit?"

„Ich schwöre es", sagte Martin.

„Oberfeldwebel Martin, ich bin Leutnant Aaron Schwartz. Ich bin beauftragt worden, eine Artikel-32-Untersuchung durchzuführen. Ich weise Sie außerdem darauf hin, dass Sie das Recht haben, die Aussage zu verweigern. Alles, was Sie sagen, kann und wird gegen Sie verwendet werden. Verstehen Sie Ihre Rechte?"

„Ja, ich verstehe, Sir."

„Sie haben außerdem das Recht auf die Anwesenheit Ihres Anwalts während Ihrer Zeugenaussage. Soweit ich informiert bin, verzichten Sie auf dieses Recht. Ist das richtig?"

„Ja, Sir. Ich möchte keinen Anwalt."

„Dann werde ich dem Anwalt des Angeklagten erlauben, Sie zu befragen."

Schwartz mochte es nicht, wenn Anwälte hin- und herliefen und herumdozierten, außerdem hatte er die Angewohnheit, sie zu unterbrechen, wenn sie die Sache zu lange hinzogen. Deshalb begann Dick sofort mit seinen Fragen.

„Oberfeldwebel Martin, können Sie uns bitte sagen, wo Sie am Morgen des 24. März 2012 waren?"

Martin verzog das Gesicht. „Ja. Ich war der Bravo Kompanie, Zweites Bataillon, Dreizehntes Infanterieregiment, Zehnte Bergdivision zugeteilt. Wir waren in der Badakhshan Provinz in Afghanistan stationiert. An diesem Morgen befanden wir uns in der Nähe des Dorfes Dega Payan."

„Waren Sie zum ersten Mal in der Nähe dieses Dorfes?"

„Nein. Etwa sechs Wochen zuvor waren wir auch schon dort gewesen, nachdem eine Lawine einen Teil des Dorfes unter sich begraben hatte."

Carrie drückte meine Hand. Sie kannte die Geschichte von Dega Payan und der Lawine.

„Wir hatten schon einige Zeugenaussagen darüber, was nach dem Lawinenabgang geschehen ist, deshalb werden wir den Teil überspringen. Aber ich bin sehr interessiert an Ihren Beobachtungen über den Geisteszustand des Rests der Einheit während der Wochen nach den Ereignissen."

Martin schüttelte seinen Kopf. „Wir haben innerhalb von vierundzwanzig Stunden drei gute Soldaten verloren. Paris war total am Arsch – Scheiße, das darf ich hier drinnen nicht so sagen, oder? Paris wurde schwer verwundet. Roberts: tot. Kowalski: tot. Ich denke, es ist fair zu sagen, dass alle ein bisschen durcheinander waren."

„Bitte geben Sie uns ein Beispiel davon, was Sie unter durcheinander verstehen."

„In Ordnung. Na ja, zum einen sah Sherman ein wenig wie ein Waisenkind aus. Er hatte sein ganzes Feuerteam verloren. Es dauerte zwei Wochen, bis wir Ersatz bekamen, und dann mussten wir wieder dort raus und er kannte die Männer nicht mal richtig. Und Colton, eines Nachts fand ich ihn betrunken vor. Ich kenne Colton schon sehr lange und er hatte noch niemals während eines Einsatzes getrunken. Es ist einfach viel zu gefährlich."

Dick lehnte sich nach vorn. „Der Sergeant der Einheit trank also. Haben Sie ihn vorher schon mal betrunken erlebt?"

„Nicht dass ich wüsste. Aber diese Tode hatten ihn hart getroffen. Ich kenne Colton seit zehn Jahren und wir hatten auch vorher schon Soldaten verloren. Aber niemals so. Nicht so viele. Nicht so schnell."

„In Ordnung. Bitte fahren Sie fort. Erzählen Sie uns über den Morgen des 24sten."

„Wie ich schon sagte, befanden wir uns außerhalb von Dega Payan. Wir hatten den Befehl, durch die Gegend rund um das Dorf zu patrouillieren und die Taliban-Guerillas aufzuspüren, die in diesem Frühjahr dort operierten. Die Gegend ist recht gebirgig, es gibt viele Bäume und Stellen, um sich zu verstecken. Wir gingen immer in Teams hinaus und an diesem Morgen war das erste Team mit mir und Colton eingeteilt. Wir marschierten also umher, verteilten uns und Weber ging ein bisschen abseits um zu pinkeln, er war vielleicht knapp dreißig Meter vom Rest des Teams entfernt und dann hörten wir einen Schuss. Ein Heckenschütze hatte Weber zwischen die Augen getroffen. Er hatte keine Chance."

Ich schaute einfach auf den Tisch hinunter. Ich hatte im Laufe der Tage schon mehrere Varianten der Geschichte gehört.

„Egal, Colton drehte ein bisschen durch. Er beauftragte das Team, den Schützen zu finden, aber wir hatten kein Glück. Wir haben den Scheißkerl nicht einholen können. Aber dann erreichten wir den Rand des Dorfes und dieses Kind... Er war vielleicht...zwölf Jahre alt...kam über die Straße mit einer Herde Schafe oder Ziegen oder irgend so einem Scheiß. Wir kannten ihn, es war eines der Kinder, die mit Kowalski Fußball gespielt hatten, als wir zuvor im Dorf gewesen waren. Wir alle erkannten ihn. Kowalski hatte ihn ,Speedy' genannt, denn keiner von uns konnte seinen verdammten Tajiknamen aussprechen."

Ich konnte nicht weiter zuhören. Ich verbarg mein Gesicht in meinen Händen.

Martin sagte: „Kann ich ein Glas Wasser haben?"

Schwartz sagte: „Brauchen Sie eine Pause?"

„Nein, Sir, ich möchte das hinter mich bringen. Ich habe nur einen trockenen Hals."

Schwartz sah einen der Leutnants aus dem Team des Staatsanwalts an und der Leutnant schob eine Kanne mit Wasser und ein Glas zu Martin rüber.

„Feldwebel, bitte fahren Sie fort, sobald Sie können", sagte Elmore.

Ich starrte den Tisch an, versuchte verzweifelt, nicht so zu zittern, dass es auffiel, versuchte verzweifelt, zu verhindern, dass dieser Tag die Gegenwart übermannte. Es war so, als ob ich mich nur kratzen müsste und der Staub und Matsch von Afghanistan würde, wie dickes, geronnenes Blut aus einer alten Wunde herausquellen und Blasen werfen. Als Martin fortfuhr, von Colton und Speedy und von allem, was geschehen war, zu erzählen, jeder verdammten Handlung, die ich nicht rückgängig machen konnte, wandte ich meine Augen von ihm ab.

Ich starrte zum Fenster hinaus, meine Augen fixierten einen Baum, der davor stand. Ein paar Eichhörnchen hüpften von Ast zu Ast, verfolgten sich gegenseitig um den Stamm herum, sie hatten keine Sorgen, keinen Druck und keine Reue. Ich wollte dort draußen sein. Stattdessen saß ich hier und musste mit den Konsequenzen einer Kette von Entscheidungen klarkommen, die schon das Leben zu vieler Menschen zerstört hatte.

Meine Aufmerksamkeit kehrte in den Raum zurück, als ich meinen Namen hörte.

Elmore sagte: „Was tat Sergeant Sherman zu diesem Zeitpunkt?"

„Ich denke, er stand unter Schock", sagte Martin. „Als wir schließlich anhielten, begann er herumzuschreien, durchzudrehen. Und dann nahmen wir ihm seine Waffen ab."

Gott. Daran erinnerte ich mich. Es hatte ziemlich unerwartet zu regnen begonnen und wir hatten uns unter die Bäume gekauert. Colton war total wütend und Martin, der eine leichte Wunde davongetragen hatte, kauerte sich an einen Baum und sagte: „Halt verdammt noch mal die Klappe, Colton. Halt einfach die Klappe."

Das verursachte eine weitere Runde von gegenseitigen Beschuldigungen und Schreien, und irgendwann hatte ich aufgeschaut und gesagt: „Das macht uns alle zu verdammten Kriegsverbrechern", und Colton hatte mich angebrüllt, mit seiner Waffe auf mich gezeigt und gesagt: „Wenn Sie auch nur ein verdammtes Sterbenswörtchen zu irgendjemandem sagen, bringe ich Sie um, Sherman."

Und ich...saß einfach da. Schließlich hatte Colton alle eingeschworen und instruiert. Einen nach dem anderen. Auch Martin. Auch mich. Darüber, was geschehen war, auch wenn es nicht so passiert war. Wir hatten an dem Tag keinen Jungen gesehen und Martin war von einem aus Versehen abgegebenen Fehlschuss verwundet worden. Er hatte eine lange, rote Furche an seinem Unterarm, nichts Schlimmes, er würde nicht mal einen Tag Dienstausfall haben.

Einer nach dem anderen schworen wir.

Auch ich.

Keine weiteren Fragen (Carrie)

Rays Augen waren glasig und starrten in die Ferne, als Martin seine Aussage beendete. Ich streckte meinen Arm hinter ihm aus und klopfte Dick leicht auf die Schulter. Er sah mich an, dann zu Ray und nickte verstehend. Langsam nahm ich Rays Hand in meine. Seine Augen wurden weich, waren zunächst nicht klar und dann sah er mich an. Und danach war er wieder da, im Hier und Jetzt.

Ich hatte Ray jeden Tag zu den Anhörungen begleitet. Am Ende brauchte ich mir keine Sorgen darüber zu machen, wie ich das mit meinem Job vereinbaren konnte, denn ich hatte keinen Job. Dr. Moores Untersuchung (aus was auch immer sie bestand) dauerte nun schon Wochen, ohne dass ein Ergebnis vorlag. Ich wusste nicht, mit wem er sprach oder welche Beweise er untersuchte, denn ich hörte fast nichts von ihm. Nur Lori Beckley rief mich alle paar Wochen an und fragte, wie es mir ging. Lori und ich hatten uns dreimal auf einen Drink getroffen, aber das war meine einzige Verbindung zum NIH. Ansonsten verbrachte ich die meiste Zeit mit Ray. Und er erweckte den Eindruck, als ob er so langsam zusammenbrach.

Oberstleutnant Schwartz ließ Martin gehen und sagte dann: „Wir haben nun die Beweisaufnahme beendet. Hat die Staatsanwaltschaft weitere Beweise, die sie vorlegen möchte? Oder weitere Zeugen, die sie befragen möchte?"

Der Beamte, der die Staatsanwaltschaft vertrat, sagte: „Nein, Sir." Und er lehnte auch ein Kreuzverhör mit Martin ab. Alles, was Martin noch sagen könnte, würde nur noch vernichtender für die Staatsanwaltschaft sein, auch wenn ich mir große Sorgen darüber machte, dass Martin gesagt hatte, dass sie alle, einschließlich Ray, geschworen hatten nichts zu sagen. Ich wusste nicht genug über die Militärgerichtsbarkeit, aber es erschien mir nach dem, was Dick gesagt hatte, möglich, dass allein seine Zustimmung zur Vertuschung, auch wenn er es später gemeldet hatte, dazu ausreichen könnte, Ray vor ein Kriegsgericht zu stellen.

Ganz abgesehen davon, dass Martins Aussage nicht mit denen von Colton und den anderen Sergeants übereinstimmte.

Schwartz drehte sich zu Elmore um und sagte: „Hat die Anklageseite noch weitere Zeugen?"

„Nein, Sir", sagte Elmore.

„Sergeant Sherman, zu Beginn dieser Untersuchung habe ich Sie auf Ihre Rechte hingewiesen. Sie können eine Aussage machen oder die Aussage verweigern. Möchten Sie, dass ich Ihnen Ihre Rechte nochmals wiederhole?"

Ray rutschte auf seinem Stuhl herum und sagte dann: „Nein, Sir."

„Möchten Sie in irgendeiner Form eine Aussage machen?"

Elmore hatte Ray immer und immer wieder geraten, während der Artikel-32-Untersuchung nicht auszusagen. „Sie können das nur gegen Sie verwenden. Im Moment haben Sie die Beweise und die Tatsache, dass Sie das alles gemeldet haben, auf Ihrer Seite. Wenn Sie aber dort hinaus in den Zeugenstand gehen, wird alles, was Sie sagen, in den Bericht für das Kriegsgericht aufgenommen werden und die Staatsanwaltschaft kann das alles während der Kriegsgerichtsverhandlung verwenden, um Sie auseinanderzunehmen."

Es muss also eine Art verrückter Selbstmordimpuls gewesen sein, der Ray geritten und ihn dazu veranlasst hatte, Oberstleutnant Schwartz anzusehen und zu sagen: „Ja, Sir."

Ich erstarrte und Elmore drehte sich dringlich zu Ray um und sagte: „Was tun Sie?"

„Sir, ich…"

„Sagen Sie ja nicht Sir zu mir. Das sind wir doch hundertmal durchgegangen."

„Ich weiß."

„Und Sie werden es trotzdem tun?"

Ray starrte ihn an, dann nickte er einmal.

Elmore sank in seinen Stuhl zurück. Und dann sagte er: „Bitte nehmen Sie in das Protokoll auf, dass Sergeant Sherman diese Aussage, was auch immer er sagen wird, entgegen der Empfehlung seines Anwalts tätigt."

„Wird protokolliert, Major. Sergeant Sherman, würden Sie bitte in den Zeugenstand kommen."

Ray stand auf und seine Beine bewegten sich, als wären sie aus Blei, dann ließ er sich auf den Zeugenstuhl fallen. Ich sah ihm zu und mein Herz tat mir weh dabei.

Oberstleutnant Schwartz sagte: „Sergeant Sherman, als Angeklagter haben Sie das Recht eine vereidigte oder nicht vereidigte Aussage zu machen. Wenn Sie eine vereidigte Aussage machen, kann die Staatsanwaltschaft Sie ins Kreuzverhör nehmen. Verstehen Sie das?"

„Ja, Sir."

„Möchten Sie eine vereidigte oder nicht vereidigte Aussage machen?"

„Ich werde eine vereidigte Aussage machen."

Elmore stöhnte laut. Was zur Hölle tat Ray da? Wollte er vor ein Kriegsgericht kommen? Fühlte er sich so schuldig für das, was passiert war, dass er sich selbst den Wölfen zum Fraß vorwarf? Oh Gott, Ray, mach das nicht, dachte ich.

„Bitte heben Sie Ihre rechte Hand."

Ray tat es.

„Schwören Sie, die Wahrheit zu sagen, die reine Wahrheit und nichts als die Wahrheit?"

„Ich schwöre es."

„Sie können mit Ihrer Aussage fortfahren."

Ray schluckte, streckte dann seine Hand aus, schenkte sich ein Glas Wasser ein und trank einen Schluck. Dann sagte er: „Mein Name ist Sergeant Raymond Sherman. Ich weiß, dass wir schon alle Details dessen, was passiert ist, durchgegangen sind. Ich möchte nur ein paar Dinge sagen. Zunächst einmal, obwohl ich diese Sache gemeldet habe, habe ich irgendwie halb damit gerechnet, dass es soweit kommt."

Oh Allmächtiger, dachte ich. Ich schluckte und starrte ihn an.

„Egal, ich möchte nur sagen, ich denke nicht, dass Colton völlig bei Verstand war. Das war keiner von uns. Wir konnten es alle sehen…Er war am Durchdrehen."

Ray hörte auf zu sprechen. Und ich saß einfach nur schockiert da, entgeistert. Welche Art von verrückter Loyalität hatte ihn dazu gebracht, Colton nach all dem zu verteidigen? Nachdem Colton damit gedroht hatte, ihn umzubringen und sie alle darauf eingeschworen hatte, einen Mord geheimzuhalten? Nachdem Colton ihn überhaupt erst in diese Lage gebracht hatte, indem er versuchte ihm das Verbrechen in die Schuhe zu schieben. Ich verstand es nicht. Überhaupt nicht.

Und dann sagte Schwartz: „Für das Protokoll, Sergeant, wer hat den afghanischen Jungen getötet?"

„Sergeant Colton."

Dick lehnte sich vor, bereit, ihm eine Frage zu stellen. Aber der Untersuchungsbeamte und die Staatsanwaltschaft kamen zuerst dran.

„Letzte Frage: Haben Sie versucht, Sergeant Colton zu stoppen?"

Ray schloss seine Augen und sagte dann: „Ich habe mich nicht genug bemüht. Ich habe geschrien. Ich habe ihm gesagt, er solle aufhören. Aber ich bin nicht dazwischen gegangen." Er schluckte.

Schwartz drehte sich zur Staatsanwaltschaft um und sagte: „Ankläger, Ihr Zeuge."

Der Hauptmann, der die Staatsanwaltschaft vertrat, stand auf, aber Schwartz sah ihn böse an. Er setzte sich wieder. Er war jung, vielleicht Ende zwanzig, und hatte längeres Haar als alle anderen Angehörigen der Army, die ich bis jetzt gesehen hatte. Er sah Ray mit gerunzelter Stirn an und sagte: „Sergeant. Der Mord geschah am 24. März 2012. Sie haben ihn per Post im November 2012 gemeldet. Warum haben Sie so lange gewartet?"

Ray fuhr sich mit der Hand durchs Haar. „Ich kann Ihnen keinen wirklich guten Grund nennen."

„Sagen Sie uns einfach, was Sie können, Sergeant."

„Ich weiß nicht, warum. Wir waren noch drei weitere Wochen dort draußen im Feld, bevor wir ins Basis Camp des Bataillons zurückkehrten. Und ich musste mit den neuen Männern fertig werden, die fast meuterten. Sie waren im wahrsten Sinne des Wortes gerade erst im Theater angekommen und bei ihrem ersten Feldeinsatz schossen Sergeants aufeinander und…das andere Feuerteam, sie nahmen mir meine Waffen weg, damit haben sie meinem Team signalisiert, dass ich so gut wie tot war. Es dauerte drei Tage, bis ich mein Gewehr zurückbekam."

„Als wir zurück ins Camp kamen, war es irgendwie…irreal. Ich konnte nicht mal fassen, dass das alles wirklich geschehen war. Einer der neuen

Kerle wurde ein paar Wochen später getötet und Oberfeldwebel Martin wurde getroffen und ausgetauscht. Ich war also praktisch auf mich allein gestellt. Ich...ich bin eines Tages in Sergeant Coltons Büro geschlichen und habe seinen gesamten Mailverkehr und Fotos auf einen USB-Stick gespeichert. Und als ich mir den Inhalt ansah...verdammt, da waren Bilder des Kindes."

„Also haben Sie diese Informationen gesammelt. Und dann?"

„Ich wartete. Und dann kamen wir zurück in die Vereinigten Staaten. Ich wurde entlassen, und als ich meinen Posten räumte, habe ich die Meldung und den USB-Stick in einen Umschlag gepackt und in den Briefkasten geworfen. Dann erhielt ich meine Entlassungspapiere und ging fort."

Ich wollte zu Ray hinüber gehen, ihn aus diesem Stuhl zerren und ihn umarmen. Ich konnte es nicht. Er hatte dem zugestimmt und sie waren noch nicht fertig mit ihm.

„Kannten Sie den Namen des Jungen?"

„Kowalski nannte ihn Speedy. Er spielte Fußball. Er war schnell. Ein gutes Kind."

Der Staatsanwalt lehnte sich vor und sagte: „Sergeant Sherman. Fühlen Sie sich zumindest teilweise schuldig am Tod dieses Jungen?"

Elmore sprang auf die Füße. „Nein. Einspruch. Beantworten Sie das nicht, Ray."

„Ja, das tue ich", sagte Ray. Sein Gesicht war ganz grau, als er das sagte.

Elmore drehte sich zu Schwartz. „Sir, ich bestehe darauf, dass diese Aussage aufgrund der fünften Novellierung des Gesetzes aus dem Protokoll gestrichen wird. Ich denke nicht, dass meinem Mandanten klar ist, was er gerade tut."

Schwartz schüttelte den Kopf. „Erstens bin ich mir sicher, dass Sie wissen, dass ich keine Entscheidungen über Einsprüche treffen muss, Major, und zweitens weiß Ihr Mandant sehr wohl über seine Rechte Bescheid. Ich habe sie ihm mehr als einmal erklärt und ich weiß, dass Sie es auch getan haben. Falls Sie jedoch wünschen, den Angeklagten zu befragen, steht es Ihnen frei. Und Major?"

„Ja, Sir?"

„Setzen Sie sich. Sofort."

Elmore seufzte, die Frustration stand ihm ins Gesicht geschrieben und Schwartz drehte sich zum Staatsanwalt um. „Haben Sie weitere Fragen an den Angeklagten, Hauptmann Cox?"

„Nein, Sir."

„Major Elmore, Ihr Zeuge."

Elmore lehnte sich vor und sagte: „Sergeant Sherman. Wieviele Minuten vergingen zwischen Coltons Schuss auf Oberfeldwebel Martin und dem Zeitpunkt, als er den Jungen erschoss?"

Ray sah verwirrt aus.

„Wie viele Minuten?", fragte Elmore mit kräftiger, ärgerlicher Stimme. „Wenn Sie sich verantwortlich fühlen, müssen Sie genug Zeit gehabt haben, um es zu verhindern, ihn aufzuhalten, richtig? Wie lang war es, Sergeant?"

„Keine Minuten. Es waren höchstens Sekunden. Er...feuerte einen Schuss ab...Martin ging zu Boden und dann drehte er sich um und erschoss den Jungen. Ich hatte keinerlei, Chance etwas zu tun."

„In Ordnung. Was hätten Sie danach tun können? Haben Sie auf Colton geschossen?"

Ray schüttelte seinen Kopf. „Nein. Denken Sie nicht auch, dass es die Taliban ziemlich zum Lachen gebracht hätte, wenn die US-Army Feuerteams sich dort draußen gegenseitig beschossen hätten?"

„Also...Wollen Sie mir damit sagen, dass Sie Colton zu diesem Zeitpunkt nicht aus dem Verkehr ziehen konnten?"

„Nicht ohne die ganze Einheit auseinanderbrechen zu lassen. Ich weiß nicht. Vielleicht hätte ich etwas tun können. Ich weiß es nicht."

Elmore verdrehte die Augen. „Keine weiteren Fragen."

Schwartz drehte sich zur Staatsanwaltschaft um. „Weitere Fragen?"

Es gab keine, also wandte sich Schwartz an Ray. „In Ordnung. Sie wissen ja, dass es meine Aufgabe ist, alles zu untersuchen und meine Empfehlungen an meine Vorgesetzten weiterzugeben, die dann entscheiden werden, ob eine Verhandlung vor dem Kriegsgericht notwendig ist. Wie Sie auch wissen, haben wir in diesem Fall mehrere Angeklagte und ich denke, es wird mindestens weitere vier bis sechs Wochen dauern, bis ich meinen Bericht fertigstellen werde. In der Zwischenzeit können Sie, Sergeant Sherman, ab Montag Ihren normalen Pflichten nachgehen. Wenn wir weitere Fragen haben sollten, werden wir uns bei Ihnen melden."

Und, hast du es getan? (Ray)

Zehn Minuten später waren wir in Dick Elmores Büro und ich trat geschockt einen Schritt zurück, als Carrie sagte: „Was ist verdammt noch mal los mit dir, Ray? Warum hast du das getan?"

Ich sah sie an und schüttelte meinen Kopf. „Ich musste das tun."

„Ich kapiere das nicht. Ich verstehe nicht, warum du dich nach all dem, was passiert ist, selbst in Gefahr gebracht hast, um Colton zu verteidigen."

Ich schluckte. „Es ging nicht um Colton. Es ging…ging um mich, okay? Ich hatte keine Wahl. Ich kann das nicht machen, ohne für *mich* zu sprechen, in Ordnung?"

„Du versuchst, dich verurteilen zu lassen!"

Elmore sagte: „Sie haben es fast geschafft, mich an der Nase herumzuführen, Sherman. Glauben Sie ja nicht, dass die das nicht in einer Kriegsgerichtsverhandlung gegen Sie verwenden werden. Ich kann mein Bestes tun, um sie gegen die Anklage zu verteidigen, aber ich kann nichts tun, um Sie vor sich selbst zu schützen, Ray. Keine weiteren verdammten Handstände wie dieser."

Ich holte tief Luft und fuhr mit den Fingern durch mein Haar. „Okay, okay! Tut mir leid. Ich werde es nicht wieder tun."

Beide sahen mich skeptisch an und ich drehte mich zu Carrie und sagte: „Können wir einfach gehen?"

Carrie und ich sprachen fast kein Wort während der Fahrt nach Hause. Sie war angespannt, ihre Hände zerrten am Lenkrad und sie bremste zu heftig. Schließlich waren wir oben in der Wohnung, Gott sei Dank. Ich hatte schon Angst gehabt, dass sie mich im Aufzug schlagen würde.

Sie schloss die Tür auf, ihre Finger zitterten dabei und sie stolzierte dann hinein, ging direkt in die Küche, wo sie nach etwas zu trinken suchte.

„Carrie? Geht es dir gut?"

„Nein!", schrie sie. „Meine berufliche Zukunft steht in den Sternen und du stehst vor Gericht, so habe ich mir mein Leben *nicht* vorgestellt oder erwartet oder – Scheiße!" Ihre Stimme brach vor Frust.

Ich lehnte mich gegen die Wand, als sie zurück ins Wohnzimmer gestapft kam und ein Bier in der Hand hielt. „Ich habe von *all dem* so was von die Nase voll, und dann kommst du und musstest das heute tun. Und ich frage mich, warum? Ist es dir egal, was aus uns wird? *Willst* du etwa gar nicht in Freiheit bleiben?"

Ich befeuchtete meine Lippen. Ich wusste nicht, wie ich das beantworten sollte. Ich wusste nicht, wie ich erklären sollte, was es bedeutete, warum es so wichtig gewesen war.

„Es...ist nicht so, wie du denkst, Carrie. Es ist nur, Colton war wirklich verrückt. Ich meine, es war, als wäre er verdammt noch mal einfach gar nicht mehr da gewesen. Aber er war wie ein *Vater* für mich."

Sie rammte ihre Bierflasche auf den Tisch und sagte: „Nein! Er war nicht wie dein Vater. Dein Vater würde sich niemals einfach umdrehen und dir ein Verbrechen unterschieben, das er begangen hat. Er hat dich hintergangen, Ray."

„Gott verdammt!", schrie ich. „Denkst du, das weiß ich nicht?"

„Also schuldest du ihm auch keine verdammte Treue", kreischte sie zurück. „Das ist so, als...als ob ich vor Dr. Moores Untersuchungsausschuss sitzen und ihnen sagen würde, ich hätte mit Ayers geschlafen."

Ich war so sauer, dass die Worte, die aus meinem Mund kamen, einfach nur gehässig waren. „Und, hast du es getan?"

Zorn erschien auf Carries Gesicht, und bevor ich überhaupt reagieren konnte, hatte sie den *Kopf*, den bronzefarbenen, antikaussehenden Kopf, der auf dem Kaminsims stand, in die Hand genommen und mit einem wilden Schrei nach mir geworfen. Ich sah ihn kommen und ging schnell einen Schritt nach rechts, stolperte dann und fiel neben dem Couchtisch auf meinen Hintern. Der Kopf verfehlte mich und traf stattdessen die Glasschiebetür mit einem lauten Krachen. Die Tür zerbrach in Millionen Teile und Carrie fiel auf die Knie.

„Heilige Scheiße", sagte ich keuchend.

Der Kopf lag auf dem Balkon und der größte Teil der Tür auch. Ich zitterte vor Schock und Aufregung. Ich sah zu ihr hinüber und sagte: „Es tut mir leid. Ich habe das nicht so gemeint."

Sie sah mich an, der Schock war in ihren Augen zu sehen, und sagte: „Ich kann nicht glauben, dass ich den Kopf nach dir geworfen habe."

Alles, was ich sagen konnte, war: „Das ist ein ziemlich hässlicher Kopf."

Sie fing an zu lachen, ein hysterisches Lachen.

Ich begann aufzustehen, und sie sagte: „Warte. Sei vorsichtig, das Glas ist überall."

Äh, ja, als ob ich das nicht schon bemerkt hätte.

„Ich habe Kampfstiefel an, mir wird nichts passieren. Du bleibst, wo du bist." Ich erhob mich und begutachtete den Schaden. Das meiste Glas war auf dem Balkon gelandet, außer zwei langen, zackigen Scherben, die immer noch im Türrahmen hingen.

„Ich denke, wir müssen deine Tür reparieren lassen, Carrie", sagte ich mit so ruhiger Stimme wie möglich. Dann drehte ich mich um, ging zu ihr rüber und zog sie auf die Beine.

„Es tut mir leid", flüsterte ich. Und dann legte ich meine Arme um sie. Wir zitterten beide.

„Es tut mir leid", sagte sie.

„Wir werden eine neue Tür bestellen."

Und dann begann sie, wie durch ein Wunder zu lachen und ich fiel mit ein, wir hielten uns fest, als ob unser Leben davon abhing, und lachten gemeinsam.

„Oh Gott", sagte sie. „Ich kann nicht glauben, dass ich das gemacht habe."

„Ist schon gut, Babe. Wir stehen das durch und dann machen wir einen langen Urlaub. Wir haben noch unser ganzes Leben vor uns. Okay? Das hier? Jetzt? Schlimmer wird es nie mehr werden."

Sie schniefte und legte ihren Kopf an meine Schulter.

„Ich liebe dich, Ray."

„Ich weiß."

Sie lehnte sich zurück und schielte mich an. „Ich kann nicht glauben, dass du das gerade getan hast."

Ich lachte. Immer wenn ich eine Zeile aus Star Wars zitierte, wurde ich mit einem Lachen belohnt.

„Okay. Lass uns den größten Teil der Scherben wegräumen. Und ich denke, ich werde den Hausmeister anrufen, damit er sich um die Tür kümmert."

Ich holte meine Arbeitshandschuhe aus meiner Armytasche und begann, die Scherben aufzusammeln und sie vorsichtig gegen die Balkonbrüstung zu lehnen. Und dann klingelte mein Telefon.

Verdammt. Ich legte das letzte Glasstück ab, zog einen Handschuh aus, ging hinein und nahm den Anruf entgegen, ohne zu schauen, wer anrief.

„Hallo?"

„Sherman", sagte die Stimme am anderen Ende der Leitung. Wer auch immer es war, er war betrunken.

„Ja, wer ist dran?", fragte ich.

„Martin."

Was zur Hölle? Warum rief Martin mich an? Dann dachte ich an den heutigen Tag und was er während seiner Zeugenaussage gesagt hatte. Seine Weigerung, einen Anwalt zurate zu ziehen, seine Aussage, die ihn vielleicht auch auf die Anklagebank bringen würde.

„Geht's Ihnen gut, Mann?"

„Scheiße, nein", sagte er. Er war eindeutig betrunken und seine Stimme klang, ich weiß auch nicht, irgendwie entfernt. Traurig. Er klang überhaupt nicht wie er selbst. Carrie sah vom anderen Ende des Raumes zu mir hinüber, die Sorge stand ihr ins Gesicht geschrieben.

„Ray, warum konnten Sie die Sache nicht einfach auf sich beruhen lassen, heh? Ja, ich weiß, dass Colton falsch gehandelt hat, und ich fühle mich schrecklich, wenn ich an das Kind denke. Aber wissen Sie was? Ich habe auch Kinder. Und wie zum Teufel sollen sie mit dem Wissen aufwachsen, dass…dass…"

„Martin, wo sind Sie?"

„Das ist verdammt noch mal völlig egal. Es kommt nur darauf an, wo ich hingehe. Dorthin wo wir alle hinkommen werden. In die Hölle."

Ich zuckte zusammen und sagte: „Das glaube ich nicht. Sie haben heute das Richtige getan."

„Sherman, Sie naiver Junge. Wissen Sie, was ich getan habe? Ich habe meine militärische Laufbahn beendet. Ich habe mich selbst zum Kriminellen gemacht. Ich habe mein verdammtes Leben beendet. Was für eine Chance auf ein gutes Leben haben meine Kinder, wenn sie wissen, dass sie mich als Vater haben."

Martin begann, mir wirklich große Angst einzujagen. Ich winkte Carrie heran und schaute mich nach etwas zum Schreiben um. Ich gestikulierte und sie griff nach einem Stift und Block, die auf dem Kühlschrank lagen.

Auf dem Block stand eine handgeschriebene Nachricht, die sie mir heute Morgen geschrieben hatte. „Ich liebe dich, Verrückter" stand darauf mit einem Herz darunter.

Ich schrieb in großen, fetten Buchstaben. „RUF DICK UND DEN NOTRUF AN. MARTIN. REDET ÜBER SELBSTMORD.

Ich zitterte. Martin fuhr fort. „Mal ehrlich. Wissen Sie, was passiert wäre, wenn Sie nichts gesagt hätten? Rein gar nichts. Speedy wäre immer noch tot. Genau wie Kowalski und Weber und Roberts. Es bedeutete gar nichts. Überhaupt, Speedy wäre sowieso gestorben, wenn nicht heute, dann nächstes Jahr, die Taliban hätten ihn entweder getötet oder rekrutiert."

„Martin…", sagte ich.

„Halten Sie einfach die Klappe, Sherman. Wissen Sie, warum? Weil ich jetzt *gar* nichts mehr habe. Was soll ich meinem Sohn sagen? Dad zieht wieder in den Krieg? Und dann findet er heraus, dass ich im Gefängnis sitze?"

Carrie tippte verzweifelt Nummern in ihr Handy ein.

„Hören Sie, warum treffen wir uns nicht auf einen Drink und reden darüber."

„Wir werden uns nicht treffen, verdammt noch mal, Sherman. Sie haben uns alle in die Scheiße geritten. Wenn wir vor einem Jahr etwas gesagt hätten, wäre es anders gewesen. Aber das haben wir nicht. Sie sind genauso schuldig wie ich."

„Ja, ich weiß", sagte ich.

„Lecken Sie mich am Arsch", sagte er. „Ich werde das Einzige tun, das ich jetzt noch tun kann." Ich hörte, wie im Hintergrund eine Pistole geladen wurde.

„Martin, Sie müssen das nicht machen!"

„Ja, klar. Sagen Sie das meinem Kind. Sagen Sie das dem verdammten Kowalski."

Als der Schuss abgefeuert wurde, war es gespenstisch, ein Klicken und dann hörte ich, wie die Patrone die Pistole verließ. Das Geräusch war zu laut, um vom Mikrofon seines Telefons übertragen zu werden. Aber ich hörte, wie erst die Pistole und dann das Telefon zu Boden fielen.

Ich konnte nicht anders. Ich stieß einen lauten Schrei aus und ließ mich dann einfach auf den Boden fallen.

Komm nach Washington (Carrie)

Major Smalls stand in unserem Wohnzimmer Ray gegenüber und ging hin und her. Sie drehte sich zu ihm um und sagte: „Also, hat er nun gesagt, dass er Selbstmord begehen will, oder nicht?"

Ray zuckte mit den Schultern. Es hatte fast zwanzig Minuten gedauert, bis ich ihn dazu hatte bewegen können, vom Fußboden aufzustehen und sich auf die Couch zu setzen.

In meinem ganzen Leben hatte ich noch niemals einen erwachsenen Mann zusammenbrechen und weinen sehen. Aber was auch immer Ray am Telefon mit angehört hatte, es hatte ihn am Boden zerstört. Er hatte einfach auf dem Boden gesessen und mit seiner Faust darauf eingeschlagen, sein Gesicht war voller Zorn und aus seinem Mund kamen die schrecklichsten Würgegeräusche. Ich hatte ihn so fest gedrückt, wie ich nur konnte. Es war ein hässlicher, unvorstellbar schmerzlicher Kummer und ich hätte alles auf der Welt dafür gegeben, ihn davon zu befreien.

Nun saß er auf der Couch und sah total verstört aus, seine Augen waren auf nichts fokussiert, verschwommen und gerötet.

„Ich habe ihm vorgeschlagen, dass wir uns auf einen Drink treffen und darüber reden. Aber er sagte…wir würden nirgendwo hingehen außer in die Hölle. Ich habe versucht, mit ihm zu reden, damit er am Telefon bleibt."

Er sah von ihr weg. Ich schob Smalls das Stück Papier zu, auf das er seine Nachricht geschrieben hatte. Sie sah es an und sagte: „Also haben Sie zuerst Major Elmore angerufen?"

„Ja", sagte ich. „Ich wusste nicht, wo Martin war, also dachte ich, es wäre besser, ihn zuerst anzurufen."

Sie nickte. „Das war richtig. Martin wohnte im Gästehaus in Fort Myer. Elmore konnte dort jemanden von der Militärpolizei erreichen, aber es war bereits zu spät."

Sie seufzte und sagte dann: „Was für eine Verschwendung." Ihre Stimme klang grimmig, als sie das sagte.

Sie sah zu den Scherben auf dem Balkon und dem Kopf, der in der Mitte davon lag. „Also, was ist hier passiert?"

Ray bewegte sich nicht und sagte auch nichts. Also antwortete ich: „Wir waren ein bisschen gestresst. Wenn mich jemals jemand anderes danach fragen wird, werde ich lügen. Aber ich habe mit dem Kopf nach Ray geworfen."

Ihre Augen wanderten zu dem Kopf und dann zurück zu mir. „Ein bisschen gestresst", sagte sie mit einem Seufzen. „Wofür das jetzt auch immer gut sein mag, aber es tut mir leid, dass Sie das durchmachen müssen."

Ihr Mitleid würde uns auch nicht helfen.

Sie seufzte erneut. „Sie hätten hier wirklich nichts tun können, Sergeant. Aber Sie haben das Richtige getan. Ich werde jetzt gehen und Sie allein lassen. Wenn wir weitere Fragen haben, werden wir uns melden. Die Militärpolizei im Fort Myer führt die Untersuchung durch, aber aufgrund der Umstände baten sie mich, Sie zu befragen."

Sie ging und ich setzte mich neben Ray auf die Couch und legte meinen Arm um seine Hüfte.

„Geht's dir gut?", fragte ich.

Er schüttelte seinen Kopf. „Nein."

Ich zuckte erschrocken zusammen. „Vielleicht solltest du dich hinlegen."

Er nickte und ich hob ihn fast von der Couch. Er schlurfte in unser Schlafzimmer, ließ sich auf das Bett fallen und rollte sich auf der Seite zusammen, er trug immer noch die Uniform.

Ich hatte ihn noch niemals so gesehen. Aber, wenn man die Umstände bedachte, wie würde ich mich wohl an seiner Stelle fühlen? Langsam begann ich seine Schnürsenkel zu öffnen.

„Nein", sagte er und kämpfte sich in eine sitzende Position. „Lass mich das machen."

„Sei ruhig, Ray. Leg dich hin."

Er ließ sich zurück auf seinen Rücken fallen und ich schnürte den Stiefel auf und zog ihn ihm aus, dann begann ich mit dem nächsten. „Du hast es immer und immer wieder gesagt", sagte ich. „Wir stehen das zusammen durch. Okay? Ich bin hier."

Ich zog ihm den anderen Stiefel aus und er fiel mit einem dumpfen Schlag auf den Boden. Dann stand ich auf, löschte das Licht, legte mich neben ihn auf das Bett und zog seinen Kopf an meine Schulter.

Als ich das tat, begann sein Körper wieder zu zittern, und er schluchzte leise. Wir blieben in dieser Position, bis sich sein Atem beruhigt hatte und ich sicher war, dass er eingeschlafen war.

Dann schlüpfte ich aus dem Bett.

Es war fast Mitternacht, aber das war im Moment egal. Ich tippte die Nummer in mein Telefon und Alexandra antwortete.

„Hallo?", fragte sie mit verschlafener Stimme.

„Alexandra, es tut mir leid, dass ich euch wecke, aber ich muss sofort mit Dylan sprechen. Es ist sehr wichtig."

Sie stöhnte und ein paar Sekunden später hörte ich Dylans verschlafene Stimme durch das Telefon. „Hallo?"

„Dylan, hier ist Carrie. Hör mir zu, ich weiß, das ist verrückt, aber…du musst nach Washington kommen. Heute Nacht. Ray braucht dich."

„Was ist los?", fragte er. Er war fast sofort auf höchster Alarmstufe.

Ich seufzte. „Oberfeldwebel Martin hat sich, nachdem er heute seine Aussage gemacht hat, erschossen. Und er telefonierte gerade mit Ray, als er das tat."

Es gab eine kurze Pause und dann sagte Dylan: „Scheiße. Wo ist Ray jetzt?"

„Er schläft."

„Ich bin schon unterwegs. Wenn ich den Nachtzug nehme, kann ich morgen früh da sein. Alex, kommst du mit nach DC?"

Ich unterdrückte ein Schluchzen. „Danke, Dylan."

„Ich hab es dir schon mal gesagt, ich würde alles für Ray tun. Nur… behalt ihn im Auge, okay? Ich kann mir ungefähr vorstellen, was gerade in ihm vorgeht, und es ist nicht schön."

„Das mache ich", sagte ich.

Wir legten auf und ich ging zurück ins Schlafzimmer.

Ray hatte die Bettdecke von sich geschoben. Auf seiner Stirn stand Schweiß und er bewegte sich langsam, als die Worte aus seinem Mund kamen: „Colton, er ist nur ein Kind!"

Meine Hand hob sich unwillkürlich zu meinem Mund. Oh Gott, er träumte davon. Schon wieder. Ich begann zu zittern, denn ich hatte auf die harte Tour gelernt, Ray während dieses Traums nicht zu wecken. Denn er würde dabei kämpfen.

Er schrie: „Colton, nein!", und rammte seine Faust gegen das Kopfende des Bettes. Ich ließ mich auf den Boden neben das Bett fallen. Ich hätte alles, einfach alles auf der Welt dafür gegeben, um ihn aus der Hölle, in der er sich gerade befand, zu befreien. Ich hielt meinen Kopf gesenkt, unterhalb der Matratze, unterhalb jeder Stelle, auf die er aus Versehen im Schlaf einschlagen konnte. Sehr langsam hob ich meine rechte Hand und legte sie auf seinen Arm.

Sofort fühlte ich, wie seine linke Hand nach meiner griff und sie festhielt, starr, er drückte so fest, dass es wehtat. Ich unterdrückte ein Stöhnen vor Angst und Schmerz und dann entspannte sich sein Griff plötzlich und ich hörte, wie sein Atem ganz langsam wieder ruhig wurde. Ich versuchte, den dicken Kloß in meinem Hals herunterzuschlucken und ganz leise zu sein, aber die Tränen, die mein Gesicht herunterliefen, wollten nicht aufhören, als ich mich langsam ins Bett neben ihn legte. Jetzt war er ruhig, seine Augen waren geschlossen, der Traum war vorbei. Für den Augenblick.

Wie kommt es, dass deine Freundin gerade mit Kissen um sich wirft? (Ray)

Als ich aufwachte, schien die Sommersonne durch das Schlafzimmerfenster. Aber fünf Sekunden später erinnerte ich mich.

Martin war tot. Selbstmord.

Wir werden uns nicht treffen, verdammt noch mal, Sherman. Sie haben uns alle in die Scheiße geritten.

Seine Stimme übertönte alles in meinem Kopf, sie bedeckte meine Gedanken und Gefühle mit Dunkelheit. Ich rollte mich auf dem Bett herum. Carrie war nicht da. Ich hatte die ganze Nacht wirklich schlimm geträumt...Dega Payan, gemischt mit der Untersuchung und verrückten Szenen, in denen Colton den Verstand verlor.

Vor der Anhörung hatte ich nicht gewusst, dass Martin ihn beim Trinken erwischt hatte. Er war nicht der Einzige gewesen.

Etwa eineinhalb Wochen, nachdem Roberts und Kowalski getötet wurden und Dylan verwundet worden war, hatte ich bei Coltons Büro im Basis Camp angehalten. Es war schon ziemlich spät in der Nacht und ich hatte mir Sorgen um ihn gemacht. Ich fand ihn, wie er auf einem behelfsmäßigen Stuhl saß, seine Augen starrten in der Dunkelheit auf einen Computermonitor. Im Licht des Monitors konnte ich seine Pistole erkennen, die auf dem Tisch neben dem Computer lag. Im Griff war ein Magazin, aber ich konnte nicht erkennen, ob die Pistole geladen war.

„Hey, Sarge", hatte ich leise gesagt.

„Sherman", hatte er mit leiser, etwas lallender Stimme geantwortet. In dem Moment sah ich die Flasche. Whiskey. Der Geruch hing in der Luft und mir lief dabei das Wasser im Mund zusammen.

„Geht es Ihnen gut? Sie waren sehr ruhig in den letzten Tagen."

„Ich arbeite an einem Brief an Roberts' Ehefrau."

„Wie kommen Sie voran?", fragte ich und schaute auf die Pistole.

„Es könnte besser sein", antwortete er. „Manchmal, Sherman, frage ich mich nach dem verdammten Sinn des Ganzen."

Ich ließ mich an der Wand herunterrutschen. Von dieser Position aus konnte ich auf den Monitor schauen. Er hatte Roberts' Facebook-Seite geöffnet. Es war ein schönes Foto von Roberts und seiner Frau zu sehen. Roberts in seiner blauen Ausgehuniform und seine Frau in einem weißen Kleid. Ein Hochzeitsbild. Sie lächelten beide breit und sie sah zu ihm hoch, als wäre er die Wiedergeburt des Herrn. Er war ein großer Mann, wirklich massiv, und seine Frau reichte kaum bis an sein Namensschild.

Ich nickte in Richtung des Bildes. „Es geht darum, weiterhin solche Momente erleben zu können. Jemand muss diesen Job machen, damit alle die Möglichkeit haben, solche Momente zu erleben."

Colton schnaubte. „Roberts war ein scheinheiliges Arschloch. Er hatte darauf bestanden, mit mir zu beten, als wir nach Kowalskis Tod wieder im Camp ankamen. Ich würde vielleicht immer noch neben ihm knien, wenn Paris nicht Scheiße gebaut und uns damit alle raus ins Feld geschickt hätte."

Ich lehnte mich vor und sagte: „Sarge, nur für das Protokoll, es war nicht Ihre Schuld. Es war einfach ein Unglück."

Colton nahm die Pistole in die Hand und mir blieb fast das Herz stehen. Dann entlud er sie, legte sie zurück auf den Tisch und nahm das Magazin heraus. Er hob die Augenbrauen, sah mir in die Augen und schob die nun entladene Pistole zurück in ihr Halfter. „Ja, Junge, ich weiß das."

Ich hatte vor Erleichterung aufgeatmet und war an der Wand wieder nach oben gerutscht.

„Vergessen Sie es nicht, Sarge. Wir brauchen Sie."

Er hatte genickt und mich dann mit einer Geste entlassen. Als ich das Büro verließ, hatte er gerufen: „Sherman!"

Ich drehte mich um und er sagte: „Danke."

Alle unsere Taten haben Konsequenzen und nicht alle Konsequenzen sind gut. War dieses Kind, Speedy, tot, weil ich in dieser Nacht mit Colton gesprochen hatte? Oder Martin? Wie verfolgt man die Kausalzusammenhänge bis zu dem Punkt zurück, an dem klar wird, wer verantwortlich ist? Ich wusste darauf keine Antwort. Ich fühlte mich, als ob Afghanistan seine Fühler nach uns ausstreckte und das Leben all derjenigen zerstörte, die lebend herausgekommen waren. Wäre alles anders gekommen, wenn ich Colton nicht gemeldet hätte? Hatte Martin recht?

Das klingt jetzt verrückt, aber ich war wirklich ärgerlich darüber, dass die Sonne durch mein Fenster schien. Es hätte regnen oder kalt sein sollen. Nacht. Dunkelheit.

Ich war dabei verrückt zu werden. Ich verließ das Bett. Scheiße. Ich hatte immer noch meine Uniform an. Egal. Ich stolperte in Socken auf der Suche nach etwas zu trinken aus dem Zimmer und ging direkt in die Küche. Carrie hatte Kaffee gekocht. Was ich wirklich wollte, waren etwa fünfzig Bier.

Das hatte sie aber nicht verdient. Also begann ich, mir eine Tasse Kaffee einzuschenken, und dann sah ich Dylan Paris aus den Augenwinkeln. Was zum Teufel? Ich liebe Paris. Außer Carrie ist er der beste Freund, den ich auf der Welt habe. Aber mal ehrlich, hatte sie gedacht, ich würde mich umbringen?

Ich zog die Augen zusammen und sagte: „Was zur Hölle machst du hier?"

„Ich freue mich auch, dich zu sehen, Sherman. Du siehst scheiße aus."

„Ich fühle mich scheiße."

„Du hast in der Uniform geschlafen, oder?"

„Konnte meinen Pyjama nicht finden. Lass mich meinen Kaffee trinken, verdammt noch mal."

„Bring einfach die Kanne mit. Wir sitzen im Wohnzimmer. Es ist fast so, als würden wir auf der Terrasse sitzen, jetzt wo Ihr die Belüftung in dem Raum verbessert habt."

Ich schloss die Augen und unterdrückte ein Lachen.

„Gott, du bist so ein Arschloch, Paris."

Also nahm ich die Kaffeekanne und Dylan nahm vier Kaffeebecher und wir gingen zusammen ins Wohnzimmer. Alex saß neben Carrie auf der Couch und sie zeigte Carrie…Was zur Hölle war das? Ein Schnittmuster? Ich ließ mich auf einen der Sessel fallen und schenkte mir einen Kaffee ein.

„Sie reden über Brautjungfernkleider", sagte Dylan. „Gott sei Dank bist du aufgewacht, ich dachte, ich müsste vor Langeweile sterben."

Ein Kissen flog aus Alex' Richtung durch den Raum und traf Dylan am Kopf. Er kicherte.

Ich sah Carrie an und fragte Dylan: „Wie kommt es, dass deine Freundin gerade mit Kissen um sich wirft?"

Carrie erstarrte auf der Stelle und stieß ein bellendes Lachen aus, dann sagte sie: „Dafür wirst du büßen, Ray Sherman."

Und irgendwie war es okay. Wir brauchten das ganze Gerede und psychologische Gelaber nicht. Carrie hatte genau das Richtige getan. Sie hatte mich – mit einem einfachen Besuch meines besten Freundes und der Frau, die er liebte – daran erinnert, was wichtig war.

Carrie und Alex gingen wieder dazu über, sich Schnittmuster oder Farben oder Kleider oder was zur Hölle das war anzuschauen, und Dylan winkte mich in Richtung Terrasse. Vorsichtig gingen wir durch die kaputte Glastür und standen dann mit unseren Kaffeebechern an der Brüstung. Der Vormittagsverkehr bevölkerte die Wisconsin Avenue unter uns. Ich zündete mir eine Zigarette an, trank meinen Kaffee und sog den Sonnenschein in mich auf.

„Wann seid ihr angekommen?"

„Wir haben den Nachtzug genommen und sind um fünf Uhr an der Union Station angekommen."

Ich hob eine Augenbraue. „Also hat Carrie dich letzte Nacht angerufen, nachdem ich zusammengebrochen bin?"

Dylan nickte.

„Das passiert mir nicht oft", sagte ich.

„Das weiß ich, Ray. Aber ich mache mir Sorgen um dich. Du gehst im Moment durch die Hölle."

Ich zuckte mit den Schultern. „Dagegen können wir im Moment nichts tun. Aber danke, dass du gekommen bist. Ich weiß nicht, warum, aber...es macht einen Unterschied. Einen Großen sogar."

Er grinste. „Es war nicht schwer, Alex zu überzeugen. Sie wollte Carrie sowieso wegen der Hochzeit sprechen. Anscheinend sind wir ziemlich im Verzug mit dem Zeitplan."

„Ihr habt immer noch, was, ein paar Wochen?", fragte ich. „Wie sieht die Planung aus? Man kauft ein paar schöne Klamotten, geht in die Kirche und ‚schwups' ist man verheiratet."

Dylan kicherte. „Es ist mehr wie eine militärische Operation, Ray. Viele kleine Einheiten."

Er sah hinaus in den Sonnenschein. „Alex möchte heute an der Promenade picknicken gehen."

Ich zuckte mit den Achseln. „Ja, lass uns das machen, das ist bestimmt schön."

„Sie sagt, sie denkt, du und Carrie seid kurz davor, euch zu verloben. Denkst du darüber nach?"

Ich zuckte wieder mit den Schultern. „Ja, wir haben darüber gesprochen. Viel sogar. Aber…ich kann sie nicht wirklich fragen. Nicht, wenn ich ins Gefängnis muss."

Er murmelte einen Fluch und zündete sich eine weitere Zigarette an. „Du wirst nicht ins Gefängnis kommen."

Ich hob eine Augenbraue. „Ich bin froh, dass du mir das sagst, Paris. Aber mein Anwalt sagt mir, dass es auch anders kommen kann."

Er schüttelte seinen Kopf und sagte: „Tja, dann werde ich dich auf jeden Fall besuchen kommen."

„Arschloch."

Er grinste. „Mal ehrlich, Ray. Wenn du irgendetwas brauchst, ruf mich einfach an. Ich meine es ernst. Egal was. Okay?"

Ich schlug mit meiner Hand auf seine Schulter und sagte: „Das werde ich."

Ich war niemals der Typ gewesen, der über kleine Dinge brütete. In der High School hatte ich niemals eine dieser dummen Geben-und-Nehmen-Beziehungen gehabt, bei denen man über jede Kleinigkeit nachdachte. *Sie hat fünf Minuten zu spät angerufen, oh Gott, sie hasst mich.* Das hatte es für mich nicht gegeben. Ich war immer direkt gewesen. Ich tat, was getan werden musste, ich nehme die Menschen, wie sie sind, und kümmere mich nicht so sehr um Reue oder Sorgen und Angst. Ich denke gerne von mir, dass ich einen ausgeglichenen Charakter habe.

Aber wie kann man nicht darüber nachgrübeln, wenn jemand Selbstmord begeht, während er mit dir telefoniert? Wie kann man nicht darüber nachgrübeln, wenn ein zwölfjähriger Junge mit dem Spitznamen Speedy ermordet wird? Wie kann man nicht darüber nachgrübeln, wenn der Sergeant deiner Einheit, der Kerl, den du bewunderst, respektierst und zu dem man aufschaut und sich Rat holt, dir den Rücken zudreht und versucht, dich ins Gefängnis zu bringen, damit er frei bleibt?

Es war schwer für mich, das alles zu verstehen und zu verarbeiten. Und um ehrlich zu sein war es noch schwerer, darüber zu sprechen. Dylan neigte dazu, sein Herz auszuschütten und einen vollzulabern. Auf eine bestimmte Art hatte ich ihn immer dafür bewundert. Aber so bin ich nicht. Ich habe nicht die Angewohnheit, mich anderen anzuvertrauen oder mich selbst zu analysieren. Aber im Moment? Ich musste etwas von diesem Druck und diesem Schmerz loswerden. Und das Schlimme war, ich wusste nicht mal, wie.

Ich sah wieder hinunter auf den Verkehr und sagte: „Ich bin nicht gut darin, um Hilfe zu bitten."

„Manchmal muss man es einfach", sagte Dylan. „Du bist derjenige, der mir das beigebracht hat."

Ich seufzte. „Ja. Es ist wahr. Tja, die Sache ist die. Ich mache mir vor Angst fast in die Hose, mein Freund. Ich habe Angst, dass ich ins Gefängnis muss. Ich habe Angst, dass ich Carrie allein lassen muss, und sie würde eher sterben, als jemanden um Hilfe zu bitten. Ich mache mir Sorgen, was aus ihr wird, wenn ich fort muss. Sie ist so eigenständig, aber…sie ist *zu* eigenständig. Sie muss auch lernen, um Hilfe zu bitten und nicht immer nur diejenige zu sein, die gibt."

Dylan schaute zurück ins Wohnzimmer zu den Frauen. Dann schaute er mich mit ernstem Gesicht an und sagte: „Dir wird nichts geschehen. Aber…wenn der schlimmste Fall eintritt…werden wir für sie da sein."

Ich nickte, holte Luft und sagte: „Danke."

Ich kann dafür sorgen, dass das alles ein Ende hat (Carrie)

Wir ließen die Tür reparieren und, wo wir schon dabei waren, auch den Spiegel im Badezimmer. Alexandra und Dylan anzurufen stellte sich als genau das Richtige heraus. Wir verbrachten ein wundervolles Wochenende miteinander, auch wenn wir uns über den Lieferanteneingang im Parkdeck hinausschleichen mussten, wenn wir ausgehen wollten, weil die Presse, nachdem Martins Selbstmord bekannt wurde, zurück war.

Am Sonntagnachmittag brachten wir Alexandra und Dylan zum Bahnhof und dann nahmen wir die Metro zurück nach Bethesda. Im Zug sagte Ray: „Es gefällt mir, dass du Alex so bei den Hochzeitsvorbereitungen unterstützt hast."

Ich lächelte. „Wenn wir heiraten, möchte ich, dass alles perfekt ist."

Ray hustete, seine Stimme war rau, als er sagte: „Ich auch." Und dann küsste er mich.

Montagmorgen standen wir gemeinsam auf, Ray zog seine Uniform an, um sich wieder im Walter Reed Krankenhaus zum Dienst zu melden. Und ich machte mich auch fertig, denn ich hatte die Nase voll. Es war vier Wochen her, seit ich beim NIH suspendiert worden war. Ich wusste nicht, was aus meiner Forschung wurde. Ich wusste nicht, was aus meinen Assistenten wurde, und ich wusste nicht, wie die Untersuchung verlief. Das war nicht akzeptabel. Also fuhren wir zusammen mit dem Auto und ich parkte auf dem NIH-Mitarbeiterparkplatz und gab Ray einen Kuss zum Abschied.

Dann drehte ich mich um, um zur Arbeit zu gehen. Ich folgte dem Pendlerstrom in das Gebäude, fuhr dann mit dem Aufzug hoch und ging den Gang entlang zu Moores Büro.

Ich konnte fühlen, wie mein Herz pochte, als ich näher kam. Meine ganze Arbeit der letzten zehn Jahre, alles hing hiervon ab. Und ich hatte schreckliche Angst. Ich holte tief Luft, um mich zu beruhigen und vorzubereiten, und in dem Moment stieß Lori Beckley fast mit mir zusammen.

„Carrie!", sagte sie. „Sind Sie zurück? Das freut mich sehr!"

Ich grinste. „Ich wünschte es wäre so…In Wirklichkeit habe ich nicht mal ein Wort von Dr. Moore gehört, und er hat auch meine Anrufe nicht beantwortet. Also dachte ich, ich komme vorbei und rede mit ihm. Ich muss einfach wissen, wie die Untersuchung verläuft."

Lori sagte: „Ich habe überhaupt nichts gehört."

„Ich vermute mal, sie versuchen, das vertraulich zu behandeln?"

Sie zuckte mit den Schultern. „Normalerweise sickern hier die Informationen durch wie bei einem Sieb. Aber Moore ist in diesem Fall echt zugeknöpft."

„Ich verstehe das nicht."

„Ich, um ehrlich zu sein, auch nicht", sagte sie. „Sie sollten Ihre Unterhaltung aufzeichnen."

„Ist das nicht illegal?"

Sie runzelte die Stirn. „Ich weiß es nicht."

„Ich bin ziemlich sicher, dass es das in Maryland ist", sagte ich.

„Egal", antwortete sie. „Nur...Seien Sie vorsichtig. Ich traue Moore nicht."

„Na super", sagte ich. „Das werde ich und danke für die Warnung."

„Viel Glück!" Sie ging in Richtung ihres Büros davon und ich lief weiter den Flur entlang und klopfte dann an Moores Tür.

„Kommen Sie rein", rief er.

Er bräuchte echt ein Fenster. Ich öffnete die Tür und sagte: „Guten Morgen."

Moore bekam große Augen. „Dr. Thompson! Ich bin ja so froh, dass Sie vorbeikommen. Kommen Sie rein, kommen Sie rein. Was kann ich für Sie tun?"

Ich war erstaunt über seine seltsame Freundlichkeit. Zum Ersten war das völlig untypisch und zum Zweiten hatte er alle mein E-Mails und Anrufe ignoriert.

„Ich habe, was die Untersuchung angeht, nichts mehr von Ihnen gehört und, um ehrlich zu sein, muss ich wirklich bald mit meiner Arbeit fortfahren."

Er runzelte die Stirn. So viel zu seiner Freundlichkeit. „Na ja, die Dinge brauchen Zeit. Wir müssen...Informationen sammeln...Leute befragen, solche Dinge. Ich versichere Ihnen, dass wir bald fertig sein werden. Im Moment warte ich darauf, dass die Kollegen von Rice ihren Bericht fertigstellen."

Ich blinzelte. „Wollen Sie damit sagen, dass Sie noch gar nicht begonnen haben?"

„Oh, na ja, natürlich nicht. Ich habe mich selbstverständlich mit den Unterlagen vertraut gemacht. Aber bis Rice die Untersuchung Ihrer Laboraufzeichnungen beendet hat, kann ich nicht viel tun. Außerdem haben Sie ja wohl, wie ich den Nachrichten entnehmen konnte...im Moment andere Prioritäten."

Ich musste mich selbst dazu aufrufen, ruhig zu bleiben. Denn sein unerträgliches, arrogantes Gesicht hatte bei den letzten Worten keine Miene verzogen.

Ich lehnte mich vor und sagte: „Ich möchte nur klarstellen, dass mein Privatleben für diese Untersuchung nichts zur Sache tut."

„Vielleicht, vielleicht auch nicht, Carrie. Aber, dass die...Freundin... oder was auch immer Sie sind...eines Kriegsverbrechers...in diesem Gebäude ein- und ausgeht und dann auch noch Mittelpunkt einer ethischen Untersuchung ist, das ist nicht das Bild, das das NIH nach außen zeigen will."

„Ich habe absolut nichts getan, um dieses Bild zu rechtfertigen", sagte ich. „Und, nur um das klarzustellen, Ray auch nicht."

„Ich bin sicher, das ist die Wahrheit", sagte Moore. Aber er sah nicht so aus, als ob er es auch meinte, und seine verdammten Augen verfolgten schon wieder meinen Ausschnitt. Ich wollte ihn ohrfeigen.

Ich schloss meine Augen und holte Luft. Dann sagte ich: „Dr. Moore, ich bestehe darauf, dass Sie mit der Untersuchung beginnen. Ich weiß, dass Sie mein Chef sind. Aber Sie können mich nicht einfach so Monate lang ohne Grund in der Luft hängen lassen. Gilt nicht immer noch der Grundsatz ‚Im Zweifel für den Angeklagten'?"

„Das gilt in der Wissenschaft nicht. Ich mache Ihnen jetzt einen Vorschlag, Carrie. Dr. Thompson. Wenn Sie möchten, kann ich dafür sorgen, dass das alles ein Ende hat."

Ich erstarrte. Was zur Hölle?

Sehr langsam sagte ich: „Und wie genau soll das vor sich gehen?"

„Ich denke, Sie kennen die Antwort darauf. Sie schlafen mit diesem Soldaten. Sie haben mit Ihrem Doktorvater geschlafen." Er hob eine Augenbraue.

„Bitte entschuldigen Sie mich für einen Moment", sagte ich. Ich holte mein Telefon heraus und wählte Loris Nummer. Moore zuckte auf seinem Stuhl zusammen, sein Gesicht war rot.

Sie ging sofort ran. „Lori", sagte ich. „Können Sie bitte hierher kommen?"

„Ähm...okay... Ich bin gleich da", antwortete sie.

Ich glaube, sie hat noch nicht mal innegehalten, um Luft zu holen, denn etwa vier Sekunden später öffnete sie die Tür zu Dr. Moores Büro.

„Hallo", sagte sie. Sie nickte in Richtung Moore. „Dr. Moore."

„Lori, ich war gerade dabei, Dr. Moore zu erläutern, dass ich denke, dass es nicht richtig ist, mit der Untersuchung zu warten, bis Rice mit der

Untersuchung fertig wird. Dass ich meine Arbeit bald wieder aufnehmen muss. Und er hat mir zugestimmt. Ist das nicht eine tolle Nachricht?"

Sie runzelte die Stirn. „Oh?"

„Ist das nicht richtig, Dr. Moore? Oder haben Sie etwas anderes gesagt, und ich habe das missverstanden?"

Er sah aus, als ob er zu Eis erstarrt wäre. *Bastard.* Schließlich sagte er: „Ja. Ja, wir werden sofort mit der Untersuchung fortfahren. Bitte entschuldigen Sie die Verzögerung."

„Lori, er hat außerdem darum gebeten, Sie in das Untersuchungskomitee aufzunehmen, ich hoffe, Sie haben nichts dagegen. Ich weiß, dass Sie das von Ihren eigenen Forschungsarbeiten abhalten wird."

„Es würde mich freuen, mithelfen zu können", sagte sie. Sie sah Dr. Moore ganz genau an und ich denke, sie verstand, was hier vorging.

„Ja, dann", sagte ich. „Ich werde dann jetzt gehen. Hoffentlich kann das alles *sehr* bald geklärt werden."

Ich verließ das Büro. In dem Moment, in dem sich die Tür hinter mir schloss, holte ich keuchend Luft, ging dann den Gang entlang bis zu Loris Büro und hielt dort an. Etwa fünf Minuten später tauchte sie auf.

Mit besorgtem Gesicht sagte sie: „Er hat versucht, Sie zu erpressen, oder?"

Ich nickte.

„Tja, Sie haben das perfekt gemeistert. Ich bin froh, dass Sie mich angerufen haben. Ich habe schon mal mit so einer Situation klarkommen müssen. Mit ihm. Er sollte es eigentlich besser wissen. Ich hatte ihm, nachdem Sie weg waren, noch ein bisschen was zu sagen."

Ich nickte und sagte: „Danke, Lori."

„Hey, kein Problem. Seien Sie nur…vorsichtig, okay? Ich habe die Nachrichten verfolgt und ich mache mir Sorgen um Sie."

Ich lächelte und griff nach ihrer Hand. „Machen Sie sich keine Sorgen. Es wird alles gut werden."

Das ist ein Geheimnis (Ray)

*D*ylan hatte keine Scherze gemacht, als er sagte, dass eine Hochzeit wie eine militärische Operation sei. Ich hatte zuvor niemals so genau darauf geachtet, aber dieses Mal blieb mir keine Wahl, denn in dem Moment, in dem Carrie und ich in New York ankamen, drückte mir Alex eine lange To-Do-Liste mit einer strikten Deadline in die Hand.

Alex war normalerweise schon eine überempfindliche Person. Als wir drei Tage vor der Hochzeit ankamen, war es, als ob sie mehr als eine Millionen Kilometer in der Stunde zurücklegen würde, ihre Augen waren geweitet, sie hatte rote Wangen und gab jedem, der in der Nähe war, Anweisungen. Dylan sah aus wie ein Reh, das im Scheinwerferlicht gefangen war, und tat einfach, was ihm aufgetragen wurde, so wie ein guter Gefreiter in der Army. Ich entschied mich schnell dazu, seiner Strategie zu folgen, denn Carrie hatte sofort begonnen Alex zu helfen, und die beiden begannen mir Angst einzujagen.

Allein nach New York zu kommen war schon ein Akt gewesen. Fast sechs Wochen vor der Hochzeit hatte ich Dick Elmore gebeten, mir eine entsprechende Erlaubnis zu besorgen, denn die Hochzeit würde außerhalb des 60-Kilometer-Radius' um Washington stattfinden, auf den ich beschränkt war. Elmore musste zu Oberstleutnant Schwartz gehen, der sich wiederum an General Buelles wandte, und dieser bestellte mich dann zu einem Gespräch ein.

Ich bin nicht schnell eingeschüchtert, aber ich bin ein Sergeant der Army, und ein Generalmajor ist so etwas wie ein Gott für einen US-Army Sergeant im Militäralltag. Buelles hatte mir viele unangemessene persönliche Fragen gestellt und schließlich meinem Antrag unter der Bedingung stattgegeben, dass ich eine elektronische Fußfessel und ein GPS-Trackinggerät bei mir tragen würde, damit sie mich zu jeder Zeit orten konnten. Das war demütigend, erfüllte aber seinen Zweck.

Am Ende unseres ersten Tages in New York war ich erschöpft. Ich hatte Alex' Einkaufsliste abgearbeitet, zweimal in der Universitätskapelle nach dem Rechten geschaut (,obwohl ich mir sicher war, dass sie es auch noch mal machen würde,) und allen drei Hotels, in denen die Gäste untergebracht werden würden, einen Besuch abgestattet. Es war 18 Uhr und ich war erschöpft, als ich zurück in die Suite kam, die Carrie für uns gebucht hatte. Eine Suite, denn Julia und Crank würden am Freitag von Los Angeles herfliegen und sie dann mit uns teilen. In der Zwischenzeit nutzten Alex und Carrie den zusätzlichen Platz für ihre Pläne und Dylan und ich waren ihre Handlanger.

Nicht, dass ich mich beschwert hätte. Denn als ich zurück ins Hotel kam, ließ ich mich auf einen der großen, komfortablen Sessel fallen, öffnete mir ein Bier, legte meine Beine hoch und sah zu, wie Carrie und Alex lächelten und miteinander lachten.

„Komm her, Soldat", sagte Carrie, ohne von dem, was sie tat, aufzuschauen, Ich grinste und ging zu ihr hinüber, lehnte mich nah an sie heran und küsste ihren Hals. Ich spürte, wie sie eine Gänsehaut bekam, sie sagte etwas wie „Mmm" und legte ihren Kopf zur Seite.

„Oh los, sucht euch ein Zimmer", sagte Alex.

Ich grinste Alex verschmitzt an und breitete meine Hände aus. Wir *hatten* ein Zimmer. Aber ich ließ mich auf den Sessel neben Carrie nieder und sagte: „Also, was machen wir hier gerade genau?"

Carrie gab mir ein Stück rosafarbene Seide, das kunstvoll zusammengefaltet war, und sagte: „Halt das fest." Ich tat wie mir geheißen und dann kam sie mit einer Heißklebepistole auf mich zu. Sie betätigte die Pistole und spritzte heiße Flüssigkeit auf den Stoff, die sofort durch die Seide hindurch auf meine Finger floss.

„Heilige Scheiße, das ist wie Napalm", murmelte ich gerade in dem Augenblick, in dem die Tür zur Suite aufging und Dylan eintrat.

Alex kicherte und Carrie sagte: „Du bist hart im Nehmen, du stehst das irgendwie durch."

„Das tut höllisch weh", sagte ich.

Dylan kam zu uns und küsste Alex, dann sagte er: „Wie ich sehe, haben sie dir den harten Job gegeben."

„Versuch du mal, dir Blumen in deine Finger brennen zu lassen."

„Ich denke, das ist eine gute Idee", sagte Alex. Sie gab Dylan eine weitere Blume. „Halt still."

„Ihr habt damit gewartet, bis ihr wusstet, dass wir kommen, oder?", fragte Dylan.

Alex nickte und biss sich dabei auf die Unterlippe.

„Au! Verdammt!", sagte Dylan, als sie den Kleber auftrug.

„Also, Alex", sagte Carrie und lehnte sich nach vorn. „Ich weiß, dass du Ray als Chauffeur missbrauchen wirst, wenn die Leute in der Stadt eintreffen…"

Das war mir neu, aber ich war nur Gefreiter in dieser Armee und Carrie und Alex die Generäle.

„Aber…ich muss ihn am Nachmittag für eine Weile ausleihen."

Irgendetwas war komisch, als sie das sagte. Carrie war normalerweise sehr ehrlich, heucheln stand ihr nicht. Ich kniff meine Augen etwas zusammen und mein Verdacht wurde bestätigt, als Alex mit komplett gekünstelter Miene sagte: „Oh, natürlich, kein Problem."

„Was führt ihr zwei im Schilde?", fragte ich.

Carrie lächelte mich nur selbstgefällig an und gab mir eine weitere Blume. „Halt still", sagte sie.

Verdammt.

Ich vermute mal, bei so einer großen Verwandtschaft, wie Carrie sie hatte, waren alle Feiern eine große Sache. Aber ich hatte nicht realisiert *wie groß,* bis ich den Zeitplan für die Abholung am Flughafen sah. Ja. Ein Zeitplan. Alex hatte eine Tabelle erstellt, in der alle ankommenden Flüge, die abzuholenden Personen und wer mit wem in einem Hotel wohnen würde standen. Am Rand hatte sie Pläne für alle Eventualitäten aufgeschrieben, angefangen von Verspätungen bis hin zu einem weiteren Terroranschlag auf New York.

Ich chauffierte nicht alle Personen, denn dafür hätte ich einen großen Bus mieten müssen. Ich wurde dazu verbannt, etliche Cousins und Cousinen, Onkel und Tanten und andere Personen, von denen ich keine Ahnung hatte, wer sie waren, abzuholen. Und das waren nur die Verwandten der väterlichen Seite von Carries Familie. Ihre Großmutter kam mit Andrea und einigen anderen Verwandten, von denen ich sicher war, dass weder Carrie noch Alex je von ihnen gehört hatten, aus Spanien eingeflogen. Crank und Julia hatten ein Flugzeug für sie gechartert, denn das war am Ende billiger und bequemer, als wenn ein Dutzend Personen einzeln hergeflogen wären.

Zum Glück war der fünfte Trip zum JFK-Flughafen mein Letzter: Ich brachte zwei tattrige und extrem reiche Tanten zum Hotel. Eine von ihnen *bestand* darauf, mir ein Trinkgeld zu geben, auch nachdem ich ihnen erklärt hatte, dass ich kein engagierter Fahrer war. Als ich nach oben kam, wurde ich sofort von Carrie abgefangen.

„Komm mit", sagte sie und griff nach meiner Hand. „Es ist Zeit zu gehen."

„Wo gehen wir hin?"

„Das ist ein Geheimnis. Aber wir sind spät dran."

Also folgte ich ihr aus dem Hotel, die Straße entlang und runter in die Katakomben der Subway. Sobald wir eingestiegen waren, fragte ich erneut: „Komm schon. Was ist los?"

„Das wirst du schon herausfinden."

Ich verdrehte die Augen und wir kuschelten uns aneinander, bis wir unsere Endhaltestelle ganz am anderen Ende von Manhattan an der Brooklyn Bridge Station erreichten.

Sie zerrte mich mit sich, als wir zur Straße hoch kamen, und ich sah das Gebäude, auf das wir zusteuerten. Carrie sah dabei etwa fünfmal auf ihre Uhr. Was auch immer wir vorhatten, sie hatte Angst, nicht rechtzeitig dort zu sein.

Also folgte ich ihr durch den Haupteingang und durch die Sicherheitskontrolle, was eine Weile dauerte, und dann durch die Flure, bis sie vor dem Büro des Standesbeamten anhielt. Sie drehte sich zu mir um, holte tief Luft und plötzlich verstand ich, was hier geschah.

„Ray...", sagte sie, genau in dem Moment, in dem ich sagte: „Carrie..."

Sie lächelte und sagte dann: „Ray...möchtest du wissen, warum wir hier sind?"

Tja, das war die Bestätigung. Carrie redete normalerweise nicht um den heißen Brei herum. Sie war schrecklich nervös.

Ich nickte. Mein eigenes Herz schlug wie verrückt.

„Das ist der Moment, in dem du mich fragst, ob ich dich heiraten möchte." Als sie die Worte sagte, hatte sie große Augen, und ich konnte sehen, dass ihre Hände zitterten. Meine zitterten auch.

Ich musste ihr mitteilen, was ich zu sagen hatte, aber auf eine Art und Weise, die ihr nicht wehtun würde. Sehr langsam sagte ich: „Carrie…Das möchte ich…mehr als alles andere auf der Welt. Aber was ist mit der Gerichtsverhandlung?"

„Die ist mir egal."

Ich schluckte. „Wenn ich ins Gefängnis muss, wird es dir nicht mehr egal sein."

Sie lehnte sich vor und legte ihre Hände auf beide Seiten meines Gesichts. Sie sah mir aus etwa fünf Zentimetern Entfernung in die Augen und sagte: „Hör mir zu, Ray Sherman. Es ist egal, ob du für einen Tag, ein Jahr oder ein Jahrzehnt ins Gefängnis gehst, ich werde dich trotzdem lieben. Gewöhne dich besser daran."

„Ich dachte du…du wolltest eine perfekte Hochzeit?"

Sie blinzelte, ihre Augen wurden feucht und sie sagte: „Solange du da bist und ich da bin, ist es perfekt."

Okay, damit hatte sie mich…Bei diesen Worten wurden auch *meine* Augen feucht. Also tat ich das Einzige, was ich tun konnte. Ich kniete nieder, nahm ihre Hand und sagte: „Carrie Thompson, willst du mich heiraten?"

Sie nickte heftig mit dem Kopf und flüsterte: „Ja. *Ja.*"

Und dann stand ich wieder auf und sie lag in meinen Armen und es war…perfekt.

Außer natürlich, dass man im Bundesstaat New York vierundzwanzig Stunden warten muss, um die Trauung durchführen zu können. Also gingen wir ins Standesamt, füllten alle nötigen Formulare aus, zahlten die Gebühren und waren damit offiziell verlobt. Ich hatte keinen Ring, den ich ihr hätte geben können. Also hielten wir auf dem Weg vom Standesamt zurück zum Hotel an einem Pfandleihhaus, und ich kaufte ihr einen Silberring mit einem Viertelkaratstein, von dem ich ziemlich sicher war, dass es *kein* Diamant war, aber sie liebte ihn trotzdem.

Und mal ehrlich, war das nicht das, worauf es ankommt?

Warum kann ich nicht einfach Shorts und ein T-Shirt tragen? (Carrie)

Ich sah auf die Uhr. Es war 13.30 Uhr und ich zitterte wie Espenlaub.

„Bist du sicher, dass es dir nichts ausmacht? Ich fühle mich, als ob ich mich vordrängeln würde." Ich fragte Alexandra das jetzt vermutlich schon zum fünften Mal.

„Sei still, Carrie. Natürlich macht es mir nichts aus. Du hast ja keine Ahnung, wie glücklich ich bin."

„Mutter und Dad werden mich umbringen, wenn sie es herausfinden", sagte ich.

Sie hob eine Augenbraue. „Wann hat dich das jemals von etwas abgehalten?"

Ich zuckte mit den Schultern, so gut ich noch konnte, denn sie stand hinter mir und schnürte mein Kleid so fest zu, dass ich kaum noch atmen konnte.

Ja. Ray und Dylan würden uns beim Standesamt treffen, welches in den letzten Jahren umfangreich renoviert worden war. Alexandra hatte heute Morgen irgendwie zwei Stunden in ihrem Zeitplan freigeschaufelt und wir waren zusammen in ein Brautkleidergeschäft geeilt, wo ich eine ungeheure Menge Geld für ein Kleid ausgegeben hatte, das sofort auf meine Maße abgeändert worden war.

„Dreh dich um", sagte sie.

„Ich kann mich nicht anschauen", antwortete ich. „Durchbrennen sollte echt einfacher sein. Warum kann ich nicht einfach Shorts und ein T-Shirt tragen?"

Sie nahm mich bei den Schultern und drehte mich in Richtung Spiegel. Ich hielt die Luft an und sie sagte: „Weil du in zehn Jahren an diesen Tag zurückdenken wirst und er dir alles bedeuten wird."

Es war ein halterloses Kleid mit einem herzförmigen Ausschnitt, das geschnürte Satinoberteil reichte gerade bis unterhalb meiner Hüften und ein wunderschöner Organzarock fiel bis hinunter zum Boden. Alexandra hatte ein kleines Bouquet aus weißen Blumen über meiner rechten Brust angebracht und ich trug ein kleineres an meinem Handgelenk. Mein Haar war zu einem komplizierten französischen Zopf geflochten, der Ray später ganz schön frustrieren würde, wenn er versuchen würde, ihn zu öffnen.

Ich schniefte. Es bedeutete jetzt schon alles.

Ich holte Luft und sagte: „Ich kann nicht glauben, dass ich das tue."

Sie wippte vor Aufregung auf ihren Füßen hin und her und sagte: „Ich wünschte, wir könnten einfach eine Doppelhochzeit abhalten."

„Nein. Morgen ist euer Tag! Sag es niemandem. Ich werde am Montag eine E-Mail verschicken."

Alexandras Augen wurden groß. „Du willst es allen per E-Mail sagen?"

„Vielleicht könnte ich auch einfach die Bilder auf Facebook posten, dann können die Leute es sich selbst zusammenreimen?"

Ihr Telefon piepste und sie holte es aus ihrer Handtasche. „Komm. Sie sind da."

Ich überprüfte ein letztes Mal mein Make-up und sagte dann: „Okay." Ich denke nicht, dass sie mich hören konnte, denn ich war plötzlich ängstlicher als je zuvor in meinem Leben. Alexandra nahm meine Hand, öffnete die Tür zum Ankleideraum und führte mich den Flur entlang.

Es war natürlich nur das Standesamt, aber es hätte nicht großartiger sein können, selbst wenn es die größte Kathedrale in Europa gewesen wäre. Denn am Ende des Flurs stand Ray und wartete auf mich. Ich ging langsam auf ihn zu, bis ich vor ihm stand, und fühlte mich dabei, als ob ich schwebte. Als ich näher kam, wurden seine Augen immer größer.

Er trug seine Ausgehuniform, dunkelblau, fast schwarz. Eine blaue geflochtene Kordel hing in einem Kreis von seiner rechten Schulter und führte durch die Epaulette. Über seiner Brusttasche waren zwei rechteckige Abzeichen angebracht. An seinem Kragen befanden sich zwei goldene Scheiben, auf einer stand U. S. und auf der anderen war das Symbol der zwei gekreuzten Gewehre. Das erkannte ich, denn die gekreuzten Infanterie-Gewehre waren auf der Hälfte seiner T-Shirts. Die goldenen Scheiben befanden sich wiederum auf blauen Scheiben.

Auf seiner linken Brust trug er eine der zwei Auszeichnungen, die ich kannte. Das Abzeichen, das ihm wichtiger war als jedes andere: Das Infanteriekriegsabzeichen, ein silbernes Gewehr auf rechteckigem, blauen Grund vor einem kreisförmigen, aber nicht geschlossenem Gebinde. Darunter hingen seine Medaillen: das Purple Heart und daneben noch ein paar andere, die ich nicht kannte. Ich würde ihn später danach fragen. Die hellgelben Sergeant-Abzeichen befanden sich auf beiden Ärmeln. Er trug weiße Handschuhe.

Ich schluckte. Ich hatte Ray noch niemals in seiner Ausgehuniform gesehen. Es überwältigte mich fast. Ich wollte ihn berühren. Jetzt gleich. Ich streckte beide Hände aus und griff nach seinen. Er lächelte, und ich auch.

Eine freundliche Standesbeamtin fragte: „Möchten Sie ein paar Fotos machen, bevor wir beginnen?"

Ich nickte, traute mich aber nicht, zu sprechen. Alexandra gab der Frau ihre Kamera, und diese machte etwa ein halbes Dutzend Fotos von uns vieren. Dylan stand neben Ray und Alexandra neben mir. Dann gab sie uns die Kamera zurück und sagte: „Dann lassen Sie uns mal beginnen."

Ich hörte die nächsten Worte gar nicht, denn meine Augen waren auf Ray fixiert. Er sah mich an, mit großen Augen und einem sanften Lächeln auf seinen Lippen, dabei zeigte er ganz leicht seine Zähne. Ich befeuchtete meine Lippen und er tat, vermutlich unbewusst, dasselbe. Ich fühlte mich, als ob ich in seinen Augen dahinschwebte.

Ich bemerkte gar nicht, dass die Standesbeamtin sagte: „Also dann. Sergeant Raymond Calhoun Sherman, wollen Sie Carrie Anne Adelina Thompson zu Ihrer rechtlich angetrauten Ehefrau nehmen?"

„Ich will", sagte er, seine Stimme war zärtlich.

„Versprechen Sie, sie zu lieben, zu ehren und zu beschützen, keine anderen Frauen neben ihr zu haben und zu ihr zu halten?"

„Ich verspreche es", sagte er. Und nun lachte er, ein breites, glückliches Lachen, und er schaute mir immer noch in die Augen.

Mein Herz klopfte so laut, dass man es wahrscheinlich noch drei Blocks weiter hören konnte, als sie sagte: „Carrie Anne Adelina Thompson, wollen

Sie Raymond Calhoun Sherman zu Ihrem rechtlich angetrauten Ehemann nehmen?"

Ich konnte nicht anders. Tränen, die dicken, fetten, wundervollen Tränen des Glücks begannen über mein Gesicht zu rollen. Manchmal war ich einfach zu sentimental. „Ich will", sagte ich. Meine Wangen fühlten sich an wie Gummi, mein Lachen war sehr breit.

„Versprechen Sie, ihn zu lieben, zu ehren und zu beschützen, keine anderen Männer neben ihm zu haben und zu ihm zu halten?"

Ich nickte, dabei flogen vermutlich ein paar Tränen auf seine Uniform, und sagte: „Ja, ich verspreche es."

„Sind Sie bereit, sich die Ehegelöbnisse, die Sie aufgeschrieben haben, zu geben?"

Wir nickten beide.

„Raymond, fahren Sie fort."

Er holte Luft und sagte langsam: „Carrie, ich gelobe vor diesen Zeugen, dass ich dich lieben und für dich sorgen werde, solange wir beide leben. Ich nehme dich mit all deinen Stärken und Schwächen an und offenbare meine eigenen Stärken und Schwächen vor dir. Ich…werde zu dir kommen, wenn ich Hilfe benötige…und ich werde dir helfen, wenn du Hilfe brauchst. Ich wähle dich als meine Partnerin, als die Person, mit der ich mein Leben verbringen will."

Und dann schob er einen Ring über meinen Finger, neben den Verlobungsring, den er erst gestern gekauft hatte.

Zu diesem Zeitpunkt konnte ich schon nicht mehr atmen, denn die Tränen liefen mir nur so über das Gesicht und meine Nase war verstopft. Ich schniefte und sagte dann: „Ray. Ich gelobe vor diesen Zeugen, dich zu lieben und für dich zu sorgen, solange wir beide leben. Ich nehme dich mit all deinen Stärken und Schwächen an und offenbare meine eigenen Stärken und Schwächen vor dir. Ich werde zu dir kommen, wenn ich Hilfe benötige, und ich werde dir helfen, wenn du Hilfe brauchst. Ich wähle dich als meinen Partner, als die Person, mit der ich mein Leben verbringen will."

Ich nahm seine Hand und schob den Ring über seinen Finger.

Die Standesbeamtin lächelte und sagte: „Carrie und Ray, nachdem Sie damit einverstanden sind, als Eheleute zusammenzuleben und Ihre Liebe vor diesen Zeugen bezeugt haben, erkläre ich Sie hiermit aufgrund der mir durch den Bundesstaat New York übertragenen Befugnis zu Mann und Frau."

Ich konnte nicht aufhören zu weinen! Aber dann sagte sie: „Sie dürfen die Braut jetzt küssen", und Ray kam sofort auf mich zu, legte seine Arme um mich und unsere Lippen berührten sich, die perfekte Verbindung zwischen uns. Ich fühlte mich so leicht und schön wie noch nie in meinem Leben. Der Raum reduzierte sich auf einem kleinen Kreis, einen kleinen beschützenden Kreis, in dem wir beide sicher und warm und behütet waren.

Sie kommen (Ray)

*A*ls Dylan den Ring auf Alex' Finger schob, konnte ich nicht anders, als an ihnen vorbei zu Carrie rüberzuschauen, die auf der anderen Seite des Brautpaares als Trauzeugin der Braut stand. Keiner von uns trug seinen Ehering, aber ich schenkte ihr ein geheimnisvolles Lächeln und ich wusste, dass sie verstand, was ich dachte. Sie hatte natürlich recht gehabt. Trotz all meiner Sorgen wusste ich, dass wir die richtige Entscheidung getroffen hatten.

Ich konnte mir nicht helfen, ich wünschte mir, ich wäre in der Lage gewesen, ihr eine Hochzeit wie diese zu bieten. Die St. Pauls-Kapelle der Columbia-Universität ist ein einhundertfünf Jahre altes Backsteingebäude im Stil der norditalienischen Renaissance und einfach nur wunderschön. Die Kapelle war gefüllt mit hunderten von Menschen: vorwiegend Alex' und Carries Familie, aber auch Dylans Mutter und ein paar seiner anderen Verwandten sowie ein Dutzend ihrer Freunde. Alex hatte sechs Brautjungfern: Ihre fünf Schwestern und ihre Zimmergenossin Kelly, Carrie war außerdem die Trauzeugin. Ich stand neben Dylan, zusammen mit Corporal Reynolds und dreien von Dylans Freunden von der Uni.

Alex strahlte richtig. Sie war eine hübsche Frau, große, grüne Augen, langes, braunes Haar, und mit ihrem Lächeln konnte sie ein Zimmer erhellen. Aber in Wirklichkeit wanderten meine Augen immer wieder zu der Frau, die meinem Leben einen Sinn gab. Irgendetwas an Carrie stahl jeder anderen um sie herum die Show.

Der Pfarrer redete. Und redete. Und redete. Dies war eine katholische Trauung. Ich hatte niemals zuvor an einer solchen Trauung teilgenommen. Aber endlich sagte der Pfarrer die magischen Worte: „Sie dürfen die Braut jetzt küssen."

Ich konnte ein Grinsen nicht unterdrücken. Dylan war gestern Abend um 22 Uhr an unserer Tür aufgetaucht. *In unserer Hochzeitsnacht*, dieser Schwachkopf. Weil er Hilfe gebraucht hatte. Dylan hatte seit seinem Unfall Probleme mit dem Gedächtnis. Als er vor unserer Tür stand, war sein Gesicht schweißgebadet.

„Ich weiß, ich komme sehr ungelegen", hatte er gesagt. „Aber ich brauche Hilfe."

„Komm rein, Holzkopf", meinte ich.

Und dann hatte er gesagt, was los war. Obwohl es eine katholische Trauung war, hatten Alex und Dylan Eheversprechen aufgeschrieben, die sie sich gegenseitig geben wollten. Und Dylan hatte schreckliche Angst, dass sein Gedächtnis ihn im wichtigsten Moment im Stich lassen würde.

Als er sein Problem erläuterte, wurden Carries Augen ein bisschen feucht und sie sah mich an. Alex ließ keine Gelegenheit aus, die Geschichte seines Heiratsantrags zu erzählen, und obwohl ich nicht zu den sentimentalsten Menschen gehöre, war sie auch für mich unglaublich anrührend.

„Okay", sagte sie. „Du kannst das. Hast du den Text bei dir?"

Er nickte und zog ein paar Karteikarten aus seiner Tasche. Carrie biss sich auf die Lippe und hatte dabei ein Lächeln im Gesicht.

„Okay", sagte sie. „Komm her."

Sie stand auf, stellte sich ihm gegenüber und sagte: „Wir werden das im Stehen üben, denn morgen, wenn du es sagst, wirst du auch stehen. Tu so, als wäre ich Alex."

Er nickte und sagte: „Ich werde es erst mal ohne die Notizen versuchen."

Sie nickte und ich ließ sie allein und ging raus auf den Balkon, wo ich Crank fand, der eine Zigarette rauchte und lässig an seiner Gitarre herumfingerte. Ich konnte mich immer noch nicht daran gewöhnen, dass Crank Wilson mein Schwager war, aber das hielt mich nicht davon ab, eine Zigarette von ihm zu schnorren.

Egal, die Übungen hatten gewirkt. Dylan hatte sein Gelöbnis fehlerlos aufgesagt und nun forderte der Pfarrer sie auf, sich zur Gemeinde umzudrehen, und sagte: „Ich präsentiere Ihnen nun Mr. und Mrs. Dylan Paris."

Alle auf den Bänken begannen zu klatschen und das war mein Einsatzzeichen. Ich gab die Order „Aufstellen" und marschierte dann den kompletten Gang hinunter, das Schwert schlug mir dabei gegen die Seite. Aus den Bänken standen einige weitere Soldaten auf und folgten mir nach draußen. Auch Sergeant Hicks. Die anderen waren Veteranen, die auch an der Columbia-Uni studierten und die Dylan dort durch das Veteranenresozialisierungsprogramm kennengelernt hatte.

Draußen stellte ich sie auf den Stufen direkt am Säulenvorbau auf. Zwei Reihen, die Spalier standen, und dann nahm ich meine Position ein. Sergeant Hicks stand mir gegenüber, er sah in seiner blauen Ausgehuniform wie geleckt aus, sein blondes Haar war sehr kurz geschnitten. Ich sah ihn nicht an. Sein Verrat war spürbar. Aber die Einladungen waren lange, bevor wir herausgefunden hatten, dass er mich beschuldigt hatte, verschickt worden. Und aus welchem Grund auch immer waren er und seine Frau zu der Hochzeit angereist.

Unglücklicherweise stand draußen auch eine Reihe von Reportern, einige, weil sie Fotos von Crank und Julia, die eigentlich fast immer von Reportern verfolgt wurden, schießen wollten. Andere wollten mich, Hicks und Reynolds belästigen. Ein paar riefen Fragen und machten Fotos, aber sie konnten dank einer dort stehenden Reihe aus Polizisten nur bis zur Bordsteinkante vordringen.

Von drinnen konnte ich die Auszugsmusik hören und eine lange, schwarze Limousine wartete am Bürgersteig. Alex und Dylan würden nun den Gang entlang gehen und dann an den Rand treten, während die Menschen aus den Bänken nach draußen strömten. Als die ersten Personen hinaustraten, drehte ich meinen Kopf leicht nach rechts und rief: „Achtung!"

Wir nahmen alle steif die Habachtstellung ein, zwei Reihen á vier Personen, die sich gegenüberstanden, und die Menge ging durch uns hindurch und sammelte sich am Fuße der Kirchentreppe. Und dann trat Carrie hinaus, lehnte sich ganz nah an mich heran und küsste mich auf die Wange. Ich stand in Habachtstellung und durfte mich nicht rühren. Hilflos. Aber ich zwinkerte ihr zu. „Sie kommen", sagte sie.

Ich wartete, bis sie sich etwas entfernt hatte, dann rief ich „Präsentiert die Waffen!", gerade als Dylan und Alex an der Tür erschienen.

Beide Soldatenreihen zogen ihre Schwerter, hielten sie hoch und formten einen Bogen. Alex' Augen wurden ganz groß. Dieser Teil der Zeremonie war Dylans Idee gewesen und ich hatte sie umgesetzt. Alex hatte nichts davon gewusst, was ein absolutes Wunder war, denn ich schwöre, diese Frau hatte wirklich *alles* an dieser Hochzeit bis ins kleinste Detail geplant.

Sie gingen unter dem Bogen aus Schwertern hindurch, Dylans Arm lag dabei um ihre Hüfte, und dann setzten sie sich in die Limousine und fuhren davon. Als ich die Order gab, die Schwerter wegzupacken, sah mich Hicks dunkel und zornig an.

Das ist alles nicht richtig (Carrie)

Die Hochzeitsgäste von der Kapelle der Columbia-Uni den ganzen Weg bis zum The Surrey Hotel zu befördern, erforderte einiges an Logistik. Alexandra hatte Julia dazu bestimmt, das zu organisieren, da sie auch bei einer Morbid Obesity-Tour täglich damit beschäftigt war, den Transport von Menschen und Tonnen von Equipment rund um den Globus zu planen. Nachdem also Alexandra und Dylan mit ihrer Limousine davongefahren waren, stellte sich der Rest von uns an einem der acht Reisebusse an, die an der Amsterdam Avenue standen. Die engere Verwandtschaft stieg zuerst ein. Es war ein bisschen merkwürdig. Ray und ich saßen ganz vorne und meine Mutter und mein Vater nahmen uns gegenüber Platz. Dad nickte mir kurz zu und war unentschuldbar unhöflich zu Ray, indem er ihn nicht beachtete und einfach wegsah. Ich fühlte, wie sich Ray neben mir versteifte, also legte ich meine rechte Hand um seinen linken Arm und lehnte mich nah an ihn heran.

Meine Mutter war immer noch dabei, ihre Augen trocken zu tupfen. Sie sagte: „Ihr wisst, dass ich mit diesem Jungen Dylan nie einverstanden war, aber ich hatte unrecht. Das war eine schöne Zeremonie."

Ich schluckte und sagte: „Das war sie." Das war eine Seite meiner Mutter, die ich nicht kannte. Meine Mutter? Sentimental und mit feuchten Augen an der Hochzeit ihrer Tochter? Wohl kaum.

Taktvoll wie immer sagte sie: „Habt ihr Neuigkeiten über die Kriegsgerichtsverhandlung gehört?"

Ich schnappte nach Luft und Ray sagte: „Mein Anwalt hat immer noch die Hoffnung, dass es nicht soweit kommt, Mrs. Thompson."

Sie nickte. „Wann werdet ihr es wissen?"

Er räusperte sich und sagte: „Der Untersuchungsbeamte wird seine Empfehlungen nächste Woche an seine Vorgesetzten weitergeben. Sie warten..."

Er runzelte die Stirn, seine Augen wanderten schnell zu den zwei anderen Soldaten im hinteren Teil des Busses und er schüttelte den Kopf. „Sie haben ein paar Probleme, denn die afghanischen Behörden haben nicht gestattet, dass unsere Gerichtsmediziner vor Ort nach ballistischen Beweisen suchen."

Meine Mutter sah verwirrt aus, also erklärte ich: „Mom, Ray hat das Verbrechen gemeldet, aber der Soldat, der es begangen hat, behauptet, Ray wäre es gewesen. Sie wollen den Körper des Jungen exhumieren und versuchen, anhand der Kugel das Gewehr zu bestimmen, von dem der Schuss abgegeben worden ist."

Meine Mutter tätschelte sich die Brust und sagte: „Ach du meine Güte."

Vater machte einfach weiter ein saures Gesicht, aber bei den nächsten Worten meiner Mutter begann sein Gesichtsausdruck langsam in Zorn umzuschlagen. „Es tut mir leid, dass du das durchmachen musst, Ray. Ich kann sehen, dass...Carrie sehr glücklich mit dir ist."

Sie betupfte schon wieder ihre Augen, ich starrte sie total schockiert an und fühlte, wie meine Augen auch feucht wurden. Hatte sie das wirklich gerade gesagt? *Meine* Mutter?

Dagegen lehnte sich Dad nach vorn und sagte: „Vielleicht können wir ein angemesseneres Thema für unsere Unterhaltung finden. Ich finde es ziemlich qualvoll für den Hochzeitstag meiner Tochter."

Julia, die direkt hinter Dad saß, lehnte sich vor und flüsterte ihm etwas ins Ohr. Was es auch war, er verzog den Mund dabei und sah von uns weg.

Wir verbrachten den Rest der Fahrt, siebenundzwanzig sehr lange Blocks bis ins Stadtzentrum, schweigend. Ray und ich saßen einfach da und hielten Händchen. Er sah zum Fenster hinaus und ich sah hin und wieder zu meinen Eltern hinüber. Meine Mutter sah verwirrt und uneinig mit sich aus, so als ob sie nicht wüsste, ob sie zu Dad oder zu mir halten sollte. Mein Vater sah überhaupt nicht mehr in unsere Richtung. Und je länger wir fuhren, desto trauriger wurde ich. Denn ich wollte meinen Eltern gerne erzählen, dass ich geheiratet hatte, und ich wünschte mir, dass sie sich für mich freuten. Ich war mir nicht sicher, wie meine Mutter reagieren würde, aber so wie es aussah, würde mein *Vater* das gar nicht gut aufnehmen. Damit würde ich schon klarkommen. Es war mein Leben, meine Entscheidung, sogar wenn es ein Fehler gewesen wäre, was es nicht war. Aber ich würde lügen, wenn ich behaupte, die Anerkennung meines Vaters würde mir nichts bedeuten. Ich hatte ihm immer nähergestanden als meiner Mutter. Ich hatte immer gedacht, dass wir uns gegenseitig verstanden.

Die Tatsache, dass er noch nicht mal zu mir hinübersah? Sie brach mir das Herz.

Sobald der Bus anhielt, standen Ray und ich auf. Ich wollte sofort aussteigen und ich spürte, dass er kurz davor war, jemandem den Kopf abzureißen. Der Busfahrer öffnete die Türen und schon berührten unsere Füße den Gehsteig. Wir gingen, immer noch Hand in Hand, in Richtung des Hoteleingangs, und erst als wir etwa sechs Meter gegangen waren, bemerkte ich die Menge aus Fotografen und Reportern, die auf uns zueilte.

„Sergeant Sherman! Gibt es Neuigkeiten von der Untersuchung?"

„Ray! Können Sie uns sagen, wer geschossen hat?"

„Miss Thompson! Was hält Ihre Familie davon, dass Sie mit einem angeklagten Kriegsverbrecher zusammen sind?"

In einer Wolke aus blauem Taft und braunem Haar stürmte Julia an uns vorbei. „Genug", rief sie. „Das ist ein Familienfest und wir werden keinen Kommentar abgeben. Treten Sie zurück!" Crank kam zu ihrer Unterstützung und ging auf der anderen Seite neben uns her. Die Reporter machten Platz für ihn. Es war schon ein Jahrzehnt her, aber der Ruf, der ihn ereilt hatte, nachdem er mit etwa Mitte Zwanzig einen Fotografen verprügelt hatte, haftete ihm immer noch an.

Wie schafften es also hinein und die Security des Hotels sorgte dafür, dass die Reporter draußen blieben.

Ray und ich waren die Allerersten, die den Saal betraten, aber innerhalb von Minuten füllte sich der Raum, denn die Busse luden immer fünfzig Gäste auf einmal aus. Im Ballsaal des Hotels waren Tische für vierhundert Gäste gedeckt, sie standen am Rande des Raumes, sodass in der Mitte genug Raum zum Tanzen blieb. Die Tische waren reichlich dekoriert, aber sobald ich den Saal betrat, wurde meine Aufmerksamkeit von etwas anderem auf sich gezogen, das mich abrupt anhalten ließ.

Ich zeigte darauf und Ray sagte: „Das ist klasse." Oberhalb des zentralen Tisches, an dem Alexandra und Dylan sitzen würden, hing eine große Leinwand, auf der eine Diashow ihrer Liebesgeschichte zu sehen war, beginnend an dem Tag, an dem sie sich in Tel Aviv kennengelernt hatten. Ein Foto von ihnen als Sechzehnjährige, wie sie im Mittelmeer standen und sich umarmten. Die beiden vor der Golden Gate Bridge. Ein wunderschönes Bild von Dylan mit total verrückt langem Haar, Alexandra hatte sich neben ihm zusammengerollt. Und noch weitere Fotos. Alexandra mit ihrer Zimmergenossin Kelly und dann eines von Ray, Dylan und einem anderen Soldaten, die in ihren Kampfanzügen nebeneinander vor einer Schneefläche standen. Ray hatte seinen Arm locker um Dylans Schulter gelegt und der andere Soldat hatte ein breites, freundliches Grinsen im Gesicht.

Ray schnappte nach Luft, als das Foto erschien. „Das ist Roberts", sagte er. „Kurz vor Weihnachten 2011."

„Ich bin überrascht, dass Dylan dieses Foto für die Diashow ausgewählt hat", sagte ich.

„Vielleicht kommt er…inzwischen etwas besser damit klar."

„Ich glaube schon. Er sieht viel besser aus als letzten Herbst", antwortete ich.

„Über so was kommt man niemals völlig hinweg."

Ich drückte seine Hand und sagte leise: „Das ist okay, weißt du? Es ist nur eine weitere Seite, die ich an dir liebe."

Ein spitzfindiges Grinsen erschien auf seinem Gesicht und er zog mich in eine Umarmung. „Dann sieh dich schon mal vor, Ehefrau, denn ich plane, dir jetzt einen dicken Kuss zu verpassen."

Ich spürte, wie ich rot wurde, und sah ihm in die Augen. „Weißt du, dass ich schon immer eine Schwäche für Männer in Uniform hatte?"

„Wirklich?" sagte er und berührte dann kaum merklich meine Unterlippe.

„Na ja…Nein, ich habe, bevor ich dich kennengelernt habe, niemals einen Gedanken daran verschwendet. Aber wenn ich davor nicht auf Männer in Uniform stand, dann tue ich es jetzt umso mehr. Du siehst...einfach zum Anbeißen aus."

„Dafür gibt es noch einen Kuss", sagte er, kam näher und diesmal war es nicht nur eine kurze Berührung.

Wir standen immer noch dort und küssten uns, als ich eine bekannte Stimme hörte, die „Carrie!" rief.

Ich bewegte mich ein Stück nach hinten, fühlte dabei die Wärme auf meinen Wangen und an meinem Hals. Und dann lachte ich laut und sagte: „Oh mein Gott, Sean!" Ich griff nach Rays Hand und zog ihn quer durch den Raum und wurde dort heftig umarmt.

Nach einem Moment lösten wir die Umarmung und ich sagte: „Ray, das ist Sean Wilson, Cranks Bruder. Wir sind schon *sehr* lange Freunde. Sean, ich freue mich so, dich zu sehen!"

Sean streckte seinen Arm aus und griff unbeholfen nach der Hand einer hinreißend aussehenden Rothaarigen mit blassen, blauen Augen. Sie hatte ein paar Sommersprossen auf ihren Wangen und ihrer Nase und sah einfach nur bezaubernd aus. Seans Augen schauten meine Stirn an, gerade oberhalb meiner Augen, als er sagte: „Carrie, darf ich dir meine Frau Heidi vorstellen? Heidi, das sind Carrie und...du sagtest, sein Name wäre Ray?"

Ich streckte meine Hand aus und schüttelte Heidis, ich war absolut fasziniert von der Frau, die Sean geheiratet hatte. Sie tat das Gleiche mit ihren Augen, sah überall hin, nur mich nicht direkt an. Es brachte mich nicht aus der Fassung. Ich kannte Sean seit Jahren und ich wusste sehr gut, dass große Menschenmengen für Personen mit Asperger-Syndrom schwierig zu bewältigen waren. Aber dann sagte sie, und ihre Stimme war ziemlich laut dabei: „Sean, ist das die Frau, mit der du zum ersten Mal Sex hattest?"

Mehrere Personen aus der Menge drehten sich mit großen Augen zu uns um.

Ray hustete laut und Sean sagte: „Heidi, du hattest versprochen, das nicht zu sagen!"

Ich spürte, wie ich von oben bis unten rot wurde. „Tja", sagte ich, „das ist, ähm...peinlich."

„Ist schon okay", sagte Sean mit lauter Stimme. „Heidi hat keinerlei Hemmungen."

„Das stimmt nicht", sagte Heidi. „Und sie ist eine erwachsene Frau, Sean, sie muss sich für nichts schämen."

Ich grinste, versuchte meine Röte zu ignorieren und mich normal zu verhalten. „Das stimmt", sagte ich.

„Also, ähm, Sean", sagte Ray mit einem Funkeln in seinen Augen. „Es scheint so, als hätten wir etwas gemeinsam."

Oh. Mein. Gott. Er machte sich über mich lustig. Ich schlug Ray auf die Schulter, und zwar nicht gerade sanft.

Er grinste einfach nur. „Es freut mich sehr, euch beide kennenzulernen. Carrie hat mir schon viel von dir erzählt, Sean, aber anscheinend nicht alles."

Ich sah Ray vernichtend an. Ich bin sicher er hat auch eine Vergangenheit, wir hatten nur noch niemals wirklich darüber gesprochen. Jetzt gehörte er zu mir und nur darauf kam es an. Ein Kellner kam vorbei und Ray nahm für uns Drinks vom Tablett. Wir unterhielten uns weiter mit Sean und Heidi, bis das Licht kurz gedimmt wurde, dann wurde es wieder hell, nur um danach noch dreimal gedimmt zu werden.

„Das ist unser Zeichen", sagte ich. Ich streckte meine Hand aus und griff nach Heidis. „Es hat mich wirklich sehr gefreut, dich kennenzulernen, Heidi. Wir wohnen jetzt an der Ostküste. Ich würde euch gerne mal besuchen. Oder, wenn ihr gerne mal nach DC kommen wollt?"

Sie sagte: „Ich würde mir gerne Washington anschauen."

Sean und ich umarmten uns und, nur um Ray zu ärgern, gab ich ihm einen dicken, feuchten Kuss auf die Wange. Dann gingen Ray und ich zum Haupttisch hinüber.

„Du bist doch nicht sauer auf mich, oder?", fragte er.

„Du bist so ein Arschloch", sagte ich, aber ich sagte es augenzwinkernd.

„Oh, gut. Ich habe mir wirklich für eine Sekunde Sorgen gemacht."

„Es ist ja nicht so, als ob du nicht auch Freundinnen vor mir gehabt hast."

Er kicherte. „Entspann dich, Carrie. Ehrlich gesagt fand ich es ziemlich lustig. Ich denke nicht, dass noch weitere Exgeliebte von dir auf der Hochzeit auftauchen, oder?"

Ich griff nach seinem Arm, hielt ihn mit meiner linken Hand fest und schlug ihn mit meiner rechten.

„Au!", sagte er und dann brachen wir beide in lautes Gelächter aus. Er zog mich an sich heran. „Nur fürs Protokoll. Der Gedanke, dass dich jemand anderes berührt, auch in der Vergangenheit, führt dazu, dass ich am liebsten total ausrasten möchte. Aber es ist die Vergangenheit, und das verstehe ich."

Und dann küssten wir uns erneut und alles war okay.

Wir setzten uns alle hin. Dylan und Alexandra saßen in der Mitte eines langen Tisches. Ich saß zwischen Dylan und meinem Vater, was mir schwerfiel. Auf der anderen Seite saß Ray zwischen Alexandra und meiner Mutter. Als das Essen serviert wurde, lehnte ich mich näher an meinen Vater heran und sagte: „Ich werde das hiernach nie wieder erwähnen, es besteht also kein Grund, dich zu verteidigen. Aber dein Verhalten gegenüber Ray ist unentschuldbar. Ich bezweifle, dass du es jetzt gleich tun wirst, aber irgendwann demnächst erwarte ich eine Entschuldigung von dir."

Und dann drehte ich mich von ihm weg. Sollte er mit Julia klarkommen, die auf seiner anderen Seite saß. Ich drehte mich zu Dylan und sagte: „Ich möchte nur, dass du weißt, dass ihr die schönste Hochzeit ausgerichtet habt, die ich je gesehen habe."

„Vielleicht außer einer", antwortete er neckend.

„Richtig", sagte ich zwinkernd. „Aber die ist im Moment ein Geheimnis", sagte ich leise. „Ich möchte Alexandras großen Tag nicht beeinträchtigen."

Er lächelte nur. Nach einer Weile wurde es Zeit für die Ansprachen. Ray sprach als erstes, dann ich, danach unsere Eltern. Das Essen war beendet und es wurden immer noch gute Wünsche ausgesprochen, als Julia aufstand und rief: „Es ist Zeit für den ersten Tanz! Dylan und Alexandra, der erste Tanz gehört euch!"

Die Hochzeitsgäste waren zu diesem Zeitpunkt alle schon etwas angetrunken, also wurde laut geklatscht, aber dann stand Alexandra auf und hielt ihre Hand hoch. „Warte!", sagte sie. Dann griff sie nach dem Mikrofon.

„Ich muss zunächst noch einen Toast aussprechen", sagte sie. Ich lehnte mich auf meinem Stuhl zurück und schaute ihr zu. Sie strahlte in diesem

Kleid und sah glücklicher aus, als ich sie je gesehen hatte. Und als sie zu sprechen begann, legte sie eine Hand auf Dylans Schulter und meine Augen wanderten zu Ray. Er sah mir in die Augen und lächelte mich an.

„Ich möchte einen Toast aussprechen für zwei Menschen, die einfach *alles* für mich und Dylan bedeuten", sagte sie. „Die meisten von euch wissen, dass wir oft umgezogen sind, als wir Kinder noch klein waren. Sehr oft sogar. Alle drei Jahre kamen wir an einen anderen, neuen Ort. Ich erinnere mich, dass ich in Moskau gelebt habe und davor in Washington und davor in China. Also konnte ich, bis ich an die High School kam, nicht viele Freunde finden. Es gab auch sonst niemanden in meinem Alter, der wirklich wusste, was ich durchmachte. Aber es gab eine Person, an die ich mich immer wenden konnte. Egal, was mich belastete. Oder wenn ich Hilfe bei den Hausaufgaben brauchte. Oder wenn ich wegen eines Jungen geweint hatte. Sie war immer, einfach immer da. Meine große Schwester Carrie."

Sie schniefte und sagte dann: „Die meisten von euch wissen vermutlich nicht, dass Dylan vor eineinhalb Jahren in Afghanistan schwer verwundet wurde. Und er hat mir erzählt, dass die Person, die ihn verbunden und dafür gesorgt hat, dass er evakuiert wird, Ray Sherman war."

Sie sah Ray an und ich konnte Tränen in ihren Augen erkennen. Und auch ich hatte Tränen in den Augen, als sie sagte: „Dylan erzählte mir, dass das Einzige, das er hören konnte, als er dabei war, das Bewusstsein zu verlieren und in einer abgelegenen Gegend in Afghanistan zu verbluten drohte, Rays Stimme war. Er sagte ihm, dass alles gut werden würde. Und nicht nur im Krieg, auch zu Hause war Ray... ein Geschenk. Er hat dabei geholfen mich und Dylan wieder zusammenzubringen, als ich selbst schon nicht mehr daran geglaubt hatte. Und dafür werde ich dich immer lieben, Ray."

Ich griff nach einer Serviette und wischte die Tränen von meinem Gesicht, denn sie liefen ohne Unterlass einfach über meine Wangen und ruinierten mein Make-up.

Alex drehte sich zur Hochzeitsgesellschaft um und sagte: „Carrie und Ray sind die selbstlosesten Menschen, die ich kenne. Sie haben beide gesagt, dass sie *meinen* Hochzeitstag nicht mit ihrer Ankündigung ruinieren wollen, weil sie denken, sie würde ihn überschatten."

Oh. Scheiße. Ich sah Ray in die Augen und konnte fühlen, wie meine eigenen Augen immer größer wurden, er zuckte nur mit den Schultern und grinste.

Alexandra fuhr fort: „Aber ich kann nicht da rausgehen und mit meinem Ehemann tanzen, wenn Carrie nicht auch ihren Tanz bekommt. Denn gestern haben Carrie und Ray in einer stillen Zeremonie geheiratet."

Ich war vor Schock ganz betäubt. Das hätte sie nicht tun müssen. Das hätte sie absolut nicht tun sollen. Ich stand auf, weinte dabei und zog meine kleine Schwester in eine Umarmung. Zunächst herrschte überraschte Stille im Saal, dann begann jemand zu klatschen, dann noch jemand und dann hörten wir Rufe und Pfiffe und Glückwünsche. Über Alexandras Schulter hinweg konnte ich sehen, wie meine Mutter Ray umarmte *und weinte,* und irgendwie wusste ich, dass alles gut werden würde.

„Das hättest du nicht tun müssen", sagte ich in Alexandras Ohr, meine Stimme war rau.

„Ich wollte das aber. Und jetzt lass uns mit unseren Ehemännern tanzen gehen."

Die Musik begann und ich bekam eine Gänsehaut. Denn damit hatte ich überhaupt nicht gerechnet. Das war nicht Alexandras und Dylans Song. Das war *Falling Slowly* aus dem Musical, das Ray und ich in Houston angeschaut hatten. Wir gingen zu viert auf die Tanzfläche, und als wir dort ankamen, legten wir unsere Ringe wieder an und dann lag ich in Rays Armen und auch in einer Millionen Jahren wird es keine bessere Hochzeit geben.

Als der Tanz vorbei war, wurde es Zeit, dass der Brautvater mit der Braut tanzte, was etwas…schwierig…war, nach dem, was ich zu Beginn der Feier zu ihm gesagt hatte. Also tanzte er zuerst mit Alexandra und ich wartete am Rand, bis sie fertig waren und ich an die Reihe kam.

Wir tanzten wie Roboter. Schlimmer noch, wir tanzten wie Menschen, die sich gegenseitig sehr wehgetan hatten. Etwa bei der Hälfte des Liedes sagte er: „Das war eine Überraschung."

„Ich habe dir gesagt, dass ich ihn liebe, Dad."

Er nickte. „Du hattest recht damit, eine Entschuldigung zu verlangen. Bitte verzeih mir. Ich war nur um dein Wohlergehen besorgt. Aber ich war völlig blind, dass ich nicht gesehen habe, wie sehr ihr euch liebt. Und was

Alexandra gesagt hat über…tja, über euch beide. Das hat mich berührt. Ich komme mir vor, als ob ich euch alle nicht richtig kenne."

Ich schluckte und sagte: „Dad, du musst nicht…"

„Doch. Weißt du, deine Mutter und ich, wir haben uns schon vor zehn Jahren vorgenommen, bessere Eltern zu sein. Dass wir für euch da sein wollen und euch nicht wehtun. Aber ich weiß, dass wir es getan haben. Dir, Alexandra und ganz besonders Julia. Ich wünsche mir mehr als alles andere auf der Welt, dass ihr Mädchen glücklich seid. Und irgendwie mache ich trotzdem immer das Falsche."

„Dad. Ich vergebe dir. Aber würdest du dich bitte bei Ray entschuldigen? Und ihm eine Chance geben?"

Er nickte. „Das werde ich."

Der Tanz endete bald und wir trennten uns. Dad ging zu Ray und legte eine Hand auf seine Schulter. Ich winkte ihnen, zeigte zu den Toiletten und tat so, als ob ich mein Make-up auffrischte. Ray grinste und nickte, und dann ging er mit meinem Vater aus dem Raum.

Ich lief zum Ausgang und den Flur entlang, bis ich die Toiletten gefunden hatte. Ich trat an eines der Waschbecken und kramte in meiner Handtasche nach meiner Wimperntusche und dem Eyeliner. Meine Augen sahen schrecklich aus nach der Heulerei bei Alexandras Ansprache. Als ich damit begann, mein Make-up zu richten, kam eine blonde Frau in einem grünen Kleid herein und begann, ihr Rouge aufzufrischen, dann legte sie ihren Kopf zur Seite und sagte in einem schweren Südstaatenakzent: „Sind Sie Carrie?"

Ich sagte: „Ja."

„Sie haben gerade Sergeant Sherman geheiratet?", fragte sie. Ihre Stimme klang nicht unbedingt ängstlich, zitterte aber seltsam.

„Ja, und wer sind Sie?"

„Ich bin Stephanie Hicks. Mein Mann Jim war der Leiter des anderen Feuerteams der Einheit."

Mir blieb fast das Herz stehen und ich legte die Wimperntusche zur Seite. Sergeant Hicks würde auch vor ein Kriegsgericht gestellt werden.

„Hmm", sagte ich und versuchte mich zu beruhigen.

„Es muss schön sein, wenn man all diese Millionen Dollar hat und einen Rockstar als Schwager. Zumindest wird es Ihnen, auch wenn Ihr Ehemann ins Gefängnis muss, nicht schlecht gehen."

Ich schluckte und sagte: „Ich denke...das ist für alle Beteiligten eine Tragödie."

Sie sah nach unten und sagte: „Es tut mir leid. Sie haben recht. Vor allem für den kleinen Jungen."

Ich nickte. „Für ihn am meisten."

Sie sah zu mir auf und sagte: „Jim ist sehr wütend auf Sergeant Sherman, weil er es gemeldet hat. Aber am zornigsten ist er auf Colton. Und sich selbst. Ich denke, er wünscht sich..."

Sie driftete ab und ihre Augen wurden ein bisschen feucht. „Wir haben zwei Jungen, müssen Sie wissen."

Oh, Scheiße. Ich blinzelte schon wieder Tränen weg und sagte: „Es tut mir leid. Es endet einfach nicht, oder? Der Krieg und wie er einfach weiter das Leben der Menschen ruiniert."

Sie nickte. „Nein. Es endet nicht. Jim hat immer noch jede Nacht Albträume."

Ich schauderte. „Ray auch. Sie sind...schrecklich."

Sie sah mich an und sagte: „Es scheint so, als ob mein Ehemann ins Gefängnis muss, wenn Ihrer freikommt. Wenn Ray die Wahrheit sagt, dann lügt Jim. Ich...ich wünschte, es wäre nicht so. Das ist alles nicht richtig."

Ich schüttelte den Kopf. „Nein, das ist es nicht."

Sie kam näher und drückte sanft meinen Arm. „Passen Sie auf sich auf, Carrie."

Dann drehte sie sich um und rannte aus dem Raum.

DIE ZWANZIGSTE STUNDE

Verblassen (Ray)

*W*ährend der letzten eineinhalb Stunden hatten Sarahs Eltern und Geschwister sie einer nach dem anderen besucht. Alle, außer Carrie und Julia.

Sarah hatte natürlich nach ihnen gefragt, und ich war dankbar dafür, denn auch ich wollte die Antwort wissen. Wo war sie? Die Antwort lautete: Sie ließ sich endlich untersuchen, um sicherzugehen, dass ihr bei dem Unfall nichts passiert war. Ich atmete bei dieser Nachricht erleichtert auf. Carrie war sehr gut darin, sich um andere zu kümmern, aber nicht gut darin, wenn es darum ging, sich um sich selbst zu kümmern.

Es geschah nicht viel. Ein Ärzteteam machte Visite und ich sah, wie sie in mein Zimmer gingen. Ich folgte ihnen nicht. Zu diesem Zeitpunkt wollte ich es gar nicht wissen.

Oder besser, ich denke, ich wusste es bereits. Nicht nur ich war nun am Verblassen. Hin und wieder wurden auch Objekte, die normalerweise fest waren, durchsichtig. Wände, Decken, Fußböden. Menschen. Ich konnte fühlen, wie die Sommersonne durch das Dach schien, mich durchströmte, und ich muss zugeben, es war entspannend. Es führte dazu, dass ich mir wünschte, mich einfach ausstrecken zu können, mich hinzulegen, loszulassen, einfach einzuschlafen. Aber irgendwie fühlte ich, dass, wenn ich dem nachgeben würde, dass es von Dauer wäre. Und dazu war ich noch nicht bereit. Nicht solange ich nicht wusste, dass mit Carrie alles okay war.

Ich musste nur noch ein bisschen länger durchhalten. Aber etwas hatte sich verändert. Ich war müde, Erschöpfung machte sich in meinen Knochen breit. Es fiel mir schwer zu stehen, es fiel mir schwer, zu denken, es fiel mir schwer, irgendetwas zu tun.

Ich war ziemlich sicher, dass ich sterben würde.

Und genau in diesem Moment kam natürlich Carrie herein und Alexandra verließ das Zimmer. Carrie setzte sich auf den Stuhl direkt neben dem Bett, was sehr merkwürdig war, denn dort saß ich bereits. Ich hüpfte schnell vom Stuhl, aber es war schon zu spät, ich sah, wie Carrie schauderte und fast zurückschreckte. Ich wollte es für sie nicht noch schlimmer machen. Also ging ich auf Zehenspitzen zur anderen Seite des Raumes, was natürlich dumm war, denn es konnte mich sowieso niemand hören.

Carrie sah irgendwie anders aus. Sie hatte sich ein bisschen ausgeruht, aber an ihrem aufgedunsenen Gesicht konnte man sehen, dass sie heute Morgen wieder geweint hatte. Und es brachte mich um, dass ich nicht zu ihr gehen, sie umarmen und ihr sagen konnte, dass ich sie liebte.

„Wie geht es dir, Sarah?", fragte Carrie.

Sarah stöhnte ein bisschen und sagte: „Mir ging's schon besser. Ich habe gehört, du hast dich endlich durchchecken lassen? Sie haben gesagt, dass du dich nach dem Unfall geweigert hast, das zu tun."

Carrie zuckte mit den Schultern. „Ich habe mir Sorgen um dich und Ray gemacht."

Sarah nickte unmerklich, dann fragte sie mit sehr leiser Stimme: „Wie geht es Ray?"

Carrie schüttelte ihren Kopf. „Ich weiß es nicht. Die Ärzte wollen sich um zehn Uhr mit mir treffen. Ich habe schreckliche Angst vor dem, was sie mir zu sagen haben."

Daniel schluckte und sah mich bei diesen Worten an. Er sah besorgt aus, sein Blick war über Nacht immer besorgter geworden, denn er hatte ohne Zweifel bemerkt, dass ich immer weniger anwesend war.

Sarah schluckte und sagte: „Er ist ein wunderbarer Mensch. Ich verstehe, warum du ihn so liebst."

Carrie schaute Sarah merkwürdig an. Und es *war* merkwürdig…Schließlich kannte mich Sarah kaum. Wir hatten bis gestern vielleicht insgesamt neunzig Minuten miteinander verbracht.

Aber gestern hatte sich alles verändert, oder? Und hier rumzusitzen und immer mehr zu verfallen, half auch nicht. Ich wollte bei Carrie sein. Aber ich wusste, dass sie sich irgendwie noch schlechter fühlen würde, wenn ich sie berührte. Also sah ich zu Daniel hinunter und sagte: „Hey. Lass uns `ne Runde spazieren gehen.“

Ich auch nicht (Carrie)

Sarahs Schmerzen wurden wieder schlimmer. Ihr Gesicht war während der letzten zwanzig Minuten immer weißer geworden und in den Schweißperlen auf ihrem Gesicht spiegelte sich das Licht der Deckenbeleuchtung.

„Geht es dir gut?“, fragte ich.

Sie blinzelte ein paar Mal mit den Augen und sagte: „Ich brauche eine weitere Dosis. Und vielleicht auch etwas Schlaf.“

„Dann ruh dich aus. Es wird eine Weile dauern, bis deine Kraft zurückkehren wird.“

Ihre Augen wanderten zu ihrem Bein unter der Bettdecke, das immer noch schrecklich geschwollen war. „Ja“, sagte sie. Ihre Stimme war grimmig. Sie bewegte sich ganz leicht und stieß einen leisen Schrei aus, dann griff sie nach der Kordel, die neben ihrem Bett hing. Sie drückte mehrere Male auf den Knopf und sagte mit düsterer Stimme: „Ich denke mal, die Zeit ist noch nicht um. Sie haben gesagt, dass die Dosis begrenzt ist.“

Ich schluckte. „Möchtest du, dass ich mit einer der Schwestern rede?“

„Noch nicht.“ Sarahs Stimme klang angespannt. „Ich denke, es sind nur noch ein paar Minuten.“

„Kann ich dir irgendetwas bringen?“

Sie schüttelte den Kopf. Und dann sagte sie: „Carrie?“

„Ja“, antwortete ich sanft.

Sie sagte: „Ich habe von Ray geträumt. Als ich…Bevor ich aufgewacht bin. Ich…Das klingt verrückt, aber es kommt mir so vor, als ob er mir dabei geholfen hat, zurückzukehren. Ich wollte, dass du das weißt.“

Ich blinzelte, versuchte die Tränen zurückzuhalten und biss mir auf einen Fingerknöchel.

Sie sah mich an, die Sorge stand ihr ins Gesicht geschrieben, und sagte: „Es tut mir leid, ich wollte dich nicht traurig machen.“

Ich zwang mich dazu, trotz der Tränen zu lächeln, und sagte: „Du hast mich nicht traurig gemacht, Sarah. Ich…Ich bin wirklich froh, dass du das geträumt hast." Ich schniefte.

„Ich denke ich muss ein bisschen schlafen", sagte sie.

„Möchtest du, dass ich bei dir bleibe?"

„Würdest du das? Bitte? Ich möchte nicht allein sein."

Es war fast eine Erleichterung, das Licht auszuschalten und die Gardinen zu schließen, denn so konnte sie mich nicht sehen. Ich saß dort im Dunkeln in der Ecke ihres Zimmers, und als sie schließlich ihren Schmerz mit der Morphinpumpe lindern konnte und einschlief, ließ ich meinen Tränen freien Lauf.

Was sie gesagte hatte, klang so sehr nach Ray. Egal, wie frustriert er auch wegen der Untersuchung und der Verhandlung vor dem Kriegsgericht gewesen war, er hatte niemals damit aufgehört, mich zu unterstützen, niemals damit aufgehört, alles zu tun, um mir zu helfen. Meine Gedanken wanderten zurück zu dem Tag, an dem Moore mich schließlich zu einer Befragung eingeladen hatte.

Es war ein kleines Gremium, aber es hätte nicht peinlicher sein können. Gerald Smart vom Fachbereich Gesundheit und Personal war dabei, aber die Hauptpersonen waren Dr. Moore, Lila Renfield und zum Glück auch Lori Beckley. Anders als die relativ öffentliche Untersuchung der Army wurde diese Untersuchung hinter verschlossenen Türen durchgeführt, deshalb durfte Ray nicht anwesend sein. Also wartete er den ganzen Tag vor der Tür und ging auf und ab. Stück für Stück gingen wir meine Forschungen, Labornotizen, Dokumentationen, Fotografien und die Logbücher unserer Feldforschung durch.

Lila nutzte natürlich jede Gelegenheit, um mir Seitenhiebe zu verpassen. „Sie beide haben gemeinsam in einem Zelt übernachtet?", fragte sie. „Ist das nicht sehr unüblich?"

„Überhaupt nicht", antwortete ich. „Wir mussten so schon eine riesige Menge an Ausrüstungsgegenständen in die Berge schleppen."

„Mir kommt das sehr merkwürdig vor", sagte Lila.

Mein Mund war mal wieder schneller, als es gut für mich war, denn ich feuerte zurück: „Sie schlafen doch sicher auch nicht mit jedem Mann, mit dem Sie allein zusammenarbeiten, oder?"

Moores Augen waren ganz groß geworden und Lori hatte ein Lachen unterdrückt. Danach verlief der Tag enttäuschend. Es war so, dass es außer der Beschwerde von Nikki keine Argumente gegen mich gab und jeder im Raum wusste das. Moore hatte die Befragung schließlich um 16 Uhr beendet, und sobald ich durch die Tür trat, hatte Ray mich in seine Arme geschlossen.

Ich wünschte mir, dass er jetzt hier bei mir wäre.

Um 9 Uhr löste Julia mich ab. Ich musste mich ein bisschen bewegen, um einen klaren Kopf für das Treffen mit den Ärzten zu bekommen. Ich wurde ungeduldig. Ungeduldig, weil ich wissen wollte, wie es ihm ging. Ungeduldig, weil ich wissen wollte, *was* sie taten, damit er wieder gesund würde. Ich war frustriert, weil ich im Krankenhaus festsaß. Ich wollte, dass es weiterging. Es sollte mit dem Part weitergehen, an dem Ray aufwacht und sich von diesem Unfall erholte, so weitergehen, dass wir wieder zusammen sein konnten.

Als ich raus in den Wartebereich kam, hielt ich an und sagte: „Ich brauche frische Luft. Kann ich eines eurer Telefone leihen? Und kann mich jemand anrufen, falls sich irgendetwas ändert?"

Dylan blickte von dem Stuhl auf, auf dem er zusammengesunken saß, und sagte: „Wie wäre es, wenn ich mitkomme? Alex kann uns anrufen."

Er sah nicht gut aus. „Okay", sagte ich. „Aber mir ist nicht nach Reden zumute."

Einer seiner Mundwinkel verzog sich zu einem grimmigen Grinsen. „Mir auch nicht."

Er lehnte sich zu Alexandra hinüber und küsste sie, dann stand er auf. Wir gingen gemeinsam los, fuhren mit dem Aufzug ins Erdgeschoss und ich ging nach draußen. Die Augusthitze hatte noch nicht ihre volle Kraft erreicht. Es war immer noch relativ kühl draußen, der Himmel war wolkenlos. Ein perfekter Tag, sich den Potomac entlang treiben zu lassen oder ein Picknick zu veranstalten oder am Pool in der Sonne zu liegen. Dylan ging neben mir her und sagte nichts, er hatte seine Hände in seine Hosentaschen gesteckt. Sein Hinken war schlimmer, als ich es seit langer Zeit gesehen hatte. Wahrscheinlich die Erschöpfung.

Wir gingen bis zur Constitution Avenue. Dabei kamen wir am State Departement, das zu unserer Linken lag, vorbei. Ich erinnerte mich an Empfänge, die dort stattgefunden hatten, als ich noch ein Mädchen gewesen war, Vaters Ernennung zum Botschafter für Russland und wie freundlich Außenminister Powell gewesen war, als wir ihm vorgestellt worden waren.

Nach dem State Department konnte ich auf der anderen Seite der Constitution Avenue das Lincoln Memorial sehen, die Bäume bewegten sich im Wind, und weiter hinten begannen sich bereits Menschenmengen um das Washington Monument zu versammeln. Von Bäumen umgeben und von der Straße aus nicht zu sehen lag zu unserer Linken direkt vor uns das Vietnam Veterans Memorial: eine schwarze Granitwand, die unterhalb des Bodenniveaus in das Gelände hineingebaut ist und in der alle Namen, der im Vietnamkrieg Gefallenen eingemeißelt sind.

„Denkst du, dass sie hier irgendwann auch mal ein Denkmal für euren Krieg haben werden?"

Er zuckte mit den Schultern. „Vielleicht. Er ist noch nicht zu Ende."

Ich sah ihn nicht an. Ich starrte einfach auf die Bäume auf der anderen Straßenseite. Und ich schluckte, versuchte auszusprechen, was ich sagen musste.

„Hör mir zu, Dylan."

Er nickte.

„Du warst…ein wirklich guter Freund für Ray. Und für mich. Du bist wie ein Bruder. Und ich weiß, das hier ist für dich genauso hart, wie es für mich ist."

Ich hörte, wie seine Zähne knirschten, und er sah von mir weg.

„Ich möchte, dass du weißt, dass, egal was auch geschehen wird, wir das gemeinsam durchstehen werden, okay?"

„Danke", murmelte er.

Dann schniefte ich und sagte: „Ray weiß das nicht. Ich war mir bis heute Morgen nicht sicher. Aber wir werden ein Kind bekommen". Verdammt. Ich fühlte, wie die Tränen über mein Gesicht liefen, als ich das sagte.

Dylan drehte sich um und sah mich an. Dann flüsterte er: „Es wird alles gut werden, Carrie.“

Er zog mich zu sich hin und legte seine Arme um mich. Ich griff nach seinem Shirt wie eine Ertrinkende nach einem Rettungsanker und ich begann zu schluchzen. „Ich will ihn nicht verlieren, Dylan.“

Er keuchte auf und antwortete: „Ich auch nicht“, und ich spürte, dass auch er kurz davor war, in Tränen auszubrechen. Wir standen für mehrere Minuten so da, bis ich fühlte, dass ich mich wieder unter Kontrolle hatte.

Ich holte tief Luft. „Es tut mir leid.“

Er trat zurück, behielt aber seine Hände an meinen Armen und sagte: „Das muss es nicht. Wenn es jemanden gibt, der es wert ist, dass man um ihn weint, dann ist es Ray. Okay?“

Ich biss mir auf die Lippe, nickte und sagte: „Wir gehen besser zurück.“

Also gingen wir langsam, denn sein Hinken war immer noch schlimm, zurück zum Krankenhaus. Es war 9:45 Uhr und die Ärzte würden mich in fünfzehn Minuten empfangen. Und ich hatte schreckliche Angst.

Lass uns Army spielen (Ray)

Haben Sie gewusst, dass man sich als Geist nur einen Baseball vorstellen muss, damit er erscheint?

Ich auch nicht, bis ich es geschehen ließ. Es war natürlich kein richtiger Baseball, was gut war, denn mein erster Wurf traf die Windschutzscheibe eines Autos. Zum Glück flog er einfach hindurch und rollte auf die Straße. Daniel rannte, so schnell er konnte, hinter ihm her. Er ging mit der Tatsache, dass Dinge ihn nicht berühren konnten, zu leichtfertig um und rannte direkt in einen fahrenden LKW, um den Ball zu erwischen. Mir blieb für eine Sekunde fast das Herz stehen, als der LKW einfach durch ihn hindurchfuhr, ohne anzuhalten, und dann kam Daniel grinsend mit dem Ball zurück und warf ihn mir zu.

Ich fing den Ball und in dem Moment sah ich Carrie und Dylan, die zum Krankenhaus zurückgingen. Ich hielt für eine Sekunde inne und Daniel sagte: „Hey, wirf ihn zurück.“

„Gib mir nur einen Moment", sagte ich. Ich sah zu, wie sie liefen. Dylan rauchte eine Zigarette und Carries Augen waren rot vom Weinen.

Ich beobachtete, wie Dylan und Carrie das Gebäude betraten.

„Ich würde alles dafür tun, zu ihr zurückzukehren", sagte ich.

Dann sah ich ihn an und er sagte: „Bist du sicher, dass wir nicht sterben werden?"

Ich seufzte. „Ich weiß es nicht genau, Daniel. Aber wir müssen so leben, als ob das Leben wichtig ist. Verstehst du, was ich meine?"

Er nickte. Ich denke nicht, dass er verstand, was ich damit meinte. Ich bin mir nicht mal sicher, ob ich es selbst verstand.

Er lachte und ich lachte auch und dann sagte ich: „Was deine Eltern angeht: erinnere dich an das, was ich dir jetzt sage. Ich habe gehört, was du letzte Nacht über den Gurt gesagt hast. Es ist so, dass wir alle Fehler machen. Und wenn man ein Kind ist, gehört es dazu, viele Fehler zu machen und aus ihnen zu lernen. Es hat dich schlimmer getroffen als die meisten, aber es war nicht deine Schuld, okay? Es ist nicht deine Schuld, dass deine Mutter geweint hat. Tu dir das nicht an, okay? Du bist ein gutes Kind."

Er nickte und ich sagte: „Das wird alles gerade viel zu ernst. Lass uns was Lustiges machen."

„Okay. Lass uns Army spielen."

Ich kicherte. „Ich spiele den Sergeant", sagte ich.

Er grinste.

Fast giftig (Carrie)

Ich hatte nicht die Kraft, allein zu der Besprechung zu gehen, und die Tatsache, dass Rays Eltern mit dabei sein würden, machte es fast noch schlimmer, als allein zu gehen.

Es wäre vielleicht anders gewesen, wenn wir längere Zeit miteinander verbracht hätten. Oder wenn Ray und ich nicht losgestürzt und quasi durchgebrannt wären. Und wenn die Kriegsgerichtsverhandlung und die Untersuchungen am NIH nicht gewesen wären, wäre es auch anders gewesen.

Aber so war es nicht.

Michael war freundlich, aber unpersönlich. Und Kate schien mich zu hassen. Als also die Ärzte kamen und sagten: „Mrs. Sherman? Sind Sie soweit?", tat ich etwas, das mich selbst überraschte. Ich lehnte mich zu meiner Mutter rüber und sagte: „Würdest du mit mir kommen?"

Ich hatte keine Ahnung, warum ich das tat. Meine Mutter ist nicht gerade die tröstendste Person auf der Welt. Im Gegenteil, die meiste Zeit meines Lebens war sie...fast giftig gewesen.

Aber es gibt Situationen, da braucht man die Anwesenheit seiner Mutter. Und das war so eine Situation.

Sie ging mit mir in das Besprechungszimmer. Ich hatte meine Arme vor der Brust verschränkt, mein Mund war trocken, ich hatte einen Kloß im Hals und mein Magen war total verkrampft.

Ich erkannte Dr. Peterson, der Teil des gestrigen Chirurgenteams gewesen war. Die zweite Ärztin war eine Frau, deren Haar gerade begann grau zu werden. „Ich bin Linda Grey", sagte sie. „Oberärztin der Neurologie. Und das ist Fred Jennings, von der Abteilung Sozialfürsorge."

Ich stellte Rays Eltern und meine Mutter vor.

Grey druckste ein bisschen auf ihrem Stuhl herum und sagte dann: „Es tut mir leid, dass ich Sie das fragen muss. Hat Ihr Ehemann eine Patientenverfügung?"

Ich wich zurück und sagte automatisch „Bitte, was?", obwohl ich genau wusste, was sie meinte.

„Mrs. Sherman, Ray liegt im Sterben. Er hat nur noch sehr wenige Hirnfunktionen."

Kate, die links von mir saß, sagte in einem bitteren Ton: „Wie können Sie es wagen? Schlagen Sie uns etwa vor, dass wir einfach aufgeben sollen? Tja, das wird nicht passieren."

Ich sah nach unten und legte meine Hände vor mein Gesicht. Sie wollte wissen, ob Ray eine Patientenverfügung hatte. Natürlich hatte er keine. Ray war sechsundzwanzig Jahre alt, stand in der Blüte seines Lebens. Warum in Gottes Namen sollte er eine Patientenverfügung haben? Ich bekam keine Luft mehr. Ich konnte nicht mehr denken. Ich fühlte, wie meine Mutter ihre Hand auf meine Schulter legte, und das führte dazu, dass ich am liebsten wie Kate aufgestanden wäre und die Ärzte angeschrien hätte, bis sie ihn gesund machten.

Ich sah auf und flüsterte: „Wollen Sie mir sagen, dass es überhaupt keine Hoffnung gibt?"

Grey sah mich mit einem mitleidigen Blick an, der überhaupt nicht half. „Das sage ich nicht. Ihr Ehemann ist nicht...Wir haben noch keinen Hirntot diagnostiziert. Wir werden heute Nachmittag noch weitere Tests durchführen und dann noch einmal in vierundzwanzig Stunden. Aber so schlimm wie die Verletzung war, gibt es kaum Chancen auf eine Erholung. Was wir Ihnen vorschlagen, ist, eine Anordnung zum Verzicht auf Wiederbelebung zu unterschreiben."

„Dazu bin ich noch nicht bereit", flüsterte ich.

Grey nickte. „Ich verstehe. Dr. Jennings hier wird Ihnen ein paar Optionen und die entsprechenden Konsequenzen erläutern. Sie müssen nicht jetzt sofort eine Entscheidung treffen. In der Zwischenzeit werden wir für ihn tun, was wir können."

„Sie tun ja *gar nichts*", sagte Kate, ihr Gesicht war vor Zorn ganz verzerrt. „Und sie wird auch nichts unterschreiben. Ich bin seine Mutter, sie ist nur eine dahergelaufene Schlampe, die er vor ein paar Monaten aufgegabelt hat."

Michael zögerte und war deshalb zu langsam. „Kate, halt..."

Bevor er das dritte Wort sagen konnte, stand meine Mutter bereits. „So reden Sie nicht über meine Tochter", sagte sie.

„Aufhören!", sagte Dr. Grey mit scharfer, lauter Stimme. „Oder ich werde Sie beide auffordern, den Raum zu verlassen. Carrie ist seine Frau. Sie ist die Einzige, die in der Frage eine rechtliche Befugnis hat."

Ich starrte sie benommen an. Ich war die einzige Person, die die Befugnis hatte, zu entscheiden, ob sie aufhören sollten zu versuchen, meinen Mann zu retten. Ich war die einzige Person, die entscheiden musste, ob der Mensch, der mein Leben lebenswert machte, leben oder sterben würde. Hatte diese Ärztin eine Ahnung davon, was sie sagte? Hatte sie auch nur die leiseste Ahnung, in welche Hölle sie mich gerade geschickt hatte?

Ich denke nicht. Sie stand auf und ging hinaus. Dr. Jenning, der zur Sozialfürsorge gehörte, sagte: „Mrs. Sherman – "

Ich stöhnte auf und sagte: „Gehen Sie einfach. Lassen Sie mich bitte für eine Weile allein. *Ich flehe sie an.*"

Er nickte und ließ eine Visitenkarte auf dem Tisch liegen.

Kate tobte immer noch, sie wechselte zwischen Beschimpfungen gegen mich und hysterischem Weinen hin und her. Michael legte einfach einen Arm um sie und zog sie aus dem Zimmer.

„Carrie?", sagte meine Mutter. Ich wusste, sie wollte mir helfen oder etwas tun. Aber ich konnte nicht mehr. Ich konnte keine weitere Stimme ertragen, keine weitere Person, die etwas von mir wollte oder mir etwas vorschlug oder auch nur ein Wort sagte.

„Kannst du mich bitte allein lassen? Bitte?"

Meine Mutter verließ beunruhigt, aber still den Raum. Ich lehnte mich vor, legte den Kopf auf meine Arme und verbarg mein Gesicht vor der Welt. Das konnte nicht sein. Vielleicht sollte ich einfach beten, so wie meine Mutter es oft tat? Mich in der Kirche niederwerfen und Gott versprechen, dass ich ein guter Mensch sein würde. Oder dass ich die Hälfte meines Geldes für wohltätige Zwecke spenden oder irgendwie mein Leben verbessern würde, wenn Er nur Ray leben ließ. Wenn wir nur gestern nicht zum Zoo gefahren wären, dann wäre er jetzt noch gesund. Wer will schon in den Zoo gehen? Das war etwas für Kinder.

Ich lag für eine Ewigkeit einfach da, weinte entweder oder ließ die Gedanken in meinem Kopf kreisen. Aber dann hörte ich, wie die Tür geöffnet wurde, und eine Stimme, die sagte: „Carrie?"

Ich kniff meine Augen für einen Moment noch fester zusammen und sah dann auf.

Es war Major Dick Elmore.

Er sah mich mit aufrichtigem Mitleid an und sagte: „Ich würde Sie niemals in dieser Situation stören. Dylan hat mir gesagt…wie die Dinge stehen. Aber Ray, ich denke, er würde wollen, dass Sie Bescheid wissen."

„Über was Bescheid wissen?"

„Das Kriegsgericht ist soweit, das Urteil zu verkünden."

Ich fühlte, wie ein kalter Schauer an mir herunterlief. Schluckend sah ich erst für ein paar Sekunden von ihm weg und dann wieder zurück zu ihm.

„Wann?", fragte ich.

„Jetzt. Ich habe Oberstleutnant Schwartz die Umstände erläutert und sie beabsichtigen, in Rays Abwesenheit fortzufahren."

Ich schüttelte meinen Kopf und wusste, dass das keinen Sinn ergab. „Das können sie nicht machen. Warum können sie es nicht einfach auf sich beruhen lassen?"

Er schüttelte den Kopf. „So funktioniert das nicht, Carrie. Ich denke… Sie sollten mit mir kommen."

Ich sah hinauf zur Decke. Was würde Ray wollen, wenn er wach wäre und es mir sagen könnte?

Das stand außer Frage. Er würde freigesprochen werden wollen.

Ich schniefte und sagte dann: „In Ordnung. Lassen Sie mich nur kurz meine Familie informieren und dann gehen wir."

VIER TAGE ZUVOR
TEIL 1

Sind wir soweit? (Carrie)

„N ein", sagte ich am Telefon zu Julia, als sich Ray in Richtung des Eingangs des Walter Reed Krankenhauses umdrehte. „Es ist alles vorbei. Ich werde in zwei Wochen wieder mit der Arbeit beginnen."

„Ich bin so erleichtert", sagte sie. „Und was ist mit Ray?"

„Das werden wir bald wissen", sagte ich. „Die Gerichtsverhandlung beginnt heute."

Ich hörte, wie sie Luft holte. Sie sagte: „Viel Glück. Wenn du etwas brauchst – egal was – melde dich. Crank und ich kommen sofort."

„Danke, Julia. Es könnte sein, dass ich das mache. Mutter besteht darauf, die Zwillinge am Freitag zu uns zu schicken. Und...ich weiß nicht, wie ich das schaffen soll."

Julia seufzte. „Versteh das jetzt nicht falsch, Carrie. Aber ich denke, das ist Moms Art sicherzustellen, dass du nicht allein bist. Falls...du weißt schon. Falls er verurteilt wird."

„Ich weiß. Es ist nur...Ich weiß nicht, wie ich mit ihrem Sinneswandel umgehen soll."

„Glaub mir, das verstehe ich", antwortete sie.

Wir legten auf und ich lächelte Ray an. Er hatte die Unterhaltung natürlich mit angehört und er wusste, wie sehr ich die Situation bei meiner Arbeit heruntergespielt hatte. Es war richtig, dass die Untersuchung vorbei war. Und am Ende hatten die AGF und die Rice Universität E-Mails und Forschungslogbücher von drei Jahren durchgeschaut und vermutlich 50.000 Dollar in eine Untersuchung investiert, bei der man absolut nichts gefunden hatte.

Ironischerweise schützte die Regelung zum Schutz von Informanten auch Nikki. Als das Untersuchungskomitee in Rice sie einbestellte und sie befragte, sagte sie Folgendes aus: Sie glaube, dass der Grund, warum meine Noten besser waren, und meine Forschung ausgereifter, der Grund und warum ich den Doktorgrad verliehen bekommen und die Stelle am NIH erhalten hatte, war, dass ich mit Bill Ayers geschlafen hatte. Dr. Moore hatte mich nicht angerufen und informiert, dass ich entlastet worden war: Das erfuhr ich von der AGF und später von Lori Beckley.

Es war mir egal. Moore war ein Schwein, ein Opportunist. Aber ich hatte mich damals klar ausgedrückt und ich erwartete keinen weiteren Ärger vom ihm. Und im Moment hatte ich viel Wichtigeres im Kopf.

Ray parkte das Auto vor einem Gebäude, das etwas vom Hauptgebäude des Krankenhauses entfernt war, direkt neben einem zerbeulten Ford Taurus mit Spezialkennzeichen, auf denen „ARMY FRAU" stand. Ich schnaubte verächtlich, als ich das Kennzeichen sah, und dachte mir, dass ich mir niemals um solche Kennzeichen würde Gedanken machen müssen. Wenn alles gut ging, würde Ray in ein paar Wochen das alles hinter sich gelassen haben.

Der Parkplatz war voll und im hinteren Teil standen mehrere Nachrichten-Vans in einer Reihe. Ich konnte am Eingang keine Reporter sehen. Vermutlich, weil vielleicht fünfzig oder sogar hundert Militärpolizisten auf dem Parkplatz und vor dem Gebäude verteilt standen. Sehr viele Menschen strömten in Richtung des Eingangs.

„Bist du sicher, dass du das machen willst?", fragte er. „Du kannst mich einfach hier absetzen. Es wird vor allem viel...viel Müll dahergeredet werden. Und Lügen, viele Lügen."

Ich griff nach seinem Arm „So schnell wirst du mich nicht los, Ray."

Er lächelte und küsste mich, und dann gingen wir auf das Gebäude zu. Natürlich waren wir beide furchtbar nervös, hatten schreckliche Angst, und wir versuchten beide für den Anderen stark zu sein. So war das einfach zwischen uns und es funktionierte.

Dick Elmore traf uns an der Tür. „Kommen Sie", sagte er und winkte uns den Gang entlang und in das Büro, das ihm während der Verhandlung zur Verfügung gestellt worden war. Dick hatte es mir bereits erklärt. Die Army hatte kein fest eingerichtetes Gericht und jeder, der beteiligt war, vom Richter bis hin zu den Mitgliedern des Direktoriums, alle waren von ihren normalen Pflichten freigestellt und hierher abgeordnet worden. Die Verhandlung an sich fand in der Empfangshalle eines Gebäudes statt, das gerade renoviert wurde. Die Arbeiten waren für die Verhandlung unterbrochen worden, aber in allen Fluren und Büros standen Rigipswände und andere Baumaterialien herum.

„Gibt es was Neues?", fragte Ray.

Elmore schüttelte seinen Kopf. „Nein."

Eigentlich hatte die Verhandlung am Montag begonnen. Aber die ersten zwei Tage waren reines prozessuales Vorgeplänkel gewesen: Befragung und Auswahl der möglichen Direktoriumsmitglieder. Wie Elmore mir erklärt hatte, agierte das Direktorium des Kriegsgerichts wie eine Geschworenenjury. Und, so sagte Elmore, da das eine Angelegenheit auf Bundesebene war, bestand das Direktorium aus zwölf Mitgliedern, sieben Offizieren und fünf Unteroffizieren. Ray und Elmore hatten sich beide darüber geärgert, dass nur wenige Mitglieder des Direktoriums der Infanterie angehörten.

„Eine Horde von Schreibtischtätern, die keine Ahnung vom Krieg haben", hatte Elmore gemurmelt, als die Auswahl beendet worden war, aber dann hatte er seine Fassung wiedererlangt und sich auf den weiteren Verhandlungsablauf konzentriert. Heute lächelte er und war voller Zuversicht.

„Okay. Heute sind die Medien zugelassen. Aber sie haben vom Richter die strikte Anweisung bekommen, sich ruhig zu verhalten, andernfalls wird er die Verhandlung unterbrechen. Seien Sie aber darauf vorbereitet, dass eine Menge Kameras auf Sie gerichtet werden."

„Wird Ray heute aussagen?"

Elmore schüttelte seinen Kopf. „Nein. Zunächst ist die Staatsanwaltschaft dran und präsentiert ihre Anklage. Und sie ist, was den Fall angeht, ziemlich schwach aufgestellt. Sie wird vier Zeugen aufrufen. Es gibt keine wirklichen Beweise. Danach haben wir unsere Chance. Sind wir soweit?"

Ray schluckte und drückte leicht meine Hand. „Ja", sagte er.

Grundlage für eine Berufung (Ray)

Der Militärrichter war ein älterer Mann, vielleicht um die Sechzig, weißes Haar krönte seine braune Haut und er hatte einen sehr ordentlich getrimmten Schnurrbart. „Oberst Martinez ist ein Pedant", teilte mir Elmore am ersten Tag der Verhandlung mit. „Ich bin mir ziemlich sicher, dass er sich lieber zu Tode foltern lassen würde, als in seiner Verhandlung irgendeinen Blödsinn zu dulden. Er wird hart, aber fair sein."

An diesem Morgen war Oberst Martinez sehr geschäftig. Er eröffnete die Verhandlung ohne weiteres Aufheben, instruierte die Mitglieder des Direktoriums und rief dann Elmore und die Staatsanwaltschaft zu sich nach vorne.

Alles, was Sie im Fernsehen über Gerichtsverhandlungen gesehen haben? Vergessen Sie das. Es ist alles völlig anders.

Der Staatsanwalt – oder Ankläger – kotzte mich an. Hauptmann Frank Cox war blond, blauäugig und ein ehemaliger Fullback des Texas A & M Footballteams, der auf Kosten der Army Jura studiert hatte und jetzt seine Schuld abarbeitete. Während der Vorverhandlung hatte ich die ganzen juristischen Diskussionen und den Hokuspokus nicht so genau verfolgt. Aber als die Möglichkeit bestand, Mitglieder des Direktoriums ohne Angabe von Gründen abzulehnen, hatte er versucht, den einzigen Veteranen mit echter Kriegserfahrung aus dem Gremium auszuschließen. Ich hatte Carrie nicht gesagt, wie sehr mich das verängstigte. Aber das tat es. Elmore hatte gesagt: „Die meisten dieser Typen hatten es, außer am Verhandlungstisch, noch niemals mit einem echten Mitglied der Infanterie zu tun, Sherman. Sie jagen ihnen schreckliche Angst ein. Aber die Tatsache, dass Sie die Sache überhaupt erst gemeldet haben, spricht für Sie."

Das bedeutete lediglich, dass meine Verhandlung die erste war. Coltons Verhandlung würde erst in drei Wochen beginnen, danach folgten die Verhandlungen derer, denen leichtere Verbrechen vorgeworfen wurden.

Die erste Zeugin war Major Janice Smalls. Als sie in den Zeugenstand trat, stellte sich Hauptmann Cox vor sie und sagte: „Schwören Sie, die Wahrheit zu sagen, die reine Wahrheit und nichts als die Wahrheit?"

„Ich schwöre es."

Ich lehnte mich zu Elmore und fragte: „Warum nimmt der Staatsanwalt ihr den Schwur ab?"

Er flüsterte zurück. „So ist das bei Kriegsgerichtsverhandlungen."

Ich vermute, es tat nichts zur Sache. Hauptmann Cox stellte Smalls einige Fragen, um ihre Identität zu klären und ihre Fachkenntnisse als Kriminalistin zu testen. Nachdem er damit fertig war, begann er mit den wirklichen Fragen.

„Major Smalls, können Sie uns bitte beschreiben, wie Sie vom Gegenstand Ihrer Untersuchung erfuhren?"

„Ja", antwortete sie. „Kurz vor Thanksgiving kontaktierte mich der Stabschef von General Buelles vom Militärdistrikt Washington. Er berichtete mir, dass das Büro des Generals per Post aus den USA ein Päckchen erhalten hatte, in dem ein Kriegsverbrechen in Afghanistan gemeldet worden war. Ich wurde beauftragt, die Voruntersuchung zu leiten."

„Können Sie mir das genaue Datum nennen, Major Smalls?"

„19. November 2012."

„Und was haben Sie daraufhin getan?"

„Am Morgen des 20sten fuhr ich zum Pentagon, um die Beweise persönlich entgegen zu nehmen. Ich stellte die Beweise sicher, einen handgeschriebenen Bericht und einen USB-Stick, und kehrte dann zum Hauptquartier im Fort Belvoir zurück. Dort kopierte ich unter Zeugen den Bericht und den Inhalt des USB-Sticks. Die Originale wurden in einem Asservatenschrank sicher verschlossen."

Cox ging zu einem Tisch in der Nähe des Zeugenstands. Das war alles völlig überflüssig – ich hatte den verdammten Bericht geschrieben und das auch bestätigt. Er hielt einen Plastikbehälter in die Luft, in dem sich der USB-Stick befand, dann einen weiteren mit dem Bericht und zeigte sie Smalls.

„Können Sie nach bestem Wissen bestätigen, dass das der besagte Bericht und USB-Stick sind?"

„Sie sind es."

„Bitte beschreiben Sie den Inhalt des Berichts, Major."

„Der Bericht war von jemandem geschrieben worden, der behauptete, Sergeant Ray Sherman zu sein. Er beschrieb einen Vorfall, der am 24. März

2012 geschah, und beschuldigte Sergeant Benjamin Colton, einen Mord begangen zu haben, außerdem wurde darin Coltons Einheit vorgeworfen, geschworen zu haben, den Mord geheimzuhalten. Auf dem USB-Stick befanden sich zudem einige Dokumente, die anscheinend Kopien von E-Mails waren, in denen die Erschießung beschrieben wurde. Und außerdem beinhaltete er sechs Fotos."

„Danke, Major. Oberst Martinez, mit Ihrer Erlaubnis lege ich diese Gegenstände als Beweisstücke 1 und 2 vor. Wir werden im Laufe der Verhandlung mehrmals auf sie zurückkommen."

„Fahren Sie fort."

„Major Smalls, bitte richten Sie Ihre Aufmerksamkeit auf die Leinwand an der südlichen Mauer. Einer meiner Assistenten wird nun eine Reihe von Fotos zeigen. Bitte identifizieren Sie sie für das Gericht."

Plötzlich kam Leben ins Publikum, denn die Reporter erkannten, dass sie Fotos zu sehen bekommen würden, sie rutschten auf ihren Stühlen hin und her und ein lautes Murmeln war zu hören. Mir drehte sich der Magen um. Ich wollte das nicht sehen. Ich sah es sowieso schon jede Nacht in meinen Träumen.

Ein Bild erschien auf der Leinwand, mindestens 2,5 m x 1,5 m groß. Es war Speedy. Er lag im Schlamm auf dem Boden. Ein Einschussloch verunstaltete seine Stirn und die Erde um seinen Kopf war mit fast schwarzem Blut besudelt. Seine Augen waren vor Schock und Angst weit geöffnet und er war ganz blass.

Ich schloss meine Augen, senkte mein Gesicht und bedeckte es mit meinen Händen. Eine Sekunde später fühlte ich Carries Hand an meinem Arm.

Elmore, der neben mir saß, flüsterte: „Schauen Sie hoch, Ray. Das Direktorium wird genau das Falsche vermuten, wenn Sie jetzt Ihr Gesicht verbergen."

Ich stöhnte leise und sah auf.

Major Smalls sagte gerade: „Das ist eines der Fotos, die ich auf dem USB-Stick vorfand. Nach genauerer Betrachtung kam ich zu dem Ergebnis, dass das ein afghanischer Junge im Alter zwischen zehn und vierzehn Jahren war, der anscheinend erschossen worden war."

„Und dieses?"

Nun sah man ein weiteres Foto, das aus einem anderen Blickwinkel aufgenommen worden war. Auf dem Bild konnte ich ein Paar Stiefel und das deutlich verpixelte Camouflagemuster des Hosenbeins von jemandem erkennen, der einen Army-Kampfanzug trug.

Smalls bestätigte auch dieses Foto. Cox ging alle Bilder einzeln mit ihr durch und benötigte dafür fast fünfzehn Minuten. Sein Anliegen war, den größtmöglichen emotionalen Effekt auf die Mitglieder des Direktoriums zu haben, die meisten von ihnen waren Ärzte oder Bedienstete des Walter Reed Krankenhauses. Und den Gesichtsausdrücken der Direktoriumsmitglieder nach zu urteilen, die von Übelkeit bis zu Horror reichten, funktionierte seine Taktik.

Ich war auf jeden Fall sicher, dass sie bei mir funktionierte. Denn eines war klar – egal, wie verrückt Colton auch geworden war, egal, wie verärgert er über Webers Tod gewesen war, egal, wie die Umstände auch waren, Tatsache ist, dass dieser kleine Junge nichts als unseren Schutz verdient hatte. Und genau den hatte er nicht bekommen.

Nachdem Cox mit den Fotos fertig war, ging er in die Mitte des Raumes und sagte: „Bitte sagen Sie uns, was Sie als Nächstes getan haben, Major Smalls."

„Zu diesem Zeitpunkt hatten wir keinerlei Nachweise, dass der Bericht wirklich von dem Angeklagten geschickt worden war. Also bestand unser erstes Ziel darin, die Beteiligten anhand des Berichts zu identifizieren, den wir erhalten hatten. Wir gingen die Einheiten durch und erstellten eine Liste der Personen, die wir befragen wollten. Alle waren noch im aktiven Militärdienst, mit Ausnahme von Sergeant Sherman. Da Sergeant Sherman zu diesem Zeitpunkt den Status eines inaktiven Reservisten hatte, kontaktierten wir das FBI und erbaten dessen Hilfe bei der Untersuchung."

Die Befragung ging noch für Stunden detailliert weiter. Wen hatte sie danach befragt? Welche Beweise hatte sie gesammelt? Und das Ergebnis der Untersuchung beinhaltete schlussendlich genau zwei Dinge: Meinen Bericht und Coltons und Hicks' Aussage. Und das war es auch schon... Nicht mehr als das.

Schließlich trat Hauptmann Cox zurück. „Das waren alle Fragen, die ich an die Zeugin hatte, Euer Ehren."

Elmore war sofort aufgestanden. „Major Smalls. Können Sie mir bitte sagen, was der Gerichtsmediziner als Todesursache festgestellt hat?"

Smalls sah verwirrt aus und schüttelte dann den Kopf. „Es gibt keinen Bericht eines Gerichtsmediziners."

Elmore hielt inne. Dann sagte er: „Na gut, was steht im Totenschein?"

„Wir...haben keinen Totenschein."

„Verstehe", sagte Elmore langsam. „Dann werde ich Ihnen in diesem Zusammenhang eine andere Frage stellen, Major, und ich hoffe, Sie können mir wenigstens diese beantworten. Haben wir überhaupt ein Team nach Afghanistan geschickt? Hat überhaupt jemand in dieser Angelegenheit objektive Beweise untersucht?"

Hauptmann Cox stand auf und sagte: „Euer Ehren, der Anwalt des Angeklagten stellt..."

Martinez unterbrach Cox: „Angemessene Fragen." Er wedelte mit der Hand in Elmores Richtung. „Bitte beantworten Sie die Frage, Major Smalls."

Smalls sah nicht sehr glücklich aus und sagte: „Wir hatten beabsichtigt ein Team zu schicken, aber die afghanischen Behörden haben unsere Bitte, den Körper exhumieren zu dürfen, abgelehnt."

„Verstehe", sagte Elmore. „Nun, dann lassen Sie mich Ihnen noch eine letzte Frage stellen. Gibt es überhaupt einen handfesten Beweis dafür, dass das Verbrechen wirklich begangen wurde?"

„Die Fotos..."

„Sie sind kein handfester Beweis. Haben Sie von Experten untersuchen lassen, ob die Fotos digital verändert wurden?"

„Nein. Das haben wir nicht."

„Haben Sie irgendeinen Grund zu glauben, dass die Fotos echt sind?"

„Der Angeklagte hat in etlichen Befragungen die Umstände der Ermordung beschrieben und bestätigt, dass er den Bericht geschrieben hat."

„Ja", sagte Elmore. „Lassen Sie uns damit weitermachen, sollen wir? Wann haben Sie den Angeklagten zum ersten Mal befragt?"

„Am 10. Dezember 2012."

„Verstehe. Und war sein Anwalt anwesend?"

Smalls schluckte.

„Major Smalls, das ist keine schwierige Frage. War der Anwalt des Angeklagten bei der Befragung anwesend?"

„Nein."

„Warum nicht?"

„Zu diesem Zeitpunkt galt Sergeant Sherman nicht als verdächtig."

„Jetzt bin ich verwirrt, Major. Am 01. Januar 2013 wurde Sergeant Sherman gewaltsam aus seinem zivilen Leben gerissen und in die Army zurückbeordert. Ist das korrekt?"

„Ja."

„Wer hat den Befehl für die Reaktivierung unterschrieben?"

„General Buelles."

Elmore lief durch den Raum und entfernte sich von Smalls. Er ging in Richtung des Richters und des Direktoriums, kam dann an unseren Tisch und trank ein paar Schlucke Wasser, bevor er sich wieder umdrehte. „Major Smalls, die nächste Frage müssen Sie mir ganz genau beantworten. Zu welchem Zeitpunkt wurde mein Mandant vom *Zeugen* zum *Verdächtigen*?"

Smalls sah nach unten, als sie antwortete: „Wir haben Sergeant Benjamin Colton am 15. Dezember befragt. Dabei hat er Sherman beschuldigt."

Elmore seufzte. „Major Smalls, wann wurde offiziell Anklage gegen Sergeant Sherman erhoben?"

„Am 13. März."

„Und wie oft haben Sie Sergeant Sherman vor diesem Termin befragt?"

„Insgesamt vierzehn mal."

„Die Staatsanwaltschaft hat Ihren Bericht als Beweisstück vorgelegt, richtig?"

„Ja." Smalls war inzwischen schweißgebadet.

„Und was haben Sie darin vorgeschlagen?"

„Aufgrund der Aussagen der Sergeants Sherman, Hicks und Colton habe ich vorgeschlagen, eine Artikel-32-Untersuchung durchzuführen."

„Ist mein Mandant während Ihrer Untersuchung auch nur einmal darauf hingewiesen worden, dass er ein Zeugnisverweigerungsrecht hat?"

„Ich habe Ihnen doch gesagt, dass er damals noch nicht als Verdächtigter galt."

Elmore entfernte sich und drehte sich zum Richter um. „Euer Ehren, wie wir gerade gehört haben, basiert das Ergebnis von Major Smalls' Untersuchung vor allem auf den Aussagen des Angeklagten, der nicht mal darauf hingewiesen wurde, dass er verdächtigt wurde und die Aussage hätte verweigern können. Ich beantrage, dass der Bericht als Beweisstück entfernt wird, da er als Beweismittel unzulässig ist."

Mein Herz klopfte ganz laut. Elmore zerlegte gerade Smalls' Zeugenaussage.

Oberst Martinez lehnte sich in seinem Stuhl zurück und sagte: „Herr Staatsanwalt?"

Hauptmann Cox blieb sitzen, aber er sagte mit lauter, klarer Stimme: „Euer Ehren, in dem Bericht steht, dass die Anklage gegen Sergeant Sherman nicht vor dem 13. März erhoben wurde. Zu diesem Zeitpunkt wurde er informiert und es wurde ihm ein Anwalt zur Verfügung gestellt. Aufgrund dessen halte ich den Bericht für ein zulässiges Beweisstück."

Elmore sprach weiter: „Mein Mandant wird des Mordes beschuldigt, und zwar aufgrund der Aussagen von zwei ebenfalls beschuldigten Soldaten, die versuchten, den Mord zu vertuschen. Und die Anklage basiert auf dem Bericht als sogenanntes Beweisstück, welches vorwiegend unter falschen Voraus..."

Martinez hob die Hand und Elmore hörte sofort auf zu sprechen.

„Major Elmore, ich werde Ihre Einwände bedenken. Im Moment bleibt der Bericht als Beweisstück erhalten. Ihr Mandant hat das Verbrechen freiwillig gemeldet. Aufgrund dessen hat der davon ausgehen müssen, irgendwann dazu befragt zu werden."

Elmore sank ein bisschen in sich zusammen und nickte. „Keine weiteren Fragen", sagte er. Dann kehrte er zu seinem Stuhl neben mir zurück.

Ich lehnte mich nah an ihn heran und sagte: „Also...Was bedeutet das alles?"

Er zuckte mit den Schultern. „Es war einen Versuch wert. Es bedeutet, dass Sie im Falle einer Verurteilung eine gute Grundlage für eine Berufung haben. Im Moment steht es, mit keinerlei objektiven Beweisen, Aussage gegen Aussage. Also müssen wir versuchen ihre Aussagen so gut zu zerlegen, wie wir können."

Ich atmete aus. *Grundlage für eine Berufung.* Eine Berufung würde Jahre dauern. Jahre, die ich im Gefängnis verbringen würde. Ich blickte über meine Schulter nach hinten zu Carrie, die hinter mir in der ersten Reihe saß. Sie streckte ihre Hand aus und ich griff, ohne etwas zu sagen, nach ihr.

Während des Mittagessens sah Elmore fröhlich aus, so sehr, dass Carrie ihn herausforderte.

„Vielleicht verstehe ich einfach zu wenig davon, wie das hier alles funktioniert", sagte sie. „Aber ich mache mir wirklich Sorgen."

Elmore sah sie über den Tisch hinweg an. Wir aßen in dem kleinen Büro, das man uns zur Verfügung gestellt hatte. „Die Hauptsache ist", sagte er, „dass Sie die Hoffnung nicht aufgeben. Smalls hat ihre Zeugenaussage faktisch zu Ihren Gunsten gemacht, auch wenn sie eine Zeugin der Staatsanwaltschaft war."

Ich schüttelte meinen Kopf. „Das verstehe ich nicht."

„Sie glaubt nicht, dass Sie es getan haben. So viel sollte klar sein. Sie hat Ihren Bericht erhalten und hat Sie befragt, danach zog sie los und befragte die anderen, und sie waren nicht glaubwürdig. Aber das konnte sie nicht sagen. Ich verwette meinen Arsch dafür, dass man Colton *seine* Rechte vorgelesen hat."

„Das ist verrückt", sagte Carrie.

Elmore zuckte mit den Schultern. „Das mag vielleicht verrückt sein. Aber Smalls ist eine zu gute Ermittlerin, als dass es anders sein könnte. Also, als Nächstes kommt Colton, dann Hicks."

„Warum befragen sie Colton als erstes?"

„Ich vermute, weil er am meisten zu verlieren hat. Egal, was er sagt, es wird immer eigennützig klingen. Hicks kann den unparteiischen Zeugen spielen."

Ich schluckte. „Hicks und Colton sind seit fast einem Jahrzehnt befreundet. Wird das berücksichtigt?"

Ein Klopfen an der Tür signalisierte uns, dass es Zeit war zurückzukehren. Ich spürte, wie sich mein Magen verkrampfte, und stand auf. „Ich hätte eine rauchen gehen sollen, solange ich konnte."

„Ray", sagte Elmore. „Ich werde mein Bestes geben, damit Sie freigesprochen werden. Okay?"

Ich nickte.

Zehn Minuten später waren wir wieder im Gerichtssaal.

Oberst Martinez begann mit dem Vorgeplänkel und ein paar Augenblicke später rief die Staatsanwaltschaft Sergeant Colton auf. Ich verspannte
mich und zwang mich dazu, nicht nach hinten zu schauen, als Colton den
Raum betrat und zum Zeugenstand ging. Die Mitglieder des Direktoriums,
die an zwei Tischen zu beiden Seiten von Oberst Martinez saßen, sahen
zwischen Colton und mir hin und her, während er sich setzte.

Ich holte tief Luft und sah ihn schließlich an.

Colton sah verändert aus. Älter, müde. Die linke Seite seines Gesichts
war eindeutig schlaffer als die andere, sein linkes Auge war nicht so weit
geöffnet wie das rechte und sein Mundwinkel hing hinunter und verursachte damit einen permanent bösen Gesichtsausdruck. Es war so, als ob sein
Gesicht geschmolzen war und der Schlaganfall dafür gesorgt hatte, dass er
für immer als seine eigene Karikatur herumlaufen musste.

Hauptmann Cox ging auf Colton zu und sagte: „Bitte heben Sie Ihre
rechte Hand und sprechen Sie mir nach: Ich schwöre, die Wahrheit zu sagen, die reine Wahrheit und nichts als die Wahrheit."

Colton hob seine rechte Hand und wiederholte die Worte, seine Stimme war ein bisschen undeutlich. Es war schwer, diesen Mann anzusehen,
der seit dem Ende meiner Grundausbildung der Sergeant meiner Einheit
gewesen war, der Mann, der das Leben mehrerer Mitglieder unserer Einheit
gerettet hatte, der Mann, der Vorgesetzter und Vater und Freund für uns
alle gewesen war. Es war schwer, ihn nun anzusehen, die eine Hälfte seines
Gesichts war bestimmt und stolz, so wie ich ihn in Erinnerung hatte, die
andere Seite war zusammengesunken, schwach, am Versagen.

Ich wollte das alles beenden und alles zurücknehmen, aber das konnte
ich nicht.

Cox sagte: „Bitte nennen Sie uns für das Protokoll Ihren Namen,
Dienstrang und Kompanie."

Colton sagte: „Benjamin E. Colton. Sergeant erster Klasse, Berufsheer."

„Danke, Sergeant Colton. Ich werde Ihnen heute Nachmittag einige Fragen zu Ihrem letzten Einsatz in Afghanistan und Ereignissen, die dort geschehen sind, stellen. Aber bitte sagen Sie mir zunächst, kennen Sie Sergeant Raymond Calhoun Sherman?"

„Ich kenne ihn", sagte Colton.

„Und ist Sergeant Sherman heute anwesend?"

„Ja, das ist er."

„Bitte identifizieren Sie ihn für das Gericht."

Colton sah mir in die Augen. Er schien ein bisschen zusammenzuzucken, die geschädigte Seite seines Gesichts bewegte sich überhaupt nicht, aber sein linkes Auge war ausdrucksvoll, es verengte sich ein wenig, als er auf mich zeigte und sagte: „Er sitzt dort an dem Tisch."

Cox sagte ein wenig theatralisch: „Bitte nehmen Sie ins Protokoll auf, dass Sergeant Colton auf den Angeklagten gezeigt hat." Dann drehte er sich um und ging von Colton weg, blieb dann vor dem Tisch der Staatsanwaltschaft stehen und drehte sich wieder um.

„Sergeant Colton. Wann sind Sie dem Angeklagten zum ersten Mal begegnet?"

„Sherman wurde, nachdem er die Infanteriegrundausbildung erfolgreich im Fort Benning absolviert hatte, meiner Einheit in Fort Drum zugeteilt."

„Und, wie war er als Soldat?"

Die rechte Seite seines Gesichts bewegte sich nach oben und formte ein leichtes Lächeln. „Er war einer der besten Soldaten, die ich während meiner Laufbahn befehligen durfte. Er war nur sechs Monate bei uns, als ich vorschlug, ihn im Wege einer Sprungbeförderung zum Unteroffizier zu befördern. Anstatt ihn zum Oberstabsgefreiten zu befördern, machten wir ihn zum Unteroffizier."

Cox lächelte Colton leicht an und sagte: „Können Sie bitte zum besseren Verständnis für die Mitglieder des Direktoriums, die nicht kampferprobt sind, die Bedeutung dessen erklären?"

Elmore lehnte sich zu mir rüber und murmelte leise: „Cox hat anscheinend in einem Buch oder so etwas über die Infanterie gelesen."

Mein Anwalt war ein verdammter Komiker.

Colton sagte: „Sobald man draußen im Einsatz ist, ist man aufeinander angewiesen. Aber ein Unteroffizier der Infanterie hat noch eine weitere Verantwortung. Man muss seine Männer führen können und in der Lage sein, die harten Entscheidungen zu treffen. Man muss bereit sein, das Leben seiner Männer für die Mission zu riskieren und jemanden in eine gefährliche Situation schicken können, um die Sicherheit des restlichen Teams zu gewährleisten. Ich hatte das Gefühl, genau das in Sherman zu erkennen, das Potenzial für eine außergewöhnlich gute Führungskraft. Und das war er auch. Seine Männer lagen ihm am Herzen und er kümmerte sich um sie."

Cox nickte. Die Mitglieder des Direktoriums hörten aufmerksam zu, man konnte das Interesse auf ihren Gesichtern erkennen. Cox sagte: „Nun möchte ich gerne einen Zeitsprung zu Ihrem eigentlichen Einsatz machen. Wie hat sich Sherman in einer echten Kampfsituation behauptet?"

„Zunächst so, wie ich es erwartet hatte. Er wurde etwa in der Mitte unserer Stationierung zum Sergeant befördert, ich denke, es war Anfang Januar. Die Männer respektierten ihn. Ehrlich gesagt mache ich mir auf gewisse Weise selbst Vorwürfe…Sherman war fast wie ein Sohn für mich. Und wie so viele Väter hatte ich hohe Erwartungen. Im Rückblick habe ich ihm vielleicht zu schnell zu viel Verantwortung übertragen."

Ich schloss meine Augen. Ich hatte zu Colton wie zu einem Vater aufgeschaut. Und ich hatte mich oft unsicher gefühlt, was meine Führungsqualitäten anging oder ob ich das Zeug zu einem Infanteriesergeant hatte. Diese Worte von Colton zu hören, war wie ein Schlag in die Magengrube.

„Sergeant Colton", sagte Cox. „Ab wann begannen Sie, Zweifel zu haben?"

Colton seufzte. „Es war direkt, nachdem wir Roberts und Kowalski verloren hatten und Paris verwundet worden war. Ich denke, Sherman machte sich Vorwürfe, obwohl es nichts gab, was er hätte tun können, um die Geschehnisse zu verhindern. Aber man konnte sehen…dass er verloren aussah. Deshalb stellte ich sicher, dass ich, als wir Ersatzmänner bekamen, sie seinem Feuerteam zuteilte. Ich wollte ihn sobald wie möglich wieder auf der Spur haben, damit die Zweifel nicht an ihm nagen und sein Selbstvertrauen beeinträchtigen konnten. Aber man konnte es sehen. Er war wirklich durcheinander. Sherman hatte seinem Team sehr nahe gestanden."

Mit leiser, ruhiger Stimme sagte Cox: „Sergeant Colton, bitte erzählen Sie uns, was am 24. März geschah."

Elmore flüsterte in mein Ohr: „Bleiben Sie jetzt ganz ruhig, Sherman. Er wird gleich damit beginnen, Lügen zu erzählen. Lassen Sie es nicht an sich heran."

Die nächsten paar Antworten waren so, wie ich sie erwartet hatte, und wichen nicht von meinen Erinnerungen ab. Colton bezeugte Webers Tod und sprach dann von der erfolglosen Suche nach dem Heckenschützen.

„Sergeant Colton...Ist Ihre Einheit während der Suche einem Zivilisten begegnet?"

„Nur einem", sagte Colton mit rauer Stimme. „Einem Jungen, vielleicht elf oder zwölf Jahre alt."

„Was passierte, als Sie auf den Jungen trafen?"

Colton sah nicht zum Direktorium und auch nicht zu mir. Und er antwortete mit monotoner Stimme: „Die Männer waren...hitzig. Sehr sogar. Webers Tod war so sinnlos und plötzlich gewesen. Zwei oder drei Männer hielten den Jungen an und begannen ihn anzuschreien."

„Und was tat Sergeant Sherman?"

Ich starrte Colton direkt an, als er sprach. Er vermied es, mir in die Augen zu sehen.

„Sherman rastete aus. Er begann den Jungen anzubrüllen. Und bevor ich eine Chance hatte, ihn zu stoppen, erschoss er ihn."

Mir wurde das Herz schwer. Natürlich hatte ich die gleiche Aussage auch schon während der Artikel-32-Untersuchung gehört. Aber ich hatte vermutlich trotzdem die Hoffnung nicht aufgegeben. Die Hoffnung, dass Colton seine Aussage widerrufen und die Wahrheit sagen würde. Die Hoffnung, dass sich der Mann, den ich respektiert, ja sogar geliebt hatte, den Konsequenzen seiner Handlung stellen würde.

„War es vielleicht ein Schuss, der aus Versehen abgegeben wurde, Sergeant?"

Colton nickte langsam. „Es könnte sein. Es war eine verrückte, chaotische Situation. Und um ganz offen zu sein, ich fühle mich dafür verantwortlich. Ich hatte keine Kontrolle mehr über meine Einheit."

Ich schloss meine Augen und lehnte mich leicht auf meinem Stuhl zurück. Ich wollte nicht noch mehr hören. Ich wollte nicht mal mehr daran denken.

Sherman rastete aus (Carrie)

"**B***itte* nennen Sie uns Ihren Namen, Dienstgrad und Kompanie."

„James Hicks. Sergeant. Berufsheer."

Ich sah hinüber zur anderen Seite des Raums. Stephanie Hicks saß mit einem traurigen, fast untröstlichen Gesichtsausdruck im Zuschauerraum. Sergeant Hicks saß aufrecht im Zeugenstand, seine Haltung war steif, seine Uniform makellos. Sein Blick war auf den Richter und das Direktorium gerichtet und es war klar, dass er es vermied, Ray in die Augen zu schauen.

So wie ich es verstanden hatte, war Hicks' Zeugenaussage der Dreh- und Angelpunkt der Anklageseite. Coltons Aussage konnte ganz klar auch als Schutzbehauptung angesehen werden, denn die Jury wusste, dass Ray ihn desselben Verbrechens beschuldigt hatte. Wenn aber Hicks im Zeugenstand log, wäre das etwas völlig anderes. Die restlichen Mitglieder der Einheit – Feiglinge, jeder Einzelne von ihnen – hatten einer nach dem anderen ausgesagt, dass sie nicht sicher wären, wer geschossen hatte.

Ich hoffte, dass Elmore einen Plan hatte, denn Ray ging es immer schlechter. Er hatte sich nach Coltons Aussage die ganze Nacht hin- und hergewälzt und heute Morgen waren wir schweigend zurück zum Walter Reed gefahren.

Jetzt saß er aufrecht auf seinem Stuhl, mit perfekter Uniform, und nichts wies auf die Erschöpfung hin, von der ich wusste, dass sie ihn innerlich auffraß. Er starrte Hicks an und der schaute zurück und ich hatte kurz das Gefühl, als ob ich zwei Boxer im Ring beobachtete. Ich hatte fast Angst, dass sie einfach aufstehen und beginnen würden, aufeinander einzuschlagen. Und ich konnte nicht anders als mich fragen, welche Art von Zorn Hicks dazu bewogen hatte, dies zu tun.

„Sergeant Hicks. Kennen Sie Sergeant Sherman?"

„Ja, Sir."

„Bitte identifizieren Sie Sergeant Sherman für das Gericht."

Hicks zeigte direkt auf Ray und sagte: „Dort. Der Angeklagte."

„Können Sie uns bitte sagen, wann Sie den Angeklagten kennengelernt haben?"

„Vor drei oder vielleicht vier Jahren? Er wurde, nachdem er mit der Grundausbildung fertig war, meinem Feuerteam zugeteilt."

„Und was hatten Sie für einen Eindruck von ihm?"

Hicks zuckte mit den Schultern. „Er arbeitete hart. Aber er dachte auch, dass er etwas Besseres wäre. Er beendete die Grundausbildung als Gefreiter Erster Klasse, weil er zuvor am College gewesen war. Seine Nase steckte immer in einem Buch."

Elmore stand auf und sagte: „Euer Ehren, soll die Tatsache, dass mein Mandant auf einem College war, etwa andeuten, dass er eher ein Mörder ist als andere Personen? Wie kann das von Bedeutung sein?"

„Stattgegeben, Major Elmore. Hauptmann Cox, bitte beschränken Sie Ihre Fragen auf sachbezogenere Themen."

Während die Befragung weiterging, schaute ich mir Ray genau an. Ich hatte schreckliche Angst um ihn. Selbst wenn er freigesprochen werden würde, wie würde er das alles verkraften? Ray sprach nicht gerne über den Krieg oder das, was mit dem kleinen Jungen geschehen war. Aber ich konnte jeden Tag sehen, wie sehr ihm das alles zusetzte.

Die nächsten Fragen bekam ich nicht mit, denn ich war zu sehr in meine Beobachtungen versunken. Er war ruhig, aber er saß steif und mit höchster Aufmerksamkeit da, die Anspannung war an seinem Rücken sichtbar. Hin und wieder konnte ich es auch an seiner Hand erkennen…Sein Ehering vibrierte ganz leicht gegen den Tisch.

Und in dem Moment stellte Hauptmann Cox, der Staatsanwalt, die Frage: „Können Sie dem Gericht sagen, was passiert ist, nachdem Roberts getötet und Paris verwundet wurde?"

Als er den nächsten Satz sagte, wandte Hicks seinen Blick von Ray ab. Bisher hatte er Ray während der gesamten Zeugenaussage angeschaut. Aber hierbei konnte er Ray nicht in die Augen schauen.

„Sherman wurde für eine Weile ein bisschen verrückt. Ich kann es ihm nicht verdenken...Ich denke, das waren wir alle. Aber eines Nachts erwischte ich ihn beim Trinken. Ich machte mir Sorgen und ging zu Sergeant Colton, um ihn zu informieren. Colton sagte, er würde es auf sich beruhen lassen, und dass Sherman mit der Zeit schon darüber hinwegkommen würde. Aber dann im März, ein paar Wochen später, waren wir wieder in Dega Payan. Weber wurde von einem Heckenschützen getroffen. Sherman rastete aus. Und er erschoss das Kind."

Ray schüttelte seinen Kopf und legte sein Gesicht in seine Hände.

Was ist mit Ihnen, Collegejunge? (Ray)

Solange ich lebe, werde ich niemals den Gesichtsausdruck von Speedy vergessen, als er unseren Pfad kreuzte und Sergeant Colton auf ihn zuging und plötzlich seine Waffe anhob.

Zu Beginn hatte er ein offenes, gutgläubiges Lächeln im Gesicht. Er war dabei gewesen, als wir die toten Dorfbewohner nach dem Lawinenabgang ausgegraben hatten. Er war dabei gewesen, als wir die Reparaturen im Dorf durchgeführt hatten, als Kowalski diese verrückte Woche damit verbracht hatte, die Kinder zu unterhalten.

Und er war dabei gewesen, als Kowalski starb.

Deshalb war es nur noch schlimmer, noch viel furchterregender für ihn, als Colton begann, herumzuschreien. „Bist du derjenige, der es getan hat? War das deine Granate? Hast du Kowalski getötet?" Während Colton diese Worte schrie, wurde sein Gesicht dunkelrot und sein Speichel flog in Richtung des Kindes. Die Schafe begannen zu blöken, aufgeregte Laute von sich zu geben und umherzulaufen.

‚*Was zur Hölle?*', hatte ich voller Panik gedacht. Ich wusste nicht, was ich tun sollte. Hicks ging auf Colton zu, sein Feuerteam folgte ihm und umstellte das Kind.

„Colton, beruhige dich, er ist nur ein Kind", sagte Martin und ging auf Colton zu.

Colton drehte sich schnell zu Martin um und schrie: „Halt *verdammt noch mal* die Klappe, Sergeant!"

„Bleiben Sie hier", hatte ich zu meinem Feuerteam gesagt. Sie waren alle neu hier, kamen direkt aus der Grundausbildung und alle drei sahen völlig verängstigt aus, erst Webers Tod und jetzt das. Ich bewegte mich langsam auf Colton zu, der sich zurück zu Speedy drehte und kreischte: „Antworte mir, verdammt noch mal! Warst du es? Weißt du, wer es war?"

Speedy sah aus, als ob er flüchten wollte, aber er war umzingelt. Er hatte große Augen und zitterte und Martin murmelte erneut: „Colton, beruhige dich, verdammt noch mal."

„Ich werde mich beruhigen, wenn ich soweit bin, Martin. Sieh ihn dir an! Denkst du, nur weil er ein Kind ist, kann er kein verdammtes Gewehr halten? Weber starb mit seinem verfluchten Schwanz in der Hand!" Er erhob seine Waffe gegen das Kind. Mein Herz begann sofort wie wild zu schlagen, so sehr, dass ich meinen Puls in den Schläfen spüren konnte, und ich trat vor und rief: „Sergeant, nein!"

Martin sagte: „Reiß dich, verdammt noch mal, zusammen, Colton", und griff nach dem Gewehr.

Der Schuss ging sofort los und warf Martin um. Er schrie laut auf, Blut floss aus seinem Unterarm und ich schrie: „Colton!", und dann fiel ein zweiter Schuss. Die Schafe liefen verschreckt in alle Richtungen davon.

Speedy sank zu Boden, ein Teil seines Hinterkopfes war durch den Schuss herausgerissen worden.

„Heilige verdammte Scheiße", sagte Hicks. Er war ganz weiß im Gesicht und starrte geschockt auf den Körper, der zu seinen Füßen lag.

Ich griff nach Colton, bekam seine Schutzweste zu fassen und schrie: „Colton, Scheiße, was haben Sie getan? Er war ein *Kind!*"

Colton war immer noch im Adrenalinrausch und wütend, er rammte mir sein Gewehr quer gegen die Brust und warf mich nach hinten. Ich begann, mich wieder nach vorn zu bewegen, und dann zeigte auf einmal Hicks' Gewehr auf mich. „Rühren Sie sich ja nicht, Sherman", sagte Hicks mit tödlicher Stimme. „Das ist alles schon beschissen genug und Sie werden es nicht noch schlimmer machen."

„Wie könnte es denn noch schlimmer werden?", rief ich.

„Nehmen Sie ihm sein gottverdammtes Gewehr ab", rief er den zwei Überlebenden seines Feuerteams zu. Ich stand da und konnte es nicht fassen, als Gruber nach vorn trat und mir mein Gewehr aus den Händen nahm.

Coltons Atmung hatte sich beruhigt, er starrte nach unten auf die Leiche und murmelte etwas in seinen Bart. Seine Augen wanderten zu Martin, der sich zusammengekrümmt und fast eine embryonale Haltung eingenommen hatte. „Martin?", sagte er.

Martin antwortete nicht. Hicks ging zu ihm hinüber und besah sich den Arm, dann sagte er: „Es ist nicht schlimm. Lassen Sie uns das verbinden. Gruber, Reynolds. Bringen Sie das Kind in den Wald. Ich will es verdammt noch mal nicht mehr sehen."

Die zwei Männer bewegten sich, um genau das zu tun, aber Reynolds hielt für einen Moment inne. Was zur Hölle tat er da? Er machte schnell ein paar Bilder mit seiner Kamera.

Colton rastete erneut aus, hyperventilierte, sein Gesicht war hellrot. „Reynolds, was tun Sie da, verdammt noch mal? Tun Sie, was Hicks angeordnet hat!"

„Ja, Sergeant", sagte Reynolds. Die zwei Männer ergriffen den Jungen an Armen und Beinen, Reynolds wich vor dem ruinierten Kopf zurück.

Ich war völlig benommen, als die Männer zurückkamen. Hicks hatte in der Zwischenzeit Martins Arm verbunden und das Blut auf dem Boden mit noch mehr Dreck abgedeckt.

Hicks sah sich um und sagte: „Lassen Sie uns gehen."

Wir marschierten, ohne etwas zu sagen. Gruber hatte mein Gewehr über seine Schulter geworfen und ich fühlte mich nackt. Mein eigenes Feuerteam lief hinter mir her, sie waren schockiert, wir gingen in Richtung Wald. Gerade als wir die Waldgrenze erreicht hatten, begann es zu regnen, ein kalter Winterregen, der einem bis auf die Knochen ging.

Eine halbe Stunde verging und in meinem Kopf lief immer wieder diese chaotische Szene ab. Sergeant Colton war mein Freund gewesen, mein Mentor. Ich konnte nicht fassen, was geschehen war. Ich konnte nicht darüber nachdenken, konnte es nicht fühlen, konnte...gar nichts. Nichts außer betäubtes Marschieren, und schließlich hielten wir im Wald an.

Colton ließ sich gegen einen Baum sinken und murmelte: „Ich kann das nicht glauben, verdammt noch mal." Seine Stimme war heiser, als er das sagte: „Ich habe uns alle in die Scheiße geritten."

„Halt verdammt noch mal die Klappe", sagte Martin.

„Das macht uns alle zu verdammten Kriegsverbrechern", murmelte ich und Colton kam mit wütenden Augen auf mich zu und schrie mich an: „Wenn Sie auch nur ein verdammtes Sterbenswörtchen zu *irgendjemandem* sagen, bringe ich Sie um, Sherman."

Seine Augen traten hervor, als er die Worte sagte, ich starrte ihn einfach nur an.

„Nein", sagte Hicks. „Colton hat Scheiße gebaut. Das haben wir alle. Wir sind eine Einheit und niemand wird zu irgendjemandem etwas sagen. Das Kind wäre entweder sowieso gestorben oder von den Taliban rekrutiert worden."

Ich drehte mich von ihnen weg, ich wollte mich übergeben, ich wollte weinen, ich wollte schreien.

Hinter mir sprach Hicks weiter: „Niemand hat das Kind gesehen. Martin wurde von einem Fehlschuss getroffen. Verstehen Sie mich? Wir kommen hier raus. Es ist überhaupt nichts passiert."

Ich lehnte mich an einen Baum und verbarg meine Augen. Aber ich hörte es. Hicks ging zu Martin. „Haben Sie mich gehört, Martin? Es war ein Fehlschuss, der aus Versehen abgegeben wurde. Wir haben drei gemeinsame Kriegseinsätze hinter uns. Werden Sie dabei zusehen, wie Colton ins Gefängnis geht, weil er es vermasselt hat?"

„Nein", sagte Martin.

„Schwören Sie es, verdammt noch mal?"

„Wir haben kein Kind gesehen", murmelte Martin. „Ein Fehlschuss hat mich verwundet."

„Das sehen Sie genau richtig", sagte Hicks.

Hicks ging zu den anderen Mitgliedern der Einheit, von einem zum anderen. Und einer nach dem anderen schwor zu schweigen.

„Was ist mit Ihnen, Collegejunge?", sagte Hicks hinter mir.

Ich ließ meine Schultern sinken und drehte mich um.

„Was soll mit mir sein?", sagte ich.

„Was ist da draußen passiert?"

„Colton hat das Kind ermordet. Und genauso werde ich es melden."

Hicks' Gesicht verzog sich vor Wut. „Sie werden hier draußen sterben, Sherman."

Ich schluckte und starrte ihn an. „Vielleicht haben wir das alle verdient", sagte ich.

Er starrte zurück. „Sie vielleicht. Ich habe zu Hause Kinder. So wie Martin. So wie Colton. Werden Sie es ihnen erklären? Werden Sie derjenige sein, der Coltons Kindern sagen wird, dass ihr Vater nicht nach Hause kommen wird, wenn der Krieg vorbei ist?"

Ich schüttelte den Kopf. „Es ist unsere Aufgabe, diese Menschen zu beschützen."

„Dafür ist es verdammt noch mal zu spät."

Ich schloss meine Augen. Und dann fühlte ich die nackte Angst, als Hicks' Gewehr unnachgiebig gegen meinen Kopf drückte. „Das ist Ihre letzte Chance, Sherman. Sie werden hier nicht rauskommen, wenn Sie nicht schwören."

Oh Gott, dachte ich. Wie zur Hölle sollten wir mit dieser Last auf dem Gewissen weiterleben? Warum war ich nicht schneller gewesen? Warum hatte ich ihn nicht aufgehalten? Alles, woran ich glaubte, alles, woran ich glauben wollte, war ausgelöscht, tot und mit dem toten Körper des kleinen Jungen im Wald abgeladen worden.

„In Ordnung", sagte ich schließlich, und als die Worte aus meinem Mund kamen, hätte ich am liebsten geschluchzt.

„In Ordnung, *was?*", sagte Hicks.

„Ich habe keinen Jungen gesehen", sagte ich.

„Gut", antwortete Hicks. „Sie tun das Richtige, Sherman."

Er nahm sein Gewehr runter und trat von mir weg. Aber ich wusste, dass er unrecht hatte.

Es ist...ein Brief (Carrie)

Während Hicks seine Aussage machte, wurde Ray auf seinem Stuhl immer kleiner und kleiner. Seine Knöchel wurden weiß, als er seine Hände zu

Fäusten ballte. Meine Aufmerksamkeit war ausschließlich auf Ray gerichtet, deshalb fiel ich fast vom Stuhl, als ich spürte, wie eine Hand sanft meine Schulter berührte. Ich zuckte zusammen und sah auf. Stephanie Hicks stand neben mir und Tränen liefen ihr übers Gesicht. Sie flüsterte: „Es tut mir leid. Aber er sagt nicht die Wahrheit", und gab mir einen Umschlag.

In dem Moment stand Hicks auf, Schock stand ihm ins Gesicht geschrieben.

„Setzen Sie sich wieder hin!", befahl Oberst Martinez.

Die militärische Disziplin forderte ihr Opfer. Hicks setzte sich, er hatte einen schockierten und entsetzten Gesichtsausdruck. Ich schaute zu Stephanie Hicks, aber es war zu spät. Sie rannte aus dem Raum, ihre Absätze klapperten dabei auf den Fliesen.

Oberst Martinez sah zu, wie sie hinausrannte, dann schaute er zu mir und danach zu Hicks. Er sagte: „Mrs. Sherman, Sie sind vor diesem Gericht nicht vereidigt. Aber Mrs. Hicks hat Ihnen gerade etwas gegeben. Können Sie mir sagen, was es ist?"

Meine Hände zitterten. Ich sah auf das Papier. Es war ein Brief. Der Umschlag war am 12. April 2012 abgestempelt worden und an Stephanie Hicks in Fredericksburg, Virginia, adressiert.

„Es ist...ein Brief", sagte ich.

„Kann ich den Brief bitte sehen?"

Hicks sank in seinem Stuhl zusammen, Ray und Elmore sahen mich total verblüfft an.

Staatsanwalt Cox sagte: „Euer Ehren, das ist äußerst unüblich."

„Das ist es, Hauptmann, aber es könnte für diesen Fall wichtig sein. Bitte bringen Sie mir den Brief, Mrs. Sherman."

Ich brachte den Brief zum Richterpult. Oberst Martinez nahm ihn mir ab, schaute auf den Poststempel und die Adresse und runzelte die Stirn. Dann öffnete er den Umschlag. Drei handgeschriebene Seiten. Martinez ging sie langsam durch und sagte zu mir: „Kann ich das behalten? Wir werden Ihnen den Brief nach Abschluss der Verhandlung zurückgeben."

Ich nickte, trat zurück und ging zu meinem Stuhl.

Martinez drehte sich zu Hicks um und sagte: „Erkennen Sie diesen Brief, Sergeant Hicks?"

Hicks sank noch weiter in seinem Stuhl zusammen. Er nickte langsam und sagte dann: „Ja, Sir."

Martinez nickte und sah Hicks streng an, dann sagte er: „Bitte nehmen Sie diesen Brief als Beweisstück Nr. 1 der Verteidigung ins Protokoll auf. Sergeant Hicks, gibt es etwas, das Sie dem Gericht mitteilen möchten?"

Hicks murmelte etwas und Martinez sagte: „Bitte reden Sie klar und deutlich."

Kopfschüttelnd sagte Hicks: „Sherman hat den Jungen nicht getötet. Sergeant Colton war es."

Im Gerichtssaal entstand Unruhe. Martinez stand auf und brüllte: „Ruhe im Gerichtssaal oder die Öffentlichkeit wird ausgeschlossen!"

Ray sackte auf seinem Stuhl zusammen. Ich legte eine Hand auf seine Schulter, er griff danach und sah mir in die Augen. Das war's. Die komplette Anklage war gerade in sich zusammengefallen.

Elmore stand auf und sagte: „Euer Ehren. Ich beantrage eine zwanzigminütige Unterbrechung, um dieses neue Beweisstück in Augenschein zu nehmen."

Martinez sah auf seine Armbanduhr und sagte: „Wir machen jetzt die Mittagspause."

Was danach kam, war eine Enttäuschung. Während der Mittagspause erfuhren wir den Inhalt des Briefes. Hicks hatte nach Hause geschrieben und seiner Frau zumindest teilweise berichtet, was geschehen war und wie er mit sich gekämpft hatte, ob er es nicht selbst melden sollte. Ray und ich lehnten uns aneinander, als wir zu essen begannen, waren wir beide emotional und körperlich am Ende. Schließlich rief ich zu Hause an, um sicherzugehen, dass die Zwillinge ihren Flug erreichten. Danach gingen wir zurück in den provisorischen Gerichtssaal.

Hicks wurde um 13 Uhr zurück in den Zeugenstand berufen und erzählte die Geschichte ohne weitere Ausschmückungen.

„Colton und ich standen uns näher als Brüder. Wir hatten im Irak zusammen gekämpft und das war unser zweiter Einsatz in Afghanistan. Was er getan hat, war falsch, aber…ihn zu melden war es auch", sagte er und starrte Ray an.

Am Freitag um 16 Uhr sagte Oberst Martinez: „Wir werden uns bis Montag vertagen und die Staatsanwaltschaft kann dann ihre letzten Zeugen aufrufen."

Hauptmann Cox war aufgewühlt, er stand auf und sagte: „Oberst, die Staatsanwaltschaft wird keine weiteren Zeugen aufrufen. Wir lassen den Fall ruhen."

Martinez hob eine Augenbraue. Sie *hatten* keinen Fall mehr. „In Ordnung. Und die Anklageseite?"

Elmore sah Ray an, lehnte sich dann zu ihm hin und sagte etwas. Ray nickte, Elmore drehte sich zurück zum Richter und sagte: „Die Verteidigung lässt den Fall ebenfalls ruhen. Das Kriegsgericht hat bereits bewundernswerte Arbeit zur Verteidigung meines Mandanten geleistet."

Ein Mitglied des Direktoriums unterdrückte ein Lachen.

Oberst Martinez drehte sich zum Direktorium um und sagte: „Als der Richter dieser Verhandlung muss ich Sie daran erinnern, dass dies eine Angelegenheit auf Bundesebene ist. Um den Angeklagten des Mordes schuldig zu sprechen, muss der Urteilsspruch einstimmig erfolgen. Insbesondere müssen Sie zu dem Ergebnis kommen, dass Sergeant Sherman, indem er den Tatbestand des Mordes am 24. März 2012 in Afghanistan erfüllt hat, vorsätzlich gegen die Vorschriften des Militärs verstoßen hat. Während des Wochenendes soll sich das Direktorium nur für einen halben Tag treffen, beginnend morgen um zehn Uhr. Hat eines der Mitglieder eine Frage bezüglich dieser Anweisungen?"

Alle Direktoriumsmitglieder blieben still.

„Haben die Staatsanwaltschaft oder die Verteidigung irgendwelche Einwände gegen diese Anweisungen, die sie bisher noch nicht geltend gemacht haben?"

„Nein, Euer Ehren", antworteten Elmore und Cox.

„Dann ist die Verhandlung geschlossen."

Ich stand auf, ging zu Ray und wir lagen uns in den Armen. Und dann schluchzte ich. Denn es war fast vorbei.

„Komm", sagte er. „Lass uns irgendwo zum Abendessen gehen und dann die Zwillinge abholen."

Ich nickte, aber wir konnten nicht aufhören uns zu berühren. Vielleicht sollten wir das Abendessen einfach ausfallen lassen.

DIE VIERUNDZWANZIGSTE STUNDE

Ist das deine echte Hand? (Ray)

Manchmal wenn ich über Speedy nachdachte, versuchte ich, das alles neutral zu betrachten. Diese jämmerlich kurzen Sekunden zwischen dem Moment, in dem Oberfeldwebel Martin nach Coltons Gewehr gegriffen hatte und der erste Schuss losging und Coltons Drehung und dem Schuss auf das Kind. Rational gesehen wusste ich, dass nicht genug Zeit gewesen war. Nicht genug Zeit für mich, um ihn zu stoppen. Nicht genug Zeit, um mich in einen Superhelden zu verwandeln, nach dem Gewehr zu greifen, es zu einer Brezel zu formen und Colton mit seinem Gürtel zu fesseln. Nicht genug Zeit, um die Zeit zurückzudrehen und Speedy schnell fortzubringen und damit sein Leben zu retten. Nicht genug Zeit, um zu verhindern, dass der Krieg überhaupt stattfand.

Andererseits, so ist Krieg. Bei den Anschlägen vom 11. September war ich erst vierzehn Jahre alt gewesen, aber ich kann mich so gut daran erinnern, als ob es gestern gewesen wäre. Vor allem erinnere ich mich daran, dass ich stundenlang gewartet hatte, denn meine Eltern hatten im Finanzdistrikt gearbeitet und waren nicht nach Hause gekommen. Den ganzen Nachmittag starrte ich auf den Fernseher und schaute CNN, sah immer wieder, wie die Gebäude in sich zusammenfielen. Wenn ich raus auf die Terrasse ging, konnte ich sehen, wie der Rauch über Manhattan aufstieg, und meine Welt verwandelte sich in einen Kriegsschauplatz, meine Eltern wurden vermisst und mir schwirrten tausend Fragen im Kopf herum. Jedes Mal, wenn ich versuchte, jemanden anzurufen, hörte ich nur die Ansage „Das Netz ist überlastet".

Es war 1 Uhr nachts, als sie nach Hause kamen, bedeckt mit Asche und Staub, und erst nachdem ich aufgehört hatte zu weinen, erfuhr ich, dass sie Manhattan zu Fuß über die Brooklyn Bridge verlassen hatten. Sie waren stundenlang gelaufen, hatten versucht anzurufen, bis die Akkus ihrer Handys leer waren. Damals hatte ich die gleiche Meinung wie alle anderen auch, ich war dafür, dass man die Taliban zur Strecke bringen und Afghanistan besetzen sollte, dass man Krieg gegen die Terroristen führen sollte, die so viele Amerikaner getötet hatten. Meine Eltern hatten am 11. September Freunde verloren und es dauerte Monate, bis der verfolgte Ausdruck aus ihren Augen verschwand.

Aber wo beginnt und wo endet das? Eine Seite greift an und die andere schlägt zurück, und kurze Zeit später weiß niemand mehr so genau, was überhaupt der Grund für den Krieg gewesen war. Was ich wusste, war, dass der Tag, an dem meine Eltern bedeckt mit Asche vom World Trade Center nach Hause gelaufen waren, zwangsläufig zu dem Tag geführt hatte, an dem ich in einem kleinen Dorf in Afghanistan stand und es zu spät war, das Leben eines zwölfjährigen Jungen zu retten, dessen Familie die Amerikaner nun mit der gleichen Intensität hassen würde, die Colton dazu veranlasst hatte zu schießen.

Und nun saß ich auf dem Bürgersteig vor dem Krankenhaus neben einem schwer verletzten Achtjährigen, und letzten Endes bedeutete es: Dinge *geschehen* nicht einfach. Die Freunde meiner Eltern starben im World Trade Center nicht, weil es ein Unfall war…Sie starben, weil jemand eine Entscheidung getroffen hatte. Speedy starb nicht wegen eines x-beliebigen Scheiß…Er starb aufgrund einer ganzen Reihe von Entscheidungen, die Menschen getroffen hatten. Dazu gehörte auch meine Entscheidung, Colton nicht zu melden, nachdem ich ihn beim Trinken erwischt hatte. Und auch Coltons Entscheidung, nicht um Hilfe zu bitten, nachdem er begann durchzudrehen. An jedem Punkt dieser Entscheidungskette hätte man die Geschehnisse ändern können. Wenn der Typ mit der Granate nicht versucht hätte, das kleine Mädchen in Dega Payan zu töten. Wenn Kowalski sich nicht selbst auf die Granate geworfen hätte. Wenn Paris nicht auf sein Laptop geschossen und uns damit alle wieder raus auf Patrouille geschickt hätte. Wenn die Aufständischen nicht unseren Konvoi in die Luft gejagt und dabei Roberts getötet hätten. Wenn Weber an einer anderen Stelle angehalten hätte, um zu pinkeln, und der Heckenschütze nicht geschossen hätte.

Deshalb habe ich die Sache gemeldet. Weil auch ich eine Entscheidung treffen konnte. Ich hätte mich dafür entscheiden können, es auf sich beruhen zu lassen, mein Leben weiterzuleben, meine Augen zu verschließen und zu vergessen, dass ein kleiner Junge gestorben war, aber was für ein Leben wäre das gewesen? Ich wäre innerlich tot gewesen, hätte mich selbst gehasst, hätte ein Leben gelebt, das so sehr von dem abwich, wer ich wirklich war. Das war kein wirkliches Leben.

Ich wünschte mir nur, dass ich Carrie nicht in das Ganze hineingezogen hätte.

Ich seufzte.

Daniel sagte: „Du siehst aus, als ob du dich über etwas ärgerst."

„Ich denke nur nach", sagte ich.

„Worüber?"

Ich verzog die Stirn. „Hast du jemals etwas getan, von dem du wusstest, dass es das Richtige war, aber es hat dir trotzdem nichts als Ärger eingebracht? Zum Beispiel…deiner Mutter die Wahrheit zu sagen, obwohl du weißt, dass du dafür Ärger bekommst?"

„Meine Mutter sagt, es würde noch viel schlimmer werden, wenn ich lüge."

Ich starrte hinaus auf die vorbeifahrenden Autos und sagte: „Deine Mutter scheint eine weise Frau zu sein. Den größten Ärger bekommst du nicht mit deiner Mutter. Du hast ihn mit deiner Seele."

„Ich verstehe nicht, was du meinst."

Ich streckte meinen Arm aus und griff nach seiner Hand. „Siehst du das?", sagte ich. „Ist das deine echte Hand? Oder ist es die, die dort drinnen ist?" Als ich das sagte, schaute ich zurück zum Krankenhaus.

Er verzog das Gesicht ein bisschen und sagte dann: „Diese hier?"

Ich nickte. „Jep. Du brauchst deinen Körper, um dich zu bewegen, zu spielen und zu leben, aber das hier bist…du. Und wenn du lügst, verletzt du diesen Teil von dir. Denn dann hast du Geheimnisse und sie werden auf dir lasten, bis dieser Teil von dir einfach nicht mehr leben kann. Und was bringt es, ohne diesen Teil weiterzuleben? Es wäre so, als ob man ohne sein Herz herumlaufen würde."

Er nickte. „Wahrscheinlich."

Ich ließ seine Hand los und wir saßen einfach da und schauten dem Verkehr zu. Dann wurden meine Augen groß. Carrie verließ das Gebäude zusammen mit Dick Elmore. Ihr Gesicht war konzentriert, ernst, und sie hatte Sorgenfalten auf der Stirn.

„Ist das nicht deine Frau?", fragte Daniel.

„Ja. Und mein Anwalt."

„Was meinst du, wo sie wohl hingehen?"

Mir fiel nur eine Sache ein. Wenn Carrie das Krankenhaus zusammen mit Elmore verließ, konnte das nur bedeuten, dass das Direktorium des Kriegsgerichts ein Urteil gefällt hatte. Mir fiel nichts anderes ein, das sie sonst dazu gebracht hätte, von hier fortzugehen.

„Ich vermute mal, sie werden zur Urteilsverkündung meiner Gerichtsverhandlung fahren."

„Deiner was?"

„Na ja, ich musste die Wahrheit über etwas sagen, das ich gesehen hatte, obwohl ich Angst hatte, dass ich dafür Ärger bekommen würde. Hast du schon mal Gerichtsverhandlungen im Fernsehen oder so gesehen?"

„Ja, aber diese Sendungen sind meistens langweilig."

„Da hast du vermutlich recht. Egal, meine Gerichtsverhandlung war letzte Woche. Und ich bin mir ziemlich sicher, dass sie sagen werden, dass ich unschuldig bin."

„Bist du das?"

Ich sah Daniel an und grinste: „Ja. Ich denke schon."

„Tja, gut. Es wäre echt übel, wenn man unschuldig ist und dafür Ärger bekommt."

„Wahrscheinlich. Es wäre aber noch übler, mit der Lüge weiterzuleben."

Ich beobachtete, wie Carrie zusammen mit Elmore den Bürgersteig entlanglief und dann zum Parkdeck ging. Ein Teil von mir wollte hinter ihr herrennen. Mit ins Auto einsteigen, mitfahren und herausfinden, was zur Hölle nochmal los war. Aber ich sah zu Daniel hinüber und ich konnte dieses Kind nicht einfach hier allein im Krankenhaus sitzen lassen. Manchmal muss man Entscheidungen treffen und sie sind nicht perfekt, aber man hat keine Wahl, wenn man weiterhin mit reinem Gewissen und sich selbst leben möchte.

Was haben die Ihnen gesagt? (Carrie)

Nachdem Elmore das Parkticket bezahlt hatte, fuhr er hinaus in den Verkehr. Bis er in Richtung Nordwesten nach Bethesda abbog, ging es nur langsam voran. Ich hatte Dylans Telefon in meiner Tasche. Nur für den Fall. Ich starrte einfach aus dem Fenster und fragte mich, was Ray wohl gewollt hätte.

Was wir Ihnen vorschlagen, ist, eine Anordnung zum Verzicht auf Wiederbelebung zu unterzeichnen.

Bei dem Gedanken waren meine Augen voller Tränen. Das war nicht fair. Nichts hiervon war fair. Ich hatte alles richtig gemacht, mein ganzes Leben lang. Ich hatte mich um die Menschen um mich herum gekümmert. Ich hatte hart gearbeitet. Ich war ehrlich gewesen. Ich war einsam gewesen, aber meistens glücklich.

Bis zu dem Tag, an dem ich Ray Sherman im Park der Columbia Universität über den Weg gelaufen war. Ray hatte mein Leben auf den Kopf gestellt und dafür gesorgt, dass es mir mehr bedeutete, als ich mir hätte träumen lassen. In den letzten neun Monaten hatte ich die höchsten und tiefsten Punkte meines Lebens erlebt. Alles war unverfälscht und intensiv und manchmal wirklich schrecklich gewesen. Und hier war ich nun, auf dem Weg zur Urteilsverkündung, auf dem Weg zu der Information, dass wir es geschafft hatten, das alles durchzustehen, dass wir endlich unser Leben würden so führen können, wie wir es uns wünschten. Und es kam alles einfach einen Tag zu spät.

Ich wischte mir gedankenverloren eine Träne vom Gesicht. Seit die Ärztin diese Worte gesagt hatte, hatte ich fast ununterbrochen geweint. *Nicht-Wiederbeleben.*

Elmore seufzte neben mir und sagte leise: „Smalls hat mich angerufen und mir von dem Unfall berichtet und…Ich dachte, ich lasse Sie am besten allein. Ich weiß nur, dass es sehr schlimm ist. Was haben die Ihnen gesagt?"

Ich schniefte und sagte: „Sie haben gesagt, dass Ray wahrscheinlich sterben wird." Als ich diese Worte laut aussprach, hätte ich mich am liebsten selbst irgendwo zum Sterben zusammengerollt. Ich zog meine Beine an meinen Körper heran und lehnte mich gegen die Tür.

Elmore sagte: „Das tut mir so leid."

„Ich möchte eigentlich noch nicht mal mit Ihnen mitkommen. Aber... ich weiß, dass er es gewollt hätte."

Elmore sagte: „Ja, das hätte er. Er hat das Richtige getan, das wissen Sie, oder?"

„Ja, ich weiß", sagte ich, „aber es tut trotzdem schrecklich weh."

Er bog nach links auf die Military Road ab und dort war wieder mehr Verkehr. Die Menschen fuhren zur Kirche oder zum Einkaufen oder sie fuhren Familie und Freunde besuchen, und ihr Leben war genau das gleiche wie gestern. Es würde ein schöner Sommertag werden.

Irgendwie kamen meine Gedanken immer wieder auf Stephanie Hicks zurück. Wie sie geweint hatte, als sie mir den Brief gegeben hatte. Weil ihr Ehemann gelogen hatte und sie es wusste. Sie hatte auch eine Entscheidung getroffen, die Entscheidung, das Richtige zu tun, und ich konnte mir nicht mal vorstellen, wie schwer das für sie gewesen sein muss.

„Das muss Stephanie Hicks wirklich schwergefallen sein."

„Ich kann mir nicht mal vorstellen wie schwer. Und jetzt ist sie Witwe." Ich setzte mich auf. *Was?"*, rief ich.

Elmore schüttelte seinen Kopf und sagte dann sehr leise und sehr langsam. „Carrie...Sergeant Hicks war der andere Fahrer, der Sie gerammt hat. Man hat einen GPS-Sender an Ihrem Auto gefunden."

Ich konnte nicht mehr klar sehen. Ich starrte aus dem Fenster und alles war wegen der verdammten Tränen, die mir schon wieder aus den Augen quollen, total verschwommen, und ich denke, ich begann zu hyperventilieren. Und alles, was ich denken konnte, war: *Wie wird sie damit leben können?*

Ich griff nach dem Türgriff, hielt ihn sehr fest und versuchte, meine Atmung unter Kontrolle zu bringen. Dann schlang ich meine Arme um meinen Oberkörper und holte nochmals tief Luft, sagte mir, dass ich das unter Kontrolle bringen musste, denn ich musste gleich mit erhobenem Haupt den Gerichtssaal betreten. Ich musste meinen Ehemann mit dem gleichen Mut repräsentieren, den er auch gezeigt hatte. Ich musste das für ihn tun.

Wir benötigten fast eine Stunde, um zum Walter Reed zu kommen. Elmore stellte das Auto vor dem Gebäude, in dem wir die letzte Woche verbracht hatten, ab und ich holte tief Luft. Ich konnte das tun. Ich musste das tun.

Elmore sah mich an: „Sie sind soweit?"

Ich nickte. „Ja", sagte ich.

Wir öffneten die Türen und stiegen aus dem Auto. Als ich das letzte Mal hier auf dem Parkplatz gestanden hatte, achtundvierzig Stunden zuvor, war ich sicher gewesen, dass der Kummer nun ein Ende hatte. Ich war mir sicher gewesen, dass wir durch die Hölle gegangen und heil auf der anderen Seite herausgekommen waren.

Vor achtundvierzig Stunden hatte ich keine Ahnung gehabt, was die Hölle ist.

Der Raum war voll mit Reportern. Ich hörte lautes Murmeln, als ich den Raum mit Elmore, aber ohne Ray betrat. Ich folgte ihm in den vorderen Teil des Raumes, und anstatt mich in die erste Reihe des Zuschauerbereichs hinter Rays Stuhl zu setzen, nahm ich auf der Anklagebank Platz.

Hauptmann Cox kam auf uns zu und sagte: „Dr. Sherman…ich möchte Ihnen mein Beileid aussprechen."

Ich blinzelte, runzelte die Stirn und sagte: „Noch nicht. Es ist noch nicht vorbei."

„Ja dann. Lassen Sie uns hoffen. Unter normalen Umständen ist es nicht erlaubt, eine Gerichtsverhandlung vor dem Kriegsgericht ohne Anwesenheit des Angeklagten durchzuführen. Aber so wie die Dinge stehen, dachten wir, es wäre am Besten, dies alles so schnell wie möglich zu Ende zu bringen, damit Sie Ihr Leben weiterleben können, ohne dass das hier auch noch über Ihnen schwebt."

„Ich weiß das zu schätzen, denke ich."

Er seufzte und sagte: „Alle sind anwesend. Ich werde Oberst Martinez darüber informieren, dass Sie da sind."

Er verließ uns. Elmore lehnte sich zu mir und sagte: „Wenn wir beginnen, wird Hauptmann Cox Sie vereidigen. Als Rays Stellvertreterin."

„In Ordnung", sagte ich. „Lassen Sie uns das hinter uns bringen, damit ich zurück ins Krankenhaus kann."

Er nickte.

Ein paar Minuten später betrat Hauptmann Cox wieder den Raum. Kurz darauf folgten ihm Oberst Martinez und das Direktorium, das auf seinen Stühlen an den Tischen neben dem Richterpult Platz nahm.

„Das Kriegsgericht eröffnet die Verhandlung", sagte Martinez.

Cox sah ihn an und sagte: „Alle Parteien und Mitglieder sowie das Gericht sind anwesend, mit einer Ausnahme, Euer Ehren. Der Angeklagte befindet sich derzeit im Krankenhaus und ist bewusstlos. Die Anklageseite hat darum gebeten, die Verhandlung fortzuführen, mit der Ehefrau des Angeklagten als Stellvertreterin. Die Staatsanwaltschaft ist damit einverstanden."

Martinez sah mich an, seine Augen sahen mitleidig aus. Er sagte: „Bitte vereidigen Sie die Stellvertreterin des Angeklagten."

Cox kam auf mich zu und sagte: „Bitte stehen Sie auf und heben Sie Ihre rechte Hand."

Ich holte einmal kurz Luft, stand auf und sah ihm in die Augen, dann hob ich meine rechte Hand in die Luft. Ich wusste wirklich nicht, wozu das gut sein sollte. Ich würde keine Aussage machen. Aber wenn das Prozedere so war, von mir aus.

„Schwören Sie, die Wahrheit zu sagen, die reine Wahrheit und nichts als die Wahrheit?"

„Ich schwöre es."

„Bitte nennen Sie uns Ihren Namen und Ihre Beziehung zu dem Angeklagten."

Ich schluckte und sagte dann: „Carrie Thompson-Sherman. Ich bin Rays...Sergeant Shermans...Ehefrau."

Cox drehte sich um und sagte: „Die Stellvertreterin des Angeklagten wurde vereidigt, Euer Ehren."

„Sehr gut", sagte Oberst Martinez. Er drehte sich zum Sprecher des Direktoriums um. „Oberstleutnant Abbot, sind die Mitglieder des Direktoriums zu einem Ergebnis gelangt?"

„Das sind wir, Euer Ehren."

„Ist das Ergebnis, wie vorgeschrieben, im Berufungspapier Nr. 1 vermerkt worden?"

„Ja."

Martinez drehte sich zu Cox um. „Würde die Staatsanwaltschaft mir bitte das Berufungspapier Nr. 1 bringen, ohne es dabei in Augenschein zu nehmen."

Cox brachte Martinez einen Umschlag, dieser öffnete ihn und las den Inhalt, dabei war sein Mund eine harte, flache Linie. Ich fühle sofort Anspannung. Konnten sie Ray trotz der Aussage von Hicks verurteilen? Ray hatte von März bis November gewartet, bis er den Mord gemeldet hatte. Würde diese Zeitspanne ausreichen, um ihn zu verurteilen?

Martinez sprach: „Ich habe mir das Berufungspapier Nr. 1 genau angeschaut. Es entspricht den Vorschriften. Bitte geben Sie es dem Sprecher des Direktoriums."

Ich ballte meine Hände zu Fäusten. Ich war niemals beim Militär gewesen und vor einer Woche auch noch niemals in einem Gerichtssaal. Und ich fand das Prozedere unglaublich langwierig. Konnten sie nicht einfach fertig werden?

Cox trat vor, nahm Martinez den Umschlag ab und ging dann drei Schritte weiter und gab ihn dem Sprecher.

Martinez sprach.

„Dr. Sherman, würden Sie und Ihr Anwalt bitte aufstehen und nach vorne zum Gericht kommen?"

Mein Herz begann wie wild zu schlagen. Ich ging sehr langsam vor zum Richterpult, Elmore war neben mir.

„Oberstleutnant Abbot, bitte verkünden Sie Ihr Ergebnis."

Oberstleutnant Abbot sah aus wie ein freundlicher, alter Großvater und ich konnte mir nicht vorstellen, dass er vor diesem Tag jemals jemandem solch schreckliche Angst eingejagt hatte. Aber in diesem Moment hatte ich schwache Knie und mein Magen war völlig verknotet.

Er stand auf, sah mich an und sagte: „Dr. Thompson-Sherman, dieses Kriegsgericht befindet, dass Ihr Ehemann, Sergeant Ray Sherman, in allen Anklagepunkten unschuldig ist."

Meine Knie gaben nach und Elmore griff nach meinem Ellbogen, während ich in Tränen ausbrach. „Jetzt aber", murmelte er.

„Diese Kriegsgerichtsverhandlung ist hiermit geschlossen", sagte Martinez. Während wir zurück zu unserem Tisch gingen, spürte ich, wie Dylans Handy in meiner Tasche vibrierte. Oh, Gott. Ich griff hinein und las die Worte durch meinen Tränenschleier.

KOMM ZURÜCK ZUM KRANKENHAUS. SOFORT. JULIA

Was ich tun musste (Ray)

„Also, wenn du dir aussuchen könntest, wer du sein könntest, wer wäre es?"

„Ich wäre ein Superheld", sagte Daniel.

„Ja? Und was für ein Superheld?"

Er zuckte mit den Schultern. „Nicht wie Superman, der ist langweilig. Mehr wie...Ich weiß auch nicht...Batman. Er ist toll, oder? Er macht all die coolen Sachen. Was ist mit dir?"

Ich kicherte. „Oh, ich wäre Spiderman. Keine Frage."

„Warum?"

„Ich weiß nicht genau. Ich denke mal, weil er ein ganz normaler Mensch ist, der versucht, das Richtige zu tun."

Daniel sprang auf die Füße. „Ja, und er kann sich an Gebäuden entlang schwingen. Wie cool ist das denn?"

Ich stand auf und sagte: „Okay. Also, du bist Batman und ich bin Spiderman."

„Und die Bösen sind gerade dabei, das Krankenhaus in die Luft zu jagen", sagte er mit großen Augen.

„Ja. Wir werden sie aufhalten. Los geht's."

„Was glaubst du, wo sind sie, Batman?"

Er sah das Gebäude genau an und rief: „Das Dach!"

Und er rannte los und ich rannte hinter ihm her. Dabei veränderte sich seine Kleidung vor meinen Augen, seine blaue Jeans wurde schwarz, sein T-Shirt auch und dann hatte er auf einmal ein flatterndes Cape an. Ich sprang an ihm vorbei, aber er war schnell und holte mich ein. Einen Moment später standen wir auf dem Dach des Krankenhauses. Er duckte sich hinter ein großes Klimaanlagenaggregat und sagte: „Sie haben eine Bombe in dem Hubschrauber, Spiderman.“

Ich duckte mich ebenfalls hinter das Aggregat und spielte mit: „Aber was *wollen* sie, Batman? Wer würde das Krankenhaus in die Luft jagen wollen?“

„Es ist ein ganzer Ring aus Spionen! Die Tochter des Präsidenten ist in dem Krankenhaus und sie wollen sie gefangen nehmen, um Lösegeld zu erpressen!“ Seine Augen waren ganz groß, als er das sagte. Dieses Kind *glaubte* wirklich daran. Ich grinste und sagte: „Das können wir nicht zulassen. Wir müssen die Bombe entschärfen.“

„Und die Tochter des Präsidenten beschützen.“

„Und die Bösen fangen.“

„Fertig?“, fragte er.

„Los geht's.“

Die Wahrheit ist, ich hatte schon lange keinen solchen Spaß mehr gehabt, nicht seitdem Carrie und ich zusammen aus einem Flugzeug gesprungen waren. Wir rannten eine gute Stunde herum und lachten. Irgendwann wurden aus den Spionen Aliens und wir verteidigten das Dach gegen eine Alieninvasion, wir buhten die Außerirdischen, die es wagten, Washington, DC anzugreifen, aus.

Nachdem wir die Aliens geschlagen hatten, legte er sich auf dem Dach auf seinen Rücken und sagte: „Das war *fantastisch*, Ray.“

Ich streckte mich neben ihm aus, starrte in den makellosen Himmel und sagte: „Du bist klasse, Batman.“

Er grinste. „Ray? Wenn wir aus dem Krankenhaus entlassen werden, wirst du mich dann besuchen kommen? Dad hat einfach nicht genug Zeit, um mit mir zu spielen, und Mom, mit ihr macht es keinen Spaß.“

Oh, Scheiße, dachte ich, als meine Augen feucht wurden. Und ich sagte: „Vielleicht. Ich kann dir das nicht sicher versprechen. Außerdem werden deine Eltern denken, wer ist der fremde Mann, der Zeit mit unserem Kind verbringt? Das ist nie gut. Und…Na ja…Ich weiß nicht, ob ich durchkommen werde.“

„Warum nicht? Du hast dir nur einen Ball vorgestellt und schon wurde er Wirklichkeit. Du hast dich in Spiderman verwandelt.“

Ich runzelte die Stirn und hob meinen Arm. Es stimmte. Meine Ärmel waren rot mit einem schwarzen Spinnennetz darauf. Zum Spaß streckte ich meinen Arm aus, genauso wie…na ja, wie Spiderman…und ein Spinnennetz schoss daraus hervor. Heilige Scheiße. Es bedeckte ein Klimaanlagenaggregat. Es würde eine ganz schöne Schweinerei werden, das wieder sauber zu bekommen.

Ich setzte mich auf. „Du willst mich wohl *tatsächlich* verarschen", murmelte ich.

Wie viel Macht hatten Vorstellungskraft und Hoffnung in dieser Welt? Ich hatte Sarah zurück in ihren Körper geschickt…zugegebenermaßen mit ihrer Hilfe. Aber sie war dabei zu genesen, bei Bewusstsein. Sie hatte große Schmerzen, sicher, aber sie war am *Leben* und konnte den Schmerz spüren. Sie hatte immer noch eine Chance auf einen zweiten Kuss, auf das Leben, das sie sich wünschte.

Plötzlich begann mein Herz wie wild in meiner Brust zu schlagen. Denn…was, wenn ich es auch für mich tun konnte? Was, wenn ich mich selbst von dieser…dieser Schattenwelt…befreien konnte und nach Hause zu Carrie und meinem Leben zurückkehren konnte?

Ich schluckte. „Vielleicht hast du recht, Junge."

Ich stand auf und zog ihn hoch. „Hast du was dagegen, wenn wir nachschauen, wie es meinem Körper geht? Wir waren den ganzen Tag nicht dort und ich mache mir Sorgen, dass sie mir ein Tattoo oder so was verpassen."

Er kicherte. „Warum sollten sie dir ein Tattoo verpassen?"

„Junge, man weiß nie, was eine Horde von Frauen tut, wenn man ihnen den Rücken zudreht."

Ich weiß nicht, warum ich auf einmal unbedingt nach unten gehen wollte. Vielleicht einfach um zu…schauen.

Woher weiß man, was Hoffnung wirklich erreichen kann? Außer man probiert es? Also gingen wir langsam nach unten, zurück zur Intensivstation. Es waren immer noch alle da. Mom und Dad, die sich aneinander lehnten, verwundet, völlig erschöpft. Dylan sah aus, als ob er gleich explodieren würde und Alex sprach eindringlich mit ihm, dabei hatte sie einen ernsten und liebenden Gesichtsausdruck. Crank und Julia saßen meinen Eltern gegenüber. Ich ging den Gang entlang, schaute an ihnen vorbei zu

Sarah. Jessica lag zusammengerollt auf dem Stuhl neben ihrem Bett und Sarah schlief. Allmächtiger, es würde sehr lange dauern, bis sie sich hiervon erholen würde. Ich wollte noch nicht mal an die Schmerzen *denken*, die sie haben musste, während ihr Bein so aufgeschnitten war.

„Wir sind fast da", sagte ich zu Daniel. Und dann gingen wir noch ein paar Türen weiter.

Mein Körper lag dort, die Überwachungsgeräte waren angeschlossen, das Schaben des Beatmungsgeräts brachte meinen Körper dazu einzuatmen, dann wieder auszuatmen, denn allein konnte ich es nicht.

„Du siehst nicht so gut aus", sagte Daniel.

„Danke, Junge."

„Aber du bist auch noch nicht gestorben."

Ich nickte. „So ist es", sagte ich. Ich streckte meine Hand aus und berührte meinen Körper und ich spürte einen Schock, so als ob ich aus Versehen eine Stromleitung berührt hätte. Aber ich ließ nicht los.

War es möglich?

Ich schluckte. Ich hatte nicht viel Zeit, mich zu entscheiden. Denn ich würde Daniel nicht hier allein lassen. Aber wenn es ihm besser ging…würde ich kämpfen. Ich würde darum kämpfen, gesund zu werden, ich würde um mein Leben kämpfen, für Carrie.

„Es ist ziemlich gruselig hier drinnen", sagte Daniel.

„Ja, das ist es", sagte ich. Ich streckte meine andere Hand aus und berührte meinen Körper, und der Kontakt war, als ob zwei Magneten mit einem hörbaren *Klick* aufeinandertrafen. Das war alles so bizarr. Ich schloss meine Augen und versuchte zu *erfühlen,* was in meinem Körper vor sich ging. Und…na ja…Es war nicht viel. Überhaupt nicht viel. Mein Herz schlug und ich konnte spüren, wie mein Blut durch meine Venen und Arterien zirkulierte und Sauerstoff in mein Gehirn pumpte. Aber nichts im Kopf. Er war wie ein großer, leerer Korb, und das konnte bedeuten, dass mein Gehirn tot war, oder es konnte bedeuten, dass ich erst wieder *dort drinnen* sein musste, damit etwas geschah. Und ich konnte nicht wissen, welche Antwort richtig war.

Aber…nur vielleicht.

Ich atmete hörbar aus und zog meine Hände mit einiger Kraft zurück. Dann sagte ich: „Lass uns rübergehen und nach deiner Mom schauen, okay?"

„Okay. Denkst du, sie sind immer noch so traurig?"

Ich zuckte mit den Schultern. „Wer weiß? Ich denke schon, denn sie lieben dich und möchten, dass du gesund wirst."

Er schenkte mir ein halbes Lächeln.

Wir gingen zur Tür der Intensivstation. Meine Augen wanderten von einem Familienmitglied zum Nächsten, meinen Eltern und der Familie, die ich durch Carrie dazubekommen hatte. Und ich hatte so einen verrückten Moment, in dem ich für jeden einzelnen von ihnen so viel Liebe empfand, sogar für Carries Dad und ihre verrückte Mutter. Das führte dazu, dass ich lächelte.

„Also Daniel, wenn du aus dem Krankenhaus kommst, musst du das alles hier für dich behalten, okay? Es würde dir ja sowieso keiner glauben."

„Manchmal nennt mich meine Mom ‚verrückter-Daniel'."

Ich lachte. „Tja, dann…"

Ich hielt inne. Denn von einem Moment auf den anderen, hörte er auf, herumzuhüpfen, zu lachen und zu reden, und krümmte sich zusammen, legte seine Hände auf seinen Bauch und stöhnte.

„Hey Junge, ist alles okay?", fragte ich.

Oh, Scheiße. Er war am Verblassen, genau wie Sarah, genau wie ich. Ich konnte den verfluchten Fußboden durch ihn hindurch erkennen und er sah mich an, war schrecklich verängstigt.

„Ray?", fragte er.

„Komm mit. Wir sollten weitergehen." Ich hob ihn hoch und halb lief ich, halb rannte ich mit Daniel in meinen Armen zur Kinderintensivstation. Er war nicht schwer und mit jedem Schritt, den ich tat, schien er leichter zu werden.

Als wir die Kinderintensivstation erreichten, hielt ich nach seinen Eltern Ausschau. Sie hielten einander fest und schluchzten. Scheiße, Scheiße, Scheiße, dachte ich. Nein. Also rannte ich mit Daniel in meinen Armen weiter und stürmte in sein Zimmer und da war er.

Er sah nicht mehr wie er selbst aus. Er war dahingesiecht. Seine Haut war fast grau. Die Ärzte und Krankenschwestern standen in einem Pulk um das kleine Kind herum.

Manchmal hat man, genau wie bei Speedy, keine Zeit, eine Entscheidung zu treffen. Es bleibt keine Zeit zum Nachdenken oder Reagieren oder etwas zu tun.

Aber manchmal hat man die Zeit. Manchmal sieht man die Situation und denkt darüber nach, was passieren könnte. Ich hatte...vielleicht eine Sekunde. Ich überdachte alles, was ich erfahren hatte. Ich dachte darüber nach, was Vorstellungskraft und Hoffnung erreichen konnten. Ich dachte an den kleinen Jungen, der mit einer Kugel im Kopf in Afghanistan lag und an den anderen Jungen in seinem Krankenhausbett – sterbend. Und dann, einfach so, traf ich meine Entscheidung.

Ich murmelte: „Oh Gott, Carrie, es tut mir so leid."

Und dann tat ich, was ich tun musste.

DIE LETZTE STUNDE

Du wirst die Wahrheit sagen (Carrie)

Als wir zurück zum Krankenhaus kamen, war ich völlig durcheinander. Wenn ich von mir sagen könnte, dass ich zumindest ein bisschen klar denken konnte, würde ich das tun. Aber das kann ich nicht. Die Kriegsgerichtsverhandlung war vorbei. Ray war freigesprochen worden. Aber es war zu spät. Kaum war ich im Krankenhaus angekommen, zogen sie mich in ein Besprechungszimmer. Und alles, was ich hören konnte, waren die Ärzte, die die Worte *Krise* und *Herzstillstand* und *Hirntod* sagten.

Ich schrie und brach völlig zusammen, irgendwie brachten Dylan und Julia mich raus aus der Intensivstation und zum Hotel, wo ich mich als heulendes Elend aufs Bett fallen ließ.

Ich lag die ganze Nacht dort, weinte immer wieder. Zum ersten Mal, seit ich zwölf gewesen bin, schlief meine große Schwester Julia mit mir in einem Bett, weil ich es nicht ertragen konnte, allein zu sein. Als die Sonne begann durch die Fenster zu scheinen, war ich völlig benommen.

Wie nur sollte ich die Entscheidung treffen, Rays Leben zu beenden?

Das war es, was sie von mir wollten. Nicht weniger, als mir meine eigene Seele aus dem Leib zu reißen. Am frühen Nachmittag würden sie Ray erneut untersuchen. Sie hatten gesagt, es müssten vierundzwanzig Stunden vergehen, bevor sie den Hirntod feststellen konnten. Aber es war bereits klar. Was auch immer mit Ray geschehen war, während ich bei der Gerichtsverhandlung war, er hatte überhaupt keine Gehirnfunktionen mehr. Nur durch die Maschinen schlug sein Herz weiter.

Ich schloss meine Augen. Was würde Ray tun, wenn unsere Situationen vertauscht wären?

Da gab es keinen Zweifel. Er würde das Richtige für mich tun, egal, wie schlimm es für ihn werden würde.

Sehr leise sagte Julia: „Bist du wach?"

„Ich habe nicht geschlafen", antwortete ich.

„Oh, Carrie."

„Ich weiß nicht, ob ich das tun kann", sagte ich. „Ich denke...irgendwie habe ich weiterhin gehofft. Auf ein Wunder. Auf etwas, das alles verändern würde."

Ich drehte mich um und legte meinen Kopf an die Schulter meiner großen Schwester und sagte: „Ich wünschte.... Ich wünschte, ich könnte die Zeit zurückdrehen und es ändern. Alles ändern."

Sie fuhr mit ihren Fingern durch mein Haar. „Wenn ich dir diesen Schmerz abnehmen könnte, ich würde es tun."

Ich nickte. „Ich weiß. Ich werde es nie vergessen. Aber...was werde ich unserer Tochter sagen? Oder unserem Sohn?"

Julia flüsterte: „Du wirst die Wahrheit sagen. Dass er die Liebe deines Lebens war. Dass er ein Held war. Dass er am Ende das Richtige getan hat, auch wenn es ihn alles gekostet hat."

Ich schniefte und legte meine Arme um sie.

„Ich denke, ich möchte heute Morgen in die Kapelle gehen. Und etwas beten. Bevor ich zu Ray gehe."

Sie nickte. „Ja. Ich denke, das ist eine gute Idee."

Also rutschten wir aus dem Bett, ich zog mich um und dann gingen wir langsam zurück zum Krankenhaus. Es war ein weiterer merkwürdiger, schöner Tag – blauer Himmel, genau die richtige Temperatur – so falsch, wenn ich ihn damit verglich, wie ich mich fühlte. Wir gingen an den alten Reihenhäusern vorbei, es gab wenig Verkehr für Montagmorgen, Julia hielt den ganzen Weg über meine Hand.

Wir stiegen die Stufen zum Hauptgebäude des Krankenhauses hinauf. Ein alter, dreckiger Baseball lag neben den Stufen auf dem Boden. Und als wir drinnen waren, kam es mir so vor, als ob ich ein Grab betrat.

Ich wünschte (Ray)

Ich benötigte Stunden, um zurück in das Zimmer zu gelangen, in dem mein Körper lag.

Ich war schwach, unglaublich schwach. Mein ganzer Körper schüttelte sich, zitterte vor Schmerz. Und der Schmerz war sehr real, alles in mir fühlte sich an, als ob ich in eine Steckdose gegriffen hätte. Ich wusste, dass ich nicht mehr viel Zeit hatte. Aber ich konnte nicht aufhören. Ich konnte nicht aufgeben. Denn ich musste, wenn es irgendwie möglich war, Carrie sehen. Ich musste ihr sagen, wie sehr ich sie liebte und dass sie…dass sie ohne mich weiterleben musste.

Das Kind würde überleben. Ich hatte ihm alles gegeben, was ich hatte, und noch mehr. Und dann war ich aus der Kinderintensivstation gekrochen, seine Eltern waren völlig fertig und sanken mit dem Wissen, dass irgendein Wunder geschehen war und ihr Kind gerettet hatte, auf ihre Stühle.

In der Zwischenzeit hatte ich eigene Probleme zu bewältigen. Endlich hatte ich meinen Raum erreicht und ließ mich auf eines der Geräte neben dem Bett fallen. Die Ärzte, die verzweifelt etwas mit meinem Körper taten, beachtete ich gar nicht. Es war laut, sie schrien herum und sie taten was weiß ich noch alles. Aber mir fiel es schwer, mich darum zu kümmern. Ich wollte einfach nur solange durchhalten, bis ich Carrie sehen konnte.

Etwa eine Stunde später hörte ich sie. Sie kreischte, war total verzweifelt. Ich versuchte, zu ihr zu gelangen. Ich weiß nicht genau, was passiert ist. Ich vermute, die Ärzte haben ihr gesagt, wie es um mich stand. Aber als ich endlich meinen Kopf durch die Tür gestreckt hatte, konnte ich sehen, wie Dylan und Julia sie wegführten.

Ich lehnte meinen Kopf gegen den Türrahmen und dachte, dass ich sehr dankbar dafür war, dass sie immer noch diese Menschen hatte, auf die sie sich verlassen konnte.

Ich verbrachte die Nacht damit, durch vier Stockwerke und das Dach hindurch auf den Himmel zu starren. Das war wirklich ziemlich cool. Dass ich einfach nach oben blicken und die Sterne funkeln sehen konnte. Dann ging der Mond auf und ich keuchte, denn ich hatte, seit ich Afghanistan verlassen hatte, keinen so vollen und wunderbaren Mond mehr gesehen.

Wenn man, so wie ich, in Long Island aufgewachsen ist, weiß man den Himmel nicht so sehr zu schätzen, denn meistens ist er nichts Besonderes. Ich hatte keine Ahnung gehabt, dass es so viele Sterne am Himmel gab, bis die Army mich auf die andere Seite der Welt an einen Ort geschickt hatte, wo es kilometerweit kein künstliches Licht gab. Einen Ort, an dem der Himmel so über und über mit Sternen bedeckt war, dass man keine einzige freie Stelle erkennen konnte, einen Ort, an dem Sternschnuppen in der Nacht etwas Normales waren, weil es kein Licht gab, um sie zu überdecken und unsichtbar zu machen.

Ich döste. Es war kein echter Schlaf. Ich weiß nicht genau, was es war. Ich achtete nicht darauf, was um mich herum geschah, bis eine Krankenschwester, die meinen Kopf im Eingang natürlich nicht bemerkte, direkt auf mein Gesicht trat. Ich spürte gar nichts, aber es machte mir trotzdem Angst. Ich fühlte mich ein bisschen besser. Also kletterte ich langsam, ganz langsam auf das Bett, das auch nicht wirklich bequemer war, denn es lag ja schon ein Körper dort. Aber vermutlich war es besser als nichts.

Und ich wartete. Denn ich wusste, dass sie kommen würde.

Aber es war nicht Carrie, die zuerst kam. Es war Dylan Paris.

Kurz nach Sonnenaufgang kam er in das Zimmer hineinspaziert, völlig lebendig und so. Aber er sah nicht gut aus. Er ließ sich auf den Stuhl neben mir fallen. Und für eine lange Zeit sagte er gar nichts. Er schaute mich einfach an. Beobachtete mich.

Nach etwa zehn Minuten sagte er: „Ich weiß nicht, ob du mich hören kannst, Ray, aber...Ich muss dir ein paar Dinge sagen." Er sah nach unten auf den Boden und fuhr sich mit seinen Händen durchs Haar, seit er ein Collegejunge war, war es ziemlich lang geworden.

„Ich will, dass du weißt...Ich habe...niemals in meinem Leben zu jemandem so sehr aufgeschaut wie zu dir. Du warst...der beste Freund, den ich je hatte. Mehr als das, wirklich. Und ich will, dass du weißt...Na ja..."

Er seufzte und sah weg, als er wieder in meine Richtung schaute, waren seine Augen rot. Er kämpfte darum, Worte zu finden, sein Kinn bewegte sich vor Frust.

„Verdammt, Ray. Sie sagen, du bist..." Sein Gesicht versteifte sich, als er darum rang, die Worte auszusprechen.

„Hirntot", brach es schließlich aus ihm heraus. „Und...dass es das war. Ich will, dass du weißt, dass wir uns für dich um Carrie kümmern werden. Das verspreche ich dir. Wenn Alex und ich dafür das Studium abbrechen und nach Washington *umziehen* müssen, dann werden wir das tun. Egal, was wir dafür aufgeben müssen."

Ich versuchte, etwas zu sagen. Meine Hand nach ihm auszustrecken. Um ihn wissen zu lassen, dass alles gut war. Aber ich hatte einfach keine Kraft mehr. Es war nichts mehr übrig.

Er stand abrupt auf und sagte: „Ach, *Scheiße!*" Er wischte heftig mit seinem Ärmel über sein Gesicht und seine Stimme brach, als er sagte: „Ich liebe dich, Unkraut. Gott, ich wünschte, es hätte nicht so geendet."

Und dann stolperte er nach draußen.

Ich starrte an die Decke. Das verlief ganz gut, denke ich. Mein Gott.

Kurze Zeit später kamen meine Eltern. Das war einfach nur schrecklich und ich war müde. Und dann kamen die Ärzte, machten eine Menge Tests, murmelten sich in den Bart und schrieben etwas in Berichte und was weiß ich noch wohin. Aber ich hörte einen von ihnen laut und deutlich sagen: „Der Hirntod ist bestätigt."

Na ja, Scheiße.

Danach dauerte es nicht lange, bis eine Krankenschwester Carrie hereinführte.

Sie hatte dunkle Ringe unter den Augen und sah jünger und gleichzeitig auch älter aus als je zuvor. Wie ein kleines Kind, das alles auf der Welt verloren hatte. Ich wollte sie berühren und ihr sagen, dass es mir leidtat. Ich wollte für sie alles in Ordnung bringen. Aber das konnte ich nicht. Das war eine Entscheidung, die ich vermutlich auch getroffen hatte.

Sie rutschte rüber auf das Bett und dann keuchte ich fast auf, denn sie kletterte auf das Bett und legte ihren Kopf an die Schulter meines Körpers. Und sie schloss die Augen und Tränen begannen aus ihnen zu fließen.

„Ich hatte mir selbst versprochen, dass ich hier bei dir nicht zusammenbrechen würde", sagte sie.

Ich holte tief Luft. Das musst du nicht versprechen, Babe.

Sie wischte sich über das Gesicht und sagte dann: „Ich weiß nicht, wie ich mich verabschieden soll, Ray. Ich weiß nicht, wie ich jetzt weiterleben soll. Aber...es gibt ein paar Dinge, die ich dir sagen muss."

Sie öffnete ihre Augen und ich sah sie mir genau an. Sie waren total verquollen, aber es waren ihre Augen und sie waren so glänzend und wunderschön, dass es mir fast wehtat.

„Also, du warst nicht dabei, aber die Verhandlung ist gestern beendet worden. Und du wurdest freigesprochen." Sie schniefte. „Das ist gut, denn... wir werden ein Baby bekommen, Ray. Ich wollte dir das eigentlich am Samstag sagen. Ich war noch nicht sicher und wollte mit dir zusammen einen Schwangerschaftstest kaufen gehen...aber du weißt, was passiert ist. Wir werden also einen kleinen Jungen haben oder ein kleines Mädchen. Unser Baby wird ohne dich aufwachsen, und ich weiß nicht, wie ich damit klarkommen soll."

Ich schauderte und schloss meine Augen. Oh Gott, ich wollte weinen. Nicht um mich. Aber um sie. Um das Leben, das in ihr war. Ich hätte fast alles dafür getan, fast, um für das Kind und für sie da zu sein. Ich würde Vater werden. Das war ein wunderbarer Gedanke. Ein beängstigender Gedanke. Und...er brach mir das Herz. Denn ich würde weder für das Kind noch für Carrie da sein können.

Sie schluchzte: „Ich möchte dir eine Geschichte erzählen. Als ich noch jünger war, in der High School und am College, habe ich immer fantasiert und mir vorgestellt, dass ich eines Tages jemanden finden würde, der perfekt zu mir passen würde. Einen Seelenverwandten. Jemanden, der mich behandelt, als ob ich ihm mehr als alles andere bedeute. Jemanden, der ein Held war, der die Wahrheit sagte und das Richtige tat und mit dem ich für immer zusammen leben könnte. Jemanden, den ich liebte."

Sie schniefte und sagte: „Aber es war genau das. Es war Fantasie. Ich weiß, dass das Leben aus Anstrengungen besteht. Ich weiß...dass wir nicht immer das bekommen, was wir uns wünschen. Und auf eine bestimmte Art hatte ich alles, was ich mir gewünscht hatte. Einen Beruf, den ich liebe. Die besten Schwestern auf der Welt. Und dann traf ich dich...und alles war... perfekt. Ich dachte, ich hätte mein Happy End erreicht."

Sie schloss ihre Augen, legte ihren Arm um das, was von mir übrig war, und sagte: „Es ist nicht fair. Es ist nicht fair, dass ich dich gerade erst gefunden habe und dich schon wieder verlieren muss. Es ist überhaupt nicht fair. Aber ich werde dir ein paar Versprechen geben, Ray. Dir und mir."

Sie begann zu zittern, sehr sogar, ihr ganzer Körper schüttelte sich und sie sagte: „Ich verspreche, dass ich eine gute Mutter für unser Kind sein werde. Ich werde für sie da sein und ihr die richtigen Dinge sagen. Ich werde mir ihre Probleme anhören und ihr die ganze Nacht Lieder vorsingen und werde ihr beibringen stark zu sein. Ich werde ihr von dir erzählen. Ich werde ihr sagen, dass ihr Vater das Richtige getan hat, immer. Dass du, wenn es wirklich darauf ankam, die Wahrheit gesagt hast und dass du auch andere Leute dazu inspiriert hast, das Richtige zu tun."

Sie schluchzte und sagte: „Und ich verspreche, dass ich nicht so sein werde wie...Ich werde sie nicht unglücklich machen. Ich werde ihr beibringen, dich zu lieben und sich an dich zu erinnern, aber ich werde nicht zulassen, dass es ihr Leben überschattet. Denn ich weiß, dass du das nicht wollen würdest. Du würdest wollen, dass sie stark ist."

Sie starrte für eine Minute an die Decke. „Sarah sagt, sie weigert sich, zurück nach San Francisco zu gehen. Sie hat diesen verrückten Gedanken im Kopf, dass sie dir versprochen hat, sich um mich zu kümmern, also wird sie, nachdem sie aus dem Krankenhaus entlassen wird, hier bleiben und Mom auch." Sie schüttelte ihren Kopf. „Ich glaube ihr fast. Das mit dem Versprechen. Denn ich kann fast spüren, dass du hier bist. Nicht in deinem Körper, aber irgendwo...um uns herum."

Oh Gott. Ich verstand nicht, wie Sarah sich daran erinnern konnte. Aber ich war trotzdem dankbar dafür.

Sie drehte sich um, schaute von der Decke weg und ihre Augen beobachteten wieder mein Gesicht. „Die Ärzte sagen, du bist nicht mehr da drinnen. Ich wünschte, du wärst es. Ich wünschte..."

Sie schloss ihre Augen und ein sanftes, winziges Lächeln formte sich auf ihrem Gesicht und sie sagte nochmal: „Ich wünschte."

Ich auch, Babe. Ich auch.

Die Tränen quollen immer noch aus ihren blau-grünen Augen. Sie sagte: „Erinnerst du dich daran, wie wir Fallschirmspringen waren? Ich hatte solche Angst. Direkt bevor ich aus dem Flugzeug sprang, dachte ich, wenn ich einen weiteren Schritt tue, sterbe ich. Aber du hast mich angelächelt und gesagt, ich kann das. Und weil du an mich geglaubt hast, habe ich es auch. Und es war unglaublich. Ich habe den Himmel berührt und gleichzeitig dich. Ich werde das niemals vergessen. Ich werde niemals vergessen, wie es ist zu fliegen, während sich unsere Hände berühren. Und wenn sie alt genug ist, werde ich unserem kleinen Mädchen, oder kleinem Jungen, ich werde ihnen auch beibringen, den Himmel zu berühren. Ich verspreche es."

Ich gehöre nicht zu den Personen, die schnell ihre Gefühle zeigen. Aber das war einfach zu viel. Nun weinte ich auch und, ohne darüber nachzudenken, streckte ich meine Hand aus, berührte ihren Arm und sagte: „Gott, ich liebe dich, Carrie."

Sie erstarrte, bekam große Augen.

Sie konnte mich unmöglich gehört haben.

Es war mir egal. Ich lehnte mich vor, berührte ihre Lippen mit meinen und sagte: „Tu, was du tun musst, Babe. Ich weiß. Ich weiß, es ist schwer, es ist schwerer für dich. Aber ich liebe dich. Ich werde dich immer lieben. Ich werde an dich denken, egal wo ich bin. Aber du musst mir noch ein weiteres Versprechen geben. Du musst dein Leben weiterleben. Wag es nicht, aufzugeben. Brich nicht zusammen. Ich möchte, dass du glücklich bist, dass du ein gutes, echtes, glückliches Leben führst. Ich möchte, dass du es zu etwas Besonderem machst, okay? Bitte? Und sag dem kleinen Jungen oder kleinen Mädchen, dass ich sie liebe und ich von dort, wo ich sein werde, immer über sie wachen werde."

Ich wusste, dass sie mich nicht hören konnte. Aber sie nickte trotzdem einmal. Also lehnte ich mich noch näher an sie und küsste ihre Lippen ein letztes Mal, ein letzter Kuss, und ich konnte sie fühlen, direkt bei mir. Ich spürte sie. Ihre Augen waren geschlossen und vielleicht, nur vielleicht, spürte sie mich auch.

Dann rutschte sie mit einem leisen Schluchzen vom Bett. Ich schloss meine Augen. Ich konnte fühlen, wie die Sonne mich durchflutete, direkt durch das Gebäude hindurch. Ich schauderte ein wenig.

Ich hörte die Ärzte sprechen, dann ein Klicken, dann ein weiteres Klicken und zum ersten Mal, seit ich den Raum betreten hatte, hörte das Beatmungsgerät auf zu schaben. Dann gab es einen tiefen Ton, ein langes, elektronisches Piepen und dann schaltete jemand auch das aus. Nachdem sie gegangen waren, kam Carrie zurück zu mir. Sie hielt meine Hand, die Tränen liefen aus ihren Augen, als sie sich nach vorne lehnte und mich zum Abschied küsste.

EPILOG

Worauf ich gewartet habe (Ray)

Stephanie Hicks kam zur Beerdigung.

Meiner Beerdigung.

Ich bin mir nicht sicher, ob ich das erwartet hatte. Ich bin mir nicht sicher, was ich erwartet hatte. Aber als Carrie sie sah und sie sich in die Augen sahen, brachen beide in Tränen aus. Und dann umarmten sie sich und weinten. Und es ist mir egal, was die anderen denken, ich bin dankbar dafür, dass Carrie ihr vergeben hat und sie wie das behandelte, was sie war: Ein weiteres Opfer des Krieges. Ich hoffe, dass die beiden Freundinnen werden. Ich denke, es wäre gut für beide, und niemand anderes auf der Welt wird sich gegenseitig so verstehen können wie sie.

Meine Mutter und Carrie schlossen ein bisschen Frieden miteinander. Ich denke, Carrie versteht, dass Mom verrückt vor Angst und Kummer war. Nach meiner Beerdigung saßen sie stundenlang zusammen, redeten und weinten. Ich werde nicht lügen, es war schrecklich mit anzusehen. Und ich bezweifle, dass sie sich jemals richtig gut verstehen werden. Aber durch mich sind sie jetzt miteinander verbunden und durch das Baby, das in Carrie heranwächst.

Mein Sohn oder meine Tochter. Ein Kind, das ich niemals kennenlernen oder in den Armen halten werde. Manchmal beobachte ich Carrie, und obwohl ich weiß, dass sie eine großartige Mutter sein wird, führt es dazu, dass ich am liebsten losheulen möchte, weil ich nicht für sie da sein kann, nicht bei ihr sein kann. Dass ich ihr nicht einen Teil der Last abnehmen kann, dass ich nicht in ihr Ohr flüstern kann, dass alles gut werden wird.

Ich wurde immer schwächer, versuchte aber meine Kraft zu bewahren, denn ich wollte noch genug Zeit haben, um zu sehen, was mit Carrie geschah. Aber ich denke nicht, dass ich genug Zeit haben werde. Ich kann es fühlen, in jeder Minute. Den Druck, meine Augen zu schließen und... weiterzugehen. Wohin, das weiß ich nicht. Aber der Himmel strahlt eine Wärme aus, die ich zu jeder Minute eines jeden Tages spüren kann...irgendwie denke ich nicht, dass es schlimm sein wird.

Ein Geist zu sein, hat auch seine Vorteile. Nachdem mein Körper gestorben war, war ich ein bisschen befreit. Der Schmerz endete und ich stellte fest, dass ich mich leichter umherbewegen konnte. Ich konnte zusehen, wie sich Daniel erholte. Ein Wunder, sagten die Ärzte. Als er zum ersten Mal aufwachte, hatten sie vorhergesagt, dass er Hirnschäden davongetragen hatte und jahrelang Probleme mit dem Bewegungsapparat haben würde. Aber er schien sich besser zu erholen, als alle geglaubt hatten. Und ich denke, wenn ich eine Bilanz ziehen müsste und entscheiden müsste, ob es das wert gewesen war, müsste ich sagen: Ja. Denn er lachte und machte Witze mit seinem Dad, als er das Krankenhaus verließ. Und er redete über Spiderman.

Es dauerte fast vier Wochen, bis Sarah das Krankenhaus verlassen konnte. Sie hatten ihre Wunden am vierten Tag geschlossen, aber eine schlimme Staphylokokkeninfektion zwang die Ärzte dazu, das Bein wieder zu öffnen. Schließlich hatten sie die Infektion unter Kontrolle. Ich war gerade in ihrem Zimmer, als der Rettungssanitäter, den sie belästigt hatte, Eddie Vasquez, den Raum betrat. Als er sich vorstellte, bekam Sarah große Augen. Ich weiß immer noch nicht, ob sie sich an irgendetwas erinnert. Aber ich hatte das Gefühl, dass sich die beiden wieder treffen werden.

Sie kann noch nicht wieder laufen und wahrscheinlich wird sie es auch noch eine ganze Weile nicht können. Vermutlich wird es Monate dauern. Aber sie hat ihr Versprechen gehalten. Sie fährt in der Wohnung mit ihrem Rollstuhl umher und murmelt Obszönitäten, aber sie kümmert sich um Carrie. Ich denke, ich bin Sarah auf ewig etwas schuldig. Ich weiß immer noch nicht, ob es einen Gott oder so was gibt, aber falls es ihn gibt, werde ich ein gutes Wort für sie einlegen.

Dylan und Alex blieben für zwei Wochen in der Stadt. Aber es wurde langsam Herbst, und sie mussten zurück nach New York für ihre Vorlesungen, also fuhren sie, auf Carries Drängen hin, nach Hause. Ich hatte fast das Gefühl, als ob sie versuchte, sie loszuwerden. Es ist gut, wenn man Hilfe beim Trauern hat, aber manchmal ist es auch zuviel des Guten. Und acht oder neun Personen waren einfach zu viel. Also gingen sie. Julia und Crank fuhren ein paar Tage später los. Ihre Europatour war abgesagt worden, sie flogen nach Hause nach Boston. Und dann reisten Jessica und Botschafter Thompson zurück nach San Francisco, damit Jessica dort ihr letztes Jahr an der High School beginnen konnte.

Am Ende war Carrie allein mit Sarah und ihrer Mutter in der Wohnung.

Da sie im dritten Monat war, begann sich ihre Schwangerschaft langsam zu zeigen. Carrie wartete fast drei Wochen, bis sie wieder zurück zur Arbeit ging. Sie machten ihr diesbezüglich keinerlei Ärger. Und ich hätte Moore verfolgt und verdammt noch mal bei ihm gespukt, bis sein Hirn aus den Ohren herausgelaufen wäre, wenn er ihr Probleme bereitet hätte. Aber am Ende war das nicht nötig.

Ich wartete auf eine Sache. Denn, um ehrlich zu sein, war es an manchen Tagen eine Qual, hier zu bleiben. Ich habe keine Ahnung, ob das alles normal ist. Ich denke nicht, sonst würde ich wohl in einem Club für Geister herumhängen. Außer Sarah und Daniel habe ich niemals eine andere wandernde Seele hier draußen gesehen. Vielleicht war ich auch einfach nur zu stur, um weiterzugehen.

Wie auch immer, ich beobachtete sie jeden Tag. Ich hing in der Wohnung rum, versuchte niemanden zu berühren oder zu erschrecken und ich beobachtete sie. Denn Carrie war immer noch am Boden zerstört und ich wollte, dass es ihr gut ging.

Es ist nicht so, als ob sie mit jämmerlicher Miene herumgelaufen wäre. So ist sie nicht. Carrie stand auf und bewegte ihren Hintern zur Arbeit. Sie führte akademische Diskussionen mit anderen Wissenschaftlern (die, wenn Sie mich fragen, alle sehr merkwürdig sind) und forderte Moore zweimal in Besprechungen heraus, als er versuchte, sie zu unterbrechen. Aber ich hatte sie niemals lächeln sehen.

Stephanie Hicks kam drei- oder viermal in die Wohnung. Diese Frau *ist* am Zusammenbrechen, denn sie gibt sich die Schuld für meinen Tod und den ihres Ehemannes. Und das Verrückte ist, Carrie macht genau das, was sie immer getan hat, sie kümmert sich um andere Menschen. Aber etwas ist jetzt anders. Sie kümmert sich auch um sich selbst. Und ich bin froh, das zu sehen.

Heute Morgen hatte Sarah verkündet: „Ich muss raus aus dieser Wohnung, ich werde noch völlig bekloppt."

Adelina sah sie an und sagte: „Junge Lady, pass auf, wie du sprichst."

Und Carrie sagte: „Tja, warum unternehmen wir nicht einfach was? Sollen wir in den Zoo fahren?"

Dann erstarrte ihr Gesicht. Und ihr wurde klar, was sie gesagt hatte. Sie sah Sarah an und Sarah sah sie an und beide nickten.

Hier bin ich also und folge ihnen, wie sie durch den National Zoo spazieren. Sarah hatte einen dieser hochtechnischen High-Speed-Rollstühle, es war also kein Problem für sie, überall hinzufahren. Vor ein paar Tagen war sie sogar ein paar Schritte gelaufen, dabei schrie sie die ganze Zeit Worte, die ihre Mutter nicht hören wollte.

Sie sahen müde aus, als sie das Pandagehege erreichten, und ich bin ganz sicher müde. Es ist schwerer, hier zu bleiben…in einem Stück…wenn die Sonne scheint und ich draußen bin. Ich kann es fühlen, es zerrt an mir und ich weiß, dass es Zeit ist zu gehen. Aber ich tue mein Bestes.

Und dann geschah es. Das, worauf ich gewartet habe.

Ein kleines Mädchen rannte vorbei. Sie hatte ein blaues Kleid an und Schleifen im Haar. Carries Augen folgten ihr. Sie lächelte sie ganz leicht an und lachte dann, als die Kleine gegen die Beine ihrer Mutter lief und dann ihre Arme um sie legte. Das Lächeln war ganz klein und kaum sichtbar, außer für einen ‚Carrie-ologisten', sie wie ich einer bin.

Ich schließe meine Augen und atme den Sonnenschein ein. Es wird nicht leicht sein. Es wird nicht perfekt sein. So ist das Leben nicht. Aber ich weiß, dass sie es schaffen wird. Ich weiß, dass Daniel es schaffen wird. Ich weiß, dass ich die richtige Entscheidung getroffen habe, egal, wie sehr es wehtut.

Sie hat gelächelt…Alles wird gut werden.

Also drehe ich mich zu ihr um. Und ich winke ihr und werfe ihr eine Kusshand zu. Und dann drehe ich mich um und gehe davon, den Hügel hinunter, fort von dem Pandagehege, fort von dem Leben, auf das ich einmal gehofft hatte, auf das ich aber keine Chance gehabt hatte, und in Richtung...was? Etwas Neuem, denke ich.

Ich spüre, wie die Sonne auf mich scheint, und ich schließe meine Augen und spreche meine letzten Worte.

Ich liebe dich, Carrie.

ENDE

Anmerkung des Autors

MRSA, ein antibiotikaresistentes Bakterium, ist eine große Gefahr für die Gesundheit. Carries diesbezügliche Forschung in diesem Buch ist jedoch frei erfunden. Nach neusten Forschungsergebnissen wird es hauptsächlich in Krankenhäusern und durch Nutzvieh auf den Menschen übertragen, vor allem durch Nutzvieh, das regelmäßig Antibiotika erhält.

Der Ablauf des Kriegsgerichtsverfahrens ist in etwa so beschrieben, wie der „Leitfaden für Kriegsgerichtsverfahren" es vorgibt. Es ist allerdings sehr unwahrscheinlich, dass ein Kriegsgericht jemals eine Ehegattin oder einen Ehegatten als Stellvertreter für einen Angeklagten vereidigt, der nicht erscheinen kann.

Leser, die sehr auf Details achten, werden feststellen, dass es ein paar Ungereimtheiten zu den anderen Büchern der Thompson-Sisters-Reihe gibt. Dafür kann ich mich nicht entschuldigen. Jedes Buch ist als eigenständiges Roman gedacht, deshalb konzentriere ich mich jeweils auf die einzelne Geschichte.

Nachwort zur deutschen Ausgabe

Zunächst einmal möchte ich allen Lesern von „Vergiss nicht zu atmen" danken. Die Rückmeldungen, die wir zu diesem Buch erhalten haben, waren für Charles Sheehan-Miles und mich gleichermaßen überwältigend. Herzlichen Dank auch an alle Blogger und Rezensenten, die sich auf das Abenteuer eingelassen haben, das Buch eines im deutschsprachigen Raum fast unbekannten Autors zu lesen und zu besprechen.

Auch bei der Übersetzung von „Die letzte Stunde" hatte ich wieder eine Menge Hilfe. Mein allerherzlichster Dank gilt meiner Freundin Regina, die, über einen Zeitraum von mehreren Monaten hinweg, geduldig auf jedes neue Kapitel gewartet und es dann Korrektur gelesen hat. Gerade bei diesem Buch ist das eine wirklich beachtliche Leistung – tausend Dank! Ein weiteres großes Dankeschön geht an Sandra, Rita, Sylvia und Andrea, die sich sofort bereit erklärt haben, das Buch zu lesen und auf Fehler zu kontrollieren. Ihr seid toll!

Ganz besonders danke ich meinem Mann Peter, der sich niemals beschwert hat, wenn ich mich stundenlang zurückgezogen und geschrieben habe, und der immer für mich da war, wenn ich Unterstützung brauchte (sei es nun in sprachlicher oder emotionaler Hinsicht).

Und ich möchte mich außerdem bei Charles Sheehan-Miles bedanken, der mir ohne zu zögern, diese Buchperle zur Übersetzung anvertraut und geduldig alle meine Fragen beantwortet und Anmerkungen ertragen hat.

Dimitra Fleissner